Raymond A. Villareal
Die Chronik vom Aufstand der Vampire

PIPER

Zu diesem Buch

Die Vampire sind unter uns! Als eine Leiche aus der Gerichtsmedizin einer Kleinstadt gestohlen wird, glauben die Behörden zunächst an einen Streich. Aber die Vorfälle häufen sich, immer mehr Tote verschwinden und kehren zurück – als Vampire. Die Saat des Vampirismus greift wie eine Epidemie um sich. Und die Vampire dürsten nicht nur nach Blut. Sie wollen Teil unserer Gesellschaft werden. Inmitten politischer Verwicklungen, religiöser Fanatiker und dem Wunsch nach Schutz von Minderheiten entbrennt ein Kampf um die Vorherrschaft über unsere Welt ... Dieses faszinierende Werk sprengt die Grenzen zwischen Horror und Politik und spielt auf erschreckende Weise mit den Ängsten unserer Zeit.

Raymond A. Villareal praktiziert als Rechtsanwalt in San Antonio, Texas. Sein erster Roman wurde bereits vor Erscheinen in einem Megadeal von 20th Century Fox für eine Verfilmung erworben.

Raymond A. Villareal

Die Chronik vom Aufstand der Vampire

Aus dem Amerikanischen
von Andreas Decker

PIPER

Entdecke die Welt der Piper Fantasy:

Piper Fantasy.de

Deutsche Erstausgabe
ISBN 978-3-492-28216-1
Oktober 2019

Titel der amerikanischen Originalausgabe:
»A People's History of the Vampire Uprising« bei Mulholland Books,
New York 2018

Umschlaggestaltung: Guter Punkt, München
Umschlagabbildung: Artenauta/Adobestock
Satz: Satz für Satz, Wangen im Allgäu
Gesetzt aus der Minion
Druck und Bindung: CPI books GmbH, Leck
Printed in the EU

Für Mom und Dad

»Die einzige Rettung der Besiegten besteht darin,
auf keine Rettung zu hoffen …«

Vergil, Die Aeneis

VORWORT

Es ist viel zu früh. Genau das war mein erster Gedanke, als man mich bat, die noch neue Geschichte der Gloamings und ihres Eintritts in die Gesellschaft zu schreiben. Noch immer verändert sich alles in einem unglaublichen Tempo. Aber genau diese sich ständig verändernden Bedingungen – versuchen wir doch weiterhin zu ergründen, wie wir in die jetzige Situation kamen – brachten mich auf eine Erkenntnis: Jetzt ist der perfekte Augenblick, um den Anfang, die Mitte und das Ende zusammenzutragen. Oder zumindest den Moment einzufangen, der das *in medias res* unserer derzeitigen Konflikte darstellt.

Manche Historiker mögen berühmtere oder berüchtigtere Individuen auswählen, als ich hier dokumentiert habe – aber ich bin der Ansicht, dass die Personen in diesem Bericht den Verlauf der Geschehnisse entscheidend beeinflusst haben. Tatsächlich sind die anderen Dokumentationen über diese Periode mit einiger Skepsis zu betrachten. Ihre Recherchen sind bestenfalls oberflächlich, ihre Prosa ist viel zu sehr auf die schlüpfrigen Details irrelevanter Ereignisse fixiert.

Dieses Buch ist auch den Märtyrern gewidmet, die der Sache ihr Leben geopfert haben – egal auf welcher Seite. Andere Historiker haben den Versuch unternommen, diese Todesfälle für ihre eigene Agenda in Beschlag zu nehmen. Natürlich entbehrt es nicht einer gewissen Ironie, dass das Auftreten der Gloamings ausgerechnet zu einer Zeit geschah, in der wir uns allgemein in den ruhmreichsten Tagen unseres Imperiums befanden – »*Un grand destin commence, un grand destin s'achève*«, um mit Corneille und seiner Beschreibung des Römischen Reichs zu sprechen. Aber jene anderen Historiker lassen sich von diesem Missverständnis leiten.

Ich nicht. Ich lehne das ab.

Trotz meines großen persönlichen Opfers habe ich mir Mühe gegeben, unparteiisch zu sein. Während der Recherchen für dieses Buch wurde ich bedroht und angegriffen. Mein Zustand hat sich nach diversen Krankenhausaufenthalten einschneidend verschlechtert. Aber ich urteile nicht über die Verantwortlichen. Diese Seiten sind für alle zusammengetragen worden: für die, die diese Zeit erlebt haben – und für die, die sie nicht überlebt haben.

Ich hoffe, verehrter Leser, dass sie Ihnen eine aussagekräftige Perspektive bieten werden, um Ihre eigenen Beurteilungen zu treffen.

[ZENSIERTE UNTERSCHRIFT]
22. April

New York Post – 13. März[1]: Vergangene Nacht wurde das Haus des wohlhabenden Prozessanwalts John Hatcher im Flatiron District von drei unbekannten Personen ausgeraubt. Das Gebäude war verlassen, weil Mr. Hatcher eine Aufführung von »Nixon in China« besuchte. Die Diebe stahlen eine unbestimmte Menge Gold, die Gerüchten zufolge einen Wert von mehr als 10 Millionen Dollar haben soll. Laut unseren Quellen aus dem FBI-Regionalbüro von New York City wurde Mr. Hatchers kostspielige und moderne Alarmanlage nicht sabotiert, dennoch waren die Videoaufnahmen für die Behörden unbrauchbar. Ein Sprecher des FBI sagte, es gebe derzeit keine Verdächtigen. Die Ermittlungen wurden aber aufgenommen.

1 Seite 3, Lokales

KAPITEL 1

15. MAI, DER URSPRUNG
DIE ENTDECKUNG VON NOBI:
TAG EINS

Dr. Lauren Scott
Forschungsärztin, Centers for Disease Control

»Lass die Toten ihre eigenen Toten begraben.« Das sagte mein Vater immer, wenn er mit einem nutzlosen Vorhaben konfrontiert wurde. Das ging mir durch den Kopf, und natürlich das Blut, um das es während dieser ganzen Untersuchungen und Diskussionen immer wieder ging. Es mag merkwürdig sein, das von einer Ärztin zu hören, aber der Anblick von Blut hat mir seit frühester Jugend Angst eingejagt. Haben Sie je gesehen, wie ein Vogel gegen eine Scheibe fliegt und zu Boden fällt? So ein ähnliches Gefühl ist das. Als ich noch ein Kind war, sackten mein Puls und mein Kreislauf abrupt ab, und *bumm!* ging das Licht aus, alles wurde dunkel. Ich wachte auf dem Boden wieder auf.

Mit fünfzehn brachte mir ein Arzt geduldig die Methode der angewandten Anspannung näher, bei der man die Muskeln in Beinen, Oberkörper und Armen anspannt, um den Blutdruck zu erhöhen und auf diese Weise einer Ohnmacht vorzubeugen. Das war genial. Ich verbrachte Jahre damit, diese Übung zu perfektionieren – sämtliche Muskeln zu kontrahieren, bis es für mich zur Gewohnheit wurde –, denn schließlich musste ich mit dem Anblick von Blut umgehen können. Schon als Kind wollte ich unbedingt Ärztin werden.

Ich weiß, das behauptet jeder Arzt. Aber es stimmt. Mein Dad hat sich den Lebensunterhalt mit der Reparatur von Kühlschränken verdient, und ich habe ihn im Sommer oft begleitet. Ich fand es faszinierend, wie er vorsichtig die Rückwand abnahm, um das Innere des Motors zu enthüllen. Mit der Sorgfalt eines Chirurgen löste er die Drähte aus Adapter und Kompressor und zog sie ab. Er entfernte das Lötzinn, um die kaputten Kabel zu reinigen und zu ersetzen. Selbst bei einem Vogelnest aus Drähten wusste mein Vater ganz genau, welchen er herausziehen und reparieren musste. Ich betrachtete ihn gewissermaßen als Kühlschrankdoktor und stellte mir dabei vor, dass er alte Roboter operierte. Ich wollte auch ein Arzt wie mein Vater sein – aber ich wollte Menschen wieder in Ordnung bringen, keine Kühlschränke.

Meine Mutter war ähnlich präzise, wenn auch auf entschieden weniger produktive Weise. Sie stellte wie eine Verrückte sämtliche Tische und Gegenstände im Haushalt um, damit sie *in der richtigen Reihenfolge* dort standen! Durch die beiden wuchs ich mit einer extrem disziplinierten Persönlichkeit auf, was für den Medizinerberuf von Vorteil ist. Meine jüngere Schwester Jennifer war das genaue Gegenteil von mir. Mit zwölf war sie bereits mehr als zehnmal von zu Hause weggelaufen. Dabei ging es ihr gar nicht darum, dort wegzukommen; sie verließ das Haus einfach nur, um zum See oder zu einem Konzert zu gehen, oder auch bloß ins Einkaufszentrum. Nach einer Weile begriffen meine Eltern, dass Jenny lediglich das Leben kennenlernen wollte. »Sag uns das nächste Mal, wo du hinwillst«, brüllte mein Vater sie an, nachdem sie drei Tage lang verschwunden war – um wandern zu gehen. »Dann fahre ich dich hin. Verstanden?« Was er auch sehr oft tat, bis sie endlich ihren Führerschein erhielt – was ebenfalls ein Kampf von fast epischen Ausmaßen wurde.

Beim Medizinstudium merkte ich schnell, dass alles richtig Invasive einen mit Blut in Berührung brachte. Darum konzentrierte ich mich auf Virologie. Als ich das erste Mal mit *der* Krankheit in Berührung kam, hatte ich gerade beim Center for Disease Control and Prevention (CDC) angefangen.

Das CDC ist eine Regierungsbehörde, deren Ziel es ist, die öffentliche Gesundheit und Sicherheit durch die Kontrolle und Vermeidung von Krankheiten, Verletzungen und Behinderungen zu schützen. Ich hatte kurz zuvor an der medizinischen Fakultät meinen Abschluss gemacht und wollte Forschungsärztin werden. Nach meiner Assistenzzeit hielt das CDC an meiner Universität einen Vortrag über die Vorgehensweisen in Fällen, in denen Ärzte mit neuen und ungewöhnlichen Symptomen konfrontiert werden. Die damit verbundenen deduktiven Schlussfolgerungen faszinierten mich – als wäre man ein Detektiv, der nach Mikroben und lebenden Zellen suchte. Mein Hintergrund in der Forschung und meine Erfahrungen in einem Labor der Biosicherheitsstufe 3 mit Pathogenen und tödlichen Wirkstoffen ließen meinen Lebenslauf wie maßgeschneidert für diese Behörde erscheinen. Zu der Zeit hatte ich bereits diverse Praktika bei der Weltgesundheitsorganisation in verschiedenen Drittweltländern gemacht, hauptsächlich in Westafrika. Also, das war ein idealer erster Job.

Bei einem mäßig gefährlichen Gesundheitsalarm im Land setzte man für gewöhnlich die junge und unerfahrene Anfängerin in Marsch – also mich. Darum zuckten meine älteren Kollegen auch nicht einmal mit der Wimper, als wir am zweiten April einen seltsamen, eher vagen Bericht aus Nogales, Arizona, erhielten. Es schien nicht mehr als ein Routinejob zu werden.

Deshalb schickte das CDC mich.

Die Anfrage aus Arizona war allerdings etwas dringlicher als gewöhnlich, weil Nogales eine Grenzstadt ist, und ehrlich gesagt weiß man nie, was man sich in solcher Nähe zu einem anderen Land einfangen kann. Darüber hinaus war das auch die Woche der Sonneneruptionspanik, was die Anspannung noch vergrößerte.

Ungewöhnliche Sonneneruptionen hatten Störungen bei Satellitenübertragungen, Radiosignalen und Transformatoren im Stromnetz verursacht. Natürlich war es nicht so dramatisch, wie es die Kabelsender darstellten – auf Fox News oder CNN gewann man den Eindruck, auf der ganzen Welt seien die Lichter ausgegangen, dabei erlebte das Land nur ein paar Störungen bei einigen Internetdiensten und GPS-Anbietern. Meine Schwester Jennifer und ich texteten oft und beschlossen, trotz der Internetprobleme in Kontakt zu bleiben. Wir schickten uns also die kitschigsten Postkarten, die wir finden konnten – vorzugsweise von Tankstellen oder Restaurants. Aber nun war das mit dem Internet doch störend, denn so konnte ich auf dem Weg nach Arizona nur wenige Anrufe mit Beamten in Nogales tätigen, um die Vorfälle zu besprechen.

Ich kam dort an einem glühend heißen Dienstagnachmittag an; als ich den Flughafen verließ, um ein Taxi zu finden, traf mich die heiße Luft wie ein Schlag ins Gesicht. Mein Kontakt in Nogales war Dr. Hector Gomez, der Leiter des städtischen Gesundheitsamtes, der ebenfalls als Coroner diente – wir wollten uns im Leichenschauhaus treffen, damit ich mir besagte Tote ansehen konnte. Ich schleppte drei Koffer mit, zwei davon enthielten meine Ausrüstung. Darunter befand sich mein Hazmat-Anzug und andere Schutzkleidung. Die CDC-Regeln besagten, dass ein Untersuchungsbeamter bei der ersten Besichtigung vor Ort einen alles verhüllenden, gegen Chemikalien resistenten Anzug zur Verfügung haben muss. Ich hatte in Betracht gezogen, einen Schutzanzug vom Typ 1 mit integrierter Atemluftversorgung mitzunehmen, aber das wäre vermutlich übertrieben gewesen. Davon abgesehen war er unglaublich schwer.

Das Büro des Coroners war klein und mit billiger Bleifarbe in einem trostlosen Grün gestrichen, die Möblierung war zweckmäßig. In der kleinen Lobby wartete ein junger Mann, den ich für Dr. Gomez hielt, zusammen mit einem weiteren Mann in Polizeiuniform nervös auf meine Ankunft.

Ich streckte die Hand aus und versuchte, älter und erfahrener zu klingen, als ich mich fühlte. »Ich bin Lauren Scott.«

Der Mann mit dem dunklen, buschigen Schnurrbart über den dicken Lippen ergriff sie. »Dr. Gomez. Ich freue mich, Sie kennenzulernen, Dr. Scott. Ich bin froh, dass Sie endlich da sind. Das ist Sheriff Wilson.« Die hochgewachsene Gestalt in der Uniform tippte sich an den Cowboyhut. Der starre Ausdruck auf Wilsons faltigem Gesicht verriet mir, dass er sofort zur Sache kommen wollte.

»Sehr erfreut«, erwiderte ich. »Und nennen Sie mich doch bitte Lauren.«

»Wir sollten sofort beginnen.« Dr. Gomez hantierte nervös mit dem kleinen Notizbuch in seiner rechten Hand herum. Beinahe so, als wäre er versucht, sich Notizen über unsere Unterhaltung zu machen. »Gehen wir in die Leichenhalle, dort können wir uns den Leichnam und die Unterlagen ansehen.«

Ich folgte ihnen durch einen langen Korridor, dann führte eine Treppe hinunter in den Keller. Es roch nach Formaldehyd und Alkohol, Leuchtstoffröhren flackerten in der eiskalten Luft. Es fiel schwer, keine Witze zu reißen oder die Flucht zu ergreifen. Dieses alte Gebäude schien einer Fernsehserie entsprungen. Auf einem Untersuchungstisch lag eine von einem grünen Tuch bedeckte Leiche. Als Dr. Gomez es anhob, fragte ich mich kurz, ob ich nicht besser doch den Anzug getragen hätte oder zumindest eine Schutzmaske. Ich war noch neu in dem Geschäft und davon besessen, mir keine Krankheit einzufangen – ganz im Gegensatz zu den im Dienst ergrauten Veteranen, die die Heißen Zonen bestenfalls mit Handschuhen betraten, geschweige denn mit Schutzanzügen.

Ich trat näher an die Leiche heran. Äußere Verletzungen waren keine zu erkennen.

»Wie lange ist sie schon hier?«

Dr. Gomez warf dem Sheriff einen Blick zu, der mürrisch die Unterlippe nach vorn geschoben hatte. »Vierundzwanzig Stunden.«

Im Nachhinein hätte ich bereits in diesem Augenblick Hilfe holen sollen, aber so wandte ich mich nur überrascht an Dr. Gomez. »Sie haben vor drei Tagen wegen einer Leiche angerufen, die an über neunzig Prozent des Körpers Blutergüsse und intradermale Kontusionen aufweist. Ich nahm an, dies sei die Leiche. Ich muss die richtige sehen.«

Sheriff Wilson und Dr. Gomez wechselten einen weiteren gequälten Blick. »Diese Leiche ist nicht länger … hier.«

Ich starrte sie einen Augenblick lang an, und ich bin mir ziemlich sicher, dass mein Mund offen stand. »Was meinen Sie damit?«

»Anscheinend hat man sie aus dem Leichenhaus gestohlen«, antwortete Sheriff Wilson. »Wir untersuchen das noch. Ehrlich gesagt haben wir keine Ahnung, wie sie hier rausgekommen ist oder wer sie überhaupt stehlen sollte. Ich hoffe, es sind nur ein paar verfluchte Collegestudenten, die einen Streich spielen wollten.«

»Aha«, sagte ich. Ich zeigte auf die Leiche auf dem Untersuchungstisch. »Und wer ist das?«

»Eine weitere Leiche, die wir in der Schlucht gefunden haben und die die gleichen Blutergüsse auf dem Torso zeigte wie die vorherige«, antwortete Dr. Gomez.

Ich beugte mich über die Leiche. Am Kopf hatte man bereits Einschnitte vorgenommen. Ich warf Dr. Gomez einen Blick zu.

»Wir hatten irgendwie das Gefühl, dass wir vorankommen müssen«, sagte er. »Aber dann sind wir zur Vernunft gekommen und haben aufgehört. Entschuldigen Sie.«

»Als ich die Verhaltensregeln gemailt habe, hätte ich nicht an so etwas gedacht.« Ich war verärgert, aber was konnte ich tun? Ich begann mit der äußeren Untersuchung. Die im Moment nur oberflächlich sein konnte. Ich legte mein iPhone auf einen kleinen Tisch und tippte die Aufnahme-App an.

»Keine offensichtlichen Anzeichen von Verletzungen, die auf die Todesursache hinweisen würden. Dem äußeren Anschein nach handelt es sich um eine Frau in den Dreißigern in entsprechendem Zustand. Einhundertfünfundvierzig Pfund. Keine besonderen Kennzeichen oder Tätowierungen. Bei der Drehung des Kopfes sehe ich zwei kreisrunde Wunden – Öffnungen – in der Nähe der Arteria carotis, von gleichem Millimeter-Durchmesser und unbestimmbarer Tiefe. Vielleicht ein Biss.«

Ich beugte mich näher heran und nahm einen schwachen Geruch war. Ein Blumenduft? Süßlich, aber seltsam unangenehm. Vermutlich billiges Parfüm. Ich rieb mir mit dem Handrücken die Nase. Der Duft hielt sich beträchtlich länger, als mir lieb war. Ich fuhr fort:

»Zur Klärung müsste eine Autopsie durchgeführt werden. Auf den ersten Blick scheint dies aber nicht die Todesursache zu sein, es sei denn, ein Gift wäre injiziert worden. Die Wunden wirken wie Zahnabdrücke, jedoch haben sie keine Ähnlichkeit mit mir vertrauten Bisswunden, weder von Menschen noch von anderen Säugetieren. Ich werde den Körper noch unter Vergrößerung untersuchen. Unter den Fingernägeln befindet sich kein Blut oder Gewebe, aber für weitere Untersuchungen wird ein Abstrich erfolgen. Die Zähne scheinen in gutem Zustand zu sein, zwei der oberen Backenzähne sind jedoch offenbar gelockert. Spekulationen über die Ursache sind zum jetzigen Zeitpunkt sinnlos. Eine chemische Analyse von Haaren und Blut muss sofort durchgeführt werden. Die Augen zeigen keinerlei Hinweise auf Hämangiome oder Petechien. Die Obduktion und die Untersuchung des Gehirns wird morgen früh durchgeführt.«

Dr. Gomez reichte mir eine Spritze. Ich nahm Blut- und Speichelproben, die ich in die Behälter für biogefährdende Stoffe gab. Ich hatte Probleme, genug Blut zu entnehmen. Ein einfaches Tasten zeigte, dass die Leiche ungewöhnlich blutleer war. Vielleicht vorzeitige Gerinnung. »Wo kann ich diese Proben schnell untersuchen lassen?«

»Die Universität von Arizona in Santa Cruz hat ein kleines Chemielabor«, sagte Dr. Gomez. »Ich kann heute Abend jemanden hinfahren lassen, die Labortechniker schulden mir noch einen Gefallen. Sie können es schnell machen. Es wird zwar keine besonders detaillierte Analyse sein, aber es ist ein Anfang.«

Ich blieb im Korridor stehen und wandte mich an den Sheriff. »Ich habe da eine Frage. Haben Sie menschliche Ursachen ausgeschlossen, bevor Sie mich angerufen haben? Ich meine, so etwas wie Mord oder dergleichen?«

Sheriff Wilson nickte. »Klar, aber die erste Frau war tot. Ich meine, es gab keine Vitalzeichen. Dann steht sie auf und verschwindet! Hector hat eine Haarprobe ins staatliche Kriminallabor geschickt, und dort sagte man uns, es gäbe ein paar nicht identifizierbare Substanzen oder dergleichen. Sie wollten, dass wir die Gesundheitsbehörde in der Hauptstadt informieren. Irgendjemanden mussten wir anrufen. Eine Bundesbehörde. Hector hier – ich meine Dr. Gomez – war der Ansicht, wir sollten das CDC rufen. Das nächste auf der Liste war das FBI.« Er lächelte. »Das tun wir vielleicht trotzdem noch.«

»Danke.« Ich versuchte noch immer, alle Gedanken, die mir im Kopf umherschwirrten, unter einen Hut zu bekommen. »Ich richte mich erst einmal im Hotel ein. Lassen Sie uns dann zu der Schlucht fahren, wo man die Toten gefunden hat.«

Sheriff Wilson und Dr. Gomez nickten nur, während sie sich beide an der Wange kratzten.

Ich nahm mir ein Zimmer in einem schmuddeligen La Quinta, nicht allzu weit von der mexikanischen Grenze entfernt. In dieser Stadt gab es keine sehr große Auswahl. Ich warf meine Koffer aufs Bett und versuchte dann, ein Nickerchen zu machen, obwohl die ins Fenster eingebaute Klimaanlage wie ein kaputter Auspuff röhrte. Ich musste ausgeruht sein, wenn die Ergebnisse der Toxikologie kamen. Hoffentlich trafen sie eher früher als später ein.

Schon zu diesem Zeitpunkt war die Situation äußerst merkwürdig. Wer sollte eine Leiche aus dem Leichenschauhaus stehlen? Auch die Bisswunden fand ich seltsam. Und wo war das ganze Blut geblieben? Da hatte ich mich all die Jahre bemüht,

Blut aus dem Weg zu gehen, und jetzt wünschte ich mir mehr davon. Immer ging es nur um Blut. Ich dachte an Macbeth: »Je näher am Blut, so näher am Verderben.« Ich glaube, das hat mein Vater mir beigebracht. Im Nachhinein erscheint es umso passender, da ich mich seither ununterbrochen in Blut gebadet fühle.

Ich schickte die Bilder an mein iPad und stellte Ermittlungen an, welches Tier eine solche Wunde hinterlassen könnte. Außerdem versuchte ich, den lockeren oberen Backenzähnen eine Bedeutung zu entlocken. Welche systemische Erkrankung könnte dies verursachen? Diabetes und Krebs waren die offensichtlichen Kandidaten, aber der Körper erschien bei guter Gesundheit, also schloss ich diese Möglichkeiten aus. Eine andere Autoimmunkrankheit konnte ein Faktor sein, aber das würde weitere Tests erfordern. Ich nahm mir vor, daran zu denken, eine Gewebeprobe nach Atlanta zu schicken. Das war mein erster Soloauftrag; ich durfte nichts außer Acht lassen.

Gerade hatte ich den Kopf auf das flache Kissen gebettet, als mich ein Klopfen an der Tür beinahe senkrecht hochschießen ließ.

»Dr. Scott? Hier sind Sheriff Wilson und Dr. Gomez.«

Ich entriegelte die Tür und öffnete sie. Beide sahen wie Verkörperungen von Scham und Frustration aus.

»Tut mir leid«, sagte der Sheriff. »Wir haben versucht anzurufen, aber Ihr Handy muss stummgeschaltet …«

»Was ist passiert?«, unterbrach ich ihn. Zu diesem Zeitpunkt war ich vermutlich übermüdet. »Sind die Resultate schon eingetroffen?«

Wilson sah Gomez an, als würden sich beide vor der Antwort drücken wollen. Der Sheriff gewann den stummen Kampf. »Die neue Leiche. Sie ist … Nun ja, sie ist nicht länger im Kühlhaus«, sagte Dr. Gomez.

Auf dem Weg zum Leichenschauhaus versuchte Sheriff Wilson, das Ganze zu erklären. »Bei uns wurde noch nie eingebrochen.«

Das war meiner Meinung nach eine zweifelhafte Leistung. »Das ist aber noch nicht alles«, fuhr der Sheriff fort. »Der Posten an der Hintertür hat ausgesagt, die Frau sei auf ihn zugekommen und hätte mit einem chirurgischen Hammer auf ihn eingeschlagen. Danach weiß er nichts mehr.«

»Entschuldigung. Welche Frau?«

»Die Frau, die Sie gesehen haben. Die Leiche vom Tisch.«

Ich lachte. »Was? Das ist unmöglich.«

Einen Augenblick lang herrschte Stille im Wagen. Es war wie bei einem Film in der Endlosschleife, alle paar Meilen stand ein identischer Riesenkaktus am Straßenrand.

Als wir beim Leichenschauhaus eintrafen, untersuchte dort gerade ein Deputy den Tatort, den wir vor wenigen Stunden verlassen hatten. Der Mann sah aus, als würde er seine Schlüssel suchen. Mein Blick fiel auf den leeren Tisch, dann auf die Dinge aus dem Regal, die wie nach einem Erdbeben überall auf dem Boden verteilt waren. Auf dem Tisch lagen eine Rolle Verbandsmull und eine Schere.

Wilson entging mein Blick nicht. »Der Deputy hat gesagt, der Kopf der Frau sei bandagiert gewesen.«

Ich tauschte einen Blick mit Dr. Gomez. Er zuckte nur mit den Schultern. Wir gingen hinüber in den anderen Raum, wo ein weiterer Deputy, der nicht älter als neunzehn aussah, mit verbundenem Kopf auf dem Boden saß. Er wiederholte bereitwillig die Geschichte, während er sich ein Kältepack an die Schläfe hielt: »Eben noch war ich allein, dann war da plötzlich diese junge Frau …«

»Die mutmaßliche Leiche«, sagte ich.

Er nickte langsam. »Ja. Sie. Sie stand neben mir. Ich aß gerade einen Twix. Die Frau, sie …«

»Die mutmaßliche Leiche«, wiederholte ich.

Der Deputy hielt inne. Nervös blickte er zum Sheriff, dann fuhr er fort. »Ja. Die mutmaßliche Leiche. Sie trug Hosen. Und ein Sweatshirt. Keine Schuhe.«

»Im Korridor steht ein Spind«, sagte Sheriff Wilson. »Der

wird von den Angestellten und Deputies benutzt, die im Leichenschauhaus Dienst haben. Er wurde aufgebrochen. Genau diese Kleidungsstücke fehlen.«

»Ich wollte sie fragen, was sie hier macht, aber irgendwie wollten die Worte nicht rauskommen.« Der Deputy legte die Stirn seines schmalen Gesichts in Falten. »Und dann hatte ich sie endlich angesprochen, als mein Kopf mit dem Hammer Bekanntschaft machte.«

Ich nickte und gab mir alle Mühe, nicht angewidert dreinzuschauen. »Diese andere Leiche, die gestern verschwand. Gab es irgendwelche …«

Sheriff Wilson antwortete, noch ehe ich zu Ende gesprochen hatte. »Da fehlte auch Kleidung aus dem Spind.«

Ich konnte mir den Gedanken nicht verkneifen, dass der Deputy selbst halb tot aussah, so als wäre er auf Meth. Was nicht nur an dem Hammerschlag gegen seinen Kopf liegen konnte. Vermutlich war gutes Personal schwer zu finden. Da es nichts anderes zu tun gab – die Ergebnisse der vorläufigen Tests lagen noch nicht vor, es gab keine Leiche zu untersuchen, und alle waren hellwach –, fuhren wir hinaus in die Wüste zum Fundort der Toten.

In der Wüste war es noch dunkel, aber ich kann nicht beschreiben, wie dunkel es in Grenznähe in der Wüste wirklich wird. Wir befanden uns nur zehn Minuten vom Leichenschauhaus entfernt, und es hatte den Anschein, als hätten uns die Autoscheinwerfer in eine andere Welt geführt, die dem schwarzen Himmel näher war. Auf einer niedrigen Anhöhe hielten wir an, vor einem zweieinhalb Meter hohen, mit Stacheldraht gekrönten Metallzaun, vor dem alle paar Meter Zementpoller aus dem Boden ragten. Aus dem Süden kam ein kalter Wind; weder Vögel noch Tiere waren in Sicht. Vermutlich war das die Grenze – irgendwie ziemlich enttäuschend. Ich verließ den Streifenwagen und entdeckte zu meiner Überraschung, dass der Boden mit Gras bedeckt war. Kein Wüstensand.

Sheriff Wilson schlug mit der Hand gegen den Zaun. »Auf der anderen Seite wären Sie in Mexiko. Macht keinen großen Unterschied, was?«

So weit mein Blick reichte, erschien hinter dem Zaun alles ziemlich gleich. Ich konnte das Gefühl nicht abschütteln, dass mich irgendwo aus dieser dunklen Ferne etwas anstarrte. Ich strengte die Augen an, um besser sehen zu können. In der Prärie fühlte ich nur Jahre voller Nichts. Es ließ mich frösteln und husten.

Die Scheinwerfer erhellten die niedrige Grube neben dem Zaun. Der kalte Wüstenwind bereitete mir eine Gänsehaut. Ich ging vor der Grube in die Hocke, sah aber bloß feuchte Erde. Dr. Gomez kauerte sich wie ein Baseballfänger neben mich und strich mit der Hand über den Boden.

Ein Lastwagenfahrer, der Computerschrott transportiert hatte, war gezwungen gewesen, wegen eines Motorschadens am Straßenrand anzuhalten. Er hatte die Leiche entdeckt. Niemand vermochte zu sagen, warum er diese abgelegene Route benutzt hatte, allerdings meinte der Sheriff, es bestünde der Verdacht, dass der Mann illegale Fracht transportiert hatte. Der Lastwagenfahrer hatte am Straßenrand auf den Abschleppwagen gewartet, als ihm eine Gestalt aufgefallen war, die schnell davonrannte. Dann hätte er ein Stück weit entfernt eine Hand gesehen. Als er sich das näher anschauen wollte, fand er die Leiche.

»Die Grenzpatrouille traf vor dem Abschleppwagen ein.« Sheriff Wilsons Stimme klang körperlos und vom Scheinwerferlicht entrückt. »Die Beamten blieben bei der Toten, während sie den Zaun überprüften. Sie riefen uns. Den Rest der Geschichte kennen Sie.«

Ich leuchtete die Gegend mit der Taschenlampe ab. Dann schaufelte ich etwas Erde, die ich analysieren lassen wollte, in einen Plastikbeutel. Ich richtete das Licht darauf. Die Erde erschien rötlich. Ich warf dem Sheriff einen Blick zu. »Ist das getrocknetes Blut?«

Er nahm den Beutel, schob den Cowboyhut zurück und musterte den Inhalt mithilfe seiner kleinen Taschenlampe. »Könnte sein.« Er gab mir die Probe zurück und richtete das Licht auf den Boden. Er strich mit der Hand umher, dann rieb er Daumen und Zeigefinger im Lichtstrahl aneinander. »Verdammt. Das sieht tatsächlich nach frischem Blut aus.«

Ich fragte mich, nach welchen Vorschriften die Grenzpatrouille arbeitete. Aber dann betastete ich mit dem Finger dieselbe Stelle wie Wilson. Im Nachhinein betrachtet sah die ganze Gegend natürlich wie ein aufgebuddeltes flaches Grab aus, aber an diesem frühen Morgen wirkte es wie lockere Erde an einem Zaun. Zu diesem Zeitpunkt wusste noch niemand von dem Massengrab auf der anderen Zaunseite.

Ungefähr gegen fünf Uhr morgens traf ich wieder bei meinem Hotel ein. Ich legte den Kopf auf das harte Kissen und dachte darüber nach, dem CDC ein Update zu mailen. Aber dort war man gerade mit einer weiteren Ebolapanik in Afrika beschäftigt, und in Minnesota hielten sich potenzielle Überträger auf. In den nächsten zwei Wochen würde niemand meinen Bericht lesen, wenn überhaupt.

Ich muss ungefähr eine Stunde geschlafen haben, bevor mich das Handy weckte. Dr. Gomez war am Apparat und sein Ton war drängend. Obwohl, um ehrlich zu sein, in der kurzen Zeit, die ich ihn kannte, hatte er stets so geklungen, als stünde er ein bisschen neben sich.

»Das Labor hat angerufen«, sagte er hastig. »Man will uns sofort sehen.«

Im Labor der Universität von Arizona in Santa Cruz – ungefähr eine halbe Stunde Fahrt von Nogales entfernt –, nahm ich mir einen Kaffee und rührte klumpigen Zucker hinein, während ich mich dem Professor und dem Medizinstudenten vorstellte, die uns erwarteten. Gomez sah aus, als hätte er zwei Tage lang nicht geschlafen. Er schüttelte Professor Chen die Hand, wie einem Bekannten. Chen war ein dürrer, lebhafter älterer Mann mit einer Professorenfrisur und zerknitterter Kleidung. Sein Assistent, Jimmy Morton, sah aus wie ein Hipster aus dem Besetzungsbüro. Er trug ein rotes Flanellhemd und einen Schnurrbart, der einer verdrehten Krawatte nicht unähnlich von seiner Oberlippe hing. Das Monokel musste er zu Hause gelassen haben.

Chen winkte uns zu seinem Computer. »Wir haben das Blut einem vorläufigen Test unterzogen. Im Moment ist hier nicht viel zu tun, also konnten wir es schnell erledigen, aber eines will ich Ihnen sagen. Das muss sich unbedingt ein Hämatologe ansehen.« Sein Blick funkelte wie ein Feuerwerk. »Bereiten Sie sich darauf vor, die Grenzen Ihres Verstandes gesprengt zu bekommen.« Ein Mausklick, und auf dem Bildschirm erschien ein neongrünes und rotes HD-Bild in tausendfacher Vergrößerung. Es sah aus wie ein Computerspiel. »Ein Lichtmikroskopbild wäre besser, aber natürlich fehlt uns hier eine derartige Ausrüstung.« Mit einem knorrigen Finger zeigte er auf die roten Kreise auf dem Bildschirm. »Sehen Sie sich die Blutplättchen an. Zuerst hielten wir es für eine Sichelzellenanämie, eine uns unbekannte Art. Aber schauen Sie hier. Es ist wie ein klassischer Fall von Leukämie. Doch bei unseren weiteren Tests wurde das nicht bestätigt. Manchmal befindet sich die Probe deutlich in einem Zustand der Hyperkoagulabilität, dann verschwindet der wieder.«

Sheriff Wilson hob die Hand. »Was bedeutet Hyper… was auch immer?«

»Das Blut hat die Tendenz, schnell zu verklumpen«, antwortete Jimmy. Insgeheim betete ich darum, dass er beim Sprechen anfing, seinen Schnurrbart zu zwirbeln. »Das ist schlecht, denn es kann zu lebensbedrohlichen Gerinnseln im Körper führen. Eine Person, deren Blut sich in einem solchen Zustand befindet, hätte überall Gerinnsel in den Adern.«

Professor Chen übernahm; dabei rieb er sich die schwieligen Hände. »Ehrlich, genau daran ist diese Person meiner Meinung nach gestorben.«

»Sie lebt«, sagte ich. Ich warf dem Sheriff einen Blick zu. »Mutmaßlich.«

Chen und Morton starrten uns an, dann wechselten sie einen Blick. »Wie soll das möglich sein? Das ist absurd«, sagte der Professor. Er wartete nicht auf eine Antwort, bevor er fortfuhr. »Sie werden das jetzt nicht glauben, aber das Blut verdünnt sich auf ein Niveau – ich meine, die Zellen zur Blutgerinnung mutieren zu einem Niveau, das Ähnlichkeit mit Ebola hat. Das ist mein Ernst.«

»Richtig«, bestätigte Jimmy.

»Das ist wie eine mir unbekannte Thrombozytose«, sagte Chen. »Die Probe muss für weitere Tests in das Labor der Universität von Arizona geschickt werden. Ehrlich gesagt sollten wir vermutlich Hazmat-Anzüge vom Typ 1 tragen, oder uns das in einem Labor der Sicherheitsstufe 4 ansehen. Ich wüsste nur zu gern, ob ein Niemann-Pick C1 Cholesterin-Transporter für die Übertragung so essenziell ist wie bei Ebola.«

»Ich muss dem CDC schnellstmöglich eine Probe zukommen lassen«, sagte ich. Der Bildschirm hielt mich in seinem Bann. Ich spürte den ersten Adrenalinschub. Hatte diese staubige alte Stadt tatsächlich ein neues Virus zur Welt gebracht?

Sheriff Wilsons Handy klingelte. Er trat zurück, um den Anruf entgegenzunehmen.

»Hämatologie ist offensichtlich nicht mein Fachgebiet«, sagte Dr. Gomez, »aber kann jemand in diesem besonderen Zustand lange überleben?«

»Das ist unwahrscheinlich«, meinte Professor Chen. »Vermutlich gibt es Ausnahmen, wie bei jeder Krankheit, aber ich kann mir nicht vorstellen, dass ein Organismus das aushält. Ebola tötet innerhalb kurzer Zeit, und das hier ist allem Anschein nach genauso schlimm. Wenn nicht noch schlimmer. Ich kann nur davon ausgehen, dass das die Todesursache war. Aber jetzt sagen Sie mir, diese Frau ist nicht tot? Das halte ich doch für sehr unwahrscheinlich.«

»Da sind wir einer Meinung. Aber es ist passiert«, sagte Dr. Gomez und zuckte mit den Schultern.

Sheriff Wilson trat wieder zum Computer. »Es gibt eine gute

Nachricht. Wir haben eine Spur. Ein Mädchen namens Liza Sole wurde von ihrer Mitbewohnerin als vermisst gemeldet, und sie passt auf die Beschreibung unserer ehemaligen Leiche.«

»Haben Sie etwas dagegen, wenn ich mitkomme?«, wollte ich wissen.

»Ich wollte Sie gerade darum bitten«, antwortete Wilson.

Wir landeten in einem älteren Apartmentkomplex nur drei Meilen entfernt. Die Sonne war aufgegangen, und ich spürte, wie mir jegliche Energie fehlte. Ich sehnte mich nach einer weiteren Tasse Kaffee, war mir aber ziemlich sicher, dass ich die so bald nicht bekommen würde. Seltsamerweise war mir der Geruch von Kaffee früher verhasst gewesen. Er erinnerte mich an die Sommer in Florida im Haus meiner Tante, das immer nach Kaffee roch und so gottverdammt heiß und schwül war. Für mich roch Kaffee nach Langeweile und Moskitos, aber das Medizinstudium verändert jede Gewohnheit und jede lieb gewonnene Ansicht.

Ich zählte in der Anlage ungefähr zwanzig Wohneinheiten – sie war alles andere als groß. Zwei Stockwerke und ein Parkplatz. Das war es schon. Wir stiegen die Treppe hinauf und suchten nach Apartment 221. Oben auf dem Treppenabsatz verfinsterte sich Sheriff Wilsons Miene.

»Was ist los?«, fragte Dr. Gomez.

»Einer meiner Deputies sollte uns hier treffen. Er hat durchgegeben, er sei bereits vor Ort.« Stirnrunzelnd blickte er sich um. »Wissen Sie, wir sind ein kleines County. Ich erwarte, dass meine Männer zur Stelle sind, wenn sie gebraucht werden.«

Wilson klopfte ein paarmal an der Tür, wartete, überlegte kurz und drehte dann den Türknauf. Die Tür schwang auf. Dennoch blieb er unschlüssig stehen. Wir wechselten einen Blick. Mit einem tiefen Seufzen betrat der Sheriff die Wohnung.

»Ich glaube, ich habe da einen Hilferuf gehört«, sagte er mit wenig Überzeugung.

Wir traten ein, und ein seltsam vertrauter Geruch schlug mir entgegen. Zu diesem Zeitpunkt konnte ich ihn nicht unterbringen, aber jetzt weiß ich natürlich, dass es der gleiche süßliche Geruch wie sechs Stunden zuvor in Nogales gewesen war. Und natürlich hätten wir uns Schutzmasken aufsetzen sollen, bevor wir eintraten. Bei diesem Einsatz hatte ich bis jetzt so viele Protokolle verletzt, dass es ein Wunder war, dass ich später noch einen Job hatte.

Das Apartment sah aus, als wäre es schnell verlassen worden. Im Fernseher lief irgendeine Realityshow mit Prominenten. Auf dem Tisch im Wohnzimmer standen zwei Teller zur Hälfte verspeistes Sushi, daneben zwei Gläser Wein. Wilson und Gomez warfen einen Blick in die beiden Schlafzimmer, während ich mich in der Küche umsah. Nichts schien zu fehlen. Am Kühlschrank hing eine Karte mit Blümchenmuster, gehalten von einem SpongeBob Schwammkopf-Magneten. Die Überschrift in Druckbuchstaben verkündete: »DINGE, DIE LIZA DIESES JAHR TUN MUSS!!« Ohne nachzudenken, zog ich sie vom Kühlschrank und steckte sie in die Jackentasche. Der Sheriff kam zurück ins Wohnzimmer und blickte sich erneut um. »Kein Zeichen von der Mitbewohnerin oder dem toten Mädchen«, sagte er. Die Frau, die die Vermisstenmeldung erstattet hatte, hieß übrigens Glenda Jones. Nicht, dass das jetzt noch von Bedeutung wäre. Wilson sah mich an. »Die mutmaßliche Leiche.«

Ich versuchte nicht einmal, mein Lächeln zu unterdrücken – und es hatte mein Gesicht noch nicht verlassen, als der Aufschrei von Dr. Gomez den Moment zerstörte. Wir rasten zum Korridor und rannten beinahe in Gomez hinein, der in die andere Richtung lief. Er zeigte hinter sich, worauf der Sheriff die Waffe zog.

»Im Badezimmer«, rief Gomez.

Wilson übernahm die Führung und befahl mir zu warten, aber ich blieb dicht hinter ihm, während wir uns dem Badezimmer näherten. Wilson trat ein und fuchtelte mit der Pistole herum. Es war ein kleines Badezimmer, also blieb ich in der Tür stehen.

»Nein, mein Gott, nein«, sagte Wilson. Er ging neben der Badewanne auf die Knie und steckte die Waffe weg. Ich trat ein und schaute über seine kniende Gestalt hinweg. In der Badewanne lag ein junger Mann in der gleichen Uniform wie der Sheriff. Sein Gesicht war weiß wie Schnee. Die Augen standen weit offen. Er war ganz eindeutig tot. Für den Moment.

Das war der Zeitpunkt, an dem die Geschichte eigentlich richtig losging. Ein Mädchen, das von den Toten auferstanden war, ein toter Deputy und eine vermisste Mitbewohnerin. Später sollte ich mir schwere Vorwürfe machen, dass ich nicht das FBI gerufen und die ganze Gegend sofort unter Quarantäne gestellt habe. Aber die Ereignisse entwickelten sich einfach zu schnell. Von diesem Augenblick in Liza Soles Badezimmer an folgte rasant eins aufs andere.

Natürlich wollte ich in dem Apartment Proben nehmen, aber es war nichts zu finden. Seltsamerweise gab es keine Blutlachen. Die von Dr. Gomez durchgeführte Autopsie erbrachte das Resultat, dass Deputy Shawn Miller durch Blutverlust gestorben war. Gomez verbrachte Stunden mit der Suche nach einer anderen Ursache, aber der Tod konnte nur auf die Entfernung allen Blutes zurückzuführen sein.

In meiner eigenen Untersuchung kam ich zu demselben Schluss. Zwei Löcher in der Halsschlagader wurden als einziger Grund für den Blutmangel festgestellt. Sonst gab es keine Verletzungen, keine Prellungen, Kratzer oder sonstige Platzwunden.

Dr. Gomez konnte es nicht glauben. Nicht einmal mit einem Fleischermesser hätte man das Blut auf so effiziente Weise ablassen können. Diesen ersten Tag verbrachte ich mit ihm zusammen und versuchte zu ergründen, wie man durch die beiden Löcher innerhalb weniger Minuten das ganze Blut aus dem Körper entfernen konnte. Deputy Miller war keine Stunde vor uns am Tatort eingetroffen, hatte seinen Bericht erstellt, sich in der Zentrale gemeldet und dann auf uns gewartet. Es erschien unmöglich.

Die Spurenmengen Blut, die Dr. Gomez und ich bei dem Toten fanden, wiesen dieselben Indikatoren auf wie die Proben der entflohenen Leiche aus dem Kühlhaus. Die Probe wurde nach Galveston, Texas, geschickt, zur Universität von Texas mit ihrem Biosicherheitslabor der Stufe 4. Sie schien dieselbe Struktur zu haben wie die vorherige Probe. Als man sie allerdings mit einem Elektronenmikroskop untersuchte, zeigte sie eine Mutation, die man als Marburg Virus identifizierte, ein hämorrhagisches Fiebervirus so schlimm wie Ebola. Meine Vorgesetzten erkannten den Ernst dieser Ergebnisse noch immer nicht, befahlen mir aber trotzdem, vor Ort zu bleiben, für den Fall, dass noch andere Personen Symptome des Virus zeigten. Ich konnte mir ausmalen, wie meine Wohnung in Atlanta nach einem weiteren Monat Abwesenheit aussehen würde. Und wie aufs Stichwort rief mich meine Mutter an. »Lauren, Gott sei Dank! Was ist los? Warum sieht deine Wohnung verlassen aus?«, überfiel mich ihr hysterischer Wortschwall. Ich hatte meine Schwester gebeten, alle paar Tage nach der Wohnung zu sehen, aber es hat noch nie etwas gebracht, eine Zwanzigjährige mit einem neuen Freund darum zu bitten, sich um eine wichtige Angelegenheit zu kümmern.

Es dauerte nur einen Monat, bis in Arizona und dann New Mexico weitere Leichen auftauchten. Allesamt blutleer, und bei allen verschwand zugleich auch eine andere Person aus demselben Haushalt. Den Leichen war entweder das Blut entnommen worden, oder sie zeigten dieselben Bluteigenschaften wie die erste Tote – Liza Sole.

Sole war eine achtundzwanzigjährige Frau aus Dallas, Texas, gewesen, die als Verkäuferin gearbeitet und ein paar Ehen hinter sich gebracht hatte, bevor sie wieder zur Schule gegangen war, um ihren Abschluss an der Universität von Arizona nachzuholen. Aber das war nicht von langer Dauer; sie lernte einen neuen Mann kennen und zog nach Nogales, Arizona, wo sie bei Pizza Hut arbeitete. Wie bei vielen ihrer früheren Beziehungen hielt auch diese nicht lange, und bald zog sie aus dem Haus ihres

Freundes aus. Danach mietete sie sich ein Apartment, für dessen Unterhalt sie eine Mitbewohnerin brauchte. Sie fand welche über Craigslist, die aber meist nur kurz bei ihr wohnten.

Bei der schnellen Ausbreitung des Virus hätte das CDC mehr Interesse zeigen sollen, aber die Behörde war noch immer auf das in Afrika wütende Ebola konzentriert, das von zurückkehrenden Touristen und Beschäftigten im Gesundheitswesen in die Vereinigten Staaten eingeschleppt wurde. Meine Blutzellenkrankheit erhielt keine größere Aufmerksamkeit und eigentlich auch keine Geldmittel. Einen Monat nach dem ersten Vorfall machte man mich zur Leiterin des Nogales-Teams, aber der Begriff »Team« war übertrieben. Es bestand noch immer nur aus mir, die Berichte nach Atlanta schickte. Personal zur Unterstützung gab es keines.

In meinen Berichten erfand ich für das Virus die Bezeichnung »Nogales organic blood illness« (Nogales-Blutkrankheit). Abgekürzt NOBI. Ich hatte Sheriff Wilson seinem Fahndungsaufruf nach Liza Sole den Zusatz hinzufügen lassen, dass das CDC über sämtliche Spuren oder ähnliche Fälle unterrichtet werden sollte, da die Möglichkeit bestand, dass die Verdächtige eine ansteckende Krankheit verbreitete.

Ich konnte meine Vorgesetzten beim CDC jedoch nicht davon überzeugen, vor der Krankheit zu warnen. Eine offizielle Warnung hätte das FBI und andere Bundesbehörden gezwungen, sofort einen Alarm herauszugeben. Jede Strafverfolgungsbehörde im Land hätte Informationen zu NOBI erhalten. Ich will nicht behaupten, dass wir die Verbreitung dann hätten aufhalten können, aber es hätte einen gewaltigen Unterschied gemacht, bevor die Krankheit zur nationalen Gesundheitskrise wurde.

Es hätte Leben retten können.

Ungefähr einen Monat nach dem Vorfall mit Liza Sole ließ sich Dr. Gomez beim Gesundheitsamt von Nogales beurlauben, um sich meiner Untersuchung anzuschließen. Auf eigene Kosten folgte er mir in verschiedene Städte im Südwesten, um Toten und Vermissten nachzuspüren, die möglicherweise mit NOBI in Kontakt gekommen waren. Bald begleitete er mich in dem Auto, das ich auf Kosten der Regierung mietete, und er erwies sich als große Hilfe und angenehme Gesellschaft.

Anfangs folgten wir der Spur von Liza und der Krankheit durch Arizona. Es kam mir wie der spontane Ausflug zweier Collegezimmergenossen vor, die ihre ganze Habe in ihren Kleinwagen luden. Es fehlte nur die Kühltasche mit billigem Bier. Eine Kleinstadt schien mit der nächsten zu verschmelzen, unsere Akten wurden dicker und der Platz für unsere Kleidung knapper. Zehn Meilen bis zum nächsten Motel, und ich konnte es kaum erwarten.

Ich war völlig erledigt. Als wir ankamen, ließ ich meine Taschen einfach zu Boden fallen und sank auf das einfache Motelbett. Dr. Gomez – Hector – hatte sein Budget schon vor langer Zeit aufgebraucht und schlief in meinem Zimmer auf dem Boden. Er drückte sein dünnes Kissen gegen die rissige Tapete an der Wand. Es tat mir leid, dass Nogales County seine Forschung nicht bezahlen wollte und er dafür seine Ersparnisse verbrauchte. Aber diese Widrigkeiten ließen seine Entschlossenheit, die sich anbahnende Krise unter Kontrolle zu bringen, nur noch wachsen. Bei mir war es nicht anders.

Sein Bett auf dem harten Fußboden sah nicht sonderlich bequem aus. »Hey, Dr. Gomez«, sagte ich. Mit müdem Blick schaute er nach oben.

»Was ist, Dr. Scott?«

Ich wies mit dem Kopf auf das Bett. »Zuerst einmal, warum nenne ich Sie nicht Hector und Sie mich Lauren? Zweitens sehen Sie auf dem Boden wie ein Häufchen Elend aus. Warum schlafen Sie nicht im Bett? Da ist genug Platz für uns beide, und mittlerweile bin ich mir ziemlich sicher, dass ich Ihnen vertrauen kann. Und wenn nicht, prügle ich sie windelweich. Das schaffe ich bestimmt.«

Einen Moment lang starrte er mich an, als wollte er nicht vom

Boden aufstehen. Vielleicht gehörte er ja zu den asketischen Typen, die sich sämtlicher Ausschweifungen enthielten und jeden Komfort verweigerten.

Doch dann stand Hector wortlos auf und ließ sich aufs Bett sacken. Er drehte sich auf die Seite und umklammerte das Kissen wie einen Rettungsring. Im Handumdrehen war er eingeschlafen. Ich lag angezogen auf der anderen Bettseite und träumte von Blutegeln.

Nach einem Monat hatten wir acht Todesfälle bestätigt, bei denen das Blut abgezapft worden war, und zehn Vermisste. Letztere stellten den verblüffendsten Teil unserer Untersuchung dar. Mir fiel keine plausible Theorie ein, warum ein paar Leute, die mit Liza Sole in Kontakt kamen, einfach verschwanden. Wenn sie sich das Virus eingefangen hatten, hätten sie dann nicht nach kurzer Zeit tot sein müssen? Entführte Liza sie? Folgten sie ihr aus freiem Willen? Brachte sie sie um und vergrub sie an einem abgelegenen Ort?

Aber dann machte Liza Sole endlich einen Fehler und wurde mehr als nur ein Mythos, und all unsere amtlichen Bekanntmachungen zahlten sich aus.

Zu dem Zeitpunkt hatten wir es mit sieben Leichen zu tun, die obduziert und für blutleer befunden worden waren. Es sah aus, als wäre der größte Teil des Blutes entfernt worden und der Rest im Körperinneren verdampft. Bei den Obduktionen fanden wir deshalb nur selten genug Blut, um es mit der Probe von der ehemals toten Liza Sole zu vergleichen.

Die Polizei von El Paso meldete uns eine achte Leiche, die in der Nähe des Grenzübergangs von Ciudad Juarez, Mexiko, gefunden wurde. Ein Polizist auf Patrouille fuhr in seinem Streifenwagen hinter einem leer stehenden Lagerhaus durch eine Gasse, wo er eine Person entdeckte, die sich über einen auf dem Boden liegenden Körper beugte. Der Officer richtete den Suchscheinwerfer auf sie. Die hockende Gestalt sprang auf und rannte mit großer Geschwindigkeit davon. Der Officer wollte nicht glauben, dass ein Mensch so schnell rennen konnte.

Er ging auf die Person am Boden zu. Es handelte sich um einen Mann, aus dessen Halsschlagader Blut spritzte. Bis zum Eintreffen des Krankenwagens war er tot, in der Gerichtsmedizin erinnerte sich jedoch ein Angestellter an das Rundschreiben der Polizei von Nogales. Als Hector und ich eintrafen, überzeugte mein Begleiter den Gerichtsmediziner, einen alten Studienkollegen, ihn an der Obduktion teilnehmen zu lassen. Basierend auf dem Zustand des Körpers und der inneren Organe kam Hector zu dem Schluss, dass das Opfer vermutlich demselben Virus wie Liza Sole ausgesetzt gewesen, aus irgendeinem Grund mit den einhergehenden körperlichen Veränderungen aber nicht zurechtgekommen war.

Allerdings hatten wir noch nicht ermitteln können, wie Liza Sole das Virus ohne offensichtliche schädliche Auswirkungen in sich tragen konnte. Ich hatte eine Krankheit mit einer – inoffiziellen – Sterblichkeitsrate von 50 %, wenn nicht sogar mehr. Eine Krankheit, die einige der Betroffenen verschwinden ließ und andere nach dem Tod zurück ins Leben holte. Und denen, die tot blieben, das Blut entzog.

Dr. Gomez und ich waren so damit beschäftigt gewesen, Toten hinterherzujagen, dass ich nicht einmal Zeit gehabt hatte, gründliche Statistiken anzufertigen. Alles stand planlos in meinem iPad und meinen Moleskin-Notizbüchern, die ich überall mit hinschleppte, aber meine Aufzeichnungen hinkten den aktuellen Fällen Wochen hinterher. Das soll keine Ausrede für die Vorwürfe sein, die man mir gemacht hat; ich gebe hier lediglich Fakten wieder.

Aber dann. In El Paso hatten wir endlich einen Durchbruch.

Wir holten Liza Sole ein.

Dr. Gomez und ich entschieden uns zu richtigem texanisch-mexikanischen Essen. Yelp führte uns zu einem Lokal namens El Capitan. »Das beste Restaurant der Gegend«, wurde behauptet. Natürlich war meine ganze Überredungskunst gefragt, um Hector aus dem Zimmer zu locken und dazu zu bringen, seine mönchsähnliche Hingabe, Liza Soles Weg vorherzusagen, einmal für eine Weile aufzugeben.

»Das ist gutes mexikanisches Essen«, sagte ich und öffnete die Tür unseres Motelzimmers.

»Ich habe zu arbeiten«, erwiderte er.

Ich betrachtete die Akten, die um ihn herum verteilt lagen, als wären sie einem Hurrikan zum Opfer gefallen. Mittlerweile hatte Hector einen ganz schön dichten Bart und schien seit Beginn unserer Reise ungefähr fünf Kilo verloren zu haben. Er trug nur seine Boxershorts und ein schmuddeliges T-Shirt.

»Sie wollen ernsthaft wieder bei Dairy Queen oder McDonald's essen? Oder sich was aus dem Automaten auf dem Flur holen?« Ich wählte die beste Methode, die ich kannte, um einem Mann Angst einzujagen: Ich verschränkte die Arme und sprach im Tonfall meiner Mutter: »Ernsthaft: Steigen Sie in Ihre verdammten Klamotten und lassen Sie uns mexikanisch essen gehen!«

Er starrte mich einen Moment lang an.

Dann ging er zum Bett und schnappte sich seine Hose.

Kurz darauf saßen wir in einer Nische des El Capitan, tranken Margaritas und knabberten an Chips und Salsa. Das Restaurant war ziemlich alt und heruntergekommen, die roten Lampen über den Tischen tauchten die Separees in einen unheimlichen Schein. Die Vinylsitze waren alt und rissig. Schweigend saßen wir da und hingen unseren Gedanken nach.

Mein Handy summte, und ich ging vor dem zweiten Summen dran. Bevor ich etwas sagen konnte, rief mir schon eine Stimme ins Ohr: »Wo steckst du?«

Es war Jennifer. Ich hätte mir die Anruferkennung ansehen sollen. Mir war sofort klar, dass sie Streit suchte.

»Ich bin unterwegs, Jenny«, erwiderte ich. Meine Gereiztheit schwand, als ich ihre heisere Stimme hörte. Es war zu lange her …

»Jagst du noch immer diesen Bazillus?«

»Virus«, korrigierte ich. »Also was liegt an?« Dabei kannte ich die Antwort bereits.

»Ich bin diesen Monat etwas knapp, und ich habe mich gefragt, ob du …«

»Was war es denn diesmal? Ein Musikfestival?«

Am anderen Ende der Leitung trat Schweigen ein. »Zeugs. Du weißt schon.«

»Okay. Ich schicke dir fünfhundert.«

Ich vernahm ein Seufzen. »Danke. Und ruf Dad an. Er beschwert sich immer, dass er nicht weiß, wo du bist.«

»Mache ich«, erwiderte ich. Als sie auflegte, bedauerte ich, sie nicht öfters anzurufen. Ich musste sie so vieles fragen, hatte aber nie die Zeit dazu. Hector sah mich an, sagte aber nichts. Und ich genauso wenig.

»Ich frage mich, wann man uns wegen der nächsten Leiche anruft«, sagte er.

Ich dachte einen Moment lang nach, während ich einen ganz besonders salzigen Chip knabberte. »Wenn das Muster dem Zeitplan folgt … vermutlich in zwei Tagen. Das scheint so üblich zu sein.« Ich musste lachen. Das ganze Herumsitzen und Nachdenken hätte meinen Vater entsetzt. Er hätte verlangt, dass ich mir die Hände schmutzig machte und etwas unternahm!

»Wahrscheinlich haben Sie recht.«

»An welchem Ort, was glauben Sie?«

Hector schüttelte den Kopf. »Wer weiß? Könnte überall sein.«

Meine Gedanken rasten. »Nicht überall. Es muss ein bestimmter Ort sein. Die ganze Sache scheint nach einem Muster abzulaufen. Wollen wir doch mal sehen, ob wir dem auf die Spur kommen.«

Hector tippte neben seiner Enchilada-Platte mit der Gabel auf den Tisch. »Nach der letzten Stadt ist sie nicht weit gekommen. Vermutlich ist sie per Anhalter gefahren oder hat sich eine andere Möglichkeit gesucht – Gott steh uns bei, wenn sie ein Auto haben sollte.«

»Genau. Meiner Meinung nach können wir mit Sicherheit davon ausgehen, dass sie nicht mehr in El Paso ist«, verkündete ich und nahm einen großen Bissen von meinem Flauta. Fett tropfte mir vom Kinn. Einfach göttlich.

»Wir brauchen eine Karte«, sagte Hector.

Unwillkürlich griffen wir beide nach unseren Handys und riefen Google Maps auf. »Sie will nicht nach Mexiko, sonst wäre sie in Nogales über die Grenze gegangen«, sagte ich. »Ich glaube, sie bleibt im Südwesten.«

»Sie wird sich an Städte abseits der großen Highways halten. Ihr bleibt keine andere Wahl. Carlsbad, Las Cruces, Van Horn. Eine davon muss es sein. Aber welche?«

Ich dachte einen Moment lang nach, während ich meine zweite Margarita schlürfte. Ich versuchte, mich an das Inventar von Liza Soles Apartment zu erinnern. Papiere, Quittungen, Notizbücher … ihr Browserverlauf. Ich schlug mit der Hand auf den Tisch. »Sie ist Künstlerin! Oder zumindest interessiert sie sich für Kunst.«

Dr. Gomez warf mir einen Seitenblick zu. »Und?«

Ich beugte mich ihm über den Tisch entgegen. »Sie sucht nach Städten oder Gegenden, wo sie sich heimisch fühlt oder wo es interessante Leute gibt. An ihrem Kühlschrank habe ich eine Liste mit Dingen gefunden, die sie gerne machen wollte! Dort stand auch, dass sie sich die Künstlerszene in Marfa, Texas, ansehen will.«

»Hm. Klingt dünn. Sehr dünn.« Er starrte auf die Karte seines Handys und deutete mit dem Finger auf die Städte um El Paso. Dann schüttelte er den Kopf und biss die Hälfte seiner Enchilada ab. »Verdammt. Es wäre nicht schwer, dorthin zu kommen, und es liegt am Highway, aber einem eher unbedeutenden, was die Wahrscheinlichkeit verringert aufzufallen.«

Dr. Gomez schaute auf und einen Augenblick lang sahen wir uns in die Augen.

Bei Sonnenaufgang erreichten wir das Marfa Motor Inn. Es war billig genug, dass Dr. Gomez sich ein eigenes Zimmer leisten konnte, und wir entschieden uns, bis Mittag etwas dringend benötigten Schlaf nachzuholen und uns dann an die Arbeit zu machen. Natürlich wurde aus Mittag drei Uhr nachmittags. Wütend klopfte ich an Hectors Tür. Verschlafen öffnete er.

»Ernsthaft. Wir müssen los.«

Er nickte. »Ich weiß. Tut mir leid. Aber das habe ich gebraucht. Und jede Wette, Sie auch.«

Wir machten einen Abstecher zum Sheriffbüro – Sheriff Langston Lamar –, um uns vorzustellen und die Situation zu besprechen. Er war etwa Mitte vierzig und gebaut wie ein Linebacker. Abgesehen von ein paar Kneipenschlägereien hatte es in den vergangenen Monaten keinerlei verdächtige Aktivitäten in dem Ort gegeben. Er teilte uns mit, nicht das nötige Personal zu haben, um Deputies für die Untersuchung abzustellen. Sollte sich etwas ergeben, würde er das aber mit Sicherheit ernst nehmen. Er gab uns seine Handynummer.

Zurück im Motel durchdachten wir die verschiedenen Möglichkeiten, die sich uns boten. Hector durchforstete sein Handy. »Okay, es gibt eine Kunstausstellung, eine Countryband spielt live, und im Stadtzentrum gibt es ein paar Dinner-Veranstaltungen.«

»Meiner Meinung nach sollten wir mit der Ausstellung beginnen. Und uns dann die anderen ansehen, falls wir dazu noch Zeit haben. Sie könnte überall sein.«

Wir zogen uns um, obwohl keiner von uns etwas dabei hatte, das zu einer Kunstausstellung gepasst hätte. Jeans und Sweatshirt würden reichen müssen. Für alle Fälle packte ich den Schutzanzug in den Kofferraum. In der kühlen Abendluft begaben wir uns zum Ende der langen Hauptstraße zur HiTimes Gallery, einer umgebauten Tankstelle aus einer anderen Ära, die jetzt Hipster-Kunstmäzenen in die Hände gefallen war. Die Sonne war bereits untergegangen, und die Galerie war so voll, als wäre die ganze Stadt gekommen. Die Menge trug ihre Bärte, Flanellhemden und schwarze Kleidung – Cowboy-Chic – zur Schau; man spazierte mit Gläsern in den Händen herum, ohne die Kunst an den Wänden wirklich zu betrachten.

Hector und ich blieben in der Nähe des Eingangs. Gelegentlich sahen wir uns zur Erinnerung ein Bild von Liza Sole auf unseren Handys an. Es war eine handfeste Spur – das spürte ich genau. Wir waren am richtigen Ort. Nach einer Stunde und drei Gläsern Wein schwand jedoch meine Hoffnung. Ich warf Hector einen Blick zu. Plagten ihn dieselben Zweifel? Er musterte die Gäste und die Kunst, ohne sonderlich auf die Eingangstür zu achten. Da wusste ich, dass auch er langsam unsicher wurde. Hatten wir einen Fehler gemacht? Was wollte ich eigentlich mit dieser ziellosen Jagd bezwecken …

In diesem Moment trat eine Frau ein.

Sie trug eine verblichene und abgerissene Levi's 501 Jeans, die an ihren Hüften und Beinen recht eng saß – und einen schwarzen Rollkragenpullover. Als würde es sie nicht im Mindesten interessieren, dass man in Texas keine solchen Pullover trug. Auf ihrem Kopf saß ein alter Cowboyhut, ein Stetson. Abgestoßene alte Punkrockstiefel vervollständigten das Bild. Sie sah aus wie die junge Patti Smith 1973 vor dem Chelsea Hotel, die vor Wut über eine Gesellschaft raste, die sich um ihre Vision nicht scherte. Der Hut war nach vorn gezogen und verbarg ihr Gesicht. Meine Blicke wurden unwillkürlich von ihr angezogen, und ich sah, dass die andere Galeriegäste sie ebenso anstarrten.

Sie verfügte über eine gewisse Ausstrahlung. Ein Kribbeln im Nacken ließ mich frösteln. Ein süßer Duft trieb mir in die Nase und verwirrte sämtliche meiner Gedanken. Es war wie bei einem Autounfall, wenn man sein Leben wie die Bilder in einem Fotoalbum so schnell an sich vorbeirasen sieht, dass man sich nicht auf eine Erinnerung konzentrieren kann. Es machte mich traurig.

Da war eine Anziehungskraft, die ich nicht in Worte fassen konnte.

Sie war die personifizierte Versuchung.

Bedächtigen Schrittes ging sie zu der Wand mit den ersten Bildern. Dabei schaute sie niemandem in die Augen, aber ihr Blick, so beschattet er auch war, musterte die Anwesenden wie

Beutetiere. Ich sah zu Hector hinüber. Er war wie gebannt. Womit ich sagen will, er sah aus, als wollte er sie verschlingen. »Machen Sie ein Foto – da haben Sie länger was von«, sagte ich zu ihm und stieß ihn mit dem Ellbogen an.

Beinahe wäre er aus der Haut gefahren. »Verdammt! Tut mir leid. Sie ist ein hübsches Mädchen! Auch wenn ich ihr Gesicht nicht richtig erkennen kann.«

Ich weiß nicht, ob es der Hut oder das Gesicht war, oder vielleicht die Tatsache, dass der Hut ihr Gesicht verdeckte – womöglich war es auch nur eine Ahnung. Aber es machte Klick. Mein Foto von Liza Sole und dieses Mädchen stimmten nicht genau überein – die junge Frau in der Galerie war etwas dünner –, aber mein Herz schlug schneller.

Ich beugte mich zu Hector. »Ich glaube, das könnte sie sein.«

Er warf mir einen Blick zu. »Die da?« Er hob den Arm, um auf die Frau zu zeigen. Ich riss ihn nach unten.

»Sehen Sie sich ihr Foto an. Von der Nase abwärts.«

Hector berührte das Handydisplay und studierte es, bevor er sich zu mir neigte. »Mist!«

Ich war noch immer abgelenkt, aber es gelang mir, die Beherrschung zurückzugewinnen. »Ich bleibe hier. Sie gehen nach draußen und rufen den Sheriff.«

»Sind Sie sicher?«

»Sie ist es. Da bin ich mir sicher.«

»Nein, ich meine, sind Sie sicher, dass Sie hier drinnen bleiben wollen, statt draußen zu warten?«

Ich sah ihn nur an. Er verließ die Galerie, um den Sheriff zu rufen.

Mit der Konzentration eines Kunstprofessors betrachtete die Frau das Gemälde eines weißen Vogels auf einer Eiche, deren Wurzeln sich im Boden ausbreiteten. Während ich noch grübelte, was sie daran so interessant finden mochte, drehte sie sich plötzlich um.

Und schaute mich an.

Obwohl ich mich auf der anderen Seite des Raumes befand,

stockte mir der Atem. Ich verspürte nur das Verlangen, ihr in die Augen zu sehen. Es war, als würde sie den Grund meiner Anwesenheit kennen, dass ich nach ihr suchte.

Sie bewegte sich wie eine Katze. Bevor ich mir dessen überhaupt bewusst wurde, schoss sie auf mich zu. Ich wich zurück, aber da rannte sie bereits auf den hinteren Teil der Galerie zu und verschwand in einem Hinterzimmer.

Die Galerie hatte sich inzwischen schon ziemlich geleert, bis auf ein paar Nachzügler, die versuchten, den Bartender zu überzeugen, die Bar noch mal zu öffnen. Ich schrie nach Hector, während ich Liza Sole verfolgte. Ich griff nach der Türklinke zum Hinterzimmer. In dem Moment flog die Tür auf und stieß mich zu Boden. Liza sprang über mich hinweg, während Sheriff Lamar hereinstürmte und seinen Taser zog. Er brüllte sie an, stehenzubleiben, und sie verharrte ganz kurz und bleckte dabei die Zähne wie ein Tier. Dann machte sie einen Satz auf den Eingang der Galerie zu.

Sie schaffte es bis zur Tür, während der Sheriff sie ein zweites Mal anschrie, sofort stehenzubleiben. Überraschenderweise gehorchte sie, bleckte erneut die Zähne und eilte dann durch die Tür.

Die Taserdrähte kamen in dem Moment mit ihr in Kontakt, als Hector sich auf sie warf und ihre Taille umschlang. Mit einer weit ausholenden Bewegung befreite sie sich von den Drähten und Hector, aber draußen auf der Straße wurde sie erneut angegriffen, diesmal vom Sheriff und drei Deputies.

Sie schwang die Fäuste und schlug um sich, aber man konnte ihr schnell Handschellen anlegen. Der Sheriff schrie nach Fußfesseln, aber Liza trat ihm mit dem Absatz ins Gesicht. Plötzlich sprang sie in die Höhe und spreizte die Beine. Die Handschellen zerrissen wie nasses Papier. Sie rannte auf die Straße – direkt in einen heranfahrenden Pick-up Truck hinein.

Mit quietschenden Bremsen kam der Wagen zum Stehen, und der Qualm von verbranntem Gummi lag in der Luft, als sie von der Karosserie abprallte.

Wir alle standen wie erstarrt.

»Wieder ein toller Tag im Büro«, knurrte einer der Deputies.

»Bringen Sie sie ins Gefängnis?«, fragte ich.

»Nein, Süße, ich wollte sie eigentlich zurück in die Galerie bringen«, erwiderte Lamar.

Unheimlich witzig. »Ich meinte, ob …«

»Ich weiß, was Sie meinten«, erwiderte Sheriff Lamar. »Wir haben im Büro eine Zelle. Dort bringen wir sie unter, bis wir sie nach Alpine schaffen können, wo es ein richtiges Gefängnis gibt. Vielleicht verlegen wir sie auch nach El Paso. Ich bin mir ziemlich sicher, dass Arizona sie in Rekordzeit haben will.«

»Ist es in Ordnung, wenn ich Sie begleite? Ich muss feststellen, ob es eine Gefahr durch ein Virus gibt.«

Sheriff Lamar zuckte mit den Schultern. »Sie haben das Ganze ins Rollen gebracht. Dann können Sie es auch gern zu Ende führen.«

Die Fahrt zum Sheriffbüro nahm keine zwei Minuten in Anspruch. Ich fuhr vorn im Streifenwagen, während Liza Sole hinter dem Gitter auf der Rückbank saß. Als ich ihr einen Blick zuwarf, starrte sie mich mit funkelnden blauen Augen an. Ihre Haut war bleich. Selbst in der Dunkelheit des Fahrzeugs erschienen ihre Lippen blutrot, und wenn sie in die Schatten tauchte und wieder zum Vorschein kam, erweckte es den Anschein, als würde sie sich vorübergehend in Luft auflösen.

Liza ließ sich von den Deputies bereitwillig ins Polizeirevier bringen. Sie zeigte nicht das geringste Anzeichen von Widerstand oder gewalttätigem Benehmen. Man führte sie zu einer kleinen Zelle mit Gitterstäben, die einem alten Western entsprungen zu sein schien. Sheriff Lamar spürte offenbar meine Überraschung. »Geschmiedeter Stahl«, sagte er. »Etwas so Sicheres wird heute gar nicht mehr hergestellt.« Wir konnten nur hoffen, dass er nicht übertrieb. An der gegenüberliegenden Wand befand sich ein Fenster, durch das Mondlicht in den Raum strömte.

Jahre später, bei den Vernehmungen durch eine Vielzahl von Bundesbehörden, stellte ich gelegentlich meine Erinnerungen an diese Nacht infrage. Zum Beispiel vermochte ich nicht länger zu sagen, wie lange ich Liza in der Zelle beobachtet hatte, oder wann sich Hector zu mir gesellte. Ich schien ihren Blick stundenlang festzuhalten, doch sie starrte uns nur stumm an. In ihren Augen lag etwas Hypnotisches. Ihre Bewegungen waren seltsam anmutig, als würde sie eher über den Boden gleiten als laufen.

In diesen Minuten oder Stunden überkam mich ein starkes Gefühl von Hoffnungslosigkeit, gegen das ich ankämpfte – trotz meiner Furcht trieb mich ein gewisses Verantwortungsgefühl an, diese Person zu verstehen. Ich hatte den Eindruck, das Zellengitter stellte nicht mehr als einen Vorhang dar, den Liza mühelos mit einer Handbewegung zur Seite schieben konnte. Eine Stunde verging, vielleicht auch mehr.

»Wie geht es Ihnen?«, fragte ich sie mit krächzender Stimme.

Schweigen.

Dann: »Ich fühle mich großartig.«

Bei ihrer ausdruckslosen Miene hätte ich diese Antwort nicht erwartet.

»Ich frage nur, weil Sie sich möglicherweise mit einem neuartigen Virus infiziert haben und Symptome auftreten könnten.«

Schweigen.

Sie sagte kein weiteres Wort mehr zu mir.

Noch heute kann ich mich erinnern, dass ich in dem Moment das Gefühl hatte, etwas versuchte, mir Gedanken in den Kopf zu pflanzen oder in mein Bewusstsein zu blicken. Wie wir inzwischen wissen, erreicht die Nogales-Blutkrankheit ihre Opfer oder Empfänger durch ein zuvor unbekanntes Virion, das an einen bestimmten Membranrezeptor gekoppelt ist – wie C-Typ-Lektin-Rezeptoren, CD209 oder Integrine. Das Virus dringt dann durch die Fusion der Virushülle mit den Membranen in die Zelle ein. Selbst seine Virionen haben ihren eigenen Willen.

Im Grunde können also alle, die von dem Virus befallen sind, auf zellulärer Ebene in das Bewusstsein einer anderen Person gelangen.

Damals beobachteten Hector und ich sie jedoch nur fasziniert durch die Gitterstäbe, bis uns Sheriff Lamar dort wegholte. Das FBI und die Federal Marshals würden bald eintreffen, um die Frau zurück nach Arizona zu schaffen, und er drängte uns dazu, in seinem Büro ein Nickerchen zu machen.

Ich weiß nicht, wie lange ich schlief. Möglicherweise habe ich davon geträumt, wie mich Leute wegen irgendwelcher Verfehlungen steinigten. Dinge wie zu spät zum Unterricht zu kommen, die Antworten für die Medizinprüfung zu vergessen, meiner Mutter keine Geburtstagskarte zu schicken oder meiner Schwester keine fünf Dollar zu leihen.

Was mich weckte, war der rachsüchtigste Schrei, den ich je in meinem Leben gehört habe. Etwas Tierisches – wie aus einem schlechten Science-Fiction-Film.

Liza Sole kauerte in der Ecke ihrer Zelle und schrie, während ihr Arm und ein Teil ihres Kopfes qualmten. Brannte sie? Die Haut tropfte fast von ihrem Gesicht. Ich hielt es für eine Dermatitis oder irgendein Ekzem, eine Begleiterscheinung der Blutkrankheit, bis ich erkannte, dass das Fenster auf der anderen Seite der Zelle …

»Die Sonne«, flüsterte ich Hector zu.

Dank meiner Papiere erlaubten mir die Feds großzügig, im Helikopter mitzufliegen. Hector wollte mich im Krankenhaus treffen.

Der Flug zum Universitätskrankenhaus dauerte länger, als ich mir gewünscht hätte. Während der ganzen Zeit hatte Liza wie ein gefangenes Tier geschrien, und als wir auf dem Dach landeten, verabreichte ihr der Arzt ein Beruhigungsmittel, während die Krankenschwestern die Trage im Morgenlicht zum Eingang rollten.

Liza schrie noch immer.

Als ich Dr. Jenkins, die Verbrennungsspezialistin des Krankenhauses, in der Nähe der Quarantänestation kennenlernte, schüttelte sie nervös den Kopf. »Ich habe nicht die geringste Ahnung, was das ist. Ihr Blut weist einige ungewöhnliche Eigenschaften auf, aber das ist nicht mein Fachgebiet. Sie scheint unter einer starken Sonnenallergie zu leiden, wir müssen jedoch den molekularen Aufbau ihres Blutes noch genauer studieren, um die Ursache feststellen zu können.«

»Geht es ihr besser?«, fragte ich.

»Sie wurde stabilisiert. Wir haben ihr einen fensterlosen Raum mit gedämpfter Beleuchtung gegeben. Die Anwesenheit der Polizei ist nicht gerade hilfreich, aber sie ist noch auf der Intensivstation. Wir müssen einfach abwarten.«

Ich nickte. »Ich brauche eine Blutprobe von ihr.«

»Die können wir Ihnen geben.«

Während ich in der Cafeteria die Universität von Texas in El Paso anrief, um ein Team zusammenzubekommen, sah ich draußen Kameras und Reporter auf das Krankenhaus zueilen. Mein Handy meldete eine Flut von E-Mails. In den vergangenen Tagen war die Zahl von Todesfällen mit ähnlichen Halsverletzungen sprunghaft gestiegen. Anscheinend hatte es das NOBI-Virus auf der Liste des CDC endlich ganz nach oben geschafft.

Was aber keineswegs bedeutete, dass meine Bemühungen anerkannt oder unterstützt wurden. Meine Forschungen wurden in Abrede gestellt und bis zur kleinsten Einzelheit infrage gestellt. Einige Wissenschaftler beharrten darauf, dass die Bisswunden in Wahrheit von einer Nadel und einer Spritze herrührten. Andere behaupteten, es gäbe gar kein neues Virus – der Zustand der Blutproben sei zufällig entstanden und auf verschiedene Umweltfaktoren zurückzuführen, die mit den Angriffen zusammenhingen. Wiederum andere waren der Ansicht, ein mögliches Virus mit der jetzigen mutmaßlichen Infektionsrate müsste so limitiert sein, dass es keine Geldmittel rechtfertigte.

Ich war bei meiner dritten Tasse Kaffee, als Hector in die Cafeteria schlurfte. Er sah noch schlimmer aus als ich. Der Summton einer weiteren eintreffenden E-Mail ließ mich auf das Display sehen. Sie kam von meiner Vorgesetzten beim CDC. In der Zeit, die Hector brauchte, um zu meinem Tisch zu kommen, las ich sie dreimal.

Er ließ sich auf den Plastikstuhl sacken. »Und, wie lautet das Urteil?«

Am liebsten hätte ich gelacht. Diese E-Mail schien meinen Wahnsinn zu bestätigen, und ich wusste nicht, ob das gut oder schlecht war. Aber ich wusste, dass es mein Leben für immer verändern würde.

Und das hat es auch. Mein alter Herr pflegte zu sagen: »Könnte ich aufhören, solange ich hinten liege, wäre ich mittlerweile voraus.« Daran musste ich oft denken, während wir viele Jahre lang nach einem Heilmittel für NOBI suchten. Wir werden niemals erfahren, wie oder warum Liza Sole in diesem Massengrab an der Grenze endete. Keiner wusste, wo diese Leichen blieben oder wer sie holte. Aber ich hatte immer den Verdacht, dass sie irgendwo dort draußen waren und zu einem ganz bestimmten Zweck neu erschaffen worden waren. Und trotz der vielen Beschuldigungen, meine Arbeit sei unethisch, glaube ich daran, dass sie ihren Wert hatte und noch immer hat.

An diesem Tag saß ich in der Krankenhaus-Cafeteria und schenkte Hector ein trauriges Lächeln.

Ich gab ihm mein Handy, damit auch er die E-Mail lesen konnte. »Ich glaube, wir haben den ersten Vampir gefunden«, sagte ich.

Vor meiner Rückkehr nach Atlanta musste ich Liza Sole noch einmal sehen. Wenn auch nur, um mich von ihrem Zustand zu überzeugen und gewisse Beobachtungen zu machen – oder, was wahrscheinlicher ist, um zu sehen, ob ich ihr in die Augen blicken und mich mit ihr unterhalten konnte, ohne dass mein Verstand in Einzelteile zerlegt wurde. Als Wissenschaftlerin brauchte ich mehr Zeit mit diesem Subjekt – der wichtigsten Trägerin des Virus.

Ich nahm den Aufzug zur zweiten Etage, und als sich die Türen öffneten, hallten ein Schrei und ein Krachen durch den Korridor. Ich drückte mich an die Wand, um der Menschenflut aus dem Weg zu gehen, die vor irgendeinem Drama floh. Ich kam gerade noch rechtzeitig ins Zimmer, um zu sehen, wie sich Liza Sole gegen das Fenster warf und in einem Splitterregen auf den Bürgersteig stürzte.

Vermutlich war es reines Glück, dass ich nur wenige Augenblicke nach Sonnenuntergang eingetroffen war, denn das war der Moment gewesen, in dem Liza Sole ihre Fesseln zerrissen und zwei Marshals und eine Krankenschwester getötet hatte, bevor sie das Fenster zerbrach und lautlos von ihrem Zimmer im zweiten Stock auf die Straße sprang.

Man hat sie nie wiedergesehen und sie steht noch immer auf der Liste der zehn meistgesuchten Flüchtigen des FBI.

Aber ich hatte ihr Blut.

Boston Herald

19. Juli[2]: In den frühen Morgenstunden wurden im historischen Bezirk von South End bei der Ellison Corporation, einem unabhängigen Goldhändler, der im ganzen Nordosten tätig ist, Goldbarren im Wert von über 5 Millionen Dollar gestohlen. Die Ellison Corporation handelt auch mit anderen Edelmetallen, die hauptsächlich im Erdgeschoss aufbewahrt werden. Das Gold lagerte hingegen im Keller. Dem FBI zufolge wurde die Alarmanlage des Gebäudes außer Kraft gesetzt, und die Überwachungskameras des ganzen Blocks funktionierten nicht mehr, denn es gibt keine verwertbaren Videoaufnahmen. Die beiden diensthabenden Wachmänner wurden durch bis jetzt unbekannte Mittel ausgeschaltet und waren bewusstlos. Zurzeit fehlt dem FBI noch jede Spur von den Tätern.

2 Seite 2, Lokales

KAPITEL 2

Pater John Reilly
Ordinierter katholischer Priester und Jesuit

Verteidigungsministerium – DIREKTIVE:

Betreff: Befragung von Pater John Reilly durch die Verhöreinheit für Festgenommene von besonderem Interesse

Der Festgenommene wurde von FBI-Agenten in **ZENSIERT** in Gewahrsam genommen und in die Arresteinrichtung von **ZENSIERT** verlegt. Nach vier Tagen erfolgte die Befragung durch die Verhörgruppe für Festgenommene von besonderem Interesse.

Der Festgenommene wurde vor dieser Befragung keinen speziellen Maßnahmen unterworfen.

Transkript entspricht der Videoaufnahme.

Der Verhörbeamte ist ein jüngerer Mann mit Joggingschuhen von Gucci und einer goldenen Bomberjacke mit einem Snapback-Cap. Zwischen hastigen Zügen an einer Zigarette kaut er Kaugummi.

Der Festgenommene ist ein Mann Anfang dreißig, der keinerlei Anzeichen von Nervosität zeigt.

Verhörbeamte: Geht es Ihnen gut? Einen Kaffee? Wenn Sie zur Toilette müssen, sagen Sie Bescheid. Wir sind nicht hier, um Sie einem Waterboarding zu unterziehen. Das ist nicht komisch, oder? **Pause. Dann laut:** Fürs Protokoll, der Befragte hat ablehnend den Kopf geschüttelt.

Der Verhörbeamte trinkt einen Schluck Wasser.

Pater Reilly: Allerdings, falls es Ihnen nicht zu viel Mühe macht, könnten Sie für mich eine Spendenseite bei GoFundMe einrichten. »Rettet mich vor der *Folter* durch die US-Regierung«, oder so ähnlich.

Verhörbeamte: Das ist wirklich witzig. Also, wie fühlen Sie sich?

Pater Reilly: Nun, wenn jede Tragödie von Shakespeare aus fünf Akten besteht, dann befinde ich mich vermutlich gerade im fünften Akt. Ich hielt Shakespeare immer mehr für Gottes Wort als die Bibel, aber dann wurde mir klar, dass Shakespeare einfach besser schreiben konnte.

Der Verhörbeamte applaudiert langsam.

Verhörbeamte: Das hat gesessen! Also, dummerweise für Sie hat man Sie genau genommen nicht auf amerikanischem Boden verhaftet. Das unterwirft Sie extraterritorialen Maßnahmen. Lassen Sie es mich Ihnen so erklären: Die Männer in diesem Raum gehören der Verhöreinheit für Festgenommene von besonderem Interesse an. Die Einheit hat einen Plan für Ihr Verhör erstellt. Das ist ihre Aufgabe. Ich werde diesen Plan durchführen. Das ist meine Aufgabe.

Pater Reilly: Sollte man mir nicht meine Rechte verlesen? Und wenn auch nur, um dem Anschein Genüge zu tun?

Verhörbeamte: Dank der außergewöhnlichen Umstände haben wir eine Notfallgenehmigung – eine Ausnahmeregelung für Miranda aus Gründen der »öffentlichen Sicherheit«. Die

Angehörigen der Taskforce haben noch nicht entschieden, ob man Ihnen den Status eines »feindlichen Kämpfers« verleihen wird oder nicht. Ich gebe Ihnen eine kleine Geschichtslektion. Den Richtlinien der Genfer Konventionen zufolge ...

Pater Reilly: Ja, ja. Das ist mir alles bekannt.

Verhörbeamte: Dann brauchen wir uns also nicht weiter darüber zu unterhalten, dass Sie diese Option nicht vorziehen werden. Stimmen Sie mir da zu? **Pause**. Gut. Fürs Protokoll, der Befragte hat genickt und damit sein Einverständnis gegeben. Warum fangen wir nicht damit an, dass Sie mir erzählen, wie Sie Priester geworden sind?

Pater Reilly: Okay. In meiner Jugend wäre ich nie auf die Idee gekommen, zur Kirche zu gehen. Meine Heimatstadt war ziemlich klein und irgendwie rückständig – jedenfalls für einen Teenager. »Ein Ort, wo Leute noch immer staunend mit dem Finger auf Flugzeuge zeigen«, wie meine Schwester oft sagte, bevor sie aufs College ging. Oder wo man Wege mithilfe der lokalen Wahrzeichen beschrieb: »Am dritten Olive Garden gehen Sie rechts, am Red Lobster dann links.« Sie verstehen, was ich meine.

Meine Eltern waren Katholiken, aber sie setzten die Religion nicht mit Zwang durch. Man erwartete von uns, die Sakramente der Taufe und der Firmung zu vollziehen, aber um ehrlich zu sein, waren sie vermutlich schon damit zufrieden, wenn man uns nicht wegen irgendwas verhaftete und wir keine Drogen nahmen.

In meiner Jugend hatte ich keine Freunde. Das klingt vielleicht blasiert, wenn ich das so sage, aber es stimmt. Keine Freunde. Ich litt nicht unter Asperger, wie es heute heißt, aber während meiner Kindheit diagnostizierte man mich oft als Einzelgänger. Ich verbrachte Jahre in Wartezimmern von Arztpraxen mit ihrem medizinischen Geruch, den unbequemen harten Sofas und der blechernen Musik. Beantwortete endlose Fragen. Saß nur mit einem

Untersuchungshemd bekleidet auf einem Untersuchungstisch und wartete. Dann sah ich zu, wie der Arzt meiner Mutter die Diagnose erklärte, während sie zustimmend nickte.

Bei mir wurde eine »ausgeprägte Distanzierung zu sozialen Kontakten« festgestellt, davon ausgenommen waren nur enge Familienmitglieder. Und ein »begrenztes Spektrum im Ausdruck von Emotionen in zwischenmenschlichen Situationen«. Oder um es für Laien auszudrücken, ich hasste andere Menschen – allein und in Gruppen.

Verhörbeamte: Wissen Sie, bei einer Party würde man diese Darstellung vielleicht als Gejammer bezeichnen.

Pater Reilly: Machen Sie sich nichts draus, ich schuf mir ziemlich ausgefeilte Fantasiewelten. Ich konnte mit meinen Comics in der Auffahrt sitzen und jeder Superheld werden, der ich sein wollte. Oder mich in den Vorgarten legen, die Sterne zählen und ins Weltall düsen. Mir gefiel es so – ich war ganz für mich.

Vielleicht hatte ich wegen meines Vaters nie Selbstmitleid; er hatte ein ziemlich schweres Leben, das hat irgendwie unsere Familie definiert.

Verhörbeamte: Wie meinen Sie das?

Pater Reilly: Er kam mit einem überdurchschnittlich großen Kiefer und Augenbrauenwülsten zur Welt, ein Teil seiner Akromegalie. Wenn die Hypophyse überschüssige Wachstumshormone produziert. Eine Art Riesenwuchs. Nicht nur sein Gesicht war äußerst markant, er war auch noch sehr groß. Man konnte ihn unmöglich übersehen. Daraus resultierte eine immerwährende Ausdünstung von geringem Selbstwertgefühl, die ihm bei jeder Gelegenheit zu folgen schien. Mir war das viele Jahre lang nicht klar. Als Kind war er einfach nur mein großer Dad. Aber als ich älter wurde, erkannte ich, dass jeder Anlass, aus dem er das Haus verlassen musste, für ihn puren Stress bedeutete. Selbst beim simplen Gang zum Einkaufsladen oder zu meinen Baseballspielen waren seine Beklemmungen Tage davor und danach in unserem Haus zu fühlen. Frieden fand er in seiner Garagenwerkstatt hinter unserem hohen Gartenzaun.

In seiner religiösen Hingabe war mein Vater beinahe wie ein Mönch – vermutlich glaubte er, er könnte sein Leiden durch Gebete heilen. Wahrscheinlicher ist aber, dass er seine Tage lieber in der Kirche oder zu Hause verbrachte, um so der Öffentlichkeit zu entgehen. Er fing an, Geld zu sparen für eine Wallfahrt zu einem Schrein in Frankreich. Dort würde ihm bestimmt die Heilung zuteil, davon war mein Dad überzeugt. Er nahm mich immer mit, wenn er mit seinem Lastwagen in allen möglichen Vierteln Schrott und Altmetall einsammelte. Egal, wie heiß es auch war, wir wühlten uns durch Kartons und stinkende Müllbeutel. Mit glitschigen Hände kämpften wir gegen das Würgen an.

Wir nahmen, was wir finden konnten und veranstalteten jeden Samstag einen Garagenflohmarkt. Unsere Nachbarn hassten uns bald, auch wenn sie zu nett waren, deswegen die Polizei zu rufen – aber vielleicht hatten sie auch einfach nur Mitleid mit meinem Vater. Es dauerte ewig, halbwegs genug Geld für die Wallfahrt zusammenzubekommen. Und trotzdem musste er am Ende noch seinen Lastwagen verkaufen.

Also bestiegen wir an einem warmen Junitag ein Flugzeug nach Frankreich. Genauer gesagt nach Rocamadour im südwestlichen Frankreich, wo ein Schrein der heiligen Jungfrau Maria steht. Die Marienkapelle Notre-Dame de Rocamadour.

Kirche und Schrein befanden sich hoch oben auf dem Plateau eines zerklüfteten Berges; die Basilika war an einer Steilklippe erbaut, die auf den Alzou hinausblickte, einen Nebenfluss der Dordogne. Wir übernachteten in einer Herberge im Nachbardorf. Am nächsten Morgen bei Sonnenaufgang brachen wir zu unserem Ziel auf und begaben uns zur Hauptstraße von Rocamadour und dem Place de la Caretta. Mein Vater blieb vor den Stufen zum Schrein stehen.

Verhörbeamte: Sie blieben stehen. Das war alles?

Pater Reilly: Nein. Es fällt mir schwer, das zu erzählen.

Schließlich sagte mein Vater: »Ihr geht voraus.«

»Was soll das heißen?«, fragte meine Mutter. »Was hast du vor?« Ich erinnere mich noch an die Furcht auf ihrem Gesicht.

»Ich gehe die Stufen hinauf wie ihr, aber auf den Knien und bete dabei den Rosenkranz.«

Meine Mutter, meine Schwester und ich, wir sahen ihn an, als hätte er den Verstand verloren. »Richard«, sagte meine Mom. »Das kannst du nicht machen. Das müssen, keine Ahnung, fünfhundert Stufen sein. Dazu fehlt dir die nötige Kondition, vor allem in dieser Hitze.«

»Ich mache das«, sagte er. Er hätte sich nicht davon abbringen lassen, selbst wenn es ihn ins Krankenhaus gebracht hätte.

Also drehte sich meine Mutter um und zeigte auf mich. »Johnny, du und deine Schwester, ihr sucht ein Geschäft. Kauft zehn Flaschen Wasser und ein paar gesunde Snacks. Das bringt ihr her. Wir müssen schauen, dass euer Vater nicht dehydriert.«

Dabei zuzusehen fiel schon schwer, aber für ihn war es sicherlich noch schwerer, es zu tun. Zweihundertsechzehn Stufen bis nach oben. Bei jeder Stufe grub sich der unebene Granit in seine Knie, Schmerz durchzuckte seinen Körper bis ins Mark. Bei jedem Schritt tat er verzweifelt Buße. Zweimal beugte er sich vor, als würde er zusammenbrechen oder gleich die Treppe hinunterfallen, und wir eilten zu ihm, um ihn zu stützen. Mom bat ihn nicht darum, aufzugeben, aber nach hundert Stufen war ich davon überzeugt, dass er es nicht bis nach oben schaffen würde. Ich sah das Blut, das seine Hosenbeine durchtränkte. Sein großes Gesicht verzerrte sich vor Qual. Er krümmte sich, um das Stechen in seinem Rücken loszuwerden.

Aber er schleppte sich weiter.

Verhörbeamte: Hat er es geschafft?

Pater Reilly: Ich weiß nicht, ob es die Hand Gottes war, aber etwas führte ihn diese Stufen hinauf. Auf dem Weg gab es die vierzehn Stationen des Kreuzwegs, und oben ragte das Kreuz von Jerusalem auf. Er hatte noch zehn Schritte vor sich, da verkrampfte sich die Hand, in der er den Rosenkranz hielt, wie ein Scheffel Äste nach einem Blitzeinschlag. Auf Händen und Knien kroch er weiter, seine Hose und sein Hemd waren schweißgetränkt.

Den letzten Schritt tat er mit einem leisen Grunzen – das einzige Mal, dass ich ihn während des stundenlangen Kriechens ein Geräusch machen hörte. Ich weiß nicht, ob es ein Schmerzenslaut oder ein Freudenschrei war. Er setzte sich auf die oberste Stufe und starrte in den Himmel, als könnte er etwas sehen, das außer ihm niemand wahrnahm. Wir setzten uns neben ihn und umarmten ihn. Ich war erschöpft, als wäre ich die Treppe ebenfalls hinaufgekrochen.

Danach wollte er jede einzelne der sieben Kirchen auf dem Berg besuchen. Wir halfen ihm auf die Füße und betraten umgeben vom Duft der Kerzen und des Weihrauchs die Marienkapelle. Wir knieten vor der schwarzen Muttergottes, und selbst ich konnte etwas in meinem Körper spüren, so eine Art Kribbeln. Etwas in mir wollte hinaus.

Ich war so glücklich, dass er es geschafft hatte. Ich hätte es nicht für möglich gehalten, aber er hatte es geschafft. Tränen liefen mir übers Gesicht, und ich betete. Es war das erste Mal, dass ich richtig betete. Ich wollte, dass dieses Gefühl für immer anhielt. Als wir wieder zu Hause waren, besserte sich der Zustand meines Vaters nicht im Mindesten, und ich widmete mich wieder meinen Rettern: Skateboards und Surfboards. Aber an jenem Tag vor der schwarzen

Gottesmutter, als ich zusammen mit meinem Vater betete, hätte es eines Heers aus tausend Männern bedurft, um mich dort wegzuzerren.

Verhörbeamte: Okay. Lassen Sie uns das etwas abkürzen. Was ist mit dem College?

Pater Reilly: Auf dem College erwachte mein Interesse an der Kirche wieder. Obwohl, ehrlich gesagt erwachte mein Interesse an einem Mädchen, und sie entfachte mein Interesse an der Kirche wieder. Sie war Gottes Werkzeug.

Christine und ich gingen in meinem Abschlussjahr an der UCLA miteinander. Nach einer langen Reihe lausiger Verabredungen und One-Night-Stands war sie meine erste richtige Freundin. Sie war groß und schlank, hatte braunes Haar und süße Grübchen, wenn sie mir ein Lächeln zuwarf. Sie schien das lange Schweigen, das oft zwischen uns herrschte, zu akzeptieren und sogar zu genießen. Und je mehr sie mir mein Schweigen zugestand, desto mehr wollte ich mich seltsamerweise öffnen und mich mit ihr unterhalten. Sie war das erste Nicht-Familienmitglied, mit dem ich das konnte. Christine war Katholikin, die regelmäßig zur Messe ging, aber ich war mehr ein monatlicher Besucher, und dann auch nur, wenn wir uns entschieden hatten, an dem Tag zum Brunch zu gehen.

Eines Tages meinte sie, wir sollten Heiligabend zur Mitternachtsmesse gehen. Das ist eine sehr lange Messe, und ich kann nicht behaupten, dass der Heilige Geist über mich kam oder was man sonst im Film so sieht, aber ich genoss die Messe und die Zeremonie – den Weihrauch und den Gesang, das ganze Spektakel. Die Dinge, die die Seele und den Verstand eines jeden Katholiken berühren. Es waren dieselben Gefühle, die mich in Rocamadour überwältigt hatten. Die Woche darauf war ich derjenige, der vorschlug, die Messe zu besuchen. Danach kehrte ich immer wieder in die Kirche zurück – und schließlich machte ich bei der Studentengemeinde mit und hatte das Gefühl, einen Daseinszweck gefunden zu haben. Als wäre ich von einer langen Verbannung nach Hause zurückgekommen.

Und dann starb mein Vater.

Er hatte zwei transphenoidale Operationen durchgestanden, nachdem eine Runde Wachstumshormonantagonisten keine Wirkung gezeigt hatte. Keine der Prozeduren senkte den Wachstumshormonspiegel. Während er sich noch von der letzten Operation erholte, bekam er eine Meningitis und starb beinahe sofort.

Ich war völlig fertig. Wie konnte das Leben jemandem eine solche Last aufbürden?

Als sich der Tag der Graduierung näherte, machte ich mir langsam Gedanken, wohin ich nach dem College gehen sollte. Christine bewarb sich an allerlei Wirtschaftshochschulen, aber wir schmiedeten keine Pläne für den Fall, dass sie die Stadt verließ. Die Aussicht störte mich nicht besonders. Und eines Tages – ich verließ gerade das Büro der Pfarrgemeinde – sah ich, wie sich Pater Thompson für die tägliche Arbeit umzog, sein klerikales Hemd anzog und den weißen Kragen anlegte. Und in diesem Augenblick sah ich mich das auch tun. Vielleicht könnte ich die langen Gebetsperioden, die mein Vater begonnen hatte, fortführen und daraus etwas Sinnvolles machen.

Ich schrieb mich an der Dominican School of Philosophy and Theology ein – dem Seminar für katholische Priester, das ungefähr fünfzig Meilen von meinem damaligen Wohnort entfernt lag. Je größer mein Interesse am Priestertum wurde, desto mehr begann meine Beziehung zu Christine zu leiden. Ich verbrachte meine ganze Zeit im Seminar statt mit ihr. Eines Tages schrieb sie mir eine Mail. Sie erinnerte mich daran, dass ich ihr einmal erzählt hatte, ich hätte in meinem Leben schon genug Drama gehabt. Anscheinend liebte ich das Drama, fuhr sie fort, sei aber nicht dazu imstande, meinen Anteil daran einzugestehen. So viel dazu, Freunde zu bleiben.

Ich trat ins Seminar ein. Nach nur drei Jahren schloss ich eine Ausbildung dort ab, erhielt das Weihesakrament und wurde Priester. Dann schlug mein religiöses Leben jedoch eine ganz andere Richtung ein. Ich wurde Jesuit.

Verhörbeamte: Ich glaube, ich brauche noch eine Zigarette. Erzählen Sie mir von den Jesuiten.

Pater Reilly: Wie Sie wünschen. An dieser Stelle ist eine bessere Erklärung zu der Gesellschaft Jesu, wie man sie auch nennt, erforderlich. Es handelt sich um einen katholischen Orden – eine Gesellschaft innerhalb der Kirche, die religiöse Dienste leistet. Gegründet wurde sie vom Heiligen Ignatius, 1540 erkannte Papst Paul III. sie offiziell an. Wir schwören Armut, Keuschheit und Gehorsam. Innerhalb der katholischen Kirche waren Jesuiten seit jeher eine Quelle der Kontroverse und des Misstrauens. Manchmal bezeichnet man uns abschätzig als die Soldaten Gottes. Man hat uns mit Attentaten, Gewalt, Umsturzversuchen und anderen politischen Intrigen in Verbindung gebracht. Außerdem beschuldigte man uns, für die Rechtfertigung unserer Ziele zu lügen und mit Doppelmoral zu argumentieren. Zwischen den Jesuiten und dem Heiligen Stuhl – dem Papst und seiner Bürokratie – hat es immer Konflikte gegeben, aber wir hatten stets nur die besten Interessen der Kirche im Sinn.

Verhörbeamte: Das sagen Sie.

Pater Reilly: Das sagen wir. Aber wie dem auch sei, meine Mutter und meine Schwester waren dann doch verblüfft, dass ich den Sprung tatsächlich wagte. Ich glaube, sie hatten sich beide vorgestellt, ich würde mein Leben im Keller unseres Hauses verbringen, und sie hatten die Tage bis zu meiner Weihe gezählt und sich gefragt, ob ich meine Meinung noch ändern würde. Während meiner Ausbildungszeit schickte man mich in eine Jesuitengemeinde in Santiago in Chile, die ich betreuen sollte. Es war eine wunderschöne Zeit in einem wunderschönen Land; ich fühlte mich vor allem von einer Gemeinschaft im Kloster lebender Mönche angezogen, die fernab der modernen Zivilisation ihre Zeit mit Kontemplation verbrachten. Sie beteten in ihren verschlossenen Mönchszellen, in denen es nur ein schmales Bett, einen hölzernen Altar und eine Kniebank gab. In Chile war ich glücklich mit meinem neuen Leben und verspürte Zufriedenheit. Als mich meine Mutter besuchte, schien sie von meiner Arbeitsethik und diesem neuen Lebensstil angenehm überrascht zu sein.

Verhörbeamte: Das ist ja sehr schön, aber wir wollen doch nicht vom Thema abkommen. Wie sind Sie in den Rängen aufgestiegen?

Pater Reilly: In meiner Freizeit lernte ich Excel und reorganisierte damit die Finanzen und administrativen Pflichten, was die Aufmerksamkeit von vielen Vorgesetzten erregte, einschließlich einiger Kardinäle, die Verwaltungsaufgaben gern mieden, als wären sie ein Sakrileg. In der katholischen Kirche wurde dringend ein Priester gebraucht, der dafür sorgen konnte, dass die Züge pünktlich fuhren, und ich erarbeitete mir einen Ruf als energischer und fähiger Verwalter. Nimmt man Taktlosigkeit bei der Konfrontation mit ineffizienten Leuten hinzu, war ich der Spitzenmann für viele Krisen.

Man teilte mich dem Staatsrat zu, einem bedeutenden Teil der Verwaltung des Vatikans, was allgemein als unterbewertete Beförderung betrachtet wurde. Nach einer Weile versetzte man mich ins Gesundheitsministerium. Das Spektakel von Rom und Italien war wunderbar, erst recht für einen jungen Mann, der gern persönliche Beziehungen mied. Ich konnte mich immer in die Gärten des Vatikans oder in einen der vielen abgeschiedenen Gebetsräume zurückziehen, die in den riesigen Gebäuden verborgen liegen.

Ungefähr zu dieser Zeit wurde bei meiner Mutter Brustkrebs diagnostiziert, und nachdem sie nach der ersten Chemotherapie vor ihrem Auto zusammenbrach, wusste ich, dass es Zeit war, nach Hause zurückzukehren. Also befand ich mich in den Vereinigten Staaten, als das Böse offenbart wurde. Das klingt so melodramatisch und diskriminierend, aber es ist die Wahrheit.

Meine Mom wollte immer, dass ich mit ihr zusammen *Dancing with the Stars* auf dem Sofa ansehe, und auch wenn ich das Fernsehen in allen Formen verabscheue, wusste ich, dass sie sich darauf freute, mir ihre Kritik an den Fähigkeiten der Tänzer und ihren grellen Kostümen zu erzählen. Danach schalteten wir immer zu den Nachrichten um, und wir sahen auch an dem Abend zu, als das CDC über das neue Virus informierte – zumindest bezeichnete man es zuerst als Virus. Ich weiß, das will jeder vergessen, aber es ist kein Zustand, der einfach durch fröhliche Magie verursacht wird.

Verhörbeamte: Also wurde das NOBI-Virus zu dieser Zeit allgemein bekannt.

Pater Reilly: Das ist richtig. Während eine neue Spezies an die Öffentlichkeit trat, stabilisierte sich der Zustand meiner Mutter. Sie brauchte meine Hilfe immer weniger. Ich fing an, mir Gedanken zu machen, wo mich mein nächster Auftrag hinführen würde, als ich bei BuzzFeed einen langen Artikel über eine Reihe Todesfälle und Vermisste las, die man mit einer Frau namens Liza Sole in Verbindung brachte. Danach publizierte die *New York Times* einen Exklusivbericht über ein neues Virus, dessen Trägerin eben diese Liza Sole war, und mir wurde klar, dass es zu etwas entschieden Finsterem mutiert war.

Die restlichen Medien führten die Geschichte über das Virus als eine Art neues Ebola fort. Aber bald wurde es zu einer Geschichte darüber, wie viele Menschen sich dieses Virus eingefangen hatten. Die Presse bezeichnete es als »Nogales-Blutkrankheit« (NOBI) – dann übernahmen Twitter und Facebook. NOBI löste eine Woge der Angst und Hysterie aus. Dort gab es viele Falschmeldungen, in denen behauptet wurde, die Krankheit würde Menschen in blutsaugende Zombies oder riesige menschliche Fledermäuse verwandeln. In diesen frühen Tagen riefen lächerlich viele Menschen den Notruf an, um einen trinkenden Vampir zu melden. Gelegentlich besuchte ich ein mexikanisches Restaurant bei mir um die Ecke und belauschte die Leute und ihre Verschwörungstheorien über das NOBI-Virus.

Während der Zeit, als ich mich um meine kranke Mutter kümmerte, gaben die Ärzte jeden Tag neue Informationen über Liza Sole frei. Und es wurde immer deutlicher, dass dieses Virus sie nicht umbrachte, sondern stärker machte – und anders. Zu etwas, das nur noch zum Teil menschlich war. Und als diese Frau verschwand, traten andere Menschen als Virusträger zum Vorschein. Zuerst ein paar ganz »normale« Leute, dann die 1 Prozent: Prominente, die dieses lange Leben und die gesteigerten Fähigkeiten wollten. Die Promiseite TMZ.com veröffentlichte als Erste die Aufzeichnungen eines Arztes, der den Infizierten verbesserte körperliche Fähigkeiten attestierte. Auf YouTube gab es Videos, die diverse Personen dabei zeigten, wie sie den 100-Meter-Weltrekord von 9,58 Sekunden brachen. In einem anderen war ein nicht besonders muskelbepackter Fünfzigjähriger zu sehen, der mit NOBI infiziert war und einen Rekord im Gewichtheben von über 350 Kilo brach.

Als Taylor Swift neu erschaffen wurde, war das meiner Meinung nach der Augenblick, in dem es wirklich jeder mitbekam. Laut der *New York Times* wurde sie von dem einzigen bislang bekannten Kind, das das Virus in sich trug, neu erschaffen, einem weißhaarigen zehnjährigen Einsiedler namens Herjólfur Vilhjalmsson, auf den Lavafeldern, die in eine Lagune in Grindavík, Island, mündeten. Herjólfur ist mit keiner Neuerschaffung gescheitert; aber er war immer ausgesprochen wählerisch, wen er annahm.

Verhörbeamte: Oh, ich weiß, dass Sie und der Orden mittlerweile schon lange hinter Herjólfur her sind.
Pater Reilly: Bleiben wir beim Thema, einverstanden?

Der Verhörbeamte lacht.

Pater Reilly: NOBI wurde zu etwas Wünschenswertem. Ein kulturelles Erdbeben erschütterte das Internet, und bald wollte jeder »neu erschaffen« werden – ein Begriff, den ich zutiefst verabscheue. Warum sollten wir neu erschaffen werden? Die Infizierten unterschieden sich keineswegs von anderen Menschen – sie wollten die Befriedigung eines zwei- oder dreihundertjährigen Lebens. Sie wurden zur Status-Elite. Jeder Hedgefonds-Manager und Tech-Milliardär wollte neu erschaffen werden und der Geheimgesellschaft beitreten, bei der man zweihundert bis dreihundert Jahre alt werden konnte. Diese Facette der NOBI-Pathologie wurde entdeckt, als man in einem flachen Massengrab in der Nähe des Feldes in Nogales, Arizona, wo man auf Liza Sole gestoßen war, eine Leiche fand. Die Untersuchung ergab, dass der Tote die identische NOBI-Virus-DNA besaß, der Körper aber zwischen zweihundert und dreihundert Jahre alt gewesen war. Das ist keine Ewigkeit, aber es reicht, um viele Leben zu leben. Und um sich die körperlichen und mentalen Fähigkeiten eines Gottes anzueignen – eine solche Möglichkeit ist sicherlich verführerisch, da bin ich mir sicher.

Ich will damit sagen, überlegen Sie doch mal. Am Anfang waren wir alle erstaunt und verblüfft. Selbst ich war von dieser neuen Erkrankung fasziniert. Es gab so viele Artikel, Blogs und Nachrichten über all diese unterschiedlichen Leute. Sie tauchten bei sämtlichen wichtigen Sportveranstaltungen auf: beim Super Bowl, der NBA Championship, der World Series und dem World Cup. Ich erinnere mich, dass ich gerade in Europa bei der Europäischen Gesellschaft für Katholische Theologie zu Besuch war, und ich fuhr in London zu einem Fußballspiel der Premier League, um mir Arsenal gegen Chelsea anzusehen. Dort war diese Gruppe Gloamings, obwohl es damals diesen Begriff natürlich noch nicht gab, und sie trugen die unverkennbaren rot-weiß gestreiften Schals in den Farben von Arsenal. Man bedrängte sie wie Filmstars.

Viele Autoren fingen an, die Infizierten als neue menschliche Spezies zu bezeichnen, was auch immer das bedeuten soll. Ich war auf jeden Fall bereit, ihnen als Kranke einen Vertrauensbonus zuzugestehen. Das Zutagetreten dieser modernen Menschen rief international eine Flut von Interesse und Optimismus hervor. Intellektuelle und Kommentatoren fragten sich, wie sie sich wohl in die Gesellschaft integrieren würden – würde man ihnen bei ihren erhöhten körperlichen Fähigkeiten erlauben, beim Sport mitzumachen, sowohl im Amateursport wie auch im Profisport? Und was ihre Eigenschaften und Lebensspannen anging, wären sie nicht die perfekten Weltraumforscher? Würden diese Leute unsere sich ständig verändernde Gesellschaft nicht zu noch mehr Fortschritt führen?

Mein erster Gedanke war, dass Gott aus einem schädlichen Virus etwas Unglaubliches erschaffen hatte. Bei den Beschreibungen der körperlich Verbesserten dachte ich an Lazarus von Bethanien, den man von den Toten wiedererweckte. Oder an Moses, der das Rote Meer teilte. Handelte es sich hier um ein weiteres Wunder, dem die Menschheit das Privileg hatte beizuwohnen?

Verhörbeamte: Lassen Sie uns zu der Stelle kommen, an der Sie anfingen ... sich Ihrer Gefühle über die Angelegenheit bewusst zu werden. Den Schattenaspekt Ihrer Persönlichkeit zu schmecken, wenn ich Ihnen Jungianisch kommen darf.

Pater Reilly: Ungefähr zu der Zeit, als sich die Situation mit Liza Sole entwickelte und sie wieder auf der Flucht war, erhielt ich von Pater Mark Rogers eine Mail – wir waren in Chile demselben Bezirk zugeteilt gewesen. Er fragte mich, ob ich daran interessiert wäre, zusammen mit ihm in Rom eine neue Stellung anzunehmen: Verwalter der Vatikanischen Bibliothek. Meine Mutter war in der Remission und ermunterte mich, über diesen Job nachzudenken. Also nahm ich an.

Der Tag, an dem ich den Hauptplatz des Vatikans betrat, war aufregend. Sieht man bei der Rückkehr nicht immer alles viel klarer? Die Farben wirkten so kräftig wie bei einem überbelichteten Foto. Durch die vielen Torbögen und granitenen Gänge zu schreiten, die von Fresken mit Szenen aus der Bibel gesäumt sind. Über die Kopfsteinpflasterstraßen und Bürgersteige aus einer längst vergangenen Zeit. An jeder Ecke ein anderer Duft, von Flieder über Gardenien bis hin zu Weihrauch und Kerzen. In unmittelbarer Nähe zu den Gärten breiten sich auf den neun Meter hohen Mauern die wunderschönen Fresken aus, die den Schiffbruch des Heiligen Paulus in Malta darstellen. Die massiven Stützpfeiler, die wie zu Stein gewordene Spinnenbeine von der Kuppel hinabführen. Tief ins Gebet versunken, betrachtete ich den Boden des Atriums der Vatikanischen Bibliothek; dort waren Kreise mit den Namen der Winde aufgemalt: Tramontane, Sirocco, Ostro. Die gewaltigen Kirchenschiffe und Gänge voller Wandgemälde, die stets meine Blicke auf sich zogen. Jedes Mal, wenn ich sie betrachtete, schien ich etwas Neues zu entdecken.

Die Bibliothek – die *Biblioteca Apostolica Vaticana* – befand sich im Vatikanpalast. Der Eingang war der Belvederehof mit seinem Triumphbogen aus dem fünften Jahrhundert und dem Ausblick auf das Ufer des Tibers. Die Bibliothek verfügte über erstaunliche vierzig Kilometer an Regalen, sowohl modern wie antik, aus Holz und Eisen. Der wunderbare Duft von Papier und Pergament wehte durch jeden Korridor.

Der Leiter der Bibliothek war der Kardinalbibliothekar und Archivar der Heiligen Römischen Kirche, unter dem zwei Prälaten dienten: der Präfekt der Vatikanischen Apostolischen Bibliothek und der Präfekt des Vatikanischen Geheimarchivs. Zwei Vizepräfekten assistierten ihnen bei ihren Pflichten. Darunter kamen die Verwalter. Ich hätte mich besser über die Stellung informieren müssen, wie mir klar wurde, als sich meine Aufregung insgeheim in Verzweiflung verwandelte, weil ich erkannte, dass ich einen Posten akzeptiert hatte, der im Grunde die unterste Stufe in der Bibliothekshierarchie darstellte: ein Assistent des Assistenten des Kurators.

Aber ich war in Rom! Und als ich wieder im Vatikan eintraf, gratulierte man mir, dass ich es aus Amerika geschafft hatte, bevor ich mir das NOBI-Virus einfing. Vermutlich ist alles eine Sache der Perspektive. Wenn Sie mir etwas Perspektive leihen könnten, wäre das nett.

Aber wie dem auch sei, wir hatten ja keine Ahnung, dass NOBI schon lange vor meiner Rückkehr auch nach Europa und Asien übergesprungen war.

People Magazine, 29. März

Die Suche eines Vaters nach einem Heilmittel für die Krebserkrankung seiner Tochter führte ihn zu einem Gloaming – und lebensrettendem Blut.

Robert Allen hatte zusehen müssen, wie seine achtjährige Tochter Jennifer, ein frühreifes Mädchen mit einem strahlenden Lächeln, am Multiplen Myelom erkrankte, einer Krebserkrankung der Plasmazellen. Er hielt sie im Arm, während sie unerträgliche Knochenschmerzen und spontane Brüche durch das schwächer werdende Mark erleiden musste. Ihr Mangel an roten Blutkörperchen raubte Jennifer selbst bei der kleinsten Anstrengung die Luft.

»Für sie bedeutete das jeden Tag Verzweiflung und Stress«, berichtete Robert PEOPLE im März. »Früher hatte sie stets draußen in der Natur gespielt und Insekten und Pflanzen entdeckt. Aber als sich ihr Zustand verschlechterte, wurde sie bettlägerig. Man konnte ihr das Verlangen, draußen zu sein, förmlich ansehen, während sie aus dem Fenster starrte. Und selbst das kostete sie eine gewaltige Anstrengung.«

Robert brachte seine Tochter zu Dr. Travis McCauly am neu eröffneten Rio Grande Institute in Albuquerque – ein medizinisches Forschungszentrum, das sich hauptsächlich den besonderen Gesundheitsproblemen von Gloamings widmet. Durch das NOBI-Virus und seine Nebeneffekte hat das Institut große Fortschritte in der Blutforschung gemacht. Dr. McCauly hatte kürzlich gewisse mit dem NOBI-Virus infizierte Blutzellen modifiziert und das Virus inaktiv gemacht. Mit anderen Worten, es blieben sämtliche Eigenschaften erhalten, die NOBI ausmachen, ohne dass das Blut eine Person in einen Gloaming verwandelte.

»Ich war immer der Ansicht, diese Entdeckung könnte möglicherweise Leben retten«, sagt Dr. McCauly. »Es ging nur darum, den passenden Fall zu finden.«

Zahlreiche Gloamings spendeten Blut, um Jennifers Zustand zu verbessern. Sie organisierten sogar Blutspendeaktionen im Madras House, dem Untergrundzentrum für Gloamings, um einen passenden Spender für Jennifers Blutgruppe zu finden. Auf diesen Partys fand sogar eine Aufführung von *Frühlingserwachen* mit Cian Clery statt!

Dr. McCauly stellte aus dem NOBI-Blut ein eigens entwickeltes Impfserum her, das er Jennifer verabreichte. Innerhalb von fünf Monaten ging Jennifers Krebs in Remission. Jetzt verbringt sie jeden Tag an der frischen Luft, entdeckt die Natur und lebt so, wie eine normale Achtjährige leben sollte. »Ich werde als Wissenschaftlerin die Natur erforschen und ein Tierasyl leiten«, erzählte Jennifer PEOPLE und aß dabei ein Eis – eine Süßigkeit, die sie während ihrer Krankheit nicht genießen konnte.

»Die Gloamings haben Jennifer das Leben gerettet«, sagte Robert PEOPLE mit seiner Tochter im Arm. »Das werde ich nie vergessen. Und sie auch nicht.«

KAPITEL 3

10. FEBRUAR
NEUN MONATE
NACH DER ENTDECKUNG VON NOBI

Dr. Lauren Scott
Forschungsärztin, Centers for Disease Control

Ich hörte ein leises Klopfen an der APR-Fensterversieglung und mein Ohrhörer summte, um mich wissen zu lassen, dass jemand die Laborverlängerung betreten hatte. Ich stellte die Behälter zurück in den Biosicherheitsschrank und löste die Verbindung des Druckanzugs. Ich besprühte meine in den Handschuhen steckenden Händen mit Desinfektionsmittel, bevor ich die chemische Dusche betrat, die den Anzug abspülte und die Außenseite automatisch mit einem Luftstrom trocknete. Ich hatte mir die paar Objektträger mit den alten NOBI-Blutproben angesehen, die noch nicht verfallen waren, und sie mit einigen Computermodellen verglichen, bei denen es um Zerfall und Thrombozytenzählung ging, um Gerinnungstests und speziell die Thromboplastinzeit. Normalerweise wären die Proben zum IRF (Integrated Research Facility) in Fort Detrick in Maryland geschickt und dort untersucht worden oder zum NIH (National Institutes of Health) in Bethesda, aber ich hatte die Erlaubnis erhalten, meine Forschung hier im Hauptquartier des CDC durchzuführen. Ich stieg aus dem Anzug und desinfizierte die Innenseite der Sichtplatte, bevor ich ihn außerhalb der Duschen an einen Haken hing. Ich zog Hose und T-Shirt an und trat in den Übergangsbereich.

Die luftdicht verschlossene Tür glitt auf, nachdem sie der Hauptrechner dazu aufgefordert hatte, und ich ging in den Übergangskorridor, wo der vorgefilterte Luftvorrat an meinem Körper vorbeirauschte. Das grüne Licht des Computersystems signalisierte, dass ich den Zwischenbereich verlassen durfte. Wie gewöhnlich war es im Hauptquartier des CDC eiskalt, und ich hatte meinen Pullover im Auto vergessen, darum lief mir eine Gänsehaut den Rücken hinunter.

Michael Spence, der Kontaktmann des CDC zum Kongress, stand mit seiner unvermeidlichen Fliege und stets zur Schau getragenen Fröhlichkeit an einem Bücherregal. Das konnte nichts Gutes bedeuten.

»Hej, Lauren«, sagte er. Wie gewöhnlich schaukelte er auf den Füßen vor und zurück.

»Michael. Sie sind bestimmt aus einem guten Grund hier. Ich weiß, dass Sie diese Etage nicht mehr mögen, seit Sie glaubten, sich an einem Stuhl mit Botulismus angesteckt zu haben.«

Michael verzog das Gesicht. »Daran möchte ich nicht erinnert werden, vielen Dank. Ich bin immer noch davon überzeugt, latente Botulismuserreger in meinem Blut zu haben, aber das CDC weigert sich, einen Test zu machen.«

»Man weiß ja nie …«, sagte ich.

Michael lächelte. »Wie ich sehe, wollen Sie mir noch mehr Albträume verschaffen. Ich bin tatsächlich aus einem guten Grund hier. Ein Kongressausschuss hat verlangt, dass ein Repräsentant des CDC bei einer Anhörung über das NOBI-Virus erscheint.«

Ich nickte und streckte mich, nachdem ich vermutlich stundenlang vornübergebeugt gestanden hatte. »Okay. Wer sagt aus? Ich werde denjenigen über alle relevanten Fakten bezüglich des Virus informieren.«

Michael starrte mich einen Moment lang an, bevor er wieder

breit lächelte. »Wollen Sie wissen, wen der Direktor ausgesucht hat?«

»Klar.«

Er nahm Haltung an, als wollte er etwas rezitieren. »Lauren Scott wird vor dem Ausschuss des Repräsentantenhauses der Vereinigten Staaten für den Heimatschutz aussagen.«

Blut schoss mir ins Gesicht. »Oh nein. Das geht nicht. Ich bin mit Sicherheit weder qualifiziert oder erfahren genug …«

Michael setzte sich auf den Stuhl neben mir, obwohl er es seiner Miene nach zu urteilen sofort bedauerte, vermutlich wegen des noch nicht lange zurückliegenden Botulismusschrecks. »Tut mir leid, Miss Scott, aber der Direktor hat Sie angefordert. Schließlich wissen Sie mehr über das Virus als irgendjemand sonst. Es wird eine wertvolle Erfahrung für Sie sein.«

Ich konnte nur nicken, während sich mir der Magen umdrehte. Ich fürchtete jede Art des öffentlichen Sprechens, erst recht, wenn die Möglichkeit bestand, dass Kameras und Medien im Spiel waren. Die Anhörung war für den folgenden Donnerstag angesetzt – so viel zur Vorbereitungszeit.

Abgeordnete der im Ausschuss vertretenen Mehrheits- und Minderheitsfraktionen des Kongresses meldeten sich bei mir und gaben mir hilfreiche Ratschläge, welche Fragen die Mitglieder beantwortet haben wollten. Der Verbindungsstab des CDC bereitete mich ebenfalls darauf vor, womit ich zu rechnen hatte.

Bevor ich Atlanta verließ, rief ich jeden Abend meinen Dad an. Er hatte stets ein paar tröstende Worte für mich, aber eigentlich hatte ich eher das Gefühl, ihn beim Basketball-Schauen zu stören. Als ich ihn daran erinnerte, dass die Aussage in Washington, D.C., stattfinden würde, sagte er: »Wenn du es dort schaffst, schaffst du es überall.«

»Dad, ich bin mir ziemlich sicher, damit ist New York gemeint.«

»Hm. Stimmt, richtig.«

In D.C. verbrachte ich in einem lächerlich teuren Hotelzimmer eine ruhelose Nacht – bezahlt von der Regierung. Ich wachte früh auf, lief im Raum auf und ab und versuchte mich zu beruhigen. »Fuck!« Ich stellte mich auf die Zehen und holte tief Luft. Mein Meditationsversuch dauerte ungefähr zehn Sekunden lang, bevor ein ganzes Heer nervöser Gedanken meinen Verstand überfiel. Es war fast Zeit zum Aufbruch. Wie üblich bereits jetzt schon verspätet, sammelte ich meine Unterlagen ein in dem Wissen, dass das Taxi in wenigen Minuten am Hotel sein konnte. Da klopfte es an der Tür. *Warum sind sie so früh dran*?, dachte ich, während ich öffnete.

Draußen stand meine Schwester mit einem breiten Lächeln im Gesicht.

»Oh mein Gott – Jenny! Was tust du denn hier? Ich meine, ich bin froh, dass du da bist.« Nervös trat ich zur Seite, damit sie hereinkommen konnte. Ich riss sie in eine Umarmung. Es war fast ein Jahr her, seit ich meine Familie das letzte Mal gesehen hatte. Am liebsten hätte ich sie auf einen Sessel gedrückt und über ihr Leben, die Schule und ihre Freunde ausgefragt, aber dazu hatte ich keine Zeit. Es sah ihr ähnlich, im unpassendsten Moment aufzutauchen. Eine tiefe Traurigkeit stieg in mir auf.

»Daddy hat mir erzählt, dass du hier bist, um vor dem Kongress zu sprechen. Dem Kongress! Ich war über das Wochenende in Philadelphia, um Hannah und Eleanor zu besuchen – sie sind im Nordwesten auf einer Accoustic Tour. Also dachte ich mir, ich besuch dich.«

Wir setzten uns aufs Bett. »Ich habe ein paar Minuten, bevor der Fahrer kommt«, sagte ich. »Also, wie geht's …?«

»Warum hasst du die Gloamings?« Im ersten Augenblick konnte sie mir nicht ins Gesicht sehen, aber dann schaute sie mich doch mit gequälter Miene an.

Ich war so verblüfft, dass ich nicht wusste, was ich antworten sollte. Jenny beugte sich vor. Sie sah ernst und angespannt aus.

»Was … Warum fragst du mich das?«, erwiderte ich.

»Weil es mir zu schaffen macht. Du hast gegen einen großen Teil unserer Bevölkerung Vorurteile.«

Ich stand auf. »Warum kommst du mir gerade jetzt damit? Wir haben uns monatelang nicht mehr gesehen.«

»Das beschäftigt mich schon eine Weile. Ich habe die ganzen Artikel über dich gelesen. Es hört sich alles so hasserfüllt an. Ich habe ein paar Gloamings kennengelernt, und es sind tolle Leute.« Jennys Miene wurde weicher.

Etwas an ihren Worten kam mir merkwürdig vor. »Hat dich jemand dazu angestiftet?«, fragte ich. »Sind sie zu dir durchgedrungen?«

Ich hatte Jenny praktisch großgezogen. Ich konnte ihr jede Lüge und jedes nervöse Gesichtszucken ansehen. Jetzt verriet ihre Miene sie. »Nein«, erwiderte sie. »Ich ... Ein paar von ihnen, Freunde, haben mich gebeten herauszufinden, warum du sie so sehr hasst. Das ist alles. In Wirklichkeit bist du doch gar nicht so, das weiß ich genau.«

Ich umarmte sie erneut. Jetzt war nicht der Augenblick, um wütend zu werden. »Jenny, du musst vorsichtig sein. Diese Leute sind gefährlich. Ich habe ihre Gewalttätigkeit aus nächster Nähe gesehen. Sie haben nur ihre eigenen Interessen im Sinn. Sie werden dich benutzen ...«

»Nein, das werden sie nicht, Lauren! Sie haben es verdient, ein ganz normales Leben zu führen wie alle anderen auch – wie jeder Mensch.« Sie löste sich von mir und ging zum Fenster, zeigte auf die Kuppel des Kapitols in der Ferne. »Diese Leute sollten sie beschützen und nicht versuchen, sie zur Strecke zu bringen. So sind wir doch nicht. Das weißt du.«

Sie war verletzt und quälte sich. Ich musste auf Abstand gehen. Ich legte eine Hand auf ihren Arm. »Ich weiß. Sei einfach vorsichtig.«

Ich küsste sie zum Abschied. Wir gingen in einem aufrichtigen Waffenstillstand auseinander, und als ich im Taxi saß, versuchte ich, mich auf meine Aussage zu konzentrieren. Aber eigentlich wollte ich am liebsten zurückgehen, meine Schwester finden und sie nie wieder loslassen.

Noch immer gestresst von meiner Begegnung mit Jenny fuhr

ich los und traf gegen neun Uhr morgens am Kapitol ein. Ein Assistent der Mehrheitsfraktion begrüßte mich am Eingang und brachte mich zu einem reich verzierten, wenn auch kleinen Warteraum des Ausschusses. »Machen Sie es sich bequem«, sagte er und verschwand.

Das Zimmer war gut mit Erfrischungen bestückt. Ich nahm mir eine Tasse Kaffee, konnte mich aber nicht dazu überwinden, mehr als zu nippen. Wenn ich nun während der Anhörung pinkeln musste? Toll, als würde ich noch eine weitere Sache brauchen, über die ich mir Sorgen machte. Ich versuchte, mich mit dem Gedanken zu beruhigen, dass das Ganze bestimmt nicht so schwierig oder gefährlich werden würde, wie mörderische Gloamings durch den Südwesten zu verfolgen. Aber es funktionierte nicht.

Ein paar Minuten später öffnete sich die Tür. Ein hochgewachsener, distinguiert aussehender Mann mit kurz geschnittenem grauem Haar trat ein. Etwas an seiner Haltung verriet mir, dass er schon oft in diesen heiligen Hallen gewandelt war. Ich zog mein Kostüm zurecht und streckte die Hand aus …

Sein gepuderter Geruch überfiel mich. Er stieg mir in die Nase – irgendwie vertraut, auch wenn mir nicht einfallen wollte, woher ich ihn kannte. Seltsamerweise kam ich mir wie eine Blume vor, die darauf wartete, von dem Mann befruchtet zu werden.

»Hallo«, sagte ich. »Ich bin Dr. Lauren Scott.«

Der Mann schüttelte mir nicht die Hand. Er zeigte auf einen Stuhl und setzte sich ihm gegenüber hin. Seine Augen waren grün, als wären sie aus einem perfekten Edelstein geschnitzt. Waren die Mitglieder des Kongressstabs alle so unhöflich?

Ich setzte mich und holte tief Luft, aber das verstärkte meinen Schwindel nur noch.

»Kann ich Sie kurz sprechen, Dr. Scott?«

»Ja«, antwortete ich. »Darf ich fragen, wer Sie sind?«

Er ignorierte die Frage. »Ich will über Ihre heutige Aussage reden.«

»Was ist damit?«

»Ich möchte, dass Sie einige Ihrer Schlüsse überdenken. Ich habe Ihren Bericht und die Notizen zu Ihrer Aussage gelesen, und ...«

Ich stand auf. »Entschuldigung. Wie sind Sie an die Notizen über meine Aussage gekommen?«

Der Mann hob die Hand, als würde mich das zum Verstummen bringen. Außerdem ignorierte er die Frage. »Ich repräsentiere ein paar Parteien, die verhindern möchten, dass das NOBI-Virus und jene, die das Virus tragen, verleumdet oder ungebührlichen Verdächtigungen ausgesetzt werden. Ich halte das für eine vernünftige Bitte.« Er legte einen Ordner auf den leeren Stuhl. »Wir haben Ihren Notizen ein paar Korrekturen hinzugefügt, und wir möchten, dass Sie sie benutzen, wenn Sie Fragen beantworten.«

Ich konnte nicht glauben, was hier geschah. Hatte der Mann den Verstand verloren? »Sind Sie verrückt? Wen repräsentieren Sie?«

Der Mann stand auf und glättete seine teure Krawatte. »Es ist besser so. Nehmen Sie einfach den Ordner.«

Der Mann öffnete gerade die Tür, als einer der Kongressassistenten eintreten wollte. »Oh, guten Morgen, Senator«, sagte der Mann mit geübtem Lächeln. »Schön, Sie zu sehen.«

Der Senator sagte nichts, sondern nickte nur und ging.

Der Angestellte wandte sich lächelnd an mich und klatschte in die Hände. »So! Letzte Warnung, noch fünf Minuten. Bereit?«

»Das bin ich«, antwortete ich, obwohl ich mich zittrig fühlte. »Wer war dieser Mann, der gerade das Zimmer verlassen hat?«

»Das ist Senator Guy Bale – er war ein paar Amtszeiten lang Senator von Wisconsin. Jetzt ist er ein einflussreicher Lobbyist.«

Ich konnte nur nicken, und bald darauf verließ ich das Zimmer und wurde in den Anhörungssaal geleitet. Die Sitzung würde in wenigen Minuten beginnen, und ich wusste, dass sich an meiner Aussage nichts ändern würde, trotzdem war ich besorgt.

Das war meine zweite Begegnung mit einem Gloaming.

KAPITEL 4

Pater John Reilly
Ordinierter katholischer Priester und Jesuit

Der Verhörbeamte, ein größerer Mann mit einem Fischerhut und einer Weste mit fünf Taschen sitzt in der Mitte eines beengten Büros auf einem quietschenden Metallklappstuhl. Er verlagert die Position, scheint aber keine bequeme Stellung zu finden.

Verhörbeamte: Sind Sie bereit, Pater Reilly?

Pater Reilly: Sind wir in Montana? Kommen Sie gerade von einem Angelausflug?

Verhörbeamte: Wie originell. Den habe ich ja noch nie gehört, auch wenn die meisten meiner Befragten behaupten würden, dass ich mit Humor nichts am Hut habe.

Pater Reilly: Glauben Sie das wirklich?

Verhörbeamte: Mein letzter Befragter empfahl mir, *Naked Lunch* zu lesen. Ich legte ihm nahe, es mal mit de Lautréamont zu versuchen.

Pater Reilly: Ich spreche ein Gebet für den Morgen danach.

Verhörbeamte: Sie hatten uns von Ihrem neuen Job im Vatikan erzählt.

Pater Reilly: Leider war meine neue Position in der Vatikanbibliothek nicht unbedingt die aufregendste. Selbst Akademiker, die sich für historische Bücher begeistern, würden sich dort irgendwann langweilen; dafür sorgt die ermüdende Monotonie, Bücher zu katalogisieren oder Stapel nach Exemplaren zu durchforsten, die ausgebessert werden müssen. Unser Team war mit der gewaltigen – manche sagen auch sinnlosen – Aufgabe betraut, die umfangreiche Sammlung zu digitalisieren, obwohl ich mir nicht vorstellen konnte, wie lange es dauern würde, vierzig Kilometer an Regalen online zugänglich zu machen.

Wir benutzten die modernsten Scanner, um die Manuskripte möglichst wenig zu beschädigen – den Super 8K-H5 von Better Light, einen großen Scanner, der wegen seiner außergewöhnlichen Klarheit und Detailtreue nur von Museen eingesetzt wird. War das Manuskript zu brüchig, verwendeten wir Großformatkameras, um es später zu digitalisieren. Es war ein quälend langsamer Prozess, der häufig mehr als nur einen Scan erforderte, um ein korrektes Bild zu bekommen.

Jeder Tag kam einem wie der vorherige vor, und ich suchte nach einem Ausgleich für die Monotonie. Was mich zum Vatikanischen Geheimarchiv führte. Das Archiv war ein offenes Geheimnis, von dem alle wussten. Natürlich kursieren im Internet zahllose Verschwörungstheorien darüber, was darin angeblich verborgen ist. Aber in Wahrheit stand das Archiv allen Gelehrten offen, die eine Forschungsgenehmigung hatten. Die meisten der Dokumente waren schon seit Ewigkeiten nicht mehr katalogisiert worden und die Unterlagen ziemlich unorganisiert und lückenhaft.

Ich interessierte mich für die gesammelte Korrespondenz und die Untersuchungsberichte über die Sichtungen der Jungfrau Maria. In unserer Kirche ist die Jungfrau Maria den Gläubigen zu den unterschiedlichsten Zeiten erschienen, um Botschaften oder Prophezeiungen über kommende Zeiten zu verkünden. In den Archiven befanden sich auch Berichte von ein paar Sichtungen, die die Kirche anerkannt hatte – im Gegensatz zu den unzähligen Sichtungen, die nicht anerkannt worden waren.

Mich interessierte am meisten die berühmte Erscheinung der Jungfrau Maria in Fátima, Portugal. Die Heilige Mutter erschien damals drei Mädchen. »Sie war strahlender als die Sonne. Sie verbreitete ein noch helleres Licht als die Sonnenstrahlen, die durch ein mit Wasser gefülltes Kristallglas scheinen.« So stand es in den Aufzeichnungen eines der Kinder. Die gesegnete Jungfrau Maria erschien den Kindern zwischen dem dreizehnten Mai und dem dreizehnten Oktober 1917 insgesamt sechsmal und vertraute ihnen im Verlauf dieser Monate drei Geheimnisse an.

Das erste war eine Vision der Hölle, die alle drei Mädchen erlebten.

Das zweite betraf die Hingabe an das unbefleckte Herz Marias, um Seelen zu retten und Frieden zu bringen.

Das dritte Geheimnis wurde vom Vorsteher der Pfarrgemeinde aufgeschrieben, in der die Mädchen lebten. Die Kinder wollten sich nur ihm allein anvertrauen. Der Brief wurde dann einem Gemeindepriester übergeben, der eine Kopie an Papst Benedikt XV. weiterreichte, und der Papst verkündete später: »Dieses Geheimnis wird für alle Zeiten versiegelt bleiben.«

Verhörbeamte: Ach, Pater, Sie sind definitiv der letzte der wahren Gläubigen.

Pater Reilly: Ich nehme das mal als Kompliment. In dem Jahrhundert, das seitdem vergangen ist, gab es viele Spekulationen über die Natur des dritten Geheimnisses und warum die Kirche seine Veröffentlichung nicht erlauben wollte. Während ich Seite um Seite weitaus weniger interessanter Werke einscannte und fotografierte, wurde dieses dritte Geheimnis zu einer kleinen Besessenheit. Monatelang grübelte ich darüber nach, wie diese Botschaft lauten konnte. Ich träumte sogar nachts davon, wachte manchmal in der Dunkelheit auf und stellte mir die Zerstörung vor, die bestimmt auf uns zukam. Schließlich gelangte ich zu der Überzeugung, den Brief mit dem dritten Geheimnis unbedingt finden zu müssen.

Verhörbeamte: Einen Moment. Sind Sie hungrig? **Pause**. Fürs Protokoll, der Befragte hat ablehnend den Kopf geschüttelt. Okay, ich hoffe, es stört Sie nicht, wenn ich dieses Sandwich esse, während Sie reden. **Pause**. Fürs Protokoll, der Befragte hat zustimmend genickt. Ich dachte mir, dass Sie nichts dagegen haben werden. Reden Sie weiter.

Pater Reilly: Wie dem auch sei, die Träger des NOBI-Virus fingen an, sich Gloamings zu nennen, als ihr Status wuchs. Das erste Mal tauchte diese Bezeichnung in einem Artikel der *New York Times* auf. In dem Bericht ging es um eine neue Selbsthilfegruppe für Menschen, die mit NOBI leben, die sich in New York, Berlin und London gegründet hatte. Bobbi Smithson, eine NOBI-Trägerin, die die Gruppe in New York organisierte, erzählte dem Reporter, sie hätte sich für den Begriff »Gloaming« entschieden – ein freundliches Wort und in ihren Augen ein »stolzes Bild«. Im Gegensatz dazu, sich ständig als Nebenwirkung eines »Virus« bezeichnen zu müssen.

In anderen Ländern ging der Übergang zu »Gloaming« nicht so reibungslos vonstatten. Die deutsche Übersetzung heißt ungefähr *Zwielicht*, für die meisten ein ungebräuchlicher Begriff; auf Italienisch war es *crepuscolo* – Dämmerung. Aber der ständige Gebrauch in den amerikanischen Medien und Taylor Swifts Beharren auf dem Begriff in sämtlichen ihrer sozialen Medien sorgten dafür, dass er hängenblieb.

Wir alle waren natürlich aus Populärkultur, Literatur, Film und Folklore mit dem Konzept eines Vampirs vertraut. In jeder Kultur gibt es irgendeinen uralten Glauben an ein Ungeheuer, das sich vom Blut von Unschuldigen ernährt – suchen Sie es sich aus. Ich kann schwer sagen, wann sich Europa und Amerika für das neue Wort »Gloaming« erwärmten – im Vatikan war alles etwas entrückt –, aber die Gloamings setzten ihr Recht durch, die eigene Identität zu definieren, indem sie Leute beschämten, die Worte wie »Vampir« oder »Blutsauger« benutzten. Sie behaupteten, diese Begriffe seien unmissverständlich abwertend, auch wenn ein Gloaming-Philosoph verkündete, die Gloamings sollten das Wort »Vampir« untereinander wieder für sich in Anspruch nehmen. Der Staat Kalifornien verbot die Benutzung des Wortes »Vampir« symbolisch mit einer offiziellen Resolution. Als Nick Bindon Claremont während seines Wahlkampfs zum Gouverneur in New Mexico sagte: »In den vergangenen dreißig Tagen hat man mich öfter als Vampir bezeichnet als seit meiner Neuerschaffung«, beschuldigten ihn seine Gegner, die »Vampirkarte zu spielen«, um seine politische Zukunft zu retten.

Viele Leute entwickelten gewisse romantische Ideen über die Gloamings und ihre Ähnlichkeit mit den Vampiren aus Literatur und Film, was sie dazu verleitete, amouröse Beziehungen mit ihnen aufzunehmen. Diese Beziehungen waren jedoch meist nicht von Dauer, weil diese Männer und Frauen schon bald erkennen mussten, dass Gloamings und Menschen grundverschieden sind. Soweit Experten das erforschen konnten, neigen die Gloamings häufig zu narzisstischen Persönlichkeitsstörungen oder psychopathischen Tendenzen. Gewisse Organisationen haben das zurückgewiesen, ich weiß, ohne ihre Behauptungen jedoch mit Forschungsergebnissen zu untermauern. Andere Untersuchungen deuten darauf hin, dass die Gloamings vermutlich nicht mit diesen Charakterzügen geboren werden. Der Neuerschaffungsprozess scheint jedoch gewisse biologische Prozesse im Gehirn zu verändern. Die Anlage- oder Umwelt-Debatte wurde mit großer Heftigkeit geführt. Anekdotenhaft wurde aber schnell klar, dass Gloamings, und zwar

Frauen und Männer, gewisse Züge teilten: hoher IQ, Verachtung für andere und Grausamkeit ihnen gegenüber; sie sind amoralisch, neigen zur Heimlichtuerei, sind großspurig und autoritär. Im Gegensatz zu Menschen mit ähnlichen Zügen kennen Gloamings keine signifikanten Gefühle der Minderwertigkeit.

Verhörbeamte: Also waren Sie bereits vor Ihren Archivforschungen von den Gloamings besessen.

Pater Reilly: Meine Schwester rief mich jede Woche an und wollte mit mir die neuesten Nachrichten über die Gloamings diskutieren. Vor allem faszinierten sie Männer und Frauen, die romantische Beziehungen zu ihnen suchten. Sie mailte mir ein berühmtes Interview in einer Morgentalkshow mit Becky Bennett, einer Moderatorin im Lokalstudio von CBS in Los Angeles. Es ging um die Herausforderungen solcher Beziehungen. Bei der Premiere des neuesten Marvel-Superheldenfilms hatte Becky einen Gloaming namens Zachary Howard kennengelernt, einen bekannten britischen Maler des Neuen Realismus. Er kam spät, da die Sonne völlig untergegangen sein musste, bevor er auf die Straße treten konnte, und Becky wartete draußen, nachdem die ganzen Filmstars über den roten Teppich zur Premiere gegangen waren. Beckys und Zachs Beziehung fing ganz normal an, auch wenn Becky zugab, bei der zögerlichen Natur der Gloamings den ersten Schritt gemacht zu haben. Für ihr erstes Date trafen sie sich in einem Café, das bis spät in die Nacht geöffnet hatte. Dort unterhielten sie sich hauptsächlich über Zachs Kunst und dass er sein Unterbewusstsein noch weiter geöffnet hatte, um die Grenzen der menschlichen und gloamingschen Erfahrungen zu erforschen. Becky fielen die ausbleibenden Fragen über ihren Beruf auf – wenn sie etwas über sich erzählte, dann ohne Aufforderung von ihm. »Ich fand ihn ziemlich unhöflich und aufgeblasen«, erzählte sie der Reporterin. »Er wollte nur über sich reden. Und dann verschwand er einfach tagelang, ohne jede Nachricht. In meinem ganzen Leben habe ich mich in einer Beziehung noch nie so einsam gefühlt. Es war unmöglich, eine persönliche Verbindung zu diesem Mann zu finden.«

Der Reporter fragte sie, warum sie dann trotzdem bei ihm geblieben sei.

»Er war eben unwiderstehlich!«, erwiderte Becky. »Ich fing an, meine Vernunft infrage zu stellen, weil ich einfach nicht aufhören konnte, an ihn zu denken. Ich habe mein ganzes Leben in L.A. verbracht und bin mit allen möglichen Typen ausgegangen. Ich hoffe, das klingt jetzt nicht seltsam, aber er erinnerte mich an die vielen Drogensüchtigen, die ich geliebt habe. Eine abhängig machende Persönlichkeit, ein seltsames Selbstwertgefühl und nie um eine Ausrede verlegen. Aber ich will L.A. nicht schlecht machen, man trifft dort einfach die interessantesten Menschen.«

Der Reporter fragte sie, ob sie etwas bedauern würde.

»Vermutlich habe ich ziemliches Glück gehabt, dass ich nicht, Sie wissen schon, verschwunden bin«, erwiderte sie kalt.

An dieser Stelle wechselte der Reporter schnell das Thema. Becky bezog sich auf die Berichte von vermissten Männern und Frauen, die nach einer Verabredung mit einem Gloaming verschwanden – eine stattliche Zahl von Frauen in England, wo Zachary Howard zur Welt gekommen war und drei Häuser besaß. Ein paar von ihnen waren völlig blutleer aufgefunden worden, was ursprünglich die Spekulation in Gang setzte, dass Gloamings über eine gewisse Zeitspanne nicht mit Menschen interagieren können, ohne sich von ihnen nähren zu müssen. Die Gloamings betrachteten solche Fragen allerdings als Beleidigung.

Als Wissenschaftler anfingen, Gloamings genauer zu studieren – ihre verstärkte Kraft und die erhöhte Ausdauer, ihre Unfähigkeit, sich im Sonnenlicht aufzuhalten –, stellten sie fest, dass ihre Körper deutlich langsamer verfallen, wodurch ihre Lebensspanne möglicherweise zweihundert bis dreihundert Jahre beträgt. Diese Schlussfolgerung wurde von der Ausgrabung einer der Leichen aus dem Massengrab an der Grenze bei Nogales zusätzlich bestätigt. Acht Leichen wurden gefunden, aber sieben davon wurden von unbekannten Dieben aus dem Kühlhaus gestohlen. Die achte befand sich zu dem Zeitpunkt bereits auf dem Weg zur Universität von Arizona und wurde deshalb vor dem Diebstahl bewahrt. Eine Analyse mit einer radiometrischen Datierung ergab, dass der Körper zum Todeszeitpunkt zwischen zweihundertfünfzig und dreihundert Jahre alt gewesen war, und man kam zu dem Schluss, dass er an natürlichen Ursachen gestorben war. Das erlaubte der Wissenschaft, die Lebensspanne von Gloamings ungefähr zu bestimmen.

Allerdings wurde auch festgestellt, dass sich die DNA der Gloamings durch das Virus ständig verändert. Ich will nicht so tun, als wäre ich Wissenschaftler, aber das erscheint doch ziemlich erstaunlich. Dann gab es da diese Geschichten über die Fähigkeit der Gloamings, einfach zu verschwinden, oder Menschen mit Blicken und Stimme zu hypnotisieren – wer vermochte schon zu sagen, was an diesen Gerüchten wahr war? Das wurde nie bewiesen, und ich glaube auch keine dieser Theorien. Es war eine verrückte Zeit.

Verhörbeamte: Wie war die Position des Klerus zu den neuen Geschöpfen? Sicherlich haben Sie das in der Kirche mitbekommen.

Pater Reilly: Die Kirche musste erst noch eine Position bestimmen und bekräftigte ihre Unterstützung für alle lebenden Wesen. Ein Mann in der katholischen Kirche schlug jedoch wegen der neuen Spezies Alarm: Bischof Lawrence Thomas.

Verhörbeamte: Konzentrieren wir uns doch einen Moment auf ihn. Wann ist Ihnen Bischof Thomas das erste Mal aufgefallen?

Pater Reilly: Als er bei einer Konferenz der Confraternity of Catholic Clergy in Zürich sprach. Die meisten Sprecher gingen nur auf den allgemeinen Zustand des Klerus ein, aber als Bischof Thomas ans Pult trat, sprach er von einem »großen Erwachen« der Herde. Um sich der Sündhaftigkeit des Menschen entgegenzustellen, müsste die Kirche eine große Erneuerung durchführen. Im Grunde versuchte er, den Klerus, einschließlich vieler hochrangiger Kardinäle, zu belehren. Er hat sich damit bei vielen Teilnehmern der Konferenz nicht gerade beliebt gemacht.

Verhörbeamte: Und wie war es mit Ihnen?

Pater Reilly: Oh, ich war ... **Pause.** Wie verzaubert.

Verhörbeamte: Natürlich wissen Sie, dass Bischof Thomas aus Alabama kommt. Dass er unter partieller symptomatischer Epilepsie litt, hervorgerufen durch einen angeborenen Gehirnschaden. Das alles war der Öffentlichkeit bekannt. Es steht sogar in allen Einzelheiten in seinen Tagebüchern. Was er und seine Anhänger als Visionen betrachteten – handelte es sich dabei nicht einfach nur um epileptische Anfälle? Sehen Sie sich doch sein Verhalten an. Man nannte den Mann den Höhlenbischof. Er ging allein in die Berge von Arizona, um tagelang in aller Abgeschiedenheit zu beten. Ist Ihnen nicht in den Sinn gekommen, dass der Mann statt eines Propheten möglicherweise nur ein ... **Pause**. Mit allem Respekt, Pater, ein gottverdammter Exzentriker war?

Pater Reilly: Mit allem Respekt, was Sie als Exzentriker bezeichnen, betrachten andere als den Anachoreten einer neuen Ära.

Verhörbeamte: Wie das?

Pater Reilly: Es stimmt, seine etwas anmaßende Art und seine häufigen Tiraden gegen die Reichen machten ihn zu einem Blitzableiter für Kritik sowohl von Politikern wie auch Gläubigen an der Kirche. Seine unheilvollen Warnungen, sich zu ändern oder auf das Fegefeuer und die Hölle vorzubereiten, hat viele Laien verschreckt. Er sprach von Gottes Absicht, die Sünder auszusieben und zu vernichten, und wie hartnäckig die Sündhaftigkeit des Menschen doch ist. »Darum muss diese Sünde gegen Gott, diese Missachtung unendlicher Verpflichtungen, ein unendlich verabscheuenswürdiges Verbrechen sein, das eine unendliche Strafe verdient!«

Aber er hatte auch durchaus Mitgefühl. Oft hielt er in verschiedenen Städten in Tageseinrichtungen Gottesdienste für Obdachlose ab. Er organisierte Lebensmittelspenden. Sein Aufruf, mehr zu leiden, um darin größere Erlösung zu finden, verursachte einen kleinen Skandal: dass man sein Leid als die Strafe für Sünden betrachten sollte. Er ließ durchaus durchblicken, dass seiner Meinung nach viele Opfer von Krankheiten sich ihre Leiden einmal genauer anschauen sollten – die Gloamings eingeschlossen.

Bischof Thomas war der Erste in unserem Klerus, der die neue Spezies offen infrage stellte und eine Inquisition ihrer wahren Absichten forderte. Und das noch bevor ihre Anführer aus der Versenkung kamen.

Verhörbeamte: Wie gelangten Sie in Besitz des Briefes?

Pater Reilly: Den Aufbewahrungsort des Briefes zu kennen und ihn zu holen, war natürlich einfacher gesagt als getan. Ich hatte Zugang zum Geheimarchiv, war aber nur ein Verwalter von vielen. Das Marienarchiv war in einem kleinen Raum neben dem größeren Archiv untergebracht, und auch wenn es nicht einbruchssicher war – das hätte die Architektur des Originalgebäudes zuschanden gemacht –, war es durch eine photoelektrische Alarmanlage geschützt, die die Anwesenheit von Eindringlingen melden sollte. Zusätzlich hatte man elektromagnetische Schlösser eingebaut, die aber nicht zusätzlich verstärkt waren. Dafür gab es Kameras und Laser. An bestimmten Fenstern waren akustische Glasbruchdetektoren und an den Wänden Vibrationssensoren angebracht.

Ich wandte mich an meinen Freund Pater Mark Rogers, der mich in die Vatikanische Bibliothek geholt hatte. Er war ein ergrauter Ire und hatte dort viele Jahre länger als ich gearbeitet. Ich war ihm beim Rat der europäischen Bischofskonferenzen als Administrator zugeteilt gewesen; er hatte die meiste Zeit als Direktor damit verbracht, sich in verschiedenen Pubs zu betrinken. Pater Mark fiel meine Umstellung auf Excel auf, und er glaubte, ich hätte Wasser in Wein verwandelt. Er bestand darauf, dass ich mit ihm und seinen Freunden einen Pub besuchte. Es war das erste Mal, dass ich in meinem Leben betrunken war. Seitdem waren wir wohl Freunde. Er wusste alles darüber, wo man im Vatikan verborgene Schätze finden konnte.

Ich sprach das Thema bei einem Abendessen in einem kleinen Restaurant im jüdischen Getto an. In dem kleinen Raum standen die Tische so eng beieinander, dass man nicht vermeiden konnte, den Nachbarn zu berühren; die Wände waren mit alten Fotos bedeckt. Alte Kellner streiften in weißen Dinnerjackets und schwarzen Fliegen unter der niedrigen Decke umher. Wir hatten gerade mit einer kleinen Karaffe eines bitteren Rotweins angefangen.

»Ist das dein Ernst?«, fragte mich Mark, während sich seine roten Wangen in Falten legten. »Du verrückter Kerl.«

Ich nickte und brach ein Stück vom Brot ab. »Ich will ihn mir nur ansehen. Das ist alles. Ich muss es wissen. Außerdem will ich ihn ja nicht stehlen.«

Mark schüttelte den Kopf und leerte ein weiteres Glas Rotwein. »Erspar mir die Gründe. Hör zu, ich kann herumschnüffeln und herausfinden, wo er sich befindet, aber danach bist du auf dich gestellt. Er ist nicht im Marienarchiv, das weiß ich.«

»Nicht?«

»Nein. Die Kardinäle wollen nicht, dass jemand um diese Briefe herumschleicht. Im Marienarchiv befindet sich nichts, das wirklich von Wert wäre.« Nachdenklich starrte er in das leere Glas. »Sie müssen ihn irgendwo anders untergebracht haben. Aber ich kann mir nicht vorstellen, dass er in einer Schreibtischschublade liegt, wo jeder einen Blick draufwerfen kann.«

»Ja. Gott sorgt immer für einen Weg.«

Der gute Priester verdrehte die Augen und bedeutete dem Kellner, die nächste Karaffe zu bringen. »Bevor du anfängst, über Gott zu sprechen, brauche ich noch eine von denen.«

Im Verlauf der nächsten Wochen erkundigte sich Pater Mark bei mehreren Verwaltern, wo das ganze Material untergebracht war. Er stellte es schlau an, blieb bei allgemeinen Dingen, ohne das dritte Geheimnis zu erwähnen. Beim Alter des Bauwerks und der Bürokratie wurden die meisten wichtigen Dokumente natürlich in Depositorien und sicheren Räumen aufbewahrt; andere lagen aber auch einfach in Schubladen und Aktenschränken. Verschiedene Sicherheitsstufen in verschiedenen Gebäuden und Räumen – für mich erwies sich das am Ende als vorteilhaft. Für uns, meine ich. Entschuldigung.

Schließlich kamen wir zu dem Schluss, dass sich die Briefe auf der oberen Etage im Büro des Kardinals befinden mussten, der dem Justizbüro des Vatikans vorsteht. Anscheinend hatte man sie dorthin gebracht, nachdem ein vatikanischer Gelehrter die beiden anderen Briefe vor einiger Zeit untersucht hatte. Der dritte Brief lag in einer Schatulle, deren Schlüssel in den Räumen des Papstes und seines derzeitigen Sekretärs aufbewahrt wurde.

Die gute Nachricht war, dass sich der Brief nicht in der offiziellen Residenz des Papstes befand – zu diesem Ort gab es keinen Zutritt. Die schlechte Nachricht bestand jedoch darin, dass es so gut wie unmöglich war, an den Schlüssel heranzukommen.

Pater Mark setzte sich mit dem Assistenten des päpstlichen Sekretärs in Verbindung und fand heraus, dass Letzterer eine Woche lang nach Spanien reisen musste. Da das Büro im dritten Stockwerk währenddessen nur notdürftig besetzt war, schien es der perfekte Zeitpunkt, zumindest die Möglichkeit zu erkunden, ob sich der Schlüssel zu der Schatulle in dem Raum befand.

Mittlerweile war Mark von dem Unternehmen vollends begeistert, und wir formulierten schnell einen Plan.

Verhörbeamte: Beschreiben Sie mir den Raub.

Pater Reilly: Der Vatikan besteht aus einer Reihe von Gebäuden, die durch Zugänge und Innenhöfe miteinander verbunden sind. Die meisten der Gebäude blicken auf den Petersplatz hinaus, und im Inneren des Komplexes kann man sich ganz einfach auf eine Bank setzen und hat von dort aus alle Gebäude im Blick. Wir wählten einen Mittwochabend, als das fragliche Gebäude wegen des Fastengebets – ein zwölf Stunden dauerndes nächtliches Gebet während der Osterzeit – leer stand.

Ich hielt mich an einer Tasse Kaffee fest und beobachtete die dritte Etage des Gebäudes neben der Akademie der Wissenschaften. Ich fröstelte. Rom erlebte gerade eine untypische Kälteperiode und die offenen Gänge aus Granit und Marmor mit ihren Fresken schienen die kalte Luft direkt zu mir zu lenken. Ich trug meine Soutane aus Baumwolle, wünschte mir jetzt aber, ich hätte die aus Wolle genommen. Ich betrachtete die lange Reihe der korinthischen Säulen des Governatoratspalasts, die von dreizehn Statuen gekrönt waren. Die untergehende Sonne tauchte sie in einen roten Schein. Ungefähr eine Stunde später waren in dem Gebäude keine Lichter mehr zu sehen. Das nächste Haus war das Kloster Mater Ecclesiae, das aber geschlossen war.

Gelegentlich öffnete ich ein Gebetbuch, nur für den Fall, dass mich jemand beobachtete. Dann sah ich lediglich wie ein Priester aus, der im guten Buch las. Kurz nach Mitternacht schickte ich Pater Mark eine SMS: »LOS«. Fünfzehn Minuten später ließ er sich neben mir auf die Bank fallen.

»Was hat so lange gedauert?«, fragte ich.

»Ich habe eine Runde um das Haus gemacht, um sicherzugehen, dass niemand in der Nähe ist und uns keiner beobachten kann.« Er zog einen Flachmann hervor, schraubte ihn auf und nahm einen tiefen Zug. Dann bot er ihn mir an.

Überrascht hob ich die Brauen. »Das ist wirklich schlau. Abgesehen von deinem zerstörerischen Alkoholismus könntest du den Special Forces beitreten.«

Er kicherte. »Flüssiger Mut, Amigo. Ich bin dabei, wie Jason Bourne über diese verfluchten Narren herzufallen. Wir müssen das auf die richtige Weise tun.« Er warf einen Blick in die Runde und steckte die Flasche weg. »Okay, ich habe also einen Schlüssel, der uns ins Gebäude bringt. Aber dann sind wir auf uns gestellt.«

»Wir haben einen Schlüssel? Was könnte dabei schon schief gehen?«, erwiderte ich mit einem traurigen Lächeln.

Verhörbeamte: Lassen Sie uns doch in die Einzelheiten gehen.

Pater Reilly: Wir begaben uns zum Eingang mit der schmückenden Arkade mit Szenen aus dem Alten Testament. Pater Mark zog den Schlüssel aus der Tasche und öffnete die Haustür – bis jetzt war es recht einfach gewesen. Wir holten unsere Taschenlampen hervor und gingen den langen Korridor aus Kreuzgewölben und dicht zusammenstehenden Granitpfeilern entlang. Unwillkürlich hielt ich nach Kameras Ausschau, aber es gab keine – oder sie waren gut verborgen. Wir würden es bald herausfinden.

Wir kamen zur Treppe und eilten zum dritten Stock hinauf. Ich warf Pater Mark einen Blick zu, bevor ich nach der Türklinke griff. Sie öffnete sich mühelos. Ich konnte kaum mein Lächeln verbergen, als wir mit unseren Taschenlampen den dunklen Korridor entlanggingen und nach Zimmer 3C suchten. Die Eichentäfelung der Wände funkelte im Licht. Die Decke zierte ein Fresko aus italienischen Karten des zehnten Jahrhunderts, das vor Hunderten von Jahren von einem Sekretär gemalt worden war. Jeder Türdurchgang war ein Torbogen mit handgeschnitzten Engeln auf jedem Segment. Das Licht funkelte von der Zimmernummer, und wir standen vor dem Büro. Ich drückte die Klinke hinunter, doch die Tür öffnete sich nicht.

»Du bist dran«, sagte Pater Mark.

Ich zog einen schmalen Metallstreifen hervor, den ich aus dem Bücherinstandsetzungsraum geborgt hatte, und schob ihn zwischen Türrahmen und Kantriegel. Dann fummelte ich so lange mit dem Metallstreifen herum, bis der Bolzen zurücksprang und die Tür aufging.

Ich grinste Pater Mark an. Er schüttelte den Kopf und machte eine einladende Bewegung. Wir standen in dem reich verzierten Empfangsbereich voller Aktenschränke mit Goldfiguren von Heiligen. Ein leichter Geruch von Weihrauch hing in der Luft. Ich richtete die Lampe auf die andere Seite des Raums – dort standen ein Schreibtisch und ein paar Stühle.

Pater Mark drückte meinen Arm nach unten. »Versuch mal, das Licht nicht auf die Fenster zu richten.«

»Gute Idee«, sagte ich und ging zur Tür des Hauptbüros. Glücklicherweise war sie nicht abgeschlossen, und wir traten ein. Das alles hätte nicht besser laufen können. Der Holzfußboden ächzte, als ich die Wände abschritt und nach einem Safe oder einer Stahlkassette Ausschau hielt – irgendetwas, das aussah, als könnte es Dokumente enthalten.

Seltsamerweise fanden wir den Safe in einem Schrank hinter dem großen, mit Gold verzierten Schreibtisch. Selbst da glaubte ich immer noch nicht recht an einen Erfolg. Der Safe war verschlossen, aber ich drehte mich um und sah Pater Mark bereits den Schreibtisch auf der Suche nach einem Code durchsuchen. Der damalige päpstliche Sekretär war in einem Alter, in dem es nicht mehr ganz so leicht fällt, sich an Codes zu erinnern. Gut möglich, dass er die Safekombination im Schreibtisch aufbewahrte.

Nach ein paar Minuten hob sich Pater Marks Kopf; er wedelte mit einem kleinen Notizbuch. Es ist kaum zu glauben, aber in den kommenden Jahren sollte ich erfahren, dass nicht wenige Firmen dieser Welt auf diese Weise gehackt werden – Passwörter sind nutzlos, wenn sie leicht zu finden sind. Ich beleuchtete die Passwortliste und fand die Kombination für den Safe in krakeligem Italienisch aufgeschrieben. Ich tippte die Zahlen ein, holte tief Luft, als sich der Hebel drehte, und der große Safe schwang quietschend auf.

Im Inneren herrschte ein heilloses Durcheinander. Dinge, die im Laufe von Jahrhunderten zusammengetragen worden waren. Ich fragte mich, wie lange es dauern würde, das alles zu durchsuchen. Nach einem weiteren Schluck aus dem Flachmann entspannte sich Pater Mark sichtlich und spähte über meine Schulter. Er schüttelte den Kopf. »Wir können uns hier nicht länger als eine Stunde aufhalten. Jede Minute, die vergeht, erhöht die Chance, dass wir eine schöne Zeit im Gefängnis verbringen.«

»Ja«, erwiderte ich.

»Also dann los.«

Wir nahmen einen Gegenstand nach dem anderen heraus, inspizierten ihn genau und legten ihn dann auf den Boden. Ungefähr dreißig Minuten später zog ich einen Holzkasten mit einem Durchmesser von etwa sechzig Zentimetern hervor. Ich hockte mich auf die Fersen und öffnete ihn. Darin befanden sich drei kleinere Metallkästen mit Schlössern. Jeder war mit dem päpstlichen Wachssiegel verschlossen. Ich wusste, wonach wir suchten: Fátima.

Pater Mark ging neben mir in die Hocke; er roch stark nach Bourbon. Unter dem Siegel einer jeden Stahlkassette stand auf Latein geschrieben: »Erster Brief«, »Zweiter Brief« und »Dritter Brief«.

Ich zitterte am ganzen Leib und holte tief Luft. Ich schnappte mir die Kassette mit dem dritten Brief und …

Ein lautes Krachen ertönte. Beinahe hätte ich die Kassette fallen gelassen. Wo aus dem Gebäude war das Geräusch hergekommen?

Pater Mark schaltete die Taschenlampe aus, und ich folgte seinem Beispiel. »Räumen wir auf!«, flüsterte ich.

Abgesehen von der dritten Kassette, die ich auf den Schreibtischsessel legte, räumten wir alles zurück in den Safe. Ich schloss so leise wie möglich die Tür, während Pater Mark auf den Wandschrank auf der anderen Seite des Tisches zeigte. Ich nickte und drehte Daumen und Zeigefinger, als würde ich ein Schloss bedienen. Er schien zu verstehen. Ich eilte zurück zur Bürotür und schloss leise von innen ab.

Im Korridor waren Schritte und Stimmen zu hören, während ich mich eilig zum Wandschrank begab. Es war ziemlich eng, als Pater Mark und ich durch die Türlamellen spähten.

Die Bürotür ging auf. Zwei Stimmen sprachen leidenschaftlich Italienisch. Mein Italienisch war ganz passabel, aber sie sprachen zu schnell. Ich konnte nur ein paar Worte ausmachen. Sie schienen sich zu fragen, warum sie Licht im Gebäude gesehen hatten, wo doch niemand auf der dritten Etage hätte sein sollen. Und jetzt brannte kein Licht mehr. Ich konnte ihre Umrisse erkennen, wie sie vom Fenster zum Schreibtisch und zurück blickten.

Ich war davon überzeugt, dass sie meinen Herzschlag hören konnten. Pater Mark legte mir eine Hand auf den Arm, wie um mich zu beruhigen.

Die Männer näherten sich dem Wandschrank, einer streckte die Hand nach dem Türknauf aus. Dann sagte der andere etwas, und der Arm zog sich zurück.

Nachdem sie den Raum verlassen hatten, warteten wir noch eine halbe Stunde. Dann verließen wir völlig verkrampft und müde den Schrank. Meine Hände waren verschwitzt, weil ich die Kassette hielt. Pater Mark und ich eilten nach unten und mieden den Eingang. Wir verließen das Gebäude durch einen Nebeneingang, der für Lieferanten gedacht war, nickten einander in der Stille kurz zu und liefen in verschiedene Richtungen.

Verhörbeamte: Etwas Können und viel Glück. Solche Missionen habe ich auch schon absolviert. Wie ging es weiter?

Pater Reilly: Als ich mein Apartment erreichte, war es drei Uhr morgens. Ich legte die Kassette auf meinem Bett ab. Meine Hände zitterten. Ich holte tief Luft und stieß einen Schraubenzieher in das primitive Schloss. Ich drückte mit aller Kraft, und der Deckel flog auf und krachte gegen die Wand.

Darin befand sich ein zusammengefalteter Brief, der aus drei brüchigen Seiten bestand. Ich breitete sie auf dem Bett aus. Eine Seite war auf Englisch, die anderen im ursprünglichen Portugiesisch.

Das Blut des Lamms ergoss sich auf die lebenden Seelen, um die Schlacht fortzuführen, die man nun im Namen der Kirche Gottes und der Errettung der Seelen schlug. Uns bot sich der traurige Anblick des Bösen der Kreaturen der Verzweiflung und der Sünde, die der unfruchtbare Boden gebar, auf dem dergleichen nicht hätte leben dürfen. Die erschlagenen Seelen, die im Schatten jener Kreaturen des fehlenden Lichts liegen, die weiterhin das Blut des Lamms rauben, müssen ausgelöscht werden. Die Kreaturen fletschen die Zähne und speien mit ihren perversen Worten und Taten ihre Verachtung für alles aus, das gut und heilig ist, und sie werden das Fundament unserer Heiligen Katholischen Kirche erschüttern. Sie fletschen die Zähne, um das glorreiche Blut des Heiligen Lamms zu trinken, aber es wird die Sünden dieser Kreaturen hinwegspülen, damit wir unser Leben in der Umarmung Gottes erneuern können.

Meine Gedanken rasten: die Warnung vor den Zähnen. Der Raub der Seelen. Mein Herz schlug schneller. Es war eine Warnung der Heiligen Mutter vor diesen Leuten – den

Gloamings –, die uns zum Ende der Zivilisation führen würden.

Verhörbeamte: Ich verstehe. Stand das wortwörtlich da?

Pater Reilly: Ganz genau so.

Verhörbeamte: Aber ein paar uralte Worte bringen noch keine Terroristen hervor ...

Pater Reilly: Ich widerspreche diesem Begriff.

Verhörbeamte: Okay. Erklären Sie es mir. In diesem Fall muss es doch noch mehr gegeben haben.

Pater Reilly: Als sich der ehemalige Präsident der Vereinigten Staaten neu erschuf, zerbrach meine Welt endgültig.

Durch diesen Vorfall veränderte sich alles. Seine Neuerschaffung war Tag und Nacht in den Nachrichten. Politiker, Kommentatoren und Akademiker kamen alle mit ihren Theorien an, warum das geschehen war und was es für die Gesellschaft bedeutete. Jeder fragte sich, welcher Gloaming ihn neu erschaffen hatte – als wäre das von Bedeutung gewesen! Die Klatschseiten arbeiteten die Liste berühmter Gloamings ab, die möglicherweise dafür verantwortlich waren.

Für mich spitzte sich die Lage zu, als man mich zur jährlichen Catholic Stewardship Conference schickte, die in diesem Jahr in Dallas, Texas, stattfand. Das war ein jährliches Zusammentreffen, um Religion, Bildung und Sozialpolitik zu koordinieren, die im kommenden Jahr für Katholiken von Belang sein würden. Sämtliche hochrangigen Bischöfe und andere Kleriker nahmen daran teil. Bei der Konferenz waren auch viele Laien und ihre Kinder zugegen; es fanden Familienveranstaltungen statt, damit jeder seinen Teil einbringen konnte.

Mein Flug hatte in Chicago eine zweistündige Verspätung, und da waren viele Teilnehmer, die genau wie ich darauf warteten, an Bord gehen zu können. Eine Gruppe College-Studenten betete und lachte, ein paar junge Pärchen, die Säuglinge dabei hatten, unterhielten sich, und einige Kleriker erholten sich von der langen Reise.

Diese Beobachtungen ließen meine Erwartungen deutlich ansteigen – es war lange her, dass ich an einer Veranstaltung teilgenommen hatte, bei der die Gemeinschaft der Gläubigen im Mittelpunkt stand.

Das wunderschöne Dallas Hilton mit seinem prächtigen Atrium sorgte für ein angenehmes Ambiente, in dem sich die Teilnehmer versammeln konnten. Am ersten Tag der Konferenz stellte ich ein paar Präsentationen der Vatikanischen Bibliothek und ihres Projekts vor, viele der Manuskripte und Bücher zu digitalisieren. Danach saß ich im Hotelcafé und diskutierte mit verschiedenen Klerikern über spirituelle Fragen, mit denen sich die Kirche in naher Zukunft auseinandersetzen musste.

Als die Organisatoren für den nächsten Abend eine zusätzliche Versammlung auf den Veranstaltungsplan setzten, rechnete ich mit einem zwanglosen Treffen sämtlicher Teilnehmer. Im Programm war nichts davon erwähnt worden, und es wurde auch keine Werbung für das Treffen gemacht. Ich begab mich also zum Versammlungsraum und spürte sofort, dass Aufregung oder Unbehagen in der Luft lagen.

Ich war schockiert, als ich erkannte, dass die nächtliche Veranstaltung Gelegenheit bieten sollte, katholische Gloamings kennenzulernen.

Und nicht nur irgendwelche. Sie gehörten zum Klerus.

Ich war entsetzt. Ich hatte Gloamings bis dahin nur aus der Ferne gesehen, aber noch keinen persönlich kennengelernt. Diese Berufungen und Neuerschaffungen waren ohne jede öffentliche Bekanntmachung der Kirche durchgeführt worden. Sie waren zu zweit. Beide hochgewachsen und fit, mit tadellos frisiertem grauem Haar und maßgeschneiderten Anzügen. Ich spürte sofort die negative Energie, die sie mit ihrem ganzen Wesen ausstrahlten, aber ich schien der Einzige zu sein, der das wahrnahm.

Alle anderen reihten sich auf, um die Gloamings freudestrahlend zu begrüßen. Die Gloamings trugen die Wirkung der Neuerschaffung zur Schau, als handele es sich um eine Art biblische Erweckung von den Toten. Ich hörte, wie einer von ihnen Johannes 11,25 erwähnte, um die Neuerschaffung mit der »Wiederauferstehung« gleichzusetzen. Der andere sprach von Matthäus 10,8 und »die Toten zu wecken«.

Schändliche Vergleiche, aber sie schienen die Teilnehmer in ihren Bann zu schlagen.

Voller Angst war ich an diesem Abend Zeuge davon. Ich fragte mich, was mein Vater wohl von diesen Kreaturen gehalten hätte. Der Mann, der Stufen erklomm, der den Glauben als Weg zum Frieden und nicht zum Ruhm betrachtete. Das konnte unmöglich der wahre Weg meiner Kirche sein.

Ich blieb vielleicht eine Viertelstunde, bis ich so viel körperliche Abscheu verspürte, dass ich mich nicht mehr mit diesen Wesen in einem Raum aufhalten konnte. Obwohl mir Dallas keineswegs vertraut war, hielt mich das nicht davon ab, vom Hotel in die Gegend von Deep Ellum mit seinen Clubs und Restaurants zu gehen. Im ganzen Block waren Gruppen junger Menschen unterwegs, die sich lautstark unterhielten und lachten. Ich setzte mich auf den Bordstein und betrachtete diese wunderschönen, sorgenfreien Menschen; ich grübelte darüber nach, wie die Zukunft einer Bevölkerung wohl aussehen würde, um deren Blut man feilschte und deren Verwandlung nicht länger als einen Wimpernschlag in Anspruch nehmen würde. In dieser Nacht fand ich keinen Schlaf und wanderte in finsteren Vierteln und Gassen umher. Ich kam zu Obdachlosen, die Abfalleimer durchsuchten und auf Pappkartons schliefen. Auch über sie grübelte ich nach und dass man sie womöglich einer hungrigen Bevölkerung zum Fraß vorwerfen würde.

Wie hätte ich danach einfach in den Vatikan zurückkehren und weiter nur Bücher kopieren können?

Verhörbeamte: Wie hat das Ihre Arbeit in Rom beeinflusst?

Pater Reilly: Nach meiner Rückkehr gab es neue Gerüchte. Natürlich weigerte ich mich, sie zu glauben. Es war absurd. Völlig außer Frage. Diese Berichte verletzten jedes Prinzip, das für uns von Bedeutung war.

Aber die Gerüchte verstummten nicht.

Das Presseamt des Heiligen Stuhls hielt dagegen und wiegelte ab. Das trieb mich in den Wahnsinn. Streitet es ab! Sagt deutlich Nein!

Ich erinnere mich, wie ich an diesem Donnerstag vom beharrlichen Läuten meines Telefons geweckt wurde. Der Vatikan hatte verkündet, Papst Viktor II. würde an diesem Abend eine Erklärung abgeben.

An dem Tag brach im Internet der Wahnsinn aus. Und die Gerüchte nahmen die Aura von Fakten an, die darauf hinausliefen, dass der Papst seine Neuerschaffung verkünden würde. Es überwucherte das Internet wie giftiges Unkraut. Die Vatikanstadt befand sich in einem Stadium der Panik und Erwartung. An diesem Tag brachte niemand den Mut auf, zur Arbeit zu gehen, und überall unterhielten sich kleine Gruppen aus Arbeitern und Klerikern mit gedämpften Stimmen über die angekündigte Erklärung. Viele andere hatten sich in den Kapellen versammelt und beteten.

Ich verbrachte den Tag in einem hochgradig erregten Zustand. In meinem Herzen wusste ich, dass der Heilige Vater nicht neu erschaffen sein konnte.

Das würde er nicht tun.

Oder doch?

An diesem Abend hielt der Papst im Vatikan eine Audienz in seinem Wohnzimmer ab – statt auf dem Balkon. Und er erlaubte keine Fernsehkameras. Das bereitete mir große Sorgen, weil allgemein bekannt war, dass Gloamings eine seltsame und noch nicht erforschte elektromagnetische Strahlung aussandten, die bei Audio- oder Videoaufnahmen unweigerlich für Störungen sorgte. Eine Frequenzstörung, die verhinderte, dass sie gefilmt oder aufgenommen werden konnten.

Den ganzen Tag über hatte sich eine Menschenmenge auf dem Petersplatz versammelt, aber ich entschied mich, in meinem Zimmer zu bleiben. Die Nachricht verbreitete sich in Windeseile. Papst Viktor II. verkündete, dass Kardinal Alexander Naro, der Präfekt der Glaubenskongregation, dem mächtigsten und einflussreichsten Amt des Vatikans, zum Neuerschaffenen geworden war.

Tränen liefen mir übers Gesicht – ich schäme mich nicht, das zu sagen. Ich weiß nicht, ob es die Erleichterung war, dass der Papst nicht selbst neu erschaffen worden war, oder die Verzweiflung über die Tat des Kardinals. Naros Erklärung ließ mich kalt: Er wollte Seelsorger für die neue Spezies sein; er wollte sie in der Kirche willkommen heißen und zeigen, dass wir alle derselben Spezies angehören; er wollte unter allen Menschen für Offenheit sorgen und noch viele Jahre mehr Zeit haben, um seine Ziele für die Kirche zu erreichen.

Ich konnte nur trauern und fasten. Und nach der Trauerperiode kam die Verwirrung.

Und dann der Zorn.

Dieser Kardinal stand dem Papst viel zu nahe. Er übte einen beispiellosen Einfluss auf die Kirche aus. Genau davor hatte der dritte Brief gewarnt.

Ich brauchte die Hilfe eines hochrangigen Kirchenmitglieds – jemand, der bereit war, für seine Überzeugungen zu kämpfen. Also packte ich meine paar Besitztümer und den Brief ein – dessen Fehlen zu meiner Überraschung noch nicht bemerkt worden war – und buchte einen Flug.

Verhörbeamte: Wohin?

Pater Reilly: Zurück nach Amerika. Nach meiner Landung nahm ich ein Taxi, und der Fahrer sprach unablässig über die Blutsauger – die Gloamings. Wie NBA und NFL darüber berieten, ob man die neue Spezies in die Liga aufnehmen und wie man mit ihrem medizinischen Zustand umgehen sollte, denn es war nun einmal eine Tatsache, dass die Fernsehübertragung der Spiele schwierig sein würde, wenn die Kamera sie doch nicht erfassen konnte. Die Menschen glaubten diese Farce noch immer, als würden sie alle unter der gleichen Wahnvorstellung leiden.

Gegen Mitternacht erreichte ich mein Ziel. Ich zog in Betracht, den Rest der Nacht in einem Hotel zu verbringen, aber ich verspürte eine quälende Dringlichkeit und konnte keinerlei Verzögerung mehr ertragen. Ich klopfte an die Tür der Haushälterin, und eine Frau mit abweisender Miene öffnete.

»Mein Name ist Pater John Reilly«, sagte ich. »Ich bin ein dem Vatikanarchiv zugeteilter Jesuit. Ich komme in einer äußerst wichtigen Angelegenheit und muss Bischof Lawrence Thomas auf der Stelle sehen.«

Verhörbeamte: Das wird Sie bestimmt nicht überraschen, aber wir sind außerordentlich daran interessiert, wie diese erste Begegnung mit Bischof Thomas verlief.

Pater Reilly: Die Frau erklärte mir den Weg in die Wüste, wohin sich Bischof Thomas zum Gebet zurückgezogen hatte. Die Wüstenluft war vor Sonnenaufgang sehr kühl. Ich studierte die Karte im Licht meiner Taschenlampe, und allem Anschein nach befand ich mich auf dem richtigen Weg – trotzdem flüsterte ich ein Gebet. Ich stapfte den Pfad hinauf und versuchte, in alle Richtungen gleichzeitig zu leuchten, damit ich Schlangen oder Tiere auf meinem Weg rechtzeitig sah. Gelegentlich hörte ich etwas in den Büschen rascheln, aber ich hielt meine Augen auf den Pfad gerichtet.

Nach ein paar Stunden war ich schweißgebadet und rang laut nach Luft. Der Himmel wurde gerade etwas heller. Aber dann ... das war sehr merkwürdig. Ich schaute auf und entdeckte an der Bergseite einen schwachen Lichtschein.

Ich fragte mich, ob mir mein Verstand nicht einen Streich spielte.

Nach einer weiteren Stunde hatte ich mich dem Licht genähert. Ich bekam einen Wadenkrampf und ging langsamer, mit gebeugtem Kopf. Bei jedem mühsamen Schritt und jedem angestrengten Atemzug sah ich Speichel und Schweiß zu Boden tropfen. Endlich erfuhr ich, wie sich mein Vater beim Aufstieg zum Schrein gefühlt hatte. Aber ich fand darin weder Zufriedenheit und erst recht keine Erlösung. Nach einer weiteren halben Stunde bewegten sich meine Beine wie aus eigenem Willen, und ich erreichte schließlich das Flackern. Vor einer Höhle stand eine große Kerze im Staub. Ich trat ein. Im hinteren Teil kniete ein Mann in einer Mönchskutte auf einer provisorischen Unterlage aus Holz und Sackleinen. Er hatte mir den Rücken zugewandt und hockte vor einem Altar aus Rosenkränzen, Skapulieren und Heiligenbildern. Er murmelte ein Gebet.

Ich fing ebenfalls an zu beten, bis seine Stimme durch die Höhle hallte. »Sie sind wahrscheinlich nicht hierhergekommen, um mich auszurauben, oder?«

Ich hielt inne, um meine Gedanken zu ordnen, bevor ich antwortete. »Bischof Thomas, es tut mir so leid. Mein Name ist Pater John Reilly. Ich bin Jesuit und arbeite im Vatikanarchiv. Ich muss wegen einer äußerst dringlichen Angelegenheit mit Ihnen sprechen.«

Bischof Thomas stand auf und wandte sich mir zu. Im schwachen Zwielicht waren seine ebenmäßigen Züge deutlich ausgeprägter, und sein dünner Körper erweckte den Eindruck, als würde der nächste Windstoß ihn davonwehen. »Es geht um diese Blutsauger, richtig?«

KAPITEL 5

10. FEBRUAR
NEUN MONATE
NACH DER ENTDECKUNG VON NOBI

AUSSCHUSS DES REPRÄSENTANTENHAUSES DER VEREINIGTEN STAATEN FÜR DEN HEIMATSCHUTZ 117. KONGRESS Erste Sitzung Protokollnummer 117–20

Der Unterausschuss trat gemäß der Aufforderung um 9:00 Uhr morgens in Raum 225 des Canon House Office Building zusammen. Die Leitung hatte der Ehrenwerte James Kerr (Ausschussvorsitzender)

Anwesende: Die Abgeordneten Duncan, Gervin, Gilmore, Martin, Gonzalez, Brady, Johnson, Washington und Leslie.

MR. KERR: Die Sitzung des Ausschusses für den Heimatschutz ist hiermit eröffnet. Unsere erste Zeugin ist Dr. Lauren Scott, Assistentin der Forschungsabteilung der Centers for Disease Control. Willkommen, Dr. Scott.

DR. SCOTT: Vielen Dank. Äh, ja. Ich danke Ihnen …

MR. KERR: Dieser Ausschuss ist heute zusammengetreten, um Themen von entscheidender Bedeutung in Zusammenhang mit dem NOBI-Virus und seinen Auswirkungen auf die Gesundheit und die Sicherheit sowie die Wirtschaft des Landes zu erörtern. Diese Anhörung wird uns bei der Entscheidungsfindung helfen, ob wir ausreichend auf eine mögliche Ausbreitung des NOBI-Virus vorbereitet sind, vor allem innerhalb des nächsten Jahres. Wir werden Maßnahmen erarbeiten, wie die Gesundheitsbehörden auf den Ausbruch tödlicher Infektionskrankheiten in Zukunft reagieren sollen. Unsere Zeugen werden den Ausschuss informieren und bei der Formulierung notwendiger Regelungen unterstützen.

NOBI ist aus vielerlei Gründen ein dringendes Problem für die Amerikaner: weil es zurzeit nicht behandelbar ist und seine Übertragungswege nicht vollständig bekannt sind; weil es augenscheinlich das Potenzial hat, sich aufgrund der Globalisierung schnell international auszubreiten, und weil seine Auswirkungen auf unsere Gesellschaft noch immer nicht abzuschätzen sind. Sollte diese Krankheit AIDS und Ebola gleichkommen, könnte das katastrophale Auswirkungen auf unsere Bürger und unsere lebenswichtige Infrastruktur haben.

Glücklicherweise hat sich gezeigt, dass NOBI nicht so leicht übertragbar ist wie Ebola oder SARS und die Gesundheitsbehörden gute Arbeit bei der Eindämmung leisten. Andererseits gibt es viele offene Fragen, falls sich NOBI weiterhin ausbreiten sollte. Wie sollen wir mit hohen Infektionszahlen umgehen oder infizierte Menschen isolieren und behandeln? Stehen unserem Gesundheitspersonal die nötigen Informationen und Werkzeuge zur Verfügung, um diese Krankheit zu bekämpfen? Und was ist mit den Lücken in der internationalen und lokalen Überwachung? Besitzen wir genügend finanzielle Ressourcen? Wird es uns gelingen, Impfstoffe und andere Behandlungsmethoden zu entwickeln? Welche Konsequenzen ergeben sich daraus, mit NOBI infizierte Menschen in der Bevölkerung zu haben?

Glücklicherweise ist das Virus, soweit uns bekannt ist, bislang auf die Vereinigten Staaten beschränkt.

Diese Anhörung wird hoffentlich viele der beängstigenden Mythen entkräften können, die diese neue Krankheit umgeben.

In unserem Bemühen um ausgewogene Stellungnahmen hat der Ausschuss auch versucht, einen Gloaming-Bürger einzuladen, aber wir konnten niemanden finden, der freiwillig zu einer Aussage bereit war. Ich möchte den Zeugen danken, die heute gekommen sind.

Dr. Scott?

DR. SCOTT: Nochmals vielen Dank. Es ist … Hier zu sein ist toll … vor diesem angesehenen Ausschuss.

Sie waren dem CDC und der Volksgesundheit bislang immer ein großartiger Verbündeter, und wir respektieren und schätzen, dass Sie sich die Zeit nehmen, sich auf NOBI zu konzentrieren, vor allem auf lokaler Ebene, wo so viele unserer Bemühungen in der Forschung Ergebnisse erbracht haben. Auch wenn noch viel Arbeit vor uns liegt, möchte ich Ihnen eine kurze Zusammenfassung darüber geben, wo wir im Augenblick mit diesem Virus stehen. Und ich hoffe, einige der Unwahrheiten aufdecken zu können, die diese Krankheit umgeben und in den Medien und vor allem im Internet so weite Verbreitung gefunden haben.

Ich erspare mir die Geschichte der Entdeckung der Krankheit, denn wir alle wissen, wie Liza Sole von mir und der Polizei von Nogales aufgespürt wurde.

Im Gegensatz zu anderen Krankheiten wie SARS und der Vogelgrippe wird NOBI allen Erkenntnissen nach durch bewusste Handlung absichtlich verbreitet. Darum haben bei dieser Krankheit Reisewarnungen nur wenig oder gar keinen Sinn. Wir haben bisher keine Vorfälle dokumentieren können, bei denen die Krankheit auf passive Weise verbreitet wurde. Auch wenn es während bestimmter Tage und Monate zu einem deutlichen Anstieg der gemeldeten Fälle kam, müssen wir die Bedeutung dieser Beobachtungen noch ermitteln. Interessanterweise wissen wir immer noch nicht, ob dieses Virus zoonotisch ist, also die Artenbarriere vom Tier zum Menschen durchbrochen hat. Die Universität von Texas in Austin war Vorreiter darin, Methoden zur Entdeckung von NOBI zu entwickeln. Man versuchte es mit proprietären Zellkulturen, aber wir haben keine signifikanten Fortschritte in der Entwicklung von Diagnosetests für NOBI machen können. Da viele private Instanzen ihre Besorgnis wegen ethischer Konflikte äußerten, hat die Universität darüber hinaus ihre Forschungen auf dem Gebiet der DNA und der Entwicklung rekombinanter Vektorimpfstoffe inzwischen stark eingeschränkt.

Ein weiteres Problem, dem sich der öffentliche Gesundheitssektor stellen musste, sind die zahlreichen ungemeldeten Krankheitsfälle. Vermutlich ist es ein gewisser gesellschaftlicher Druck, der Menschen daran hindert, eine Infektion zu melden. Darum gab es im Gegensatz zu anderen übertragbaren Krankheiten, die stets einen gewissen Prozentsatz von Variationen mit sich bringen, keine solchen Berichte über NOBI. Wir wissen noch immer nichts über die Auswirkungen, die ein bestimmtes genetisches Profil auf den Infizierten hat. Dabei könnte gerade das erklären, warum manche Menschen erfolgreich »neu erschaffen« werden können und andere nicht.

Übrigens ziehe ich als professionelle Medizinerin den Begriff »Infektion« vor, wenn es um den Augenblick geht, an dem der Blutkreislauf eines Individuums mit dem biologischen Mechanismus in Kontakt kommt, aus dem NOBI resultiert. Die Bezeichnung »Neuerschaffung« lehne ich ab, denn sie impliziert ein positives Ergebnis; wir können definitiv nachweisen, dass die Fälle, bei denen eine sogenannte Neuerschaffung Erfolg hat, nur ungefähr 50 % ausmachen. Es ist unerlässlich, Medizinern Zugang zu den Leichen gescheiterter Neuerschaffungen zu geben, um die Komplikationen der Krankheit besser zu verstehen.

Oder mit anderen Worten, bei der Infizierung durch einen Gloaming hat die betreffende Person lediglich eine Fifty-fifty-

Chance, dies zu überleben und selbst zum Gloaming zu werden. Die Neuerschaffung ist ein Mythos, den ich auf gar keinen Fall verherrlichen will.

Unserer aktuellen Schätzung nach sind ungefähr eintausend NOBI-Fälle gemeldet worden. Die tatsächliche Zahl der Virusträger ist uns unbekannt, denn wir haben keine praktische Möglichkeit gefunden, eine Zählung der Personen durchzuführen, die sich als Gloaming bezeichnen. Einer der beunruhigenden Aspekte des Virus sind die Polizeiberichte über den mysteriösen Tod von Angehörigen der Gloamings.

Was den Verlauf dieser Krankheit betrifft, stehen uns noch immer zu wenige Informationen zur Verfügung. Wir wissen, dass das Virus dendritische Zellen infiziert, was die T-Lymphozyten abtötet, aber keine ersichtliche Wirkung auf den Körper hat. Dann produziert das Virus noch nie zuvor dokumentierte Proteine, die die Zellen des Immunsystems daran hindern, den Antikörpern zu signalisieren, das Virus anzugreifen. An diesem Punkt fängt das Virus an, sich zu vermehren und die innere Struktur des Körpers zu verändern. Viele Viren blockieren unter anderem das Interferon des Infizierten, aber NOBI verändert tatsächlich die Struktur des Interferons. Mehr wissen wir über die Krankheit nicht. Der Kongress hat seine Sorge darüber zum Ausdruck gebracht, ob es uns gelingen kann, das Genom des Virus zu kartieren, so wie das bei anderen Viren erfolgt ist.[3] Die

---

3 »Beim Ausbruch einer viralen Infektionskrankheit ist die Genomsequenzierung wünschenswert, um die Infektionserreger zu beschreiben und die Evolutionsrate zu bestimmen. Außerdem erlaubt die Genomsequenzierung die Identifizierung der Signaturen der Wirtsadaption, die Festlegung diagnostischer Ziele sowie die Darstellung der Wirkung von Impfstoffen und Therapien.« Quick J, Loman NJ, Duraffour S, Simpson JT, Severi E, Cowley L, Bore JA, Koundouno R, Dudas G, Mikhail A, Ouédraogo N, Afrough B, Bah A, Baum JHJ, Becker-Ziaja B, Boettcher JP, Cabeza-Cabrerizo M, Camino-Sánchez Á, Carter LL, Doerrbecker J, Enkirch T, Dorival IG, Hetzelt N, Hinzmann J, Holm T, Kafetzopoulou LE, Koropogui M, Kosgey A, Kuisma E, Logue CH, Mazzarelli A, Meisel S, Mertens M, Michel J, Ngabo D, Nitzsche K, Pallasch E, Patrono LV, Port-

Substitutionsrate des Genoms des NOBI-Virus im Nogales/Sole-Erregerstamm wurde auf anderthalb mal drei bis zehn Mutationen per Nukleotid per genomischer Replizierung geschätzt – auch wenn der Mangel an viralen Genomen in ausreichender Länge die Schätzung erschwert. Das entspricht fünfzehn bis fünfunddreißig Mutationen in jedem Genom, was bedeutet, dass die Sequenzen schnell genug divergieren, um während einer Epidemie deutliche Untergruppen identifizieren zu können. Auf der epidemiologischen Ebene wie auch im Wirtsinneren scheint sich NOBI nur mäßig weiterzuentwickeln. Unsere derzeitigen Apparate und Sequenzierungsgeräte sind noch nicht völlig dazu in der Lage, das Virus in seinem augenblicklichen Zustand zu analysieren.

Momentan ringen Gesundheitsbehörden, Ärzte, Krankenschwestern, Wissenschaftler, Strafverfolgungsbehörden und Laborpersonal im ganzen Land darum, NOBI zu bewältigen, und zwar zu einem Zeitpunkt, an dem noch Hoffnung besteht, die Krankheit in den Griff zu bekommen. Währenddessen bemühen sich Ökonomen und Marktanalysten nach Kräften, die aktuellen und zukünftigen Kosten zu berechnen. Ein weiterer, kaum publizierter Aspekt der Krankheit ist die Zurückhaltung der wichtigsten Pharma-Unternehmen, mit der Erforschung des Virus zu beginnen. Zahllose Institutionen für höhere Bildung meiden Forschungen über NOBI, selbst wenn ihnen die Bundesregierung dafür beträchtliche Mittel anbietet. Das behindert unsere medizinische Gemeinschaft nicht unwesentlich bei der Forschung und zwingt sie zu eigenen Bemühungen in einem viel kleineren Rahmen, da ihnen die Ausrüstung und die Ressourcen der Hauptakteure der Medizinforschung fehlen.

Ein weiterer Aspekt des Virus behindert unsere Möglichkei-

---

mann J, Repits JG, Rickett NY, Sachse A, Singethan K, Vitoriano I, Yemanaberhan RL, Zekeng EG, Racine T, Bello A, Sall AA, Faye O, Faye O u. a. 2016. Realtime, portable genome sequencing for Ebola surveillance. *Nature* 530 228–232. 10.1038/nature16996 ten, die Krankheit adäquat zu analysieren. Die meisten Mikroskope sind nicht in der Lage, seine Partikel auszuwerten. Die darin befindlichen radioaktiven Teile sorgen für störende Interferenzen.

Für die NOBI-Erkrankung gibt es keinen Impfstoff und keine Behandlung. Sie zwingt Gesundheitsbehörden, auf die Kontrollwerkzeuge aus den frühesten Tagen der empirischen Mikrobiologie zurückzugreifen: Isolation und Quarantäne. Gleichzeitig führen wir einen Kampf gegen gewisse Medienorganisation, die die Krankheit verherrlichen. Da unsere derzeitigen Gesetze den Umgang mit derartigen Krankheiten in einigen Aspekten einschränken, war beides nicht erfolgreich. Die Verherrlichung der Krankheit hat unsere Bemühungen behindert, mehr darüber zu erfahren; darüber hinaus hat das provinzielle und clanhafte Verhalten der Gloamings die Analyse des Virus durch unsere Gesundheitsbehörden erschwert.

Bei Krankheiten wie NOBI ist unsere größte Furcht stets ihre Tendenz, zu Formen zu mutieren, die sehr viel schädlicher für unser Gesundheitssystem und unsere Gesellschaft wären. Die Eigenschaft der Infizierten, Strahlung abzugeben, ist eine weitere Sorge, die in einer langfristigen Auswirkungseinschätzung studiert werden sollte. Die neuartige Natur des NOBI-Virus hat eine zusätzliche Maßnahme im Eindämmungsverfahren nötig gemacht – denn viele Menschen *wollen* sich anstecken. Das Verlangen, zu einem Gloaming zu werden, setzt zahllose Bürger dem Risiko einer gescheiterten Neuerschaffung aus; bei einer erfolgreichen Neuerschaffung sind es die Risiken der Langzeitauswirkungen auf den Körper.

Ein weiterer Aspekt des Virus ist das Verlangen oder die Notwendigkeit für die mit NOBI infizierten Menschen, für ihr Überleben Blut zu sich zu nehmen. Ohne die Kooperation der Gloamings werden jegliche Beweise, die wir zu diesem Thema sammeln, jedoch graue Theorie bleiben. Müssen sich Gloamings von Menschenblut ernähren oder können sie auch andere Arten von Blut zu sich nehmen? Das genau festzustellen ist von entscheidender Bedeutung, wenn wir wissen wollen, ob man Gloamings risikolos in die breite Gesellschaft integrieren kann.

Das CDC wird weiterhin mit unseren Partnern daran arbeiten, NOBI zu beobachten. Meine heutige Aussage ist einfach nur eine Momentaufnahme dessen, wo das Land derzeit steht.

Ich hoffe, diese Anhörung wird die Probleme und Erfolge unseres Gesundheitssystems im Kampf gegen diese und andere Krankheiten verdeutlichen.

Ich bedanke mich bei Ihnen, Herr Vorsitzender, und beim Ausschuss.

MR. KERR: Vielen Dank, Dr. Scott. Mein Büro wird die CDC-Programme weiterhin mit einer Mischung aus proaktiven Kontrollen, Inspektionen und administrativen Untersuchungen beaufsichtigen.

Jetzt hören wir Dr. Chad Kelly vom Northwest Memorial Hospital in Chicago über die Behandlung von NOBI-Patienten innerhalb ihres Krankenhaussystems …

Rolling Stone-Magazin

Ausgabe November

Jeden Monat veröffentlicht der Rolling Stone *Erlebnisberichte von Menschen, die sich mit Konflikten befassen, die in den Mainstreammedien nur bedingte Aufmerksamkeit erfahren. In diesem Monat stellen wir den Bericht eines Arztes in einem Flüchtlingslager im Südsudan vor, nachdem es von einer Miliz aus der Umgebung angegriffen wurde.*

Dr. Keith Miller – Ärzte ohne Grenzen:

Nach meiner Ankunft im Flüchtlingslager Girba führten mich die Doktoren Henry und Bradford – die beiden Gloamings unter den zehn Helfern – durch das Lager, das sich in einem schlimmen Zustand befand. Man hatte aus Planen und zusammengesuchten Holzabfällen ein provisorisches Zelt errichtet, und ein etwa einen Meter breiter Graben, der sich durch das Lager schlängelte, diente als provisorisches Abwassersystem.

Die Gloamings leisteten bei der Verbesserung des Flüchtlingslagers unglaubliche Arbeit. Obwohl sie sich während des Tages in ihren Behältern aufhielten, nutzten sie die Nachtstunden, so gut sie konnten. Sie richteten einen Klinik- und Impfraum ein und halfen dabei, eine Latrine zu graben, was die Infektionsgefahr eindämmte. Dr. Henry suchte nach unschädlichen Chemikalien, die man der Grube mit den menschlichen Ausscheidungen zugeben konnte, und fand auch welche. Sie arbeiteten mehr als jeder andere von uns – sie kannten keine Erschöpfung.

Als sich ein Botschafter der Vereinten Nationen für den Chad mit unserem Supervisor in Südafrika in Verbindung setzte, kam das für uns völlig überraschend. Eine Abteilung Friedenstruppen im Nordsudan hatte einen Zug Milizen der Nationalen Befreiungsfront entdeckt, der sich auf das Flüchtlingslager zubewegte – es handelte sich um schätzungsweise zweitausend Soldaten. Die Truppen würden in etwa zwei Tagen eintreffen. Ärzte ohne Grenzen kontaktierte die Friedenstruppen der Vereinten Nationen in den Nachbarländern, aber die UN ließ durchblicken, dass sie die Genehmigung des Sicherheitsrates benötigte. Dieser Prozess konnte Monate in Anspruch nehmen.

Dr. Henry setzte sich mit dem Gloaming-Rat in Verbindung, der innerhalb von vierundzwanzig Stunden eine private Söldnertruppe zusammenstellte, die den Vorstoß der Milizen einen ganzen Monat lang aufhielt, bis militärische Kräfte der Vereinigten Staaten und Frankreichs die Miliz zerstreuten und vom Angriff auf die Flüchtlinge abhielten. Der Gloaming-Rat und die Gloamings in unserem Stab retteten Tausende Menschenleben.

Wenn ich gefragt werde, was ich von den Gloamings halte, erzähle ich diese Geschichte und hoffe, dass die Menschen die Hoffnung und das Versprechen einer Zukunft erkennen können, in der Gloamings an allen Aspekten unseres Lebens teilhaben.

KAPITEL 6

15. SEPTEMBER
SECHZEHN MONATE
NACH DER ENTDECKUNG VON NOBI

Hugo Zumthor
FBI-Agent

Die Jagd auf Geister ist nicht leicht. Vor allem, wenn sie größer, stärker und schneller sind als man selbst. Aber das mache ich nun schon seit langer Zeit. Übrigens: Wie verabschiedet sich ein Geist von einem Vampir? Bis zum Sonnenuntergang, Langzahn!

Zufällig gehörte ich dem ursprünglichen FBI-Team an, das den Zwischenfall mit Liza Sole untersuchte. Ich arbeitete eng mit Dr. Lauren Scott vom CDC zusammen, um das NOBI-Virus und seinen Einfluss auf die Körper der Träger zu verstehen. Das Bureau musste die Risiken kennen, die eine Begegnung mit diesem Virus mit sich brachten. Nachdem ich mit Lauren gesprochen hatte, trat ich dafür ein, Liza Sole im Krankenhaus von einem großen Team bewachen zu lassen, aber meine Vorgesetzten waren dagegen – und natürlich entkam sie.

Beim ersten Auftreten der Infizierten hatten wir noch keine eigene Gloaming-Einheit beim FBI. Eigentlich entschied das FBI erst nach dem Zwischenfall mit dem Kunstraub, eine Abteilung einzurichten, die sich mit Verbrechen befassen sollte, bei denen man die Beteiligung von Gloamings vermutete.

Nach dem Fall Liza Sole und den damit verbundenen Ermittlungen betrachtete man mich als eine Art Experten für Gloaming-Verbrechen.[4] Als im Blanton Museum of Art auf dem Campus der Universität von Texas ein Diebstahl gemeldet wurde, schickte man mich nach Austin, um bei den Ermittlungen zu helfen.

Normalerweise wäre ein Einbruch auf einem Campus nicht weiter bemerkenswert gewesen, aber einer der FBI-Agenten vor Ort hatte einen Geigerzähler mitgenommen, und die radioaktiven Spuren sprengten jeden Rahmen, wodurch man die Beteiligung von Gloamings vermutete.

Der Campus der Universität ist wunderschön zwischen den Bergen und dem grünen Gras von Zentraltexas gelegen. Es war auch eines der größten Universitätskunstmuseen mit einer bedeutenden Dauerausstellung und zahlreichen Schenkungen. Das Museum befand sich in einem beeindruckenden, modernen Gebäude aus Granit und Kalkstein, das von einem gepflegten Rasen umgeben war und von einer Reihe Pekannuss-Bäumen beschattet wurde.

Zum Zeitpunkt des Diebstahls zeigte das Museum eine Ausstellung mit dem Titel *Haring, Warhol und der Beginn der Straßenkunstgeneration.* Sie umfasste Kunstwerke, die hauptsächlich aus den 1980ern stammten, und konzentrierte sich auf die abstrakten politischen Illustrationen dieser Zeitperiode – mit ihren grellen Farben und absonderlichen Botschaften.

Die Sammlung enthielt mehrere wertvolle Gemälde, aber der Dieb oder die Diebe hatten nur ein bestimmtes Bild gestohlen: *Untitled (Madonna, I'm not Ashamed)*, eine Arbeit von Andy Warhol und Keith Haring aus dem Jahr 1985. Das Gemälde bestand aus synthetischem Polymer, Day-Glo und Acrylfarbe auf einer Leinwand in der Größe 50,8 mal 40,6 Zentimetern.

Zu diesem Zeitpunkt hatte das FBI noch keine brauchbare Theorie, warum ausgerechnet dieses Gemälde gestohlen worden war. Die Kunstwerke von Lichtenstein und Basquiat waren

---

4 Siehe Anhang Drei.

eigentlich wertvoller, und die Diebe hatten genug Zeit gehabt, so viele Bilder wie gewünscht einzupacken, aber sie hatten nur das Madonna-Bild mitgenommen.

Bei meiner Ankunft wimmelte es im Museum von Polizisten und Personal, alle befanden sich in einem Zustand aufgeregter Panik. Zweifellos hatte es mit der Anwesenheit der Stiftungsrepräsentanten von Warhol und Haring zu tun, ganz zu schweigen von der Horde Versicherungsermittler, die sich im Museum herumtrieb. Es war ein heißer Julitag, und der Schweiß rann mir die Beine hinunter, als man mich am Museumseingang in der Nähe des gelben Tatortabsperrbandes absetzte. Die Campussicherheit erschien überfordert: Nachrichtenteams machten sich in dem 15-stöckigen Studentenwohnheim und in den Seminargebäuden breit.

Special Agent Dana Webb vom FBI-Büro in Austin führte mich in die Museumshalle. »Hier findet die Ausstellung statt«, sagte sie. »Sie belegt alle drei großen Säle im Erdgeschoss.« Ein Rudel Spurensicherer bearbeitete jeden Quadratzentimeter einer leeren Wandfläche zwischen einem Basquiat und einem Rauschenberg. »Dort hing es.« Sie zeigte mit einem Schulterzucken auf die leere Stelle.

Ich nehme an, meine Miene verriet alles.

»Sie mögen keine moderne Kunst«, sagte Webb.

Ich verzog das Gesicht, als täte mir das leid – was natürlich nicht der Fall war. »Die Kunst und mich verbindet eine Hassliebe. Diese ganzen Bilder, die ein Kind hätte zeichnen können und die so viel Geld einbringen. Das ist, als würde man den Armen den Finger zeigen.«

»Diese leere Stelle zeigt uns den Finger«, erwiderte Webb.

Ich nickte. Mir war bereits klar, dass man an der Wand nicht viel entdecken würde. »Bevor wir zu dem eigentlichen Diebstahl kommen, erklären Sie mir bitte das Sicherheitssystem.« Zuerst sahen sich Webb und ich den Sicherheitsapparat des Museums an – an einem sicheren Ort im Keller gab es eine Zentrale für das Sicherheitspersonal. Ich erfuhr schnell, dass der Standard für ein Universitätsmuseum tatsächlich ziemlich hoch war. Jedenfalls laut den Anforderungen, die mir das Museum Association Security Comitee of the American Association of Museums zukommen ließ.[5]

Allen Berichten zufolge waren der oder die Diebe durch die einzige Tür des Serviceeingangs in der nordwestlichen Ecke des Museums eingedrungen – an der Rückseite des Gebäudes. Die Stahltür war von außen mit einem Schlüsselduplikat geöffnet worden, das man anscheinend in der Nacht zuvor gestohlen hatte, was aber erst nach dem Diebstahl entdeckt wurde.

Man brachte mich zum Sicherheitshauptquartier, das sich im Keller des Museums befand. Der Zugang war auf Angehörige des Sicherheitsteams, die Museumsdirektorin und ihre beiden

---

5 Die Sicherheitszentrale war mit einem Panikknopf gegen unbefugtes Eindringen ausgestattet. Die Kommunikationsleitungen entsprachen den Anforderungen des Standards für sichere Leitungen, gemäß UL (Underwriters Laboratories) 827, dem Standard for Central Station Alarm Service. Alle Museumstüren waren mit Magnetschaltern versehen, die das Sicherheitspersonal alarmierten, wenn sie außer der Reihe geöffnet wurden. Die Fenster – keines davon konnte geöffnet werden – besaßen elektromagnetische Taster, um Bewegungen davor zu entdecken. Darüber hinaus enthielten sie volumetrische Bewegungsmelder, um ein Eindringen zu registrieren. Sämtliche Alarmsysteme waren nach akzeptablem Industriestandard verdrahtet. Dazu gehörte ein System, das jeden Versuch, die Drähte zu durchtrennen und die Bewegungsmelder zu beschädigen oder zu entfernen, das System außer Kraft zu setzen oder den Stromkreis kurzzuschließen, an die Überwachungsstation und die Polizeibehörden melden sollte.
Alle paar Quadratmeter gab es Bewegungsmelder, die nach Schließung des Museums aktiviert wurden. Sämtliche Zugangsschächte waren ebenfalls mit derartigen Sensoren versehen. Der Ausstellungssaal selbst verfügte über verriegelte Türen mit daran angebrachten Bewegungsmeldern. Im Gegensatz zu den meisten Kunstgegenständen in Dauerausstellungen waren die einzelnen Bilder leider nicht durch einen Alarm gesichert. Die Türen waren auf allen Etagen mit Ausnahme des Kellers mit einem Kartenzugang versehen, allerdings gab es keinen biometrischen Zugang. In den meisten Räumen und an den Außenseiten des Gebäudes befanden sich Kameras, die jeden Quadratmeter Ausstellungsfläche ständig überwachten.

unmittelbaren Assistentinnen beschränkt. Der Sicherheitsraum wurde von Neonröhren und dem Licht einiger Monitore erhellt, die die Übertragungen der Überwachungskameras zeigten. Ich setzte mich an den Tisch, während ein Assistent die Aufnahmen der Außenkameras auf dem Universitätsgelände zur Zeit des Diebstahls auf den Schirm holte. Die Statikmuster und der verzerrte Empfang entsprachen meiner Erfahrung nach ungefähr dem, was die Aufnahme eines Gloamings ergibt. Die weitere Analyse des FBI-Labors sollte diesen Verdacht später bestätigen.

Die Kameras, die die Straße am Hinterausgang abdeckten, zeigten in der Zeitspanne von einer Stunde vor dem Einbruch und einer Stunde danach keine Fahrzeuge. Also forderte ich sämtliches Material der Universitätskameras an, die Bilder im Umkreis einer halben Quadratmeile vom Museum aufnahmen. Die Universitätspolizei gewährte uns Zugang zu allen Überwachungsvideos. Nach einer Stunde Scrollen entdeckte ich auf einem leeren Hof in der Nähe der Philosophiefakultät einen Wagen – einen schwarzen Mercedes älteren Baujahrs mit dunkel getönten Scheiben. Ein speziell umgerüstetes, sicheres Automobil für Gloamings.

Die Kennzeichen des Mercedes fehlten, und die Untersuchung der Spur mit einem tragbaren elektronischen Strahlungsdosimeter führte uns zurück zum Ausstellungssaal im Erdgeschoss und dem leeren Rechteck an der Wand.

Ehrlich gesagt verriet mir dieser Tatort nichts – außer, dass ein Gloaming die Tat verübt hatte. Aber hej, es war ein Anfang. Ich konnte Agent Webbs Blicke auf mir spüren, als ich das leere Rechteck an der Wand anstarrte.

»Irgendwelche Ideen?«, fragte sie, während sie sich ihr Jackett überstreifte – im Museum herrschten arktische Temperaturen. Sie beugte sich vor, und ihr Mund roch nach einheimischem Bier und Nelkenzigaretten. Dieses Mädchen war mehr ich als ich selbst.

»Dieser verdammte Tatort wird uns nichts verraten«, sagte ich.

»Gibt es eine Möglichkeit, die Videoqualität zu verbessern?«

Ich schüttelte den Kopf. »Das haben wir oft versucht, aber unsere Techniker und außenstehende Berater sind daran gescheitert, etwas Verwertbares daraus zu machen. Die von den Gloamings ausgehende Strahlung zerstört das Video.« Um ehrlich zu sein, rechnete ich nicht damit, der Lösung dieses Verbrechens auch nur einen Schritt näher zu kommen. Ich hatte das schon bei anderen Taten erlebt, bei denen Gloamings unter Verdacht standen, hauptsächlich Einbrüche in die Häuser oberer Einkommensklassen. Aber ein Museum als Ziel hatte es noch nie gegeben. Das Einzige, was diese Verbrechen gemein hatten, war die nullprozentige Aufklärungsrate der Behörden.

»Wir sollten dem Mercedes folgen«, meinte Webb. Also machten wir uns daran, mögliche Wege des Autos zu ermitteln. Wie ich schon vermutet hatte, ergab die Suche der Polizei, dass die meisten Kameras an Gewerbeimmobilien in der Gegend durch Laser oder Schüsse ausgeschaltet worden waren.

Allerdings förderte die sorgfältige Untersuchung durch das Austin PD und Agent Webb ein Gebäude abseits der Lamar Avenue zutage, bei dem es mehrere Kameras gab. An den Außenwänden, dem Zaun und der Vorderseite. Anscheinend hatten die Gloamings sie bei ihrem Amoklauf übersehen. Bei allem Neid: Webb hatte diesen Hinweis nur gefunden, weil sie in der drückenden Hitze meilenweit gelaufen war und in jeden vorstellbaren Winkel geblickt hatte.

Das Video der Hausüberwachungsanlage zeigte in der Tat einen schwarzen Mercedes, der innerhalb des Zeitrahmens nach dem Einbruch, also um 2:30 Uhr nachts, die Lamar Avenue entlang, an der Thirty-Fifth Street vorbeigefahren war. Aber Austin war dennoch eine ziemlich große Stadt mit ziemlich vielen Quadratmeilen, also steckten wir erneut fest.

Zu diesem Zeitpunkt entschied ich, unserer Suche eine neue Richtung zu geben. Die Universität von Texas stellte mir eine Liste sämtlicher Veranstaltungen und Zusammenkünfte vom

Tag des Diebstahls zur Verfügung. Eine davon sprang mir sofort ins Auge: der Drohnen-Club. Die Diebe hatten sich dasselbe Datum ausgesucht, an dem der Drohnen-Club einen Meteorschauer am Himmel filmte. Glückliche Zufälle wie dieser haben schon bei vielen Fällen für einen Durchbruch gesorgt. Wir brauchten die Filmaufnahmen des Clubs – falls es welche gab –, bevor sie wieder gelöscht wurden.

Die Adresse führte uns zu einem schäbigen Haus auf dem Campus, in dem zwei zottelige Collegejungs in Band-T-Shirts und abgeschnittenen Shorts wohnten. Das Wohnzimmer war mit schmutzigen Tellern und überall verteilten Papieren übersät, und ich fragte mich, wie viele Studenten hier tatsächlich hausten. Keith und Tom, die Mieter und gegenwärtigen Couchbesetzer, waren gleichzeitig Präsident und Vizepräsident des Drohnen-Clubs, und sie waren während des ganzen Verhörs ziemlich nervös. Der Kerl mit der blonden Haarmähne – Keith – faselte: »Wir haben niemandem nachspioniert! Alter, im Ernst: wir haben sie nur über der Stadt fliegen lassen, und das ist legal. Was sollte die NSA dagegen …«

Webb hob die Hand. »Hören Sie, Sie haben nichts Illegales getan. Und wir kommen vom FBI, nicht von der NSA. Wir brauchen nur Ihre Hilfe.«

Webbs freundliche blaue Augen und ihr hübsches Gesicht erwärmten den Raum, aber ich hatte das Gefühl, dass sie durchaus auch Härte zeigen könnte, sollte sie mit ihrer Vorgehensweise nicht weiterkommen.

»Klar, Mann … äh … Miss … Officer. Was immer Sie möchten«, sagte Keith.

Wie ich vermutet hatte, besaßen die Kids noch sämtliche Aufnahmen ihrer »Mitternachts-Drohnenparty«. Webb und ich traten hinter sie, während sie die Videos auf ihren Laptops aufriefen. Ich betrachtete Keiths Aufnahmen, während Webb Toms Computer überprüfte. Ein paar Minuten später rief Agent Webb mich zu sich. Toms Computer zeigte eine schwarze Limousine auf der Lamar Avenue. Unseren Mercedes.

Keith beugte sich näher an den Monitor heran. »Sieht aus wie Forty-Ninth Street oder Kerbey Lane.«

Tom nickte. »Kerbey Lane. Definitiv.«

Nach drei Kaffee für jeden von uns bei Starbucks fuhren Webb und ich am nächsten Morgen zur Kerbey Lane. Unterwegs fragte ich sie, warum sie zum FBI gegangen war.

»Natürlich um eine Waffe zu haben.« Sie lachte.

»Da gibt es einfachere Möglichkeiten«, erwiderte ich.

»Ich weiß.« Sie schwieg. »Ich habe von Ihnen gehört. Sie versuchen, das Bureau dazu zu bringen, sich auf diese Gloamings zu konzentrieren. Ich bin derselben Meinung. Ich hoffe, ich kann etwas von Ihnen lernen.«

»Man lernt von jedem etwas – selbst wenn es nur ist, wie man etwas nicht machen sollte.«

Sie lächelte. »Um Ihre Frage zu beantworten, ich war auf der Highschool der totale Nerd und glaubte, nach dem College Küchenchefin werden zu wollen. Und dann wurde meine Mutter überfallen. Der Räuber hat sie ziemlich übel zugerichtet. Sie lag im Koma, was mir schreckliche Angst machte. Und ich war wütend. Sehen Sie mich doch an: Ich bin gerade mal eins fünfundsechzig und wiege zweiundfünfzig Kilo. Ich fing mit Karate an, und einer meiner Ausbilder war ein pensionierter FBI-Agent. Mir selbst wäre nie der Gedanke gekommen, aber er hat etwas in mir gesehen. Und fünfzehn Jahre später stehe ich hier nun.«

Vermutlich war mir die Überraschung vom Gesicht abzulesen. »Tatsächlich? Um ehrlich zu sein, sehen Sie wie achtzehn aus.«

Sie lachte. »Glücklicherweise bin ich das nicht. Ich habe auch ein siebenjähriges Kind.« Sie sah mich an. »Und Sie?«

»Es gibt nur mich.« Ich war mir nicht sicher, warum ich meine Exfrau nicht erwähnte. Vermutlich weil sie in keiner zukünftigen Unterhaltung jemals mehr erwähnt werden würde. Ich wollte sie gerade nach ihrem Kind fragen – Junge? Mädchen? –, als sie in die Kerbey Lane abbog und auf Schritttempo abbremste.

»Was, glauben Sie, werden wir hier finden?«, fragte Webb, während sie die Häuser mit den ungeraden Nummern konzentriert betrachtete. »Ich kann hier keinen Mercedes entdecken.«

Ich musterte die geraden Hausnummern und wünschte, wir könnten laufen, statt zu fahren. Ich musste mir jedes Haus einzeln anschauen. »Ich glaube nicht, dass sie das Risiko eingegangen wären, mit dem Mercedes noch viel weiter zu fahren. Eine andere Kamera hätte ihn irgendwo entdecken können. Vermutlich sind sie den Wagen losgeworden und in einen anderen umgestiegen.«

Webb nickte. »Ist sicher einen Versuch wert.« Langsam fuhr sie den Block entlang und bog in eine andere Straße ein. Ich konnte nichts Ungewöhnliches entdecken. Aber dann sah ich im Augenwinkel etwas, das nicht so richtig ins Bild passte.

Ich griff nach Webbs Arm am Lenkrad. »Fahren Sie langsamer, aber halten Sie nicht an. Parken Sie dort vorn an der Ecke.«

Kurz darauf fuhr sie den Wagen an den Straßenrand. »Was sehen wir uns an?«, fragte sie, während sie sich umdrehte, um durch die Heckscheibe zu schauen.

Ich zeigte es ihr. »Das dritte Haus auf der ungeraden Nummernseite. Das mit der braunen Garage.«

Mit zusammengekniffenen Augen blickte Webb in die Richtung. »Was ist damit?«

»Es ist schwer zu erklären. Die Fenster sehen nicht richtig aus. Als wären sie mit etwas bedeckt. Irgendwie wirkt dieses Haus einfach nicht normal. Das Licht wird von den Fenstern widergespiegelt … merkwürdig. Es sieht wie ein Musterhaus aus. Als würde es sich zu sehr bemühen, ein ganz normales Vorstadthaus zu sein.«

Webb legte den Kopf schief. »Sie könnten recht haben. Je länger ich es mir ansehe …« Sie warf mir einen Blick zu. »Und nun?«

»Ich muss hinein«, sagte ich beinahe zu mir selbst.

»Wir haben keinen Durchsuchungsbefehl«, erwiderte Webb. In ihrer Stimme erkannte ich einen Hauch von Bedauern, und ich ignorierte die Bemerkung, wie sie es vermutlich von mir erwartet hatte.

»Wir müssen bis Sonnenaufgang warten«, sagte ich. »Dann können wir einen näheren Blick darauf werfen.«

Die nächsten paar Stunden verbrachten wir damit, ein Nickerchen zu halten, in der Sommerhitze von Texas zu schwitzen und das Haus zu beobachten. Das war offensichtlich keine perfekte Ausgangslage, aber es würde reichen müssen. Die Sonne ging wie ein langsames Gähnen auf und warf ihre Wärme auf meine angespannten Schultern. Ich konnte mich nicht erinnern, wann ich das letzte Mal vernünftig geschlafen hatte. Webb schlief fest, den Kopf auf das Lenkrad gelegt. Sie wecken zu müssen tat mir leid, aber wir mussten los. Ich stieß gegen ihren Arm, und sie schreckte hoch.

»Was? Ich hatte gerade einen tollen Traum, in dem ich zu Hause in meinem eigenen Bett schlief.«

»Die Sonne ist aufgegangen. Ich werde mir jetzt das Haus ansehen.«

»Sie brauchen mich als Rückendeckung«, sagte Webb, streckte sich und gähnte. »Ich könnte das auch von Starbucks aus tun.«

»Das könnte Ihnen so gefallen. Nein, bleiben Sie hier und beobachten Sie die Gegend. Ich bin gleich wieder da.« Ich stieg aus dem Wagen und ging den Block hinauf zu dem dunklen Haus. Im Schutz des Tageslichts war es nicht nötig, sich verstohlen zu bewegen.

In der Auffahrt des Hauses blieb ich stehen und schaute mich um. Gloamings waren bei Tag am verletzlichsten, da sie eine Ruheperiode von unbekannter Länge in einem mit Erde gefüllten Behälter benötigten, darum war ich zuversichtlich, dass sie mich in diesem Augenblick nicht beobachteten. Allerdings würden sie drinnen eingesperrt sein. Was aber nicht automatisch hieß, dass es keine ehrgeizigen Gloaming-Aspiranten gab, die während der Ruheperiode Wache hielten. Für ihre Herren taten solche Typen alles, aber ich konnte mit ihnen umgehen.

Ich ging an der Hecke neben dem Haus entlang; die Zweige strichen leicht über mein Gesicht. Sichtbare Kameras gab es keine. Ich trat an das Fenster neben der Haustür. Ich hatte recht gehabt: Anscheinend war das Glas entfernt und durch Beton ersetzt worden, den man mit einer matten, spiegelnden Oberfläche bedeckt hatte, um Glas zu simulieren.

Ich stand vor einem Safe House für Gloamings.

Die Erde neben dem Fundament war umgegraben oder bewegt worden. Was das zu bedeuten hatte, wusste ich nicht – hatte man im Haus gebaut, vielleicht einen Keller hinzugefügt, in dem die Gloamings schlafen konnten? Mit Sicherheit nährte es meinen Verdacht. Der Hinterhof war von einem zwei Meter hohen Zaun aus Schlackenbeton umgeben. Ich lief weiter zur Garage und drückte die Klinke hinunter, aber die Tür war verriegelt. Ich ging in die Hocke, um durch die Spalten zu sehen, konnte drinnen aber nichts erkennen – es gab nicht genug Licht. Ich trat zurück und schritt das Grundstück ab. Überall dieselbe schäbige Konstruktion und die falschen Fenster. Von dort ging ich zu der Mauer, die den Hinterhof schützte. Dort suchte ich nach einem Loch, einer Lücke oder einem Vorsprung als Halt für meinen Fuß, um drübersteigen zu können. Ich wollte mich gerade in die Höhe ziehen, da hörte ich ein Geräusch hinter mir.

»Kommen Sie da runter und drehen Sie sich langsam mit erhobenen Händen um«, sagte eine Stimme.

Ich erkannte den Tonfall eines Polizisten und stieg nach unten – ich konnte die auf mich gerichtete Pistolenmündung spüren, noch bevor ich mich umdrehte. Vor mir stand ein Beamter der Polizei von Austin, der mit entschlossener Miene auf mein Gesicht zielte.

»Officer, ich bin FBI-Agent«, sagte ich. »Mein Ausweis steckt in meiner linken Jackentasche.«

Der Cop erwiderte nichts, sondern starrte mich nur weiter an. Ich fragte mich, ob mir dieser dämliche Strafzettelverteiler gleich ein paar Kugeln in die Brust jagen würde. »Wissen Sie«, fuhr ich fort, »es gibt tatsächlich eine Krankheit, bei der man zu dumm ist, um zu wissen, wie dumm man ist. Ich glaube, Sie könnten darunter leiden …«

»FBI. Runter mit der verdammten Waffe«, befahl Agent Webb, während sie hinter der Hecke hervortrat und um den Cop herum ging. »Runter damit«, wiederholte sie. »FBI. Lassen Sie die Waffe sofort fallen, oder ich blase Ihnen den dummen Schädel weg.«

Die einzige Sache, die noch überraschender war als die auf mich gerichtete Waffe, war Agent Webbs Ausdrucksweise. Und sie sah aus, als würde sie nicht einmal nach einem Vorwand suchen, um abzudrücken.

Der dürre Cop runzelte die Stirn, bevor er auf die Knie ging und seine Waffe auf den Boden legte. Ich hob sie auf und steckte sie mir in den Hosenbund, während ich meine Dienstmarke hervorholte und sie ihm ein paar Mal ins Gesicht klatschte. Mein Herz raste wie bei einem gottverdammten Infarkt. »Ich hätte ihr sagen sollen, Ihnen den Kopf wegzuschießen, weil Sie eine Waffe auf einen Bundesbeamten gerichtet haben.«

Der Cop blickte mich ausdruckslos an, während Webb ihre Waffe wegsteckte.

»Ich habe Sie auf dem Zaun gesehen und hielt Sie für einen Dieb«, sagte der Officer mit monotoner Stimme.

»Wer hat den Zwischenfall gemeldet?«, wollte Webb wissen.

Die Frage verwirrte den jungen Cop, und der blonde Schnurrbart über seiner schmalen Oberlippe zitterte im Wind. Ich konnte sehen, wie in seinen Augen der Beginn einer Lüge flackerte.

»Wenn ich den Supervisor der Notfallzentrale anrufe, finde ich dann einen Bericht über den Zwischenfall?«, fragte ich ihn. Der Polizist senkte den Blick und schwieg. Ich zeigte auf das Haus. »Haben die Sie gerufen? Stehen Sie auf der Gehaltsliste der Gloamings? Hat man Ihnen versprochen, Sie eines Tages neu zu erschaffen? Das wird nie passieren.«

Der Officer wartete kurz, bevor er mit leiser Stimme antwortete. »Ich war auf Patrouille und …«

»Bullshit«, sagte Webb.

Der Mann starrte einen Augenblick lang in den Himmel. »Ich … ich erhielt einen Anruf, der darauf hindeutete, dass gerade ein Einbruch stattfindet.« An dieser Stelle verstummte er und schien mit der Lüge zufrieden zu sein.

Ich warf Webb einen Blick zu und lächelte. »Das glaube ich Ihnen aufs Wort«, sagte ich, während Webb das Gesicht verzog und mich ansah, als hätte ich den Verstand verloren. Selbst der Officer erschien verwirrt. Ich zeigte auf meine Kollegin. »Agent Webb, ich glaube, wir haben es hier mit einem kriminellen Vorgang zu tun, der gerade vonstattengeht. Laut Aussage dieses Polizisten. Die Umstände verlangen, dass wir das Haus betreten, um uns zu vergewissern, dass die Mieter des Hauses auch in Sicherheit sind.«

»Nein!«, stieß der Cop hervor, während Webb grinste. Sie zog erneut die Waffe.

Ich zeigte auf den Polizisten. »Sie bleiben hier.« Ich wandte mich Webb zu. »Wir nehmen die Haustür.«

Ich trat die Haustür auf; sie leistete keinen großen Widerstand. Dahinter befand sich eine provisorisch eingerichtete Kammer mit einer weiteren dicken Tür, die offen stand. Vermutlich diente sie als Sicherheitsmaßnahme gegen einfallendes Sonnenlicht, vor allem wenn die Haustür geöffnet wurde: Man schloss die Haustür, bevor man die zweite Tür öffnete.

Ich zuckte kurz zusammen, als Webb beide Türen weit aufriss. Sie zuckte mit den Schultern. »Möglicherweise brauchen wir das Sonnenlicht.«

Die Bude war völlig dunkel. Vermutlich würde man auf diese Weise übersehene Spalten, durch die Licht fiel, leichter ausmachen können. Ich drückte einen Schalter an der Wand und ein leeres Wohnzimmer kam zutage, mit einem weißen Boden. Die Wände waren kahl, bis auf eine, auf die ein Graffiti gesprüht war.

»ANOESIS.«

Ich machte ein Bild mit meinem Handy.

Webb ging an mir vorbei, um die Küche zu untersuchen. Ihr stockte deutlich hörbar der Atem. »Fuck.« Jeder Quadratzentimeter war mit leeren Tüten bedeckt, die mit getrocknetem Blut bespritzt waren. Es sah aus wie eine Szene aus einer blutigen Bürgerkriegsschlacht. Dennoch roch der Raum wie ein Arztzimmer, antiseptisch und scharf.

»Hier sieht's aus wie im Haus meiner Tante«, sagte ich an niemand Besonderes gerichtet. »Ich wette, im Badezimmer sind die Toilettendeckel mit flauschigen Bezügen bedeckt.«

Im ersten Schlafzimmer fanden wir einen dürren, nackten Mann auf einer Pritsche mit einer Nadel im Arm. Ich stieß mit der Waffe gegen sein Gesicht, aber seine bläuliche Färbung verriet mir, dass er vermutlich weggetreten war. »Aufwachen, Arschloch«, sagte ich.

Agent Webb beugte sich vor und fühlte nach seinem Puls. Sie schüttelte den Kopf. »Ich verstehe es nicht. Ich hätte nicht gedacht, dass die Gloamings bei der Auswahl ihrer Leute so schlampig sind.«

»Sie behandeln diese Idioten wie Schüler, bieten ihnen die Chance auf eine Neuerschaffung«, erwiderte ich. Das hatte ich bereits mehrmals erlebt. »Sie bearbeiten sie mit Drogen oder Alkohol – wenn die Schüler darauf bereitwillig einsteigen, wissen die Gloamings, dass ihnen echte Disziplin fehlt. Und schließlich lassen sie zu, dass sie eine Überdosis nehmen, wenn sie nicht länger nützlich sind. Wie dieser arme Kerl hier. Für die Neuerschaffung wählen die Gloamings nur die Besten und Klügsten aus – Leute, die ein Gewinn und kein Verlust für das große Ganze sind.«

Webb öffnete den Wandschrank und stieß einen Pfiff aus. »Was haben wir denn da?« Sie trat auf eine Stahlplatte, die in den Boden eingebaut war.

Genau danach hatte ich gesucht – so etwas fand man in jedem Gloaming-Haus. »Den Hauptgewinn«, sagte ich. »Das ist der

Eingang zum echten Unterschlupf. Er wird von innen verschlossen sein. Sie werden nicht gern gestört.«

Ich winkte Webb zurück und zielte auf das Schloss, bevor ich den Abzug betätigte. Vier Schüsse ertönten. Der Schrank füllte sich mit Rauch. Kurz fragte ich mich, was der Idiot von Cop draußen wohl denken mochte. Das Schloss zersplitterte, und Webb hob die Platte an, während ich meine Kollegin mit der Waffe deckte. Hätte ich doch nur die experimentelle neue Munition eingesteckt, die speziell für die Bedrohung durch Gloamings entwickelt worden war. Ich war meinen Kollegen schon eine ganze Weile mit auf Gloamings zugeschnittenen Waffen auf die Nerven gefallen, vor allem die mit der abgereicherten Uranmunition, meine Forderungen waren die Befehlskette hinaufgewandert, aber bisher war absolut nichts zurückgekommen.

Ich ging die Treppe als Erster hinunter. Webb leuchtete mir mit der Taschenlampe. Die Luft roch metallisch und fremd, aber als ich tiefer kam, stieg ein trockener, blumiger Duft in meine Nase. Ich schaltete meine Taschenlampe ein und schwenkte den Strahl quer durch den Raum, während ich die letzte Stufe verließ. Mein Blick fiel auf den Lichtschalter an der Wand, und ich betätigte ihn. Der ganze Raum wurde hell.

Seine Größe und das Ausmaß des Ausbaus waren schockierend. Hinter mir stockte Webb der Atem. Die Wände waren makellos sauber wie in einem Krankenhaus. In der Mitte des Raums befanden sich zwei Reihen der Folienschlafsackbehälter, die Gloamings als Ruheort dienen. Für gewöhnlich sind sie mit einer besonderen Mischung aus Heimaterde und Chemikalien gefüllt. Ich zählte schnell durch. Zwei Reihen mit je fünf Behältern.

Potenziell zehn Gloamings, die schliefen.

Normalerweise benutzten sie Behälter aus hochwertigstem Aluminium. Ich bezeichnete sie immer als Weltraumsarg. Diese Schlafsäcke dienten anscheinend als provisorischer Ruheort für durchreisende Gloamings.

»Ist das … wofür ich es halte?«, zischte Webb. »Bis jetzt habe ich nur Bilder davon gesehen.«

»Darauf können Sie wetten«, erwiderte ich. »Wir müssen nicht flüstern.«

Ich widerstand der Versuchung, das neue Magazin in die Säcke zu entleeren. Aber wie schon meine Mutter stets gesagt hatte: Nur ein Idiot tritt mutwillig gegen ein Hornissennest. Webb trat an einen der Behälter heran und beugte sich vor, um ihn sich näher anzusehen. Ich ging zur anderen Seite des Raumes und musterte die Regale, suchte nach Einbruchswerkzeug, das bei dem Diebstahl benutzt worden war. Ich öffnete ein paar Schränke, fand aber weder Blut noch andere bemerkenswerte Dinge.

Ich kann mich immer noch an den süßen Geruch von Blut, Eisen und Parfüm oder Weihrauch erinnern. Von diesem Duft hatte ich schon oft gelesen, aber ihn selbst zu riechen … Er berauschte mich mehrere Sekunden lang. Mehr war nicht nötig.

Ein leiser Laut ließ mich herumfahren. Da stand ein Gloaming. Mehr Ungeheuer als Mensch, mit stämmigen Beinen, langen Fingern und Nägeln, einem roten, wilden Haarschopf – und seine Hände lagen um Agent Webbs Hals.

Er brach ihr das Genick, sodass der Kopf nur noch an Sehnen und Haut hing.

Instinkt und Emotionen trieben mich zugleich an. Ich erinnere mich deutlich daran, wie ich das ganze Magazin in den Gloaming leerte, während ich zur Treppe rannte. Die Kugeln würden mir nur wenige Sekunden erkaufen, also legte ich beim Rennen ein neues Magazin ein. Als ich die erste Treppenstufe erreichte, sah ich, wie weitere Gloamings aus ihren Behältern kamen.

Warum verlassen sie während des Tages die Sicherheit ihrer Zuflucht? dachte ich.

Ich stolperte, eine Hand griff nach meinem Bein. Der Stoff meiner Hose riss genau wie die Haut darunter. Ich hastete die Treppe weiter hinauf. Im Wohnzimmer wurde ich schließlich zu

Boden geworfen. Die Luft wurde mir aus den Lungen gepresst. Nur mit Mühe konnte ich meine Pistole festhalten, und als ich den Blick hob, sah ich, dass die Haustür geschlossen war.

Hände legten sich um meinen Hals.

Ich roch das stechende Aroma von etwas Fauligem, beinahe wie verrottende Blumen. Dazu kam ein Schrei, der in meinem Kopf widerhallte.

Die Pistole schickte Kugeln zur Haustür, das Gewicht auf meinem Rücken verschwand. Sonnenlicht strömte durch die entstandenen Löcher in den Raum. Ich rollte mich auf den Rücken und schnappte nach Luft, eingehüllt in Tageslicht. Sekunden später war ich noch immer wie benommen, als eine Spezialeinheit des FBI das Safe House stürmte.

Später fanden wir bei der genaueren Untersuchung einen hinter einem Schrank verborgenen Tunnel, der zu einem weiteren Safe House auf der gegenüberliegenden Straßenseite führte. Drei Gloamings wurden verhaftet und wegen Verschwörung zum Mord verurteilt. Man schickte sie in den kürzlich fertiggestellten Gloaming-Flügel eines Supermax-Gefängnisses in Colorado. Während sie auf ihre Überführung warteten, entkamen sie aus ihrer Zelle. Derzeit sind sie auf der Flucht und stehen auf der Liste der zehn meistgesuchten Verbrecher des FBI.

Das geraubte Madonna-Bild blieb verschwunden.

Die Beerdigung von Agent Dana Webb fand zwei Tage nach der Razzia in Austin statt. Ich nahm daran teil und hielt mich im Hintergrund. Es war eine bescheidene Zeremonie am Grab. Ihr siebenjähriges Kind entpuppte sich als Junge.

Mehrere Wochen nach dem Diebstahl kündigte das FBI offiziell die Bildung einer Gloaming Crime Unit an – im Vergleich zum sonst üblichen Tempo der Regierung geschah das quasi in Lichtgeschwindigkeit. Der Einheit wurden zunächst drei Agenten in Vollzeit zugeteilt – ich war der leitende Spezialagent.

KAPITEL 7

AMERICAN BAR ASSOCIATION LAW JOURNAL
AUSGABE HERBST/WINTER

»Gerichtsverfahren bei Gloamings und mit dem NOBI-Virus Infizierten als Wegbereiter zur Gesetzgebung«

von
Kenneth Holm,
Juristische Fakultät der Universität von Virginia
Stiftungsprofessor für Bürgerrecht und Staatswissenschaften

Zu der Zeit, als die Human Rights Campaign, eine der größten Organisationen für die Rechte lesbischer, schwuler, bisexueller und Transgender-Menschen, die Equal People Foundation und später der Gloaming-Rat mit mir Kontakt aufnahmen, arbeitete ich gerade in der Anwaltskanzlei Curan, Forest and Rogers in New York. Die Kanzlei spezialisierte sich auf Zivilrecht, insbesondere Arbeitsrecht. Ich war ein Associate Counsel, ein angestellter Anwalt.

Ursprünglich zog man mich bei dem Fall Whitney Talbot hinzu, einer Architektin, die in Manhattan im East Village wohnte. Nach ihrem Abschluss am Boston College nahm Talbot eine Stelle bei Taylor and Wilson Architects in New York City an.

Bei einer geheimen, spätnächtlichen EDM-Party, die ein berühmter DJ veranstaltete, lernte Whitney Talbot einen gewissen Ben Oates kennen. Ben war ehemaliger Arzt und jetzt Forscher und war ein Jahr zuvor von einem unbekannten Spender neu erschaffen worden. Der Mann zog Whitney völlig in seinen Bann. In ihrer Erinnerung schien er sich bei jedem Beat der Musik »wie ein Windstoß« zu bewegen. Solche Dinge sagte sie gern. Ben schien ihr Interesse an ihm zu bemerken und trat mit einem Lächeln auf sie zu, und in dieser Nacht tanzten sie über zwei Stunden lang, ohne die Tanzfläche auch nur einmal zu verlassen.

Schnell begannen sie eine Beziehung und verbrachten trotz Whitneys anspruchsvollem Tagesjob monatelang jede Nacht miteinander. Ben Oates wohnte im Keller eines alten Hauses in der Bowery, das renoviert worden war, sodass kein Sonnenlicht in den Wohnbereich mehr vordringen konnte. Nach Feierabend schlief Whitney meist ein paar Stunden zu Hause, bevor sie sich bei Sonnenuntergang zu Bens Haus begab. Von dort brachen sie dann zu Partys, Versammlungen und Galerie-Eröffnungen auf. Genau wie bei anderen Gloamings empfing die feine Gesellschaft von New York Ben mit offenen Armen; es gab immer etwas, wo sie hingehen konnten.

Whitney begleitete Ben nach England zur London Fashion Week. Ben, selbst ein DJ – neben anderen Tätigkeiten, die ihn zu einem Gloaming-Dilettanten ohnegleichen machten –, legte bei der von Mercedes Benz gesponsorten Topshop Unique Party auf, die von der englischen *Vogue* betreut wurde. Die nächtliche Party fand in Winfield House am Regent's Park statt – dem Wohnsitz von Oscar Lampley, dem Botschafter der Vereinigten Staaten im Vereinten Königreich, und seiner Frau Felicity. Die Party war die wichtigste Veranstaltung der Modewoche. Whitney kam sich fast wie das fünfte Rad am Wagen vor, während sich Ben um viele Bewunderer kümmerte. Es bildete sich eine informelle Empfangsschlange, als wäre Ben ein Staatsoberhaupt.

Ben war jemand, der schnell mal unüberlegte Entscheidungen traf (damals hatten die Gloamings noch keine Regeln über die Neuerschaffung eingeführt). Er stürzte sich in die Beziehung mit Whitney. Als er ihr übereilt anbot, sie neu zu erschaffen, damit sie für immer zusammen sein konnten, willigte Whitney (selbst eine ziemlich impulsive und leidenschaftliche Person) bereitwillig ein. Die Neuerschaffung war erfolgreich, und bald darauf zog Whitney bei Ben ein. Unglücklicherweise hielt die Beziehung nicht. Sie gingen getrennte Wege: Ben zog nach London, und Whitney nahm wieder ihr Leben in New York auf. Ihr Arbeitgeber, eine sehr progressive Firma, hatte kein Problem damit, ihren neuen Status zu akzeptieren.

Bald darauf bewarb Whitney Talbot sich um den Kauf einer Eigentumswohnung im hochwertigen Barclay-Gebäude an der West Seventy-Fifth Street. Nachdem ihr Eröffnungsgebot für die Immobilie akzeptiert worden war, vervollständigte sie ihre Bewerbung. (Sie präsentierte eine herausragende Kreditwürdigkeit, die Steuerrückzahlungen von drei Jahren, Empfehlungsschreiben und einen Verschuldungsgrad von 2 %). Dann kam sie zu dem Bewerbungsgespräch mit dem fünfköpfigen Vorstand der Eigentümergemeinschaft, das ungefähr zwanzig Minuten dauerte. Eines der Vorstandsmitglieder fragte Whitney, welche Art Modifikationen sie vornehmen wollte, um das Apartment gloaminggerecht zu gestalten.

Whitney informierte sie, dass jegliche Modifikationen nur von temporärer Natur seien und sie an der Baustruktur des Apartments nichts verändern würde.

Am nächsten Tag wurde ihr Makler darüber informiert, dass die Eigentümergemeinschaft ihre Bewerbung abgelehnt hatte.

Whitney Talbot reichte beim Gericht von New York City Klage ein aufgrund des *Fair Housing Act*; sie behauptete, die Ablehnung stütze sich auf diskriminierende Gründe und verletze diverse staatliche und bundesstaatliche Bürgerrechte. Eine Bewerbung aus Gründen der Rasse, ethnischer Zugehörigkeit oder Religion abzulehnen, war ein offensichtlicher Rechtsbruch der Eigentümergemeinschaft. Der Status als Gloaming wurde damals aber noch nicht selbstverständlich zu den geschützten Gesellschaftsklassen gezählt.

Man verwies den Fall an die Schlichtung, wo keine Einigung erzielt wurde.

Der Fall kam vor Gericht, und das Gericht urteilte, dass Whitney Talbots Status als Gloaming als zu einer geschützten Gesellschaftsklasse gehörend betrachtet werden müsse und der Vorstand Talbot durch die Ablehnung ihrer Bewerbung diskriminiert hätte.

Als die Zahl der Gloamings innerhalb weniger Monate stark anstieg, forderten viele Neuerschaffene mehr Rechte ein, die ihre einzigartige Stellung im Land betrafen. Viele Gloamings verloren ihre Arbeitsplätze, da die Arbeitgeber keine Verwendung für Arbeitnehmer hatten, die während der traditionellen Arbeitszeiten von neun bis fünf nicht verfügbar waren. Die Gloamings versuchten durchzusetzen, dass ihr Zustand dem Schutz sowohl des *Family and Medical Leave Act* (FEMLA) als auch des *Americans with Disabilities Act* (ADA) unterlag. FEMLA ist das Gesetz für die Fehlzeiten am Arbeitsplatz aus familiären oder krankheitsbedingten Gründen, ADA ist das Gesetz für den Schutz von Amerikanern mit Behinderungen. Viele Gerichte bestätigten das Recht des Arbeitgebers, den Arbeitsvertrag wegen einer gravierenden Änderung der Umstände zu beenden; Bundesgerichte waren ebenfalls nicht bereit[6], den Schutz von FEMLA oder ADA auf die Gloamings und ihren neuen Zustand auszuweiten.

6 Beim Rechtsstreit *Andrew Davis vs. Grant-Johnson Advertising* verlangte der Kläger Andrew Davis sofort nach seiner Neuerschaffung von seinem Arbeitgeber einen seiner Position als Kreativdirektor der Firma gerechten Gloaming-Arbeitsplatz. Der Arbeitgeber machte geltend, dass die kollaborative Natur der Arbeit und die normale Arbeitszeit der anderen Angestellten am Tag ihn daran hinderten, einen angepassten Arbeitsplatz in Form von beispielsweise Telearbeit für Davis zur Verfügung zu stellen. Das Bundesberufungsgericht für den neunten Kreis hielt das Urteil des Bezirksgerichts gegen den Kläger aufrecht; das Gericht ging sogar so weit zu verkünden, dass der »angepasste Arbeitsplatz«, den der Gloaming verlangt hatte, eine für den Arbeitgeber unzumutbare Härte bedeutet hätte.

Aber bald verhandelte das Oberste Bundesgericht seinen ersten Fall, in dem es um Gloamings ging. *Kurt Jennings, Kläger, vs. Allen and Jacobs, LLC.* Das Bundesberufungsgericht für den neunten Kreis der Vereinigten Staaten erhielt durch einen Certiorari die Aufforderung, den Fall weiterzugeben. Betrachten wir einmal die relevanten Positionen des Urteils des Obersten Bundesgerichtes. (siehe Anhang Eins für die vollständige Urteilsbegründung):

Richter Kagan trug die Auffassung des Gerichts vor:
In diesem Fall sprechen wir über die Anwendung des *Americans with Disabilities Act* von 1990 (ADA), 104 Stat. 327, 42 U.S.C. § 12101 et seq., auf Personen, die mit der *Nogales organic blood illness* (NOBI) infiziert wurden. Wir erteilten den Certiorari, um durch Akteneinsicht zuerst untersuchen zu können, ob NOBI unter ADA eine Behinderung darstellt, wenn sich die infizierte Person freiwillig und vorsätzlich infiziert.

Der Kläger Kurt Jennings ist seit 2019 mit NOBI infiziert. Er gibt zu, mehrere Monate lang die NOBI-Erkrankung gesucht zu haben, um als Gloaming neu erschaffen zu werden[7]. Jennings unterließ es, die Seniorpartner der Anwaltskanzlei Allen and Jacobs, wo er als Associate Counsel arbeitete, darüber zu informieren. Nachdem der Kläger zwei Wochen aufgelaufenen Urlaub genommen hatte, setzte er die Seniorpartner der Kanzlei darüber in Kenntnis, dass er neu erschaffen und zu einem Gloaming geworden war. Woraufhin er weitere zwei Monate Urlaubszeit und Krankenzeit nahm. Dann fragte er die Partner der Kanzlei, ob er seine Arbeit für sie fortführen könne, aber das ausschließlich während der Nachtzeit, da er sich am Tag nicht unbeschadet außer Haus bewegen könne. Die Beklagten informierten Jennings, dass, wenn er nicht in der Lage sei, seine Pflichten während der ihm zugewiesenen Tagesstunden auszu-

7 Die bevorzugte Nomenklatur von Menschen, die mit dem Virus infiziert wurden und mit dem Strahlungspegel von 20 mSv (Millisievert) leben.

führen, man den Arbeitsvertrag kündigen würde. Was dann auch tatsächlich geschah.

Daraufhin strengte der Kläger zusammen mit der *Equal Employment Opportunity Commission* (EEOC) einen Prozess wegen Behinderungsdiskriminierung nach ADA an. Nachdem der Kläger eine entsprechende Genehmigung erhalten hatte, reichte er beim Bezirksgericht der Vereinigten Staaten für den Bezirk Arizona Klage ein. Seine Begründung lautete, der Beklagte würde ihn »aufgrund seiner Behinderung oder weil er [der Beklagte] ihn [den Kläger] als behindert betrachten würde« diskriminieren, und zwar in Verletzung von ADA, Anhang 26. Insbesondere behauptete der Kläger, aufgrund seiner Infizierung mit NOBI tatsächlich eine substanziell einschränkende Beeinträchtigung zu haben oder allgemein als Person mit einer solchen Beeinträchtigung betrachtet zu werden, *siehe Definition* 23–26; daher sei er im Sinne der Verordnung behindert.

Der Kläger verklagte den Beklagten nach dem Bundesstaatsgesetz und § 302 ADA, 104 Stat. 355, 42 U.S.C. § 12182. Er behauptete, aufgrund seiner Behinderung diskriminiert worden zu sein.

Das Bezirksgericht wies die Klage ab, da der Kläger seine Behauptung nicht nachweisen konnte und somit keine Rechtsmittel gewährt werden können. *Siehe* Civ. A. No. 18-5-115 (13. März 2018). App. für Pet. für Cert. A-27. Da sich der Kläger seine Beeinträchtigung freiwillig zugezogen hatte, urteilte das Gericht, er sei bei keiner fundamentalen Lebensaktivität substanziell eingeschränkt, und wenn doch, wäre diese Einschränkung selbst verschuldet. Aus diesem Grund hätte er nicht den Beweis erbracht, im Sinne von ADA behindert zu sein. *Siehe* A-32 bis A-36.

Das Gericht entschied außerdem, der Kläger hätte seine Behauptung, vom Beklagten als Träger einer Behinderung, die fundamentale Lebensaktivitäten substanziell einschränkt, »betrachtet« zu werden, nicht ausreichend untermauern können. *Siehe Definition* A-36 bis A-37.

Der *Americans with Disabilities Act* von 1990 untersagt die Diskriminierung von qualifizierten Individuen mit einer Behinderung durch juristische Entitäten, einschließlich privater Arbeitgeber. Ein »qualifiziertes Individuum mit einer Behinderung« wird identifiziert als »Individuum mit einer Behinderung, das mit oder ohne angemessene Hilfestellung die essenziellen Anforderungen der Arbeit durchführen kann, die das besagte Individuum wünscht oder ausführt«. § 12111 (8).

Schauen wir uns zuerst die Entscheidung an, dass die NOBI-Infektion des Klägers keine Behinderung laut ADA darstellt. Daraus folgt, dass die NOBI-Infektion des Klägers keine Behinderung laut Unterabschnitt (A)[8] der Definition des Gesetzes darstellt. Angesichts dieses Schlusses müssen wir die Anwendbarkeit der Unterabschnitte (B)[9] oder (C)[10] nicht mehr in Betracht ziehen. Unsere Beurteilung von Unterabschnitt (A) der Definition vollzog sich in drei Schritten.

Unterabschnitt (A) verlangt von uns die Feststellung, ob der Zustand des Klägers eine Körperbehinderung darstellt.

NOBI steht nicht auf der Liste der spezifischen Erkrankungen, die körperliche Behinderungen verursachen, nicht zuletzt deshalb, weil NOBI erst 2018 als bekanntes Virus identifiziert wurde. *Siehe Cartwright.* Auf den ersten Blick fällt die NOBI-Infektion jedoch unter die allgemeine Definition, wie sie in den Verfahrensregeln festgelegt wurde.

Die Krankheit folgt einem vorhersagbaren und bis zum heutigen Tag nicht zu ändernden Verlauf. Bis jetzt hat noch keine Erforschung von NOBI ergründen können, wie das Virus die Struktur des menschlichen Körpers verwandelt oder ob es jeden Träger auf identische Weise verändert[11].

---

8 Eine körperliche oder geistige Beeinträchtigung, die eine oder mehrere fundamentale Lebensaktivitäten des besagten Individuums substanziell einschränkt.

9 Eine Dokumentation besagter Behinderung.

10 Als unter einer solchen Behinderung zu leiden betrachtet zu werden.

11 Sobald eine Person mit NOBI infiziert wird, dringt das Virus in verschiedene Zellen des Blutes und des Gewebes ein. NOBI verursacht innerhalb kürzester Zeit molekulare Veränderungen in DNA und Zellen. NOBI ist

Eine Person gilt als mit NOBI infiziert, wenn deren Blut eine ionisierende Strahlung von 20.0 Millisievert (mSv) aufweist. Siehe *Überarbeitetes Klassifikationssystem für NOBI-Infektionen und erweiterte Überwachungsdefinitionen für NOBI unter Heranwachsenden und Erwachsenen* – das Ministerium für Gesundheitspflege und Soziale Dienste der Vereinigten Staaten; Gesundheitsämter; CDC; 2018. Die molekularen Veränderungen im Körper einer von NOBI befallenen Person bewirken das völlige Unvermögen, direktem oder indirektem Sonnenlicht ausgesetzt zu werden. Jeder Kontakt mit Sonnenlicht selbst auf indirekte Weise (allerdings sind die Forschungen noch nicht abgeschlossen, in welchem Ausmaß die indirekte Aussetzung körperlich ungefährlich ist) verursacht eine Art spontaner Entzündung innerhalb des Körpers des Gloamings. Gerät ein substanzieller Teil des Körpers mit Sonnenlicht in Berührung, kann das zum Tod führen. Watt und Collins, *NOBI Principles*, 7.1–8, 8.1–20[12].

---

quasi ein Retrovirus, was bedeutet, dass es das eigene genetische Material mithilfe eines Enzyms in eine Form verwandelt, die von dem der Zielzelle nicht mehr zu unterscheiden ist. Das genetische Material des Virus wandert in den Zellkern und integriert sich in die Chromosomen der Zelle. Nach der Integration kann das Virus die genetische Maschine der Zelle dazu benutzen, sich selbst zu replizieren. Dann werden weitere Kopien des Virus in den Körper abgegeben und infizieren wiederum andere Zellen. Zu diesem Zeitpunkt entlassen Neuronen im Gehirn eine Chemikalie namens GnRH. Normalerweise kommt diese Chemikalie während der Pubertät zum Einsatz und veranlasst die Hirnanhangdrüse zur Ausschüttung von Sexualhormonen. In einer mit NOBI infizierten Person sorgen diese Hormone jedoch für substanzielle Veränderungen des Körpers und seiner Organe. Billy Wilder, *The Replication Cycle of NOBI* (Frederich Salka and Terry Oats, 2. Auflage 2018).

12 Die erste Phase der NOBI-Infektion ist als akute oder primäre NOBI-Infektion bekannt. In einem typischen Fall dauert dieses Stadium achtundvierzig bis einhundertzwanzig Stunden. Das Virus konzentriert sich im Blut. Daraufhin wird das Immunsystem überwältigt, und das Virus dringt ins Gehirn vor. Die Person erleidet eine plötzliche starke Verschlechterung ihres Gesundheitszustands und verfällt in einen Schock. Es gibt

Der *Rehabilitation Act* von 1973, 29 U.S.C. § 706 (8)(B) (Ausgabe 1988) und die Definition einer »Behinderung« im *Fair Housing Amendments Act* von 1988, 42 U.S.C. § 3602 (h)(1) (Ausgabe 1988) sind nicht anzuwenden und die Definition wird nicht erfüllt, es sei denn, die Behinderung betrifft eine fundamentale Lebensaktivität. Bei diesem Fall hat der Kläger stets behauptet, die Infektion mit NOBI habe seine Fähigkeit, sich im Tageslicht außer Haus aufhalten zu können, substanziell eingeschränkt. App. 18; 1015 F. Supp., bei 587; 200 F. 4te, bei 515. Bei dem unheilbaren und tief greifenden Verlauf der Krankheit hätte ihre Auswirkung auf fundamentale Lebensaktivitäten für unsere Prüfung relevant sein können. Der Kläger und eine Anzahl von *amici curiae*, die zu seinen Gunsten sprachen, führen das Argument der tief greifenden Auswirkungen auf beinahe jeden Lebensbereich des Infizierten an. *Siehe* Antrag des Klägers 35–45; Antrag der Gloaming Medical Association als *amici curiae* 8–15, Antrag der Infectious Diseases Society of America usw. als *amici curiae* 8–15.

---

kein Latenzstadium. Sämtliche vorliegenden Beweise, auch wenn sie noch nicht vollständig sind, zeigen, dass es zu Krampfanfällen kommt und dann zu einer komaähnlichen Periode, in der der Körper seine Verwandlung durchläuft. Die Prionen, die durch das Virus injiziert wurden, beginnen sich im Blutstrom zu falten und zu mutieren. Dann formen sie sich zu DNA und RNA, um die Transformation zu beschleunigen. Für gewöhnlich klingen die Symptome innerhalb von vierundzwanzig bis achtundvierzig Stunden ab, obwohl es Spekulationen gibt, dass andere latente Symptome dreißig bis siebzig Tage andauern können. Derartige Vermutungen basieren auf der allseits bekannten Dauer des »Verschwindens« neu erschaffener Gloamings. Romo und Ambrose, *Primary NOBI Infection in Medical Issues*, in *Infection* 22–45.

Nachdem die mit dem ersten Stadium assoziierten Symptome abnehmen, tritt das Virus in die Phase ein, die manchmal als Post-Neuerschaffungsphase bezeichnet wird. Obwohl sie bei jedem Individuum variiert, dauert dieses Stadium laut wissenschaftlicher Computermodelle und Aussagen von Gloamings in den meisten Fällen zwischen zweihundert bis zweihundertfünfzig Jahre. Watt und Collins, *NOBI Principles* 7.1–8, 8.1–20.

Angesichts dieser Anträge mag es legalistisch erscheinen, unsere Diskussion auf die Auswirkung von Sonnenlicht zu begrenzen. Die Fähigkeit, Sonnenlicht zu ertragen, fällt jedoch auf jeden Fall unter den Begriff »fundamentale Lebensaktivitäten«. Die Fähigkeit einer Person, sich im Sonnenlicht aufzuhalten, und die Aktivitäten, die zu einer solchen Fähigkeit gehören, sind ein wesentlicher Bestandteil des alltäglichen Lebens.

Obwohl der Beklagte durchaus einräumt, wie wichtig für den Kläger die Fähigkeit ist, sich im Tageslicht außer Haus aufhalten zu können, ohne dabei einen Schaden zu erleiden, verfolgte der Kongress seiner Ansicht nach mit ADA ursprünglich die Absicht, die Lebensaspekte einer Person abzudecken, die nicht durch ihr eigenes Verschulden eingetreten sind. Antrag des Klägers 18, 32, 44, 77; *siehe auch* 55–57 (zitiert *Flack vs. Roberts Construction*, 22 F. 5te 574, 225 (CA8 2018).

Die Argumente konzentrieren sich auf die Definition von Behinderung im ADA, die eine Person mit einer Behinderung als Person definiert, die eine körperliche oder geistige Beeinträchtigung hat, die eine oder mehrere fundamentale Lebensaktivitäten auf entscheidende Weise einschränkt.

Diese Verfahrensregeln stehen im Widerspruch zu dem Versuch des Klägers, die Bedeutung des Begriffs »Behinderung« insofern auszuweiten, als die Intentionen der behinderten Person außer Acht zu lassen sind. Der Kläger will keinen Unterschied gelten lassen zwischen einer Person, die sich auf eine riskante Unternehmung wie das Fallschirmspringen einlässt, mit gefährlichen Chemikalien arbeitet oder als Soldat in einer Kriegszone operiert – und der Art und Weise, wie *er* zu seiner Behinderung kam. Personen in den vom Kläger aufgelisteten Berufen nehmen die Möglichkeit in Kauf, dass sie in dem von ihnen gewählten Beruf möglicherweise eine Behinderung davontragen, aber sie wissen, dass diese nicht mit Sicherheit eintreten wird. Im Gegensatz dazu wusste der Kläger mit absoluter Sicherheit, dass er nach der Verwandlung in einen Gloaming für den Rest seines Lebens die Fähigkeit verlieren würde, sich direktem oder indirektem Sonnenlicht auszusetzen. Der Kläger kann nicht glaubwürdig etablieren, dass freiwillig erfolgte Handlungen, die einer Person zum Nachteil gereichen, später von ADA abgedeckt werden sollten.

Am Ende richtet sich die Definition von Behinderung nicht nach der persönlichen Einschätzung. Wenn aus der Behinderung signifikante Einschränkungen resultieren, ist die Definition erfüllt, selbst wenn die Probleme nicht unüberwindlich sind. Wenn eine Person jedoch aus freiem Antrieb für schädliche Veränderungen körperlicher Natur sorgt, deren Eintreten absolut sicher sind, sollte das Gesetz besagter Person nicht den gleichen Schutz gewähren wie jenen, die die Einschränkungen ohne eigenes Verschulden davongetragen haben. Der Aussage des Klägers, dass seine NOBI-Infektion allein seine Entscheidung war, wurde nicht widersprochen. App. 22; 721 F. Supp. auf 412; 107 F. 5te auf 524. Im Kontext der Prüfung dieses Urteils müssen wir es als richtig erachten. Fed. Rule Civ. Proc. 56 (e). Wir stimmen dem Bezirksgericht und dem Berufungsgericht zu, dass es hier keine Fakten gibt, die ein Urteil über die Frage der gesetzlichen Vorsorge verhindern.

Zusammengefasst ist die NOBI-Infektion des Klägers eine körperliche Behinderung, die eine fundamentale Lebensaktivität nach der Definition von ADA substanziell einschränkt; allerdings wird seine Behinderung *nicht* von ADA geschützt, da er die Infektion durch seine eigenen Handlungen willentlich und mit absoluter Gewissheit selbst herbeigeführt hat. Die Entscheidung des Berufungsgerichts, dass die NOBI-Infektion des Klägers keine Behinderung nach ADA darstellt, wird bestätigt. Gemäß dem Protokoll wird der Fall mit dieser Bewertung für ein neues Verfahren an das Bundesgericht zurückgegeben.

Da das Gerichtssystem sich ihrer Probleme nicht annehmen wollte, entschied die Gloaming-Hierarchie, sich von nun an auf gesetzliche Änderungen zu konzentrieren, um die Bürgerrechtsmängel in den aktuellen Gesetzen zu korrigieren.

Sie gründeten eine Bürgerrechtsorganisation mit dem Namen Equal People – die mit Ermittlern und Rechtsanwälten ausgestattet wurde. Überraschenderweise – oder auch nicht – bestand die Mehrzahl aus Nicht-Gloamings. Es waren Menschen, die man verächtlich als Groupies oder Anhänger der Gloamings bezeichnete – oder, was wahrscheinlicher war, Leute, die darauf hinarbeiteten, selbst neu erschaffen zu werden.

Die Organisation erhielt Berichte über Unternehmen und Regierungsbehörden, die sich weigerten, den Nachtwesen entgegenzukommen. Gerichte waren während der Nachtstunden nicht geöffnet, auf die Bedürfnisse von inhaftierten Gloamings wurde nicht eingegangen, Führerscheinstellen oder andere wichtige Behörden hatten ebenfalls keine Nachtöffnungszeiten. Bei anderen Problemen ging es hauptsächlich um private Unternehmen, die Gloamings diskriminierten – Vermieter, die nicht an Gloamings vermieten wollten, oder Krankenhäuser, die sich weigerten, Hilfe suchenden Gloamings Instrumente oder Medikamente zur Verfügung zu stellen.

Dann geschah laut vieler Gloaming-Historiker einer der wichtigsten Vorfälle in der Bürgerrechtsbewegung der Gloamings: Die Ermordung von Guy Brady.

Brady war ein vierzigjähriger Gloaming, der ein Jahr zuvor neu erschaffen worden war. Die Umstände seiner Neuerschaffung sind unklar, aber er war ein äußerst erfolgreicher und wohlhabender Anwalt, der sein Geld mit Prozessen wegen ärztlicher Kunstfehler in vielen Bundesstaaten gemacht hatte.

Es war ein Donnerstagabend in Dallas, und Brady hatte sich mit Freunden in einer exklusiven Bar in der Greenville Avenue getroffen, einer bekannten Straße mit Bars und Restaurants, die auf Kunden der Oberschicht und der oberen Mittelschicht abzielten. Er war den ganzen Abend mit einer Gruppe von Nicht-Gloamings zusammen, bis er seine Freunde gegen 1:30 Uhr verließ. An diesem Punkt werden die Einzelheiten ungenau. Die folgenden Stunden an diesem Morgen sind bis 5:30 Uhr ungeklärt.

Ungefähr dreißig Minuten vor Sonnenaufgang hörte die Barista im Coffee Chick-Café in der Greenville ein lautes Klopfen an der Tür. Das Café sollte etwa eine halbe Stunde später für die morgendliche Kundschaft geöffnet werden.

Die Barista blickte auf und sah Guy Brady vor der Tür stehen und lautstark Eintritt verlangen.

Später sagte die Frau aus, sie habe nicht alles verstehen können, was er sagte, aber sie wollte die Eingangstür nicht öffnen, da das gegen die Caféregeln verstieß und sie sich nicht sicher fühlte. Sie rief die Polizei.

Kurz darauf trafen Polizisten ein, während Brady gerade die Tür eintrat. Die Beamten stiegen mit gezogenen Waffen aus dem Wagen. Sie befahlen Brady, die Hände zu heben und sich auf den Boden zu legen. Angeblich teilte er ihnen mit, sich nicht in der Sonne aufhalten zu können – zu diesem Zeitpunkt stand die Sonne ungefähr eine Minute vorm Aufgehen.

Einer der Beamten näherte sich Brady, der den Mann jedoch zur Seite schleuderte, als würde er nichts wiegen.

Daraufhin wollte Brady ins Café stürzen, doch der andere Beamte gab fünf Schüsse mit seiner Waffe ab.

Ein Mensch wäre wie ein Stein zu Boden gegangen, aber, wie wir alle wissen, sind Gloamings anders gebaut und besitzen nicht nur große Kraft, sondern sind auch weitgehend unempfindlich gegenüber Verletzungen. Brady stürzte zu Boden, erhob sich aber wieder und rannte die Straße entlang, während die Sonne am Horizont aufging. Der Polizist schoss weiter, aber es war das Sonnenlicht, das Brady tötete, während er den Block entlanglief.

Die Kontroverse um diesen Vorfall und seine Auswirkungen beherrschte monatelang die Schlagzeilen. Sie wurde von den unterschiedlichen Aussagen von Polizei und Zeugen zusätzlich angefacht.

Die Beamten vor Ort behaupteten, aufgrund von Bradys unberechenbaren Handlungen und der Bedrohung, die sie durch seine zusehends gewalttätigen Aktionen empfanden, keine andere Wahl gehabt zu haben. Sie beharrten darauf, in keiner Sekunde gewusst zu haben, dass es sich bei Brady um einen Gloaming handelte.

Ein Zeuge auf der anderen Straßenseite sagte jedoch aus, Brady habe um Einlass gebeten, weil er ein Gloaming sei. Durch die Natur der Gloamings waren natürlich weder die Aufnahmen der Bodycams noch die Tonaufnahmen zu verwerten.

Die Polizisten wurden nicht angeklagt.

Unmittelbar nach dem Vorfall organisierte Equal People eine Reihe nächtlicher Demonstrationen mit Gloamings und Freunden der Gloamings, die in verschiedenen Städten einschließlich New York und Los Angeles Tausende Menschen auf die Straße brachten. Für eine so kleine Minderheit waren die Gloamings sehr wohlhabend. Sie benutzten ihren Reichtum, um die Proteste ein paar Wochen lang am Laufen zu halten. Zusätzlich kämpften sie gegen eine Desinformationskampagne aus Verschwörungstheorien im Internet an, bei der es um verschiedene Anschuldigungen ging. So wurde etwa behauptet, sie seien für kürzliche Diebstähle in Blutbanken verantwortlich, steckten hinter einer Reihe ungeklärter Morde und Vermisstenfälle, bei denen die Köpfe der Opfer abgetrennt worden waren (die Enthauptung ist von Bedeutung, weil sie anscheinend verhindert, dass eine Person neu erschaffen wird, wenn ein Gloaming Blut aus ihren Adern saugt und auf diese Weise das NOBI-Virus weitergibt), oder sie wollten die Bevölkerung als lebende Blutbank benützen, um sich von ihr zu ernähren.[13]

---

13 Am ersten November fand man in Albuquerque, New Mexico, unter dem Highway 85 in Nähe der Central Avenue vier Tote: einen Ehemann und seine Frau sowie ihre Kinder, fünfzehnjährige Zwillinge. Die Toten lagen völlig blutentleert alle in einer Reihe. Die Anwesenheit radioaktiver Elemente in zwei Bissspuren an den Halsschlagadern wies deutlich darauf hin, dass es sich bei dem Mörder um einen Gloaming handelte. Wieder schürten Nachrichten und das Internet die Ängste vor Gloamings, und wir waren gezwungen, unsere Arbeit zur Verteidigung aufzunehmen. Der Fall ist noch ungeklärt, wie alle Verbrechen, bei denen Gloamings unter Verdacht stehen. Ihre latente Strahlung macht die meisten DNA-Tests unbrauchbar, die kurzlebige Natur der Strahlung hinterlässt aber

Die Gloamings und ihre Mitstreiter begannen eine Kampagne zivilen Ungehorsams, die die Diskriminierungen, denen sie im alltäglichen Leben ausgesetzt waren, im Rampenlicht halten sollte.

Man fragt sich vielleicht, wer die Nicht-Gloamings unter den Protestierenden waren und welche Motive sie bewegten. Die meisten waren Leute, die selbst neu erschaffen werden wollten; andere waren einfach Anhänger, die von der Anziehungskraft der geheimnisvollen Gloamings verführt worden waren. Es fiel Equal People mit Sicherheit nicht schwer, Menschen zu finden, die Sympathie für ihre Sache empfanden und bereit waren, bei den Protesten zu helfen. Und klappte das nicht, waren die Gloamings durchaus imstande, Leute für ihren Protest zu bezahlen.

Die Kampagne des zivilen Ungehorsams begann mit Sit-ins bei verschiedenen Regierungsbehörden in Phoenix und Tucson, Arizona.

Die Gloamings, erst recht die Wohlhabenderen unter ihnen, hatte es in die Gegend von Arizona und New Mexico gezogen; sie hatten Zweitwohnungen in der Region gekauft oder waren dort hingezogen. Es gab viele Spekulationen, dass sie auf diese Weise näher bei Nogales waren, wo Liza Sole neu erschaffen worden war.

Andere erwähnenswerte Demonstrationen zivilen Ungehorsams waren Streikpostenketten und Störungen diverser Geschäfte (vor allem Kaufhäuser, Banken, Fast Food Läden, Tankstellen, Apotheken, Colleges und Community Colleges), die Gloamings nicht mit nächtlichen Öffnungszeiten entgegenkamen. Die Proteste endeten damit, dass die Polizei sie an verschiedenen Orten gewaltsam auflöste. Dabei wurden viele Demonstranten verletzt, was den Bekanntheitsgrad der Proteste nur noch erhöhte. Bei einem Protest in Phoenix kam es zu fünfundvierzig Verletzten und fünfundsiebzig Verhaftungen.

---

nur wenig Spuren. Wir entschieden, der Gloaming-Forschung mehr Geld zukommen zu lassen, um bessere Methoden zu finden, ihre DNA bestimmen zu können.

Allerdings waren weder die Gesetzgeber in den einzelnen Bundesstaaten noch die Bundesregierung bereit, Gloamings mehr Schutz als anderen Bürgern zuzugestehen. Das führte dazu, dass sie noch intensivere Anstrengungen unternahmen, ihre Ziele durch Änderungen in den Bundesgesetzen durchzusetzen. Am Ende des zweiten Jahres der Verbreitung des NOBI-Virus versuchten die Gloamings, einen Gesetzesentwurf durch den Kongress zu schleusen.

Die Stiftung Equal People startete eine Offensive in der Werbung und den sozialen Medien, die Gloamings in alltäglichen gesellschaftlichen Situationen und zusammen mit ihren Familien zeigte.[14],[15]

Sie begannen einen Werbefeldzug, gaben Nachrichtenorganisationen und Blogs Interviews. Die notorisch scheue Gruppe erschien bei Kundgebungen und Versammlungen, bei Regierungsorganisationen und Kongressausschüssen. Außerdem heuerte Equal People Kurtz and Long an, eine einflussreiche Lobbyistenfirma, die bei der Durchsetzung ihrer geplanten Gesetzesinitiative helfen sollte.

An diesem Punkt stieß ein reicher Hedgefonds Manager namens John Dory zur Bewegung. Für kurze Zeit wurde er ihr Gesicht. Der schlanke und dynamische Achtundfünfzigjährige hatte seine Karriere auf einem scharfen mathematischen Verstand aufgebaut, der sich vor allem den Rohstoffmarkt zunutze machte. Als Mitglied der gesellschaftlichen Elite von New York nahm er ständig an Galaveranstaltungen und Spendenaktionen für herausragende Anlässe Teil, aber er verschwand für ungefähr ein Jahr, was bei Medienvertretern und Angehörigen der Philanthropen-Klasse für allerlei Spekulationen sorgte[16].

---

14 Da es schwierig ist, von einem Gloaming ein akzeptables Foto oder Video zu bekommen, handelte es sich natürlich um mit Photoshop angefertigte Bilder.

15 Übrigens arbeiteten Google und Microsoft zu dieser Zeit daran, eine Kamera zu entwickeln, die ein Foto von einem Gloaming machen konnte.

16 Dory hatte die Eröffnung des Tribeca Film Festivals besucht und danach

Eines Abends tauchte John Dory bei dem jährlichen Red Ball für den Krebsfond des Columbia Hospital auf. Bei seinem Betreten des Ballsaals des Waldorf erkannten die meisten Leute im Publikum sofort, dass er neu erschaffen worden war. Ein kaum merkliches goldenes Schimmern lag auf seinem strahlenden Gesicht. Die funkelnden Augen und die katzenhaften Bewegungen verrieten es ebenfalls. Als man ihn nach seiner Neuerschaffung fragte, ging er ziemlich offen damit um. Tatsächlich konnten die Blogs und Klatschkolumnen die Informationen gar nicht schnell genug publizieren, und Dory begann einen Medienfeldzug, um seine Neuerschaffung zu diskutieren. Von der *New York Times* ging es weiter zur *Today Show* (auch wenn der Fernsehauftritt nur aus einem verschwommenen Bild mit synchronisierter Stimme bestand).

Dorys Team aus Rechtsanwälten und Lobbyisten formulierte die ersten Fassungen des geplanten Gesetzes für Gloaming-Rechte, während Dory sich dem dringendsten Problem des Gesetzesentwurfs annahm: Wie viele Senatoren und Kongressabgeordnete konnte er dazu bewegen, ihn zu unterstützen? Dory hatte viel Arbeit vor sich, und er entschied sich schon früh, sich auf den altgedienten Senator von Montana Tommy Ward zu konzentrieren.

---

die After-Party für geladene Gäste im Mission Chinese Food am East Broadway. Dort befanden sich mehrere hochrangige Gloamings, aber das war nichts Außergewöhnliches für eine hochkarätige Veranstaltung in New York. Dory verließ die Party – obwohl es dafür keine Zeugen gibt – und wurde ein Jahr lang nicht mehr gesehen. Während seiner Abwesenheit wurden seine Geschäftsinteressen einer gerichtlich angeordneten Zwangsverwaltung unterstellt, aber seine einzige Erbin – Dory war Single und hatte keine Kinder –, seine Schwester, weigerte sich, den Antrag zu stellen, ihn für tot erklären zu lassen. Auch wenn niemand eine Vermisstenanzeige aufgab, führte das FBI wegen Dorys Status und seines großen Reichtums eine Untersuchung durch. Sieben Monate nach seinem Verschwinden ließ Dory durch seine Anwälte erklären, ihm ginge es gut und er werde nach einer unbestimmten Zeit wieder in der Öffentlichkeit erscheinen.

TMZ.com: Prominentenklatsch | Entertainment News | Prominenten News

Justin Bieber und Kanye West zusammen *WOW* beim Konzert für »Gleiche Rechte für Quebec« in Kanada?

Also diese Gloamings scheinen ein fast schon unheimliches Gespür dafür zu haben, wie sie eine Subkultur finden können, die sich für ihre Ziele ausbeuten lässt. Derzeit ist es der kürzlich neu erschaffene kanadische Kaufhausmagnat und Milliardär George Étienne Bouchard – ihr alle werdet euch an ihn erinnern. Er sieht aus wie euer etwas gruseliger, betrunkener Onkel – hätte besagter Onkel sich genug Botox ins Gesicht gespritzt, um wie eine Wachsfigur auszusehen. Bouchard gibt Millionen dafür aus (wie kann er es wagen?), um ein Referendum – ja, schlagt es nach! – für die Unabhängigkeit von Quebec auf den Weg zu bringen.

Und jetzt veranstaltet Milliardär Bouchard ein Benefizkonzert mit Justin Bieber und Kanye West (vielleicht ist er doch gar nicht so verrückt, sondern will einfach nur SPASS). Es heißt: »Quebéc Solidaire!« Waren Drake und Alanis Morissette etwa gerade beschäftigt?

Bieber hielt seinen Auftritt kurz, nachdem es Tonprobleme gab – vermutlich waren es eher Probleme mit seinem Playback. Und als hätte das Wochenende nicht noch seltsamer werden können, wurde der Sänger später vor seinem Hotel mit vorgehaltener Waffe ausgeraubt. Die Diebe stahlen sein Handy und Schmuck im geschätzten Wert von 10 Millionen US-Dollar. Sein hysterischer (von Drogen verursachter?) Weinkrampf danach auf Instagram machte die Sache wirklich nicht besser.

Lest die Kommentare – autsch!! »Hätte schon längst passieren sollen« oder »Echt schade, dass sie ihn nicht abgeknallt haben«.

KAPITEL 8

12. OKTOBER
SIEBZEHN MONATE
NACH DER ENTDECKUNG VON NOBI

Marcy Noll
Beraterin des Ausschusses für Heimatschutz

Ich habe ausführlich mit den Leuten gesprochen, die an den späteren Treffen zwischen John Dory und Senator Thomas Ward teilgenommen haben. Diese Gespräche waren Teil einer Untersuchung des Repräsentantenhauses wegen Vorwürfen, diverse Kongressangestellte und gewählte Beamte seien Teil einer Operation, mit der Wahlstimmen für die Durchsetzung der Gloaming-Gesetzgebung beeinflusst werden sollten. Die Vorwürfe wurden nie bewiesen, die Untersuchung stellte man nach sieben Monaten ein.

John Dory brauchte mehrere Monate, um ein Treffen mit Senator Thomas Ward zu arrangieren, der in Gardiner, Montana, geboren und aufgewachsen war und einst in einem Jahr ohne größere Wahlen und mit einem unpopulären Präsidenten den ganzen Bundesstaat bereist hatte, um Hände zu schütteln und Leute zu beschwatzen. Danach war er mit einundfünfzig Prozent der Stimmen beim ersten Anlauf ins Amt gewählt worden. Das war drei Jahrzehnte her und der Beginn seiner Bilderbuchkarriere im US-Senat. Ward stürzte sich auf den Senat, so wie er zuvor Computerteile verkauft hatte. Mithilfe seines fotografischen Gedächtnisses machte er sich mit sämtlichen Feinheiten und Abläufen der Regierungsinstitutionen vertraut, um Leute und Strategien beeinflussen zu können.[17]

Den Nöten der Gloamings stand der Senator, wie Dory wusste, jedoch offensichtlich gleichgültig gegenüber. Ihre Zusammenkunft fand schließlich an einem Vollmondabend in Helena, Montana, in einem rund um die Uhr geöffneten, exklusiven Diner in der blocklangen Hipster Enklave statt. Senator Ward hatte das Labor Day-Wochenende damit verbracht, sich bei den Wahlbeauftragten auf den neuesten Stand zu bringen und bei lokalen Paraden und Partys zu erscheinen.

Senator Ward und einer seiner Berater saßen am Tisch. Ward trommelte mit den Fingern auf den Tisch.

Die Sonne stand tief auf der anderen Seite der Erde, als eine Limousine ohne Seitenfenster langsam vor dem Lokal ausrollte. Sobald sie angehalten hatte, stieß John Dory die Tür auf und stieg aus. Ein jüngerer Mann in dunklem Anzug folgte ihm in das hell erleuchtete Diner. Die Gäste waren schon größtenteils gegangen; die späten Hungrigen würden erst gegen Mitternacht eintreffen.

Senator Ward winkte Dory mit der Gabel, mit der er gerade ein gewaltiges Stück Apfelkuchen verspeiste, zu sich herüber. Dorys Assistent begab sich zur Theke, und Wards Berater folgte ihm. Ward erhob sich, um Dorys Hand lange zu schütteln.

»Danke, dass Sie mich hier treffen«, sagte Dory.

»Nehmen Sie Platz«, erwiderte Senator Ward. Er zeigte auf

---

17 Sein fotografisches Gedächtnis wurde zur Quelle seines Wissens über das parlamentarische Verfahren und die Regeln des Senats. Die meisten Senatoren nahmen sich nicht die Zeit, die komplizierte und nervtötende Geschäftsordnung auswendig zu lernen. Tommy hingegen wurde zu einem wahren Kenner der Materie, auf den man sich stützen konnte, wenn man parlamentarische Hilfe brauchte. Nach ein paar unangefochtenen Amtszeiten wurde er zum unersetzlichen Mehrheitseinpeitscher und behielt durch seine Kenntnisse der gesetzgeberischen Regeln und seinen angeborenen Charme einen beträchtlichen Einfluss.

den Kuchen. »Möchten Sie ein Stück? Oder etwas anderes? Ich lade Sie ein.«

John Dory zögerte kurz, dachte vielleicht darüber nach, ob der Senator seinen Standpunkt klarmachen wollte, indem er ihm etwas zu essen anbot, obwohl er ganz genau wusste, dass Gloamings keine richtige Nahrung zu sich nahmen, sondern nur Blut.

Dory beschloss, über jede gehässige Absicht hinwegzusehen, und fing mit seiner Verkaufspräsentation an. »Senator, ich möchte unser gewünschtes Gloamingrechte-Gesetz mit Ihnen besprechen. Soweit ich weiß, haben Sie den Entwurf in seiner jetzigen Form gelesen. Ich will wissen, was Sie von uns brauchen, um ihn zu unterstützen. Und was Sie möglicherweise am Inhalt des Gesetzesentwurfs auszusetzen hätten.«

Senator Ward nahm einen Bissen Apfelkuchen und kaute schweigend. »Ich verstehe das Bedürfnis der Gloamings, ihre Rechte denen anderer Amerikaner anzupassen. Meine Bedenken gelten den Kosten eines solchen Arrangements und ehrlich gesagt seiner Notwendigkeit, wenn man ihre Anzahl im Vergleich zur allgemeinen Bevölkerung und den bevorzugten Lebensstil einer Mehrheit der Gloamings bedenkt.«

Dory nickte. Das Gespräch würde möglicherweise schwieriger werden als gedacht. »Das ist nur fair. Aber um mal ADA als Beispiel zu nehmen: Behindertengerechte Anpassungen verursachen Kosten. Rollstuhlrampen, Änderungen an Kreuzungsampeln für Blinde und Taube – das alles kostet Geld, aber unsere Gesellschaft hielt das dennoch für wichtig, damit die Betroffenen eine gewisse Gleichheit und Sicherheit erhalten, um ein selbstbestimmtes Leben führen zu können. Die meisten Gloamings bitten um nicht mehr, als was alle anderen haben: Sie wollen einfach nur Gleichheit.«

Senator Ward seufzte schwer. »Das verstehe ich, aber ich glaube kaum, dass wir Menschen mit Behinderungen mit den Gloamings vergleichen können. Die Gloamings sind neu und stellen in der Bevölkerung eine deutliche Minderheit dar. Eine ziemlich insulare Art von Gemeinschaft, das müssen Sie zugeben. Sie interessieren sich nicht besonders dafür, an einer anderen Kultur als der eigenen teilzunehmen.«

John Dory starrte geradeaus.

Der Senator legte die Gabel auf den Tisch. Die letzten Gäste, die ihre Mahlzeit beendet hatten, verließen das Restaurant. Plötzlich war es sehr still geworden. »Die Gloamings haben ihre Lebensart gewählt und wählen sie auch weiterhin. Ich urteile nicht darüber. Viele Gloamings haben ihre Neuerschaffung sicherlich für noble Zwecke genutzt. Aber die anderen Menschen, die Sie erwähnten, die unter Behinderungen leiden, würden sich anders entscheiden, wenn sie die Wahl hätten. Wir müssten Countys und Städte dazu zwingen, im Grunde sämtliche Behörden vierundzwanzig Stunden am Tag zu öffnen. Busse würden den gleichen Service bieten müssen. Vielleicht würde der Gesetzgeber nächtliche Sitzungen abhalten müssen. Wahlurnen, Grundschulen, Highschools, Colleges – wo führt das alles hin?«

Dory nickte. »Ich kann Ihre Bedenken nachvollziehen – sie sind völlig gerechtfertigt. Der Gesetzentwurf ist lediglich ein Ansatzpunkt für die kommenden Diskussionen.«

Wieder seufzte der Senator und trank einen Schluck Wein. »Dann vertagen wir das auf ein weiteres Gespräch, und in der Zwischenzeit bleibe ich unparteiisch.« Damit war das Treffen zu Ende, und Dory wusste, dass er noch einen langen Weg vor sich hatte.

Als Senator Ward drei Monate später das Gesetz für die Rechte von Gloamings unterstützte, rief das natürlich viele Spekulationen hervor: Hatte sich Ward als Gloaming neu erschaffen lassen? Welchen anderen Grund konnte es geben? Aber das war völlig falsch. Niemand sollte jemals Wards wahre Beweggründe erfahren, aber ich vermute, dass für seinen Übertritt zur Sache der Gloamings Dorys Geld verantwortlich war. Der Kongressabgeordnete Ruben Drew aus Louisiana, der Vater einer Gloaming, stellte dem Repräsentantenhaus den Gesetzesentwurf vor, während Senator Ward den identischen Entwurf im Senat präsentierte.

Entstehung und Gestaltung des Entwurfs während seiner Entwicklung im Verlauf von acht Monaten mit allen Hindernissen und Neuanfängen ist ein faszinierender Prozess aus Logik, Emotionen und politischer Effekthascherei, den viele Historiker in allen Einzelheiten dokumentiert haben.[18]

Der Gesetzentwurf, den wir schließlich zusammenstellten, enthielt die folgenden Elemente:

1. Bildungseinrichtungen, die von der Bundesregierung finanziell unterstützt werden, müssen der Gloaming-Bevölkerung an mindestens zwei Tagen in der Woche während jedes Semesters Nachtunterricht anbieten. Grundschulen, Mittelschulen und Highschools müssen der Gloaming-Bevölkerung keine Zugeständnisse machen. Das Bildungsministerium soll aber eine Studie über die Durchführbarkeit und die ökonomischen Auswirkungen der Einrichtung von Schulen für Gloaming-Kinder in Auftrag geben, wenn die Zahl der Gloamings einen noch zu beschließenden Prozentsatz der Gesamtbevölkerung erreicht. Gloaming-Eltern sollen bei der Bildungssteuer einen fünfzigprozentigen Nachlass bei den Ausgaben für Heimunterricht oder Tutoring geltend machen können.
2. Bundesstaaten und Stadtbezirke sollen Gloamings bei jeder Wahl die Teilnahme in den frühen Nachtstunden ermöglichen. Jeder Bundesstaat soll dem nachkommen, ob besagter Staat nun eine frühe Wahlzeit hat oder nicht.
3. Grundsätzliche Behördendienste wie die Verlängerung von Führerscheinen und Fahrprüfungen sollen Gloamings an mindestens drei Nächten pro Monat zur Verfügung stehen, und Gloamings sollen wegen ihren körperlichen Eigenschaften von gewissen Lizenzerfordernissen befreit werden – wie etwa die vorgeschriebenen Lichtbilder.

18 Siehe Anhang Zwei.

4. Der Gesetzentwurf verbietet die Diskriminierung von Gloamings durch Arbeitgeber. Das gilt für Arbeitgeber, die an jedem Arbeitstag in jeder von zwanzig oder mehr Kalenderwochen im derzeitigen oder vorherigen Kalenderjahr fünfzig oder mehr Angestellte beschäftigen. Der Gesetzesentwurf verbietet auch die Diskriminierung eines Individuums wegen seiner oder ihrer Verbindung mit einem als Gloaming klassifizierten Individuum wie im Falle einer Heirat.[19]

Nachdem der Kern des Entwurfs unversehrt geblieben war, deuteten die Berater der Präsidentin an, dass sie ihn in seiner jetzigen Form unterstützen würde. Allerdings stand der Entwurf selbst mit dieser wichtigen Unterstützung – die allerdings nicht öffentlich gemacht wurde – auf entschieden wackeligem Boden. Während Lobbyisten Überstunden machten, stand das Umfrageergebnis im Senat immer noch 52 zu 48 gegen die Annahme. Und das zog nicht einmal die Gruppe von ungefähr fünf unnachgiebigen Senatoren in Betracht, die geschworen hatten, jedes Gesetz für Gloaming-Rechte durch Filibusterei zu verschleppen. Zu diesem Zeitpunkt hielt man die Filibuster und ihre Marathonreden, die den Senat blockieren, für die größte Herausforderung des Gesetzentwurfs.

Die Auszählung im Repräsentantenhaus ergab die Annahme mit zwei Stimmen Mehrheit; wenn unsere Seite also die beiden Stimmen bewahren konnte, mussten wir uns nur noch auf den Senat konzentrieren und versuchen, die beiden Senatoren umzustimmen, die dafür am empfänglichsten waren: Senator Colin Peterson von Minnesota und Senator Matt Kelley von Illinois.

19 Allerdings ist es einem Arbeitgeber gestattet, aufgrund eines geschützten Merkmals einen Unterschied zu machen, wenn das Merkmal eine berufliche Qualifikation in gutem Glauben ist (BFOQ), die für den normalen Betrieb eines bestimmten Geschäfts oder Unternehmens allgemein notwendig ist. Die BFOQ-Ausnahme ist eine begrenzte Ausnahme des allgemeinen Diskriminierungsverbots und gründet sich auf die Klassifizierung als Gloaming.

Beide schwankten, weil sie nicht vom Nutzen des Entwurfs überzeugt waren; allerdings störten sie mehr die Kosten, als dass sie Bedenken wegen der Gloamings gehabt hätten.

Die beiden Senatoren wollten die Garantie, dass Privatunternehmen nicht von dem Gesetz und den damit verbundenen Kosten betroffen sein würden. Equal People entschied, dass die Durchsetzung des ersten Gesetzes für die Rechte von Gloamings bedeutend wichtiger war als dafür zu kämpfen, dass dieses Gesetz alle ihre Wünsche erfüllte. Es reichte aus, dass die Regierung den Gloamings Zugeständnisse machte; Equal People ging davon aus, dass weitere Gesetze größeren Schutz hinzufügen und Privatunternehmen mit einschließen würden. Also stimmten die Senatoren schließlich dem von uns zusammengestellten Gesetzentwurf zu.[20]

---

20 Nachdem der Stabschef des Weißen Hauses die beiden Senatoren eine Woche lang bearbeitet und ihnen versichert hatte, dass die Präsidentin den Gesetzesentwurf aktiv unterstützen würde, brachte sie das zurück in den Schoß der Familie, allerdings machten sie auch weiterhin einen unsicheren Eindruck. Am 10. Juli stellte der Abgeordnete Ruben Drew aus Louisiana H.R. 4287, das Gesetz für die Rechte von Gloamings, offiziell vor. Der Abgeordnete Drew, dessen Tochter Wendy im Vorjahr neu erschaffen worden war, wurde den Medien kurz darauf als das neue Gesicht der Bürgerrechtsbewegung der Gloamings präsentiert. Auch wenn er selbst kein Gloaming war, konnte er ihre Positionen aus dem Blickpunkt des liebenden Vaters präsentieren und, noch viel wichtiger, vor Kameras erscheinen.
Der Justizausschuss des Repräsentantenhauses gab den Gesetzesentwurf nach dessen Prüfung und Bearbeitung mit 31 zu 29 Stimmen zurück ans Parlament. Das war etwas knapper, als wir zu der Zeit erwartet hätten. Viele Mitglieder des Ausschusses waren wegen der damit verbundenen Leistungen dagegen gewesen; andere, die eigentlich geneigt waren, die Maßnahme zu unterstützen, hatten wegen der beschleunigten Beratungen und dem Diktat des Vorsitzenden, keine Änderungen zuzulassen, dagegen gestimmt.
Die Beratungen während der geschlossenen Ausschusssitzungen waren anstrengend und die Atmosphäre toxisch. Das Gebrüll konnte man noch im Korridor hören, zwischen einigen Mitgliedern kam es sogar zu Rangeleien. Drohungen waren nichts Besonderes, die gab es mindestens jede

Dann gab die Präsidentin bei *Good Morning America* ein Interview, in dem sie das Gesetz für die Rechte von Gloamings von ganzem Herzen befürwortete und erklärte, warum es zu diesem Zeitpunkt gebraucht wurde. Das war ein wichtiges Ereignis in der Geschichte der Gloaming-Rechte. Natürlich analysierten Kommentatoren ihre Wortwahl und wollten wissen, warum sie von einem »einzigen« und »letzten Gesetzentwurf« sprach, wenn viele Fürsprecher der Gloamings diesen Entwurf als erste einer Reihe von Maßnahmen betrachteten, Gloamings gleiche Rechte einzuräumen.

Das Interview spitzte sich zu, als man die Präsidentin nach ihrer Reaktion auf die kürzliche Neuerschaffung ihres Amtsvorgängers fragte und warum er bei keinem ihrer Auftritte anwesend war, wenn man seine Bedeutung und seinen Stand bei der Gloaming-Gemeinschaft bedachte. Sie ging der Andeutung und

---

Stunde einmal, bis sich niemand mehr genau erinnern konnte, mit welcher Vergeltung er zu rechnen hatte, wenn überhaupt. Das zerbrochene iPad Pro 3-D des ranghöchsten Minderheiten-Mitglieds im Ausschuss blieb in einem Korridor liegen, und niemand übernahm die Verantwortung dafür, aber der stellvertretende Ausschussleiter trug es von da an bei jeder Sitzung wie ein neu erschaffener Flavor Flav der Zukunft als Mahnung um den Hals. Der Gesetzesentwurf schien endgültig gestorben zu sein, als sich der CBC (Congressional Black Caucus – Kongressfraktion der Afroamerikaner) und der CHC (Congressional Hispanic Caucus – Kongressfraktion der Hispanoamerikaner) entschieden, ihm jede Unterstützung zu versagen. Berichte aus dem Internet und den Nachrichten besagten, dass es bei Gloamings weniger als 5 % Farbige gab; anderen Quellen zufolge waren es sogar noch weniger. Die Gloamings protestierten, die Zahl sei stark übertrieben und eine komplette Zählung nicht machbar. Und zwar wegen ihrer Neigung, unter dem Radar zu leben, und ihrer verschlossenen Natur. Allerdings versicherten die Gloamings von Equal People den Kritikern im Kongress, ihre rassische Zusammensetzung entspräche durchaus auf positive Weise der aktuellen demografischen Zusammensetzung Amerikas. Nach vielen Diskussionen und Zusicherungen der Gloamings, innerhalb der nächsten zehn Jahre eine Volkszählung ihrer Leute durchzuführen, sprachen sich die schwarzen und hispanischen Fraktionen am Ende doch für den Gesetzesentwurf aus.

der Frage geschickt aus dem Weg, indem sie sagte, sie sei zuversichtlich, dass sie noch zusammen auftreten würden und seine Unterstützung für den Gesetzesentwurf entscheidend sei. Allerdings ließen viele inoffizielle Erklärungen von Beratern der Präsidentin durchblicken, dass sie außerordentlich wütend darüber war, dass ihr Vorgänger sie über seine bevorstehende Neuerschaffung nicht informiert hatte. Vor allem diese Neuerschaffung hatte das Thema der Gloaming-Rechte schnell vorangetrieben, wo die Präsidentin eine bedächtigere Herangehensweise bevorzugt hätte.

Nach dem ersten Medieninteresse und nachdem die Präsidentin den zusammengestrichenen Gesetzesentwurf befürwortet hatte, meldeten sich sechzig Senatoren zu Wort, um die Abstimmung zu unterstützen und eine mögliche Verzögerung durch Filibuster zu verhindern. Das bedeutete keineswegs, dass der Entwurf sechzig Stimmen vorn lag, aber es hieß, dass eine große Mehrheit eine klare Abstimmung über die Annahme oder Ablehnung im Senat bevorzugte. Das war vermutlich die wichtigste Hürde, die genommen worden war, und jetzt konnten die Senatsmitglieder, die den Gesetzesentwurf favorisierten, die Vorteile diskutieren, ohne gegen die Filibuster argumentieren zu müssen.

Am 12. Oktober stimmten im Repräsentantenhaus 140 Demokraten und 80 Republikaner für das Gesetz der Rechte von Gloamings – das kurz zuvor in Gesetz des gleichen Rechts für alle umbenannt worden war –, während 95 Demokraten und 120 Republikaner dagegen stimmten.

Der Justizausschuss des Senats ließ den kürzlich umbenannten Entwurf des Gesetzes passieren, nun konnte man im Senat darüber debattieren.

Die Gloaming-Gegner erkannten, dass das Gesetz kurz vor der Verabschiedung stand, und verstärkten deshalb den Widerstand. Sie schalteten Werbespots mit der Behauptung, ein Gloaming zu sein bedeute, Träger des NOBI-Virus zu sein, und dass man das als Krankheit und nicht als Bevölkerungsgruppe betrachten sollte. Sie argumentierten, dass Leute nicht als Gloaming zur Welt kamen, sondern sich mit diesem Virus, das ihr Leben einschränkte, weil sie deswegen kein Tageslicht mehr vertrugen, erst einmal absichtlich infizieren mussten. Es war keine Hilfe, dass viele der freimütigeren und radikaleren Gloamings anfingen, sich als »Blutsauger« oder »Bluttrinker« zu bezeichnen. Natürlich stürzten sich die Gegner darauf und holten es bei jeder Gelegenheit als Beweis hervor, dass Gloamings eine Bedrohung waren und niemals vorhatten, sich vollständig in die Gesellschaft zu integrieren.

Am 7. November stimmten im Senat dennoch 40 Demokraten und 20 Republikaner für die Senatsversion des Entwurfs mit der Bezeichnung Gesetz des gleichen Rechts für alle, dessen führender Verfasser Senator Robert Logan aus New York war. 25 Republikaner und 15 Demokraten stimmten gegen das Gesetz.[21]

---

21 Am 28. November änderte Senator Graham McCoy von Ohio seine Position und verkündete, weder für das Gesetz noch für einen Antrag auf Schluss der Debatte im Senat zu stimmen – was im Grunde einer Stimme zur Unterstützung der Filibuster gleichkam. Er hatte für seine Unterstützung des Gesetzes des gleichen Rechts für alle breiten Protest seiner Wählerschaft hinnehmen müssen. Dazu kam ein Medienbericht, dass ihm ein reicher Gloaming Flüge bezahlt und seine Tochter von einem wohlhabenden Wall-Street-Gloaming einen Job bekommen hatte.
Den Befürwortern des Gesetzesentwurfs im Senat, sowohl Republikanern wie auch Demokraten, wurde klar, dass die erforderliche sechzigste Stimme für eine reibungslose Annahme plötzlich fehlte.
Ursprünglich hatte der Senat mit der Debatte über H.R. 2212 begonnen, einem Gesetzesentwurf für Steuererleichterungen für Firmen, deren Inventar durch eine Naturkatastrophe der Stufe 4 beschädigt und für unbrauchbar erklärt worden war. Da die Verfassung der Vereinigten Staaten verlangt, dass sämtliche die Staatseinnahmen betreffenden Gesetzesentwürfe aus dem Repräsentantenhaus kommen müssen, bearbeitete der Senat diesen Entwurf weiter, da er als die Einnahmen betreffende Modifizierung des Steuergesetzes bereits das Repräsentantenhaus passiert hatte. Der Gesetzesentwurf wurde danach als Vehikel für das Senatsgesetz für die Rechte von Gloamings benutzt, was den Inhalt natürlich völlig veränderte. Der bearbeitete Entwurf sollte schlussendlich sämtliche Elemente der Gesetzesentwürfe des Repräsentantenhauses und des Senats mit ein-

Die Präsidentin unterzeichnete das Gesetz für die Rechte von Gloamings am 10. Februar und ließ es damit in Kraft treten.

Viele Menschen würden diesen Tag als das letzte Mal bezeichnen, dass die menschliche Mehrheit Sympathie für die Minderheit der Gloamings verspürte.

---

beziehen, die nach dem Durchgang durch die jeweiligen Ausschüsse beinahe identisch waren.

Da die Anti-Gloaming Minderheit im Senat im Vorfeld geschworen hatte, jeden Entwurf, den sie nicht unterstützte, zu filibustieren, war ein Antrag zur Beendigung der Debatte erforderlich, der ihre Länge begrenzte und das Filibustern damit unmöglich machte. Für das erfolgreiche Durchsetzen des Antrags auf Beendigung war eine Mehrheit von 60 der 100 Senatoren erforderlich. Als Senator McCoy jedoch seine Position änderte, hatten die Befürworter nur noch 59 Stimmen.

Diese setzten daraufhin den Gloaming Reconciliation Act auf, der mittels des Schlichtungsverfahrens mit einfacher Mehrheit verabschiedet werden konnte. Damit waren nur 51 Senatoren nötig, um im Senat für die Annahme des betreffenden Gesetzesentwurfs zu stimmen, damit er zur formellen Unterzeichnung an die Präsidentin weitergegeben werden konnte, was das Gesetz schließlich in Kraft treten ließ.

Senator McCoy änderte jedoch seine Position erneut, aus Gründen, die erst Jahre später deutlich wurden, als bestätigt wurde, dass er selbst neu erschaffen worden war. Kurz danach trat er von seinem Amt zurück und arbeitete fortan für einen Gloaming Hedgefund.

Dagens Nyheter (Stockholm) –
11. Oktober – Daily Edition
[Aus dem Schwedischen übersetzt.]

Das schwedische Justizministerium und die schwedische Polizei gaben heute Morgen bekannt, dass zwei enthauptete Leichen gefunden wurden und zwei Autos explodiert sind, in zwei scheinbar voneinander unabhängigen Vorfällen – beides trug sich an demselben Abend zu, an dem der wohlhabende Bauunternehmer Nils Karlsson Opfer eines Diebstahls wurde. Der Diebstahl ereignete sich in Karlssons italienisch inspirierter Stadtvilla, mit ihren unverkennbaren, mit Gold eingefassten Simsen und Türmen, die im reichen Stadtteil Ostermalm zwischen eklektischen Läden, Kunstgalerien, Cafés und Restaurants steht. Die Diebe erbeuteten Standardbarren Gold (400 Feinunzen) im Wert von ungefähr 182 922 000 schwedischen Kronen (20 Millionen Dollar) aus dem Kellertresor des Hauses. Der Tresor enthielt auch eine große Zahl Edelsteine, die die Diebe ignorierten. Das komplizierte Alarmsystem wurde ausgelöst, und als drei Polizisten zwei Häuserblocks vom Tatort entfernt waren, verzögerten zwei Autoexplosionen auf der Hauptstraße ihre Ankunft um 30 Minuten. In einem gegenüber von Karlssons Haus geparkten Audi wurden zwei enthauptete Körper gefunden, möglicherweise Zeugen. Dem Ministerium nahe stehende Quellen behaupten, die erhöhten Strahlungswerte wiesen darauf hin, dass es sich bei den Tätern um Gloamings handelt.

Kommentare 01:23 Uhr
[Auf Englisch verfasst]

Profil: Anonym

Text: Ich war in der Nacht dabei, als der Raub stattfand. Ich liefere mit dem Fahrrad Essen aus. Gerade hatte ich eine Bestellung in einem Haus abgegeben, als ich an der Straße anhielt, in der der Diebstahl geschah. Ich machte eine kurze Pause und schrieb eine SMS, als ich diesen Mercedes-Transporter sah, der völlig schwarz war. Er parkte genau vor der Villa. Ungefähr zehn Leute in schwarzen Overalls und Gesichtsmasken sprangen mit seltsamer Präzision aus dem Wagen. Das war furchteinflößend, also drückte ich mich hinter einen Lastwagen und sah zu. Die Männer oder Frauen kamen dann wieder zu zweit heraus und trugen etwas, das in eine Decke eingehüllt war. Währenddessen ging eine der Gestalten zu einem Auto, das drei Wagenlängen von dem Lastwagen entfernt parkte. Darin saß ein Pärchen. Die Gestalt öffnete die Tür, biss die Frau und schlug den Mann. Dann fiel die Gestalt auch über den Mann her, und ich konnte sehen, wie sie mit den Händen oder mit irgendeinem Werkzeug die Köpfe der beiden abtrennte. Ich zitterte am ganzen Leib und schluchzte. Ich kroch unter den Lastwagen und blieb dort. Ich weiß nicht, wie lange das alles gedauert hat oder wann sie wegfuhren. Ich werde nicht zur Polizei gehen. Ich fürchte diese Leute, und wenn sie Gloamings sind, fürchte ich sie noch mehr.

KAPITEL 9

5. APRIL
DREIUNDZWANZIG MONATE
NACH DER ENTDECKUNG VON NOBI

Hugo Zumthor
Leitender Special Agent der Gloaming Crime Unit, FBI

Wollen Sie etwas wirklich Komisches hören? Also, wo man herzhaft drüber lachen kann? Wo eröffnet ein Vampir ein Konto? Bei der Blutbank!

Okay, mal im Ernst: Gloamings lieben Gold. Ich meine, wir alle lieben Gold, aber ihre Vernarrtheit darin war außergewöhnlich und grenzte schon an Besessenheit. Ich war davon überzeugt, dass sie danach suchten, weil das Metall ein hervorragender Leiter für Wärme und Elektrizität ist, und weil es Infrarotstrahlung widerspiegeln kann – da die Körper der Gloamings Strahlung abgeben, könnte es auf ihr Inneres beruhigend wirken. Aber allein die Vorstellung, wie ein Gloaming in einem Haufen Gold herumwühlt wie in einem Märchen oder wie eine Figur aus *Der Herr der Ringe* – ich weiß nicht warum, aber darüber muss ich immer kichern.

Andere Wissenschaftler und Ermittlungsbeamte haben die Vermutung geäußert, dass Gloamings ihre Kleidung und vielleicht auch ihre Haut irgendwie mit Gold bedecken, um die

Strahlung auf sich selbst zurückzuwerfen. Aber der Zweck des Ganzen muss noch ergründet werden.

Als die Gloaming Crime Unit gegründet wurde, hatte das FBI noch keine Verbindung zwischen den Gloamings und den Berichten über Golddiebstähle hergestellt – bis ein ambitionierter neuer Agent, der die Beweise viele Monate lang wie ein in seinem Labor vergrabener Wissenschaftler studiert hatte, herausfand, dass sich die Golddiebstähle immer dann ereigneten, wenn eine neue Vorstellung der Oper *Nixon in China* stattfand, die gerade auf Tournee war. Die Verbindung erschien dünn, aber alles passte zusammen wie ein Puzzle.

Diese Opernproduktion von Gloamings – ich kann es noch immer nicht fassen, dass eine Oper tatsächlich dabei half, einen Gloaming zu erwischen, statt nur Komplize der Langeweile zu sein –, wurde allgemein gefeiert, weil sie den Menschen, die wegen der zurückgezogenen Natur der Gloamings und ihrer Unfähigkeit, Video- oder Tonaufnahmen zu machen, vermutlich noch nie mit einem von ihnen in Kontakt gekommen waren, die Kultur der Gloamings näherbrachte. Diese Verbindung brachte mich bald in den Orbit von Cian Clery.

Cian war angeblich in New Orleans während eines Hurrikans der Kategorie 4 nachts zur Welt gekommen. Seine Mutter gebar ihn in ihrem verfallenen Garagenapartment in der Saint Charles Avenue, unterstützt von einer Hebamme und einem Gärtner. Als Cian fünf war, zogen er und seine Mutter nach Ames in Iowa. Danach gibt es kaum noch Unterlagen über ihn, denn er wurde nie an einer Schule angemeldet. Seine alleinerziehende Mutter gab ihm wohl Heimunterricht, bis er mit einem Stipendium auf die Yale School of Drama ging.

Schon als Student zog er seine Professoren und Mitschüler durch sein teutonisch gutes Aussehen und die außergewöhnliche Fähigkeit, auf der Bühne eine völlig andere Person zu werden, in seinen Bann. Seine Übungen im Seminar rührten seine Kommilitonen zu Tränen; andere Studenten sahen in seine Seminare rein, wenn auch nur die Möglichkeit bestand, dass er etwas spielte. Seiner Kunst ergeben nahm Cian bald einen asketischen Lebensstil an, blieb auf seinem Zimmer, um zu lernen, und ging nur selten aus. Er meditierte über seine Kunst und führte allein in seinem Zimmer Szenen aus seinen Lieblingsstücken auf. Sein Zimmergenosse war schon lange umgezogen. Das alles nährte Cians Mysterium, und seine Kommilitonen achteten seinen Lebensstil, indem sie ihn in Ruhe ließen.

Noch im ersten Studienjahr gewann er die Hauptrolle in der Herbstproduktion von Lanford Wilsons *Burn This*. Ein Artikel in der Universitätszeitung merkte an, dass Cian Clery als Pale, die leicht entflammbare Hauptfigur, »das Publikum förmlich hypnotisierte«.

Von da an spielte er in beinahe allen Produktionen die Hauptrolle, von *Frühlingserwachen* bis zu *Begierde unter Ulmen*. Jede Aufführung wurde als Klassiker bezeichnet, die Kartenpreise schossen in die Höhe, und in New Haven betrieben Studenten einen florierenden Schwarzmarkt für fanatische Theaterfans aus Boston und New York. Tatsächlich musste die Schule zusätzliche Sicherheitsleute einstellen, um Leute daran zu hindern, sich ins Auditorium zu schleichen, um Cian zu sehen. Hollywood meldete sich während seines zweiten Studienjahrs, aber Cian schlug jedes Angebot aus. Er wollte einfach nur lernen.

Der Sommer nach dem Grundstudium war die prägendste Zeit seines Lebens. Soweit wir ermitteln konnten – einige der Quellen waren zugegebenermaßen unzuverlässig – trampte Cian nach Austin, Texas, um an einem unabhängigen Theater namens Ultimate für eine Rolle vorzusprechen. Dabei handelte es sich um eine Genossenschaft mit kleinem Budget, die Opern produzierte – im Gegensatz zu den üblichen Einaktern kleiner Theater. Cian sprach vor, sang in makellosem Italienisch – obwohl das Original in Russisch war – und besetzte in der Inszenierung von *Jolanth* die Hauptrolle von Robert, dem Herzog von Burgund. Viele Besucher im Publikum, die man für einen Artikel in der *New York Times* interviewte, erinnern sich noch daran, wie seine Präsenz sämtliche anderen Schauspieler auf der Bühne erdrückte. Sie erinnern sich an die Tränen auf den Gesichtern der Zuschauer, die durch die Emotionen des Schauspiels überwältigt waren. Es war eine unvergessliche Vorstellung.

Vielleicht so wie ich nie vergessen werde, wie die Dallas Cowboys jedes Jahr gegen die New York Giants verlieren. Allein bei dem Gedanken bekomme ich feuchte Augen.

Nach fünf Vorstellungen verließ Cian ohne Vorwarnung Austin und reiste per Anhalter zurück nach Yale. Irgendwo zwischen Austin und New Haven, Connecticut, wurde er neu erschaffen. Die genauen Umstände seiner Neuerschaffung sind unbekannt – obwohl viele Journalisten versucht haben, die geheimnisvollen Ereignisse zu ergründen –, wir wissen nur, dass Cian bei seiner Ankunft in Yale um 2:00 Uhr morgens sofort zum Haus des Dekans der Schauspielschule ging. Er informierte ihn über seinen neuen Status als Gloaming und verlangte, dass man ihm seinen Abschluss ermöglichte. Das war vor der Verabschiedung des Gesetzes des gleichen Rechts für alle, aber der Dekan war sofort einverstanden, und kein Jahr später erhielt Cian seinen Bachelor. Seltsamerweise weigerte er sich allerdings während seines letzten Studienjahres, an irgendwelchen Produktionen teilzunehmen, und zog es vor, seine Kunst in der Isolation zu studieren und sein nächstes Vorhaben zu planen.

Cian wäre ein sicherer Kandidat für einen Hollywood-Schwarm gewesen, aber sein neuer Status als Gloaming machte die Arbeit für Film und Fernsehen unmöglich. Allerdings hätte er es allen Berichten zufolge nicht anders haben wollen – er fühlte sich vor einem Livepublikum viel wohler als vor einer Kamera. Nach seiner Graduierung wurde bald seine erste Hauptrolle angekündigt, die von der Theaterwelt schon begierig erwartet wurde. Dank seiner Gloaming-Investoren gründete Cian seine eigene Produktionsgesellschaft und trat persönlich in der Debütproduktion auf, eine Zehn-Städte-Tournee von *Nixon in China*, eine Oper, die auf Präsident Nixons Besuch in China basiert, der wegen seines Status als antikommunistischer Führer so bahnbrechend gewesen war.

Die Aufführung dieser Oper – oder überhaupt einer Oper – war eine entschieden seltsame Idee, vor allem als erste Produktion von Cians Firma. Das Thema schien unglaublich trocken und nicht sexy genug, um Massen ins Theater zu locken. Cian wollte die Titelrolle des Richard Nixon übernehmen, obwohl er nicht die geringste Ähnlichkeit mit ihm hatte, aber irgendwie der Ansicht war, eine so schwierige Verwandlung sei eine interessante Herausforderung. Er hatte während seines letzten Studienjahres privat an der Darstellung gearbeitet, bis er schließlich das Gefühl hatte, es richtig hinbekommen zu haben und bereit zu sein, sich damit in der Öffentlichkeit zu zeigen.

Cians nächster Coup bestand darin, sich den ursprünglichen Regisseur Peter Sellars dafür zu sichern, beim Revival der Oper erneut die Regie zu führen. Die Oper hatte in New York City ihre Premiere und war ein sofortiger Erfolg. Cians Stimme und seine Ausstrahlung explodierten förmlich im Konzertsaal; es wurde behauptet, man hätte seine Stimme noch draußen gehört, wo eine Menschenmenge darauf wartete, einen Blick auf ihn werfen zu können. Nach dem Ende der Vorstellung erklärten viele Zuschauer, von der Darstellung sowohl erschöpft wie auch beschwingt gewesen zu sein und es eher als Stadtfest denn als Oper betrachtet zu haben.

Die begeisterte Besprechung auf der Titelseite der *New York Times* führte zu zwei weiteren Vorstellungen. Karten wurden auf dem Schwarzmarkt für Tausende Dollar verkauft. Das Internet verstärkte den Hype noch, nachdem ein Artikel in BuzzFeed von der Produktion und insbesondere Cian geschwärmt hatte. Die Website benutzte akkurate Zeichnungen, um Szenen der Oper und Bilder hinter den Kulissen zu zeigen, einschließlich des Bühneneingangs, an dem Hunderte, wenn nicht Tausende Fans Cian um Autogramme bedrängten oder die Gelegenheit nutzen wollten, ihn zu sehen oder zu berühren. Die Stadt musste über fünfzig Polizisten schicken, um die Menge zu kontrollieren, darunter auch berittene Einheiten. Der Bürgermeister drohte wochenlang damit, die Produktion zu schließen, wenn die Produzenten sich nicht an den Kosten für die Sicherheit und die Kontrolle der Menschenmengen beteiligten. Man wollte die Firma verklagen, aber am Ende entschied sich die Stadt doch, für die von vornherein begrenzte Zahl der Vorstellungen für Sicherheit zu sorgen.

Medien und Internet brachten Berichte über die Energie der Aufführungen, und viele Zuschauer beschrieben ausführlich, wie Cians Augen ein dunkler Schatten aus Gelb waren, der zu funkeln und jedes Gesicht gleichzeitig wahrzunehmen schien.

Alle Aufführungen waren ausverkauft, und während der Laufzeit war kein Film oder Konzert heißer als *Nixon in China*.

Der erste Goldraub geschah während der dritten Vorstellung in New York, im Haus von John Hatcher, einem wohlhabenden Prozessanwalt, der ein kleines Vermögen damit verdient hatte, Asbesthersteller zu verklagen. Als Befürworter unorthodoxer Standpunkte von Regierungsverschwörungen bis hin zur bevorstehenden Apokalypse, bewahrte er einen Teil seines Geldes in Gold auf, um sich vor dem nächsten wirtschaftlichen Zusammenbruch zu schützen. Im Keller seines Stadthauses in Manhattan hatte er sich einen privaten Goldtresor eingerichtet. Er bestand aus der umgebauten ehemaligen Waschküche, was zwar nicht die Vorschriften erfüllte, die an einen Banktresor gestellt wurden, dennoch war es eine solide Konstruktion aus verstärkten Betonwänden und Kevlar. Die dreißig Zentimeter dicke Stahltür war mit einem Schloss mit Netzhauterkennung ausgestattet. An dem fraglichen Abend besuchte John Hatcher eine Vorstellung von *Nixon in China* und aß danach mit Freunden zu später Stunde noch Sushi im Masa, was drei Stunden dauerte. Dann brach er nur in Begleitung seines Leibwächters zu seinem Stadthaus auf. Nach seinem Eintreffen begab er sich sofort in den Keller, wo er eine Bar eingerichtet hatte. Dort entdeckte er den offenstehenden Tresor. Das ganze Gold war weg.

Zwei Wochen nach dem Einbruch rief man das FBI hinzu. Die Verzögerung war Hatchers Schuld, denn er hatte nicht enthüllen wollen, wie viel von seinem Geld in Gold angelegt gewesen war. Wohlhabende Leute wissen, dass solche Eingeständnisse das Interesse des Finanzamts wecken können, und wenn es um ihr Einkommen geht, haben die meisten etwas zu verbergen. Hatcher hatte sofort nach dem Diebstahl ein Team aus Privatdetektiven beauftragt, aber die hatten keine brauchbaren Spuren gefunden. Da rief er das FBI – zwei Wochen später. Das FBI-Büro in New York übernahm den Fall, aber zwischen der Untersuchung von Terroralarmen und der Gegenspionage dümpelte er nur vor sich hin.

Der nächste Raub geschah in Boston, während die Oper drei Nächte in der Stadt war.

Dieses Mal war es ein unabhängiger Goldhändler, die Ellison Corporation. Sie befand sich im Erdgeschoss eines alten Bankgebäudes in der Innenstadt von Boston. In der Nacht der zweiten Vorstellung von *Nixon in China* legte jemand oder auch eine ganze Gruppe die Kameras lahm und brach, ohne den Alarm auszulösen, in den Keller ein, wo nur Gold aufbewahrt wurde. Die Wächter wurden auf unbekannte Weise ausgeschaltet, dann stahl man das Gold im Wert von fünf Millionen Dollar. Im Gegensatz zu Hatcher meldete die Ellison Corporation den Diebstahl sofort dem FBI, allerdings kam auch dieser Fall genau wie bei Hatcher nicht voran. Es gab einfach keine Spuren.

Der dritte Diebstahl fand während der nächsten Aufführungen der Oper in Houston, Texas, statt. Zu diesem Zeitpunkt schickte mir der junge FBI-Agent Calvin James, der in Los Angeles stationiert und den Ermittlungen im letzten Diebstahlsfall zugeteilt worden war, seine Theorien über eine mögliche Verwicklung von Gloamings. Es dauerte eine Woche, bevor ich die E-Mail las und mir seine Theorien durch den Kopf gehen ließ, aber seine akribische Beweisführung beeindruckte mich tief.

Es musste eine Verbindung geben. Natürlich nahmen viele meiner Kollegen an, dass mich nur mein Misstrauen gegenüber den Gloamings zu diesem Schluss kommen ließ, aber die vielen Zufälle, die mit den Diebstählen und der Oper verbunden waren, ließen sich nur schwer vom Tisch fegen. Es heißt, man lernt im Leben nie aus, aber diesen Rat hatte ich schon lange verworfen. Ich lebe, weil ich nicht lerne, und komme damit gut zurecht.

Also buchte ich einen Flug nach Houston, nur um erfahren zu müssen, dass die Oper bereits zu ihrem nächsten Ziel unterwegs war: eine Woche in Los Angeles.

»Stell die Welt auf den Kopf, und alles, was locker ist, wird in Los Angeles landen.« Ich glaube, das hat Frank Lloyd Wright gesagt. Es war mit der erste Gedanke, als ich das Flugzeug verließ und von all den Botoxgesichtern belästigt wurde. Ich kam mir vor wie in einem Remake von Vincent Price' *Das Kabinett des Professor Bondi.*

Ich traf Agent Calvin James im LAX. Er war hochgewachsen und gebaut wie ein ehemaliger College Football-Spieler, hatte karamellfarbene Haut und das gute Aussehen eines Models. Nach einer zweijährigen Tätigkeit für HP Computer als Buchhalter war er zum FBI gegangen. Er hatte sich bereits als gründlicher Agent etabliert, jemanden, bei dem man sich darauf verlassen konnte, dass er einem den Rücken freihielt.

Wir aßen im Lucky Grill, einem überfüllten altmodischen Diner, das Tag und Nacht nach Frühstück roch. Dort planten wir unsere nächsten Schritte. Die alten Theken und die Nischen mit ihren verblichenen Lederbänken waren mit neuen Anzügen und angespannten Gesichtern besetzt. Und Hipstern. Das Summen der Unterhaltungen hallte zusammen mit dem Brutzeln des Grills und dem Klirren von Pfannen und Töpfen wider.

»Wie können Sie hier nur leben?«, fragte ich James.

Er lächelte und nahm einen Bissen von seinem Avocado Toast-Hamburger. »Wenn man mal von dem urbanen Zerfall absieht, den Hohlköpfen, dem endlosen Verkehr, der Umweltverschmutzung, dass man allen Leuten völlig egal ist, es sei denn, man kann etwas für sie tun oder ihnen bei ihrer Karriere helfen, der psychotischen Gleichgültigkeit gegenüber allem, was auch nur Ähnlichkeit mit Empathie hat, und der mangelnden Seele? Ich liebe es hier! Es ist perfekt.«

Nachdem wir beide die Beweise ein paar Minuten lang studiert hatten, waren wir davon überzeugt, dass Gloamings hinter den Golddiebstählen steckten und die Oper eine wesentliche, wenn auch noch unbekannte Rolle bei der Operation spielte. Mein Bauchgefühl sagte mir, dass wir ein paar Tage Zeit hatten, um das Ziel des unserer Meinung nach kommenden Diebstahls zu ermitteln, bevor er stattfand. Agent James hatte ein paar Vorschläge.

Unser erster Schritt bestand darin, mögliche Opfer zu suchen, private Golddeponien von Firmen oder private Investoren, die Gold in ihren Häusern aufbewahrten. Angesichts des knappen Zeitrahmens war das keine leichte Aufgabe. Das FBI stellte jedoch für uns zwei Tage lang Personal ab, um unsere Liste potenzieller Tatorte einzuschränken. Wir machten drei Ziele aus: ein dreistöckiges Geschäftsgebäude aus den 1950ern in Boyle Heights, das die Inland Valley LLC beherbergte, eine private Edelmetallfirma. Einen weiteren Edelmetallhändler namens Millennial Corp. in einem unauffälligen einstöckigen Gebäude in Westwood, der viel Diamanten und Gold umsetzte. Eine über neunhundert Quadratmeter große Villa in Bel Air, die der dot.com Milliardärin Sasha Bowie gehörte, die dort eine beträchtliche Menge Gold aufbewahrte.

Unseren Schlussfolgerungen zufolge war das Anwesen in Bel Air das wahrscheinlichste Ziel, da es dort wohl das meiste Gold und die vergleichbar schlichtesten Sicherheitsvorkehrungen gab. Wir organisierten ein sofortiges Treffen mit Sasha Bowie, was sich als eines der schwierigsten Dinge herausstellte, die das FBI je versucht hat – ich habe weniger Probleme gehabt, einen Termin beim Sprecher des Repräsentantenhauses oder dem Minister für Heimatschutz zu bekommen.

Natürlich wussten wir alle, dass Sasha Bowie mit dem Posten auf Instagram, dem Snapchatten und Tweeten über ihr tolles Leben sowie dem Besuchen zahlreicher Partys und Premieren äußerst beschäftigt war. Ihr Vermögen hatte sie als eine der ersten Facebook-Angestellten gemacht – sie war Software-Entwicklerin gewesen. Ihre Aktien hatte sie in Bargeldmilliarden umgewandelt und in andere Techniksupernovae investiert, um ihren Reichtum noch weiter zu vermehren. Außerdem hatte sie auf jeder nur vorstellbaren Social Media-Plattform Millionen von Anhängern.

Wir trafen sie in ihrem Haus in Bel Air, das auf einem von einer Mauer umgebenen 2,5 Morgen großen Anwesen errichtet war – es bestand nur aus Säulen und Trägern, Stahl und Marmor. Hätte es eines weiteren Beweises bedurft, dass die obersten 1 Prozent ordentlich besteuert werden sollten und die Erbschaftssteuer eigentlich 99 Prozent betragen müsste, hätte man nicht weiter als bis zu diesem Anwesen blicken müssen. Wir saßen in ihrer Küche von der Größe eines Denny's auf einer Banquette. Es waren nur ich, Calvin und Sasha anwesend – keine Anwälte, Berater oder Presseagenten. Während wir warteten, telefonierte sie neben dem Kühlschrank. Ich beugte mich zu Calvin hinüber. »Sie ist fünfunddreißig und sieht aus, als hätte sie mehr Botox benutzt als Madonna oder Meg Ryan.«

»Fünfunddreißig?« Calvin schnaubte. »Sie ist schon seit mehr als einem Jahrzehnt fünfunddreißig.«

Sasha schlenderte herbei und setzte sich uns gegenüber. »Woher haben Sie die Information, dass ich – natürlich nur unter der Annahme, dass ich Gold im Haus habe – einen Diebstahl zu erwarten hätte?«

Ich seufzte. Wir hatten ihr genau wie ihren Anwälten bereits erklärt, dass das FBI nicht preisgeben konnte, wie es an derartige Informationen gekommen war. »Es tut mir leid, aber wir haben den Eindruck, dass unsere Information korrekt und schlüssig ist.«

Sasha starrte mich einen Augenblick lang an und scrollte auf ihrem iPhone herum, während sie fortfuhr. »Sagen wir mal hypothetisch, dass ich hier eine große Menge Gold aufbewahre. Es läge jenseits der Möglichkeiten eines jeden sogenannten Einbrechers, vorbeizukommen und es sich einfach zu nehmen. Es wäre buchstäblich unmöglich, die Sicherheitseinrichtungen zu durchdringen, die ich in meinem Haus installiert habe.«

Ich beugte mich vor und hielt die Handflächen hoch. »Sie müssen begreifen, dass es bei den anderen Diebstählen um Safes ging, die von den besten Sicherheitssystemen geschützt wurden, die je gebaut wurden. So unbezwingbar wie Ihres, das versichere ich Ihnen.«

»Was genau wollen Sie von mir?«

»Lassen Sie uns Ihr Anwesen die nächsten drei Tage von innen und außen überwachen. Wenn nichts geschieht, kann ich von der Annahme ausgehen, dass Ihr Gold sicher ist. Das schadet niemandem.«

Sasha ging die ganze Scharade durch, ernsthaft darüber nachzudenken, obwohl ich wusste, dass ihre Anwälte die Antwort schon Tage zuvor festgelegt hatten. Schließlich grinste sie. »Na klar, warum nicht? Es sind nur drei Tage, und ich werde wegen der Arbeit in Colorado sein. Zum Teufel, meine Leute werden es vermutlich später für etwas Publicity an die Presse durchsickern lassen. Betrachten Sie sich als eingeladen.«

Ich wollte langsam Beifall klatschen, aber damit hätte ich mein Glück herausgefordert.

Wir bedankten uns überschwänglich bei ihr. Als wir endlich ihr Anwesen verlassen hatten, blickten sich Calvin und ich im Auto an – und prusteten vor Lachen los.

»Ihnen ist wohl nicht klar, wie sensibel diese Sache geworden ist.« Cians Presseagent, ein gewisser William Gascoigne, der von sich selbst seltsamerweise immer nur mit seinem ganzen Namen sprach, stand händeringend vor uns. Er zuckte ständig zusammen, als würde ihn jemand mit einem elektrischen Viehtreiber traktieren.

Calvin und ich waren um neun Uhr abends im Standard Hotel eingetroffen – angeblich gehörte es nun Gloamings. Es war das nächste Hotel im Umkreis der Disney Hall, wo *Nixon in China* aufgeführt wurde. William Gascoigne traf uns in der dämmerigen Lobby und strahlte dabei eine nervöse Energie aus. In dem dunklen Raum stand sein Seidenhemd wie ein Neonschild hervor. Er war kein Gloaming. Das konnte ich erkennen. Ich fragte mich, warum er noch nicht neu erschaffen worden war wie die meisten seiner Kollegen; schließlich war er ein mächtiger Presseagent in Hollywood. Das musste ziemlich demütigend für ihn sein. Vielleicht brauchte er es, dass man diese Karotte noch eine Weile länger vor seiner Nase schwenkte. Er schien den nervösen Tick zu haben, nach jedem Satz mit den Augen zu rollen.

Zu Cian vorgelassen zu werden war noch schwieriger gewesen, als den Termin bei Sasha zu bekommen. William Gascoigne hatte stur versucht, jedes Gespräch zu verzögern oder zu verhindern; er war sogar so weit gegangen, Cians einflussreiche Anwaltskanzlei anzurufen, die Drohungen über Klagen und die Sicherheit unserer Arbeitsplätze äußerte. Aber drohen konnte ich auch: Ich konnte Einzelheiten der Ermittlung über die Gloamings und die Verwicklung der Opernproduktion darin an die Medien durchsickern lassen. Schließlich hatte William Gascoigne ein kurzes Gespräch vor den Premierenproben in Los Angeles angeboten.

»Ist Ihnen nicht klar, wie sensibel das ist?«, brüllte William Gascoigne. »Führe ich hier Selbstgespräche?« Er schüttelte den Kopf, als wäre er mit uns fertig.

Hinter ihm standen ein paar große, europäisch aussehende Leibwächter in schwarzen Anzügen und mit kahl geschorenen Köpfen und finsteren Mienen. Mit seinen zuckenden Händen strich William die Vorderseite seiner schwarzen Hose glatt, bevor er meine Hand mit schlaffem Druck schüttelte und sich dann Calvin zuwandte.

Schließlich nickte er und zeigte auf den Aufzug hinter uns. »Bitte hier entlang.« Wir folgten ihm zum Aufzug. Calvin warf mir einen Blick zu, der besagte: »Ich bin zu allem bereit.«

Wir fuhren zum Penthouse hinauf. William Gascoigne blieb vor der Tür stehen. »Bitte denken Sie daran, Mr. Clery mit Respekt zu behandeln. Er benötigt vor jedem Auftritt einen zutiefst meditativen Zustand, der durch nichts Negatives gestört werden darf. Sie erhalten hier eine einmalige Gelegenheit, also sorgen Sie bitte dafür, dass das Gespräch absolut vertraulich ist.«

Plötzlich verstummte William Gascoigne.

Er starrte uns nacheinander an, als wollte er sich vergewissern, dass wir diese wertvolle Information auch tatsächlich begriffen hatten.

Ich warf Calvin einen Blick zu, der ein schmales Grinsen unterdrückte. »Ja Sir, William Gascoigne«, sagte er. »Sie haben mein Wort.«

Es überraschte mich nicht, die Suite in fast völliger Dunkelheit vorzufinden, da die meisten Gloamings im Dunklen mühelos sehen können. Aus reiner Gewohnheit legte ich die Hand auf meine Dienstwaffe; mittlerweile stellte uns das FBI genügend abgereicherte Uranmunition zur Verfügung.

Mein Blick wurde vom Licht im weit entfernten Schlafzimmer angezogen, und ich folgte William in die Richtung. Der seltsame Geruch desorientierte mich etwas – dieser blumige und gleichzeitig metallische Geruch, von dem ich nun wusste, dass ich ihn in der Nähe von Gloamings zu erwarten hatte, an den ich mich aber nie gewöhnen konnte. Ich wollte ihn aus meiner Nase verbannen, schaffte es jedoch nicht. Genau wie an jenem Tag in Austin. In mir brodelte eine Mischung aus Nervosität und Zorn.

Wir betraten das Schlafzimmer, und eine helle Lichtquelle – eine Lampe – beleuchtete einen kleinen Tisch neben einer Gestalt, die zurückgelehnt auf einem roten Samtstuhl saß. Sonst gab es keine Möbel im Raum. *Eine nette Note*, dachte ich. Kein Sitzplatz für uns, damit wir unser Verhör nicht unnötig ausdehnten.

Ich ging zum Stuhl, und Calvin folgte mir mit einem Husten. Der blumige Geruch schien sich noch mehr zu verstärken, als wir unser Ziel erreichten. Die Gestalt auf dem Stuhl beugte sich nach vorn, näher zum Licht, und ich war wie vom Donner gerührt. Ich muss zugeben, dass ich in diesem Augenblick all das sah, was alle Menschen verzaubert hatte, die sich die Oper angesehen hatten oder mit Cian in Kontakt gekommen waren.

Was seine Fans dazu veranlasste, auf jeder vorstellbaren Internetplattform darüber zu posten.

Jeder, der Cian kennengelernt hatte, wusste eine Geschichte über ihre Begegnung zu erzählen, und hier war nun meine. Zuvor hatte ich nur Zeichnungen gesehen und Beschreibungen gelesen, aber jetzt befand er sich direkt vor mir – ein fesselndes, engelsgleiches Gesicht, das Licht sowohl auszustrahlen als auch zu reflektieren schien. Die berühmten goldgelben Augen schienen durch mich und in mich hinein zu sehen. Ich ertappte mich dabei, wie ich mich zu ihm beugte.

Cian schien an diese Reaktion gewöhnt zu sein, und er wartete. Als würde seine Gegenwart eine Anziehung ausstrahlen, die der Schwerkraft gleichkam und Planeten in seinen Orbit zog. Mir war klar, dass diese Zurschaustellung nur einen winzigen Teil seiner Fähigkeiten ausmachte.

Ich hätte nicht zu sagen vermocht, wie viel Zeit vergangen war, als sich Calvin neben mir deutlich hörbar räusperte. Ich riss mich los und rief mir etwas ins Gedächtnis zurück. *Dieses Ding ist ein Gloaming.* Ich wehrte mich bewusst gegen die von ihm ausgeübte Macht über meinen Verstand.

»Warum sind Sie hier?«, fragte Cian mit seiner tiefen, melodischen Stimme. Sie klang wie ein Lieblingslied, das man ununterbrochen auf Wiederholung stellen wollte.

»Wir müssen mit Ihnen über eine Reihe von Golddiebstählen in verschiedenen Städten sprechen, die mit den Daten Ihrer Tournee übereinstimmen«, sagte ich und erwiderte seinen Blick.

Das Licht schien auf seiner Haut und in seinen Augen zu funkeln, aber jetzt war ich auf unser Vorhaben konzentriert. Ich fühlte mich weniger fixiert.

»Und Sie verdächtigen mich, bei diesen Diebstählen mitzumachen«, sagte er langsam. »Weil sie stattfanden, wenn ich mich mit meiner Oper in der besagten Stadt befand?«

»So einfach ist das nicht«, erwiderte ich. »Niemand beschuldigt Sie, an den Diebstählen beteiligt gewesen zu sein oder davon zu wissen. Durch individuelle Strahlungstests hat unsere

Untersuchung schlüssig gezeigt, dass die Verbrechen von einem oder mehreren Gloamings verübt wurden. Wie Sie wissen, sind diese Tests unfehlbar.«

»Unfehlbar«, wiederholte Cian und zog die Silben in die Länge. »Das ist ein interessantes Wort. Ohne jeden Fehler oder eine Schuldzuweisung. ›Jedes Wort Gottes ist makellos‹. Ist es nicht das, was Sie glauben, Agent Zumthor? Sie müssen wissen, dass wir unter lebenden, empfindungsfähigen Wesen diesem Ideal am nächsten kommen – abgesehen von einem Heiligen, falls Sie an solche Konzepte glauben.«

Ich atmete durch den Mund, um den widerlich süßlichen Geruch in der Luft zu meiden.

Calvin fand seine Stimme wieder. »Sie haben viele Gloamings in Ihrer Belegschaft. Das ist eine Tatsache. Und die Diebstähle wurden von Gloamings durchgeführt. Eine weitere Tatsache. Wir wollen einfach nur wissen, ob Sie darüber Informationen haben. Irgendwelches seltsames Verhalten, das Ihnen vielleicht aufgefallen ist.«

Cian starrte uns an, und ich musste mich wieder bemühen, gegen diese Augen anzukämpfen. »Das kann ich mir nicht vorstellen«, behauptete er. »Nein, ich bin absolut sicher, dass keiner meiner Beschäftigten bei irgendwelchen Golddiebstählen mitgemacht hat. Ob er nun Gloaming ist oder nicht.«

Ich zwang mich zu einem Lächeln, aber ich war mir nicht sicher, ob er es mir abnahm. Ich bin mir nicht mal sicher, ob ich es mir selbst abnahm. Vermutlich sah ich blass und verschwitzt aus. »Das mag ja sein, aber ich würde gern über die Gloamings in Ihrer Belegschaft sprechen …«

Hinter uns ertönte ein Husten. William Gascoigne war zurück. Er trat mit erhobener Hand vor. »Agent Zumthor, ich glaube, das reicht für den Augenblick. Wir haben zweifelsfrei die Verpflichtungen erfüllt, die wir mit Ihren Vorgesetzten besprochen haben.«

»Wir haben erst angefangen …«

William Gascoigne fuchtelte mit beiden Händen herum.

»Wir hatten eine Abmachung. Mr. Clery hat einen engen Terminplan. Und jede weitere Befragung sollte in der Anwesenheit von Mr. Clerys Anwalt stattfinden.«

»Gut«, sagte ich. Ich wollte nichts mehr von diesem Verrückten und seiner feuchten Aussprache hören. Davon abgesehen würde die Chefetage mir den Arsch aufreißen, wenn ich die heutige Vorstellung störte. Der Gouverneur von Kalifornien und andere Politiker und Würdenträger sollten sie besuchen. »Aber ich bin noch nicht fertig. Ich möchte ein weiteres Gespräch vereinbaren.« Eher früher als später. Ich wollte mit Cian über all die Toten sprechen, die jedes Mal blutleer auftauchten, wenn er eine Stadt besuchte.

»Sie bekommen Ihr Gespräch, Agent Zumthor«, sagte Cian. »Und Sie auch, Agent James. Sie könnten hundertdreiundachtzig Fragen stellen, meine Freunde, und ich würde sie alle beantworten. Sie sind so von Blut besessen, Agent. ›Denn des Leibes Leben ist im Blut, und ich hab's euch zum Altar gegeben, dass eure Seelen damit versöhnt werden. Denn das Blut ist die Versöhnung für das Leben.‹« Er starrte mich länger an, als mir lieb war. »William Gascoigne, bitte geben Sie den Beamten eine Liste sämtlicher Angehöriger unserer Belegschaft, vor allem jener, die Gloamings sind. Sie machen damit, was Sie möchten, meine Herren.«

Ich nickte und erwiderte seinen Blick noch einen Moment länger. Ich spürte, dass ich mich am Rand der Zone befand, in der ich den Geruch und den Anblick ignorieren und mich auf das Verhör und das, was ich aus diesem aalglatten Gloaming herausbekommen wollte, konzentrieren konnte. Von dem ich wusste, dass er mich anlog. Ich konnte es nicht erwarten, nach draußen zu treten und einen tiefen Atemzug frische Luft zu nehmen. »›Und welcher Mensch irgend Blut isset, den will ich mitten aus seinem Volk rotten‹«, sagte ich mit einem langen Blick. »Vielen Dank. Wir werden uns bald wieder unterhalten.«

»Jederzeit, Agent«, erwiderte Cian. »Und es tut mir so leid wegen Ihrer Partnerin bei diesem Zwischenfall in Austin. Ich kann nur schwer glauben, dass diese Kriminellen wahre Gloamings waren.«

Meine Hände ballten sich vor Zorn, mein Atem kam stoßweise. Ich starrte ihn an, während meine Finger die Waffe in ihrem Halfter berührten. Wie konnte er es wagen, den Zwischenfall in der Kerbey Lane zu erwähnen? Ich fragte mich, ob ich bei seinen ständig gespannten Gloaming-Muskeln die Waffe überhaupt aus dem Halfter bekommen würde.

Calvins Hand auf meinem Arm zerstreute meine Gedanken.

William Gascoigne gab uns ein Stück Papier. Er hatte die Liste bereits für uns vorbereitet. Dann drehte er sich um und ging mit stampfenden Schritten voraus. Ich folgte ihm. Auf halbem Weg zur Tür blieb ich stehen und drehte mich noch einmal zu Cian um. »Wissen Sie, ich bin froh, dass wir uns kennengelernt haben. Ich bin mir ziemlich sicher, dass ich meinen Standpunkt klargemacht habe. Wir wissen alle, dass Gloamings niemals Risiken eingehen. Sie akzeptieren ihren Verlust und ergreifen die Flucht. Als würden sie stets von tausend Sonnen gejagt.«

Nach diesen Worten verließen wir das Penthouse.

Ich bin mir nicht sicher, wer das größere Ego hat: ein Gloaming oder ein Schauspieler. Aber ich hatte erreicht, was nötig war. Ich hatte Cians Talent als Dieb verächtlich gemacht. Und wenn ich mit der Psychologie der Gloamings recht hatte – die ich mittlerweile ein paar Monate lang studierte –, versäumten sie keine Gelegenheit, einen Zweifler zu berichtigen. Sie würden versuchen, Sashas Gold zu bekommen. Aber ich war immer einen Schritt voraus, und wenn nicht, würde ich es bald sein.

Auf Sashas Anwesen wurden wir von einem Team aus drei weiteren FBI-Agenten und zwei Polizisten, die uns die Polizei von Los Angeles zur Verfügung gestellt hatte, empfangen. Sie bauten die Überwachung auf. Ich hatte drei Teams aus jeweils fünf Beamten für eine Überwachung außerhalb der Grundstücksgrenze sowie Rückendeckung angefordert, was meine Vorgesetzten aber schnell abgelehnt hatten. Das Grundstück wurde von einem hohen Zaun mit Kameras und Laserdetektoren umgeben, aber die würden im Fall eines Gloaming-Angriffs nutzlos sein. Da musste man nur den Direktor vom Blanton Museum fragen. Wir brauchten Augen am Boden.

Die ersten beiden Nächte in Sashas Haus – die erste war die Premiere von *Nixon in China* in der Walt Disney Hall – waren ruhig. Aber ich wusste, dass die Gloamings in diesem Fall nicht aufgeben würden. Zu viel Stolz.

Die dritte Nacht fing seltsamerweise mit Vollmond und Regen an. Dabei heißt es, dass es in Südkalifornien niemals regnet, sondern nur schüttet. Calvin und ich nahmen unseren Posten in dem großen Wohnzimmer mit den vom Boden bis zur Decke reichenden Fenstern ein, aus denen das halbe Haus bestand. Ich war mir nicht sicher, ob es mich freuen oder beunruhigen sollte, dass wir eine so weite Sicht hatten, aber auch von jedem draußen gesehen werden konnten. Der Eingang zum Tresor befand sich unter einer freischwebenden Edelstahltreppe in der Mitte des Raumes, die nach oben zu einem kleinen Loft führte. Der untere Teil der Treppe schwenkte zur Seite und gab den Tresor frei, wenn man einen Knopf unter einem Riegel an der dritten Stufe betätigte oder an einem großen Eisengriff zog, der in der zweiten Stufe verborgen war. Um an den Hebel zu kommen, musste man einen kleinen Knopf unter der Stufe drücken, die sich dann öffnete.

Ein Druck auf den Knopf oder ein Ziehen am Hebel, und die halbe Treppe glitt zur Seite, um den von der Tresortür verschlossenen Eingang zum Boden freizugeben. Die aus verstärktem Stahl und sechs Zentimeter dickem Beton konstruierte Tresortür konnte nur mit einem biometrischen Passwort geöffnet werden. Dieses Passwort kannten lediglich drei Personen: Sasha Bowie, ihr Anwalt und ihr Vater.

Um 2:30 Uhr musste ich nach meiner fünften Tasse kalten Blue Bottle-Kaffee ins Badezimmer. Ich befahl einem der Polizisten, das Wohnzimmer für mich zu übernehmen. Calvin machte ebenfalls eine kleine Pause, um sich einen weiteren seiner Proteinshakes zuzubereiten. Ihm zufolge würde das weniger als fünf Minuten in Anspruch nehmen.

Sashas Toilette war eine aufwendig gestaltete Kapsel aus Spiegeln und Stahl, als hätte Apple statt eines Handys ein Badezimmer gebaut. Allerdings stach mir zwischen den Fliesen etwas Schimmel ins Auge. Sofort verspürte ich das Bedürfnis, die Toilette neu zu verfugen. Stattdessen holte ich tief Luft und hatte gerade angefangen zu urinieren, als die Lichter flackerten und erloschen.

Ich zog die Pistole und wartete darauf, dass der Notstromgenerator ansprang. Aber nach einer halben Minute in der Dunkelheit holte ich mein Handy hervor und klickte die Taschenlampen-App an. Mit der Waffe im Anschlag machte ich ein paar Schritte aus dem Badezimmer. Ich tippte an meinen Ohrhörer. »Hier ist Zumthor. James, was ist los?«

Stille.

Ich funkte die anderen Agenten an. Nichts.

»Calvin«, versuchte ich es erneut. »Sind Sie da?«

»Ich bin hier.« Ein Flüstern. »Mit gezogener Waffe.«

Ich stieß einen tiefen Seufzer aus. Ich konnte es mir nicht leisten, noch einen neuen Agenten zu verlieren. »Sehen Sie was?«

»Nein. Ich gehe ins Arbeitszimmer.«

»Warten Sie auf mich. Ich bin in einer Sekunde da.«

Nachdem ich mich mit vorgehaltenem Licht an der Wand entlanggeschoben hatte, bog ich um die Ecke in einen weiteren Korridor. Ich wich Skulpturen und Bildern aus und eilte über den Teppichboden. Ich betrat die Küche und erstarrte. Der Lauf einer Pistole. Dann senkte er sich, und ich sah, dass es sich um Calvin handelte.

»Was geht hier vor?«, fragte er.

»Ich bin mir nicht sicher. Der Generator müsste mittlerweile laufen.«

Calvin warf einen Blick auf sein Handy. »Ich wollte Verstärkung rufen, aber jemand blockiert unser Signal.«

»Meins auch. Aber darauf bin ich vorbereitet. Ich habe Gibbs im Büro gesagt, dass ich ihm alle zehn Minuten eine SMS schicke, und wenn ich auf seine Antwort nicht reagiere und er mich nicht erreichen kann, schickt er sofort Verstärkung.«

Calvin nickte. »Hoffen wir, dass sie auf Draht sind. Irgendwie frage ich mich, wie lange wir eine Bande Gloamings aufhalten können.«

»Meine nächste Nachricht soll in ungefähr fünf Minuten rausgehen«, erwiderte ich. »Aber solange können wir nicht warten. Wir müssen ins Wohnzimmer und nach dem Gold sehen.«

Calvin sah todernst aus.

»He, Calvin«, sagte ich.

»Ja?«

»Wie ist es, von einem Vampir geküsst zu werden?«

Er rollte mit den Augen. »Was?«

»Als würde man von einer Mücke gestochen werden. Kommen Sie. Ich gehe voraus, Sie geben mir Rückendeckung.«

Ich setzte mich in Bewegung. Calvin blieb in meiner Nähe und schritt rückwärts. Ich entschied, die Taschenlampe nicht einzusetzen, um unsere Position nicht zu verraten, obwohl Gloamings im Dunkeln gut sahen. Ein paar Strahlen Mondlicht erhellten den Weg zurück ins Wohnzimmer. Ich verfluchte diese riesigen Häuser, in denen ein halbes Footballfeld zwischen Küche und Wohnzimmer lag. Wir stolperten ein paar Stufen hinunter, die zu einem tieferen Teil des Raumes führten, und es war ein Wunder, dass dabei keine unserer Waffen losging. Als wir den Boden erreichten, hörte ich ein mechanisches Geräusch, als wäre ein Getriebe in Gang gesetzt worden. Ich wusste, dass das nichts Gutes bedeutete. Ich konnte förmlich spüren, wie Calvin seine Pistole fester packte. Wir gingen den Teppich ein Stück weiter entlang, und ich wusste, dass wir uns dem Wohnzimmer und der Treppe näherten.

Ein Schuss peitschte durch die Luft.

Wir warfen uns zu Boden und krochen hinter eine Art Skulptur der Milchstraße – zumindest war das meine Interpretation. Calvin beugte sich über mich. »Schießen Sie die Fenster kaputt«, raunte er. »Ich will kein Spiegelbild – und sie müssen wissen, dass wir hier sind.«

»Auf drei.«

Wir schossen ein paar Mal. Als das Glas zersplitterte, hörten wir Rufe, Ausrüstungsgegenstände wurden fallen gelassen. Plötzlich war ich dankbar für kalifornische Häuser und ihre lächerlichen Fenster, die vom Boden bis zur Decke reichten. Das Geräusch von zersplitterndem und herabprasselndem Glas erfüllte den Raum, und ich fand es merkwürdig, dass das Feuer nicht erwidert wurde.

Das Licht des Vollmondes zeigte den größten Teil des Wohnzimmers. Und darin konnte ich jetzt ein paar Gestalten in der Nähe der Treppe sowie einen seltsamen mechanischen Gegenstand ausmachen – wie ein Segway-Roller mit Armen.

Ich hörte einige dröhnende Schüsse, die beinahe wie aus einer Schrotflinte klangen. Etwas sauste an meinem Kopf vorbei.

Calvin und ich erwiderten das Feuer, und eine der Gestalten hob eine Waffe, einer kleinen Bazooka nicht unähnlich, auf die Schulter. Sie zielte direkt auf uns.

»Weg hier!«, rief ich, als ein hohler, berstender Laut ertönte. Calvin und ich rannten zurück, während neben uns ein paar Kanister auf dem Boden aufprallten. Mit einem Zischen entströmte Rauch. Tränengas? Ich hatte gerade den freien Arm vors Gesicht gehoben, als alles schwarz wurde …

Ich erwachte in hellem Licht und völlig desorientiert. Ich fing an zu husten. Jemand hielt mir einen Becher an den Mund, und ich schluckte kaltes Wasser.

Ein junger Mann in einem blauen Kittel beugte sich über mich. Mir wurde klar, dass ich mich in einer Notaufnahme befinden musste.

»Wie fühlen Sie sich?«, fragte der junge Mann.

»Scheiße«, antwortete ich. »Sagen Sie diesem Arschloch, das mir das angetan hat, dass es jetzt ganz oben auf meiner Abschussliste steht.« In dem iPad auf dem Tisch betrachtete ich mein Spiegelbild. Ein angestoßener Zahn, ein Lächeln und Blut. Und ich trug es gut.

»Möglicherweise spüren Sie einen unregelmäßigen Herzschlag, innere Unruhe und Schmerzen im Körper. Das kommt von dem Narcan.«

Selbst umnebelt erkannte ich den Namen des Medikaments, das man gegen eine Überdosis Drogen gab. In den Kanistern konnte kein normales Tränengas gewesen sein. Spätere Tests bestätigten, dass es eine chemische Waffe mit einem Spray aus einem Fentanyl-Derivat gewesen war.

Glücklicherweise hatte man auf mein ausbleibendes Signal reagiert, und das FBI und die Polizei hatten Notfallsanitäter mitgebracht, die die Überdosis-Symptome des ganzen Teams erkannten und sofort Narcan verabreichten. Ich lag zwei Tage lang im Krankenhaus, damit man meinen Gesundheitszustand überwachen konnte – für einen Workaholic ein Albtraum. Am zweiten Tag konnte ich es kaum erwarten, Berichte über den Status des Raubes und die Schlussfolgerungen aus den nächtlichen Ereignissen zu bekommen.Calvin besuchte mich am zweiten Tag, und auch wenn es mich freute, ihn zu sehen, muss ich zugeben, dass ich neidisch war. Vermutlich war er wegen seiner Jugend und seiner Fitness schneller wieder auf die Beine gekommen.

»Sind Sie schon wieder bei der Arbeit?«, fragte ich.

Calvin lächelte und schüttelte den Kopf. »Eigentlich nicht. Ich wurde gestern entlassen, und an sich darf ich noch nicht offiziell in den Dienst zurückkehren, aber ich konnte es nicht erwarten, die am Tatort sichergestellten Beweismittel zu sichten.«

Ich setzte mich in meinem Krankenhausbett auf. »Also, was hat man gefunden?«

Calvin seufzte. »Die Hälfte des Goldes war weg. Anscheinend wurde es mit einem modifizierten Segway so schnell weggeschafft. Ich brauche wohl nicht zu erwähnen, dass Sasha Bowie darüber nicht glücklich ist.«

Ich schüttelte den Kopf. »Sie liebt die verfluchte Publicity. Das ist das Beste, was ihr seit Jahren passiert ist.«

Calvin nickte und rückte näher ans Bett heran. »Sie hat auf BuzzFeed und Facebook Interviews gegeben. Die werden in einem Tag veröffentlicht.« Mit breitem Grinsen beugte er sich zu mir. »Aber den besten Teil habe ich Ihnen noch nicht verraten.«

Ich lehnte mich vor.

»Eine der Kugeln aus Ihrer Waffe wurde gefunden, und sie wies Spuren von radioaktivem Gloaming-Blut auf.«

Ich konnte meine Freude kaum verbergen. »Ich habe einen der Scheißkerle getroffen.«

»Noch besser«, behauptete Calvin. Er saß auf der Trage, die neben meinem Bett stand. »Eine unserer Quellen im Standard hat gemeldet, dass Cian Clery mit verbundenem Gesicht durch den Hintereingang der Küche reingeschleust wurde. Sämtliche Vorstellungen von *Nixon in China* sind bis auf Weiteres abgesagt, und Cian ist nirgendwo zu finden.«

Ich konnte nicht aufhören zu lächeln. »Dieser selbstzufriedene Scheißkerl. Ich wusste es. Jede Wette, dass dieses Gesicht jetzt nicht mehr so hübsch ist.«

»Garantiert«, erwiderte Calvin. »Hej, Zumthor?«

»Ja?«

»Warum sind Vampire so gute Schauspieler?«

Ich dachte darüber nach. »Keine Ahnung. Sie sind so kompliziert …«

Calvin grinste. »Es liegt ihnen im Blut.«

Die Medikamente machten mir offensichtlich noch immer zu schaffen. Ich brauchte eine Sekunde. Dann lachte ich laut – und schnappte nach Luft. Scheiße, Lachen tat weh. »Der ist gut.«

Dann war Calvin wieder ganz geschäftsmäßig. »Ich bin mir nicht sicher, ob wir das Gold jemals wiederfinden werden, aber ich glaube nicht, dass Cian so schnell wieder auftaucht. Das Internet ist bereits in hellem Aufruhr.«

»Es ist noch nicht vorbei«, sagte ich, aber selbst ich wusste, dass es so gut wie unmöglich sein würde, Cian zu finden, wenn er nicht gefunden werden wollte.

Und in der Tat sah man Cian Clery nie wieder.

Harvard Theological Review
Frühjahrssemester

Herausgegeben von Jonathan Newton

Trotz der vielen Artikel und Verlautbarungen über die wichtigsten derzeitigen religiösen Institutionen und ihre Integration von Gloamings gab es einen deutlichen Mangel an Forschung über die Doktrinen der einzelnen Konfessionen und wie sie zu den Gloamings standen. In seiner neuen Abhandlung mit dem Titel »Phänomenologie der religiösen Antwort auf die Gloamings« (*Tübingen* 2022, Mohr, xii-670) hat Gerard van der Leeuw unter die Lupe genommen, wie einige der maßgeblichen Religionsgemeinschaften auf das Erscheinen der Gloamings reagierten.

Es ist kein Geheimnis, dass gewisse Angehörige der katholischen Kirche gegen die Gloamings sind und gegen alles, was sie darstellen. Es gibt jedoch auch andere religiöse Institutionen, die Ansichten über die Gloamings und ihre neue Präsenz in der Gesellschaft geäußert haben. Die Kirche Jesu Christi der Heiligen der Letzten Tage (allgemein als Mormonen bekannt) hat unter der Doktrin der fortlaufenden Offenbarung durch ihren Präsidenten, der als moderner »Prophet« gilt und sich mit dem Kollegium der Zwölf Apostel berät, verkünden lassen, dass Gloamings ihrer Ansicht nach als eine Art Engel zu betrachten sind. Allerdings wartete die Kirche noch auf weitere Anweisungen von Gott, um endgültig entscheiden zu können, wie Gloamings im Land Gottes repräsentiert werden müssen. Mormonen glauben daran, dass es drei Arten von »Engeln« gibt, die geschickt werden können, um sich um die Menschen zu kümmern. Darum hat die Kirche Jesu Christi der Heiligen der Letzten Tage ihren Mitgliedern zu verstehen gegeben, dass ihnen die Neuerschaffung untersagt ist, bis sie von Gott durch die apostolische Offenbarung angeleitet werden.

Die wenigen Mormonen unter den Gloamings wurden von einem disziplinarischen Rat begutachtet und danach darüber in Kenntnis gesetzt, dass man sie exkommuniziert hatte. Sollte sich die Kirchendoktrin allerdings ändern, dürften sie zu einem späteren Zeitpunkt wieder zu ihrer vollen Mitgliedschaft zurückkehren.

In Israel verkündete der Oberrabbiner und die *Moetzes Gedolei HaTorah*, der oberste Rat der Rabbiner, der die Richtlinien vorgibt, dass »G'tt befahl, dass gewisse Rassen ihrer Natur nach rein sein müssen« und Gloamings nach dem Gesetz der Thora in Relation zur Nicht-Gloaming-Menschheit in Übereinstimmung mit dem Vers 2,7, in dem beschrieben wird, wie der Mensch »aus Erde« erschaffen wurde, als unnatürlich zu erachten sind. Der Rat verbot den Akt der Neuerschaffung als Entweihung des von G'tt gegebenen Körpers, da der Gloaming durch die Übertragung von infiziertem Blut erschaffen wird. Der zweite Teil von Vers 2,7 beschreibt die spirituelle Natur des Menschen (»Er [G'tt] blies in seine Nase den Lebensatem«). Darum erhob der Rat Einwände gegen die Tatsache, dass Gloamings von anderen Gloamings neu erschaffen werden, denn nur G'tt allein könne ein anderes wahres Wesen erschaffen. Allerdings verbot der Rat auch das willkürliche Töten friedlicher Gloamings gemäß der Verpflichtung, Leben zu retten und zu bewahren (*Pikuach Nefesch*), wie es bei Levitikus 18,5 geschrieben steht: »Ihr sollt auf meine Satzungen und meine Vorschriften achten. Wer sie einhält, wird durch sie leben. Ich bin der Herr.«

Mehrere intellektuelle buddhistische Mönche schrieben Abhandlungen darüber, dass Gloamings die Natur Buddhas besitzen und darum das Potenzial für die Erleuchtung haben. Tatsächlich ist der Bodhisattwa als Tier aufgetreten. Das erste der fünf Sittlichen Gebote verbietet das Töten jeglichen Lebens, darum ist das auch auf die Gloamings anzuwenden. Das buddhistische Konzept vom Mitgefühl für alle Wesen führte sicherlich zu ihrer bereitwilligen Akzeptanz der Gloamings.

Professor van der Leeuw führt eine kritische Analyse und Kritik aller großen Religionsgemeinschaften und ihrer Ansichten über die Gloamings durch, wie sie ihren religiösen Texten und Themen entsprechen, und welche Auswirkungen diese Ansichten auf ihre Anhänger und die daraus entstandenen kulturellen Probleme haben.

KAPITEL 10

5. JULI
SECHSUNDZWANZIG MONATE
NACH DER ENTDECKUNG VON NOBI

Joseph Barrera
Politischer Berater

Ob ich mir Vorwürfe mache? Habe ich dabei geholfen, diesen ganzen Scheiß erst in Gang zu bringen? Vielleicht. Wer weiß? Die Historiker können die Erinnerung an mich gern beschmutzen, aber ich habe daran kein Interesse.

Blicken wir also einmal zurück. Zu der Zeit war ich politischer Stratege oder arbeitete für Consultingfirmen, und zwar seit meinem Abschluss an der Universität von Pennsylvania. Ich hatte den Wahlkampf meines Zimmergenossen für das Amt des Jahrgangssprechers geführt. Er war ein betrunkener Faulpelz gewesen, der den Sieg nur für seinen Lebenslauf hatte haben wollen. Ich fertigte Aufkleber mit seinem Namen an, die ich überall auf dem Campus verteilte – vor allem in den Toiletten. Am Wahltag erkannte jeder Student seinen Namen. Es war ein Erdrutschsieg. Er war der faulste Sprecher der Studentenschaft, den es je gab, und heute ist er der Sprecher des Repräsentantenhauses von Pennsylvania, wo er seine Zeit absitzt, bis er endlich Lobbyist werden kann.

Im Laufe der Jahre arbeitete ich für verschiedene Kandidaten, die sich für lokale, bundesstaatliche und nationale Ämter bewarben. Dabei war ich mir für gelegentliche Täuschungsmanöver nicht zu schade – was der eine oder andere möglicherweise als »schmutzige Tricks« bezeichnen würde. Sie wissen schon: Obdachlose rekrutieren und für sie die Anmeldegebühren bezahlen, damit sie bei verschiedenen Vorwahlen antreten und das Wahlergebnis verwässern, um so eine Stichwahl herbeizuführen. Oder Gerüchte in die Welt zu setzen, dass gewisse Kandidaten Affären haben, außereheliche Kinder oder ernsthafte Probleme mit der geistigen Gesundheit. Solche Dinge eben.

Aber es funktionierte. Beim Vorwahlkampf der Demokraten hatte ich großes Glück mit unbekannten Kandidaten, denen ich zum Sieg verhalf, vor allem gegen amtierende Republikaner, die teilweise schon seit Jahrzehnten im Amt waren. Vermutlich lag es nur daran, dass ich Herausforderungen liebte. Außerdem stimmte ich mehr mit progressiven Demokraten als mit anderen politischen Zugehörigkeiten überein. Ich wollte immer sehen, wie weit man die Grenze verschieben konnte. Höhere Steuern, stärkere Regulierung, mehr Marihuana – wie weit konnte ich wohl gehen, um den angeschlagenen Kandidaten, die mich anheuerten, meine Werte aufzudrücken?

Ungefähr fünf Monate nach meinem letzten Sieg – Lisa Manning, Salt Lake City – und nach fünf weiteren Monaten tödlicher Langeweile, in denen ich in Chicago mögliche Klienten aus der Privatwirtschaft traf, erhielt ich einen Anruf von der Seniorpartnerin einer der größten Anwaltskanzleien in Illinois und Kalifornien. Ihr Name war Judy Green, und wir waren uns bei mehreren Benefizveranstaltungen über den Weg gelaufen, da ihre Firma sowohl republikanische wie auch demokratische Kandidaten großzügig unterstützte. Sie wollte ihren Vorschlag nicht am Telefon besprechen, sondern bat mich um ein persönliches Treffen, zum nächstmöglichen Zeitpunkt.

Wir trafen uns am nächsten Tag bei einem Imbisswagen am Logan Square zum Essen. Hier hatte man einen wunderschönen Blick auf den Lake Michigan. Wir setzten uns an einen dieser aufgearbeiteten Picknicktische, die wie Kulissen aus *Game of*

Thrones aussahen – gefertigt aus ausgehöhlter Eiche und dann unerklärlicherweise mit alten Konzertpostern aus den 1970ern verziert. Ich bestellte ein Rinderbrustsandwich mit Spiralpommes, Judy nahm einen großen gemischten Salat. Abgerundet wurde das Ganze mit zwei Craft Beer.

Nach ein paar Minuten Plauderei über unsere letzten Reisen nach Europa legte Judy ihre Gabel beiseite. »Vermutlich sterben Sie schon vor Neugier«, sagte sie mit einem halben Grinsen.

Ich antwortete mit vollem Mund. »Da liegen Sie nicht ganz falsch.«

Judy zeigte mit der Gabel auf mich. »Ich muss Ihnen nicht sagen, dass Sie einen unglaublichen Lauf von Wahlerfolgen haben. Ich und eine Menge weitaus besser informierter Leute würden sagen, dass Sie im Augenblick zu den fünf besten Wahlkampfstrategen im Land gehören. Aber da sich die amtierende Präsidentin zur Wiederwahl stellt, wird es eine Weile dauern, bevor Sie für einen Präsidentschaftswahlkampf arbeiten können, der eine Chance hat.«

»Das ist richtig«, erwiderte ich. »Aber ich komme schon klar. Da habe ich wenigstens mal eine Weile Zeit für mich.«

Mit einem Lächeln beugte sich Judy vor. »Ein Mann wie Sie, der sich ständig mit anderen messen muss? Wenn Sie weiter so schlecht lügen, werden Sie sämtlichen politischen Beratern noch einen miesen Ruf einbringen.«

Sie hatte recht, aber ich hasste es, meine Karten so früh zu offenbaren. Also zuckte ich lediglich mit den Schultern.

»Ich weiß, dass Sie nur mit Kandidaten der Demokraten gearbeitet haben.« Bei den Worten sah sie zu den Vögeln hin, die sich auf dem Boden um ein paar Krümel stritten.

»Weil ich Demokrat bin«, erwiderte ich vielleicht etwas lauter als beabsichtigt. Jetzt fragte ich mich wirklich, wo das Gespräch hinführen sollte. Sollte ich bei irgendeinem Konzern unterschreiben? »Sagen Sie mir, was Sie von mir wollen, Judy.«

Sie holte tief Luft. »Okay. Ich bin nicht in der Position, zu viele Einzelheiten zu verraten, eigentlich gar keine. Aber ich möchte

Ihr Interesse für eine politische Kampagne ergründen. Sie würden mehr bezahlt bekommen, als jemals zuvor. Lassen Sie uns das von Anfang an klarstellen. Ich kann Ihnen sagen, dass der Kandidat ein wohlhabender Geschäftsmann ist. Er ist ein politischer Newcomer, also würden Sie großen Einfluss nicht nur auf die Strategie haben, sondern auch auf das Programm. Und Ihnen stünde alles Geld zur Verfügung, das Sie für eine erstklassige Kampagne brauchen.«

Ich nahm einen Schluck von meinem IPA. Ich hatte mich auf schwierige Wahlkämpfe spezialisiert, die eine Herausforderung waren, aber noch nie zuvor mit jemandem gearbeitet, der nicht bereits ein öffentliches Amt bekleidete. »Ich brauche das Geld nicht. Ich lebe über meine Verhältnisse, aber nur, wenn es um Bars, Nutten, Stripper und Freizeitdrogen geht.«

Judy verzog das Gesicht zu einem angespannten Lächeln.

»Da gibt es doch sicherlich einen Haken«, fuhr ich fort.

Judy zuckte mit den knochigen Schultern. »Tatsächlich sogar ein paar. Erstens ist er Republikaner.«

Ich stellte mein Bier lautstark ab. »Kommen Sie schon, Judy. Ich bin ein wahrer Gläubiger. Das wissen Sie.«

Sie griff nach meinem Arm. »Ich weiß, Joseph. Aber dieses Wettrennen wird historisch. Ich … Dieser Kandidat ist kein typischer Republikaner.«

»Da brauchen Sie schon bessere Gründe.«

Judy stand auf und ging zu dem Imbisswagen, um neue Bierflaschen zu holen. Ich betrachtete die langsam schwindende Menge der Mittagskunden. Lange Mittagspausen wurden langsam zur Gewohnheit, und das war alles andere als gut für mich. Ich brauchte den Wettstreit, die Dramatik und den Stress – und nur wenige Dinge sorgen dafür auf die gleiche Weise wie ein Wahlkampf.

Judy kehrte mit dem Bier zurück. »Denken Sie nur an die Reaktion, wenn Sie für einen Republikaner den Wahlkampf gewinnen, nachdem Sie es vorher bei mehreren Demokraten geschafft haben. Sie wären eine Legende. Und wenn Sie für ihn einen hohen Prozentsatz demokratischer Wähler einholen könnten, dann könnten Sie mit Fug und Recht behaupten, einen überparteilichen Wahlkampf geführt zu haben. Dann kommt der Buchvertrag. Und danach könnten Sie sich jeden Kandidaten und jeden Wahlkampf aussuchen.«

Sie verstummte und pickte in ihrem Salat herum. Ich sah zu, wie die Tauben die Köpfe rhythmisch senkten und nach Brotkrumen suchten. In Gedanken ging ich dabei die Adressenkartei unvorstellbar reicher Geschäftsleute durch, die gerüchteweise Ambitionen auf ein öffentliches Amt hatten. Aber mir wollte niemand einfallen. In der Hälfte der Bundesstaaten standen Wahlen an, was die Auswahl nicht gerade einengte.

»Okay«, sagte ich. »Ich bin offiziell interessiert. Aber das ist kein Ja. Ich weiß nicht, wer der Kandidat ist, und auch nicht, in welchem Bundesstaat der Wahlkampf stattfindet, und das ist ziemlich wichtig.«

»Das werden Sie erfahren«, erwiderte Judy. »Ich muss nur wissen, ob wir zur nächsten Etappe übergehen können.«

»Und die wäre?«

»Ein Treffen.« Judy lächelte wieder und wischte sich den Mund mit der Serviette ab. Sie erschien außerordentlich zufrieden. »Nur ein Treffen.«

Am Ende der Woche war ich ruhelos. Endlich rief Judy am Freitag an. Sie entschuldigte sich überschwänglich für die ganze Geheimnistuerei, aber so lauteten die Instruktionen ihres Klienten. »Sobald Sie ihn kennenlernen, werden Sie alles begreifen, das verspreche ich.« Ein Wagen würde mich abholen und nach O'Hare bringen, wo bereits ein Privatjet auf mich wartete. Man würde mein Handy konfiszieren. Bevor wir in der Luft waren, würde ich unser Ziel nicht erfahren.

In der Kabine einer außerordentlich luxuriösen Bombardier BD-700 bediente mich eine sehr zuvorkommende Mannschaft. Im Flugzeug gab es eine Xbox One X und ein paar Bücher, aber ich beschäftigte mich damit, in meiner Mappe herumzukritzeln und mir ein paar Notizen zu machen. Internetzugang gab es keinen. Einer der Piloten kam aus dem Cockpit und beugte sich lächelnd zu mir herunter. »In ungefähr einer Stunde landen wir in Las Cruces, New Mexico«, sagte er. Dann kehrte er ins Cockpit zurück. Ich grübelte über das Ziel nach: New Mexico.

Auf einen Geschäftsmann oder eine Geschäftsfrau würden zahlreiche Probleme zukommen, falls sie für das Amt des Gouverneurs, Senators oder für den Kongress kandidierten – allerdings würden die meisten Geschäftsleute, die ich kannte, ihre politische Karriere niemals mit einem kleinen Posten beginnen. Es konnte nur das Amt des Senators oder Gouverneurs sein – so viel stand für mich fest. Aber Geld kann nicht alle Probleme lösen.

Als das Flugzeug endlich landete, war bereits die Nacht angebrochen. Weder am Himmel noch am Boden konnte ich ein anderes Flugzeug entdecken – wir waren bis zum Flugplatz geflogen und hatten dann eine ganze zusätzliche Stunde gekreist, bis die Sonne untergegangen war. Würde man mich für ein Treffen am frühen Morgen in einem Hotel unterbringen? Auf der Startbahn führte man mich zu einer Limousine, in der bereits Judy Green im schicken Geschäftsanzug und mit einem hellen iPad wartete.

Man musste mir meine Überraschung angesehen haben. »Ich weiß, was Sie denken«, sagte sie.

»Da bin ich mir nicht so sicher.«

Sie lachte. »Sie denken: *Warum hat sie mich auf dem Flug nicht begleitet?*«

»Das ist nicht einmal in der Top Ten«, erwiderte ich. »Aber ja, es hätte die Reise bedeutend weniger langweilig gemacht.«

»Das verstehe ich völlig, aber ich musste für Ihre Reise viele Vorbereitungen treffen. Wir fahren zu einer Bar in Las Cruces namens Lonely Armadillo. Das ist ein ziemlich mieser Schuppen, aber wir müssen so diskret wie nur möglich vorgehen.«

Ich starrte aus dem Fenster auf die verlassene Straße und den mit Sternen gefüllten Himmel. »Das kann unmöglich noch seltsamer werden.«

Judy senkte den Blick. »Seien Sie sich da mal nur nicht so sicher.«

Als die Limousine auf den Schotterparkplatz einbog, sah ich, dass Judy keineswegs gescherzt hatte. Das war wirklich ein mieser Laden. Wie in einem schlechten Film, wo der Held eintritt und die Musik verstummt, während alle Gäste die Köpfe wenden und ihn anstarren.

Wir wurden beim Eintreten von Zigarettenrauch und »London Homesick Blues« aus der Jukebox begrüßt. Es handelte sich um eine alte Calloway Jukebox, wie sie mein Vater früher besessen hatte. Er hatte sie in Chicago auf einem heruntergekommenen Schrottplatz von einem alten Mexikaner mit Glasauge gekauft. Der Typ war immer mit einem ausgehöhlten und zugestöpselten Stock gefüllt mit Johnnie Red den Block entlangmarschiert. Der Kerl war völlig verrückt gewesen.

Ein paar Gäste saßen stumm an der Bar und hielten sich an ihrem Bier fest. Judy führte mich zu einem Büro im hinteren Teil. Seltsamerweise schaute der alte Bartender, der wie der Marlboro Mann aussah, nicht einmal auf.

Ich bemerkte die vielen Kameras an der Decke; und noch mehr hingen vor der Bürotür. Ich hörte das vertraute Klicken eines ferngesteuerten elektronischen Schlosses, als Judy davor stehen blieb. Diese Art Schlösser hatte ich in gesicherten Häusern auf dem Capitol Hill gesehen, wo ich mehreren Geheimdienstkomitees angehört hatte. Definitiv Sicherheitsmaßnahmen der Oberliga. Wo zum Teufel war ich hier gelandet?

Im hinteren Bereich des Büros standen vier riesige Männer in schwarzen Anzügen – offensichtlich private Leibwächter – neben einer Aufzugtür.

»Ernsthaft?« Ich warf Judy einen Blick zu.

»Oh, es wird noch viel besser«, erwiderte sie, als sich die Aufzugtür öffnete, ohne dass ein Knopf betätigt werden musste. Wir stiegen ein und sofort fuhren wir zwei oder drei Etagen in die Tiefe. Die Tür öffnete sich auf einen kurzen, hell erleuchteten Korridor. Noch mehr Kameras, die jeden Quadratzentimeter überwachten. Judy ging auf die Tür am Ende des Korridors zu.

Dort blieben wir einen Moment stehen, vermutlich um von irgendwelchen Kameras begutachtet zu werden, bevor sich die Tür elektronisch öffnete und wir in ein schon fast lächerlich großes, opulentes Büro mit Regalen voller Bücher traten. Die Möbel bestanden aus altem Leder und Eiche, allerdings war der Raum so schlecht beleuchtet, dass ich kaum die Hand vor Augen sehen konnte. Ich spürte, wie Adrenalin in mir hochschoss, genau wie mein Blutdruck. Als wir uns dem Schreibtisch näherten, stand der Mann, der dahinter saß, auf. Sein Gesicht kam mir irgendwie bekannt vor, aber mir stockte der Atem, und ich trat unwillkürlich zurück, als mir klar wurde, wer die Person war, für die ich diesen weiten Weg zurückgelegt hatte.

Der Mann war ein Gloaming.

Bis zu diesem Zeitpunkt hatte ich kaum mit Gloamings zu tun gehabt. Ich war ihnen bei manchen politischen Veranstaltungen, Wahlspendensammlungen und Galerieeröffnungen begegnet, aber es waren verschwindend wenige gewesen. Ihre Gegenwart oder Aura machte mich nervös – ganz zu schweigen von ihrer körperlichen Erscheinung.

Der Mann streckte mir die Hand entgegen. Mein erster Gedanke war das hartnäckige Gerücht, dass Gloamings Nicht-Gloamings nur ungern die Hand schüttelten. Aber als er meine Hand ergriff, fühlte sich das an, als würde ich sie in eine Tasche aus warmem Samt stecken. Seine Haut war so weich, es war … bizarr. Judys Hand schüttelte er nicht, sondern zeigte stattdessen auf den Stuhl vor dem Schreibtisch.

»Bitte«, sagte er. Dann warf er Judy einen Blick zu. »Vielen Dank, Judy.«

Sie blinzelte mir zu und ging. Seltsamerweise wurde mir erst in diesem Augenblick bewusst, dass dieser Mann der Kandidat war, der sich für ein politisches Amt zur Wahl stellen wollte. Während ich Platz nahm, erkannte ich die enorme Bedeutung dieser Nachricht. Es würde die wichtigste Geschichte des Jahres sein, und das in einem Jahr voller gesellschaftsverändernder Geschichten. Darüber dachte ich nach, während mich der Mann beobachtete. Er schob einen Stapel Papier über den Tisch.

»Das ist eine Verschwiegenheitserklärung«, sagte er. »Ziemlicher Standard.«

Ich unterschrieb, ohne mir überhaupt die Mühe zu machen, sie zu lesen. Ich schob den Stapel zurück und lehnte mich zurück.

»Ich bin Nick Bindon Claremont.«

Ich kannte den Namen. Nick Bindon Claremont, Anfang fünfzig, wohlhabender Industrieller, der sein Vermögen auf dem Energiesektor gemacht hatte: Fracking, Kohle, Raffinerien und sogar Atomkraftwerke. Ein mehrfacher Milliardär. Ich erinnerte mich dunkel an eine Kontroverse, als er verschwunden war und es Gerüchte über eine Neuerschaffung gegeben hatte, bis seine Pressestelle eine Erklärung herausgegeben hatte, derzufolge er tatsächlich neu erschaffen worden war, was das Kerngeschäft der Claremont Corporation aber nicht betreffen würde. Von diesem Moment an hielt er sich bedeckt. Sämtliche Bitten um ein Interview hatte er abgeschlagen. Ich hatte gar nicht gewusst, dass er in New Mexico lebte.

»Ich freue mich, Sie kennenzulernen«, erwiderte ich, während er die Verschwiegenheitserklärung in einen Ziehharmonikaordner steckte.

»Ich wäre gern der nächste Gouverneur von New Mexico.« Er ließ die Worte sacken. »Was halten Sie davon, Joseph?«

Ich stieß einen langen Seufzer aus. »Soweit mir bekannt ist, kann die amtierende Gouverneurin von New Mexico nicht noch einmal zur Wiederwahl antreten. Und sie ist Demokratin, also könnten die Wähler für eine Veränderung sein. Das Klima ist möglicherweise genau richtig für einen Kandidaten, der nicht aus der Politik kommt. Aber …«

»Da steht ein Elefant im Raum«, vollendete er den Satz mit seiner tiefen, dröhnenden Stimme. »Ich bin ein Gloaming.«

»Sie sind ein Gloaming«, wiederholte ich. »Die Menschen

gewöhnen sich gerade erst an die Tatsache, dass Gloamings zur Gesellschaft gehören. Aber sehen Sie.« Ich spürte Adrenalin in mir aufsteigen; meine Gedanken überschlugen sich. »Sie fangen mit so vielen Vorteilen an. Die Publicity und die Neuartigkeit dieser Wahl. Die Summen, die Sie in Ihren Wahlkampf stecken können. Das ist alles offensichtlich eine Hilfe.«

»Aber die Nachteile?«

»Nun ja … Sie können Ihren Wahlkampf nur bei Nacht führen. Viele Wähler verspüren ein natürliches Misstrauen gegen die Gloamings und ihre Ziele. Und vor allem schadet Ihnen Ihr Unvermögen, Ihr Gesicht in Werbespots, auf Plakaten oder überhaupt in Printmedien zeigen zu können. Wir können nicht einmal Ihre echte Stimme für Werbemaßnahmen aufnehmen.«

»Und wie lösen wir diese …«

»So aus dem Stegreif heraus: Ein Wahlkampf ist ein organischer Prozess, den man unter sich ständig verändernden Bedingungen wie beispielsweise sinkenden Umfragewerten oder negativer Presse führen muss. Meiner Meinung nach sollte Ihr Wahlkampf in einer Situation wie der Ihren unter anderem eine Vielzahl persönlicher Wahlkampfauftritte beinhalten. Die Wähler persönlich treffen. Viele Hände schütteln. Das ist die einzige Möglichkeit, um die fehlende Präsenz in konventionellen Medien wettzumachen.«

Claremont lehnte sich zurück, um darüber nachzudenken. Sein Blick wurde entrückt. Sein Atem glich einem Windhauch. »Bei Ihnen hört sich das alles so einfach an«, sagte er. »Wie bei einem guten Verkäufer.«

»Das ist nicht … das wird keinesfalls einfach werden«, protestierte ich. »Aber Sie haben einige Vorteile auf Ihrer Seite. Ihren Reichtum. Ihr Alter. Sie sehen wie ein verdammter Gouverneur aus – ein aristokratisches Gesicht und das perfekte graue Haar. Es wird mit Sicherheit nicht leicht, aber wenn Sie bereit sind, ein paar Treffer einzustecken, haben Sie meiner Meinung nach eine gute Chance, gewählt zu werden. Und egal, wie es ausgeht, Sie werden auf jeden Fall Geschichte schreiben.«

Nick blickte nach rechts in eine dunklere Ecke seines Büros – es war das dritte Mal, dass er in diese Richtung sah. Ich fragte mich, ob das ein nervöser Tick war. »Ich will wissen, ob Sie der richtige Mann für diesen Job sind«, sagte er.

»Und welcher Job wäre das? Dafür zu sorgen, dass Sie gewählt werden? Das kann ich. Das ist genau mein Ding – ich gewinne schwierige Wahlkämpfe. Meine Bilanz spricht für sich.« Ich hatte die Erfahrung gemacht, dass man in der hochgradig kompetitiven Arena der Politik bei Politikern, die Herausforderungen suchten, mit extremem Selbstvertrauen die besten Erfolge erzielte.

»Verdammt, Sie können sich wirklich verkaufen.« Plötzlich ertönte da eine andere Stimme. Um ein Haar wäre ich vom Stuhl gesprungen. »Ich würde fast schon gern sehen, wie Sie auf die Nase fallen«, sagte sie, und die schönste Frau, die ich je gesehen hatte, trat an den Schreibtisch. Später, da auch in den kommenden Jahren kaum Einzelheiten über sie zu erfahren waren, beschrieb man sie als die Art Frau, wegen der Nationen in den Krieg zogen. Eine lebende Helena von Troja.

»Ich kann nur hoffen, dass Sie Ihre Pläne genauso gut umsetzen, wie Sie sie anpreisen.«

Für einen Moment war ich sprachlos – keine Ahnung, wie lange –, denn in ihrer Nähe fiel es mir schwer, meine Gedanken zu sammeln. »Ich … ich glaube, äh, meine vielen Erfolge lassen sich auf jeden Wahlkampf übertragen.« Ich wischte mir den Mund mit dem Jackenärmel ab; dabei entdeckte ich, dass meine Hand zitterte.

Die Frau blickte mich mit klaren grauen Augen durchdringend an. Ihre Haut funkelte wie Sand in der Morgensonne. Sie trug einen schwarzen Anzug und eine weiße Bluse, die ihren gebräunten Körper wie eine zweite Haut bedeckten. Nick ließ ein schnelles, krokodilhaftes Lächeln aufblitzen, und selbst abgelenkt behielt ich im Hinterkopf, daran etwas zu ändern. Um diesen Posten zu gewinnen, brauchte er ein bedeutend einnehmenderes Lächeln.

»Ich bin Leslie Claremont«, sagte die Frau mit vor der Brust verschränkten Armen. »Die Ehefrau.«

Schon früh traf ich die Entscheidung, diesen Wahlkampf geheim zu halten, bis man in der Öffentlichkeit eine überraschende Ankündigung machen konnte. Bei einer öffentlichen Veranstaltung mit viel Pomp. Wie etwa dem Umbau des Opernhauses von Santa Fe, einem wunderschönen Juwel des kulturellen Lebens der Stadt, der von der Claremont Corporation bezahlt wurde. Die Eröffnung sollte in Kürze ein ganzes Wochenende lang dauern; es war eine große Feier geplant, und bei der Durchtrennung der Schleife sollte es ein Feuerwerk geben. Vor allem war es perfekt für Familien – in der Regel gingen die meisten erwachsenen Familienmitglieder zur Wahl.

Aber bis dahin waren es nur noch zwei Wochen, also würde ich die Veranstaltung allein organisieren müssen – vom Bau der Bühne, den Flaggen und der Beleuchtung bis zum Verfassen der Einladung an die Medienvertreter, die neugierig machen musste, aber keine Einzelheiten verraten durfte. Alles schien relativ glatt zu gehen, ich hatte noch nicht einmal auf Scotch und Zigaretten zurückgegriffen, als eine Woche vor der Ankündigung ein großer Haufen Scheiße in meinem Schoß landete.

Ich erhielt einen Anruf – eigentlich eine Nachricht – von Wade Ashley.

Wade war ein erfahrener Reporter der *Washington Post*, der seine Zeit zwischen politischer Berichterstattung und den Gloamings aufteilte. Er hatte viele wichtige Geschichten an die Öffentlichkeit gebracht, darunter den versuchten Selbstmord von Senator Barnes während dessen Bewerbung für den demokratischen Präsidentschaftskandidaten, den Barnes dann versucht hatte zu vertuschen, um nicht aus den Vorwahlen ausscheiden zu müssen. Wade hatte auch die Geschichte der kürzlichen Neuerschaffung mehrerer Hedgefonds-Milliardäre und deren Bedeutung für die Finanzindustrie aufgedeckt. Wade war schlau. Eine Nachricht von ihm konnte nichts Gutes bedeuten. Er musste ein Gerücht aufgeschnappt oder gemerkt haben, dass auf seinem politischen Schachbrett eine Figur nicht dort stand, wo sie hätte sein müssen, was seine Wissbegier geweckt hatte. Er wusste, dass es da unter all den getarnten Spuren und der Vernebelung etwas gab. Ihn zu ignorieren oder zu versuchen, ihn mit falschen Informationen abzuspeisen, würde nicht funktionieren – dazu war er zu klug, und es würde nur seine Neugier weiter anstacheln. Somit blieb mir bloß noch eine Strategie übrig, die bei der Auseinandersetzung mit einem übereifrigen Journalisten zum Einsatz kommen musste: Ein Handel.

Nachdem ich mit Nick und Leslie gesprochen hatte, die bereit schienen, die Sache mir zu überlassen, rief ich Wade an. Er antwortete beim ersten Klingeln. »Joseph, mein Alter! Wie geht's?« Wie immer befleißigte er sich seiner hyperaktiven Sprechweise.

Es sah ihm gar nicht ähnlich, nicht sofort zur Sache zu kommen. »Was kann ich für Sie tun, Wade?«

»Nun, mir sind einige Dinge zu Ohren gekommen, und ich zähle eins und eins zusammen, und ... ich will es Ihnen einfach mal berichten.«

Meine Nackenhaare stellten sich auf.

Wade fuhr fort. »Ich habe für einen Artikel über die neue Elite der politischen Strategen recherchiert. Natürlich habe ich dabei auch Sie in Betracht gezogen. Aber Sie sind schon seit einer Weile unterwegs. Schließlich fand ich Sie in New Mexico.«

»Hier gibt es nicht viel Interessantes«, erwiderte ich. »Tatsächlich ist es sogar ziemlich langweilig. Ich erledige PR-Arbeit für die Claremont Corporation.«

»Das stimmt. Aber dann wollte ich ein paar Leute anrufen, um zu sehen, ob die vielleicht wissen, was Sie da in New Mexico treiben. Aber da kam nichts. Also habe ich ein bisschen gegraben. Das ist schließlich mein Job! Und ich entdeckte Ihren Namen auf der Liste der Ethikkommission von New Mexico für ein neues politisches Aktionskomitee.«

Beinahe hätte ich mein Telefon gegen die Wand gefeuert. Scheiße. Stattdessen umklammerte ich die Armlehne meines

Stuhls. Gemäß der staatlichen Ethikvorschriften hatte ich den nötigen Papierkram einreichen müssen, um das Geld für die Vorbereitung der Ankündigung auf legale Weise ausgeben zu dürfen. Die gute Sache dabei war, dass ich noch einen ganzen Monat Zeit hatte, bevor ich darlegen musste, woher das Geld stammte – was lange nach der Verlautbarung war, und dann würde die Geheimhaltung keine Rolle mehr spielen. Unglücklicherweise war ich verpflichtet gewesen, meinen Namen als vorübergehender Schatzmeister des politischen Komitees einzutragen. Ich hatte gehofft, diese Information noch mindestens eine Woche lang verschweigen zu können, denn schließlich las niemand Anträge an die Ethikkommission. Aber anscheinend hatte dieses Spiel nicht funktioniert.

»Ich habe meine Finger in vielen Dingen«, erwiderte ich.

»Hm. Und der Umbau der Oper von Santa Fe, der von der Claremont Corporation finanziert wurde, hat bald Eröffnung. Sie lädt viele Medienvertreter aus dem ganzen Land ein. Vielleicht sogar welche aus dem Ausland? Und da dachte ich so bei mir: *Warum sollte der große Joseph Barrera seine Zeit für eine dämliche Konzernveranstaltung in New Mexico verschwenden?* Also habe ich mal Nick Bindon Claremont näher unter die Lupe genommen und …«

Ich hatte genug gehört. Er wusste, was los war. Zeit zur Schadensbegrenzung. »Okay, okay, Wade. Sie sollten herfliegen, und dann sehen wir, ob wir uns irgendwie einigen können. Etwas Exklusives.«

Wade wollte diese Exklusivstory, also machte ich mir keine allzu großen Sorgen, dass die Nachricht vor der offiziellen Verkündung herauskam, aber Nick und Leslie teilten meine Meinung nicht, als ich sie über diese neue Entwicklung informierte. Sie waren erschüttert, um es höflich auszudrücken. Tatsächlich schienen sie wirklich wütend zu sein, aber ich war an extreme Kontrollfreaks gewöhnt, ob nun Gloamings oder Menschen, und überzeugte sie davon, mich das regeln zu lassen.

Ich traf Wade am nächsten Tag in einem heruntergekommenen mexikanischen Restaurant am Flughafen. Ich knabberte geistesabwesend an einer gummiartigen Chalupa, während sich Wade auf eine Platte roter Enchiladas und zwei Bier stürzte. Ich wollte die Angelegenheit hinter mich bringen, aber Wade zog es vor, sich langsam mit einem vollen Magen und einem kleinen Schwips daran heranzutasten. Vermutlich unterschied sich das Leben eines Reporters nur wenig von dem eines Strategen, außer dass es mehr Bier und illegale Drogen gab.

»Sie wissen sicher, dass ich ausgebrannt war und eine Weile nichts mehr geschrieben habe«, sagte Wade mit vollem Mund.

»Tatsächlich? Was haben Sie gemacht?«

»Was ich auf dem College auch gemacht habe: gekellnert.«

»Nicht Ihr Ernst«, sagte ich mit überraschtem Gesichtsausdruck.

»Ich habe es geliebt, Mann. Die Atmosphäre in der Küche und im Gästebereich. Das Drama. Das völlig verrückte Liebesleben der Angestellten und Bartender. Die endlose Reihe alkoholkranker und unkommunikativer Köche und Tellerwäscher, die sich in der Küche die Klinge weiterreichen, die koksschniefenden Bartender, die jede Nacht einen Gast ficken, die inkompetenten Empfangsdamen, die trivialen Konflikte, das gestohlene Trinkgeld – ich könnte ewig weitermachen. Falls ich damit meine Jugend verschwendet haben sollte, umso besser.«

»Aber?«

Wade warf die Hände in die Luft, als wollte er den Wind fangen. »Ich habe die Tretmühle des Reporterdaseins vermisst. Das bedeutet etwas, Alter. Sie wollten diese Scheiße doch auch tun, als wir uns an die Spitze kämpften.«

»Sie wollten also lieber wieder mit Politikern rumhängen? Ihnen ist schon klar, dass sie das Schlimmste am Leben in D.C. sind? Und diese Liste schließt den Smog, die Obdachlosen, den Verkehr und das Verbrechen ein.«

Wade verzog die Lippen zu einem trockenen Grinsen. »Ich persönlich würde noch die Anwälte hinzurechnen, aber wir beschränken uns ja wohl auf menschliche Wesen.«

Und da war es. »Also, wollen wir?«

Er grinste und schwenkte seine leere Flasche in Richtung der gelangweilten Kellnerin, die sich an die Kasse lehnte. »Von mir aus.«

»Bevor wir in die Einzelheiten gehen, lassen Sie uns eine Sache aus dem Weg räumen. Ich verschaffe Ihnen einen exklusiven, aber begrenzten Zugang hinter die Kulissen, dafür erhalte ich aber bis zum besagten Tag völlige Geheimhaltung«, bot ich an, während die Kellnerin ein weiteres Miller Lite auf den Tisch knallte.

»Ich will ein Interview.«

Ich schüttelte den Kopf. »Sie bekommen ein paar Kommentare hinter den Kulissen, mehr nicht. Durch Ihren Zugang können Sie eine tolle Story schreiben. Aber kein Interview. Das wird nicht passieren. Sie wissen, dass das über ein Medienbüro in New Mexico laufen muss.«

»Ich habe verstanden«, sagte Wade.

»Und kein Wort zu Ihrem Redakteur, Wade. Nicht zu Ving Rhodes oder Terry Phillips. Bezos darf nichts darüber erfahren, bevor wir es verkünden.«

Er beugte sich vor. »Also tritt Claremont tatsächlich zur Wahl an – für den Gouverneursposten, nehme ich an?«

Obwohl sich sonst kaum jemand im Raum befand, war ich über das laute Gedudel der Jukebox dankbar. Ich nickte. »Ja.«

Wade hieb auf den Tisch. »Scheiße. Ein Gloaming! Aus den Schatten auf dem Weg in ein öffentliches Amt. Das wird großartig! Ein Kerl, der nicht fotografiert werden kann. Oder ein Mikrofon benutzen.«

»Uns ist klar, dass es nicht einfach werden wird«, erwiderte ich. Die Untertreibung des Jahres. »Er ist bereit, sich auf Begegnungen von Angesicht zu Angesicht zu verlassen.«

»Menschlicher Kontakt, was?« Wade grinste.

Ich ignorierte den Witz. »Man kann es schaffen, und er ist der richtige Mann dafür.«

Wade leerte sein Bier. »Wenn Sie das zustande bringen …« Er

holte tief Luft und zeigte mit dem Finger auf mich. »Ich muss aufs Klo.« Er stand auf und ging zur Toilette. Ein paar Minuten später blieb er am Fenster neben dem Eingang stehen, bevor er zum Tisch zurückkehrte. Sorgenfalten zierten sein Gesicht. »Sie werden mich für verrückt halten …«

»Der Zug ist schon lange abgefahren …«

»Es ist mein Ernst. Und es ist nicht der Alkohol. Ich glaube, ich werde seit meiner Abreise aus D.C. beschattet. Ein weiterer Escalade folgte meinem Taxi. Und er steht noch immer draußen auf dem Parkplatz.«

Ich fragte mich, ob ihn der ganze angebliche Drogenmissbrauch endlich eingeholt hatte. Ich zuckte mit den Schultern. »Ich glaube, Sie bilden sich da etwas ein.«

Wade setzte sich und blickte sich ein paarmal im Restaurant um, während er mit den Fingern auf den Tisch trommelte. »Ich hasse diesen Scheiß. Diese Gloamings, Alter – verflucht. Die bringen nichts Gutes. Haben Sie viel Kontakt mit ihnen?«

»Etwas«, erwiderte ich. »Das geht erst eine Woche oder so. Mr. Claremont und seine Frau ziehen E-Mails oder SMS vor.«

»Das glaube ich gern.« Wade bestellte noch ein Bier. »So sind sie, Alter. Hören Sie auf mich: Sie werden alles tun, um uns aus dem Weg zu gehen, es sei denn, sie wollen unser Blut stehlen. Sie bleiben unter sich und in ihren Clubs und werfen die ganze Zeit DMX ein.«

»Moment, nicht so schnell. Was ist DMX?«

»Heilige Scheiße, Sie wissen über DMX nicht Bescheid? Das ist eine freiverkäufliche Hustenmedizin, so etwas wie Robitussin. Leute nehmen das schon seit Jahren als Droge. Das Dextromethorphan macht einen high, und für Gloamings ist es wie LSD. Je nach genommener Menge erreicht man ein Plateau. Man blickt in den eigenen Verstand und reist durchs Unterbewusstsein und durch anderer Leute Bewusstsein. Man empfängt Visionen und Erinnerungen an die Vergangenheit und die Zukunft. Es verändert den Denkprozess, induziert Visionen, Emotionen, Euphorie – eine Loslösung unserer gegenwärtigen Realität.«

»Ich hätte angenommen, dass sie über solche Dinge hinaus sind.«

»Sie sind auf der Suche nach ihrem Ursprung. Wo sie herkommen. Wie sie in Zukunft verfahren sollen. Sie glauben, dass wenn man im eigenen Bewusstsein zurückgreifen und was auch immer dort ist entschlüsseln kann, dann … ich weiß nicht, dann können sie ihre Macht vervielfachen. Gedankenkontrolle und so einen Scheiß. Gott kontrollieren.« Wades Hände führten nun einen wilden Tanz auf. »Unsterblichkeit, mein Bruder!«

»Das ist verrückt«, erwiderte ich. »Sind Sie da sicher?«

»Hundertprozentig, verflucht. Sie haben Pläne für die Zukunft ihrer Spezies. Sie wollen die Macht übernehmen, und das alles könnte der Anfang davon sein. Und Sie« – er stieß mich gegen die Brust – »Sie, mein Alter. Sie helfen ihnen dabei.«

»Schluss mit diesem Unsinn, Wade.« Ich packte seinen Arm, um ihn daran zu hindern, noch etwas zu trinken zu bestellen. Er erschien wirklich verstört. »Langsam frage ich mich, ob ich mit Ihnen die richtige Entscheidung getroffen habe. Bei dem Zugang, den ich Ihnen gewähre, will ich einen großartigen Artikel. Und nicht diesen Verschwörungsquatsch.«

Wade nickte. »Keine Sorge. Ich weiß, wie das Spiel funktioniert. Sie bekommen einen schönen Artikel, der den Startschuss für Ihren Wahlkampf gibt. Aber kommen Sie nicht angerannt, um sich auszuheulen, wenn Sie ein verfluchter Gloaming-Sklave sind, nachdem die alles übernommen haben.«

Ich schenkte ihm ein breites Lächeln. Das Lächeln eines Siegers. »Und werfen Sie mir nicht vor, wenn ich am Wahlabend tanze. Ich werde Nick Bindon Claremont zum nächsten Gouverneur von New Mexico machen.«

Die Ankündigung verlief noch besser, als ich gehofft hatte.[22] Die

22 Hier ist Claremonts vollständige historische Ansprache:
»Es tut mir leid. Bestimmt fangen nicht viele politische Reden mit einer Entschuldigung an – aber diese hier schon. Vor etwa drei Monaten

schaute ich in meinem Büro im fünfundachtzigsten Stockwerk meines Wolkenkratzers aus dem Fenster. Und mir wurde bewusst, dass ich die Straße unten nicht sehen konnte. Nur Wolken und ein Sternbild. Ich konnte nicht sehen, was auf der Straße unten vor sich ging. Ich konnte nicht aus dem Fenster sehen. Meine Sichtweise der Welt, der ganzen Menschheit, basierte nicht auf der Realität. Mir war klar, dass außerhalb des Fensters eine Menge vor sich ging, von dem ich nichts wusste.
An jenem Tag entschied ich, mir die Welt jenseits meines Horizonts anzusehen. Denn das sollte man tun. Eine Stadt, die auf einem Hügel steht, lässt sich nicht verbergen. Und was habe ich gesehen? Ich sah Menschen, mein Volk, das amerikanische Volk, das nach Rechtschaffenheit dürstet und sich abmüht. Aber was treibt es immerzu an? Es ist das Gefühl, dass unser Land – unser Individualismus, aber auch unsere kollektiven Eigenschaften – uns gemeinsam weiterbringen kann. Wir sind kein Volk, das zurückblickt. Ich könnte die Probleme auflisten, die Menschen zynisch, wütend und frustriert machen, aber was nutzt das ohne eine Lösung für jeden Einzelnen von ihnen?
Gloamings haben keine Probleme und Menschen auch nicht. Es gibt nur die Probleme New Mexicos. Und die können wir gemeinsam lösen. New Mexico hat eine Arbeitslosenquote von 20 %, und 30 % aller Highschoolschüler brechen die Schule ab. Was ist passiert, dass wir so etwas für akzeptabel halten? Seit wann glauben wir, dass es sich nicht ändern lässt? Seit wann kämpfen wir nicht mehr für eine bessere Welt? Ich glaube, wir können ein kollektives Schicksal finden, das den Ruhm der Gegenwart und der Vergangenheit weit übertrifft. Und dass das »Licht am Morgen, das immer heller leuchtet bis zum vollen Tag« uns führt.
Ich weiß, dass mich viele Menschen hassen und meinen Absichten nicht vertrauen. Aber ich werde auch für sie arbeiten. Jemand sagte einst, man soll seine Feinde lieben, man soll die segnen, die einen verfluchen, jenen Gutes tun, die einen hassen, und für die beten, die einen heimtückisch ausnutzen und verfolgen. Jeder einzelne Bürger verdient seinen Anteil am amerikanischen Traum und einen Platz am Tisch. Ich werde dafür sorgen, dass wir alle einen Platz an der Startlinie des Wohlstands bekommen.
Es gibt Augenblicke, in denen sich die Geschichte und das Schicksal zur selben Zeit am selben Ort begegnen. Und ich glaube, das ist einer dieser Augenblicke. Ich gelobe Ihnen, meine ganze Kraft und meinen Verstand dazu einzusetzen, um den Kurs dieses Staates zu ändern und an diesen Ort zu gelangen, nach dem wir uns alle sehnen und den wir mit aller Kraft erreichen wollen. Gemeinsam können wir aus dem Fenster blicken und die Probleme erkennen, denen wir uns stellen müssen. Und die Lösungen sehen, die wir finden werden. Ich hoffe, dass wir uns in jeder Stadt und jedem Dorf New Mexicos wiedertreffen.

Flaggen flatterten im sanften Wind, die Band traf den Einsatz, das Feuerwerk war spektakulär bei großartigem Wetter. Die Zuschauer waren wie verzaubert – vielleicht weil sie zum ersten Mal einen leibhaftigen Gloaming sahen. Wie dem auch sei, es sorgte für großartige Stories und Fotos, die das Internet explodieren ließen. Wir hatten sogar das neue Bioschild-Kapselmikrofon – an dem Wissenschaftler mit gemischtem Erfolg gearbeitet hatten –, das Nicks Stimme im Hintergrund mit einer menschlichen Stimme verband, und es klang besser als erwartet.

Die Menge liebte es.

Ich verfolgte die Festlichkeiten hinter der Bühne. Claremonts oberster Vollstrecker Toshi Machita stand an meiner Seite. Toshi, eigentlich Nicks persönlicher Assistent, war kein Gloaming, aber das war nur eine Frage der Zeit. Angefangen hatte er als Anwalt der Claremont Corporation, allerdings blieb unklar, wieso er am Ende persönlich für das Paar arbeitete. Gerüchten zufolge kam er aus einer legendären Yakuza-Familie in Japan, und seine Eltern waren in die Vereinigten Staaten gezogen. Die berüchtigtste Toshi-Geschichte, die ich gehört hatte, beschrieb, wie Nick vor seiner Neuerschaffung ein paar junge Mitarbeiter spätabends für ein paar Drinks in eine Bar mitnahm, wo sie auf einige rauflustige Biker stießen. Nick wollte intervenieren, die Biker versuchten ihm den Kopf abzureißen, und im Handumdrehen schlug Toshi im Alleingang vier Biker nieder und beförderte zwei von ihnen ins Krankenhaus, bis die Polizei eintraf, um der Party ein Ende zu machen. Und selbst dann konnte Toshi die Cops überreden, nicht alle zu verhaften.

In den Wochen nach unserer Ankündigung machte kein Republikaner Nick die Nominierung streitig. Im Nachhinein gesehen war ich wohl ziemlich naiv, was diesen Vorteil betraf. Ich redete mir ein, es läge an der ungewöhnlichen Natur dieses Wahlkampfes; niemand wollte gegen einen Gloaming antreten, der darüber hinaus Milliardär war. Leider erfuhr ich erst viel später, dass Toshi dafür verantwortlich war, der alle anderen, die im Namen der Republikaner für die Wahl zum Gouverneur antreten wollten, bestochen, bedroht oder erpresst hatte. In dieser Hinsicht verhielt sich Nick Bindon Claremont nicht wie ein Gloaming, sondern bereits wie jeder andere Politiker oder deren Geldgeber: Er setzte seinen Reichtum und seine Macht ein, um Hindernisse zu beseitigen.

Unser erstes Ziel bestand darin, die republikanische Unterstützung zu konsolidieren, damit deren Wähler am Wahltag nicht zu Hause blieben, weil sie mit dem Kandidaten unzufrieden waren. Der Wahlkampf begann mit einem Werbefeldzug für die Wählerregistrierung. In den Analysen waren Collegestudenten und andere junge Wähler als am ehesten für einen Gloaming-Kandidaten mit libertären Neigungen empfänglich oder zumindest aufgeschlossen identifiziert worden. Schon zu diesem Zeitpunkt kursierte der Eindruck, dass die jüngeren Wähler der Schlüssel der Wahl werden würden.

Es ist immer hilfreicher, wenn ein Angehöriger der eigenen Gemeinschaft einen Kandidaten unterstützt, als wenn es ein Außenseiter tut. Also entschied ich mich, in jedem County von New Mexico »Wahlkampfhauptmänner« zu rekrutieren, die dank Nicks Millionen Partys, Barbecues und Grillfeste veranstalteten, um in der Gemeinde das Interesse zu verstärken. Ich hatte die Befürchtung, die ganzen nächtlichen Veranstaltungen würden eine gewisse Anpassungsperiode erfordern, aber es gab nicht das geringste negative Feedback.

Unser Gegner bei der Wahl würde der Demokrat Duncan Caplin sein, der derzeitige Generalstaatsanwalt von New Mexico – ein trockener und an mangelndem Charisma leidender langjähriger Amtsinhaber. Grauhaarig und schlank verkörperte Caplin die farblose Rolle eines Buchhalters oder Geldeintreibers. Er war in verschiedene Ämter gewählt worden, vom staatlichen Rechnungsprüfer zum State Treasurer, der eine Art Finanzminister war, und schließlich Generalstaatsanwalt. So beeindruckend dieser Aufstieg auch war, hatte Caplin das Problem, dass ihn die Wählerschaft auch nach einem Vierteljahrhundert als Staatsbeamter nicht kannte. Mit anderen Worten: Er war der perfekte Gegenkandidat.

Wenn ich mich bei toxischen Leuten auf meinen Instinkt verlasse, lässt meine Erfolgsbilanz manchmal zu wünschen übrig. Also hätte es mich nicht überraschen sollen, dass sich Wade Ashleys Dankbarkeit als kurzlebig erwies. Wade fing an, sich in das Scheitern eines jeden Herausforderers auf Nicks Weg zur republikanischen Nominierung zu verbeißen. Die beiden potenziellen republikanischen Kandidaten, die sich vor Nicks Ankündigung auf die Wahl vorbereitet hatten, waren John Sawyer, ein Staatssenator, und Amanda Allen, eine respektable Anwältin, die das Amt des State Treasurer bekleidete. Sawyer stieg routiniert aus dem Wettbewerb aus. Aber Amanda Allens Situation war etwas seltsamer, das musste sogar ich zugeben. Jugendlich in Erscheinungsbild und Verhalten, hatte Amanda jahrelang Pressekonferenzen abgehalten, um für ihre Pläne als State Treasurer Unterstützung zu bekommen. Was ihre Ambitionen anging, war sie weder zurückhaltend noch kamerascheu. Zwei Wochen, nachdem Nick seine Kandidatur angekündigt hatte, gab Amanda eine Erklärung heraus, in der sie verkündete, nicht für das Amt des Gouverneurs zu kandidieren. Sie lehnte sämtliche Anfragen für ein Interview ab, was für beträchtliche Spekulationen über ihre Entscheidung sorgte. Diese dauerten ungefähr eine Woche an, dann verloren die lokalen Medien das Interesse und stürzten sich auf alle Dinge, die mit Nick Bindon Claremont zu tun hatten. Genau wie ich gehofft hatte.

Aber nicht Wade Ashley. Er konnte immer riechen, wenn etwas ungewöhnlich war, und er machte es zu seiner persönlichen Mission herauszufinden, warum Amanda Allen tatsächlich aus der Wahl ausgestiegen war.

Für eine Story war er noch nie vor illegalen oder skrupellosen Methoden zurückgeschreckt. So auch dieses Mal nicht. Er heuerte einen Hacker an, um Zugang zu ihrem Computer und ihren Kontoauszügen und E-Mails zu bekommen, um herauszufinden, wo sie sich aufhielt. Am Ende kam er zu dem Schluss, dass sie sich vermutlich im Haus eines reichen Freundes in Albuquerque befand – und er fuhr hin; dabei kümmerte es ihn nicht, dass man ihm zwei Wochen lang jeden Tag die Tür vor der Nase zuschlug. Schließlich verließ er Albuquerque mit leeren Händen.

Nach einer Besprechung in Nick und Leslies Haus in Santa Fe wollte Leslie mich noch allein sprechen. Das Haus stand ungefähr fünfzehn Kilometer von der Innenstadt entfernt in der Nähe einer niedrigen Bergkette. Der Bau sah aus, als würde er moderne Kunst beherbergen. Weißer Granit bedeckte den Boden wie zartes Reispapier und ging auf der anderen Seite des Raumes in grauen Kalkstein über. In der Mitte erhob sich ein Tisch aus Silber, der aus einem Guss angefertigt worden war. Es gab weder Glas noch Blumen oder Pflanzen. Sie hatten sogar auf die Fiktion einer Küche verzichtet: Viele Gloamings behielten die Küche, um die Illusion zu fördern, ihre Essgewohnheiten ähnelten denen der Menschen, aber wenn man genauer hinsah, entdeckte man einen modifizierten Kühlschrank für die Aufbewahrung von Blut in der erforderlichen Temperatur und vielleicht noch ein paar PVC-Beutel. Die Wände waren mit eloxiertem Aluminium in hellem Bronzeton verkleidet und abgesehen von dem Originalgemälde »Judith enthauptet Holofernes« von Caravaggio völlig schmucklos. Das Bild schien mit den Gloamings darum zu wetteifern, wer das große Wohnzimmer dominierte.

Zwei Diener – eine Frau und ein Mann, beides keine Gloamings – standen jeweils an einem Ende des Raumes in Bereitschaft; sie blickten Leslie aufmerksam an, um ihr jeden Wunsch von den Lippen abzulesen. Sie machte eine Handbewegung, die beiden verließen das Wohnzimmer, und ich war allein mit ihr. Mein Bauch fühlte sich an wie ein Korb voller Schlangen. »Ist etwas nicht in Ordnung?«, fragte ich. Ich saß auf der Couch, die mich verschlucken zu wollen schien.

»Ja«, erwiderte Leslie. »Wir müssen über Wade Ashley sprechen. Er macht wieder Probleme.«

»Wie?«

Leslie setzte sich mir gegenüber in einen Sessel. »Er will unbedingt Amanda Allen interviewen.«

Einen Augenblick lang war ich verwirrt und fragte mich, was das mit uns zu tun hatte. »Die State Treasurer? Sie ist nicht mehr im Rennen.«

»Das weiß ich«, fuhr Leslie fort. »Aber Joseph, er will noch immer eine Story aus den Gründen machen, aus denen sie nicht antreten wollte.«

Ich schüttelte den Kopf. »Da gibt es nichts. Keine Story. Er wird aufgeben, dann ist die Sache erledigt.«

Leslie starrte mich an. Der Blick eines Gloamings – selbst nach diesen vielen Monaten war es noch immer eine beunruhigende Erfahrung. Ebenso furchteinflößend wie erhebend, oder … etwas in der Art. Man wollte, dass sie einen anschauten, aber gleichzeitig war es einem unangenehm. Ich wünschte, ich könnte die Gefühle von Erwartung und Neugier vermitteln – es war so ähnlich, als würde man zum ersten Mal Koks nehmen. Man fühlte sich leichter, Worte und Bewusstsein kamen einem monoton vor. Eine seltsame Kombination aus Aufregung und Klarheit. Man fühlt sich gefangen, weil man unbedingt gehen und allein sein will, um über das alles nachzudenken. »Es sei denn … Ich vermute, da gibt es eine Story?«

»Ja.«

In einem Wahlkampf gibt es gewisse Perioden, in denen solche Probleme aufkommen. Man verbringt so viel Zeit mit dem Kandidaten und seiner oder ihrer Familie, dass man Dinge erfährt. Der Kandidat hat eine Affäre, er wurde bei einer Party dabei beobachtet, wie er harte Drogen nahm, oder er hat sich unethischer Geschäftspraktiken bedient. Man kann sich ein Bild machen. Ich bin eher Verfechter der Philosophie, dass ich es als Wahlkampfmanager einfach nicht wissen will. Solange die Informationen nicht an die Öffentlichkeit gelangen, habe ich kein Urteil zu fällen. Ich bin nur da, um einen Wahlkampf zu führen, und nicht um persönliche Brände zu löschen. Für einen Wahlkampfmanager kann Unwissenheit ein Segen sein.

Das hier kam mir wie eine dieser Zwickmühlen vor. Ich wollte sie bitten, es mir nicht zu sagen. Sich selbst darum zu kümmern. »Muss ich das wissen?«, war alles, was aus meinem Mund kam.

»Ja, das müssen Sie.«

Ich schluckte und saß da wie ein Idiot.

»Ich wollte das Feld für Nick freiräumen. Also bin ich die anderen Kandidaten losgeworden. Den Mann haben wir bezahlt, aber Amanda Allen ließ sich nicht so leicht überreden. Also hat mein Team etwas tiefer gegraben, und wie wir herausfanden, hatte die kürzlich geschiedene Miss Allen in der Hauptstadt einen gewissen Ruf. Diverse Affären mit verschiedenen Lobbyisten, die Geschäfte mit der Landesregierung machen. Wir brachten Kameras an und machten Fotos dieser sexuellen Begegnungen. Toshi traf sich mit ihr …«

»Oh nein«, stöhnte ich. »Nicht Toshi.«

Leslie fuhr fort, als hätte ich nichts gesagt. »Toshi konfrontierte sie mit sämtlichen Beweisen und bot ihr an, einen netten Landeplatz für sie zu finden, wenn sie aus der Wahl aussteigt. Sie weigerte sich. Also mussten wir grober werden. Wir drohten ihr, sie umzubringen, wenn sie weiter kandidiert. So einfach war das. Und jetzt …« Sie verstummte. Sie sah uncharakteristisch unbehaglich aus.

»Und jetzt ist Wade Ashley der Wahrheit nahe«, sagte ich.

Sie antwortete nicht.

Ich legte den Kopf in die Hände. Das war eine Katastrophe jenseits von allem, was ich mir hätte vorstellen können. Derartige Umstände konnten Leute jahrelang ins Gefängnis bringen. »Ich wünschte, Sie hätten mir das nicht erzählt«, sagte ich. »Ich darf davon nichts wissen.«

Leslie setzte sich neben mich.

»Was wollen Sie tun?«, fragte ich.

»Ich verfolge bereits Mr. Ashleys Bewegungen«, erwiderte Leslie.

»Vielleicht sollten Sie Wade mir überlassen …«

»Sie müssen sich auf die Wahl konzentrieren«, sagte Leslie. »Ich kümmere mich auf meine Weise um Wade Ashley.«

Dann tätschelte sie mir das Bein.

Als hätten die Dinge, die sie mir gerade mitgeteilt hatte, mir nicht schon genug Angst gemacht, war ihr Versuch, mich mit Körperkontakt zu beruhigen, noch viel furchteinflößender.

»Joseph, denken Sie nicht einmal daran, jetzt schlapp zu machen. Ich glaube, Sie wissen, dass Sie mit uns bis zum Ende dabei sein werden. Wir werden den Sieg davontragen.«

Zu meiner Verteidigung muss ich sagen, dass ich im Verlauf der nächsten Wochen versuchte, Wade Ashley zu warnen. Ich konnte ihn weder anrufen noch ihm eine SMS schicken – das hätte man zu mir zurückverfolgen können. Ich fand heraus, wo er untergekommen war, verkleidete mich als Hausmeister, schlich mich in das Hotel und klopfte an seiner Tür. Wade öffnete so abgerissen wie immer – er war offensichtlich auf Sauftour. Er erkannte mich nicht einmal. Ich hob nur die Hände, als wollte ich mich stumm für die Störung entschuldigen, und ging. Ich würde ihn seinem Schicksal überlassen müssen – nachdem er seit Jahren über die Gloamings in der Zeitung berichtete, kannte er die Risiken. Vermutlich sogar noch besser als ich.

Leslie hatte natürlich recht. Nick würde siegen, und ich war jetzt ein Teil von alledem. Es war wie bei der Mafia: War man einmal drin, kam man nicht mehr raus, bis man aufflog.

Blood in, Blood out – Verschworen auf Leben und Tod.

KAPITEL 11

Pater John Reilly
Agent des Ordens von Bruder Klaus

Das Subjekt steht vor einem Fenster und betrachtet die funkelnden Lichter in der Tiefe. Hände und Füße sind gefesselt, aber auf seinem Gesicht liegt ein schmales Lächeln.

Verhörbeamte: Gibt es da etwas Interessantes zu sehen?

Pater Reilly: Also zuerst einmal kann ich nicht glauben, dass wir in New York sind, und zweitens kann ich nicht glauben, dass es in diesem Raum ein Fenster gibt. Es ist eine Weile her.

Verhörbeamte: Es ist der einzige Raum, der uns zur Verfügung steht, und er hat ein Fenster. Was sollen wir machen? Davon abgesehen hat man mir gesagt, dass die Chancen, dass Sie von unserem derzeitigen Ort fliehen können, weniger als 40 Prozent betragen.

Pater Reilly: Das finde ich recht viel.

Verhörbeamte: Wir sind ziemlich weit oben. Ich bin mit unseren Chancen zufrieden.

Das Subjekt zeigt auf das Fenster.

Pater Reilly: Wir müssen mindestens im siebzigsten Stockwerk sein. Ich erkenne den Zoo im Central Park, das Rockefeller Center, und direkt dort unten müsste der Apple Store sein ... Heilige Scheiße, wir sind in der Park Avenue 432! Der Milliardärsblock!

Verhörbeamte: Ich bin beeindruckt. Sie haben ein gutes Orientierungsvermögen.

Pater Reilly: Also, welcher Milliardär lässt Sie sein Luxusheim benutzen?

Verhörbeamte: Warum beschäftigen wir uns nicht wieder mit den Fragen? Hat der Aufstieg von Gouverneur Claremont Sie und den Orden beeinflusst?

Pater Reilly: Als ich das erste Mal hörte, dass Nick Bindon Claremont Gouverneur von New Mexico werden wollte, war ich schockiert, wie schnell sich die Gloamings von einer geheimnisvollen Elite in annehmbare Mitglieder der menschlichen Gesellschaft verwandelten. Die Pop-Kultur hatten sie bereits infiltriert; jetzt gingen sie einen gefährlichen Schritt weiter.

Überraschenderweise entschied sich der Orden von Bruder Klaus uneingeschränkt dagegen, Claremonts Wahlkampf zu sabotieren – wir hatten zu viele Operationen am Laufen, um wirkliche Erfolgsaussichten zu haben, einen Gouverneurswahlkampf unterminieren zu können. Obwohl man sich einig war, Nick Bindon Claremont von nun an zu beobachten. Ich war vehement dagegen und wollte es in der Folge selbst verhindern, dass ein Gloaming Gouverneur eines Bundesstaates wird.

Ein paar Wochen lang beschattete ich den Wahlkampfmanager Joseph Barrera. Meine Hausaufgaben hatte ich gemacht: Barrera war Zeit seines Lebens Demokrat gewesen, der sich scheinbar progressiven Anliegen verpflichtet hatte. Darum stellte sich mir die Frage, warum eine so aufgeklärte Person plötzlich einen republikanischen Gloaming auf dem Weg in ein hohes Amt unterstützte. Er schien auch beträchtlich unter Stress zu stehen, worauf sein ständiges Rauchen, seine zittrigen Hände und das abgerissene Erscheinungsbild hindeuteten.

Verhörbeamte: Hm. Das ist mir neu. Fahren Sie fort.

Pater Reilly: Ich musste an Joseph herankommen, aber er war Tag und Nacht von dem Wahlkampfteam und anderen Unternehmern umgeben. Er wohnte im Holiday Inn, direkt neben den angemieteten Büros, die als Wahlkampfzentrale dienten. Nachts hatte er meist diverse weibliche Gäste im Hotel, was es zusätzlich erschwerte, ein Zeitfenster zu finden, in dem er völlig allein war.

Ich beobachtete ihn eine Weile und wartete auf eine Nacht, in der er keine Lust auf Gesellschaft verspürte. Eines Nachts saß ich auf einer Bank in der Nähe des Geschäftsgebäudes, in dem sich die Wahlkampfzentrale befand. Die Bank stand etwas schräg vor dem großen Schaufenster der Wahlkampfzentrale. So gegen vier Uhr morgens sah ich Barrera das Büro verlassen – allein. Ich stand auf, bemerkte aber einen schwarzen Lieferwagen mit dunklen Scheiben in der Nähe. Ich schlug die entgegengesetzte Richtung zu Barrera ein, und der schwarze Wagen folgte mir. Ich wurde beschattet. Vermutlich seit meiner Landung in Albuquerque, wenn nicht sogar länger – und das machte mich wütend, weil ich meine Vorbereitungen vernachlässigt hatte. Ich ging einen Block, dann kehrte ich um und sprang in einen großen Müllcontainer. Die nächsten zwei Stunden verbrachte ich zwischen fettigem, stinkendem Müll, bis ich es für sicher hielt, wieder herauszukommen – bevor noch der Müllwagen eintraf.

Übelriechend ging ich zurück zu meinem La Quinta. Ich kam zu dem Schluss, Barreras Beschattung geschickter anfangen zu müssen. Zwei Tage später mietete ich ein Zimmer im Holiday Inn, eine Etage unter seinem Doppelzimmer im fünften Stock.

Ich vergewisserte mich, nicht gesehen zu werden, während ich selbst das Kommen und Gehen der Gäste und des Hotelpersonals beobachtete. Ich hackte mich in den Server des Holiday Inn ein, damit ich die Sicherheitskameras innerhalb und außerhalb des Hotels überwachen konnte. Drei Nächte später entdeckte ich Barrera auf einer Außenkamera, wie er das gegenüberliegende Büro verließ – er war allein.

Ich schaltete zur Lobby um. Sie war leer. Das würde meine Chance sein.

Ich eilte aus meinem Zimmer und nahm die Treppe zur fünften Etage, wo ich vor dem Aufzug stehen blieb. Ich sprach ein schnelles Gebet, dass er auch wirklich allein war. Als sich die Aufzugtüren öffneten, stand Joseph da und saugte an einem Strohhalm in einem Becher von McDonald's. Ich trat zur Seite, und er warf mir einen Blick zu, während er den Aufzug verließ.

»Joseph Barrera?«, sagte ich.

Er erstarrte. »Ja. Kann ich Ihnen helfen?«

In seinem Blick schien Misstrauen zu lauern, aber wegen seiner Erschöpfung dachte er offenbar nicht an Selbstverteidigung.

»Haben Sie eine Minute Zeit? Ich möchte gern mit Ihnen sprechen.«

»Hören Sie, das würde ich ja gern, aber ich bin erledigt und muss früh aufstehen. Rufen Sie mein Büro an. Lassen Sie sich irgendwann diese Woche einen Termin geben.«

Ich trat näher. Wir mussten in sein Zimmer, bevor mich jemand im Korridor entdeckte. »Ich bin kein Reporter, aber ich muss mit Ihnen über etwas sehr Wichtiges sprechen«, sagte ich mit einem Blick auf den Fahrstuhl, dessen Türen sich jeden Augenblick öffnen konnten. »Es geht um Nick Bindon Claremont und seinen Wahlkampf.«

Ein wacher Funke trat in Josephs müde Augen. »Ich bin Mitglied des Ordens von Bruder Klaus«, sagte ich. »Ich glaube, Sie wissen, wer wir sind.« Dann sagte ich gerade heraus: »Sie dürfen ihn nicht gewinnen lassen.«

Joseph entspannte sich sichtlich. Mit dieser Reaktion hatte ich nicht gerechnet. »Hören Sie«, sagte er, »Ihre Sorte tritt jede Woche an mich heran. Nichts für ungut, aber …«

Das war meine einzige Chance. Ich musste ihn überzeugen. »Ich glaube nicht, dass Sie richtig verstehen, wer ich bin. Ich bin Mitglied einer Organisation, die die oberen Ränge der Gloaming-Gesellschaft infiltriert hat. Wenn Sie den Gloamings diesen Einstieg ermöglichen, werden sie dieses Land ohne jede Rücksicht überrennen und …«

Joseph starrte mich einen Moment lang an. »Ich stecke da drin. Das müssen Sie verstehen. Ihre Worte reichen nicht, um mich dazu zu bringen, einen Rückzieher zu machen. Vielleicht habe ich ein paar Zweifel gehabt, aber die sind verschwunden, und ich könnte nicht einmal aufhören, selbst wenn ich es wollte. Und nach dieser ganzen Scheiße bin ich mir nicht einmal sicher, ob ich es will.« Er ließ mich nicht zu Wort kommen, sondern straffte sich und zeigte auf den Fahrstuhl. »Bitte gehen Sie.«

Ich hatte mich und diesen Mann völlig falsch eingeschätzt. »Ich gehe, aber ich komme mit Beweisen zurück«, sagte ich. »Dann werden Sie Bescheid wissen.«

Er nickte, als hätte er das alles bereits gehört. »Gute Nacht.« Dann sah er zu, wie ich den Aufzug anforderte und einstieg. Er beugte sich sogar hinein, drückte auf »Lobby« und schlüpfte wieder raus, während sich die Türen schlossen.

Der Aufzug hielt in der nächsten Etage. Ich hatte kaum Zeit aufzuschauen, bevor mich die erste Faust am Kopf traf. Ich stolperte zurück. Zwei Männer in schwarzen Jogginganzügen kamen auf mich zu, während ich von der Wand abprallte. Zusammen mit den Kopfschmerzen trat mein Selbstverteidigungstraining in Aktion. Ein Tritt traf den blonden Kerl direkt auf die Nase. Blut schoss hervor, aber das machte ihn keineswegs langsamer. Mir war klar, dass ich diese Kerle nicht allein überwältigen konnte, ich musste hier weg. Also rannte ich zum Treppenhaus. Dummerweise wollten sie mich genau dort haben, und sie packten mich, als ich die Tür öffnete.

Einer von ihnen versetzte mir einen Schlag in die Nierengegend, von Schmerzen überwältigt ging ich zu Boden. Sie packten mich und schleiften mich ins Treppenhaus. Mein ganzer Körper erbebte, als man mich fallen ließ.

In diesem Moment kippte einem der Männer der Kopf zur Seite und rollte direkt von seinen Schultern – ich sah blondes Haar wehen –, um wie ein platter Basketball die Treppe hinunterzuhüpfen.

Ich glaubte zu halluzinieren, als ich aufschaute und eine junge Frau mit schwarzem lockigem Haar den anderen Kerl mit einem Haken-Kick angreifen sah. Er krachte gegen die Wand. Ich wollte ihr helfen, aber mein rechtes Bein war taub, und in meinem Kopf drehte sich alles.

Die Frau schlug dem Mann beide Handflächen gegen die Ohren, und er sackte zu Boden, während sie eine gekrümmte Klinge in die Hand gleiten ließ und schneller schwang, als ich für möglich gehalten hätte. Auch sein Kopf rollte sauber vom Körper.

Die Frau sah mich mit einiger Verzweiflung an, was mich verwirrte. »Stehen Sie auf. Wir müssen hier weg. Sie haben viel Ärger gemacht, und ich weiß nicht, wie viele von diesen Kerlen noch dort draußen sind.«

So lernte ich Sara Mesley kennen.

Verhörbeamte: Ah, ja. Sara Mesley. Wir sind schon eine Weile hinter ihr her.

Pater Reilly: Das war ich auch. Als wir mit dem Auto zum Flugplatz rasten, bekam ich endlich ein paar Worte heraus. »Ich weiß nicht, was ich sagen soll. Sara Mesley: Sie sind wie ein Geist oder so etwas. Ich muss gestehen, ich hätte nicht erwartet, dass Sie so jung aussehen. Sie sind mit diesen beiden Kerlen fertig geworden, als wären sie ...«

»Glauben Sie ja nicht, dass die Sache damit zu Ende ist – dass wir gewonnen haben«, unterbrach mich Sara. »Sie haben Glück, dass der Orden nicht noch wütender auf Sie ist. Sie haben einige unserer Pläne durcheinandergebracht. Ich musste alles stehen und liegen lassen, um herzukommen und Ihren Hintern zu retten. Ich bin noch immer schockiert, dass Sie derselbe Typ sind, der damals im Vatikan eingebrochen ist. Das hier war eindeutig eine Nummer zu groß für Sie.«

Ich ignorierte die Bemerkung. »Wir müssen verhindern, dass er zum Gouverneur gewählt wird. Bin ich der Einzige, der das begreift?«

Sara blickte zum vielleicht hundertsten Mal in den Rückspiegel. »Möglicherweise schon, Pater. Der Orden hat entschieden, dass Nick Bindon Claremont zum Gouverneur gewählt werden soll.«

»Warum?«

»Unsere derzeitigen Operationen führen zu nichts. Sicher, wir können einen hochrangigen Gloaming ausschalten, wenn wir wollen, aber selbst das wird immer schwieriger. Wir kommen nur winzige Schritte voran. Es ist für uns unerlässlich, dass die Gesellschaft erkennt, worum es den Gloamings geht und worauf ihre Ziele hinauslaufen. Uns davon sprechen zu hören, reicht nicht. Wir verlieren den Krieg um den Verstand der Menschen. Sollten die Gloamings das Gouverneursamt übernehmen, dann werden sie endlich Farbe bekennen. Und die Menschen werden konkrete Beweise für ihre Absichten haben. Und am Ende gewinnen wir.«

MommyBlogsGalore.com: Forum #24958583933

Hawkeye Mom

31-jährige Mutter aus Des Moines, Iowa

Bestimmt werde ich jetzt geflamt, aber es muss einmal gesagt werden: Ich vertraue diesen Gloamings nicht! Und bevor mich die Moderatoren hier verbannen – ich bin nicht für Gewalt. Ich sage bloß, dass man ihnen nicht vertrauen kann. Sie kommen nur nachts raus?? Was soll das? Ist das amerikanisch? Und angeblich sind sie so freundlich. Was habe ich verpasst? Wir wissen doch alle, dass sie für diese ganzen ungeklärten Morde verantwortlich sind. Vermutlich ist das eine Frage des Standpunkts, aber ...

Jeder will einer von ihnen werden. Es ist das ganze »Ich will aber auch«-Syndrom unserer Kinder. Missy und Wayne haben mich angebettelt, mit ihnen zu dieser Boyband Hit This zu gehen, die im Einkaufszentrum Autogramme gab – einer von ihnen ist ein Gloaming, wie ihr wisst. Okay, also fuhren wir hin, und es war einfach nur creepy. Er sieht aus wie aus Plastik – wie eine lebensgroße Ken-Puppe. In meiner PTA sagt jeder, dass sie ihnen auch nicht vertrauen. Geht in irgendeinen Lebensmittelladen oder zu einem Straßenfest, und ihr hört das Gleiche. 22:28 Uhr.

DitmasParkmom

»Ist das amerikanisch?« ???? Wer behauptet das? Ich wette, du bist auf Partys der Brüller. Dein Facebook-Feed ist bestimmt ein Musterbild der Toleranz und voller Bilder deiner potthässlichen Verwandten. 22:31 Uhr.

Hawkeye Mom

Genau davon rede ich! Über jede andere Meinung wird Hass ausgekippt. Macht mich das zu einem schlechten Menschen? Aber ich verzeihe dir. 22:33 Uhr.

DitmasParkmom

Danke. Jetzt kann ich ja ruhig schlafen, weil du mir verzeihst. Ich bin zufällig der Meinung, dass die Gloamings einen Funken Diversität in unsere Bevölkerung bringen. Vielleicht ist das ja Evolution oder so was. Ich habe hier in New York ein paar gesehen, und sie wirken so höflich und gesittet. Und sie schütteln einem die Hand, während sie geduldig alle Fragen beantworten, ganz egal, wie absurd sie auch sind. Und sie tun wirklich gute Dinge – die Lebensmittel- und Spielzeugspenden des Gloaming-Rates helfen Tausenden Kindern im Großraum New York. Sie nehmen nicht nur – sie geben auch zurück. 22:40 Uhr.

Hawkeye Mom

In diesen Teil des Landes kommen sie leider nie. Vielleicht würde ich sie ja auch akzeptabel finden, wenn sie mal hier aufkreuzen würden. Wir hören hier nur Gerüchte über sie. Und manchmal erweisen sich Gerüchte als die Wahrheit. Also gebt euch mehr Mühe. 22:41 Uhr.

DitmasParkmom

Das ist irgendwie ganz schön unbedarft. 22:42 Uhr.

Hawkeye Mom

Verpiss dich!! Du bist die Art Mutter, die ihre Kinder mit Quiche füttert. Wenn sie deinen Kleinen das Blut ausgesaugt haben, dann komm nicht heulend angerannt! 22:44 Uhr.

[Moderator schließt den Thread]

KAPITEL 12

HERBST
ACHTUNDZWANZIG MONATE
NACH DER ENTDECKUNG VON NOBI

Joseph Barrera
Politischer Berater

Wenn Ihnen das nächste Mal jemand versichert, dass es so etwas wie Karma nicht gibt, erzählen Sie ihm die Geschichte von dem liberalen politischen Berater, der für den republikanischen Gouverneurskandidaten arbeitete. Sie werden Ihren Spaß daran haben.

Wir nannten Nicks Wahlkampftour: »New Mexico nach vorn!« Sie war ein überraschender Erfolg – vielleicht weniger in den Besucherzahlen, aber auf jeden Fall in der sie begleitenden Publicity.

Es gab ein paar logistische Probleme wegen Nicks Unfähigkeit, sich in der Sonne aufhalten zu können. Aber die Gloamings kamen scharenweise. Sie hatten ihre eigene offizielle Website, die für jede Gegend auf der Erde genau angab, wann man das Haus sicher verlassen konnte – für gewöhnlich dreißig oder vierzig Minuten nach Sonnenuntergang. Die Gloamings hatten auch modifizierte Apple-Uhren entwickelt, die läuteten, wenn der Aufenthalt an der frischen Luft sicher war. Sie waren besonders geschickt darin, ihre Lebensqualität und ihre Gesundheit durch Technologie zu verbessern; vor allem, wenn man ihre vielen körperlichen Bedürfnisse bedachte. Ihre persönlichen Gloaming-Seiten, die sämtliche wichtigen Dienste der gemeinnützigen Gloaming Foundation zur Verfügung stellten, waren privat und auf einem geheimen Server in einem zugangsbeschränkten Teil des Darknet untergebracht; darum war nicht viel darüber bekannt, welche Dienste Gloamings auf diesen Seiten angeboten wurden, aber immerhin war es Allgemeinwissen, dass der »Außer-Haus-Alarm« dazugehörte. Beinahe täglich gab es Hackerattacken, die Website war jedoch dafür bekannt, unangreifbar zu sein, ob diese Angriffe nun von Privatleuten oder Regierungsstellen ausgingen. Interessanterweise gab es das Gerücht, dass die Serverfarm irgendwo in New Mexico oder Arizona stand. Es war ebenfalls interessant – jedenfalls für mich –, dass es in der Gloaming-Gemeinschaft eine wachsende Bewegung gab, die Technologie mied und sogar so weit ging, komplizierte Sonnenuhren in Kästen zu konstruieren, die anzeigten, wann sie unbeschadet nach draußen gehen konnten.

In der Zwischenzeit lief der Wahlkampf reibungslos; jeden Tag erhielt ich eine E-Mail, die mich darüber informierte, zu welchen Zeiten Nick für öffentliche Auftritte zur Verfügung stand. Ich sorgte mich noch immer wegen Veranstaltungen, die nach acht Uhr abends angesetzt waren. Die Herausforderung lag darin, dass sich die Allgemeinheit, also die Nicht-Gloamings, zu dieser Zeit zu entspannen pflegte. Ich sorgte stets dafür, dass genug Kaffee für das Publikum da war. Leslie schlug sogar vor – was ich zuerst für einen Scherz hielt –, eine Spraymischung zu entwickeln, die die Sinne der Leute stimulierte und die man in der Menge verteilen konnte. Überflüssig zu erwähnen, dass ich diese Idee schnell kippte. Aber irgendwie machte das alles mir die Gloamings sympathischer. In gewisser Weise waren wir aus demselben Holz geschnitzt: Stell dich einer Herausforderung, finde eine Lösung und setze sie durch, egal wie.

Da Geld keine Rolle spielte, wurde ich davon besessen, fast täglich Umfragezahlen einzuholen. Am Labor Day lag laut der neuesten Umfrage Duncan Caplin mit 51 % vorn, während Nick

Bindon Claremont bei 49 % lag. Nick und Leslie gerieten auf ihre typische, bedächtige Gloaming-Weise in Panik, aber statistisch gesehen war das beinahe ein Gleichstand, und wir hatten noch immer Monate, bevor die Leute ihre Wahlzettel ausfüllten.

Wir nahmen an einem Labor Day-Picknick teil – natürlich nachts – und hörten diversen Gewerkschaftsführern zu, die Nick Bindon Claremont überraschenderweise unterstützten. Ich konnte nur ahnen, was für Drohungen oder Bestechungsgelder nötig gewesen waren, damit diese Gewerkschafter einen Republikaner einem Demokraten vorzogen, ganz zu schweigen von einem plutokratischen Milliardär, der vermutlich daran arbeitete, Gewerkschaften für seine Unternehmungen auszumerzen. Aber ich freute mich über die gute Publicity in dieser Nacht. Denn sonst fragte die Presse jedes Mal, wenn ein Gloaming schlechtes Benehmen an den Tag legte, Nick nach seiner Meinung dazu. Im Straßengraben wurden blutleere Leichen gefunden? Die Presse bat Nick um einen Kommentar. Diesmal würde es tatsächlich um Nicks Ansichten zur Politik gehen und nicht um seinen Status als Gloaming.

Ich stöberte auf meinem iPhone herum und tat so, als würde ich dem Gewerkschaftsführer und seiner Ansicht zum Mindestlohn zuhören, als mein Telefon verrücktspielte. Zehn Nachrichten öffneten sich gleichzeitig auf meinem Bildschirm.

Alle hatten das gleiche Thema: Wade Ashley war tot.

Ich sprang von meinem Stuhl und bahnte mir einen Weg vorbei an den Leibwächtern hinaus in die kühle Nachtluft. Ich klickte den Link unter einem Text an: Die *Washington Post* berichtete über Wades Dahinscheiden. Man hatte ihn in seinem Apartment gefunden; er hing an einer aus einem Ledergürtel gefertigten Schlinge, die an der Türklinke befestigt worden war. Mehrere Verschwörungstheorie-Webseiten widersprachen der Selbstmordtheorie, da sich Wade laut Autopsiebericht beim Hängen einen Halswirbelbruch zugezogen hatte. Einige von ihnen räumten ein, dass ein Gürtel um den Hals durchaus reichte, um den Tod herbeizuführen, der Hals damit aber nicht gebrochen werden konnte.

Hinter mir hörte ich Schritte und fuhr herum.

Leslie.

Sie musste meinen Gesichtsausdruck bemerkt und gewusst haben, dass die Nachricht an die Öffentlichkeit gelangt war.

»Wir müssen uns unterhalten«, sagte ich.

Leslie deutete mit dem Kopf auf ihren SUV und trat darauf zu; einer ihrer Männer öffnete ihr die Tür. Ich stieg zusammen mit ihr ein.

Ich wusste, dass ihre Wagen schalldicht und mit einem »Ring aus Elektrowellen« umgeben war, wie man das so schön euphemistisch nannte, um jeden Versuch zu verhindern, Gespräche im Wagen abzuhören. Die Karosserie war mit einem Material überzogen, das Geräusche drinnen und Abhörversuche draußen halten sollte, ähnlich der abhörsicheren Kabine, die der Präsident der Vereinigten Staaten auf Reisen mit sich führt. In diesen sicheren transportablen Räumen konnte man frei über jedes Thema sprechen, so auch in diesem Auto.

»Sie hätten ihn nicht umbringen müssen!«, brüllte ich.

Leslie starrte mich einfach nur an, als würde sie darauf warten, dass ich meine ganze negative Energie los wurde, damit wir wieder zum Geschäftlichen kommen konnten.

»Ich hätte mich darum kümmern können«, fuhr ich fort. »Ich hätte getan, was nötig gewesen wäre, aber kein…«

»Es musste getan werden, Joseph. Ist Ihnen klar, wie nahe er dran war, diesen ganzen Wahlkampf zunichte zu machen? Er hat unsere Überwachung von ihm und Amanda Allen untergraben. Er hat sie davon überzeugt, ihm die ganze Geschichte zu erzählen. Offensichtlich hatte er kaum mehr als ihr Wort, aber das hätte gereicht. Sie wissen, wie die Presse mit …« Sie verstummte. »Wie sie mit uns umgeht. Das konnte ich nicht zulassen.«

Sie hielt inne. Dann sprach sie ganz ruhig weiter, als würde sie etwas rezitieren. »Joseph. Hören Sie mir zu. Als kleines Mädchen las mir mein Vater über die großen römischen Generäle vor. Er war von ihnen besessen. Mein Lieblingsgeneral war Scipio Africanus. Er besiegte Hannibal im Punischen Krieg. Er war zwei zu eins unterlegen, aber er setzte Hinterlist und Intelligenz ein, um die großartigste Armee der Welt auszuschalten. Hannibals Elefanten stürmten vor, aber Scipio stellte seine Reihen so auf, dass sie die Elefanten und die Soldaten auf einfachste Weise töten konnten. Und so besiegte er einen überlegenen Gegner. Danach sagte Scipio Folgendes: ›Trete dem Gegner mit zwei Zielen gegenüber: entweder Sieg oder Tod. Denn Männer, die von diesem Geist beseelt sind, müssen immer ihre Feinde überwinden, da sie mit der Bereitschaft in die Schlacht ziehen, ihr Leben wegzuwerfen.‹«

Leslie zeigte mit einem Finger auf meine Brust. »Wade wusste Bescheid – wir haben ihn gewarnt. Ich habe wenig Mitleid mit einem leichtsinnigen Mann, der über die Konsequenzen seiner Handlungen Bescheid wusste.« Ihr Blick wurde schmaler, als wäre sie diese Unterhaltung bereits leid. »Machen Sie Ihren Job, Joseph. Das wäre vermutlich sowieso passiert, ob Sie nun hier sind oder nicht. Tatsächlich wäre es ohne Ihr Gespür für Moral und Führung vermutlich sogar viel früher passiert. Nick respektiert das.«

Ich nickte und war viel zu betäubt, um zu begreifen, dass sie mir auf ihre Weise ein Kompliment gemacht hatte.

Schweigend saßen wir da. Ich fragte mich, ob ich mir je verzeihen würde oder es mir mittlerweile einfach egal war. Das kann ich Ihnen nicht einmal heute sagen.

»Okay«, sagte ich und warf meine Seele und alles, was dazu gehörte, einfach weg. »Zeit, zurück an die Arbeit zu gehen.«

Von diesem Punkt an konzentrierten wir den größten Teil des Wahlkampfs auf die speziellen Sorgen der Wähler von New Mexico. Den Sommer hatten wir damit verbracht, Nicks Biografie anzupreisen, da er in der Öffentlichkeit nicht besonders bekannt war. Wir hatten seine Herkunft aus dem Mittelstand in Las Cruces betont, wo er sich auf dem Football-Feld und im

Klassenzimmer ausgezeichnet hatte. Wir konzentrierten uns auf Nicks weitläufige Familie, die schon lange in New Mexico wohnhaft war.[23]

Die größte Herausforderung bei unserem Werbefeldzug war unser Unvermögen, ein aktuelles Foto von Nick Bindon Claremont zu zeigen. Wir konnten ältere Bilder benutzen, bevor er zum Gloaming geworden war, aber das brachte uns nicht weit. Die Kampagne brauchte etwas, das sich für unsere Wähler aktuell *anfühlte*; unsere Fokusgruppen erwähnten vor allem dieses Problem – dass sich die Wähler von Nick persönlich distanziert fühlten. Ich entschied, dass es elegant und einzigartig wäre, wenn wir verschiedene Porträts von Nick malen ließen. Genau wie die ikonischen Fotos von Präsidentschaftskandidaten: Nick in Hemdsärmeln, der die Hände seiner Anhänger schüttelte. Ein tief in Gedanken versunkener Nick an der Seite bekümmerter Wähler. Nick, der lächelnd mit Gewerkschaftsleuten und Familien zusammenstand. Wir mussten etwas experimentieren, um die besten Ergebnisse zu erzielen. Am Ende war es Öl auf Leinwand, aber Nick und Leslie waren von der Ausführung beeindruckt und damit zufrieden.

Das Bild, das in der Öffentlichkeit den meisten Anklang zu finden schien, war ein nachdenklicher Nick mit verschränkten Armen. Die Pose war identisch mit dem Gemälde Aaron Shiklers von John F. Kennedy im Weißen Haus. Laut unseren Fokusgruppen gefiel den Wählern die »nachdenkliche Natur«, also benutzten wir das Gemälde bei zahllosen Postwurfsendungen, von riesigen Postern bis zu briefmarkengroßen Aufklebern.

Bei der ersten Fernsehdebatte bestand ich darauf, dass Nicks

---

23 Nicks Urgroßvater väterlicherseits war von Pennsylvania nach New Mexico gezogen, um sein Glück im Rohstoffhandel zu machen. Das war wichtig, weil Nick und seine Familie New Mexico verlassen hatten, als er auf der Highschool war, und er war erst vor fünf Jahren zurückgekommen, um sich dort als Einwohner dauerhaft niederzulassen. Und selbst das war noch heikel, wenn man bedachte, wie viel Zeit er in seinen anderen Wohnsitzen in Kalifornien, New York und Paris verbrachte.

Stimme mit einer kurzen Verzögerung synchronisiert wurde, um sicherzugehen, dass der Sprecher die Betonung korrekt hinbekam. Ich wollte, dass Nick zugleich energisch und einfühlsam erschien.

Die Reportermeute, die über ihn berichtete, schien jeden Tag größer zu werden, und sie flogen aus dem ganzen Land ein. Am Anfang hatte ich damit gerechnet, aber naiverweise geglaubt, dass die meisten bis zum Wahltag das Interesse an der Kampagne verlieren würden. Ich irrte mich. Der Versuch, sämtliche Reporter zu lenken, war eine absolute Katastrophe. Tagelang hielt ich mit Red Bull durch, weil ich bis spät in die Nacht mit den Gloamings zu tun hatte und dann wieder in aller Frühe auf den Beinen sein musste, um dem menschlichen Stab und den Reportern während der regulären Tagesstunden zur Verfügung zu stehen.

Monatelang wehrte ich hinterhältige Angriffe auf Gloamings von Caplins Wahlkampfteam ab. Natürlich war es nicht besonders hilfreich, dass man in verschiedenen Städten von New Mexico weitere blutleere Leichen gefunden hatte, am Ende arbeiteten wir jedoch mit den jeweiligen Polizeidienststellen zusammen, um die Nachrichten bis nach der Wahl unter dem Deckel zu halten. Ich wollte nicht einmal darüber spekulieren, wie Leslie und Toshi das schafften. Für jede Plakatwand, die davor warnte, dass die Politik der Gloamings für die Kinder von New Mexico schlecht war, stellten wir drei Plakatwände auf, die Nick bei der freiwilligen Arbeit in Suppenküchen zeigten. Für jeden Werbespot, der Nick Bindon Claremonts Fähigkeit, die »wahre Menschlichkeit« von New Mexico zu verstehen, in Abrede stellte, bombardierten wir den Äther und das Internet mit warmen, bunten Nick Bindon Claremont-Anzeigen: »Ich bin Nick Bindon Claremont, und ich stimme dieser Botschaft zu.«

Am Morgen des Wahltages wachte ich nach zwei Stunden Schlaf, drei Red Bull und einer Zigarette auf. Der Tag verging wie im Fluge.

Als die ersten Auszählungen reinkamen, war ich ein nervöses Wrack, und draußen war es noch hell, also stieg ich in den Keller, um mir zusammen mit Nick und Leslie die Berichterstattung anzusehen. Ich versuchte, mich vom Alkohol fernzuhalten, war aber viel zu aufgedreht, um es richtig zu schaffen. Nach den frühen Auszählungen übernahmen wir die Führung und gaben sie auch nicht mehr ab, und Gouverneur Nick Bindon Claremont gewann die Wahl mit einem größeren Vorsprung, als selbst ich für möglich gehalten hätte: 57 zu 43 %. Ein klarer Wahlsieg. Wir waren ekstatisch. Nick und Leslie wirkten seltsam zurückhaltend, aber das schrieb ich ihrer Gloaming-Natur zu. Überflüssig zu erwähnen, dass meine ganze Mannschaft bis in den frühen Morgen feierte, als Toshi kam und mich zur Seite nahm.

Wir begaben uns in eine dunkle Ecke der Hotelbar in der Nähe der Toiletten. Er sagte, Nick und Leslie wären mit meiner Arbeit zufrieden und würden mein Honorar mit einem satten Bonus aufstocken, aber sie würden meine Dienste nicht länger benötigen. Als wäre ich ein einfacher Angestellter, der mit einer Abfindung entlassen wurde. Dann schüttelte er mir die Hand und ging.

Es war ein seltsames und beunruhigendes Ende der Wahlkampagne.

Unpersönlich und erniedrigend.

Es überraschte mich nicht im Mindesten.

The New York Times

Nachrufe
Demetrius »Quick« Johnson, unbesiegter Profiboxer im Weltergewicht und die Nummer eins auf der Pound-for-Pound-Liste des *Ring Magazine* starb gestern in New York City aufgrund einer gescheiterten Neuerschaffung an massivem Organversagen.

Johnson wurde in Mobile, Alabama, geboren, als der zweite Sohn von zwei Lehrern an der Mittelschule. Nachdem ihn Klassenkameraden wegen eines fehlenden Schneidezahns gehänselt hatten, meldete ihn sein Vater an der Southside Boxing Academy an. Johnson gefiel die spartanische Natur des Trainings – das monotone Schattenboxen vor dem Spiegel, das stundenlange Seilspringen –, und er nahm bald an verschiedenen Wettkämpfen teil und wurde in seiner Gewichtsklasse drei Jahre hintereinander der Southern Golden Gloves Champion. Als Mitglied des Olympiateams der Vereinigten Staaten überraschte er alle durch sein Vorankommen in die letzte Runde, wo er den favorisierten russischen Boxer Ruslan Aleksandrov schlug und die Goldmedaille gewann. Im darauffolgenden Jahr besiegte Johnson Roman Martinez im meistgesehenen Pay-per-View-Kampf der Geschichte.

Als derzeit berühmtester Boxer der Welt geriet Johnson bald darauf unter den Einfluss von Ivan Kozlov, einem russischstämmigen Amerikaner, der sein Vermögen im Automobilgeschäft gemacht hatte. Kozlov liebte den Kampfsport – er lernte Johnson bei einem Boxkampf kennen, bei dem sie Berichten zufolge Freundschaft schlossen.

Die genauen Umstände von Johnsons versuchter Neuerschaffung sind unbekannt, aber einige von Kozlovs Bekannten deuteten an, es sei eine spontane Entscheidung gewesen. Nach dem Versuch fiel

Johnson ins Koma. Seine Bekannten warteten fünf Stunden, bevor sie ihn ins Krankenhaus brachten, wo er zwei Tage später starb.

Der Verstorbene hinterlässt seine Frau und zwei Kinder.

KAPITEL 13

LABOR DAY
ACHTUNDZWANZIG MONATE
NACH DER ENTDECKUNG VON NOBI

Dr. Lauren Scott
Forschungsärztin, Centers for Disease Control

Krebs, AIDS, Schweinegrippe, SARS, MRSA, Ebola ... Wer bin ich, dass ich mir einbilde, jemand sollte sich für dieses NOBI-Virus interessieren? »Wenn Sie die Gesichter der Mütter, Väter oder Kinder sehen könnten, die von diesen Krankheiten befallen sind, würden Sie nach einer Heilung dafür suchen und alles ignorieren, was mit diesen Blutsaugern zu tun hat.« Das sagte mein früherer Direktor, nachdem ich mehr Personal und Mittel für meine Forschungen verlangt hatte. Es wurde so schlimm, dass ich beinahe zu dem Schluss kam, er könnte recht haben. Was hätten wir alle davon, sollte ich eine Heilung finden? Vermutlich hätte ich auf ihn hören sollen, aber ich war wirklich davon überzeugt, dass meine Arbeit unsere Bevölkerung genauso retten könnte wie die Ebola- oder Krebsforschung. Allerdings dürfte es anderen Leuten schwergefallen sein, die Sache so zu betrachten, das war mir schon klar.

Beim CDC gab es neben dem Direktor noch viele andere Leute, die sich weigerten, meine Forschungen zu unterstützen. Die Kränkungen, die wie die üblichen Konflikte am Arbeitsplatz erschienen waren, fühlten sich nun weitaus persönlicher und unheilvoller an. Auf Geburtstagspartys für Kollegen, bei denen früher alle eingeladen gewesen waren, wurde man jetzt wie bei einem Grenzdurchgang der Berliner Mauer darauf kontrolliert, »welche Seite« man repräsentierte. Spesen, die einst problemlos bewilligt wurden, waren plötzlich rationiert und für die neuen Begünstigten reserviert. In zwei Monaten wurde ich drei Buchprüfungen unterzogen, bei denen ich unter Strafandrohung bei Meineid bezeugen musste, dass meine Angaben korrekt waren. Es kostete mich Stunden meiner Zeit, Berichte zu durchforsten, um sicherzugehen, dass sie nicht manipuliert worden waren, bevor ich sie unterzeichnete. Dann fing das CDC an, an verschiedenen Stellen des Gebäudes Sicherheitskameras zu installieren. Tatsächlich unternahm der stellvertretende Direktor den Versuch, eine Bestimmung durchzusetzen, der zufolge in jedem Büro Kameras installiert werden sollten. Ich wehrte mich dagegen, weil es eine Verletzung der Privatsphäre darstellte: Manchmal musste ich mich in meinem Büro umziehen, bevor ich das Labor betrat. Diese Schlacht gewann ich, die Kameras wurden entfernt. Aber das hielt das CDC nicht davon ab, ein Programm einzurichten, das sämtliche im Gebäude verfasste E-Mails und geführte Telefonanrufe überprüfte.

Die Gloamings waren mächtig in ihrem Wunsch, sämtliche Forschungen der Regierung über das Virus zu beenden. Es half meiner Arbeit nicht, dass viele im CDC der Ansicht waren, sie sei reine Zeitverschwendung; schließlich würden sich die Menschen dem Virus freiwillig aussetzen. Es war also keine Krankheit, die wir da verhindern wollten. Aber genau so betrachtete ich das Virus. Die Fronten waren abgesteckt, und ich war in dieser riesigen Bürokratie, in der ein Memo oder eine Anordnung augenblicklich jede Finanzierung streichen konnte, fast auf mich allein gestellt. Und dass meine Bemühungen in den Anfangsmonaten von Misserfolgen und Fehleinschätzungen geplagt waren, machte die Sache nicht besser.

Natürlich versuchte ich als Erstes, das NOBI-Virus zu sequenzieren – genauer gesagt eine komplette RNA-Genom-Sequenzierung bei zumindest 50 Prozent der zur Verfügung stehenden Proben durchzuführen. Bei diesem Virus leichter gesagt als getan. Nach vielen Monaten voller Abbrüche und Neuanfänge vollendete ich eine partielle Sequenz und reichte meine Ergebnisse ein, aber dann musste ich nach einer weiteren Überprüfung der Sequenz durch den Computer voller Entsetzen feststellen, dass die von mir benutzten Proben zerfallen waren, weil man sie der Sonnenstrahlung ausgesetzt hatte. Das veränderte die Teststücke auf eine Weise, die keine akkurate RNA des stabilen Virus mehr ergeben würde.

Vor meinem inneren Auge nahm die offizielle Erklärung des CDC bereits Gestalt an: Dr. Scotts Forschung hat ihr logisches Ende erreicht, es ist kein Heilmittel zu finden. Die Zeit ist gekommen, unser Geld für andere Projekte bereitzustellen …

Nachdem ich mir Vorwürfe gemacht hatte, lautete mein erster Gedanke: *Wie hatte ich nur so unvorsichtig sein können?* Vielleicht wurde ich zu besessen von dem Projekt und hatte nicht die nötige Geduld. Vielleicht konnte ich einfach nicht die feineren Details erkennen, während ich mich selbst unter Druck setzte, um etwas zu finden, das dieses Virus vernichtete. Aber ich wusste mit absoluter Sicherheit, dass ich bei meinen Studien niemals so unverantwortlich oder unüberlegt vorging. Jemand musste sich die Mühe gemacht haben, alles zu sabotieren. Es hätte ausgereicht, die Probe einer Vollspektrumbirne auszusetzen. Aber wer konnte der Saboteur sein? Zu diesem Zeitpunkt fielen mir nur Mitarbeiter der Behörde ein. Aber ich war unbeirrbar, solche Dinge würden mich nicht davon abhalten, das NOBI-Virus völlig zu verstehen. Und ein Heilmittel zu finden.

Natürlich hörte ich die ganze Zeit die Stimme meiner Schwester im Kopf: »Das wird in Tränen enden.« Ja, das war wohl fair. Vor allem, wenn die Arbeit hinter der Familie zurückstehen muss. Und das bedeutete in diesem Fall immer meine Schwester. Jennifer gab sich schreckliche Mühe, mit mir Verbindung zu halten, sie meldete sich mindestens alle zwei Tage. Natürlich immer nur zu ihren Bedingungen. Es war mir peinlich gewesen, mich bei allen nur vorstellbaren Social Media-Seiten anzumelden: Snapchat, Facebook, Instagram. Jennifer bestand darauf, da sie nicht mit einem einfachen Anruf kommunizieren wollte, sondern vorzugsweise mit diesen Möglichkeiten. Nicht, dass ich gern plauderte, was die Behauptung meiner Schwester, ich sei eher intelligent als gefühlsbetont, untermauerte.

Alle paar Tage schickte sie mir Nachrichten; ihre neueste Kommunikationsmethode dabei war Snapchat. Aber nun hatte ich schon seit einer Woche nichts mehr von ihr gehört. Und das, obwohl ich ihr zahlreiche Nachrichten auf den von ihr abonnierten Social Media-Sites gesendet hatte. Ich begann, mir Sorgen zu machen. Da empfing ich nach einer weiteren Auseinandersetzung mit meinem Forschungsdirektor, die mich fast in Tränen ausbrechen ließ, endlich einen Snap von ihr mit der Adresse einer YouTube-Seite. Okay. Ich klickte auf Play, und auf dem Bildschirm wiegte sich Jennifer auf dem Tomorrowland EDM Festival in Boom, Belgien, zum Beat der Musik. Ein blauer Himmel und grünes Gras vervollständigten das Bild. Wie sie ihren Körper mit halb geschlossenen Augen im Takt der Musik bewegte, sah sie friedlich und glücklich aus.

Ich erinnerte mich daran, wie es war, so frei zu sein – aber das war lange her. Vielleicht damals auf dem College? Der Sommer am Strand in Wisconsin, wo ich mit Freunden getanzt hatte und keine Sorge an den nächsten Tag verschwenden musste.

Aber da war Jenny, im Video, und ich wusste genau, was kommen würde, noch bevor sie es sagte. Es war ihrem lächelnden, hoffnungsvollen Gesicht deutlich anzusehen. »Hej, Lauren! Stell dir nur vor! Ich habe einen wirklich unglaublichen Mann kennengelernt! Er ist Filmemacher, und ich helfe ihm bei seiner nächsten Dokumentation, die so …«

Man musste nur die Namen und die Berufe austauschen, und ich hatte die gleiche Geschichte schon öfter gehört.

Allerdings sollte es das erste Mal sein, dass ich diesen besonderen Namen hörte: Mael Roux.

Roux war in Sainte-Féréole in Zentralfrankreich geboren

worden; die Eltern waren Mittelschichtssozialisten gewesen, allerdings ist das genaue Geburtsjahr umstritten, denn Roux gab bei verschiedenen Interviews verschiedene Geburtstage an. Nach dem College arbeitete er als freiberuflicher Journalist für *Le Monde* und sicherte sich Aufträge in verschiedenen Kriegsgebieten, vom Irak über Afghanistan bis nach Darfur, wo er sich den Ruf erwarb, für eine Story in die gefährlichsten Gebiete vorzustoßen – und jedem, der zuhörte, versicherte, wie gefährlich das war, aber wie sehr er das Risiko liebte.

Schon bald interessierte er sich für Videodokumentationen. Die Kamera war sein ständiger Begleiter, und er publizierte seine Berichte über verschiedene visuelle Plattformen, darunter auch PBS und VICE. Nach nur drei Filmen und einem halben Jahr verkündete Mael sein Bedürfnis, aus den Beschränkungen normaler Dokumentationen »auszubrechen«. Er versuchte sich am Filmemachen und gründete bald eine Kooperative, die er French Resistance nannte. Sie bestand aus einer Gruppe rebellischer Regisseure, die entschlossen waren, sich jeglicher Spezialeffekte oder »aufwendiger Manöver« zu enthalten, um das Filmemachen in seinen Urzustand zurückzuversetzen. Gewissermaßen kamen nur die Gefühle und Erfahrungen der Schauspieler auf den Bildschirm. Nachdem ein Schauspieler bei einer Produktion dabei gefilmt wurde, wie man ihn mit einem Messer verletzte und ins Krankenhaus brachte, wurde die Kooperative aufgelöst. Ein anderer fing sich bei der Aufnahme einer Sexszene in einem Verbindungshaus der Ohio State University eine Geschlechtskrankheit ein. Wenig überraschend verbreitete sich der Clip mit der Messerstecherei wie ein Lauffeuer.

Mael distanzierte sich von der Bewegung und ließ seine ehemaligen Freunde fallen, um sich auf Dokumentationen zu konzentrieren, bei denen er das Gefühl hatte, dass der Inhalt und die Bilder »von Wert« waren. Sein Ethos – das sich je nach Umständen oder Wochentag zu verändern schien – bestand darin, dass der Regisseur als erzieherischer Vermittler handeln sollte, statt im Hintergrund zu bleiben. Sein Ego erschien ziemlich absurd.

Maels neuestes Projekt bestand aus dem Versuch, die emotionale, agnostische Spiritualität – so ein wortwörtliches Zitat – und die körperlichen Empfindungen bei der Teilnahme an EDM-Musikfestivals einzufangen und zu dokumentieren. Für gewöhnlich gehöre ich nicht zu den Leuten, die Dinge sofort abtun, aber in diesem Fall könnte ich versucht sein, eine Ausnahme zu machen. Gibt es nicht vielleicht doch noch wichtigere Themen? Roux erzählte Jennifer, er wolle ein »Social Media Influencer« werden.

Jeden zweiten Tag stellte Jennifer ein neues Video auf ihre Seite, und ich konnte kaum erwarten, was sie als Nächstes postete. Es erschien aufregend, überraschend und lebendig. Ihr Leben bestand aus etwas, das ich nie haben würde, obwohl ich mir nicht sicher bin, ob es mir gereicht hätte.

An diesem Punkt ihres Lebens sah Jennifer so anders aus. Ihr Haar erschien natürlich, lang, lockig und vom Wind bewegt, als wäre sie schon seit Wochen nicht mehr beim Friseur gewesen. Jedes neue Video enthüllte einen weiteren Aspekt der Persönlichkeit meiner Schwester, den ich schon lange nicht mehr gesehen hatte. Sie erschien optimistischer und positiver. Ihr Lächeln war breit und ihre Stimme fest, die Lachfältchen um ihre Augen schienen im Sonnenlicht zu funkeln.

»Okay, Lauren«, sagte sie und zeigte durch die Kamera auf mich, während sie die Augen durchtrieben zusammenkniff, »wir haben über fünfhundert – ja, fünfhundert – 8K Oculus Rift-Kameras auf dem ganzen Festival verteilt und sogar an viele Teilnehmer weitergegeben. Es wird weder Dialoge noch Kommentare geben – nur Bilder und Ton. Keinen Soundtrack – bloß die natürlichen Geräusche des Festivals. Das wird eine Wucht.«

Mit jedem neuen Video wurde sogar ich von ihrer Begeisterung für das Projekt erfasst. Vielleicht würde es wirklich sensationell werden. Aber als sich meine Arbeit unweigerlich dazwischendrängte, erstarb meine Begeisterung. Zwei Wochen nach Jennifers Rückkehr in die sozialen Netzwerke betrat ich wie immer an drei Tagen in der Woche das Labor und wurde durch die

Dekontamination geschleust. Ich begab mich in den Umkleideraum, und als ich den Druckanzug vom Haken nahm, entschied ich mich, ihn kurz zu inspizieren. Ich kann nicht einmal den Grund dafür benennen; alles Mögliche kann den Übergang von Ablenkung zu Konzentration auslösen.

Als ich die Hände über den Anzug gleiten ließ, fiel mein Blick sofort auf einen Riss im Saum neben der Gesichtsplatte. Das war ein schockierender Anblick. Wie ein Muttermal oder eine Falte im Gesicht, die zuvor nicht da gewesen oder einem nie aufgefallen war, bis sie aus irgendeinem Anlass die Aufmerksamkeit auf sich zog. Unser Betreuungspersonal kontrollierte die Anzüge im zweiwöchigen Rhythmus, und sämtliche Mitarbeiter waren dazu ausgebildet, die Anzüge für die Schutzstufe 4 zu warten. Der Riss konnte unmöglich das zufällige Ergebnis von Verschleiß sein – selbst bei der oberflächlichsten Untersuchung wäre er aufgefallen. Im Kontext unserer Verfahrensweisen war das undenkbar. Die sich daraus ergebenden Konsequenzen hätten verheerende Folgen für meine Gesundheit haben können. Augenblicklich dachte ich an Sabotage, und diese Idee nistete sich in meinem Verstand ein und sollte auch so bald nicht wieder verschwinden. Von diesem Moment an nahmen meine Sicherheitsmaßnahmen im Labor beinahe die Form einer extremen Zwangsstörung an.

Als Jennifer mir die Nachricht schickte, sie sei zur gleichen Zeit wie ich in New York und wolle mich treffen, musste ich nicht lange darüber nachdenken. Endlich eine angenehme Ablenkung! Leider hatte Hector in dieser Woche Bereitschaftsdienst und würde es nicht schaffen. Ich wollte ihn wirklich gerne dabei haben, aber wenigstens würden Jennifer und ich etwas Zeit für uns haben, was schon seit Jahren nicht mehr möglich gewesen war. Ich konnte es kaum erwarten, sie zu sehen, und hastete durch meine Präsentation vor dem UN-Komitee für Infektionskrankheiten. Das klingt hochtrabend, aber tatsächlich war die Konferenz nicht mehr als eine kleine Versammlung von Wissenschaftlern, die sich hauptsächlich um die gemeinsame

Nutzung von Daten in einer neuen Datenbank drehte, die in Zukunft auf unseren geteilten Servern möglich werden sollte – nichts von großer Bedeutung.

Nach dem Ende meines Vortrags eilte ich aus dem UN-Gebäude über die Straße, ohne an dem üblichen zwanglosen Treffen teilzunehmen, das für gewöhnlich vom East River in die Bar des Hilton führte. Ich nahm einen Lyft, der mich zu der von Jennifer übermittelten Adresse fuhr. Es war eine alte Pfandleihe, die nur aus verblichenem Pastell und Neon bestand und irgendwie in der Vergangenheit steckengeblieben zu sein schien. Ich überprüfte die Adresse zweimal und schickte Jennifer eine SMS. Sie versicherte mir, das Restaurant befinde sich tatsächlich dort. Zumindest der Name stimmte: Beauty and Essex.

Ich betrat den schwach erleuchteten Raum, der sehr elegant war und sich vom äußeren Erscheinungsbild stark unterschied. Im Raum verteilt standen einige Tische und Bänke, und Jenny lief mir entgegen. Wir fielen einander in die Arme und küssten uns. Jennifer glühte förmlich. Endlich lag sie im Leben vorn. Wir erzählten uns das letzte halbe Jahr unseres Lebens, noch bevor wir überhaupt saßen. Wir bestellten beide eine Tomatensuppe und gingen unter viel Gelächter die letzten paar Monate durch, als ihr Handy summte. Ihr Blick glitt über das Display; sie lächelte, und ich wusste, dass das ihr neuer Freund sein musste – diese Art Lächeln war nur für wenige Menschen reserviert. Sie legte das Handy wieder auf den Tisch und wandte sich mir zu. »Er kommt«, sagte sie; bei den Worten hob sich ihre Stimme. Dabei brauchte sie es mir gar nicht zu sagen – darauf wäre jeder gekommen. Sie sah aus, als würde sie gleich vor Glück abheben.

»Das ist toll …« Bevor ich noch ein weiteres Wort sagen konnte, sprang Jennifer auf und warf sich in die Arme eines Mannes, der nur Mael Roux sein konnte. Er war attraktiv, kernig und schlank; sein Haar war nach Journalisten-Filmemacherart zerzaust. Die teure Kleidung war gerade genug zerknittert, um den Eindruck gespielter Gleichgültigkeit zu vermitteln. Nachdem sie sich ein paar Minuten lang mit innigen Zungenküssen begrüßt hatten, ließen sie sich mir gegenüber auf den Stuhl fallen, Jennifer setzte sich auf Maels Schoß.

»Es ist mir eine Freude, Sie kennenzulernen, Dr. Scott«, sagte er mit seinem französisch akzentuierten Englisch und schüttelte mir die Hand.

»Bitte nennen Sie mich Lauren.«

Wir aßen Poke Tacos und schlürften starke Drinks, während Mael und Jennifer enthusiastisch von ihrer Arbeit erzählten. Sie würden überall an Oculus Rift-Systeme übertragen und somit einen gigantischen kollektiven Rave erschaffen. Ich bemühte mich, offen zu bleiben. Zumindest war es mal eine originelle Idee.

»Nur eine Sache verhindert, dass wirklich alles aufgenommen wird.« Mael schüttelte sein leeres Glas, als würde neuer Scotch auf magische Weise erscheinen.

»Und die wäre?«, fragte ich.

Er hob die Hände. »Uns fehlen die technischen Möglichkeiten, Gloamings in dieses Projekt einzubinden.«

Ich zuckte mit den Schultern. »Das ist nicht überraschend. Für alle Technikunternehmen und Kamerahersteller ist das der heilige Gral. Aber bald ist es so weit. Sämtliche wichtigen Firmen arbeiten daran und geben Milliarden dafür aus.«

»Wenn dieses Projekt beendet ist, würde ich gern eine Dokumentation oder zumindest ein Interview mit Ihnen über Ihre Forschung machen.« Mael streichelte Jennifers Hand.

Damit hatte ich nicht gerechnet, und ihm würde meine Antwort nicht gefallen, aber vielleicht würde der Alkohol ja den Schlag dämpfen. »Das müssen Sie mit unserer Pressestelle klären, aber das ist eher unwahrscheinlich. Bei diesen Dingen sind sie ziemlich streng.«

»Vielleicht in ein paar Monaten«, fügte Jennifer hinzu. Der Ausdruck in ihren Augen verriet mir, dass sie hoffte, dass es klappen würde.

Bevor ich antworten konnte, stellte Mael eine weitere Frage: »Was halten Sie eigentlich von Ihrer Forschung?«

Eine Gänsehaut lief mir den Rücken hinunter. »Was meinen Sie?«

»Mir kommt es so vor, als würden Sie nach einer Heilung für das NOBI-Virus suchen. Das kommt doch der, wie heißt das bei Ihnen noch mal, der Eugenik recht nahe, oder nicht?« Den Arm um Jennifer gelegt, lehnte sich Mael zurück und ließ mich nicht aus den Augen.

»Ich habe denselben Eindruck«, warf Jennifer mit strenger Miene ein.

Der plötzliche Tonwechsel in unserer Unterhaltung machte mich betroffen, mein Gestotter verstärkte noch meine Unsicherheit. Es fühlte sich geplant an, und ich kam mir so unvorbereitet vor. »Nun, ich meine, mir geht es darum, mit unseren technologischen Fortschritten die Forschung voranzubringen, was die Präventivmedizin miteinschließt.«

Mael beugte sich vor, die Stirn konzentriert in Falten gelegt. »Aber Sie wollen doch verhindern, dass sich ein Teil dieser Gesellschaft, sagen wir, vermehrt. Ein Teil, der nach allen Maßstäben normal und produktiv ist. Das wäre so, als würden Sie versuchen, einen Embryo zu verändern, um eine bestimmte Rasse oder sexuelle Orientierung zu verhindern. Die kontrollierte Züchtung des Menschen.«

»Moment mal«, erwiderte ich, vermutlich selbst für dieses geräuschvolle Restaurant zu laut. »Damit hat meine Forschung nicht das Geringste zu tun. Ich versuche, etwas über ein bestimmtes Virus herauszufinden. Und Gloamings sind ja wohl kaum ein an den Rand gedrängter Teil unserer Bevölkerung.«

Jennifer starrte mich verwirrt an. »Und was geschieht, wenn NOBI irgendwann durch natürliche Selektion wie die Fortpflanzung weitergegeben werden kann? Geht die Forschung dann weiter? Wirst du dann immer noch nach einer sogenannten Heilung suchen?«

Ich kam mir überfallen vor und war wütend, und ich antwortete heftig, ohne vorher nachzudenken: »Aber garantiert.«

Danach war es inmitten des Chaos um uns herum sehr still.

Die Unterhaltung kam etwas weniger feindselig wieder in Gang und drehte sich um die neuen angekündigten Handys auf dem Markt oder ob die Warriors den fünften Pokal in Folge holen würden. Wir verabschiedeten uns mit Umarmungen und Küssen, die sich eher pflichtschuldig als ehrlich gemeint anfühlten. Ich versuchte, nicht darüber nachzudenken und mich darauf zu konzentrieren, wie schön es gewesen war, Jennifer wiederzusehen. Aber zwei Tage später glaubte ich, einen Schlag ins Gesicht zu bekommen: In *Wired* erschien ein Artikel mit mir auf dem Titelbild und der Unterschrift »Die neue Ära der Eugenik beim CDC«.

Der Artikel erörterte den Nutzen meiner Forschungen über das NOBI-Virus; im Grunde las es sich wie ein Aufwärmen vorheriger Artikel, was mich nicht störte. Das zugehörige Video hingegen war äußerst verstörend: Mael hatte unsere komplette Unterhaltung beim Essen in New York aufgezeichnet. Es ließ mich wie eine Närrin aussehen, der die ethischen Konsequenzen ihrer Forschung völlig egal waren. Im Fernsehen war ich noch nie gut rübergekommen, und ich wusste, dass mich mein Zorn trotz meiner wahren moralischen Überlegungen in diese Richtung gedrängt hatte. Mit Sicherheit würde es nicht lange dauern, bis meine Vorgesetzten von den Direktoren über dieses Video informiert wurden, was dann auf mich zurückfallen würde. Für diese Sache konnte ich keinen Verrat im CDC verantwortlich machen, trotzdem kam ich mir aus dem Hinterhalt überfallen vor.

Mir blieb kaum Zeit, den Artikel und das Video zu verarbeiten, bevor das CDC neben anderen Behörden und Unternehmen von der Ransomware-Attacke »Die Stadt braucht einen Einlauf« getroffen wurde – geziert vom Bild des »Jokers« mit einem breiten Lächeln. Der DDoS-Angriff auf die Server des CDC hatte nur minimale Auswirkungen, da sie einigermaßen dagegen geschützt waren. Allerdings hatte irgendein dämlicher Techniker ein paar meiner Forschungsdateien auf einem zeitweise ungesicherten Server ausgelagert, während er oder sie

»Tests« durchführte. Die Dateien wurden gelöscht. So viel zu »gesichert«.

Nach diesem Zwischenfall konnte ich das Gefühl nicht abschütteln, dass meine Arbeit von Mächten innerhalb und außerhalb des CDC untergraben wurde. Darum fing ich an, Kopien meiner Forschung auf ein privates Dropbox-Konto hochzuladen, obwohl ich genau wusste, dass das durch Behördenvorschriften und auch Bundesgesetze ausdrücklich verboten war. Aber ich konnte einfach nicht das Risiko eingehen, noch mehr von meiner Forschung zu verlieren oder dass meine Ergebnisse auf irgendeine Weise verändert wurden. Nichts davon war mit Sicherheit zu beweisen, aber ich wusste genau, dass das nur der Anfang war und ich mich auf die nächsten Schritte vorbereiten musste.

Die Forschung selbst spaltete die Leute bis zu einem gewissen Grad. Unter dem nach außen hin tadellosen Benehmen der Gesundheitsbehörden köchelte ein breites Spektrum aus verschiedenen Loyalitäten. Ich war es bereits leid geworden, zwischen den Montagues und Capulets des CDC navigieren zu müssen. Aber es war der innerbehördliche Auftrag für ein Memorandum über zukünftige Verfahrensweisen, der das Dynamit explodieren ließ und die Meinungen und Überzeugungen an die Oberfläche spülte. In Zusammenarbeit mit dem National Institute of Health (NIH) erarbeitete das CDC ein umfassendes Programm zur Prävention des NOBI-Virus, das dann veröffentlicht werden sollte. Zu den kontroversesten Vorschlägen gehörte unter anderem, in Gesellschaft fremder Gloamings an die eigene Sicherheit zu denken, vor allem eingedenk ihrer speziellen Nahrungsaufnahme, und zu überlegen, wie es um ihre Selbstbeherrschung bestellt war.

Ein verworfener früher Entwurf, den man verschiedenen Nachrichtenorganisationen heimlich zuspielte, enthielt einen Abschnitt, in dem über eine Registrierung der NOBI-Virusträger nachgedacht wurde, die dann in ein nationales Register aufgenommen werden sollten. Darüber hinaus diskutierte der Entwurf Verhaltensrichtlinien für Gloamings, die, sollten sie nicht befolgt werden, in einer zeitweiligen Quarantäne aus gesundheitlichen Gründen resultieren sollten. Natürlich gemäß den derzeitigen Statuten.

Zweifellos hatte jeder Mitarbeiter des CDC und des NIH andere Ansichten. Ich wollte einfach nur ein Heilmittel finden, weil ich die Ansicht vertrat, dass dieses Virus eine gesellschaftliche Bedrohung darstellte. Die Menschen hatten alle nicht gesehen, wovon ich in jenen frühen Monaten im Südwesten Zeugin geworden war.

Trotzdem sorgten der Auftrag und das Memo für eine größere Kontroverse, als sich der Direktor das vorgestellt hätte. Viele Anwälte vertraten die Ansicht, dass die Richtlinien im genauen Gegensatz zu derzeitigen Statuten und der Rechtsprechung standen. Selbst Akademiker und Politiker, die allem, was mit Gloamings zu tun hatte, skeptisch gegenüberstanden, hielten das Memo für einen Affront gegenüber den heiligen bürgerlichen Freiheiten, wie sie in der Verfassung verankert waren.

Tagelang war das Thema in den Abendnachrichten – will nicht jeder die Regierung hassen, wenn er dazu Gelegenheit hat? –, und die Präsidentin und das Kabinett wiesen zurück, etwas von dem Memorandum gewusst oder an seiner Erstellung mitgearbeitet zu haben, danach distanzierten sie sich noch von jedem seiner Aspekte. Der Gesundheitsminister, unser Boss, prügelte hart auf die Direktoren der Behörden ein, und das Drama tröpfelte langsam nach unten, zusammen mit der Anweisung, von sämtlicher Gloaming-Forschung Abstand zu nehmen.

Natürlich erschien mein Name in der Titelzeile des Memos, obwohl ich mit seinem Inhalt nicht das Geringste zu tun hatte. Bei meiner traurigen Berühmtheit und Medienpräsenz war ich ein bequemes Ziel. In den Tagen des Fallouts versuchte ich, den Leuten beizubringen, dass ich Wissenschaftlerin und keine Verwaltungsbeamtin oder Entscheidungsträgerin war, aber niemand schien den Wunsch zu haben, sich intelligent zu verhalten und eine andere Meinung als die eigene gelten zu lassen. Offenbar war es ansteckend, dass alle diese Leute nur das hörten, was sie hören wollten.

Aber das Memo schaffte etwas, was meine Forschung nie geschafft hatte: die Schützengräben im CDC ins Rampenlicht zu rücken. Man konnte sich nicht länger hinter Getuschel oder Nettigkeiten verstecken, auch nicht hinter der Budgetverteilung oder Personalanforderungen. Für mich war das ein entscheidender Augenblick, um feststellen zu können, wer meine Forschung unterstützte oder aktiv dagegen arbeitete.

Ich halte nicht viel von Zufällen, und das Schreckgespenst von Bauarbeiten im CDC-Hauptquartier auf meiner Büroetage war insofern eine Überraschung, weil man bei der Natur unserer Forschung normalerweise Monate zuvor über solche Dinge informiert wurde. Die Behörde brauchte genau einen Tag, um in die Gänge zu kommen und meine Besitztümer in den Keller zu verfrachten.

Ich akzeptierte es ohne jede Beschwerde – ach, zum Teufel, nach ein paar Tagen fand ich es sogar toll. Dort unten fühlte ich mich viel sicherer. Es gab weniger Besucher. Tatsächlich sah ich andere Leute nur während der Konferenzen im Labor. Das neue Büro war für mich wie eine Höhle. Ich spielte *Revolver*, *Pet Sounds*, *… And out Come the Wolves*, *Milo Goes to College* und *Walk Among Us* mit voller Lautstärke, ohne dass sich jemand beschwerte oder gegen die Wand hämmerte. Ich hatte meinen eigenen Moshpit, und niemand konnte auch nur das Geringste dagegen unternehmen. Ich verwandelte mich in jenes niederträchtige Mädchen zurück, das ich beim Medizinstudium gewesen war.

Ich war erst dreißig, aber jahrelang von anderen mies behandelt zu werden, hatte in mir einen tiefen Groll entfacht.

Und inmitten dieses ganzen Chaos und weil nun mal ein Unglück selten allein kommt, gelang mir in meiner Forschung ein Durchbruch.

Mein Einsatz der besten Mikroskope – vor allem Elektronenmikroskope mit hoher Auflösung – war durch die vom NOBI-Blut ausgehende Strahlung eingeschränkt. Ich hockte mit begrenzter Finanzierung im Keller und war gezwungen, primitivere Technologien zu benutzen: modifizierte Lichtmikroskope.

Unter diesen altmodischen Linsen stolperte ich über ein in der Probe verstecktes, nicht zu identifizierendes Prion. Es schien sich in einer Vorform zu befinden, und ich fragte mich, wie lange die Inkubationszeit dauern und was sie wohl hervorbringen würde. Würden sich die Kernattribute verstärken? In welcher Form würden sich diese Veränderungen manifestieren? Es war ein ungewöhnliches, aus vier Einzelsträngen bestehendes Minusstrang-RNA-Segment, das unter meinem Mikroskop auftauchte und wieder verschwand. Es schien das Protein neu zu falten und zu kräftigen, statt es zu zersetzen. Die meisten Prionen enthalten keine RNA, aber das hier schien verborgene Falten in sich zu tragen. Ich machte große Fortschritte darin, den Prozess der Neuerschaffung und die damit verbundene Verwandlung des menschlichen Körpers zu verstehen.

Aber ein Problem kam auf mich zu: Ich hatte die meisten in meinem Besitz befindlichen Proben verbraucht. Ich benötigte neues NOBI-Blut, selbst wenn es nur mikroskopisch kleine Mengen waren – egal was, um die zerfallenden Proben zu ersetzen.

Ich muss nicht weiter betonen, dass mir das schlechte Laune machte. Ich betete, dass ich mich nicht auf Computersimulationsmodelle verlassen musste, um meine Forschung zu vervollständigen. Das wäre so, als würde einem jemand erzählen, was sich im eigenen Unterbewusstsein abspielte, ohne dass man es überprüfen konnte. Als ich an diesem Abend nach Hause ging, hatte meine schlechte Laune ihren Höhepunkt erreicht. Ich glaube, Hector konnte sehen, dass ich deprimiert war. Dann redete ich meist zu viel und trank zu viel Wein.

Hector hatte sich in meiner Wohnung ausgebreitet, aber die Koffer standen noch geöffnet da, als wäre es nur für kurze Zeit – als würde er gleich wieder aufbrechen. Von wegen. Ich ließ ihn gewähren – ich hatte schon lange aufgehört, anderen Leuten vorzuschreiben, wie sie ihr Leben zu führen hatten. Tatsächlich hatte sich dieser staubige Cowboy aus Arizona recht gut an das kosmopolitische Leben in Atlanta gewöhnt: Wein, Sushi, Bio-Gemüse und Rindfleisch ohne rekombinante Wachstumshormone. Er entwickelte sich sogar so weit, sich zu erkundigen, ob meine Eigentumswohnung ein LEED-Zertifikat hatte.

Obwohl diese Wohnsituation nun schon seit ein paar Monaten bestand, entdeckte ich erst an diesem Abend einen gebrauchten Schlafsack auf dem Boden.

Hector warf mir einen Blick zu. »Den habe ich von Craigslist. Man weiß nie, wann man ihn brauchen kann.« Das konnte man natürlich über viele Dinge sagen.

»Vermutlich sollte ich die Lebensspanne der gewöhnlichen Bettwanze recherchieren«, erwiderte ich mit einem Grinsen.

»Womöglich würde das zu einem Heilmittel für NOBI führen. In diesen Dingen scheint Gott Humor zu haben«, erwiderte Hector. »Harter Arbeitstag?« Verlegen trat er den Schlafsack hinters Sofa.

Ich nickte und warf meinen Rucksack ohne Rücksicht auf die Bettwanzen zu Boden.

»Willst du mit mir ein paar Ideen diskutieren?«

Ich schüttelte den Kopf und riss ihm das Glas Wein aus der Hand. »Es geht weniger um die Wissenschaft als vielmehr … Die Proben zerfallen, und uns geht das brauchbare Material aus.«

Sein niedergeschlagener Ausdruck verriet mir, dass selbst er wusste, wie sinnlos die Hoffnung war, an neue Proben zu gelangen.

Denn das war es in der Tat. Selbst damals schon war es buchstäblich unmöglich, von einem Gloaming eine Blut- oder Gewebeprobe zu erhalten. Angeblich gab es in Frankreich, Russland und China ein paar Forschungskliniken, die sich – auf verschiedene Weisen – brauchbare Proben Gloaming-Blut besorgt hatten, aber ihre Forschungen waren nie an die Öffentlichkeit gelangt. Die Gloamings achteten streng darauf, nur mit ihren eigenen Privatkliniken in Kontakt zu kommen. Sogar bei einem Notfall waren Krankenhäuser für Menschen für sie tabu.

Gloamings entwickelten großes Geschick darin, ihr privates medizinisches Netzwerk aufzubauen, mit Hinterhof-Notfallambulanzen für jede vorstellbare Krankheit oder Verletzung. Die verwendeten Methoden wurden nie enthüllt, aber sie waren effektiv und versorgten die Gloamings mit der medizinischen Versorgung, die sie brauchten. Ich musste die Proben von Liza Sole mit denen anderer Gloamings vergleichen, wenn ich herausbekommen wollte, ob sie dieselben Eigenschaften teilten oder ob diese mit jeder Neuerschaffung wieder abgebaut wurden.

Ich wagte sogar, die extremsten Pläne in Betracht zu ziehen. Hector hatte mir erzählt, dass in den Monaten und Jahren seit dem Auftreten von NOBI Gerüchte über eine Untergruppe von heimatlosen Gloamings im Umlauf waren, die durch die Vereinigten Staaten und Europa wanderten. Blogs und Nachrichtenagenturen hatten ihnen den Namen Wanderer verliehen. Sie schienen die Mythologie von Bigfoot und Slenderman zu übernehmen, nur ohne die verschwommenen Fotos und die gefakten Fußabdrücke.

Berichte von Leuten, die behaupteten, einem von ihnen begegnet zu sein, beschrieben eine menschliche Kreatur, die sich von anderen Gloamings stark unterschied: Ungepflegt und kränklich legten sie dennoch gewaltige Kräfte an den Tag und einen verzehrenden Blutdurst. Nachts rannten sie wie tollwütige Hunde auf der Suche nach Nahrung in umgestürzten Mülleimern durch die Straßen. Falls es diese Kreaturen tatsächlich gab, mussten sie nach der Neuerschaffung eine genetische Mutation erfahren haben, die verhinderte, dass sie zu körperlicher und geistiger Vollkommenheit gelangten. Sie nahmen den Platz zwischen einer erfolglosen und einer erfolgreichen Neuerschaffung ein. Zwischen Leben und Tod. Hätte ich von ihnen doch nur eine Blut- oder Gewebeprobe bekommen und sie mit der Analyse von Liza Sole vergleichen können. Dann hätte ich einen

Ansatzpunkt gehabt, um die beste Methode zu finden, dieses Virus von anderen zu unterscheiden. Vielleicht hätte ich es sogar mit seiner eigenen RNA angreifen können.

Wir verfolgten und dokumentierten jede Wanderer-Sichtung, ganz egal wie lächerlich, in einem aufwendigen Diagramm, um dann zu versuchen vorherzusagen, wo sie als Nächstes auftauchen würden. Hector hatte es sich zur Aufgabe gemacht, die offensichtlich falschen Sichtungen von den halbwegs glaubwürdigen zu trennen. Noch hatten wir keine zuverlässige Spur gefunden, obwohl wir einen spontanen Ausflug nach Córdoba, Argentinien, unternommen hatten, um eine verlässliche Wanderer-Sichtung zu verfolgen. Sie war von einem Universitätsprofessor und seiner Frau im Ruhestand gekommen. Am Ende war es ein Fall von mutierter Tollwut gewesen, mit der sich ein Landstreicher angesteckt hatte.

Einen Monat nach diesem Ausflug erhielt ich einen Anruf von einem Journalisten namens Jerome Liu, mit dem ich eine zwanglose Arbeitsbeziehung aufgebaut hatte, indem ich ihn mit anonymen Zitaten und Informationen über die Regierungsreaktion auf NOBI und die Vorfälle, die auf seine Entdeckung gefolgt waren, versorgte.

Liu rief mich an und brüllte förmlich seine Begeisterung über die glaubhafte Sichtung eines möglichen Wanderers außerhalb von Melbourne, Australien, heraus. Verglichen mit seiner Aufregung waren die Details relativ schwach, aber mehrere Fakten erregten mein Interesse. Eine Presseerklärung der australischen Bundespolizei teilte mit, dass die Behörden nach einem weißen, möglicherweise fünfzig Jahre alten Mann suchten, der bei einem mutmaßlichen Einbruch und unbefugtem Betreten Widerstand geleistet und zwei Polizisten bei der Festnahme beträchtlich verletzt hatte.

Hector und ich brüteten über dem Bericht, als wäre er ein Mikroskop, durch das man ein Virus studierte. Die Beamten hatten Brüche an Rippen, Brustbein, Speiche und Schlüsselbein davongetragen, dazu kamen noch verschiedene innere Verletzungen. Den Beschreibungen zufolge waren diese nur mit den Händen verübt worden. Es gab keinerlei Hinweise darauf, dass der Angreifer eine Waffe benutzt hatte.

Die Sache erschien vielversprechend, aber Hector und ich hatten einander versprochen, nicht jeder halb garen Spur hinterherzujagen. Diese hier wirkte jedoch wirklich glaubhaft.

»So einen Schaden könnte kein Mensch anrichten«, meinte Hector mit undurchschaubarer Miene.

»Ich stimme dir zu.« Und das tat ich tatsächlich. Es musste ein Wanderer sein.

Hector streckte die Arme über den Kopf. »Wenn es andererseits wieder einmal nur heiße Luft ist …«

»Dann was?« Ich täuschte einen Schlag in seinen Magen vor, und seine Arme flogen nach unten, um sich zu schützen. »Wenigstens können wir wieder zusammen verreisen.«

Seit meiner Kindheit hatte man mich beschuldigt, meine Paranoia zu pflegen. Jeder Schritt nach draußen war eine Gelegenheit, entführt oder angegriffen zu werden. Therapie half, aber ich wusste, dass die Paranoia nur bis zur nächsten Gelegenheit Winterschlaf hielt.

Und die Gloamings weckten sie richtig auf. Mir ging es gut, aber ich stand kurz vor der Grenze zur Manie. Auf dieser Reise nach Australien würden jede seltsame Geste, jedes merkwürdige Gesicht oder merkwürdige Umstände, mit denen ich es zu tun bekam, meine wachsende Neurose weiter nähren. Das wusste ich. Man verfolgte uns – das konnte ich an verschiedenen Orten und in verschiedenen Fahrzeugen in den Gesichtern von Männern und Frauen erkennen, die uns anstarrten, bis ich sie erwischte und sie wegschauten.

Autos folgten uns zum Flughafen, und im Flugzeug – war das nicht der gleiche Kerl, der mich im Starbucks gemustert hatte? Er musste es sein und jetzt befand er sich auf unserem Flug? Hector konnte darüber nur den Kopf schütteln, aber ich wusste, dass auch er es spürte.

Als wir zu unserem Terminal gingen, schnappte ich Hector beim Arm und zog ihn weiter. »Was …?«

»Lass uns schnell einen Kaffee trinken«, sagte ich.

So langsam gewöhnte er sich an meine zahllosen Exzentrizitäten und nickte nur, als ich ihn zum Kaffeestand zerrte. Er sah mich aufmerksam an, und seine Miene besagte: »Du solltest besser eine gute Erklärung haben.«

»Mach es nicht zu auffällig«, befahl ich, »aber der Kerl mit der purpurnen Reisetasche ist derselbe, der heute Morgen an der Tankstelle war und danach im Starbucks. Und er war auch in der Drogerie, wo wir Advil gekauft haben.«

Hector drehte ganz langsam den Kopf, vorsichtig, aber neugierig. »Vielleicht. Ich weiß nicht.«

»Ich hasse es, wenn du das tust«, fauchte ich.

»Was denn?«, sagten wir dann gleichzeitig, obwohl mein Tonfall sarkastischer war. »Muss ich wieder alles erklären?«, fuhr ich fort. »Ich hasse es, wenn du alles von Anfang an ablehnst – nicht mit Worten, sondern mit deinem Verhalten. Das gibt mir den Eindruck, verrückt zu sein.«

Er schenkte mir dieses Halbgrinsen, und ich wusste, wann man eine Sache auf sich beruhen lassen sollte. Ich hatte meinen Standpunkt klar gemacht.

Im Moment musste das reichen. Ich wusste nicht, was ich eigentlich erwartete, aber mir war klar, dass diese Reise eine weitere Landmine sein würde, die wir überspringen mussten.

Bei unserer Ankunft in Melbourne war der Himmel klar und blau. Gegen Abend machten wir ohne Umschweife einen Treffpunkt mit unserer Kontaktperson aus: Jack King, ehemaliger Polizist und jetzt Sicherheitsberater, Journalist und Blogger. Das können Sie interpretieren, wie Sie wollen. Ich betete darum, dass er nicht zu diesen verrückten Verschwörungstheoretikern gehörte. Also das, was viele Leute über mich glaubten.

Ein mit der App herbeigerufener Lyft brachte uns in den Stadtteil Bayswater, wo wir King in einem Fish-and-Chips-Restaurant treffen sollten. Hector zog mich näher an sich heran, als wir uns den Weg durch einen Straßenblock mit heruntergekommenen Häusern und zerschossenen Straßenlampen suchten; an jeder Straßenecke standen irgendwelche Schlägertypen mit den Händen in den Taschen. Ich war mir nicht sicher, ob er mich oder sich selbst beschützen wollte.

»Wie wäre es, wenn wir uns das nächste Mal von dem Lyft direkt am Restaurant absetzen lassen?«, sagte Hector und blickte bestimmt zum zehnten Mal über die Schulter. »Ein Funke Vorsorge …«

»Ich hielt es für besser, ein paar Blocks zu laufen, um sicherzugehen, dass uns niemand beschattet«, erwiderte ich und ging schneller, obwohl ich diesen Plan nun auch infrage stellte.

Wir betraten das Lokal, dessen Tür ausgehängt war; in der Ecke kläffte ein Hund. Jeder Quadratzentimeter schien von einer schmierigen Schicht bedeckt zu sein. Und der Geruch erst: Das Aroma von ranzigem Fritteusenöl vermischt mit dem Abfallkübel eines Fischerboots. Der Raum wurde von nicht zueinander passenden Holztischen und Stühlen gefüllt, und in die Wand war eine schiefe Theke eingebaut. Daran lehnten diverse bärtige Kerle und … sie beobachteten uns.

Ein korpulenter Mann mit Hut, gebügelten Jeans und auf Hochglanz polierten Stiefeln vom Typ vagabundierender Cowboy nickte mir zu und kam näher. »Sind Sie Dr. Lauren?«

Ich nahm seine Hand. »Ich bin Lauren Scott. Sie müssen Jack King sein?«

»Das bin ich in der Tat.« Er sah Hector an. »Und Sie sind wohl Dr. Hector – ich habe schon viel von Ihnen gehört.«

Hector nickte, und seine Schultern senkten sich – endlich konnte er sich einen Augenblick lang entspannen. »Wie sieht der Plan aus?«

Jack setzte sich auf einen der Metallstühle und zog ein Blatt Papier hervor, auf dem ein Diagramm ausgedruckt war. »Das ist der Grundriss. Seit dem Zwischenfall mit der Polizei wurde der Wanderer noch mehrere Male in dieser Gegend gesehen. Also habe ich mich nach dem Grund gefragt.«

»Und, warum?«, wollte ich wissen.

»Ich habe mir ein paar der Baupläne der alten Gebäude in dieser Gegend angesehen, und was, glauben Sie, habe ich gefunden?« Er zeigte auf eine Stelle auf dem Blatt.

»Eine Blutbank?«, sagte Hector mit einem Lächeln.

Jack erwiderte das Lächeln mit einem schiefen Grinsen. »Zwei Häuser weiter. Ein altes, leer stehendes Haus, in dem früher einmal eine Stelle des Sozialamts war. Und der beste Teil daran: Im Keller gibt es einen Bunker.«

Ich warf Jack und dann Hector einen Blick zu, der aufstand und in die Hände klatschte. Das war unser Stichwort zum Aufbruch. Wir gingen einen Block, bevor sich Jack mitten auf dem Bürgersteig vor uns stellte.

»Ich habe eine Frage«, sagte er.

»Klar«, erwiderte ich.

»Ich frage mich, was wir machen, falls Sie ihn finden?«

Ich schaute zum Dach eines der Häuser und konnte Jacks und Hectors brennende Blicke förmlich spüren. Ich wusste, wie schwierig es sein würde, von einem Gloaming eine Gewebeprobe zu bekommen. So gut wie unmöglich. Für jedes Hindernis gab es einen Plan, aber der Versuch, sämtliche Züge und Gegenzüge zu ergründen, erschien wie das Szenario eines Kriegsspiels.

Alle meine Pläne endeten mit Blutvergießen. Zu Hause war alles so folgerichtig erschienen, aber hier im Regen war es so verdammt real. Für das alles hier konnte man unmöglich einen richtigen Plan schmieden.

»Ich habe eine Pistole mitgebracht«, erklärte Jack zögernd, sodass es beinahe wie eine Frage klang, als wäre das die Antwort auf alle unsere Probleme.

Wieder war ich ratlos. Was kann man schon erwidern, wenn man vorgeschlagen bekommt, eine Pistole zu benutzen?

»Eine Pistole würde uns eine brauchbare Probe verschaffen«, meinte Hector mit einem Blick zu mir, so als wollte er ergründen, ob ich wegen des Vorschlags wohl ausrasten würde.

Ich stieß ihm den Ellbogen in die Seite, und er zuckte mit den Schultern, aber er hatte recht. Vielleicht würden wir eine Pistole brauchen. So konnte es durchaus enden. »Gehen wir rein«, sagte ich, ignorierte die Möglichkeit mit der Waffe erst einmal und überließ es dem Zufall.

Wir gingen die zwei Blocks, und der Zorn in mir schwoll weiter an. Ich wollte die Sache abbrechen und morgen noch einmal anfangen, wenn wir einen vernünftigen Plan hatten, aber mein sturer Verstand weigerte sich, auch nur darüber nachzudenken.

Der Regen fiel stärker, und wir betraten die ehemalige Außenstelle des Sozialamts. Versuchen Sie sich vorzustellen, wie wir drei durch einen Seiteneingang schlichen, dessen Tür an rostigen Angeln hing. Als wir das dunkle, große Foyer betraten, zuckten ein paar verkrümmte Gestalten zusammen und liefen weg. Von der verrotteten Decke und den zerfallenden Mauern tropfte Regen auf unsere Jacken.

Auf der anderen Seite des Raumes führte uns Jack durch einen offenen Durchgang in den Keller zum Bunker. Das Licht unserer Taschenlampen huschte über die altersschwachen Mauern des Treppenhauses wie Kometen über den Himmel. Die Wände schienen uns wie eine schwarze Decke oder der Nachthimmel, den ich nun seit achtzehn Monaten fürchtete, einzuhüllen. Wir gingen drei Etagen nach unten, wo uns ein kaputter Fußboden und kalte Stille erwarteten. Wir hatten den Grund erreicht. Der Regen war nicht länger zu hören. Mein Licht glitt durch den Raum und fand nichts als bröckelnde Wände und Müll.

»Das ist viel größer, als auf dem Plan ersichtlich war«, sagte Jack und stieg über einen verrotteten Holzstapel. »Ich gehe hier entlang«, fuhr er mit einem erwartungsvollen Blick fort, als wollte er, dass ihm jemand widersprach.

»Klingt gut«, erwiderte Hector, während er versuchte, mit seinem Licht in alle Richtungen gleichzeitig zu leuchten.

»Nimm die entgegengesetzte Richtung, Hector, und ich gehe zu der Seite mit dem Büro«, sagte ich.

Angespannt sah er mich an. »Bist du sicher? Ich halte das wirklich für keine gute Idee.«

»Du wirst im Nachbarraum sein«, hielt ich dagegen. »Sollte ich nach dir rufen, brauchst du bestenfalls zehn Sekunden, um da zu sein. Und anders herum gilt das Gleiche.« Er nickte und setzte sich in Bewegung, ließ mich aber nicht aus den Augen, bis die Dunkelheit mir sein Gesicht nahm.

Ich setzte jeden Schritt wohlüberlegt, wobei ich die Taschenlampe wie einen Heiligen Stab der Unverwundbarkeit vor mich hielt. Ich leuchtete von einem Ende des Raums zum anderen, aber da waren nur Möbel und Müll. Ich duckte mich unter einem herabgefallenen Balken hindurch und schlüpfte in das Büro. Darin befanden sich eine zerfetzte alte Couch und ein schräg stehender Schreibtisch mit einem fehlenden Bein. Nichts deutete darauf hin, dass sich hier außer den Obdachlosen der Gegend noch jemand aufhielt.

Ich wusste, ich hätte zurückgehen und mich Jack und Hector anschließen sollen, aber vorher wollte ich den Rest der Etage erforschen. Im über den Boden huschenden Licht stieg ich alle paar Schritte über Flaschen und Injektionsnadeln. Am Ende der Wand befand sich eine große Tür, und ich konnte nicht erkennen, wo sie hinführte.

Ein Lastenaufzug. Das hätte ich mir denken können. Ich stemmte Tür und Scherengitter auf und trat hinein. Das Holz stank nach fauligen Wasserschäden, und das hätte eine Warnung sein müssen, ihn sofort wieder zu verlassen, aber ich ging einen Schritt zu weit und …

Krach!

Ich weiß nicht, ob das Holz oder mein Knöchel das Geräusch machten, aber der Schmerz ließ mich vor Zorn und nicht vor Furcht aufschreien. Ich zog den Fuß aus dem zersplitterten Holzboden und lehnte mich gegen die Wand der Kabine.

Hector und Jack würden sicher gleich herbeieilen, sie riefen bereits laut meinen Namen.

Ich ließ die Blicke durch die Kabine schweifen, meine Nase

zuckte, als sie den vertrauten süßlichen Geruch wahrnahm, und meine Instinkte übernahmen das Kommando, während meine Knie zitterten. Voller Schmerzen richtete ich mich auf und machte kehrt, um loszurennen …

Eine Gestalt baute sich wer weiß woher vor mir auf, und ich versuchte, mein anderes Bein zu heben, aber es wollte mir nicht gehorchen. Ich rutschte erneut aus, stolperte zurück gegen die Wand. Die Gestalt riss das Aufzugtor nach unten und das Scherengitter zu. Hämmernde Geräusche hallten durch die Kabine, als Hector und Jack an der Tür zerrten. Doch es war hoffnungslos.

Der Fahrstuhl setzte sich nach oben in Bewegung, und es überraschte mich, dass es in diesem Gebäude überhaupt noch Strom gab. Aber wir fuhren in die Höhe, und es kam mir so vor, als hätte ich zu viel Zeit, darüber nachzudenken. Es ist seltsam, welche Gedanken wir in solchen Augenblicken haben. Mein deutscher Schulkamerad auf der Graduate School kam mir in den Sinn. Er war so exzentrisch gewesen. Immer wieder mal wurde er gefragt, wo er herkam, und seine Antwort lautete stets: »Ich komme aus dem Freistaat Thüringen.« Er war ein nervöses Energiebündel und lamentierte stets über die vielen Dinge, die in jeder Situation schiefgehen konnten, ganz egal, wie harmlos sie war. »Wir sollten dort nicht essen. Wir könnten uns den Magen verderben oder keinen Parkplatz finden oder überfallen werden …« Er verabscheute die Situationen, in die ich geriet. Jedes Mal, wenn ich ihn irgendwohin mitnahm, murmelte er etwas von *durchwurschteln*. Eines dieser unübersetzbaren deutschen Worte. Seiner Erklärung nach bedeutete das so viel, wie sich ohne Plan durch eine Situation durchzukämpfen. Daraufhin hatte ich angefangen, in gewissen heiklen Situationen *durchwurschteln* zu murmeln. Eine Situation wie diese hier. Ich würde mich durchkämpfen, auf die eine oder andere Weise.

»Warum sind Sie hier?«, fragte eine Stimme mit einem kultivierten australischen Akzent.

Nicht einmal in diesem Augenblick konnte ich mich dazu

überwinden, ihm mit dem Licht direkt ins Gesicht zu leuchten, also richtete ich die Taschenlampe ganz langsam nach oben, als wäre meine Hand dafür nicht verantwortlich. Sein Gesicht sah fürchterlich aus, mit offenen, zur Hälfte verschorften Wunden und einer wie entzündet aussehenden roten Färbung. Das Ganze wurde von schwarzen Locken eingerahmt. Sein zusammengekrümmter Körper war dürr, als würde die Haut ohne alle Muskeln darunter nur die Knochen bedecken.

Mit einem Ruck hielt der Aufzug an. Der Mann öffnete das Scherengitter und stieß das Tor nach oben. Ungefähr anderthalb Meter entfernt befand sich eine weitere Tür. Er streckte mir die Hand entgegen, und ich konnte sie einen Moment lang nur anstarren, bevor ich sie nahm und mich in die Höhe stemmte. Ich bewegte mich mühsam auf einem Bein und legte eine Hand auf seine Schulter, während er zur Tür ging und ich hüpfte. Dabei suchte ich nach einem Fluchtweg.

Er stieß die Tür auf, eine Windbö spritzte mir Regen ins Gesicht. Wir waren auf dem Dach.

Der Wanderer führte mich an den Dachrand, und die unten funkelnden Lichter und der Lärm des dort herrschenden Chaos drangen gefiltert zu mir hoch. Meine Hände und Beine zitterten, und die Schmerzen in meinem Knöchel schienen für einen Augenblick zu verschwinden, überwältigt von den Nerven, die in meinem ganzen Körper Blitze abgaben.

»Warum sind Sie hier?«, fragte er erneut.

»Ich … ich bin Ärztin bei den Centers for Disease Control in den Vereinigten Staaten.« Mein Atem ging zu schnell, und ich sprach auch zu schnell. »Ich möchte von Ihnen eine Blut- oder Gewebeprobe für meine Forschungen über das NOBI-Virus.«

Der Wanderer lachte, und es klang, als würde man zwei Steine aneinanderreiben. Seine Lippen waren aufgesprungen und angeschwollen. »Mir geht es nicht gut. Ich bin nicht wie die anderen.«

»Das weiß ich«, erwiderte ich. »Genau darum will ich eine Probe von Ihnen.«

Er sah mir in die Augen, was die Angst vor Liza Sole wieder an die Oberfläche spülte. »Haben Sie darum den Mann mit der Pistole mitgebracht?«, fauchte er.

»Das ist einer der Gründe«, antwortete ich. Die Hand mit der Taschenlampe zitterte.

Er lachte wieder, und ich verspürte ein Frösteln, als würde sich eine kalte Hand um meinen Nacken legen. »Ein paar Bonuspunkte für Ihre Ehrlichkeit, Doktor. Aber Sie sind noch immer in den Miesen, meine Liebe. Sie müssen wissen, ich war selbst Arzt.«

Aus irgendeinem Grund ließ mich diese Behauptung näher an ihn herangehen, als könnte ich den Arzt in ihm erkennen. »Welches Fachgebiet?«

»Ich war Onkologe. Pädiatrischer Onkologe, wenn Sie es unbedingt wissen wollen.«

»Das ist hart.«

»Was Sie nicht sagen. Ich kann Ihnen den Namen von jedem einzelnen Kind sagen, das in meiner Obhut starb. Und jedes Mal, wenn es passierte, wollte ich mit ihnen sterben. Ich dachte über die verschiedenen Möglichkeiten nach, wie ich das schaffen könnte. Falls es einen Himmel gibt, würden sie mich vielleicht an seinen Toren erwarten. Um mich entweder willkommen zu heißen oder mir etwas an den Kopf zu werfen.«

»Ich würde das Erstere annehmen.«

»Sie werden niemals verstehen oder wissen können, was wir fühlen«, behauptete er.

Ich war mir nicht sicher, wie er das meinte, aber in gewisser Weise fühlte ich mich beleidigt. »Vielleicht«, antwortete ich schließlich und rieb mir den Knöchel.

»Wir fühlen alles. Das ist, als würde man in jeder Sekunde des Tages von Parasiten angegriffen. Unser Verstand ist unterteilt: da sind Wahnsinn, Wahrheit, Liebe, Hoffnung. Aber nichts treibt uns mehr an als unser Überleben. Sie können den ganzen Tag in Ihr Mikroskop starren, aber uns wird es immer geben.«

Sein Blick richtete sich auf den Horizont. »Welcher Plan, welche Schöpfung konnte nur Menschen wie uns hervorbringen? Was sehen Sie so zwanglos unter Ihren Mikroskopen, dass Sie meinen, erkennen zu können, was sich in unserem Inneren befindet? Unsere Fruchtbarkeit wird nicht in Eiern oder Samen gezählt! Und Sie wollen mit Ihren Mikroskopen eine sogenannte Heilung finden? ›Das Auge, in dem ich Gott sehe, das ist dasselbe Auge, darin mich Gott sieht‹. Heißt es nicht so?«

»Ich bin nicht …«

Er hustete und trat etwas zurück. »Scheiße. Ich war noch nie ein guter Schurke. Warum wollen Sie gerade mein Blut? Ich bin ein Fehlschlag. Tag und Nacht leide ich Schmerzen, als wollte mein Körper das verbrennen, was da in mir ist. Tag und Nacht. Angeblich können wir zweihundert oder mehr Jahre leben. Ich kann mir nicht vorstellen, so lange im Fegefeuer zu sein.«

»Ich will nicht …«

»Doch, Sie wollen!« In seinem Blick lagen die Möglichkeiten von hundert Jahren. »Aber die Sonne geht bald auf. Es kribbelt in meinem Rückgrat. Vermutlich irgendeine Angstreaktion. Ich vermisse das Tageslicht. Ich vermisse das alles. Wie hell es doch war.«

»Ich würde das auch vermissen«, erwiderte ich, mir nicht sicher, was ich dachte oder sagte. »Im Licht erwachen die Dinge zum Leben. Nichts ist verborgen.«

»Alles ist verborgen.«

Ein lautes Krachen hallte durch die regennasse Nacht, und ich riss den Kopf herum.

»Ihre Freunde sind da«, sagte er.

»Vermutlich sind sie wütend«, erwiderte ich. Als hätte er eine Warnung gebraucht.

Er hob die Hand, und ich hätte um ein Haar um Hilfe geschrien. »Hören Sie, ich bin noch immer Arzt. Ich habe meine Eide nicht gebrochen. Nehmen Sie es. Nehmen Sie das Blut und das Gewebe. Nehmen Sie sich alles.«

Ich öffnete meine Tasche und holte meine Blutröhrchen und ein Skalpell hervor. Er streckte mir den Arm entgegen. »Das sollte nicht lange dauern.«

»Was bedeutet mir schon Zeit?«, fragte er mit der Andeutung eines Lächelns, aber durch den Regen in meinem Gesicht war ich mir da nicht sicher. Er stützte mich. Ich zog den Ärmel seines schmutzigen weißen Hemdes zurück und entdeckte eine Ringtätowierung aus Gesichtern.

Ich schaute zu ihm hoch. Er konnte meine Frage erahnen. »Das sind nur Leute. Schneiden Sie sie raus. Nehmen Sie sich Fleisch und Blut, wenn es sein muss.«

Die Skalpellklinge schlitzte seine Haut auf, ein Geruch wie ein seltsames Parfüm stieg mir in die Nase – so ganz anders als der metallische Geruch unseres eigenen Blutes. Ich trennte ein Stück Haut ab und verstaute es in dem sicheren Metallbehälter. Der Wanderer legte den Kopf zurück, als das Blut ins Röhrchen floss, aber dann hielt er ihn ganz nahe an mein Gesicht, und ich fragte mich, ob ihm womöglich schlecht wurde. Oder ob ich in Gefahr war …

Ein lautes Krachen hinter der Tür zum Dach ließ mich den Kopf hochreißen, während ich das letzte Blutröhrchen verschloss. Ich hörte Hectors und Jacks Rufe und bemerkte nicht einmal, wie er von mir wegtrat. Ich spannte mein Bein an, um mich aufzurichten und die Hunde zurückzupfeifen, als Kugeln vorbeisausten und der Wanderer mich zu Boden stieß. Dann stieg er auf den Dachrand, und die vom Regen verzerrten Lichter ließen ihn wie eine alte Vogelscheuche aussehen. Er machte einen Schritt nach vorn, und ich schrie lautlos auf, als das erste Sonnenlicht durch die Finsternis und die wütenden Wolken strahlte.

In meinem Inneren herrschte völliges Durcheinander. Die Schubfächer, in die ich alles gesteckt hatte, quollen über, und Gedanken stolperten übereinander. Unsere gepackten Taschen standen auf dem Hotelbett, und Hector saß neben mir auf dem

Sofa und starrte die ordentlich im Medizinkoffer verstauten Proben an. »Das ist wertvoller, als wir uns vorstellen können.«

Ich nickte. »Hör zu, wir müssen aus diesem Hotel raus und zurück ins Labor, bevor meine Paranoia schlimmer wird.«

»Das wird deine ganze Forschung in eine neue Richtung lenken.«

»Das hoffe ich«, sagte ich mit einem mürrischen Ausdruck. Aber ich fragte mich, ob es wirklich einen Unterschied machen oder mich nur auf eine weitere verrückte Schnitzeljagd im Labyrinth des NOBI-Virus schicken würde, das sich bei jeder Neuerschaffung zu verändern schien. »Ich brauche noch einmal Blut von Liza Sole. Ich muss den Ursprung sehen. Und das ist so wahrscheinlich, wie im Lotto zu gewinnen.«

Hector strich sich durchs Haar und seufzte. »Hätte ich doch nur eine vernünftige Autopsie gemacht, dann stünden uns alle möglichen Proben zur Verfügung.« Er zeigte auf die im Behälter. »Was ist das? Warum ist das so dunkel?«

»Der Kerl hatte eine Tätowierung. Sag mal, was für eine Autopsie *hast* du eigentlich gemacht?« Plötzlich war ich auf Streit aus, um meine Nerven zu beruhigen.

Mit ungeduldigem Blick zuckte Hector die Schultern. »Eine oberflächliche Untersuchung. Ich musste auf deine Ankunft warten. Ich wollte nicht, dass die Feds auf mich sauer werden. Ich habe nur …« Er schlug mit der Hand auf den Tisch, und sein Handy hüpfte hoch.

»Was?«, schrie ich.

Hector sprang in die Höhe. »Liza Sole. Sie hatte eine Tätowierung in Nähe der Taille. Ich habe ein Foto gemacht …«

»Okay, und?«

»Und ich hatte die Befürchtung, sie könnte sich zersetzen, also habe ich sie herausgeschnitten!«

Ich kam ebenfalls hoch und hielt ihn fest. »Die Tätowierung? Du hast sie behalten?«

»Ja!«

»Du hast sie behalten!«

»Ja! Ich habe sie in einen Probenbehälter getan und ihn in den alarmgesicherten Kühlschrank getan.« Hector schaute zur Decke, als wollte er sich beim Himmel bedanken.

»Mein Gott, ich frage mich, ob sie noch da ist.« Ich verfluchte die Tatsache, dass ich mich in einem Hotelzimmer in Melbourne, Australien, befand und nicht in Nogales, Arizona. »Wir müssen sofort dorthin!«

Der helle Mond hätte mich in den Wahnsinn treiben können … Hector lenkte den gemieteten Prius die staubige Straße entlang, während ich auf dem Highway von Phoenix nach Nogales jeden schiefen Kaktus betrachtete. Es war Monsun-Saison, dunkle Wolken rangen mit dem blauen Himmel, und ich war Zeugin. Alles sah so anders aus als in jenen frühen Tagen, in denen wir wie die Goldgräber beim Goldrausch durch den Westen gestreift waren. War die Straße immer so lang gewesen? Waren am Horizont immer die Büsche im Sand gewesen? Damals war die Jagd so unberechenbar und aufregend erschienen – so intensiv und doch befriedigend. Damals war ich nicht so müde gewesen.

Wieder schaute ich aus dem Heckfenster. »Dieser Escalade ist noch immer hinter uns«, sagte ich selbstgefällig.

Hector warf einen Blick in den Rückspiegel. »Bist du sicher? Hinter uns sind mehrere Wagen.«

Ich verdrehte die Augen. »Wir haben die Probe des Wanderers, und bald könnten wir eine weitere Probe von Liza Sole haben. Dass mir der Besitz dieser Proben den letzten Nerv raubt, wäre eine Untertreibung. Wir müssen zurück ins Labor.«

Er nickte mir zu. »Kein Einwand.« Er warf mir einen Seitenblick zu. »Aber weniger Paranoia, bitte.«

Ich boxte ihn gegen den Arm.

In Nogales hielten wir vor dem Gesundheitsamt; hier befand sich das Büro des Gerichtsmediziners. Ich hatte ungefähr zwanzig Minuten bis vor unserem Eintreffen gewartet, bevor ich Sheriff Wilson anrief. Nur um zu vermeiden, dass jemand vor uns dort war, falls man unsere Anrufe abhörte. Noch mehr Paranoia, vielen herzlichen Dank. Ich drückte mich absichtlich vage aus, aber Wilson willigte ein, sich dort mit uns zu treffen. Als unser Wagen auf den Parkplatz einbog, wartete der Sheriff mit besorgter Miene vor dem Gebäude.

Wir stiegen aus und schüttelten uns die Hände. Hector riss ihn in eine Umarmung. »Schön, Sie zu sehen, Sheriff.«

»Vielen Dank, dass Sie bereit sind, sich mit uns zu treffen«, fügte ich hinzu.

Wilson schenkte uns ein trockenes Lächeln, was sein Gesicht noch faltiger machte. »Freut mich, Sie beide wiederzusehen. Ich will ehrlich sein. Ich mache mir Sorgen, warum Sie plötzlich hier sind.«

Während wir das Gebäude betraten, erzählten wir beide gleichzeitig vom vergangenen Jahr und wie sehr NOBI und das es begleitende Chaos uns verändert hatte. Nach ein paar Augenblicken kam Hector zum Punkt. »Ich suche nach einer Probe von Liza Soles Untersuchung, die noch immer hier sein könnte, falls sie nicht vernichtet wurde«, sagte er auf dem Weg zur Gerichtsmedizin.

»Haben Sie einen neuen Coroner?«, fragte ich.

Der Sheriff schüttelte den Kopf, während er den Cowboyhut abnahm und sich die Linie zwischen seinem gebräunten Gesicht und dem weißen Kopf mit dem Taschentuch abwischte. »Wir teilen uns einen mit Tucson. Die Ärztin kommt her, falls sie gebraucht wird. Mit dem eingesparten Geld habe ich ein paar zusätzliche Deputies eingestellt. Gott weiß, dass wir sie mehr denn je brauchen, wo diese ganzen Blutsauger-Groupie-Touristen herkommen, um ihren sogenannten Geburtsort zu besichtigen.«

»Ernsthaft?«, fragte Hector.

»Sicher. Sie kommen auf der Suche nach etwas, das es gar nicht gibt. Soweit mir bekannt ist, leben in dieser Stadt keine Gloamings. Und ich würde es wissen. Diese Touristen kommen, machen Ärger und reisen wieder ab.«

Wir betraten den Autopsieraum. Hector ging sofort zu dem großen Kühlschrank. Er überflog die Fächer mit den diversen Proben, und wäre ich religiös gewesen, hätte ich ein Gebet gesprochen, aber ich konnte nur hoffen, dass uns das Universum nach so langer Zeit etwas Gutes zugestehen würde.

»Ja!«, rief Hector und hob die Hand. Er hielt einen großen Glasbehälter wie einen Pokal. Und darin befanden sich Blut und Gewebe vom Körper Liza Soles. Zeit für das Konfetti und die Marschkapelle …

Hector suchte eine bequemere Position und verzog das Gesicht, als das unbequeme Bett in unserem engen Motelzimmer quietschte. »Wir mussten unbedingt dasselbe miese Zimmer beziehen, oder?«

Ich zuckte mit den Schultern und lächelte. »Vermissen wir nicht alle die guten alten Tage?«

»Ich vermisse es wirklich, von verrückten Gloamings niedergeschlagen zu werden.«

Ich stöhnte und warf die Hände in die Luft. »Scheiße.«

»Was?« Hector setzte sich auf.

»Der Kühlbehälter braucht mehr Eis. Ich will, dass diese Proben eiskalt sind.«

Er deutete auf den Kühlschrank. »Warum musst du es beschreien? Pack sie in den Kühlschrank.«

»Dem vertraue ich nicht«, erwiderte ich. »Gerade, als ich mich endlich entspannen wollte.« Auf gar keinen Fall würde ich die Proben einem Kühlschrank in einem alten, heruntergekommenen Motel anvertrauen. Ich würde kein Auge zutun und mich sorgen, ob sie auch kalt genug waren. Ich schnappte mir einen Eiskübel vom Tisch.

»Brauchst du Hilfe?«, fragte Hector.

Ich grinste spöttisch. »Ich glaube, das schaffe ich.« Ich verließ das Zimmer und trat in die warme Arizonaluft hinaus. An den anderen Zimmern vorbei ging ich zum Wäscheraum, wo die Eismaschine an der Wand stand. Ich kniete nieder und schob den Kübel unter die Öffnung. Als ich die Hand hob, um den Knopf zu betätigen, drückte etwas Hartes und Metallisches gegen meinen Schädel.

»Haben Sie etwas dagegen, wenn ich mir ansehe, wer mir eine Waffe an den Kopf hält?«, fragte ich.

»Füllen Sie den Kübel mit Eis und stehen Sie auf«, befahl eine männliche Stimme.

Ich gehorchte.

»Wir wollen nur die Proben«, sagte der Mann. Er trug eine blaue Bomberjacke und hielt die Waffe weiter auf mich gerichtet. »Dann können Sie beide Ihrer Wege ziehen.«

»Einfach so?« Ich verdrehte die Augen, aber in mir brodelte es wie ein Topf mit kochendem Wasser.

»Wenn Sie es leicht haben wollen, dann ja.«

Wir gingen zurück zu unserem Zimmer, und ich verfluchte mich dafür, dass wir wieder in diesem miesen Laden abgestiegen waren. Es heißt, man soll seinen Instinkten vertrauen, aber in der Rückschau sieht es nicht so aus, als hätte ich da eine große Erfolgsbilanz vorzuweisen. Vor der Zimmertür blieb ich stehen.

»Öffnen Sie die Tür, Doktor«, sagte der Mann.

»Ich habe den Schlüssel nicht dabei.«

Der Mann schwieg einen Moment lang, dann stieß er mich mit der Pistole an und trat neben den Türrahmen.

Ich klopfte.

Nichts.

»Noch einmal«, flüsterte der Mann.

Ich hob die Hand, um erneut zu klopfen, als sich die Tür bereits öffnete und Hector mit gereiztem Blick vor mir stand. Sollten wir das überstehen, versprach ich mir, diesen Ausdruck mit dem Handrücken aus seinem Gesicht zu schlagen. Er kniff die Augen zusammen und stützte die Hände in die Hüften. »Das nächste Mal nimmst du den Schlüssel mit«, sagte er, griff nach meinem Arm und zog mich ins Zimmer und zur Seite. Ich riss die Augen auf, als ich Sheriff Wilson mit gezogener Waffe auf der anderen Türseite stehen sah; er hieb dem Mann in der blauen Bomberjacke die Pistole gegen den Kopf.

Reifen quietschten auf dem Parkplatz, als zwei Deputies mit ihren Dienstwagen einen schwarzen Escalade blockierten. Ich musste lachen: Hector war doch nicht so ahnungslos und mit sich selbst beschäftigt. Möglicherweise würde unser Plan ja noch aufgehen.

Grinsend schüttelte Sheriff Wilson den Kopf. »Ich wusste doch, dass Sie beide sich in meinem County nicht aus Schwierigkeiten heraushalten können. Ich hoffe, es stört Sie nicht, dass ich Ihnen gefolgt bin.«

Ich konnte bloß breit lächeln.

Am Ende brachte ich die Proben in eine Fruchtbarkeitsklinik in Atlanta, wo ich behauptete, meine Eizellen aufbewahren zu wollen. Sie hatten keine Ahnung, dass es sich um die Probe handelte, aber ich brauchte einen anonymen Ort, um sie sicher aufzubewahren.

Jetzt war der Augenblick gekommen, meine Forschungen zu vollenden.

KAPITEL 14

WINTER
ZWEIUNDDREISSIG MONATE
NACH DER ENTDECKUNG VON NOBI

Marcy Noll
Nationale Sicherheitsberaterin der Präsidentin

Als man nach den Terrorangriffen von Los Angeles und New York den Nationalen Sicherheitsrat und das Ministerium für Heimatschutz vereinte, bekleidete ich gerade den Posten der ersten Nationalen Sicherheitsberaterin der Präsidentin. Der Kongressbeschluss, beide Behörden zusammenzulegen, erfolgte relativ schnell. Meine Beförderung kam überraschend kurz danach, als die beiden dienstälteren Berater vor mir abrupt zurücktraten; man hatte sie dabei erwischt, wie sie geheime Informationen an einen Reporter weitergaben. Den auf keinerlei Quellen gestützten Behauptungen verschiedener Blogs zum Trotz hatte ich nichts damit zu tun.

Man hatte mich vor der Arbeit auf dem Capitol Hill gewarnt. Er ist eine Jauchegrube aus Sexismus, durchsichtigen Wänden und Belästigungen. Vermutlich war man sich aber nicht darüber im Klaren, dass ich Spaß daran hatte, Hornissennester umzutreten. Sobald man gelernt hat, einem Übeltäter eine zu scheuern, wenn kein anderer in der Nähe ist, und ihn dann zu fragen, ob er sich traut, das an die Öffentlichkeit zu bringen; sobald man die subtile Kunst der Erpressung gelernt hat; sobald man einen Rivalen sabotiert und ihn das hat wissen lassen; sobald die Leute fürchten, auf deiner Liste der heute zu erledigenden Dinge zu landen – das alles erleichtert einem die Arbeit wesentlich. Es sind diese Art Meilensteine, die in Washington, D.C., unseren wahren Charakter enthüllen.

Nach Jahren zermürbender Tätigkeit in verschiedenen Budgetausschüssen war ich kurz zuvor an einen traumhaften Posten gekommen, und zwar beim ständigen Ausschuss des Repräsentantenhauses für den Heimatschutz. Wenn ich nicht gerade Strategien für neue Gesetze entwickelte, war es meine Pflicht, die Ausschussmitglieder über die aktuellen Geschehnisse zu informieren, die die Innere Sicherheit betrafen. Vieles davon unterlag der Geheimhaltung. Als Chief Counsel hatte ich die höchste Sicherheitsfreigabe, und der ständige Nervenkitzel, in unsere größten Geheimnisse eingeweiht zu werden … Es war berauschend! Und das trotz der seelenzerstörenden Atmosphäre dieser Stadt. Einmal klagte ich einem Bekannten gegenüber, ich könnte in D.C. niemandem vertrauen. Seine Antwort lautete: »Ja, aber abgesehen davon …«

Außerdem stach ich durch meine Beförderung meinen idiotischen Boss aus. Ich kann mich noch an den ungläubigen Ausdruck auf seinem Gesicht erinnern, als die Neuigkeit bekannt wurde – ein seltsames, aufgesetztes falsches Lächeln, wie das Dauergrinsen des Jokers. Ich hatte die Beförderung zweifellos verdient, aber dieser Schwachkopf hatte nicht einmal begriffen, dass er seine Chancen selbst torpediert hatte – ein Sexist bis zum bitteren Ende. Stets versuchte er, *persönliche* Themen in die Unterhaltung einfließen zu lassen. »Es tut mir leid, ich bin nun einmal ein ausgesprochen sexueller Mensch« – dieser Teil seiner Persönlichkeit muss mir übrigens entgangen sein –, war sein Standardsatz, während er die Zunge mit einem merkwürdig schmatzenden Laut über die Zähne gleiten ließ. Jahrelang war er damit durchgekommen, aber glücklicherweise hatte das Weiße Haus nicht die Absicht, in der Pressearbeit das Risiko einer solchen Zeitbombe auf sich zu nehmen; nicht, wo so viel auf dem

Spiel stand. Also erhielt ich den Zuschlag und das sogar ohne schmutzige Tricks anwenden zu müssen.

Das Jahr der Hölle begann mit dem Hackerangriff auf das Kraftwerk in Spring Meadow, das Philadelphia und Umgebung mit Strom versorgte. Der Angriff ließ über zwei Millionen Menschen mehr als eine Woche lang ohne Strom dastehen. Bis zu siebzig Prozent der einhundertzwölf Umspannwerke waren außer Betrieb. Es war eine verheerende ökonomische und das Alltagsleben betreffende Notlage und der erste Zwischenfall, der zu einer Neubewertung der Frage führte, wie unsere Behörden besser zusammenarbeiten konnten, um das amerikanische Volk zu beschützen.

Das war nur der Anfang eines Sommers voller Hackerangriffe auf verschiedene wichtige Strukturen in den Vereinigten Staaten, Europa und Asien. Beide Behörden arbeiteten blind – wie hält man einen Sturm aus Computercodes auf, der etwas angreift, das man nicht sehen kann? –, und der Kongress hielt die Zeit für gekommen, es mit einer vereinten Front zu versuchen. Ich wurde zur neuen Leiterin der zusammengelegten Ministerien ernannt.

Aber bevor der Kongress uns endlich bevollmächtigte, indem er die Gelder für Tracking und zusätzliche Sicherungen für die von den meisten Stromversorgern der Nation benutzten Computerprogramme bewilligte, wurden an der Ostküste zwei weitere Kraftwerke von einem Schadcode angegriffen.

Es folgten gezielte Hacks: Updates von Firmware, die ein Versagen bei äußerst wichtigen Nischendiensten verursachten. Systeme wie die Patientenüberwachung und Medikamentenausgabe in Krankenhäusern, die Ampelsteuerung in Großstädten, auf dicht befahrenen Hauptstraßen und bei der Flugkontrolle.[24],

---

24 Der Zwischenfall auf dem International Airport von Seattle-Tacoma zeigt deutlich den Schaden, den diese Hacker bei der zivilen Luftfahrt der Vereinigten Staaten und der Wirtschaft allgemein anrichten konnten. Den Hackern gelang es, im Kontrollturm die vom Computer erzeugten Flugstreifen für sämtliche Flüge zu verändern. Die Transponder der Flug-

[25] Bei derartigen essenziellen Funktionen gab es keinen Platz für Fehler, und ihre Störungen verursachten Schäden in Milliardenhöhe und einen beträchtlichen Verlust an Menschenleben.

Bei Privatunternehmen und Regierungsbehörden führte dies zu einem größeren Interesse für Server- und Computersicher-

---

zeuge senden ein verschlüsseltes Funksignal, das den Fluglotsen mit der jeweiligen Flugnummer, Höhe, Fluggeschwindigkeit und dem Zielort des Flugzeugs versorgt. Auf dem Radarschirm des Lotsen erscheint eine elektronische Zahl mit allen relevanten Informationen.
US Airways Flug 1231 und Air Lingus Flug 277 traten beide in die Kontrollzone des Seattle-Tacoma International Airport ein, als die Hacker ihre Anflugstrecken änderten. US Airways Flug 1231 flog über der Warteschleife des Flughafens nach Süd-Südost. Zur gleichen Zeit stieg Air Lingus Flug 277 über die Warteschleife auf fünfundzwanzigtausend Fuß und kollidierte mit der Maschine von US Airways, wobei alle Passagiere in beiden Flugzeugen getötet wurden.
Andere Flugzeuge wurden gezwungen, auf andere Flughäfen auszuweichen, während weitere Maschinen bis zur Landeerlaubnis kreisen mussten, nachdem die Fluglotsen die Sichtflugregeln in Kraft gesetzt hatten. Das Resultat war das schlimmste vorsätzliche Luftfahrtverbrechen in der Geschichte der USA.

25 In Brasilien ansässige Hacker, die im Auftrag verschiedener Nationen staatlich gesponsorten Terrorismus betrieben, griffen die Server des Hong Kong Sanatorium and Hospital an, ein 1922 gegründetes Krankenhaus, das allgemein als eines der besten in ganz Asien galt. Die Gruppe verschaffte sich mittels SQL-Injection Zugang zum Computernetzwerk der Einrichtung. Dort veränderte sie die Funktionen mehrerer Medizingeräte, darunter Insulinpumpen, Defibrillatoren und CT-Scanner. Die Defibrillatoren wurden angewiesen, deutlich mehr Strom abzugeben, was die Patienten tötete. Die Insulinpumpen verabreichten den Patienten zu viel Insulin, was in fünf Todesfällen resultierte. Drei weitere Patienten fielen ins Koma.
Die Hacker veränderten diverse Patientendokumentationen und Therapien, was zur falschen Medikation führte; zahlreiche Todesfälle und körperliche Schädigungen waren das Ergebnis. Darüber hinaus unterbrachen sie mehrere vom Computer per Fernsteuerung durchgeführte Operationen, was zu weiteren Todesfällen führte. Die Hacker manipulierten auch die Pflegeaufträge sämtlicher Patienten im Krankenhaussystem. Letztlich verursachte ihr Werk den Tod von fünfundsiebzig Patienten und beträchtlichen körperlichen Schaden bei dreihundert anderen.

heit. Nach den Vorfällen wurde die NSA mit dem neuen Heimatschutzministerium vereint. Die Leitung der neuen Behörde oblag dem Nationalen Sicherheitsrat.

Als neue Nationale Sicherheitsberaterin wurde der größte Teil meiner Zeit von dem langen Krieg gegen verschiedene Terrorgruppen und die zerfallenden russischen Regierungsstrukturen in Anspruch genommen. Dank meiner Arbeitswut lag mein Privatleben während dieser Zeit in Trümmern. Meine erste Scheidung lag Jahre hinter mir, und ich war darauf erpicht, wieder in den Ring zu steigen, aber ich konnte keine Verabredung einhalten. Und dann traten die verschiedenen Internetangriffe zutage, und wir mussten uns mit Strategien befassen, wie wir auf diese Angriffe reagieren sollten. Bei der undurchsichtigen Natur von Internetstörungen war es von entscheidender Bedeutung, sie gründlich zu untersuchen, um feststellen zu können, ob die Angriffe von einem anderen Staat unterstützt wurden. Einige dieser Attacken wiesen Verbindungen zu staatlichen Instanzen auf, und so begann ein Kalter Krieg im Internet mit Vergeltungshackerangriffen der USA auf andere Länder einschließlich China, Russland und Nordkorea. Und umgekehrt. Auch wenn das nie so an die Öffentlichkeit gelangte, wurden solche Angriffe während des Sommers alltäglich. Zwar deuteten die Medien an, dass die Störungen das Werk krimineller Elemente waren, die damit Geld machen wollten, aber die Realität bestand aus einem verdeckten Krieg von Hackern und Programmierern, die von Regierungen unterstützt wurden.

Das Gloaming-Problem hatte bei der Regierung einfach keine Priorität – nun, lassen Sie mich das zurücknehmen. Am Anfang hatten die Gloamings für die Regierung keine Priorität, was die *nationale Sicherheit* anging. Offensichtlich waren sie zuerst ein Gesundheitsproblem, aber nachdem sich die erste Hysterie wegen der unbekannten Aspekte des Virus gelegt hatte und das Gesetz des gleichen Rechts für alle verabschiedet worden war, wurden die Gloamings einfach nur ein weiteres Segment der Gesellschaft, wenn auch eines, das man noch nicht völlig verstand. Die Präsidentin betrachtete die Gloamings als Alltagsgeschichte und stellte sie zurück ins Regal.

Berichte, dass die Chinesen Experimente an einem entführten Gloaming durchführten und versuchten, ein Serum zu reproduzieren, das eine Armee von Gloamings erschaffen sollte, erfüllten uns mit Besorgnis. Bei ihren körperlichen Fähigkeiten, ihrer Kraft und der Fähigkeit zur Tarnung, war davon auszugehen, dass Wissenschaftler versuchen würden, sie zu Waffen zu machen. Aber wir alle wissen inzwischen, dass diese Experimente jämmerlich gescheitert sind – es ist eine wissenschaftliche Tatsache, dass ein Gloaming nur durch den Biss eines anderen Gloaming erschaffen werden kann. Die Fortpflanzung kann nicht im Reagenzglas stattfinden.

Und selbst dann scheiterte die Neuerschaffung oft. Fast die Hälfte starb während des Prozesses – viele der Menschen, die im Bann der Gloamings standen, schienen diese problematische Tatsache bequemerweise zu vergessen. Es versetzte der idealisierten Wahrnehmung der Neuerschaffung einen gewissen Dämpfer.

Normalerweise fanden unsere zweiwöchentlichen Ratssitzungen in einem sicheren Konferenzraum im Hauptquartier der Central Intelligence Agency statt, wo wir die aktuellen Ereignisse besprachen, die es möglicherweise auf unsere Liste der »relevanten Vorfälle« für das tägliche Briefing der Präsidentin schafften. Bei dieser speziellen Zusammenkunft, an der Richard Crawford, der stellvertretende Direktor der CIA, Lauren Scott vom CDC und ich teilnahmen, ging es um das Thema, ob man Gloamings als Bedrohung betrachten sollte. Unter den verschiedenen CIA-Analysten herrschte Uneinigkeit, ob man Gloamings als mögliche Bedrohung betrachten und den Geheimdienst auf sie ansetzen sollte.

»Können wir uns erst einmal auf Grundsätzliches beschränken?«, fragte Richard, während er sich eine weitere Tasse Kaffee einschenkte. »Können die Gloamings sich noch von anderem ernähren als Blut?«

Lauren hob die Hände und zuckte mit den Schultern. »Sie behaupten, sie können es. Unsere Forschung ist einigermaßen beschränkt, deutet aber daraufhin, dass sie nur durch den Verzehr von Blut überleben. Sie verfügen über ein bestimmtes Enzym, das den mikrobiologischen Zerfall des aufgenommenen Blutes in ihrem System verhindert, also kann das Blut in ihrem Magen dort wie feste Nahrung verbleiben. Es gilt allgemein als anerkannt, dass sie durch Tierblut überleben können. Aber wer vermag schon zu sagen, wie lange das funktioniert? Sie brauchen Menschenblut.«

Richard starrte sie finster an. »Toll. Wie eine Zecke.«

»Wie betrachten sie Nicht-Gloamings?«, wollte ich wissen.

»Was meinen Sie?«, fragte Lauren.

Ich rieb mir die Schläfen; mir dröhnte der Schädel. »Sind wir einfach nur Lebensmittelpackungen für sie oder eine Partnerspezies, die durch ein ethisches System, das alle empfindungsfähigen Wesen teilen, koexistieren kann? Also Dinge wie Vernunft, Werte, Religion. Irgendwas davon – sind sie einer Moral unterworfene Personen, die dem Leben anderer einen Wert beimessen?« Wie sollte man überhaupt damit anfangen, die Bedrohung durch die Gloamings einzuschätzen? *Wollten* sie unser Blut – oder *brauchten* sie es?

Richard goss sich die nächste Tasse Kaffee ein und rieb sich die Augen. »Diese Morde. Wir wissen, dass sie mit den Gloamings in Verbindung stehen. Warum sonst das Abtrennen der Köpfe?«

»Wenn sich Gloamings durch einen Biss ernähren, erschaffen sie die betreffende Person neu, es sei denn, der Kopf wird abgetrennt«, erklärte Lauren. »Die Gloamings sind bei der Neuerschaffung inzwischen sehr wählerisch geworden. Darum auch die Forschung zur Entwicklung von Geräten, die man am Hals einer Person anbringen kann, um sich ohne eine Neuerschaffung ernähren zu können.«

Richard versuchte nicht einmal, seine Abscheu zu verbergen. Wir beendeten die Besprechung ohne klare Antworten.

Natürlich erwischte die Neuerschaffung des Papstes die meisten Geheimdienste auf dem falschen Fuß. Vor allem die deutschen und britischen Geheimdienste waren durch diesen Vorfall verstört. Nachdem der Papst neu erschaffen worden war, erließen die Machthaber in China diverse Gesetze, die jede Neuerschaffung ihrer Bürger verbot. Gloamings wurde die Einreise verweigert. Das war ziemlich kurzsichtig, weil viele höhere Regierungsbeamte und reiche Chinesen Gloamings werden wollten. Aber das geriet durch den Terrorangriff auf die US-Botschaft in Buenos Aires und den 35-Tage-Krieg zwischen Israel und dem Iran, der sich auch auf den Libanon ausbreitete, in den Hintergrund. Die Präsidentin und der Außenminister waren damit beschäftigt, einen Waffenstillstand zu erreichen und den Dritten Weltkrieg zu verhindern. Ein Papst, der zum Gloaming wurde, war da nicht von dringendem Interesse.

Als Behörde war nur das FBI mit Bedrohungen durch die Gloamings beschäftigt, über seine Gloaming Crimes Unit. Aber das war eigentlich ein Problem der Strafverfolgung und hatte nichts mit der nationalen Sicherheit zu tun, bis das FBI das Verschwinden mehrerer hochrangiger In-vitro-Fertilisations-Ärzte auf der ganzen Welt untersuchte. Auch wenn andere das Problem mit der Nationalgarde als den auslösenden Funken betrachten, würde ich die IVF als den Beginn der derzeitigen Probleme betrachten.

In-vitro-Fertilisation oder IVF ist eine wissenschaftliche Methode, bei der eine Eizelle außerhalb des Körpers von einem Spermium befruchtet wird. In Amerika liegt die Erfolgsrate für Frauen unter fünfunddreißig Jahren bei ungefähr fünfzig Prozent. Ärzte entnehmen den Eierstöcken Eizellen und lassen sie in einem Reagenzglas befruchten. Eine Woche lang werden die Eizellen kultiviert und dann in den Uterus derselben oder einer anderen Frau implantiert – im Grunde wird eine Eizelle also außerhalb des Körpers befruchtet, um für eine erfolgreiche Schwangerschaft zu sorgen.

Der Gloaming-Rat, ursprünglich nur eine Personengesellschaft, begann heimliche Beratungen über ein Fortpflanzungsprogramm, um eine Möglichkeit zu finden, sich wie Menschen fortzupflanzen, also durch natürliche Schwangerschaft. Der erste von den Gloamings beauftragte Arzt war Dr. Larry Cranston, einer der führenden IVF-Experten der Welt. Er zog von New York City nach Las Cruces, New Mexico, und nahm eine Stellung bei der New Mexico State University sowie einer Privatklinik an, der Casablanca Lily Clinic. Diese bestand aus einer oberirdischen Etage und fünf unterirdischen Geschossen.

Dr. Cranston verfasste einen vertraulichen Bericht, den mein Sicherheitsrat während der Nationalgarde-Krise abfing. Darin dokumentierte der Arzt das Scheitern der Fortpflanzung bei hundert Prozent der teilnehmenden Gloamings. Die Studie stellte außerdem fest, dass bei vierzig Prozent der teilnehmenden Frauen ungeschützter Geschlechtsverkehr mit männlichen Gloamings zu einer irreversiblen Schädigung des Uterus führte. Darüber hinaus fand Cranston heraus, dass er sich für seine Tests auf primitivere Prozeduren verlassen musste, weil moderne bildgebende Methoden wie Ultraschall, Hysteroskopie und Laparoskopie bei den Gloamings wegen der von ihnen ausgehenden radioaktiven Strahlung nicht angewendet werden konnten.[26]

---

[26] Der relevante Teil des Berichts kam zu folgendem Schluss: »Wir hatten keine Möglichkeit, die tatsächliche ›Qualität‹ der Eizellen zu testen, aber durch die Kontrolle der Eierstöcke anhand des Anti-Müller-Hormons waren wir einigermaßen imstande, die Entwicklungsfähigkeit der bei unserem Verfahren benutzten Eizellen zu gewährleisten. Die meisten Frauen unserer Testgruppe waren im Alter zwischen einundzwanzig und fünfunddreißig, da bei Frauen über fünfunddreißig die Wahrscheinlichkeit des Embryonentransfers und einer Schwangerschaft mit einem überlebensfähigen Kind um siebzig Prozent sinkt. Unglücklicherweise lag der Prozentsatz von Gloamings, die mit assistierten Reproduktionstechnologien (ART) schwanger wurden, bei Null, obwohl der Prozentsatz der erfolgreich befruchteten Eier bei zehn Prozent lag. Was die Befruchtung angeht, waren die Ergebnisse wie folgt:

- männlicher Gloaming und menschliche Frau = 2
- menschlicher Mann und weibliche Gloaming = 3
- männlicher Gloaming und weibliche Gloaming = 5

Jeder Arzt mit ethischen Grundsätzen hätte die Studie an diesem Punkt abgebrochen oder zumindest ausgesetzt, um nach weniger invasiven Methoden zu suchen, erst recht, wenn man bedachte, wie gefährlich es war, den Gloamings einvernehmliche sexuelle Begegnungen zu erlauben. Aber nicht Cranston. Er machte weiter, obwohl der größere Prozentsatz der weiblichen Teilnehmer am Ende irreversible Erkrankungen davontrug, von Eierstockentzündungen bis zu Uterusmyomen. Seine Forschungen zeigten überdies, dass die Östrogen- und Progesteronwerte bei weiblichen Gloamings so niedrig wie bei menschlichen Frauen zu Beginn der Menstruation waren, und dass Gloaming-Frauen eine ähnliche Ovulations- und Lutealphase durchmachten. Der bedeutsamste Unterschied bestand jedoch darin, dass Gloamings keine Menstrualblutung hatten.[27] Dr. Cranstons Studie diagnostizierte das Problem als hybrides polyzystisches Ovarialsyndrom (POCS), bei dem Follikel kein voll entwickeltes Ei produzieren können.

Außerdem entdeckte Cranston, dass sämtliche weibliche Gloaming-Teilnehmer blockierte Eileiter aufwiesen, was das Spermium daran hinderte, die Eizelle zu erreichen. Bei einigen Studienteilnehmern verhinderten die Eileiter, dass ein befruchtetes Ei den Uterus erreichte. Dieser Zustand wurde dem erhöhten Plasmaspiegel, den vergrößerten Organen und der Ab-

---

Dank unserer relativ hohen Erfolgsrate bei einer Befruchtung, bei der ein Teilnehmer Gloaming-Merkmale hatte, glauben wir, dass zukünftige Fortschritte zu einer erfolgreichen Schwangerschaft führen könnten, die in der Geburt eines Kindes resultiert, das mindestens fünfzig Prozent Gloaming-DNA besitzt.

27 Cranstons Forschungen deuteten weiter darauf hin, dass die Hormone Östrogen, Progesteron und Testosteron auf natürliche Weise sekretiert wurden und für die Unfähigkeit der weiblichen Gloamings zur Fortpflanzung nicht verantwortlich zu sein schienen. Die Studie kam hauptsächlich zu dem Schluss, dass die Gloamings nach der Neuerschaffung keinen genau definierten Menstruationszyklus mehr besitzen. Bestimmte körperliche Abläufe scheinen jedoch einem Menstruationszyklus zu ähneln, wie etwa die Follikelphase.

nahme der Wassermenge im Gloaming-Körper zugeschrieben. Die Bildung bis dahin unbekannter Hormone war ebenfalls ein Grund für die Unfruchtbarkeit.

Die Gloamings schlugen dann einen entschieden »menschlichen« Weg ein, was einige Kommentatoren später als Ironie bezeichneten. Mit anderen Worten, nachdem Dr. Cranstons Studie gescheitert war und sie gezwungen waren, die natürliche Fortpflanzung aufzugeben, wandten sie ihr Interesse der nächsten Möglichkeit zu: In-vitro-Fertilisation.

Unter Geheimhaltung begann zwischen Caballo und Tularosa in New Mexico der Bau eines Labors inmitten der San Andres-Berge, ungefähr zweihundert Meter in den Felsen hinein. Der namenlose Komplex bestand aus vier großen, unterirdischen Gebäuden und einem über der Erde, mit klimakontrollierten Räumen mit neuester Technik. Unsere Überwachung deutete darauf hin, dass die Strukturen insgesamt aus vier sechstausendneunhundert Quadratmeter großen Hallen und Forschungslaboratorien sowie über fünfundzwanzig Verwaltungseinheiten mit mindestens zwei Meter starken Betonwänden bestanden. Das hätte einer Atomexplosion standgehalten. Die Wände wurden von einem zwei Meter dicken Betonwall geschützt, der von einem weiteren Betonwall von ungeklärter Dicke verstärkt wurde. Das Dach wurde aus verstärktem Beton gebaut und war von sechzehn Metern Erde bedeckt.

Darüber hinaus enthielt die Anlage einen Zwei-Jahres-Vorrat an Treibstoff, einen Tiefbrunnen, NBC-Filtersysteme, Geothermalheizung und Kühlung. Das Labor war für die Arbeit unter Kriegsbedingungen gebaut und schloss manuell bediente Ventilatoren ein, für den Fall, dass Strom oder Gas ausgingen. Die Ventilationsöffnungen entlang des Baus wurden von Druckventilen aus Titan geschützt. Ein Druckventil wird durch eine Stoßwelle geschlossen, bleibt aber sonst geöffnet, was die Lebensfähigkeit der Anlage und ihrer Insassen gewährleistet.

Die Gloamings konnten den Bau dieser Anlage überraschend lange geheim halten. Eine Woche nach der Wahl von Nick Bindon Claremont zum Gouverneur von New Mexico entdeckte ein Wanderer in den San Andres-Bergen die Baustelle des Labors. Mit dem Handy schoss er ein paar Fotos, bevor ihn eine private Sicherheitsgesellschaft davonjagte. Er stellte die Fotos bei Reddit ein, in ein paar Subreddits, bei denen es um das Wandern und die Landschaft von New Mexico ging. Die Diskussion darüber, was denn nun in der Gegend gebaut wurde, schaffte es schnell auf die Titelseiten.

Sofort explodierte das Internet.

Zuerst verweigerte Gouverneur Claremont jeden Kommentar zu den Berichten.

Als Baugenehmigungen einer neuen Firma namens Rio Grande Institute mit einer von Nick Bindon Claremonts Unternehmungen in Verbindung gebracht wurden, gab er eine Presseerklärung heraus, laut der er tatsächlich die führende Kraft hinter dem Labor war. Man betonte ausdrücklich, dass die Anlage für medizinische Forschungen sowohl für Menschen wie für Gloamings gedacht war, mit Schwerpunkt Krebsforschung. Aber das konnte die aufkommenden Verschwörungstheorien kaum im Zaum halten – dass es sich bei der Anlage um eine gewaltige Blutbank für Gloamings handelte, die sich vom Blut diverser im ganzen Land verschwundener Personen ernährten. Oder dass man im Labor Möglichkeiten zur weiteren Steigerung der enormen Körperkraft der Gloamings erforschte.

Mehrere Monate zuvor waren diverse In-vitro-Ärzte und Forscher verschwunden. Nach dem fünften Vermissten und einem Artikel im *Wall Street Journal* leitete das FBI eine Untersuchung ein. Bis zu dem Fall von Dr. Maggie Fitzpatrick hatte es so gut wie keine Beweise gegeben.

Dr. Fitzpatrick wurde das letzte Mal beim Verlassen einer Bar namens One-Eyed Cat gesehen, wo sie sich mit Kollegen auf einen Drink getroffen und aufgebrochen war, nachdem sie verkündet hatte, müde zu sein. Die Kameras in der Bar zeigten, wie Maggie allein nach draußen ging.

Der Parkplatz befand sich hinter der Bar, aber um dorthin zu gelangen, musste man um das Gebäude herum. Es lag in der Innenstadt, also benutzten die meisten Leute entweder den Bürgersteig oder eine Gasse. In der Gasse gab es keine Kameras, aber gegenüber vom One-Eyed Cat hing eine über einem Restaurant. Die Überprüfung der Aufnahme in der relevanten Zeitspanne zeigte niemanden, der Ähnlichkeit mit Dr. Maggie Fitzpatrick hatte.

Also musste sie die Gasse benutzt haben. Der Parkplatz verfügte über mehrere Kameras, die bewiesen, dass es Maggie nie bis zu ihrem Auto geschafft hatte. Das FBI grenzte ihre Entführung auf die Gasse neben der Bar ein – die Kamera von dem Restaurant auf der gegenüberliegenden Seite zeigte einen Lieferwagen, der genau zu dem Zeitpunkt, in dem Maggie die Bar verließ, in die Gasse einbog. Eine alarmierende Zahl weiterer Überwachungskameras in der Gegend war in jener Nacht plötzlich ausgefallen, aber eine in einem Antiquitätenladen in der Nähe versteckte Kamera zeigte denselben Lieferwagen ungefähr eine Stunde, bevor Maggie die Bar betrat. Die Seitentür des Wagens stand geöffnet, aber in der Aufnahme war nur Statik zu sehen – was dem Feedback von Gloaming-Anwesenheit entsprach.

Das FBI übergab die Untersuchung an seine Gloaming Crimes Unit, die mehreren ergebnislosen Spuren nachjagte, bis die Neuigkeit über das Labor in New Mexico an die Öffentlichkeit drang. Das FBI und insbesondere Agent Calvin James fand die Verbindung schnell und bestätigte, dass mehrere Firmen folgende Dinge an das Labor verkauft hatten: Lagertanks, Gefrierschränke für Embryonen, inverse Mikroskope, Inkubatoren, Petrischalen und Laborteller.

Obwohl wir jetzt genug stichfeste Beweise für den geheimen Zweck von Gouverneur Claremonts Laboratorien hatten und beweisen konnten, dass Dr. Maggie Fitzpatrick mutmaßlich von Gloamings entführt worden war, konnten wir die beiden Fakten frustrierenderweise nur theoretisch miteinander in Verbindung bringen. Und die Gloaming Crimes Unit musste um jeden Preis vermeiden, mit schwachen Beweisen anzukommen, denn das hätte nach Verschwörungstheorien gerochen. In diesem Fall hätte die Einheit Wochen oder Monate verloren, weil sie sich mit der Gloaming-Verteidigungsliga der ACLU hätte herumschlagen müssen.

Also blieben die Ermittlungen des FBI erst einmal stecken, bis Dr. Maggie Fitzpatrick aus dem Labor entkam und bestätigte, dass sie zusammen mit vier anderen Ärzten entführt und gezwungen worden war, Fortpflanzungsmöglichkeiten für die Gloaming-Gemeinde zu erforschen. Ihre Bemühungen waren erfolglos geblieben, bis eine Gloaming-Frau namens Leslie Claremont das erste Gloaming-Baby auf natürliche Weise zur Welt gebracht hatte.

Aber mittlerweile hatte der andere Ärger begonnen, und das FBI besaß nicht die Ressourcen, um gegen das Labor zu ermitteln.

Der erste Bombenanschlag auf eine Behausung von Gloamings fand in Portland, Oregon, statt. Zuerst hielt man es für eine Explosion durch ein Gasleck oder dergleichen. Aber als man herausfand, dass eine Bombe für die Explosion verantwortlich war, traten das ATF und das FBI auf den Plan. Während der Untersuchung fand das FBI Strahlungsspuren, die darauf hinwiesen, dass das Haus für einige Zeit von Gloamings bewohnt worden war. Die Überprüfung der Immobilie ergab seltsamerweise, dass das Haus zwei Jahre zuvor von einer Firma erworben worden war. Um den eigentlichen Käufer zu finden, musste man sich durch ein Labyrinth aus Akten und Briefkastenfirmen wühlen, die nur gegründet worden waren, um den wahren Besitzer des Hauses zu verschleiern.

Zuerst glaubte das FBI, es könnte sich um eine Neuauflage der IS-Terrorangriffe vom vergangenen Sommer handeln, aber jene drei Attacken hatten sich auf Regierungsgebäude oder Einkaufszentren konzentriert, und keine bei der Zelle gefundenen Beweise deuteten darauf hin, dass sie je in Betracht gezogen hatten, Wohnhäuser anzugreifen. Da die Gloaming-Gemeinde so abgeschottet war, konnte es alle möglichen Gründe geben, warum jemand sie attackieren wollte.

Die zweite Bombe explodierte in Tempe, Arizona, in einem weiteren Wohnhaus in einem ruhigen Oberschichtsviertel in der Nähe der Berge. Am Tatort gefundene Überreste der Bombe wiesen italienische Aufschriften auf, die FBI und Interpol zu einem Baustoffhändler in Neapel zurückverfolgten. Interpol untersuchte bereits zwei weitere Bombenanschläge in Italien und Deutschland mit ähnlichen Umständen – beide Male hatte es sich um Häuser von Gloamings gehandelt.

Die Explosionen hatten weder Gloamings noch Menschen verletzt, aber die Gloamings wollten sich nicht verhören lassen und tauchten einfach unter. Jede Hoffnung, ein Motiv zu finden, erschien so gut wie ausgeschlossen, bis Agent Zumthor, der befehlshabende FBI-Ermittler, in den Trümmern in Tempe, Arizona, eine beschädigte Festplatte fand. Die wiederhergestellten Daten dokumentierten Lieferungen von Dextromethorphan an verschiedene Orte der USA. DMX ist eine psychoaktiv wirkende Hustenarznei, die in freiverkäuflichen und verschreibungspflichtigen Medikamenten enthalten ist und je nach Dosis Halluzinationen und Wahnvorstellungen hervorrufen kann. Gloamings besorgten sich oft DMX und konsumierten es, obwohl diese Festplatte der erste handfeste Beweis dafür war, dass sie aktiv mit der Droge handelten.

Die anderen Dokumente auf der Festplatte waren an gewisse Mitglieder des katholischen Klerus in Nord- und Südamerika gerichtet, die der Sache der Gloamings und einer Neuerschaffung aufgeschlossen gegenüberstanden. Der Gloaming-Rat hatte die Neuerschaffung des Papstes und die dadurch hervorgerufene Kirchenspaltung nie öffentlich kommentiert. Aber anscheinend waren die Gloamings viel interessierter an dieser Situation, als sie durchblicken ließen.

Der Orden von Bruder Klaus und sein Anführer, Bischof Lawrence Thomas, bildeten die Speerspitze der Gloaming-Gegner in der katholischen Kirche. Es konnte nie bestätigt werden, dass sie an der Ermordung der Kardinäle im Vatikan oder des Papstes – falls er tatsächlich ermordet worden war – beteiligt waren, aber die meisten Geheimdienste in Amerika und Europa hielten den Orden für die Organisation hinter den Anschlägen.

Die Regierung der Vereinigten Staaten unternahm keine legalen Schritte gegen den Orden, aber das FBI behielt ihn im Auge und überwachte ihn in unregelmäßigen Abständen. Und wenn einige der Mönche zu den verschiedensten Aktivitäten nach Europa reisten, sah man sich das genau an. Allerdings fand das FBI niemals Beweise für irgendwelche Straftaten, da die Mönche außerordentlich sorgfältig darin vorgingen, kriminelle Handlungen oder die wahren Zwecke ihrer Reisen zu verschleiern.

Die Untersuchungen der Bombenanschläge halfen den Geheimdiensten, die Ziele und Ansichten der Gloamings besser zu verstehen, aber den Motiven für die Anschläge waren wir keinen Schritt nähergekommen. Agent Zumthor – der zu der Zeit in der Minderheit war, wie man eingestehen muss – hielt die Angriffe für mehr als nur einen Konflikt unter Gloamings. Er glaubte, dass hier größere Mächte im Spiel waren, die bis in die oberen Ränge der Gloamings und der katholischen Kirche reichten.

Diese Mächte verrieten ihre Gegenwart schließlich durch das Auftauchen eines einzigen Fingerabdrucks. Nach der Bitte um Amtshilfe bei der Verfolgung einer potenziellen Spur durch das FBI und Interpol fanden die italienischen Behörden an ihrem Tatort einen Metallstreifen, der vermutlich von dem Behälter stammte, der die Bombe enthielt. Auf diesem Metallstreifen befand sich ein einzelner Fingerabdruck.

Die Datenbanken von Interpol und FBI warfen dieselbe Übereinstimmung aus. Ich kann mich noch an den Anruf von Agent Zumthor erinnern, als er den Treffer verkündete.

»Wer zum Teufel ist Bernard Kieslowski?«, fragte ich.

Es ist möglich, zugleich erschöpft und aufgeregt zu sein, denn genau so klang Zumthor. Er seufzte. »Der Orden von Bruder Klaus, Ma'am. Und jetzt geht alles wieder von vorn los.«

KAPITEL 15

IN DER ZWISCHENZEIT

Die Sucherin

Ich vermisse meine Mutter und meinen Vater. Und auch meine Schwester. Aber ich kann nicht zurück. Ich bin mir nicht einmal sicher, ob wir dasselbe Blut teilen.

Stattdessen suche ich die Geräusche und den Anblick des Nachthimmels, des von Schatten verhüllten Horizonts, der dunklen Häuser. In einigen Nächten, wenn sich mein Verstand leert, kann ich die Stille hören und von anderen unterscheiden, wie sie vielleicht in der Wüste oder im Wald klingt. Sämtliche meiner vorangegangenen Leben tropfen aus meinem Verstand. Die Tochter, die Studentin, die Schwester, die Freundin – sie alle verschwinden zwischen den Bäumen oder im Buschland. Ihre Gesichter sind mir zugewandt, wenn sie davontreiben.

Heute haben meine Sinne sie ersetzt, es gibt kein Ich, keine andere, jedes Gefühl ist ein neuer Chor der Welt. Die Drogen, die ich früher nahm – Alkohol oder Kokain, H oder Molly –, sind verglichen damit Geister. An ihre Stelle treten Geräusche und Licht – ich spüre die Nerven in meinem Körper auf- und abschweben. Ich suche die Musik in einer Straßenbar, Leute an den Billardtischen, einsame Bartender, die Lichter und den

Lärm. Ich hätte die ganze Nacht aufbleiben können – oder gar Wochen, hätte mein Körper nicht nach der kalten Erde verlangt. Oder nach mehr Freunden, würde ich sie nicht wie ein Vogel betrachten, der den Wurm sieht, bevor er ihn vom Blatt pflückt. Der Falke, der Hase. Der Panther. Der …

Die Menschen sehen jetzt anders aus. Ich sehe ihre Gesichter und die Gefühle, die sich dort abzeichnen: Ekel, Wut, Trauer, Furcht, Glück, Überraschung, Verachtung und Unterwerfung. Noch bevor sie sie zeigen. Ein Muskelzucken, dessen sie sich nicht einmal bewusst sind. Ein Schritt, ein Hinken – jeder Schritt, den sie machen, verrät mir etwas über das, was sie in diesem Augenblick denken.

Ich kann ihre Furcht und ihre Freude riechen. Alles an ihnen fasziniert mich. War ich jemals so leicht zu entschlüsseln …

Es ist klar, dass ich nicht mehr ich bin. Dass selbst diese Erinnerungen, diese Worte, diese Geschichten eine Art Belastung sind. Aber das Verlangen hält mich zurück, so wie es mich antreibt, und all diese Gedanken, die längst vergessen waren, kehren gelegentlich zurück, wenn ich einem alten Cowboy auf der Gitarre zuhöre oder Vivaldi auf der Stereoanlage im Auto oder einfach dem Säuseln des Windes zwischen den Bäumen. Ich muss nach der Freude in Erfahrungen und der Liebe suchen … die Freude, die in diesem Ort liegt, darin, die Toten zu erwecken, wenn es uns passt.

Was bleibt, ist die langsame, pulsierende Erfahrung des nächsten Tages, der nächsten Nacht, der Nacht danach. Oder das Lied des traurigen Musikanten, das in meinem Mund stirbt. Der Hirsch, dem ich über das Feld folge, oder die Eule, die sich genau wie ich durch ihre Beute definiert und erlöst wird. Den Sonnenaufgang muss man nur einmal sehen, um ihn immer wieder sehen zu wollen – oder die Geburt eines Kindes oder den letzten Atemzug eines Hirschs. Was kann man mir noch antun? Man kann dieser Welt keine Frage stellen, so wie man sie nicht infrage stellen kann – man kann sie nur fragen, was als Nächstes kommt.

KAPITEL 16

FRÜHLING
VIERUNDDREISSIG MONATE
NACH DER ENTDECKUNG VON NOBI

Hugo Zumthor
Leitender Special Agent der
Gloaming Crimes Unit, FBI

Washington, D.C., ist meine Stadt, und von außen ist sie wunderschön – wo es zählt, dachte ich im Stillen, als ich aus meinem Bürofenster blickte. Manchmal neige ich dazu, meine Gedanken treiben zu lassen, so wie an dem Nachmittag, als sich Interpol an die Gloaming Crimes Unit wandte und die Enthüllung über Bernard Kieslowski, Radikaler und Terrorist, mit einer Reihe *Pings* in meinem Posteingang landete, eine Mail nach der anderen, bevor ich die erste überhaupt geöffnet hatte.

Das Teilen von Informationen unter Behörden war noch immer irgendwie neu, also war es eine ziemliche Überraschung zu erfahren, dass die Drug Enforcement Administration und Interpol jede Bewegung von Miguel Velazquez Trevino, dem Kopf des Golfküstenkartells, dem größten und profitabelsten Drogenkartell der Welt, verfolgten. Trevino war als El Gusano bekannt (der Wurm), da er Ware mit aufwendigen, schwer aufzuspürenden Tunneln in die Vereinigten Staaten schmuggelte; sie wurden von verstärkten Stahlträgern gestützt, mit Strom versorgt und verfügten über eine versteckte Belüftung und sogar ein primitives Schienensystem. Ein Verbrecherkönig wie Trevino ließ sich neuerschaffen? Eine der größten Befürchtungen der Regierung wurde wahr. Ich konnte es nicht abwarten, mich darin zu verbeißen – bildlich gesprochen.[28]

Man schickte mich nach Neapel, um die Ermittlungen mit Interpol zu koordinieren. Wir hatten die Information erhalten, dass Trevino nach Europa wollte, um sich von einem aalglatten sizilianischen Verbrecherboss namens Abramo Moretti[29] neu erschaffen zu lassen. Das geschah alles recht schnell, obwohl ich nach meiner Ankunft in Rom eine Weile brauchte, um mich an das gemütliche Tempo der Ermittlungen dort zu gewöhnen. Da wurde so viel herumgesessen, geredet und darauf gewartet, dass sich Dinge »ergaben«. Ein Beispiel: Eines Nachmittags saß ich draußen am Tisch eines römischen Cafés und betrachtete zusammen mit der Interpolagentin Emanuela Baresi die Menschenmengen, die durch die geschäftigen Straßen eilten.

»Wie können Sie hier nur leben?«, fragte ich. »Ich wurde bereits zweimal von einem Taschendieb ausgeraubt.«

Emanuela schüttelte das glänzende schwarze Haar und lächelte. »Ich habe früher in New York gelebt«, sagte sie, als würde das meine Frage beantworten.

---

28 Miguel Velazquez Trevino war Kopf des sogenannten Golfküstenkartells (GFC). Das GFC fing mit Mohn- und Marihuanafarmen an, aber nach ein paar Jahren schmuggelten sie Marihuana, Methamphetamin, Kokain und Heroin in die Vereinigten Staaten und nach Europa. Trevinos Reinvermögen wurde auf 10 Milliarden Dollar geschätzt, und jedes Jahr listete ihn Forbes als einen der reichsten Männer der Welt. Darüber hinaus stand er auch noch auf einer anderen bekannten Liste: die zehn meistgesuchten Personen des FBI.

29 Moretti wurde im Alter von achtzig Jahren von einem unbekannten Schöpfer in einem leer stehenden Schloss in Sizilien neu erschaffen. Danach wurde er in Gloaming-Kreisen als Schöpfer bekannt, der keine Fehlschläge zu verzeichnen hatte. Wenn Moretti eine Neuerschaffung in Betracht zog, spielte Geld für ihn dabei keine Rolle. Er suchte einfach aus, wen er wollte – allen Berichten nach war er sehr wählerisch.

Ich pochte mit der Espressotasse auf den Tisch. »Was ist so toll daran, in Rom zu leben?«

»Es ist nicht New York.« Emanuela warf den Kopf zurück und lachte.

Von unserem Tisch beobachteten wir ein vierstöckiges Apartmentgebäude aus dem achtzehnten Jahrhundert, das ungefähr einen halben Häuserblock entfernt stand. Dort sollte sich Trevino verstecken, ein Verdacht, der bestärkt wurde, als ich gerade die Hand hob, um einen weiteren Espresso zu bestellen, und mich eine Explosion vom Stuhl schleuderte.

Eine Stunde später stand ich mit Emanuela und ihrer Einsatztruppe in der ausgebrannten Höhle einer Wohnung in der dritten Etage. Auf dem Boden lag Geld in den verschiedensten Währungen verteilt. Wir fanden die teilweise verbrannte Leiche von Miguel Velazquez Trevino, der anscheinend noch nicht neu erschaffen worden war. »Wir sollten besser in Mexiko anrufen«, murmelte Emanuela.

Und wie aufs Stichwort reichte einer ihrer Offiziere ihr die Phantomzeichnungen zweier Männer. »Wer sind die?«, fragte ich.

»Die beiden wurden gesehen, wie sie vor der Explosion die Nebenwohnung verließen.«

Ich studierte die Abbildungen. »Wissen Sie, wer das ist?«

»Oh ja, ohne jeden Zweifel«, sagte sie. »Das sind Bernard Kieslowski und Kamel Paquet. Der Orden von Bruder Klaus.«

Bernard Kieslowski, französischer Staatsbürger und Sohn eines polnischen Immigranten und einer französischen Mutter, wuchs durch die Tuberkulose seines Vaters, die Kristof Kieslowski zu vielen Ärzten in ganz Frankreich führte, in mehreren Städten auf. Bernards Mutter Juliette war Ingenieurin und gab ihrem Sohn und einzigem Kind zum Entsetzen ihres agnostischen Ehemanns Heimunterricht, um für eine strenge katholische Erziehung zu sorgen.

Im Alter von sechzehn Jahren wurde der junge Bernard ernsthaft krank. Eines Morgens fand ihn seine Mutter mit hohem Fieber, wie er wirres Zeug redete. Am Abend schrie Bernard plötzlich: »Fürchtet meinen Zustand nicht, denn ich trage die Male unseres Herrn auf dem Leib«, dann fiel er in ein Koma. Als Juliette ins Zimmer gestürzt kam, wiesen Bernards Hände die Wunden von Jesus Christus am Kreuz auf: die Stigmata.

Koma und Stigmata blieben tagelang bestehen. Wieder einmal zum Entsetzen ihres Ehemanns Kristof beharrte Juliette darauf, dass der Junge kein Krankenhaus brauchte. Er würde durch das Gebet gesunden. Also betete sie Tag und Nacht an seinem Bett. Am siebten Tag, als Kristof kurz davorstand, seinen Sohn falls nötig gewaltsam ins Krankenhaus zu bringen – zum Teufel mit seiner Frau –, bildeten sich auf Bernards Stirn Wunden, die jenen von einer Dornenkrone ähnelten. So lautet zumindest die Geschichte, und am Ende des siebten Tages spät in der Nacht erwachte Bernard mit einem lauten Aufschrei aus dem Koma.

Die Ärzte konnten seine Genesung nicht erklären. Das trieb Juliette in ein noch strikteres religiöses Leben. Sie zog aus dem Schlafzimmer ihres Mannes aus, um noch mehr Zeit im Gebet verbringen zu können, betete mehrmals am Tag stundenlang den Rosenkranz.

Ein paar Monate später trat Bernard zu Juliettes Entzücken ins Kloster Bellebranche ein. Selbst Kristof unterstützte ihn dabei – er erkannte, dass sich sein Sohn wirklich nach einem religiösen Leben sehnte. Im Seminar schloss Bernard Freundschaft mit seinem Mitseminaristen Kamel Paquet. Kamel wurde in einem Bergdorf in Algerien geboren, ganz in der Nähe des uralten französisch-algerischen Klosters Notre-Dame de l'Atlas. Nachdem eine Horde Extremisten die meisten Dorfbewohner abgeschlachtet hatte, setzte man Kamel vor den Klostertoren aus. Später wurde er nach Bellebranche gebracht, wo er und Bernard sich kennenlernten und als Gleichaltrige schnell zu Freunden wurden. Nach ihrer Priesterweihe arbeiteten sie ein paar Jahre auf den Feldern des Klosters und kümmerten sich um die Blaubeersträucher, Avocado- und Apfelbäume.

Wie die meisten Priester interessierte sich Bernard für die Gloaming-Infiltration der katholischen Hierarchie, aber das Kloster fühlte sich von allem abgeschirmt an, weit weg von dem Lärm in Rom und dem Rest der Welt. Bis zu dem Tag, an dem Bernard ein kaputtes Rohr in der Küche reparierte und dabei die Nachricht erhielt, er dürfe einen dringenden Anruf seiner Mutter entgegennehmen.

Bernard ging davon aus, dass es sich nicht um gute Neuigkeiten handelte – eigentlich war es den Mönchen verboten, mit Menschen außerhalb des Klosters zu kommunizieren. Und so war es auch: Als er den Hörer nahm und das Schluchzen hörte, wusste er, dass sein Vater tot war.

Bernard bekam vom Klostervorsteher die Erlaubnis, am Begräbnis teilzunehmen, und als er bei seiner Mutter in Alençon eintraf, begrüßte er sie und ging dann zur Kathedrale, um vor dem Eintreffen der Trauergäste zu beten.

Er hatte ungefähr eine Stunde am Altar des Heiligen Josef gebetet, als er sich einer gewissen Unruhe bewusst wurde. Eine Gruppe aus vier Männern kam in eine aufgeregte Unterhaltung vertieft zum Altar.

Bernard roch einen seltsamen, süßlichen Geruch, der selbst den starken Duft des Weihrauchs und der Kerzen übertraf.

Die vier Männer blieben stehen, als sie Bernard am Nebenaltar entdeckten. Einer von ihnen, ein hochgewachsener Mann mit grauen Haaren, näherte sich Bernard. Er trug einen dunklen Anzug mit einem dünnen Pullover darunter. Bernard, der übermüdet und in Trauer war, ärgerte sich darüber, dass der Mann sein Gebet unterbrach. Das erschien ihm äußerst schlechtes Benehmen, erst recht, da sich der Mann in Begleitung von zwei Priestern befand.

Bernard hielt in seinem Gebet inne und schaute auf.

Aus der Nähe war das Erscheinungsbild des Mannes mit seinen goldenen Augen und seiner beinahe funkelnden Haut schockierend. Von ihm ging eine deutlich fühlbare Energie aus.

»Wie geht es Ihnen?«, fragte er. »Ich bin Monsignore Amaud Laurent und ich verwalte diese Gegend für die Diözese.«

Bernard begriff. Das war einer dieser Gloamings, von denen so viele Leute gesprochen hatten. Er war noch nie zuvor einem begegnet, erst recht nicht beim Klerus.

»Wie geht es Ihnen, Monsignore?«

»Gut. Wie ich sehe, sind Sie betroffen – ist es die Art, wie ich mich kleide?«

Monsignore Laurent spielte mit ihm, aber Bernard wollte nicht, dass der Mann wusste, wie unbehaglich er sich fühlte. »Ganz genau. Es ist Ihre Kleidung.«

Laurent lächelte, aber es war kein freundliches Lächeln. »Ich wusste, dass Sie ohne Furcht sprechen würden, Bruder. Tatsächlich habe ich seit Ihrer Ankunft in Bellebranche schon viel von Ihnen gehört.«

»Ach ja?«

»Ja, Bernard. Ich habe den Eifer gesehen, den Sie und Kamel bei Ihren Pflichten im Kloster an den Tag legten. Meiner Meinung nach könnte man diesen Eifer auf andere Wege lenken, um unsere Kirche weiterzubringen.«

»Die Kirche bewegt sich immer weiter«, erwiderte Bernard und nahm Blickkontakt auf, obwohl das sehr schwerfiel. Sein Herz schlug schneller, sein Blick schien bei jeder Bewegung des Monsignores zu verschwimmen.

»Das ist wahr, aber es ist nicht bei allen Leuten der Fall.« Laurent kniete sich neben Bernard. »Ich gründe meinen eigenen Mönchsorden. Ich glaube, dort könnte auch ein Platz für jemanden wie Sie sein. Jemand, der der Neuerschaffung offen gegenübersteht.«

Die Frechheit dieses sogenannten heiligen Mannes! »Mit allem nötigen Respekt«, sagte Bernard, »ich habe kein Interesse an einem neuen Orden.«

Monsignore Laurents Lächeln wurde grausam. Voller Mitleid. »Dann mögen Ihre Tage gesegnet sein, mein Freund.«

Wie sich herausstellte, sprach Monsignore Laurent bei Kristofs Begräbnis das Rosenkranzgebet. Bernard konnte nur neben seiner weinenden Mutter sitzen und innerlich vor Wut schäumen. Dennoch blickte Laurent Bernard gelegentlich mit einem Lächeln an. Nach dem Gottesdienst strömten die Trauergäste zu dem Monsignore, als wäre er ein Rockstar oder ein Mystiker. Selbst Juliette war von diesem arroganten und bösen Mann wie verzaubert. Aber Bernard konnte die Wahrheit erkennen.

Kein Jahr später traten Bernard Kieslowski und Kamel Paquet dem Orden von Bruder Klaus bei.

Hier werden die Einzelheiten dürftig. Ausgebildet von Mitgliedern, die einst in anderen Ländern den Special Forces angehört hatten, war Bernard während der Probleme mit Papst Viktor II., die zu der großen Spaltung der katholischen Kirche führten, in Rom. Für die Wahl des neuen Papstes muss das Kardinalskollegium das Konklave einberufen. Aber der Kardinaldekan, ein gewisser Kardinal Benelli, weigerte sich. Er war kurz zuvor neu erschaffen worden und wusste, dass die Nicht-Gloaming-Kardinäle den Gloamings zahlenmäßig überlegen waren, was bedeutete, dass der nächste Papst mit Sicherheit kein Gloaming sein würde. Es kursierten sogar Gerüchte, dass die Gloaming-Kardinäle bereit waren, ein ausschließlich aus Gloamings zusammengesetztes Konklave einzuberufen, aber selbst Kardinal Benelli musste begriffen haben, dass die Kirche einen solchen Papst niemals unterstützen würde. Das Konklave wurde verschoben und dann noch einmal verschoben, während die Fraktionen der Gloamings und Nicht-Gloamings debattierten.

Ein Patt trat ein.

Der Orden von Bruder Klaus kam zu folgendem Schluss: Wollte man die Kirche retten und der Spaltung ein Ende machen, gab es dazu nur eine vernünftige Methode – man musste Kardinal Benelli ermorden. Nachdem der Orden in den Mauern des Vatikans mutmaßlich drei der Gloaming-Kardinäle ermordet hatte, wurde Kardinal Benellis Sicherheit weiter verstärkt. Aber der Orden war geduldig. Kardinal Benelli genoss seine neue Berühmtheit und nahm in den meisten Nächten an irgendwelchen Veranstaltungen teil.

Wir wissen, dass Bernard und Kamel länger als ein Jahr lang vom Orden beauftragt waren, Kardinal Benelli zu beschatten. Der Orden wartete und beobachtete.

Benellis Lieblingsrestaurant La Focaccia war eines der ältesten Lokale in der Nähe der Piazza di San Pietro. Das kleine Restaurant befand sich zwischen zwei großen Kaufhäusern. Gloamings nehmen keine feste Nahrung zu sich – sie ernähren sich allein von Blut –, aber Bernard und Kamel kamen zu dem Schluss, dass es vor Benellis Neuerschaffung sein Lieblingsrestaurant gewesen war und er es einfach genoss, den Besitzer zu besuchen und in die Stimmung dort einzutauchen.

Nachts beschatteten Bernard und Kamel den Kardinal, am Tag beobachteten sie das Restaurant. Sie aßen sogar häufig dort, kamen aber einfach nicht darauf, warum Benelli La Focaccia so liebte. Hier war alles ganz gewöhnlich. Es war einfach nur ein weiteres italienisches Restaurant in der Nähe der Vatikanstadt.

In Rom gibt es ausufernde uralte Tunnelsysteme, die selbst heute noch den meisten Menschen verborgen bleiben. Auch wenn viele davon nirgendwo hinführen und untereinander keine Verbindungen haben, untersuchten Bernard und Kamel schließlich verschiedene Tunnel, um herauszufinden, ob einer davon bis zum La Focaccia reichte. Sie fanden zahlreiche Sackgassen, bis Kamel eines Nachmittags zufällig in der Basilika San Clemente Halt machte, um die Mosaiken und Fresken zu bewundern und am Altar des Heiligen Josef zu beten. Die Kerzen brannten hell, und der vertraute, schwelende Geruch spendete ihm Trost – da überkam ihn ein anderes Gefühl. Die Gegenwart eines Gloamings. Kamel hielt den Kopf im Gebet gesenkt, warf aber verstohlen einen Blick zur Seite. Aus einer Tür trat eine Gestalt und ging zum Vordereingang der Basilika. Seltsam. Wo war der Gloaming hergekommen?

Ein Blick nach oben zeigte Kamel das Touristenschild neben der Kollektebox. Obwohl sein Italienisch nicht das beste war, konnte er dort lesen, dass die Basilika über drei tiefere Ebenen verfügte, in denen es Durchgänge zu verschiedenen Tunneln des alten Roms gab. Auf der zweiten Ebene befand sich eine weitere, ältere Basilika, und die Touristeninformation erklärte, wie sie in den vorangegangenen Jahrhunderten genutzt worden war. Kamel nahm sich vor, Bernard darauf hinzuweisen, dass sich hier ein weiteres Gebäude mit einem uralten Tunnelsystem befand, aber zuerst musste er selbst nachsehen, wo der Gloaming hergekommen war.

Er begab sich zu der Seitentür. Natürlich war sie verriegelt, aber nicht sehr sicher. Er zog eine schmale Klinge aus der Tasche und schob sie in das uralte Schlüsselloch. Nach ein paar Versuchen glitt der Riegel zurück.

Eine lange Treppe führte in die Tiefe. Ein paar Kerzen an den Wänden spendeten Licht. Kamel stieg vorsichtig die Stufen hinunter, bis er das dritte Kellergeschoss erreichte. Hier führte der unbearbeitete Steinboden zu einem Altarraum von unbestimmbarer Größe. Kamel hörte eine Bewegung; neben einem Altar auf einem Sockel ertönten ein paar Stimmen. Dort standen auch mehrere Steinsärge von unterschiedlicher Länge.

Im schwachen Licht bemerkte er einen weiteren offenen Durchgang, der zu einer separaten Reihe von Tunneln führte. Er holte den Kompass hervor und ging im Kerzenlicht zu dem Tunnel nach Osten. Nach hundertfünfzig Metern stieß er auf eine mit einem biometrischen Scanner verschlossene Tür. Offensichtlich war das kein in Vergessenheit geratener Gang, was ihre Aufgabe nicht einfacher machte. Trotzdem war das ein Durchbruch: Nach fast einem Jahr Beschattung in der Stadt hatte Kamel einen entscheidenden Beweis gefunden. Er holte sein Handy hervor und schoss ein Foto, dann textete er Bernard.

An dem steinernen Türrahmen hing ein verrostetes Schild: »La Focaccia: gegründet 1520 A.D.«

Am festgelegten Tag bewaffneten sich Bernard und Kamel mit diversen Anti-Gloaming-Waffen, darunter Sprengstoff und eine modifizierte Karbonstahlsichel. Die Sichel, mit der man einem Gloaming den Kopf abschneiden konnte, nannten sie das *Einig Wesen*. Sie trugen teure Anzüge, die eher zu reichen Playboys oder ausländischen Botschaftsangehörigen passten. Für den Fall, dass die Behörden sie anhielten, hatten sie falsche Papiere, die sie als Mitarbeiter der französischen Botschaft auswiesen.

Bernard und Kamel betraten die Basilika und gingen die Steintreppe nach unten, dabei blieben sie gelegentlich stehen, um zu lauschen, ob etwas nicht stimmte. Der uralte Altarraum war still und leer, was beide nervös machte. So einfach konnte es nicht sein. Kamel blieb vor den Sarkophagen an der Wand stehen. Er fuhr mit dem Taschenlampenstrahl an den Rändern entlang und bemerkte, dass der Staub entfernt worden war. Die Steinbehälter schienen auch schief zu stehen. Raubten Gloamings jetzt schon Gräber aus?

Bernard leuchtete Kamel ins Gesicht, als wollte er ihn antreiben. Kamel zeigte auf die Sarkophage und gab Bernard ein vorher abgesprochenes Handsignal, das so viel wie »Gefahr« oder »Besorgnis« bedeutete. Bernard ging weiter auf den Osttunnel zu, blieb aber stehen, als sich im Nordtunnel Stimmen näherten. Er hielt die Hand ans Ohr und zeigte auf den Nordtunnel.

Als sie die Tür zu La Focaccia erreichten, hebelte Bernard die Abdeckung des biometrischen Scanners ab, um den Fingerabdrucksensor außer Funktion zu setzen. Das Schloss öffnete sich innerhalb von fünf Minuten. Bernard holte tief Luft und zog die große Eichentür auf. Kamel hob die Pistole und trat hindurch.

Der kleine Raum roch muffig. Kamel leuchtete ihn ab. Es schien sich um einen Lagerraum zu handeln, der mit einem alten Schreibtisch, ein paar aufgestapelten Stühlen und Kisten gefüllt war.

Ihnen gegenüber befand sich eine weitere geschlossene Tür.

Bernard vermutete, dass sie nach oben zur Küche führte, war sich aber unsicher, wie viele Leute zu dieser Zeit im Restaurant arbeiteten. Sie gingen davon aus, dass das Küchenpersonal kein Interesse daran haben würde, gegen zwei gut bewaffnete Männer zu kämpfen – was sich als korrekt herausstellte. Die Angestellten hielten in ihrer Arbeit inne, als Bernard und Kamel das Restaurant aus dem hinteren Lagerraum betraten.

Bernard blickte zu der alten Schwingtür und dem Speisesaal. Dort saß der Mann, den er für den Besitzer hielt, mit Kardinal Benelli und zwei weiteren alten Männern in teuren Anzügen. Alle anderen Tische waren leer.

Bei den körperlichen Fähigkeiten der Gloamings konnten Bernard und Kamel nicht einfach in den Raum stürmen und erwarten, ihre Aufgabe erfolgreich zu erledigen. Darum hatten sie vorausgeplant. Sie zogen Küchenuniformen an und betraten das Restaurant mit Tabletts. Bernard ging zuerst. Gloamings waren ziemlich geübt darin, nichtverbale Hinweise zu deuten, um die wahren Absichten einer Person zu erraten, darum wollten die beiden Männer den Eindruck erwecken, als würden sie sich nur für den Besitzer interessieren und für niemand anderen.

Bernard eilte durch den Raum. Alles schien wie in Zeitlupe zu geschehen. Der Kardinal hatte nicht einmal von seiner angeregten Unterhaltung aufgeschaut. Konnte es wirklich so leicht sein? Kurz vor den letzten Schritten zum Tisch spürte Bernard, dass Kamel zum Sprung ansetzte. Er hörte das Tablett zu Boden scheppern, bevor er begriff, dass sein Freund vom Plan abgewichen war.

Der Kardinal reagierte auf den Angriff, wie es jeder andere Gloaming auch getan hätte – mit einer flüssigen Bewegung packte er Kamel am Hals, warf ihn zu Boden und hielt ihn dort fest. Die anderen Leute am Tisch saßen wie erstarrt da.

Benelli wandte Bernard den Rücken zu, und Kamel blickte Bernard flehentlich an.

In diesem Moment begriff Bernard. Kamel hatte es die ganze Zeit so geplant – er wollte sich opfern.

Bernard ließ das Tablett fallen und schwang die Sichel. Er schlug mit der ganzen Kraft zu, die er in Wochen der Übung für diesen Augenblick gewonnen hatte, und trennte Kardinal Benellis Kopf ab. Mit einem dumpfen Laut landete er auf dem Boden.

Bernard warf einen letzten Blick in Kamels leblose Augen, bevor er im Kugelhagel von Benellis Leibwächtern mit einem Satz in die Küche zurückhechtete.

Mit pochendem Herzen stolperte er die Stufen zum Keller hinunter, ohne das Gleichgewicht zu verlieren. Er erreichte den Nordtunnel und rannte den Weg zurück, den er gekommen war; seine Schritte hallten von den Wänden wider, vielleicht war es auch sein Herzschlag. Er wusste, dass sie ihn verfolgten; er wusste nur nicht, wie viele es waren.

Ein paar Schüsse dröhnten, aber sie schienen seltsam fern zu sein. Noch ein glücklicher Zufall: Benellis Leute hatten mit den finsteren Tunneln unter der Stadt keinerlei Erfahrung. Bernard erreichte den uralten Altarraum und blieb einen Moment lang stehen. Einer der Sarkophagdeckel lehnte jetzt an der Wand. Bernard fühlte sich auf seltsame Weise gelähmt; etwas wartete auf ihn, das wusste er, und es ließ ihn erstarren. Aber dann hob er die Waffe, um sich dem zu stellen, was aus dem Behälter herauskommen würde oder möglicherweise schon draußen war. Ihm wurde klar, dass er sich damit auseinandersetzen musste, oder er würde es niemals nach oben zum Hauptaltar der Basilika schaffen. Wegzulaufen war keine Option; er würde kämpfen müssen.

Eine zusammengekrümmte, breitschulterige Gestalt trat in das schwache Licht und kam näher. Bernard griff nach einer der neuen Anti-Gloaming-Granaten. Eine riskante Entscheidung, denn sie waren ungetestet. Trotzdem sprang er hinter die große Statue eines Heiligen in einer Rüstung. Die Detonation bewegte die Statue und stieß Bernard selbst hinter seiner Deckung weg. Ein Kreischen ertönte, und er stand auf. Die Gestalt befand sich noch immer vor ihm, sah nun aber wie zerbrochen aus. *Vielleicht hat die Granate ja doch funktioniert*, dachte er. *Oder auch nicht.*

Die Gestalt war sich Bernards Anwesenheit bewusst, also kam die Sichel nicht mehr infrage. Er würde sie niemals schnell genug schwingen können. Er hielt die Pistole fester, während der Gloaming durch den Rauch der Explosion auf ihn zukam.

Bernard gab drei schnelle Schüsse ab, dann hatte ihn die Bestie erreicht.

Der Gloaming packte ihn am Hals und stemmte ihn in die Höhe. Bernard ergab sich seinem Tod.

Während der Druck um seine Kehle immer stärker wurde, schaute er in das verzerrte Gesicht des Ungeheuers, das ihn hielt.

Dann war es urplötzlich verschwunden. Er sah es im selben Augenblick auf dem Boden aufprallen, in dem er ebenfalls dort landete.

Er schaute auf. Da war eine weitere Gestalt in Schwarz, die genau wie er eine Sichel hielt. Die Person, die schwarzes, gelocktes Haar hatte und einen Kampfanzug trug, half ihm auf.

Es war Sara Mesley. Wieder war Bernard gerettet worden.

Benellis Tod beendete die Kirchenspaltung. Innerhalb einer Woche trat das Kardinalskolleg im Vatikan zusammen und wählte Papst Gregor XVII., einen ziemlich blassen und realitätsfernen Kardinal aus Dänemark. Auch wenn die Presse diese Entwicklung als Rückkehr der traditionellen Kirche feierte, verdeckte es in Wahrheit nur den noch immer im Vatikan herrschenden Aufruhr. Papst Gregor XVII. war eine derart überraschende und ungeliebte Wahl, dass er weniger Macht als das Kolleg seiner Kardinäle hatte. Gloamings besetzten eine beträchtliche Zahl hoher Kirchenämter, und Papst Gregor fehlte der Wille, sie zu exkommunizieren. Tatsächlich war er der Ansicht, es könnte mit den Gloamings einen Waffenstillstand geben.

Sobald wir – gut, die italienische Polizei, dann Interpol und dann das FBI – die Fingerabdrücke im La Focaccia zu Bernard Kieslowski zurückverfolgt hatten, kamen wir zu dem Schluss, dass die Bombenanschläge das Werk des Ordens von Bruder Klaus waren. Schon bald ergab sich ein Muster, als weitere Anschläge legitime Lieferungen des Medikaments Dextromethorphan (DMX) und/oder von dessen Zutaten zum Ziel hatten. Illegale DMX-Labore folgten.

Da leitete das FBI umfassende Ermittlungen gegen den Orden von Bruder Klaus ein und baute eine Anklage nach dem RICO Act auf, dem Racketeer Influenced and Corrupt Organizations Act, mit dem das organisierte Verbrechen verfolgt wurde. Nach einer siebenmonatigen Untersuchung stürmte das FBI im Oktober in mehreren Bundesstaaten Häuser, die mit dem Orden in Verbindung gebracht wurden. Die sichergestellten Beweise waren nicht besonders überzeugend, aber mittlerweile waren ganz andere Mächte im Spiel. Die Gloamings hatten viele Freunde in sämtlichen Teilen der Regierung, darunter auch im Justizministerium, die den Orden mit allen Mitteln vernichten wollten. Das im Mäntelchen der Legalität zu erreichen, wäre den Gloamings ihr Gewicht in Gold wert gewesen. Trotz der schwachen Beweise klagte der westliche Bezirk von Texas den Orden von Bruder Klaus wegen organisiertem Verbrechen und Terrorismus an.

Zwanzig Mitglieder des Ordens wurden vor Gericht gebracht, darunter auch Bischof Lawrence Thomas, der Kopf und Gründer des Ordens. Juristische Kommentatoren gingen davon aus, dass die Fälle beim Geschworenengericht enden würden; allerdings befahl Bischof Thomas seinen Anwälten, eine Vereinbarung zu suchen.

Die Regierung bot an, sämtliche Anklagen fallenzulassen, falls Bischof Thomas sich im Sinne der RICO-Vorwürfe für schuldig erklärte. Thomas willigte ein.[30]

---

30 Die bundesstaatlichen Haftrichtlinien verlangten eine Haftstrafe zwischen fünfundzwanzig und fünfzig Jahren in einem Bundesgefängnis. Am Tag der Urteilsverkündung brachte man Bischof Lawrence Thomas in das Bundesgericht in Los Angeles und verurteilte ihn zu fünfundvierzig Jahren Gefängnis. Die Menge im Gerichtssaal ignorierte die vorher erfolgten Warnungen des Richters vor öffentlichen Meinungsäußerungen – viele brachen in Tränen aus und brüllten laut herum, während Gerichtsbeamte sie gewaltsam aus dem Saal und dem Gebäude entfernten. Zwei Mönche aus einem Kloster in Spanien, die extra für das Verfahren nach El Paso gereist waren, setzten sich auf der Gerichtstreppe in Brand, derweil die entsetzten Zuschauer ein Gebet anstimmten. Ein vor Ort wohnhaftes Pärchen behauptete später, Christus in den Flammen gesehen

Will man der Berichterstattung glauben, war der Prozess ein unglaubliches Spektakel. Wäre ich nicht so beschäftigt gewesen, hätte ich ihn mir angesehen. Mit Popcorn.

Die Gefängnisverwaltung entschied, Bischof Thomas in das Gefängnis der geringsten Sicherheitsstufe auf Terminal Island in Kalifornien zu schicken.[31] Die Einrichtung auf der künstlichen Insel vor der Küste von Long Beach beherbergte hauptsächlich männliche Gefangene mit geringer Gefahrenstufe, die dort vorwiegend wegen Wirtschaftsverbrechen einsaßen. Der Bischof lebte sich gut ein und gründete sogar eine Gefängnispfarre, um sich dann um seine vielen Besucher zu kümmern. Der Orden war durch einen Gerichtsbeschluss offiziell aufgelöst, gruppierte sich aber inoffiziell in El Paso, Texas, neu – und wie wir erfuhren, lag sein Hauptziel vom Tag der Urteilsverkündung darin, Bischof Thomas aus dem Gefängnis auf Terminal Island herauszuholen.

Bernard Kieslowski würde nicht zur Verfügung stehen, also wandten sie sich an die nächstbeste erfahrene Agentin – obwohl viele behaupteten, sie wäre für die Aufgabe noch besser geeignet gewesen als Bernard. Natürlich kennen wir heute alle ihren Namen.

---

zu haben, und die Videos des Zwischenfalls fanden auf YouTube und anderen Webseiten große Verbreitung. Bei dem Anblick verfielen viele Menschen in Weinkrämpfe und Ekstase und behaupteten, die Mönche hätten einen höheren Bewusstseinszustand erreicht, bevor sie sich verbrannten. Sie hatten bei ihrem Bischof in Spanien einen kurzen Abschiedsbrief hinterlassen, der dann vom Vatikan heftig zensiert wurde, bevor man ihn an die Behörden und die Öffentlichkeit weiterreichte. Viele Websites behaupteten, dass sich die zensierten Teile auf eine Vision bezogen, die den Männern zuteil geworden war; im Traum wurden sie dazu aufgefordert, sich auf ihre »Feuertaufe« und die Katastrophen vorzubereiten, die eintreten würden, falls die Gloamings noch mehr Macht erlangten.

31 Normalerweise wäre ein so berüchtigter Gefangener in das Supermax-Gefängnis in Colorado geschickt worden. Es ist unklar, warum der Bundesrichter Thomas nach Terminal Island schickte. Beamte des Justizministeriums führten eine Untersuchung durch, aber ein Einspruch beim Berufungsgericht wurde vom Generalstaatsanwalt verworfen.

KAPITEL 17

ERSTER MAI
SECHSUNDDREISSIG MONATE
NACH DER ENTDECKUNG VON NOBI

Sara Mesley
Krankenschwester

Ich erzählte allen immer, ich würde nur auf eine Weise nach Baltimore zurückkehren. Sollte ich mal wiedergeboren werden. Wie sich herausstellte, lag ich da gar nicht so falsch.

Meine frühe Jugend voller Qualen in Baltimore – klingt das nicht herrlich prätentiös? – hatte ich meiner alleinstehenden Mutter zu verdanken, die in drei Jobs gleichzeitig arbeitete. Nach der Highschool schrieb ich mich bei der Johns Hopkins School of Nursing ein, um Krankenschwester zu werden, und während meines ersten Berufsjahres ebenfalls im Johns Hopkins erkannte ich, dass ich für diesen Job nicht geeignet war. Das Leiden und die Krankheiten der Patienten lasteten schwer auf mir; ich verzweifelte zusehends an der Welt, und die Monotonie meiner derzeitigen Arbeit langweilte mich. Also entschied ich mich, der Armee der Vereinigten Staaten beizutreten.

Man schickte mich als First Lieutenant zum Forty-First Infantry Regiment nach Syrien, wo wir die jordanischen Streitkräfte bei der Schlacht von Sadad unterstützen sollten. Was Kriegszonen betrifft, geschah dort vergleichsweise wenig, aber am 5. Oktober war ich Teil eines aus zwei Jeeps bestehenden

Konvois, der von mit der al-Nusra Front, ISIL und der Free Syrian Army verbündeten Streitkräften angegriffen wurde. Ich saß hinten in einem Humvee und fuhr über eine Wüstenstraße, die sich genauso gut in Kalifornien oder Arizona hätte befinden können. Aber plötzlich wurde die Welt buchstäblich auf den Kopf gestellt.

Ich erinnere mich an die Lichtblitze und den fehlenden Lärm. Ich hatte immer geglaubt, für eine solche Situation gewappnet zu sein. Aber nach der Explosion brauchte ich viel zu lange, um wieder zu Verstand zu kommen. Ich ertappte mich dabei, wie ich jeden, der vielleicht zuhörte, um Hilfe anflehte, während Qualm aus dem Wrack wehte. Dann fiel mir wieder ein, was mir mein Onkel über die fünf Regeln des *Yi Jin Jing* beigebracht hatte, und ich klammerte mich daran fest: Ruhe, Langsamkeit, Dehnung, Verharren, Beweglichkeit.

Fünf andere Soldaten waren gestorben, und ich hatte ein gebrochenes Bein, einen gebrochenen Arm und eine Schussverletzung an der Schulter. Zuerst glaubte ich, wir wären über eine Landmine gefahren, aber dann surrten Kugeln an meinem Ohr vorbei. Da wusste ich, dass wir angegriffen wurden.

Gegen die Wogen aus Übelkeit ankämpfend suchte ich mir einen Weg in den vorderen Teil des umgestürzten Humvee und schnappte mir ein M16, das mitten auf der Scheibe lag. Ungefähr hundert Meter weiter östlich entdeckte ich zwei Toyota-Lastwagen und einen alten Panzerwagen. Ich legte das M16 in die Armbeuge meines gebrochenen Arms, zielte auf einen der Lastwagen – man bringt uns immer bei, hoch zu zielen – und betätigte den Abzug.

Ich war mir nicht sicher, ob ich etwas getroffen hatte, aber das Gegenfeuer traf den Motorblock des Humvee wie ein Specht auf Droge. Wir beschossen uns eine Weile, bis ich sämtliche Magazine geleert hatte.

Obwohl ich meinen Status durchgegeben hatte und der Wagen mit GPS ausgestattet war, erhielt ich keine Antwort.

Also kreuzte ich wie ein kleines Kind die Finger.

Etwa eine Stunde lang saß ich da und starrte die Wagen an, bis die Sonne unterging und eine große Gruppe Männer mit AKs ausstieg. Mein Bein spürte ich längst nicht mehr und konnte es erst recht nicht bewegen – ich konnte nur auf ihre Ankunft warten. Sie ließen sich Zeit, die Distanz zu meinem Humvee zurückzulegen, es war eine Qual. Am liebsten hätte ich sie angebrüllt: »Beeilt euch mit dieser Scheiße! Nun macht schon!« Langsam kamen sie auf mich zu, wie Zombies mit Turban – ich fragte mich, ob sie die wandelnden Toten waren oder ob sich mein Verstand bereits verabschiedet hatte. Schließlich waren sie da und räumten den Humvee wortlos leer, so wie Ameisen einen Kadaver auffraßen. Die Leichen meiner Kameraden ließen sie liegen. Mich trugen sie zu ihrem Wagen, und wir fuhren eine Stunde zu einem kürzlich beschossenen fünfstöckigen Gebäude in den Außenbezirken von Aleppo, ein paar Kilometer von einigen Flüchtlingslagern entfernt.

Die zehn Tage, die ich dort verbrachte, stellten eine seltsame Mischung aus blankem Entsetzen und seelenzerstörender Langeweile dar. Ein »Arzt« versorgte mich flüchtig. Zu essen gab es Fladenbrot, Tahini, Hummus und Rhus. Ich nahm ziemlich ab und verbrachte die meiste Zeit allein.

Am 15. Oktober unternahmen Marines des vierten Bataillons nach Berichten eines bezahlten Informanten der CIA über meinen Aufenthalt einen Ablenkungsangriff, während andere Mitglieder des Teams das Gebäude infiltrierten und mich auf der zweiten Etage fanden.

Ich hatte so viel Zeit mit Schlafen verbracht, dass ich glaubte zu träumen, als ich gedämpfte Explosionen, Schreie und Chaos hörte. Ich hatte bereits geplant, wie ich meine letzten Augenblicke verbringen würde: Aus den Federn meiner Pritsche hatte ich ein primitives Messer angefertigt und es unter dem Kissen verborgen. Gerade suchte ich nach meiner selbst gebastelten Waffe, als die Zellentür aus den Angeln gesprengt wurde.

Ich hörte Englisch. Englisch! »Wir bringen Sie nach Hause.«

Ich bin mir ziemlich sicher, dass ich um eine Pistole bat, als sie mich vom Boden aufhoben.

Zwei Wochen später war ich wieder in Baltimore.

Danach wusste die Army nicht so richtig, was sie mit mir anfangen sollte. Ich weigerte mich, bei Interviews über die Gefangennahme und meine Befreiung mitzumachen. Der Gedanke, im Kapitol Hände zu schütteln, drehte mir den Magen um. Zugegebenermaßen stellte ich mich ziemlich an – wenn ich jetzt auf die ganze Tortur zurückblicke, erkenne ich, dass das allein an meinem Zorn lag. Ich hasste mein Zuhause, den Krieg, die Syrer, die Moslems, die U.S. Army, die Regierung, die Präsidentin, jeden verfluchten gewählten Politiker, der mir einfiel, und am Ende mich selbst, ja. Die Army reagierte auf mein Verhalten mit einer ehrenhaften Entlassung – ich bekam einen Bronze Star, ein Purple Heart, einen Prisoner of War-Orden und die Army Commendation Medal. Ich nahm sie mit zusammengebissenen Zähnen entgegen, obwohl mich die Vorstellung, zurück zu meiner Stellung im Krankenhaus oder in eine Arztpraxis gehen zu müssen, mit Verzweiflung erfüllte.

Die Rückkehr ins Zivilleben war, als müsste ich versuchen, schon wieder ein völlig anderer Mensch zu werden. Vielleicht eine weniger wütende Person, jemand, der den Adrenalinrausch des Kampfes nicht brauchte. Das hatte ich auf der Krankenschwesterschule gelernt: eine teils genetisch bedingte Abweichung, die meine Dopaminrezeptoren beeinflusste und mein Unterbewusstsein dazu anstiftete, ständig nach aufregenden Unternehmungen zu suchen. Auf dem Papier klingt das so nüchtern, aber im wahren Leben war es die Hölle. Ich ging Bergsteigen, fuhr Motorradrennen und kämpfte wie besessen in verschiedenen Selbstverteidigungsdisziplinen. Ich lechzte nach erstaunlichen Erfolgen oder erstaunlichem Scheitern. Nichts kam der Aufregung einer militärischen Auseinandersetzung gleich.

Zur Hochzeit einer alten Schulkameradin reiste ich nach

Portland, Oregon. Dort schlug ich in einer Kneipe die Zeit tot, als mein Blick auf die Sonntagsausgabe der *New York Times* fiel, die dort auf einem Tisch lag. Jahre später sollte ich einem Reporter erzählen, dass ich einen beinahe übernatürlichen Drang gespürt hatte, diese Zeitung zu lesen. Meine Hände griffen danach, als gehörten sie einer anderen Person. Ich schlug das Sonntagsmagazin auf und las die Seite mit der fünfteiligen Serie von Maggie Haberman über das Auftreten der Gloamings in Amerika und im Rest der Welt. Natürlich hatte ich von den Gloamings gehört, aber ich las ungläubig, wie sie versuchten, die katholische Kirche zu übernehmen. Möglicherweise leide ich unter einem latenten Verfolgungswahn oder einer Wahnstörung – den Vorwurf haben mir gewisse seltsame Quellen gemacht –, aber ich las von dieser geheimnisvollen Organisation namens der Orden von Bruder Klaus, und wie die Medien die Theorie aufstellten, dass der Orden für viele Attentate und Bombenanschläge auf Gloamings verantwortlich war.

Etwas in meinem Verstand machte Klick.

Das war rechtschaffen. Das war wahr. *Das war sinnvolle Gewalt*, dachte ich.

Das offizielle Büro des Ordens von Bruder Klaus in Rom beschäftigte mich zuerst als Sekretärin; das war keine große Überraschung und bei vielen männlich dominierten Organisationen üblich. Natürlich gefiel mir das nicht. Ich war Veteranin. Eine gottverdammte Kriegsgefangene!

Mit pathologischer Intensität drängte ich die hochrangigen Mitglieder der Sektion für bewaffnete Operationen und Bischof Thomas, mich an den Spezialprojekten teilhaben zu lassen. Ich argumentierte ziemlich lautstark, dass mich meine militärische Erfahrung bedeutend wertvoller machte als viele andere. Schließlich gaben sie nach, schickten mich aber nur als Sanitäterin zur Begleitung auf einige Missionen.

Bis zum Überfall auf das Safe House der Gloamings in Mexico City.

Unser Missionsziel bestand darin, einzubrechen und sämtliche Festplatten und Dokumente zu konfiszieren. Die Überwachung hatte ergeben, dass der in einer engen Straße im Reichenviertel gelegene Altbau zurzeit nicht von Gloamings bewohnt wurde. Mittels Airbnb mieteten wir zwei Zimmer in einem benachbarten Altbau und durchbrachen die Wand – sämtliche Zugänge des Gloaming-Hauses wurden elektronisch überwacht – mit einer Handsäge, um möglichst wenig Lärm zu machen. Natürlich erhielt ich die Anweisung, auf die anderen zu warten.

Alles schien besser zu laufen als erwartet – ein klassisches Warnsignal! –, und das Team sammelte in dem Zimmer, in dem die Computer standen, drei Festplatten und andere Dokumente ein. Nachdem die Männer die Daten hatten, entdeckte einer von ihnen eine verschlossene Tür, und statt nach irgendwelchen Unregelmäßigkeiten zu suchen – ein weiteres Warnsignal! –, versuchte man, die Tür mit roher Gewalt aufzubrechen.

Sie explodierte.

Die Explosion erschütterte auch das Nachbarhaus, in dem ich wartete. Steine prasselten von der Decke auf mich herab. Ich handelte sofort und kroch durch das Loch in der Wand in das Gloaming-Haus. Ich folgte dem Rauch eine Treppe hinunter zu dem qualmenden Schlamassel im Erdgeschoss.

Einer meiner Teamkameraden bestand nur noch aus zerfetzten Körperteilen und war nicht mehr zu erkennen. Die anderen beiden waren blutüberströmt. Ich musste meinen Krankenschwesterinstinkt zügeln. Zuerst musste ich die beiden in Sicherheit tragen – eine scheinbar unmögliche Aufgabe.

Andere Menschen schienen nicht im Haus zu sein. In diesem Moment entdeckte ich jedoch etwas weitaus Beunruhigenderes: Mitten in den Trümmern standen zwei Gloamings. Ein Mann und eine Frau. Beide waren schwarz gekleidet und wirkten außerordentlich selbstzufrieden. *Ist das das Beste, was der Orden von Bruder Klaus schicken kann?*, schienen sie zu denken.

Ich hob die Waffe und drückte ab. Ein hohles *Klicken* ertönte. Verflucht.

Seltsamerweise wünschte ich mir, die Gloamings würden lachen oder über meine ungeladene Waffe spotten, aber sie tauschten nur einen unbeteiligten Blick.

Ich spielte meine letzte Karte aus und zog eine gekrümmte Klinge aus der Scheide in meinem Kreuz. Das weckte ihre Aufmerksamkeit. Der Mann trat zurück, während die Frau vortrat.

Ich lächelte. Ich wusste ein paar Dinge, die sie nicht wussten. Stärker als mein Ehrgeiz war nur noch mein Selbsterhaltungstrieb. Ich wusste, dass ich ihnen ihre Gloaming-Ärsche mit den 36 Kammern der Shaolin aufreißen würde. Zwar würde ich nie so schnell wie sie sein, aber ihrer Schnelligkeit konnte ich meine Ruhe entgegensetzen.

Ich ließ mich in eine Chigong-Position sinken und atmete ruhig wie bei einer Meditation, die gekrümmte Klinge vor dem Leib. Meine Haltung schien die Gloamings zu verwirren.

Die Frau sprang drei Meter in die Höhe, und ich fühlte mich der Erleuchtung näher als je zuvor, als hätte sich der Zeitablauf verlangsamt.

Mit dem Wind führte ich meine Klinge ein paar Grad nach Westen.

Sauber schnitt sie in den Kopf der Frau, direkt unterhalb des Ohrs und oberhalb des Kiefers.

Der männliche Gloaming würde als Nächster angreifen und auf mein Blut aus sein, im übertragenen wie im wortwörtlichen Sinne. Ich nahm einen weiteren tiefen Atemzug und beschwor die Erinnerungen an die fünf Regeln des *Yi Jin Jing*. Der Mann wirbelte herum, bis er hinter mir stand, aber ich blieb mit vorgehaltener Klinge stehen. Ich spürte den Windhauch seiner Handbewegungen und führte einen nach hinten gerichteten Hieb aus.

Ein heiserer Schrei ertönte. Etwas landete auf dem Boden.

Ich drehte mich um und sah dort zwei Hände liegen. Der nun handlose Gloaming rannte in die andere Richtung.

Vermutlich wusste er nicht, was ich wusste.

Bald darauf führte ich meine eigenen Teams auf Missionen. Und da sich Bernard noch von den Verletzungen erholte, die er sich bei einem gescheiterten Einsatz mit dem Ziel, Liza Sole zu finden, zugezogen hatte, sollte es meine Aufgabe sein, den Plan, Bischof Thomas aus dem Gefängnis zu befreien, in die Tat umzusetzen.

Der Plan sah zwei Hubschrauber vor. Der eine sollte als Ablenkungsmanöver dienen – ich hatte schon immer viel von Ablenkungsmanövern gehalten, erst recht, wenn Gloamings im Spiel waren; je zufälliger, desto besser, um ihre verflucht präzisen Sinne zu verwirren. Der andere sollte auf dem Dach des Gefängnisgebäudes landen, wo die Verwaltung untergebracht war. Bischof Thomas musste es nur zum richtigen Zeitpunkt aufs Dach schaffen, genauer gesagt, ins Büro der Krankenschwester.

Ein mit der Sache sympathisierender Hausmeister, der für das Gefängnis arbeitete, steckte dem Bischof eine Kopie des Schlüssels zum Büro der Krankenschwester zu, aber er würde es rechtzeitig von der Bibliothek dorthin schaffen müssen. Am fraglichen Tag würde er seine Bibel vergessen und dem Aufseher sagen, dass er sich eine von der Verpflegungssekretärin ausleihen würde, deren Büro sich direkt neben dem der Krankenschwester befand. Bischof Thomas gelangte ohne Zwischenfälle dorthin, und obwohl ihn die Kameras beobachteten, wartete er einen Augenblick lang, bis er das laute Donnern hörte – das näher und explosiver klang, als er sich vorgestellt hätte.

Draußen auf dem leeren Sportplatz war ein riesiger Hubschrauber zerschellt. Es war ein echter, ferngesteuerter Hubschrauber. Das Ablenkungsmanöver! Die Technikermannschaft des Ordens bestand trotz ihres simplen Namens aus einer Gruppe hervorragend ausgebildeter Hacker und Ingenieure. Leider verlief die Operation nicht wie geplant. Die Techniker hatten die Santa Ana-Winde nicht in Betracht gezogen, die an diesem Tag wehten, und keine Kurskorrekturen eingeplant. Der Hubschrauber sollte viel weiter vom Gefängniskomplex entfernt abstürzen, zerschellte aber in der Nähe der Unterkünfte und verursachte vier Todesfälle. Drei Häftlinge und einen Wächter. Zur gleichen Zeit landete der bemannte Hubschrauber auf dem Dach, und ich war da, um den Bischof an Bord zu holen. Obwohl wir ihn in das Safe House in der Nähe des Joshua Tree National Park schaffen konnten, wurde ich den Eindruck nicht los, dass der Plan nicht wie gewünscht geklappt hatte und ich gescheitert war. Alles war so mühsam gewesen; Furcht, Einsamkeit und Entsetzen suchten mich heim. Ich war mir nicht einmal sicher, etwas aus diesen Erfahrungen gelernt zu haben, aber bei Gott, vermutlich würde ich irgendwann dazu gezwungen werden, denn freiwillig begeben wir uns an solche Orte in unserem Inneren nicht.

Der Gefängnisausbruch schockierte die Nation. Die Bundesregierung setzte alle Mittel ein, um Bischof Thomas und sämtliche andere Mitglieder des Ordens aufzuspüren. In Übereinstimmung mit Sektion 219 des Immigration and Nationality Act (INA) von 1965 klassifizierte der Außenminister den Orden von Bruder Klaus als fremdländische Terrororganisation (FTO).

Diese Klassifizierung erlegte unseren Büros Beschränkungen auf, und unsere Mitglieder mussten gezwungenermaßen in den Untergrund gehen. Die Präsidentin hielt zur Hauptsendezeit aus dem Oval Office eine Ansprache, um über den Orden und die Bedrohung durch den Inlandsterrorismus zu sprechen und deutlich zu machen, wie ernst die Regierung das Problem nahm.

Natürlich war dieser Vorfall ein entscheidender Augenblick in der Beziehung zwischen dem Orden von Bruder Klaus und der Regierung der Vereinigten Staaten.

Wir hatten die Schlacht gewonnen, aber einen Krieg entfesselt.

KAPITEL 18

6. JUNI
SIEBENUNDDREISSIG MONATE
NACH DER ENTDECKUNG VON NOBI

Jerome Liu
Reporter

»Ist sie eine Gloaming?«, fragte Barbara.

»Ich glaube nicht.«

»Es ist Nacht«, fuhr sie fort.

»Das ist richtig«, erwiderte ich. »Aber sie hat zwei Hunde an der Leine, und Hunde verabscheuen Gloamings, ergo …«

»Da fühle ich mich ja gleich viel besser.« Aber ihr wütender Blick verriet mir das Gegenteil. »Was jetzt? Vor ihr wegzulaufen ist vermutlich kein Problem, aber die beiden Pitbulls?«

Ich zuckte mit den Schultern. »Wenn wir …«

Die große Frau mit den Pitbulls lachte und schaute mir in die Augen. »Heute Nacht wirst du sterben, Kumpel.«

Das war mein erster gemeinsamer Auftrag mit Barbara Budig, meiner neuen Partnerin, die offensichtlich ein interessantes Highlight meines Berufslebens werden würde. Wir gingen den Berichten über zwei degenerierte Gloamings nach, die in Chicago illegale Glücksspielstätten überfielen. In einer Sozialsiedlung in South Side wollten wir uns mit einem Buchmacher treffen. Eine offene Tür, zwei Reporter, die sich selbst hereinbitten, und eine unglückliche Begegnung mit einer fetten Frau und zwei Pitbulls: Das alles führte zu einer überstürzten Flucht die Treppe hinunter und drei Wochen lang Tollwutspritzen.

Aber wir bekamen unsere Story.

Nach meiner Arbeit für Facebook News und Associated Press stellte mich BuzzFeed ein. Sie brachten mich mit Barbara zusammen, einer glänzenden jungen Reporterin, die bei Bloomberg für die Finanznachrichten gearbeitet hatte. An meinem ersten Tag im Büro lud mich Barbara zum Mittagessen ein, und als wir fertig waren, hatte sie die Kellnerin zum Weinen gebracht und einen alten Herrn am Nebentisch angebrüllt, weil der das Piepen seines Handys nicht bemerkt hatte. Allerdings erkannte ich bald, dass sie ein Talent dafür hatte, einer Story auf den Grund zu gehen. Ganz egal, was dazu nötig war.

Eine derart entschlossene Verbündete konnte ich an meiner Seite gut gebrauchen. Von Anfang an bestand unser Auftrag darin, BuzzFeed dabei zu helfen, in die Kategorie des »ernsthafteren« Journalismus aufzurücken, obwohl es schwerfiel, gegen die Clickbaits anzukämpfen, für die BuzzFeed stets mit Listen wie »Die heißesten Gloamings« oder »Witzige Gloaming-Meme« sorgte. Trotzdem wusste ich, dass dort draußen etwas anderes lauerte, etwas weitaus weniger Amüsantes. Etwas Verstörendes. Es konnte unmöglich anders sein. Der Lebensstil der Gloamings war seltsam und möglicherweise illegal. Und eines Tages fand ich die Spur, die ich suchte. Ein Mann namens Eric Holcombe schickte mir eine E-Mail und wollte über das geheimnisvolle Rio Grande Institute in New Mexico sprechen. Aha! Über diesen Ort hatte ich schon immer eine Story schreiben wollen. Die E-Mail war über das sichere ProtonMail-System geschickt und vor dem Versand durch das Tor-Netzwerk verschlüsselt worden.

Zweifellos hatte sich Eric an mehrere Nachrichten-Websites gewandt, darunter einige, die wesentlich tiefer gruben als BuzzFeed. Aber der Mann gab sich außerordentlich paranoid, und ich ging davon aus, dass ihm bei der *New York Times* oder bei *The Guardian* niemand viel Aufmerksamkeit geschenkt hatte, erst recht nicht, weil es viele Wochen der Kommunikation per E-Mail und über private Messageboards von obskuren Rollenspiel-Videogames bedurfte, bevor er sich mit einem Treffen einverstanden erklärte. Allerdings würde er keinen Fuß in das Büro von BuzzFeed setzen, also kamen wir überein, uns in einer zwielichtigen Ramen-Bar in San Francisco zu treffen – direkt über einer Bierbrauerei.

Nach meinem Eintreffen bestellte ich eine große Schale mit Huhn, Austern und Spinat, denn damals mochte ich Ramen noch. Das Abendgeschäft war schon lange vorbei, deshalb war das Restaurant ziemlich leer. Ich behielt ein Auge auf die Treppe und schlürfte dabei meine Nudeln aus der Schale. Gern hätte ich noch eine zweite bestellt, als ich einen ungepflegten Mann so Mitte fünfzig die Treppe hinaufkommen sah. Er trug schwarze Hosen und eine schwarze Jacke – ein scharfer Kontrast zu seinem blonden Haar und der weißen Haut. Das musste mein Mann sein.

Ich winkte ihn zu mir. Er ließ sich schwer auf den Sitz fallen. »Eric«, sagte ich. »Hi. Ich bin Jerome.« Ich streckte die Hand aus, aber er wollte sie nicht nehmen. Kein guter Anfang.

»Wir hätten uns am Tag treffen sollen«, sagte Eric und schaute sich im Lokal um. »Ich weiß nicht, was ich mir dabei gedacht habe – ich sollte meinen Kopf untersuchen lassen.«

»Ich versichere Ihnen, dass ich kein Gloaming bin«, erwiderte ich.

Eric starrte aus dem Fenster und schien lange darüber nachzudenken, bevor er sich mir mit gesenktem Blick zuwandte. »Bringen wir es schnell hinter uns. Ich war Labortechniker für Doktor Robinson – ja, nach der Entführung. Und ja, der Doktor Robinson, der aus der Prestonwood Mall in Dallas verschwand, nachdem er sich bei Macy's ein neues Hemd gekauft hatte.«

»Okay.«

Eric fuhr fort. »Ich wusste, dass man Robinson entführt hatte. Das Geld und die Verlockung der Gloamings ließen mich wegsehen. Ich glaubte, sie würden mich vielleicht eines Tages neu erschaffen. Ich gebe es zu. Dann wurde mir klar, dass das niemals passieren würde. Ich bin nicht das, was sie bei einem Gloaming haben wollen! Für sie geht es nur um Eugenik! Das perfekte Wesen!«

Da Eric immer lauter geworden war, starrten bereits Leute in unsere Richtung. Ich streckte eine Hand aus. »Ich weiß, das ist alles sehr stressig, aber bleiben Sie ruhig. Wir dürfen kein Aufsehen erregen.«

Eric nickte. »Ich weiß. Ich weiß.« Er holte tief Luft. »Ich konnte es nicht länger ertragen und floh von diesem Ort. Nichts ist narrensicher.« Er atmete schwer.

Ich musste ihn zurück zu seiner Story locken. »Was macht man in diesem Institut?«

»Alles. Alles, um ihre Population zu verbessern. Seit Jahren versuchen sie, sich auf natürliche Weise fortzupflanzen. Dann haben sie es mit In-vitro probiert – und nichts davon hat funktioniert. Im Interesse der Wissenschaft waren wir dafür verantwortlich, das Leben völlig gesunder Menschen und Gloamings zu ruinieren. Und nichts hat geklappt.«

Ich schob meinen Stuhl näher an Eric heran. »Also haben die Gloamings all die Ärzte und Wissenschaftler entführt?«

»Natürlich!« Er beugte sich vor. »Sie sind von ihrer Nahrung besessen. Wir wissen, dass Wissenschaftler seit Jahren an der Herstellung von Synthetikblut arbeiten. Die Gloamings haben die Forschung übernommen und perfektioniert. Aber ihre Körper konnten sich daran nicht gewöhnen. Sie brauchen weiter Menschenblut. Das werden sie niemals zugeben – sie können es nicht. Die menschliche Bevölkerung soll sie nicht für eine Bedrohung halten, koste es, was es wolle, darum zahlen sie für das von Blutbanken zur Verfügung gestellte Menschenblut jeden Preis. Sie tun so, als wäre das eine Art von Luxus. So wie Kaviar. Aber lassen Sie sich ja keinen Sand in die Augen streuen. Das ist eine Notwendigkeit. Sie brauchen es, um zu überleben. Im Institut haben sie eine Blutbank, die von ihren Gefangenen gefüllt wird.«

»Wie ist so etwas überhaupt möglich?«, fragte ich und wurde selbst lauter.

»Wissen Sie, wie viele Menschen in jedem Land verschwinden? Das ist ganz einfach. Manche kommen auch freiwillig. Es ist überhaupt nicht schwierig.«

»Und diese menschlichen Gefangenen … Die hocken einfach da und spenden Blut?«

Eric lachte, ein lautes, krächzendes Keckern. »Wissen Sie, wie man Foie gras macht? Es ist das gleiche Prinzip. Man schnallt sie auf einen Tisch, wo sie mit einem Trichter zwangsernährt werden. Ich weiß nicht, womit man sie füttert, aber die Nahrung wurde von Gloaming-Wissenschaftlern perfektioniert, damit das Blut reich an Eisen und Nährstoffen ist. Das Rezept ist ein wohlbehütetes Geheimnis, genau wie das optimale Verhältnis der Nährstoffe im Plasma – sie wissen, was sie im Blut brauchen, damit sie bei bester Gesundheit bleiben. Proteine, Glukose, Mineralien, Eisen, Kohlendioxid, rote und weiße Blutkörperchen.« Atemlos verstummte Eric. »Ihre Körper benötigen eine bestimmte Menge von jedem einzelnen Element. Sie haben daraus eine Wissenschaft gemacht – bis in die mikroskopisch kleinsten Partikel. Und nur Menschenblut besitzt die richtige Zusammensetzung. Die Menschen, die sich in ihrer Gewalt befinden, sind für sie nicht mehr als eingesperrte Gefäße.«

Eric verstummte. Er blickte sich um und senkte die Stimme, obwohl sie schon kaum mehr als ein Flüstern war. »Und ich weiß, woran sie noch arbeiten.«

»Ja?«

»Sie haben die Auswirkungen eines nuklearen Winters auf die Bevölkerung und insbesondere auf die Gloamings studiert.«

»Ist das Ihr Ernst? Was sollte das bringen?«

Eric sah mich an wie ein Kind.

»Worin besteht ihre größte Schwäche?«, fragte er langsam.

»Im Sonnenlicht.«

»Korrekt.« Er nickte. »Erinnern Sie sich noch an den Krieg in Kuwait, als der Irak die ganzen Ölquellen in Brand setzte?«

Ich wollte nicht darauf hinweisen, dass ich zur Zeit dieses Krieges noch im Kindergarten gewesen war, also hielt ich einfach den Mund.

»Qualm und Ruß verdunkelten den Himmel«, fuhr Eric fort. »Das ist ihre Absicht. Natürlich würde das die Ozonschicht zerstören, was die Menschheit nur noch schneller ausrotten würde. Aber das ist ihnen egal. Sie lieben Radioaktivität.«

Mir wurde bewusst, dass ich die Luft anhielt. Ich erkannte, woraus er hinauswollte. »Also sagen Sie … dass sie die Sonne loswerden wollen?«

Eric nickte. »Genau. Stellen Sie sich vor, es gäbe keinen Sonnenaufgang mehr. Es würde dauerhaft Nacht herrschen.« Er beugte sich vor. »Und ich habe Beweise dafür.«

»Und wo sind diese Beweise?«, brüllte Barbara. Wir hockten in meiner beengten Büronische. Sie hatte die Fäuste geballt. Ich vermochte nie zu sagen, wo sie diese ganze nervöse Spannung ließ.

Ich spürte, wie uns die anderen Reporter über die Nischenwände hinweg anstarrten. »Nicht so laut«, befahl ich ihr. »Er hat sie mir nicht gegeben. Sie wissen doch, dass vertrauliche Quellen niemals am ersten Abend alles auspacken.«

»Im Gegensatz zu den Mädchen, mit denen Sie sich abgeben«, erwiderte sie.

Sie hat wirklich Klasse, dachte ich.

Eric war schrecklich nervös, also wartete ich auf seine nächste Kontaktaufnahme. Und wartete. Dann schrieb ich ihm eine kurze E-Mail. Und noch eine. Ich muss ihm zehnmal geschrieben haben, bevor mir der Gedanke kam, dass er möglicherweise gar nicht der war, für den er sich ausgab. Führte man mich an der Nase herum?

Eine Woche später erhielt ich einen Anruf von einem Detective bei der Polizei von Seattle, der mich darüber informierte, dass man Eric in der vergangenen Nacht ermordet in seinem

Apartment aufgefunden hatte. Der Schock dauerte ein paar Sekunden.

»Woher haben Sie meinen Namen?«, fragte ich. Barbara starrte mich über die Wand zwischen unseren Nischen hinweg an.

»Falls möglich möchte ich das persönlich besprechen, Mr. Liu«, sagte der Detective.

Ich versprach ihm, das nächste Flugzeug zu nehmen.

»Jede Wette, dass Sie im nächsten Flieger sitzen«, sagte Barbara, als ich auflegte. »Und ich sitze neben Ihnen. Ich will den gottverdammten Sitz am Gang.«

In Seattle traf ich Detective Harold Moss im Polizeirevier. »Vielen Dank, dass Sie gekommen sind, Mr. Liu«, sagte Moss und bot mir einen Platz an.

»Kein Problem.«

»Nun, ich habe mit Ihnen Kontakt aufgenommen, weil wir bei Erics Leiche ein Stück Papier fanden. Darauf standen Ihr Name und Ihre Nummer. Das Papier war blutverschmiert. Als wäre die Notiz geschrieben worden, während man ihn angriff.«

»Wie wollen Sie das wissen?«, fragte ich.

Moss sah mich finster an. »Der Zettel steckte in seinem Mund.«

Er warf eine Akte auf den Tisch, und ein paar Fotos rutschten heraus. Ich nahm sie und betrachtete den Tatort. Eric Holcombe war nackt und kopfüber mit gespreizten Armen und Beinen an die Wand genagelt worden, sein großer Körper erschien unnatürlich weiß. Ich hatte genug Bilder von Gloaming-Morden gesehen, um die Hinweise zu bemerken.

»Das Blut wurde aus dem Körper entfernt, richtig?«

Moss kniff die kleinen Augen zusammen. »Gut erkannt. Sie haben Erfahrung mit Gloamings.«

Ich nickte, hörte da aber bereits kaum noch zu. Ich konnte es nicht erwarten, Barbara alles zu erzählen.

Sie wartete in einem Starbucks um die Ecke auf mich. »Sie wollen wo einbrechen?«, rief sie.

Ich wartete darauf, dass sie mir einen Fausthieb gegen den Arm oder die Brust versetzte – ihre übliche wortlose Erwiderung auf einen meiner verrückten Vorschläge. Aber er blieb aus. »Hören Sie, das ist eigentlich …« Und da kam er, ein kurzer Schlag gegen meinen Unterarm. Ich zuckte zusammen. »Das ist eigentlich kein richtiger Einbruch. Genau betrachtet lebt dort niemand mehr.« Ich war mir nicht sicher, ob ich diese Rechtfertigung selbst glaubte, aber einen Versuch war es wert.

»Okay«, sagte Barbara. Sie warf ihren noch zur Hälfte mit dampfendheißem Kaffee gefüllten Becher in den Mülleimer. »Bei dieser Logik spare ich mir jeden Kommentar.«

Innerhalb einer Stunde standen wir Erics Apartmentgebäude im Bezirk Rainier gegenüber. Ein Polizist bewachte den Eingang, rauchte eine Zigarette und ging auf und ab, um sich die Langeweile zu vertreiben.

»Er wird uns nicht durchlassen, das garantiere ich Ihnen«, behauptete Barbara.

Ich dachte nicht daran, beim ersten Anzeichen von Polizei aufzugeben. Und die Lösung starrte mir direkt ins Gesicht. »Hinter dem Gebäude. Wir nehmen die Feuertreppe.« Ich warf einen Blick zu Barbara, aber sie sah betont in die andere Richtung. »Kommen Sie schon.« Ich strich ihr über den Arm, und sie folgte mir hinter das Gebäude, wo zwei Autos geparkt standen.

»Da.« Ich zeigte auf die Ziehleiter, die zu der Feuertreppe führte, die sich an der Rückseite des Gebäudes hinaufschlängelte. »Halten Sie mir den Rücken frei«, flüsterte ich, dann sprang ich in die Höhe und zog die Leiter nach unten. Es quietschte.

»Sie machen noch das ganze Haus auf uns aufmerksam«, zischte Barbara. »Wissen Sie überhaupt, welche Wohnung es ist?«

»Dritte Etage ganz hinten«, erwiderte ich. »Sehen Sie – das Fenster steht sogar einen Spalt breit geöffnet.«

»Viel Spaß. Ich bewache die Straße.« Barbara sah mich mit einem Pokergesicht und den Händen auf den Hüften an.

»Wir müssen beide da rauf, damit die Durchsuchung nicht so lange dauert.«

Barbara seufzte. »Okay. Ich hoffe nur, dass die uralte Leiter das Gewicht von uns beiden trägt. Für eine Kaution habe ich nicht genug Geld dabei.«

Zur dritten Etage zu klettern dauerte länger, als ich zugeben möchte. Eine Sprosse nach der anderen, und meine Arme brannten. Ich nahm mir vor, meine verfallene Mitgliedschaft im Fitnessstudio zu erneuern. Auf der zweiten Etage wurde es kurz haarig, weil ein Mann in seiner Küche das Abendessen kochte, aber glücklicherweise verbargen uns seine lächerlich riesigen Topfpflanzen, bis er ins Nebenzimmer ging und wir uns vorbeischleichen konnten.

In Erics Apartment schaltete ich die Taschenlampe meines Handys ein. Im Wohnzimmer lagen Plastikverpackungen, Planen, Aufkleber und Beutel verstreut, die Reste des kürzlich anwesenden Forensikteams der Polizei und seiner Fahndung nach DNA-Spuren.

»Und wonach genau suchen wir?«, fragte Barbara, während sie Kissen von der Couch warf und die Bücherregale an der Wand betrachtete.

Ich konnte nur die abgeklebten Umrisse an der Wand anstarren, wo man Eric angenagelt hatte. Hätte ich etwas tun können, um ihn zu beschützen? Vermutlich nicht. Seine Hysterie hatte jede vernünftige Person auf Distanz gehalten. Aber es gab einen Grund, warum er meinen Namen im Mund gehabt hatte, als man ihn umbrachte. Er wusste, dass ich mich auf die Suche machen würde.

Ich stand in der Mitte des Wohnzimmers und schwitzte. Dann ging ich in die Küche und durchsuchte die Schränke. Nichts. Barbara stand mit geschürzten Lippen hinter mir. »Hier muss es etwas geben«, sagte sie.

Wo würde Eric etwas verstecken, das Gloamings nicht finden sollten?

Und dann sah ich die Packungen mit Ramen-Nudeln direkt neben dem Messerblock …

So einfach konnte es nicht sein.

Andererseits befindet sich das beste Versteck manchmal vor aller Augen.

Ich nahm die Päckchen. Harte Ramen ergossen sich überall auf den Boden. Eines der Päckchen war bereits geöffnet worden und darin verborgen lag ein USB-Stick.

Barbara und ich sahen einander an. »Verfluchte Scheiße!«, flüsterten wir beide.

Auf dem Rückflug nach New York steckte ich den Stick in meinen Laptop. Eric hatte ihn mit Fotos des Instituts gefüllt.

Die Bilder waren schrecklich. Modifizierte Fleischerhaken aus rostfreiem Stahl, die von der Decke hingen; Leichen, die dort wie Rinderhälften baumelten; Reihen von Pulsoxymetern, die die Sauerstoffsättigung von Blut maßen; kilometerlange Polypropylenschläuche, die in Arbeitsstationen endeten; drei Etagen voller hoher Labortiefkühlschränke, vorgemischte und gefrorene Epoxid-Spritzen, kryogenische Detektoren, gekühlte Standzentrifugen für Blutbanken und Blutkonserven-Lagerschränke; menschengroße Behälter mit Ketten und modifizierte Schweinekäfige aus Stahl mit speziellen Kopfhalterungen.

Am verstörendsten waren die Bilder hunderter Menschen, die in diesen Schweinekäfigen steckten und deren Gesichter erstarrt waren, zweifellos durch Betäubungsmittel oder vor Schmerzen.

Dieses eine Mal war Barbara sprachlos. »Das ist echt irreal«, konnte ich nur flüstern.

Im Flugzeug hatten wir wenig Zeit, uns die Bilder anzuschauen. Als wir wieder in unserem Büro in New York waren, gingen wir sämtliche Dateien wie besessen durch. Manchmal stand Barbara auf und rief: »Fuck!«, dann nahm sie den Aufzug nach unten, um dort eine Zigarette nach der anderen zu rauchen und den Verkehr in Manhattan anzustarren. Ich hatte nur noch Albträume, ob ich nun schlief oder wach war.

BuzzFeed beauftragte forensische Spezialisten für Computer

und Fotos – die strenge Vertraulichkeitsvereinbarungen unterschreiben mussten –, um nachzuweisen, dass die Bilder auf keine Weise manipuliert worden waren, und eine Woche nach unserer Rückkehr aus Seattle veröffentlichten wir unsere Geschichte. Wir gaben ihr die Überschrift »Das Institut des Schreckens«.

Jeder Nachrichtensender, alle Printmedien und das Internet übernahmen die Story und schmückten sie weiter aus.

The Daily Mail *[Großbritannien]:*
»Die Gloaming-Lebensmittelabteilung aus Menschen!«
The New York Times: *»Missbrauch im Gloaming-Institut!«*
The Times of India: *»Gloaming-Terror aufgedeckt!«*
The Sydney Morning Herald *[Australien]:*
»Die Nahrungsquelle der Gloamings enthüllt«
Asashi Shimbun *[Japan]: »Gloaming-Terror in Amerika«*

Politiker der verschiedensten Länder distanzierten sich von dem Institut, sollten sich die Behauptungen als wahr erweisen. Sie verlangten nach einer Untersuchung, um sicherzustellen, dass die Testpersonen des Instituts fair behandelt wurden und das alles freiwillig machten.

BuzzFeed hatte mit unserem Knüller seinen großen Tag und machte Überstunden, um die Geschichte zu promoten – und in den folgenden Monaten Barbara und mich zu »Woodward und Bernstein des digitalen Zeitalters« zu erklären. Wir machten die Runde durch die Morgen-Talkshows, CNN, *The Rachel Maddow Show*, Sky News und BBC World News, bereit und begierig, über unsere Geschichte zu sprechen. Aber was noch viel wichtiger war, wir mussten die Beschuldigungen von Gloamings entkräften, dass unsere Beweise gefälscht waren.

Eines Freitags saß ich mit Barbara in einem mexikanischen Restaurant abseits der West Fourth Street an einem Tisch auf dem Bürgersteig und betrachtete das frühe Abendpublikum. Ich verspürte keinerlei Freude.

»Was ist los?«, fragte Barbara. »Ihnen gehört die Stadt. Zumindest für die nächsten fünfzehn Minuten.«

»Buzz Aldrin war der zweite Mensch, der den Mond betrat. Nachdem er das Astronautenprogramm verlassen hatte, schrieb er ein Buch über seine Depression und seinen Alkoholismus. Dabei ging es ihm eigentlich nur um eine Sache. ›Was macht man, wenn man im Alter von neununddreißig Jahren bereits sein Lebensziel erreicht hat?‹ Ich fühle mich genauso.«

»Ich fühle mich großartig. Ich suche schon nach dem nächsten Abenteuer.« Barbara nahm einen Bissen von ihrem Taco. »Die Gloamings hassen uns. Drauf geschissen! Sie bestimmen nicht unser Leben.«

Gerade an diesem Morgen hatte sich die Präsidentin wegen der Einzelheiten, die unser Artikel enthüllte, als »ausgesprochen verstört« bezeichnet. Sie versprach eine Untersuchung durch die Bundesbehörden, um festzustellen, ob sich das Institut an alle relevanten Gesetze hielt. Und in den kommenden Wochen nahm das FBI seine Ermittlungen auf, bei denen sich die ersten Anzeichen des eigentlichen Konflikts zeigten.

Erstaunlich, dass das alles in einem unaufgeräumten Apartment mit einer Packung Ramen-Nudeln anfing.

Aber durch mein Treffen mit Eric wusste ich noch mehr. Die »Blutbank« der Gloamings war nur der Anfang. Ihre Ziele waren innovativer und schrecklicher, aber es gab für mich nicht die geringste Möglichkeit, diese Anschuldigungen ohne die dafür erforderlichen Beweise zu publizieren – und die fehlten mir nun einmal zu diesem Zeitpunkt.

An diesem Freitagabend, bevor wir überhaupt ahnen konnten, dass uns die Veränderungen fast schon erreicht hatten, machte mich der Sonnenuntergang zum ersten Mal nervös.

Ich wollte mir einfach nur ein sicheres Versteck suchen – wollte nicht länger jede Nacht über die Schulter blicken und um Tageslicht beten.

KAPITEL 19

IN DER ZWISCHENZEIT

Die Sucherin

Museen sind nachts nicht geöffnet. Ich vermisse das Gefühl, wie die Zeit sich verlangsamt und dann anhält, wenn man in einem Kunstwerk versinkt. An einem verschneiten Mittwoch brach ich in Washington, D.C., in die Nationalgalerie ein. Eine einfache und befriedigende Aktivität. Ich verbrachte Stunden damit, mir Andrew Wyeths *Wind from the Sea* anzusehen. Als würde ich tatsächlich aus diesem Fenster schauen und den Windhauch spüren, der die Vorhänge bewegte. Das war ein Gefühl, und dieses Gefühl hieß Einsamkeit.

Vor dem *Genter Altar* mit seinen lebendigen Symbolen weinte ich. Und ebenso, als ich neben den Vaseline-Skulpturen des kürzlich neu erschaffenen Matthew Barney stand, die das Prickeln der Realität verströmen.

Aber die meiste Zeit muss ich mich auf meine Erinnerung verlassen, um zu verstehen, wie sehr mich schöne Kunst anzieht und erstaunt. Eines Nachts stand ich im Wohnzimmer eines der meistgesuchten Drogenbarone in Culiacán, Sinola, Mexiko. Ich betrachtete seinen wertvollsten Besitz: Vermeers *Das Konzert*. Eines der meistgesuchten gestohlenen Kunstwerke. Eine Stunde oder länger stand ich vorgebeugt da, ganz ruhig und konzentriert. Er ließ mich gewähren, weil er glaubte, mich ficken zu können und dass ich ihn neu erschaffen würde. Es sollte nicht sein. Ich verschwand, bevor seine Leibwächter überhaupt mitbekamen, dass ich weg war.

Stattdessen ging ich in eine Bar in Sinola und sah einem alten Mann zu, wie er auf seiner Flamenco-Gitarre spielte und ein federleichtes, zögerndes Corrido über einen Mann sang, der seine Frau an einen reichen Großgrundbesitzer verloren hatte. In diesem Augenblick war die Bar wie ein Gemälde des Lebens: Pärchen küssten sich oder ignorierten einander, jemand war allein und hatte nur sein Bier zur Gesellschaft. Die Einsamkeit dieser gebrochenen Menschen konnte einem die Seele rauben. So viele Rätsel bei allen, denen ich begegne. Der Reiz der Suche nach etwas, das mir meine Seele zeigen wird. Die Tage, an denen ich mich mit Schmerzen verwöhne, um vergessen zu können, sind vorbei. Dort entschied ich mich, den geraden Weg zu verlassen und nur noch Umwegen zu folgen.

KAPITEL 20

10. SEPTEMBER
VIERZIG MONATE
NACH DER ENTDECKUNG VON NOBI

Dr. Lauren Scott
Forschungsärztin, Centers for Disease Control

Schließlich erklärte ich mich einverstanden, Hector zu heiraten. Wir saßen im Auto, auf einem Wochenendausflug. Ein paar Monate nach dem Fiasko mit Liza Sole waren wir zusammengezogen – und ich ratterte meinen Terminplan für die nächsten paar Monate herunter. Nach dem Marathon der Medienauftritte und Kongressanhörungen waren die Dinge noch immer ziemlich hektisch. Meine Arbeit fürs CDC war keineswegs beendet, und ich fand zahllose Kollegen außerhalb der Behörden und im ganzen Land, die meine Leidenschaft teilten, eine Lösung für das Virus zu finden. Ein paar Dienstreisen standen an, und als ich die Terminliste mit Hector durchging, platzte er hervor: »Wir sollten besser heiraten!«

Es war nicht das erste Mal, dass er mich fragte, aber dieses Mal lag etwas in seiner Stimme, das mich innehalten ließ. Es fühlte sich richtig an. Aber vielleicht wurde ich auch einfach nur weich; auf jeden Fall ließ ich kurz die Deckung fallen.

»Klar«, sagte ich.

Stille kehrte im Wagen ein. Wir fuhren weiter über die Autobahn.

»Gut«, sagte er. »Okay, also dann.« Und wir waren verlobt, einfach so.

Während sich die Gloamings auf der ganzen Welt in die Gesellschaft integrierten, wurde meine Arbeit am NOBI-Virus wiederholt von ihren Organisationen angefeindet, die sämtliche Studien, bei denen es darum ging, eine Impfung gegen NOBI oder eine Heilung zu finden, eingestellt sehen wollten. Selbst der Begriff »Virus« war politisch aufgeladen worden. Viele Aktivisten widersprachen dieser Bezeichnung und argumentierten, sie würde implizieren, dass die Träger des NOBI-Virus irgendwie vom Rest der Gesellschaft getrennt seien. Sie behaupteten, Gloamings seien ganz normal funktionierende Personen in der Gesellschaft. Es gab viele Gerüchte, der Verband amerikanischer Psychiater wolle Gloamings grundsätzlich als mit einer Geisteskrankheit Befallene klassifizieren. Und als wäre das nicht bereits schlimm genug, wurde ich noch immer von meinen eigenen Kollegen behindert. Ständig verschwanden Forschungsergebnisse spurlos. Arbeitsmittel trafen nie ein. Testresultate konnten »nicht gefunden werden«. Aber ich konnte nichts davon beweisen.

Kurz darauf nahm ein anderer Vorfall meine ganze Aufmerksamkeit in Anspruch und veränderte mein Leben.

Meine Schwester Jennifer verschwand.

Es geschah in Las Vegas beim Electric Daisy Carnival, dem größten EDM-Festival und Rave der Welt. Jennifer hatte sich schon immer gern in die aufgeheizte Atmosphäre und die tiefen Beats dieser Raves gestürzt; sie liebte an einem guten Musikfestival alles, von der Kleidung bis zu den Drogen der Leute. Und dank der Natur dieser Raves – spät in der Nacht und voller Energie – waren sie ein Lieblingstreffpunkt für Gloamings geworden.

Jennifer erzählte mir von ihren Freundschaften mit einigen Gloamings. Ich wollte nicht die nervende und mahnende große Schwester sein, aber ich ließ sie ohne Vorbehalte wissen, dass man Gloamings nicht vertrauen konnte. Das wollte sie nicht hören. Ich merkte, wie sie auf Durchzug schaltete, wenn ich über die Gloamings und ihre Absichten sprach. Das müde *Seufzen*. Das plötzliche Schweigen. Nach einer Weile gab ich es einfach auf, sie warnen zu wollen.

Diese Schuld muss ich eingestehen, und ich werde mir das niemals verzeihen.

Als mich ein Freund von Jennifer aus dem Polizeirevier in Las Vegas anrief, um mich wissen zu lassen, dass meine Schwester verschwunden war, ließ ich alles stehen und liegen und stieg ins nächste Flugzeug. Es nahm einen ganzen Tag in Anspruch, bis ich meine Gefühle so weit unter Kontrolle hatte, dass ich meinen Dad anrufen konnte. Er war bettlägerig, weil er gerade zwei neue Kniegelenke bekommen hatte, und es bedurfte der Drohung, die Polizei einzuschalten, bevor er sich einverstanden erklärte, zu Hause zu bleiben und nicht ebenfalls nach Las Vegas zu fliegen. Dieser kleine Sieg führte natürlich zu einem stetigen Strom von Anrufen und SMS; er verlangte, über jede meiner Bewegungen und sämtliche Neuigkeiten der Suche informiert zu werden. Hector meldete sich ebenfalls oft, aber er war nicht ganz so unerträglich. Ich glaube, er wusste bereits, dass ich auf ständige Forderungen nicht gut reagierte. Er hatte angeboten, mich nach Las Vegas zu begleiten, und war nett genug, Verständnis zu haben, als ich das ablehnte.

Die Polizei hatte nicht eine einzige Spur. Jennifer war den größten Teil der Samstagnacht mit ihren Freunden zusammen gewesen, aber irgendwann hatte sie sich abgesondert, und als ihnen auffiel, dass sie bereits ein paar Stunden fehlte, hatten sie nach ihr gesucht, SMS geschickt und ihr Instagram überprüft. Sie kam nie zurück. Natürlich gab es zahlreiche illegale Substanzen, die alle nahmen, Jennifer eingeschlossen. Das war bei der genauen Rekonstruktion der Ereignisse nicht gerade hilfreich – und verringerte das Interesse der Polizei.

Vor meinem Abflug rief ich einen Freund beim FBI an, aber er arbeitete nun beim Dezernat für Informationen und Technologien und war nicht länger im Außeneinsatz. Er telefonierte mit ein paar ihm bekannter Agenten in Nevada, und sie versprachen, Erkundigungen einzuziehen. Für so etwas hatte ich keine Zeit. Die Polizei von Las Vegas erwiderte meine Anrufe bereits nicht mehr.

Der kurze Flug von Atlanta nach Las Vegas war eine Qual. Mein rechtes Auge zuckte, mein Magen krampfte sich zusammen, und ich konnte mich nicht ausreichend konzentrieren, um meine Berichte zu lesen. Das Gefühl von Klaustrophobie blieb mir bis nach der Landung erhalten, und die frische Luft reichte nicht aus, um mich zu beruhigen.

Als Erstes traf ich mich mit den Detectives, die das Verschwinden untersuchten. Wie man mir erklärte, hatten Jennifer und Mael das Festival zusammen besucht, begleitet von drei Freunden, die sich auf dem Gelände von ihnen getrennt hatten. Kameras am Eingang legten ihre Ankunft in einem Uber auf sieben Uhr abends fest. Dann mischten sie sich unter die Menge, inmitten der zuckenden Lichter, und verschwanden außer Sicht.

Ihren genauen Aufenthaltsort auf dem Gelände festzustellen, war eine unmögliche Aufgabe, also befragten wir die Sicherheitsleute und das Personal der Imbissstände. Das erwies sich als genauso sinnlos, da Jennifer jeder anderen hübschen Blondine auf dem Festival ähnelte.

Am folgenden Tag lernte ich den FBI-Agenten kennen, dem man den Fall zugeteilt hatte. Hugo Zumthor. Er stützte die Hände in die Hüften und musterte mich mit einiger Skepsis. »Sie müssen einen ganz schönen Einfluss haben, Doktor«, bemerkte er und schüttelte zögernd meine Hand.

»Wie kommen Sie denn da drauf?«, fragte ich.

»Ich bin der Leiter einer Einheit und wurde vom Direktor abgezogen, um diesen Vermisstenfall zu untersuchen. Kommt mir wie eine seltsame Umverteilung von Ressourcen vor.« Seine jetzt verschränkten Arme verrieten mir, dass er darüber nicht erfreut war.

»Vielen Dank für Ihre Hilfe«, erwiderte ich.

Die beste Spur stellte Mael dar. Kameras am Eingang zeigten, wie er das Festival um fünf Uhr dreißig morgens verließ. Allein. Er nahm einen Uber und fuhr zu dem Airbnb-Apartmenthaus abseits vom Strip zurück. Das Verhör des Fahrers ergab nichts Ungewöhnliches über die Fahrt. Eine weitere Kamera zeigte, wie Mael das Haus betrat. Es war das letzte Mal, dass er lebend gesehen wurde.

Fünf Laptops auf dem Schreibtisch meines Hotelzimmers starrten mich an. Jeder davon zeigte ein anderes Überwachungsvideo von sämtlichen Kameras im Umkreis von zwanzig Blocks um den Veranstaltungsort des Electric Daisy Carnival. Das Amazon Stadion – die neue Heimat der Las Vegas Raiders.

Das Stadion befand sich am Ende des Las Vegas Strip, in der Nähe des Treasure Island Hotels und Casino. Acht Stunden Aufnahmen von sämtlichen Kameras aus der unmittelbaren Umgebung. Menschen liefen in alle Richtungen, wie eine aufgescheuchte Ameisenkolonie. So viele Menschen und Gesichter, die Jennifer ähnelten. Während ich mir die flackernden Bilder ansah, konnte ich mich nicht auf die Aufgabe konzentrieren, und meine Gedanken gingen rasend schnell die Liste der Möglichkeiten durch. Und wenn ich sie begleitet hätte? Wenn ich sie eingeladen hätte, wie ich es immer hatte machen wollen?

Bei jedem Gesicht, das über den Monitor wanderte, fragte ich mich, wer das war, wie er lebte und wo er hinging. Was machte diese Menschen so anders?

Ich hätte dort jahrelang sitzen und die Bildschirme anstarren können, nur mit meinen »Was wäre wenn?« zur Gesellschaft.

Später am Abend fiel ich beim Anblick einer jungen Frau in einem fließenden gelben Sommerkleid inmitten einer Gruppe von Menschen beinahe vom Stuhl. Das war Jennifer. Andere Betrachter blieben später auch weiterhin unsicher, aber ich wusste es.

Die Kamera verfolgte ihre Bewegungen, bis der Bildschirm nur noch Schnee zeigte. Ich folgte der nächsten Kamerareihe, um meinen Verdacht zu bestätigen: noch mehr Statik, mit Ausnahme zweier weiterer Aufnahmen, die so deutlich wie der Tag waren und auf denen kein Mensch zu sehen war.

Ich rief Zumthor an, um ihm meine Fortschritte zu zeigen. Er starrte den Schnee an, der auf dem Monitor rauschte. Ein klares Bild, dann nur noch Statik.

»Ich bin mir nicht sicher«, sagte er nach einer Weile, die viel zu lang erschien.

Ich musste ihn falsch verstanden haben. Das war das Letzte, was ich von ihm zu hören erwartet hatte oder von ihm hören wollte. »Ist das Ihr verdammter Ernst?«, rief ich.

Mein Ausbruch schien ihn nicht zu überraschen, während er den Bildschirm weiter anstarrte. »Als hätte jemand versucht, es so aussehen zu lassen, dass ein Gloaming an der Kamera vorbeigeht, obwohl es nie geschehen ist. Ich schicke es in unser Labor, um überprüfen zu lassen, ob es den etablierten Normen von Gloaming-Interferenz entspricht. Aber das Ergebnis wird Ihnen sicher nicht gefallen.« Er setzte sich und lehnte sich zurück, ohne mich aus den Augen zu lassen. Vermutlich fragte er sich, ob gleich mein nächster Ausbruch bevorstand.

Ich klopfte mit dem Finger auf den Tisch, als wollte ich Dampf ablassen. Wie das abgenutzte Ventil einer unter Druck stehenden Maschine.

Es funktionierte nicht.

Und in einem stickigen Hotelzimmer herumzusitzen würde nicht reichen. Ich zerrte Zumthor hinaus auf die Straße, um den Weg abzugehen, wo die Kameras ausgefallen waren. Wir begannen unten am Strip am Stadion, dann ging es weiter in die Nähe des MGM Grand Hotel, wo der Videostream abgebrochen war. Ich zerbrach mir den Kopf, warum Jenny diesen Weg nehmen sollte, wo das Airbnb doch in genau entgegengesetzter Richtung lag. War sie vom Festival erschöpft gewesen und hatte nicht mehr klar denken können? Sie hätte auf dem Stadtplan auf ihrem Handy nachsehen können, um sich nicht zu verlaufen. Hatte sie absichtlich diese bestimmte Richtung eingeschlagen?

Wir bogen nach rechts in einen Block aus Eigentumswohnungen und Bürogebäuden ein, von denen keines höher als vier Stockwerke war. »Sind Sie sicher, dass sie diesen Weg genommen hat?«, fragte Hugo Zumthor.

»Es gibt keine andere Erklärung. Die Kameras an den Straßen der Umgebung zeigen nichts.«

Zumthor musterte die Gebäude, während ich in die dazwischenliegenden Gassen spähte. »Hier sind Kameras«, meinte er, »aber nichts scheint darauf hinzuweisen …« Vor einem zweistöckigen Gebäude ohne Bezeichnung oder Schilder blieb er stehen. »Scheiße!«

»Was?« Ich griff nach seinem Arm, ließ aber sofort wieder los.

Er zeigte auf etwas, das eine weitere Kamera über dem Eingang zu sein schien.

»Die Kamera?«, fragte ich. Es sah aus, als befänden sich dort zwei Kameras Seite an Seite, die in verschiedene Richtungen zeigten.

»Das ist eine Kamera, aber das daneben nicht. Das ist ein Strahlungsmesser. Er spricht auf erhöhte Strahlung in der Umgebung an. Die sind ziemlich kompliziert und teuer.«

Ich sah ihn an. »Warum sollte jemand so etwas hier brauchen?«

»Das eine, um sich vor Menschen zu schützen, und das andere, um sich vor Gloamings zu schützen«, erwiderte er, während er eine SMS schrieb. »Mein Büro soll den Besitzer dieses Gebäudes überprüfen.«

Wir betraten die Gasse, umrundeten das Gebäude und entdeckten dabei weitere Kameras und Detektoren. Zumthors Handy summte. Er überflog die Nachricht mit geschürzten Lippen und einem Kopfschütteln.

»Was ist?«, rief ich.

»Ehrlich gesagt bin ich überrascht«, gab er zu. »Ob Sie's glauben oder nicht: Dieses Gebäude gehört einer Strohfirma der Claremont Corporation.«

»Es gehört den Gloamings«, sprach ich meine Gedanken laut aus.

»Das erklärt aber noch nicht, warum sie sich vor ihrer eigenen Art schützen wollen. Das könnte etwas sehr Interessantes sein.«

Ich wollte in das Haus einbrechen und nach Jennifer suchen, wollte Zumthor mit gezogener Waffe durch den Vordereingang zerren oder die Nationalgarde rufen. Aber nichts davon kam in Frage.

Zwei Wochen später, ich hatte gerade den Rückflug gebucht, wurde Jennifers Leiche von einem Mann entdeckt, der mit seiner Familie einen Fahrradausflug machte. Sein Hund war ihm entwischt und hatte Jennifers Überreste aufgespürt. Man fand nur noch ein Skelett. Die Behörden bestätigten ihre Identität mithilfe von zahnärztlichen Unterlagen.

Als mich die Detectives anriefen, saß ich gerade im Mietwagen. Ich spürte die Tränen über meine Wagen laufen, bevor mir bewusst war, dass ich angefangen hatte zu weinen. Ich fuhr an den Bürgersteig. Ich musste meine Eltern anrufen. Ich musste mit Hector sprechen. Aber ich konnte noch nichts davon tun.

Nach dem nächsten Schluchzen schaltete ich den Motor aus. Ich sackte über dem Lenkrad zusammen. Trotz allem war ich noch immer so ein Kind. Ich wollte, dass mir jemand sagte, es sei nicht wahr und dass alles wieder in Ordnung komme.

Die Hitze von Nevada staute sich im Wagen und raubte mir die Luft, während ich aus dem Fenster starrte. Ich konnte fühlen, wie sich meine Gedanken verwirrten und die Umrisse vor meinen Augen flimmerten. Ich drehte die Zündung, und kalte Luft schlug mir ins Gesicht. Ich atmete tief ein. Dann noch einmal. So viele Erinnerungen an Jennifer schossen mir durch den Kopf, und ich schien nicht eine davon festhalten und lieben zu können.

Okay, Jennifer, dachte ich.

Ich googelte »Las Vegas, Gerichtsmedizin« und tippte die Adresse ins GPS.

Einen Augenblick lang war wieder alles so, wie es sein sollte.

Ich war schon nicht mehr die Person, die ich noch eine Woche zuvor gewesen war. Mein Herz schrie nach Vergeltung.

Ich erzwang mir den Weg in die Autopsie.

Da es nur noch Knochen gab, war es so gut wie unmöglich, handfeste Ergebnisse zu erhalten. Ich untersuchte die Bereiche um das vordere Längsband und die beweglichen Wirbel zwischen Brustwirbelsäule und Schädel. Ich fand keinen Hinweis auf den Biss eines Gloamings. Aber ich hatte meinen Geigerzähler reingeschmuggelt, und die Knochen gaben zweifelsfrei Rückstände von Strahlung ab, die man einem Gloaming zuschreiben konnte. Für den Gerichtsmediziner war die Reaktion nicht beweiskräftig genug.

Für mich schon.

In der Zwischenzeit war es genau so, wie schon mein alter Herr immer gesagt hatte: »Du brauchst keinen Wettermann, um zu wissen, wie der Wind bläst.« Ich wusste, dass sich meine Zeit beim CDC dem Ende zuneigte. Meine Vorgesetzten hatten mich gebeten, meine Forschungen zu modifizieren und weniger darauf zu konzentrieren, gewisse Elemente des Virus auszulöschen, um es inaktiv zu machen. Vielmehr sollte ich erforschen, wie sich die Auswirkungen des Virus auf den Körper abmildern ließen. Ich widersetzte mich energisch. Wenn wir nur das tun, argumentierte ich, bringt meine ganze Forschung nichts!

Und schon bald darauf rief mich die Stellvertretende Direktorin in ihr Büro, um mir zu verkünden, dass das CDC meinen Vertrag auflöste.

Ich fragte nicht einmal nach dem Grund. Als ich an diesem Abend nach Hause kam, erzählte ich es Hector. Er hatte mir schon lange geraten, das CDC zu verlassen, weil man mir dort so viel Widerstand entgegensetzte, aber in diesem Augenblick wusste er, dass ich das nicht hören wollte. Er nahm mich einfach nur fest in den Arm und schwieg.

Überraschenderweise – oder auch nicht, schließlich ging es um die Regierung – erhielt ich bereits am nächsten Tag ein neues Jobangebot. Ich saß in dem Starbucks in der Nähe meiner Wohnung und schlürfte einen großen Frappuccino, als eine Frau in einem schicken Anzug eintrat. Sie setzte sich mir direkt gegenüber.

»Kann ich Ihnen helfen?«, fragte ich.

»Sie sind Lauren Scott.« Es war mehr eine Feststellung als eine Frage.

»Und?« Zuerst hielt ich sie für eine Reporterin, die ein weiteres Interview über Liza Sole wollte, andererseits hatte das Interesse für diesen Zeitabschnitt stetig abgenommen, bis sich niemand mehr für den Beginn der Gloamings interessierte. Tatsächlich hatten die Gloamings ausgezeichnete Arbeit geleistet und diesen Teil ihrer Geschichte ausradiert; sie hatten es vorgezogen, eine andere »Herkunftsgeschichte« zu verbreiten, mit der Bildung einer Gloaming-Gemeinschaft in Santa Fe, New Mexico, als Ursprungsfabel. Niemand fing sein eigenes Märchen gern mit einer mörderischen Kannibalin an.

Die Frau beugte sich vor. »Ich bin Sally Lindsay. Ich arbeite für ein kleines Arzneimittelunternehmen namens Atwater Corporation. Derzeit konzentrieren wir uns darauf, unsere Forschungsabteilung auszubauen.«

»Okay«, erwiderte ich. »Was kann ich für Sie tun?«

»Ich weiß, dass Sie kürzlich Ihre Stelle beim CDC aufgegeben haben, und Atwater möchte Ihnen eine sehr renommierte Position anbieten.«

Ich war schockiert. »Bei allem, was passiert ist, erscheint mir das noch etwas früh«, meinte ich. »Ich habe noch nicht weiter darüber nachgedacht, was ich jetzt machen will.«

Sie legte eine Visitenkarte auf den Tisch. »Rufen Sie mich an, dann vereinbaren wir ein Treffen. Sie müssen sowieso aus Atlanta raus. Kommen Sie nach Kalifornien.«

Und mit diesen Worten ging sie. Ich brauchte eine Woche, bis ich sie anrief und ein Treffen außerhalb von Stockton, Kalifornien, vereinbarte, wo sich Atwater befand. Es handelte sich um einen aufwendig gesicherten Betrieb, und das Gespräch war interessant. Die drei leitenden Angestellten und Wissenschaftler, die ich kennenlernte, waren jung und schienen viel Energie und Sinn für Humor zu haben.

»Wir möchten, dass Sie sich auf die Arbeit konzentrieren, die Sie beim CDC gemacht haben – vor allem auf das NOBI-Virus«, sagte Terrence Davila, der Forschungsdirektor.

Bestimmt konnte man mir meine Überraschung vom Gesicht ablesen. »Wirklich? Ich hätte nicht gedacht, dass noch Firmen oder Universitäten dazu bereit sind, NOBI zu untersuchen – erst recht nicht mit meinem Ansatz.«

»Nun, wir machen damit keine Werbung«, fuhr Terrence fort. »Tatsächlich halten wir es ganz gut unter Verschluss, aber im Moment richtet sich unser Hauptaugenmerk darauf. Und das wird sich auch nicht ändern, ganz egal, was die öffentliche Meinung sagt.«

Ich flog nach Hause, um das Angebot mit Hector zu besprechen. Ich wollte es nicht offen zugeben, aber in Wahrheit hatte ich es nach dem Zwischenfall mit Liza Sole und dem Mord an meiner Schwester noch immer auf die Gloamings abgesehen. Ich wollte meine Forschung fortführen und das NOBI-Virus bekämpfen. Das wusste Hector. Davon abgesehen arbeitete er halbtags in einem Sanatorium auf dem Land, um sein Einkommen aufzubessern, während er sein Buch über unsere Erlebnisse während jener ersten Monate in Arizona schrieb. Das konnte er auch genauso gut in Kalifornien tun.

Erst nach fünf Monaten bei Atwater erfuhr ich, dass die Firma größtenteils von der CIA finanziert wurde. Meine Erschütterung legte sich ziemlich schnell. Ich hatte jahrelang für die Regierung gearbeitet. Natürlich würde sie noch immer ein ureigenes Interesse daran haben, sich bei den Gloamings alle Möglichkeiten offenzuhalten – ganz egal, wie die öffentliche Meinung aussah. Und mit der üppigen Unterstützung von Atwater war meine Forschung bald zu einem Punkt vorangeschritten, an dem ich eine wirksame Präventivbehandlung nach dem Kontakt mit dem NOBI-Virus entwickelt hatte, vorausgesetzt, sie wurde achtundvierzig Stunden nach dem Biss angewendet.

Dass wir viele der technischen Probleme überwunden hatten, die uns beim Studium des radioaktiven NOBI-Virus behindert hatten, war natürlich hilfreich. Zum Beispiel hatte die UC Berkeley ein hochauflösendes Elektronenmikroskop entwickelt, das die dem Virus innewohnende Strahlung dazu benutzte, sie als Strahl aus beschleunigten Elektronen zurückzuspiegeln. Im Grunde handelte es sich um einen Röntgenstrahl mit hoher Photonenenergie, der auf zellularer Ebene modifiziert worden war, um die NOBI-Strahlung zu spiegeln. Aber die bei dem Prozess entstehende Energie brannte die Mikroskope nach dem ungefähr zwanzigsten Einsatz aus. Beim CDC war es ein ständiger Kampf gewesen, das Geld für ein 50 000 Dollar teures Wegwerfmikroskop zu bekommen, das man nur zwanzigmal einsetzen konnte.

Bei Atwater erledigte mein Assistent mühelos den Papierkram, und neue Mikroskope tauchten wie durch Zauberhand auf.

Ich werde nie vergessen, wie ich an dem Tag, an dem ich die antiretrovirale Behandlung, die NOBI zum Stillstand bringen würde, erfolgreich wiederholte, in einer normalen Blutprobe Enzyme und menschliche DNA betrachtete. Als sich die NOBI-Zellen mit den Rezeptoren verbanden, traute ich meinen Augen kaum. Mein Computer hatte alles, was sich in dem Mikroskop abspielte, aufgezeichnet, aber ich brauchte die Bestätigung eines Kollegen.

Ich rief eine meiner Teamangehörigen zu mir, eine Studentin namens Dylan von der Caltech, die an ihrem Computer arbeitete. Ich trat vom Mikroskop zurück und zeigte mit dem Finger auf meinen Stuhl. »Wiederholen Sie bitte mein letztes Experiment.«

Dylan führte die Schritte durch, während sie durch den Sucher blickte. Ich verfolgte ihre Arbeit am Computer. Dr. Azoulay, mein anderer Forscher, stand neben mir und betrachtete den Monitor. »Ach du meine Güte«, sagte Dylan und hielt sich mit beiden Händen am Tisch fest. »Heilige Scheiße!«, rief sie.

Ich holte Terrence Davila. Er war in einer Besprechung, aber ich brüllte seinen Assistenten an, ihn dort rauszuholen.

Als Terrence eintraf, bat ich ihn, dasselbe wie Dylan zu tun. Nach ein paar Augenblicken schaute er auf. Er packte mich bei den Schultern und schüttelte mich wie ein Weihnachtsgeschenk. »Heute Abend besaufe ich mich!«, schrie er, als würde sich der heutige Abend irgendwie von den anderen unterscheiden.

Natürlich war das alles ohne einen lebenden Gloaming als Testobjekt nur blanke Theorie. Aber die meisten unserer Computermodelle deuteten darauf hin, dass das Medikament eine effektive Prophylaxe gegen das Virus sein würde. Der Wirkstoff blockierte die reverse Transkriptase, das Enzym, das Gloaming-RNA in neue virale DNA umschrieb, die sich in der Folge mit dem Antithrombin verband und die molekulare Zusammensetzung des Blutes derart veränderte, dass es mehr Ähnlichkeit mit Menschenblut hatte. Wir nannten ihn Glomudine.

Zusätzlich ließen unsere Computermodelle darauf schließen, dass die chemische Zusammensetzung von Glomudine Gloamings außer Gefecht setzen konnte, wenn man es als Spray benutzte. Bald begannen wir mit verschiedenen Herstellern zusammenzuarbeiten, um eine Sprayversion des Wirkstoffes zu entwickeln, die man bei einem Konflikt zur Verteidigung einsetzen konnte. Allerdings wirkte Glomudine genau wie verschiedene andere Chemiewaffen auch auf den Menschen tödlich, jedenfalls in der Menge, die nötig war, um einen Gloaming auszuschalten. Ich ging davon aus, dass unsere Forschung noch immer rein theoretisch oder zumindest die Risiken wert war.

Im Rückblick hätten mir die Gefahren meiner Forschung und der wahre Preis des breiten Einsatzes von Glomudine bewusst sein müssen. Zu diesem Zeitpunkt wurden die Sicherheitsmaßnahmen in der Atwater-Laboranlage erhöht, während die Spannungen mit den Gloamings in New Mexico einen kritischen Punkt erreichten. Jede Woche kam mehr Militärpersonal im Labor zu Besuch.

Ich hätte auf größere Vorsicht drängen sollen und noch entschiedener darauf pochen, dass wir vor der Herstellung von Glomudine näher an eine 95-prozentige Effizienz herankommen mussten.

Aber wie schon Mike Tyson sagte: »Ich wurde zu schnell alt und zu spät klug.«

Federal Bureau of Investigation –
Department of Justice

via Sicheres E-Mail Kongress-System

VON: Special Agent in Charge Hugo Zumthor
AN: Berater des ständigen Ausschusses für Heimatschutz; Büro des Generalsstaatsanwalts
THEMA: Situationsbericht über als geheim klassifizierten Gesetzesvollzug
KENNZEICHEN: Vertraulich
DATUM: 13. August

Ungefähr drei Wochen nach dem Artikel bei BuzzFeed, der formelle Ermittlungen durch das Justizministerium und den Kongress auslöste, führte ich ein Team von FBI-Agenten aus der örtlichen Dienststelle zum Rio Grande Institute, um eine standardmäßige Voruntersuchung vorzunehmen.

Am verschlossenen Tor des Instituts verweigerten uns dort stationierte Truppen der Nationalgarde von New Mexico den Zugang. Danach forderte das FBI von einem Bundesrichter einen Durchsuchungsbefehl für das Institutspersonal und sämtliche Aufzeichnungen an, einschließlich aller E-Mails, SMS, Audio- und Videoaufnahmen.

Nach fünf Tagen gewährte Richter Koster den Durchsuchungsbefehl, und wir begaben uns erneut zum Institut, diesmal um den Befehl zu vollstrecken.

Wieder verweigerte man uns den Zutritt zum Institut. Bestimmt gibt es für Verhalten einen logischen Grund, obwohl Gott weiß, dass es uns vielleicht nicht mehr lange genug geben wird, um ihn zu erfahren. Zu diesem Zeitpunkt war eine beträchtlich größere Zahl von Nationalgardisten an der Straße stationiert, die zum verschlossenen Tor des Instituts führt.

Derzeit warten wir auf weitere Befehle vom Direktor und vom Generalstaatsanwalt, wie wir vorgehen sollen.

The Huffington Post

[Originalbeitrag von der Titelseite der Sonntagsausgabe von O Estado de S. Paulo. Übersetzt aus dem Portugiesischen.]

Das jährliche brasilianische Fest, das als Karneval bekannt ist und eine Woche vor Beginn der katholischen Fastenzeit beginnt, war das Thema vieler Spekulationen, nachdem es Berichte gab, dass in der Stadt Ouro Prêto nach den Veranstaltungen über siebzig Menschen vermisst wurden. Viele Monate lang wurden nur wenige Einzelheiten publik, während mehrere Familien geliebte Angehörige als vermisst meldeten und das brasilianische Militär eine intensive, wenn auch stark eingeschränkte Untersuchung einleitete. Dann wurden im Spätsommer dieses Jahres zehn Blocks der Stadt unter verdächtigen Umständen für alle bis auf gewisses Personal mit Ausweisen zur »verbotenen Zone« erklärt.

Schließlich traten letzten Monat Zeugen an die Öffentlichkeit, nachdem sie die Furcht vor Strafverfolgung überwunden hatten, und berichteten, dass fünf Gloamings eine Gruppe Feiernder im Jardim Botânico Bloco de Rua (Häuserblock) angegriffen hatten. Die Viertel von Ouro Prêto sind berühmt für ihre eigenen Themenpartys, bei denen die Luft von den Klängen von Frevo und Maracatumusik widerhallt.

Den Berichten zufolge waren die Gloamings in schwarze Seidenhosen mit rotem Rüschenbesatz und Rumbahemden mit weiten roten Rüschenärmeln bekleidet. Ihre Gesichter waren weiß geschminkt, und sie trugen breite Hüte. Sie verließen die Drei-Zimmer-Wohnung eines lokalen Lebensmittelhändlers, der mit seiner Familie nach Rio de Janeiro zum Karneval gereist war. Die Gloamings warteten bis nach der Parade, als es keine Festwagen mehr gab, die Straßen aber noch voller Feiernder waren. Sie fingen an, mit den Leuten zu tanzen. Das dauerte ein paar Minuten, bis die Gloamings in Raserei verfielen und begannen, im ganzen Viertel Leute umzubringen. Durch die Festivitäten dauerte es eine Weile, bevor die Leute erkannten, dass Freunde und Passanten plötzlich verschwanden. Es dauerte Wochen, bis man diese Vorfälle, die man zunächst als gewöhnlichen Krawall ansah, den Behörden meldete.

Nach der Bestätigung von über dreißig Aussagen von Augenzeugen riefen die Beamten sofort das Militär, das dann zehn Straßenzüge um den Tatort herum absperrte und Reportern oder städtischen Regierungsbeamten den Zugang verweigerte. Quellen bei der Armee berichteten, dass nach tagelanger Suche sämtliche Verstorbene blutleer im Kanalisationssystem unter der Straße gefunden wurden. Die Toten wurden nach der Untersuchung in einem unbekannten Massengrab beigesetzt, was viele Familien der Opfer wütend machte. Informanten beim Geheimdienst ließen durchblicken, dass die Regierung bereits von dem Vorfall wusste, aber eine umfassende Untersuchung verhinderte, da der brasilianische Präsident Lucas Sousa die Gloamings nicht verärgern wollte, mit denen er durch Geschäftsinteressen verbandelt ist.

KAPITEL 21

15. SEPTEMBER
VIERZIG MONATE
NACH DER ENTDECKUNG VON NOBI

Hugo Zumthor
Leitender Special Agent der Gloaming Crimes Unit, FBI

Der McMaster Nuklearreaktor in Hamilton, Ontario, war ein Kernreaktor mit geringer Leistung, der auf dem Gelände der McMaster Universität in Kanada als Forschungsreaktor diente.[32] Diese Reaktoren sind kleiner, weil sie der Forschung und nicht der Energiegewinnung dienen. Aber sie enthalten sämtliche Elemente eines Kernreaktors, hochangereichertes Uran (HEU) eingeschlossen.

Gottverdammte nukleare … nun, alles nukleare. Albert Einstein hat es am besten ausgedrückt: »Die entfesselte Macht des

---

32 »Der McMaster ist ein Materialtestreaktor (MTR) vom Typ Schwimmbadreaktor mit einem Kern aus niedrig angereichertem Uran (LEU), in dem leichtes Wasser als Kühlmittel und Moderator dient. Die primären und sekundären Kühlsysteme entfernen die vom Reaktorkern erzeugte Wärme, externe Kühltürme dienen als endgültige Kühlkörper. Der Reaktor befindet sich in einem Zementbau und läuft für gewöhnlich an jedem Werktag von 8 Uhr morgens bis Mitternacht bei einer Leistung von drei Megawatt.« © McMaster University Website

Atoms hat alles verändert, nur nicht unsere Denkweise … Das Problem liegt im Herz des Menschen. Wenn ich die Folgen geahnt hätte, wäre ich Uhrmacher geworden.«

Amen, Albert.

Das alles erfuhr ich, als ein Kollege von der CIA aus heiterem Himmel anrief und um ein Treffen in meinem Büro bat. Solche Bitten machen mich immer etwas misstrauisch. Derartige Treffen erfüllen meistens das Klischee und führen nur selten zu brauchbaren Ergebnissen – der Modus Operandi der CIA. »Warum?«, fragte ich, bevor ich mich überhaupt einverstanden erklärte.

Eine Pause trat ein, gefolgt von einem Klicken. Die Leitung wurde überwacht. »Wir müssen über den Internetverkehr einer gewissen Gruppe sprechen, die hochangereichertes Uran in die Vereinigten Staaten bringt«, sagte mein Kollege. »Das dürfte persönlich einfacher sein.«

Eine gewisse Gruppe. Ah. Ich hatte das Gefühl, dass ich genau wusste, über welche Gruppe die CIA mit mir sprechen wollte.

Erst als ich den Hörer auflegte, begriff ich in ganzem Ausmaß.

Wir sprachen natürlich über Gloamings. Aber Gloamings und …

Nukleare Energie?

Nach dem Abfangen des Weißbuchs entwickelten sich die Dinge in einem hektischen Tempo, und ich wollte mich mit Lauren Scott treffen, um ihr ein paar Fragen über die eigentlichen Absichten der Gloamings zu stellen. Wir trafen uns am Flughafen Dulles mitten zwischen Passagieren in der Ecke eines Starbucks. Wo ist nur all die Zeit geblieben?

»Ich darf meinen Flug nicht verpassen«, stellte Lauren mit ärgerlicher Miene fest.

»Ich weiß«, erwiderte ich. »Und ich weiß das zu schätzen. Die CIA würde mich das nie vergessen lassen, und dann würde ich denen etwas schulden.« Man sollte niemals in der Schuld der CIA stehen.

»Also worum geht es?«

Ich schob ihr mein Tablet hinüber, und sie las die Zusammenfassung des Weißbuchs, verfasst von einem ganzen Analystenteam. Lauren legte die Stirn in Falten, dann nickte sie, als würde das sämtliche ihrer Befürchtungen über die Gloamings bestätigen.

»Was halten Sie davon?«

»Ich kann nicht sagen, dass es mich überrascht. Es ist die natürliche Entwicklung ihres Überlebensinstinktes.«

Ich nahm das Tablet wieder an mich und schaltete es aus. »Sie glauben das also? Ich meine, glauben Sie, die ziehen dieses Szenario mit dem nuklearen Winter und der ewigen Nacht ernsthaft in Betracht?«

Lauren starrte die Leute an, die durch das Terminal eilten. »Die gute Nachricht ist, dass sie uns zum Überleben brauchen. Die schlechte, dass sie uns eigentlich nur als Nahrung brauchen. Sollte ihnen jemals gelingen, ein Synthetikblut herzustellen, das mit menschlichem Blut identisch ist, dann sollten wir wirklich anfangen, uns Sorgen zu machen. Oder sie könnten uns auch einfach nur einsperren für das Blut. Das ist vermutlich nicht machbar, aber …«

Das war alles, was ich wissen musste.

Am 5. Oktober verschaffte sich eine unbekannte Zahl von Personen Zugang zum Atomreaktor von McMaster und stahl ungefähr zweihundert Kilogramm HEU – das entsprach ungefähr der Größe eines Neugeborenen. Der Reaktortreibstoff bestand aus kleinen schwarzen Pellets, die Kohlestiften ähnelten und pro Stück nur ein paar Pfund wogen, also war die Wärme nicht groß genug, um den Transport zu behindern. Oder es unmöglich zu machen, die Pellets in der Hand zu halten.

Abgesehen von einem betäubten Sicherheitsmann und ein paar Reifenspuren im Schnee hinterließen die Personen nicht viele brauchbare Spuren.

Die Pellets wurden zum Zemun-Clan weiterverfolgt – eine

große Verbrecherorganisation mit Sitz in Serbien, zu der ungefähr zehntausend Straßensoldaten gehörten. Man nimmt an, dass die Pellets durch New York City und dann Dallas geschleust wurden, da in diesen Städten diverse Strahlungsmesser anschlugen. Schließlich fanden sie einen Weg nach Uruguay, wo sie an Mitglieder der japanischen Yakuza-Bande Yamaguchi-gummi übergeben wurden, die sie vermutlich auf einen Frachter mit Fernseher- und Handyteilen eines brasilianischen Herstellers verluden. Der Frachter legte in Kitakyushu, Japan, an. Yamaguchi-gummi transportierte die Pellets dann nach Portugal zu einer Gloaming-Einrichtung in Lissabon. Dort konstruierten Gloaming-Wissenschaftler eine kleine, aber dennoch gefährliche taktische Nuklearwaffe mit einem Durchmesser von neunzig Zentimetern, in der das hochangereicherte Uran von zwei Seiten zusammentreffen und eine Nuklearexplosion auslösen würde, wenn man sie mit einer besonders modifizierten Artilleriekanone, in diesem Fall eine 8-Zoll-Haubitze, abfeuerte. Diese sperrige Waffe konnte leicht per Schiff oder Flugzeug ins Land gebracht werden.

Ein großer Teil der Medienaufmerksamkeit – und unserer Bemühungen – konzentrierte sich fälschlicherweise auf die Schrecken der »Blutbanken« der Gloamings. Unsere Geheimdienste hatten nicht die geringste Ahnung von den furchtbaren Plänen, die vor unserer Nase durchgeführt wurden und die den Lauf der Geschichte verändern und zu jahrelangen Anschuldigungen und Untersuchungen führen sollten. Aber natürlich ändert das alles nichts an einer unwiderruflichen Tatsache:

Wir hatten niemals eine Chance.

Vorläufige psychiatrische Einschätzung

18. März, 14:25 Uhr

Bei Patient A handelt es sich um einen achtjährigen Jungen, der nach mehreren Ausbrüchen im Unterricht, zu denen Brüllen, Weinen und das unprovozierte Schlagen anderer Schüler gehörte, vom Schulbezirk vorgestellt wurde. Der Patient hat keine psychiatrische Vorgeschichte. Seine allgemeine Krankheitsgeschichte zeigt keine besonderen Krankheiten auf, für sein Alter erscheint er normal. Diagnostische Untersuchungen sind angesetzt, aber noch nicht durchgeführt. Achse IV der DSM-IV-TR zeigt an, dass der kürzliche bewaffnete Konflikt in New Mexico den Patienten beeinflusst hat. Patient A wurde gebeten aufzuschreiben, was seinen Stress verursacht hat und woran er sich allgemein über seinen ersten Ausbruch im Unterricht erinnert.

Frage: Erzähl mir, was passierte, als das mit den Bomben losging.

Patient A: Am Tag der lauten Explosionen duckten wir uns unter unsere Bänke. Meine Lehrerin Mrs. Greer sagte uns, wir müssten uns keine Sorgen machen. Wir blieben dort eine Weile, und Lisa hielt meine Hand, als ich zu zittern anfing. Ich wartete auf die nächste Explosion, aber es geschah nichts. Mrs. Greer befahl uns, wieder aufzustehen, da explodierte noch eine Bombe. Die Fenster klirrten, und wir alle schrien auf, auch Mrs. Greer. Wir krochen wieder unter die Tische.

Frage: Ist danach noch etwas passiert?

Patient A: Dann durften wir den Unterricht früher verlassen, und meine Mom holte mich ab. Mom und Dad brüllten sich an, Albuquerque zu verlassen, aber wir haben nicht viel Geld, und meine Eltern müssen arbeiten. Ich will nicht wieder in die Schule, denn dort ist es durch die Flugzeuge und Explosionen nicht sicher.

Frage: Bist du wieder zur Schule gegangen?

Patient A: Ich wollte nicht gehen, aber der Gouverneur gab allen Schülern Geschenkgutscheine. Zweihundert Dollar! Mom kaufte Lebensmittel und Kleidung für mich. Der Gouverneur ist ein Gloaming, und er ist ein guter Mann.

Frage: Was hältst du von den Gloamings?

Patient A: Meine Freunde und ich reden dauernd über sie. Sie scheinen wirklich cool zu sein, und ich habe gehört, dass ein paar von ihnen fliegen können. Mom sagt, das stimmt nicht, aber sie hat es einfach nur nicht gesehen. Sie mag sie nicht, aber sie verrät mir den Grund dafür nicht. Alle meine Klassenkameraden haben sie gesehen. Wir halten sie für ziemlich cool und nett. Meine Eltern gingen mit mir zur Versammlung des Gouverneurs im Johnson Park, und da standen zwei Gloamings! Ich bat meine Mom, näher an sie heranzugehen, bis wir direkt neben ihnen waren. Ich hätte sie berühren können. Es waren ein Junge und ein Mädchen. Sie rochen so gut wie Blumen. Ich wollte sie unbedingt anfassen! Sie sahen mich an, und Mom zog mich weg. Dann mussten wir gehen. Wenn ich könnte, würde ich mit ihnen befreundet sein.

KAPITEL 22

8. OKTOBER
EINUNDVIERZIG MONATE
NACH DER ENTDECKUNG VON NOBI

Hugo Zumthor
Leitender Special Agent der
Gloaming Crimes Unit, FBI

Meine Mutter hat mich einmal beschuldigt, kein guter Sohn zu sein. Das sagte sie nur einmal, aber nach ihrem Tod konnte ich das einfach nicht vergessen. Als Kind lief ich immer weg, wenn sie mit mir reden oder mich einfach nur in den Arm nehmen wollte. Selbst als ich älter wurde und nachdem mein Dad gestorben war, änderte sich das nicht. Ihr einziges Kind lief weg, um Agent beim FBI zu werden. Nach ihrem Tod kam ich nie darüber hinweg. Aber ich bin nicht mehr die gleiche Person, die ich damals war. Sie gibt es nicht mehr …

Daran musste ich denken, als ich vor dem Denkmal für die Kinder stand, die hier vor den Toren des Rio Grande Institute gestorben sind.[33]

---

33 Über die Situation beim Rio Grande Institute herrschte offener Streit. Der Generalstaatsanwalt von New Mexico, das Büro von Gouverneur Nick Bindon Claremont, das FBI, der Gloaming-Rat und alle lokalen und überregionale Medien hatten eine mehr oder weniger klare Meinung über diese beispiellose Weigerung, sich einem offiziellen Gerichtsbeschluss zu

fügen. Aber manchmal braucht es einen Haufen Kinder, um für echte Veränderung zu sorgen.

In diesem Fall reiste eine Gruppe von ungefähr dreißig Highschoolschülern mit verschiedenem religiösen Hintergrund aus dem Umland zum Rio Grande Institute – sie bezeichneten sich als »interreligiöse Schüler« –, um gegen die dort vorgenommenen Experimente zu protestieren. Sie brachen an einem Samstagmorgen in aller Frühe auf und hatten das Institutstor gegen Mittag erreicht. Sie hatten Mittagessen eingepackt und hielten Plakate, die Frieden und Toleranz forderten.

Sie stiegen aus dem umgebauten Schulbus und fanden einen Platz neben dem Stacheldrahtzaun. Die Nationalgardisten waren noch immer in Stellung für den Fall, dass die Feds doch noch auftauchten und zur Tat schritten. Viele Leute, die an diesem Tag vor Ort waren, sprachen von einer deutlichen Spannung, die in der Luft lag.

Nach etwa einer Stunde standen die interreligiösen Schüler auf und fingen an zu singen. Man konnte die Lieder noch weitab der Berge hören, fortgetragen von den warmen New Mexico-Winden. Selbst heute kann niemand mit Sicherheit sagen, wer den Anstoß gab oder warum sie losgingen. Aber irgendwann betraten die Schüler die Straße direkt vor dem verschlossenen Institutstor.

Die Nationalgardisten nahmen davor Aufstellung, um den Zugang zu verhindern.

Die Schüler sangen weiter.

Die Truppen standen mit gezogenen Waffen in Formation, aber die Schüler sangen immer noch und lächelten.

An diesem Tag war keine lokale Polizei vor Ort, um die Demonstranten unter Kontrolle zu halten. Das wäre vorzuziehen gewesen, da die Polizei im Allgemeinen mehr Erfahrung mit solchen Dingen hat. Jedenfalls gewiss mehr als die Nationalgarde.

Die jungen und unreifen Schüler fingen an herumzualbern. Sie tanzten vor den Truppen. Ein paar von ihnen wollten den Männern Blumen übergeben, die sie auf einem Hügel in der Nähe gepflückt hatten. Die Männer ignorierten die Schüler und nahmen die Blumen auch nicht an – bis ein Schüler sich entschied, auf das Wachhaus am Tor zuzugehen.

Als der Senatsausschuss den Zwischenfall Jahre später untersuchte, behaupteten einige Zeugen, eine der Schülerinnen habe in ihre Tasche gegriffen. Andere Zeugen beharren darauf, dass die Schüler einfach nur die Blumen in den Händen hielten.

Wie dem auch sei, die Tatsache bleibt bestehen, dass keiner der Schüler bewaffnet war. Sie trugen nur Blumen und Wasserflaschen bei sich.

Später sollte ein anderer Wächter aussagen, abgelenkt in den Himmel geschaut zu haben, als er ein Geräusch hörte und sah, wie eine Schülerin in ihren Rucksack griff, woraufhin er reflexartig abdrückte. Danach handel-

Ich konnte es einfach nicht glauben, als ich das Memo zwei Tage vor seiner Veröffentlichung in den Medien erhielt: Gouverneur Nick Bindon Claremont, der vierunddreißigste Gouverneur von New Mexico, war an einer Blutvergiftung gestorben, hervorgerufen durch die Aufnahme verseuchten Blutes. Es scheint irgendwie passend.

Natürlich wurde danach seine Frau Leslie die neue Gouverneurin, weil sie seine Stellvertreterin gewesen war. Ich wurde den Verdacht nie los, dass sie ihren Mann ermordet hatte, um die Ziele der Gloamings weiter voranzutreiben. Ihr Aufstieg läutete eine neue Ära der Kooperation mit der Bundesregierung ein. Viele Leute ließen sich von der Ruhe einlullen, aber meiner Meinung nach war dieses neue Zeitalter nichts anderes als ein zwischenzeitliches Aussetzen der Feindseligkeiten. Ich war nicht in Stimmung, brav mitzuspielen. Ich war nur hier, um die Reste von Nick Bindon Claremonts Ambitionen zu plündern. Und anfangen würde ich im Rio Grande Institute.

Ich befand mich auf einem Linienflug nach New Mexico, um den Durchsuchungsbefehl endlich zu vollstrecken, den ich nun seit einem Jahr hatte, als ich eine Nachricht vom Büro des Gouverneurs erhielt. Ich sei willkommen, die Einrichtung zu durchsuchen, und sollte ich etwas brauchen, stünden sie bereit, um »zu helfen«.

Dann also los.

Ich rief bei der Atwater Corporation an, damit Dr. Lauren Scott mit einem Hubschrauber eingeflogen wurde, um mich am Institut zu treffen, für den Fall, dass wir jemanden brauchten, um sichergestellte medizinische Daten zu interpretieren.

---

ten die anderen Gardisten übereinstimmend und eröffneten ebenfalls das Feuer.

Einigen anderen Aussagen zufolge stolperte einer der Nationalgardisten in dem Moment, in dem der Schüler auf die Wachstation zuhielt. Eine Waffe entlud sich.

Zwei weitere Soldaten eröffneten das Feuer auf die Schüler.

Sie jagte irgendwo im Südwesten mikroskopisch kleine Monster und konnte bei meiner Ankunft dort sein.

Und tatsächlich wartete sie schon in der verlassenen Lobby des Instituts auf mich, mit einem riesigen Rucksack auf der Schulter.

»Und so begegnen wir uns wieder«, sagte sie mit einem Grinsen. »Ihr Adjutant meldet sich zum Dienst, *mon supérieur.*«

Ich musste lächeln. Vielleicht würden wir ja doch noch Spaß haben.

Wir betraten die Hauptlobby, in der noch immer kostbare Kunst an den Wänden hing und die Wände und Böden aus Marmor glänzten, als wären sie erst kürzlich poliert worden. Aber alles war leer. Wie der Schnappschuss einer Wüste. Ganz still, als hätten die Leute hier erst vor Kurzem noch eilig ihre Arbeit erledigt, um eine Sekunde später zu verschwinden. Auf dem Boden lag Papier, auf den Tischen und Regalen standen Kaffeetassen. Ich konnte förmlich noch die Unterhaltungen hören. Es sah aus wie die Ruinen von Tschernobyl oder Pompeji.

Ein kleines Team aus Agenten und Wissenschaftlern folgte uns stumm, während wir die Treppenhäuser mit ihrem weichen Licht und den weißen Wänden zum Hauptquartier im Keller hinunterschritten.

Lauren öffnete die Tür, und ich legte trotz der Beteuerung der Gouverneurin, dass das Labor sicher war, instinktiv die Hand auf meine Waffe im Holster. Ich trat ein und war von der Größe des Labors schockiert. Es musste das Ausmaß eines Footballfeldes haben, bestand nur aus weißem Granit und indirekter Beleuchtung. Innenausstattung im Stil von Apple. Aktenschränke standen geöffnet und Computer waren eingeschaltet, obwohl ich davon ausging, dass alle relevanten Informationen vor unserer Ankunft ausgemerzt worden waren.

Lauren setzte sich an den größten Computer mit drei Terminals und lockerte ihre Finger, vermutlich tat sie das immer vor dem Beginn einer schwierigen Aufgabe. Ich selber streichelte meist mit dem Daumen über den Abzug meiner Waffe. Ich ging zu den zahllosen Aktenschränken, die die Wand säumten, um sie durchzusehen.

Nachdem ich zwei Tage lang in dem Scheiß herumgekramt hatte, reichte es mir. Ich war nicht dazu geschaffen, Worte und Dateien in Computern zu analysieren. Ich war dazu bestimmt, Verdächtige auszuquetschen und in Gesichter zu starren, um herauszufinden, was ich wissen musste.

Alle paar Stunden unterbrach ich Lauren, um mich nach ihren Fortschritten zu erkundigen, aber sie winkte nur ab. »Ich habe es fast geschafft …« Mehr sagte sie nicht. Langsam beschlich mich die Befürchtung, Wochen oder Monate hier verbringen zu müssen.

Kurze Zeit später fand ich Lauren auf einem leer geräumten Tisch liegen; sie wirkte wie ein Vogel, der gerade gegen eine Scheibe geflogen war.

»Nun?«, fragte ich. »Haben Sie genug?«

Sie stieß einen tiefen Seufzer aus, der wie ein durch die Bäume streichender Windstoß klang. »Wir stehen unmittelbar an der Schwelle.«

»*Pff.* Wovon?«

»Von etwas wirklich, wirklich Wichtigem«, erwiderte sie und schüttelte einen leeren Kaffeebecher. »Aber noch haben wir den Tag nicht erreicht.«

»Was haben Sie gefunden?« Ich konnte nicht warten.

Endlich sah sie mich an. »Er hat versucht, mehr Geld zu machen.«

»Was?« Ich beugte mich vor, als wäre ich schwerhörig.

Lauren fuchtelte mit den Armen. »Diese ganze Operation. Sie wurde aufgebaut, damit er von den Gloamings profitieren konnte. Um auf dem Rücken seiner eigenen Leute Geld zu verdienen.«

»Ist das Ihr Scheißernst?« Ich hatte das Gefühl, diese Information würde mich Monate zurückwerfen. »Was ist mit dem Weißbuch und der Versklavung von Menschen …?«

Lauren schüttelte den Kopf und setzte sich auf. »Davon gab es hier nichts. Aber das heißt nicht, dass wir nichts Interessantes gefunden hätten.«

»Dann verraten Sie es mir.«

Lauren begab sich an den Computer und griff nach der Maus. Eine Datei öffnete sich. »Bei der Erforschung ihres Blutes sind sie nicht so weit wie ich, obwohl sie ein paar interessante Entdeckungen gemacht haben. Soweit ich es verstanden habe, wollten sie ein Mittel finden, um nicht nur die lange Lebensspanne und die körperlichen Vorteile zu genießen, sondern auch im Sonnenlicht leben zu können. Sie wollen den ganzen Kuchen.«

»Und wie?«

Ein Mausklick, und auf dem Bildschirm tauchte ein Bild auf. »Das ist ein 3D-Computermodell der NOBI-RNA, der Ribonukleinsäure, die Befehle und genetische Informationen für das Virus übermittelt, in der Darstellung als Kernpore, die Doppelstranghelix ist in der Bewegung verbunden. Wunderschön, nicht wahr? Es ist wie bei jeder anderen Blutkrankheit auch, eben wie Ebola oder das Marburg-Virus. Diese Krankheiten haben sich im Dschungel entwickelt, und eines Tages haben sie die Barriere vom Tier zum Menschen übersprungen. Vom Affen zum Menschen, oder von der Fledermaus. Was glauben Sie, wie lange das gedauert hat? Hunderte, Tausende oder Millionen Jahre? Die Gloamings wollen das Gleiche in ungefähr einem Jahr vollbringen.«

»Können Sie sagen, wie weit sie in ihrer Forschung sind?« Ich wusste, dass jeder Erfolg den Gloamings nur noch mehr Macht verleihen würde.

Lauren drehte sich auf dem Stuhl zu mir. »Sie sind ziemlich nahe rangekommen, aber ihre Versuche haben am Ende nur ein modifiziertes hämorrhagisches Fiebervirus hervorgebracht, das viele Gloaming-Testpersonen umgebracht hat. Ich verstehe, was sie erreichen wollten. Eine Koagulationsmodifikation, die die DNA oder RNA verändern kann.«

»Aber sie sind nicht weit damit gekommen?«

Lauren schüttelte den Kopf und griff nach ein paar leeren

Kaffeetassen. »Nein. Es ist ihnen jedoch gelungen, gewisse Teile des NOBI-Virus durch extreme Kälte und extreme Hitze stillzulegen, ohne auf Sonnenlicht zurückgreifen zu müssen. Sie haben die RNA sequenziert und herausgefunden, dass sich danach zehn Prozent der Sequenzierungen von den anderen unterschieden. Was eine veränderte Reihe von Antikörpern hervorbrachte. Fünf dieser inaktiven Proteine bleiben mit dem Kern verbunden.«

Ich konnte nur nicken, während ihre Worte alle gleich klangen ...

Lauren griff nach meinem Arm, als wollte sie mich zwingen, mich auf ihre Erklärung zu konzentrieren. »Sie haben versucht, die Fünffach-Bindung zu finden, wo die verborgenen Proteine lokalisiert sind. Für das Virus ist das wie ein Stoppschild. Sollte es ihnen gelingen, die Replikation aufzuhalten, wären sie ihrem Ziel bedeutend näher.«

»Und was hat das alles zu bedeuten?«, fragte ich. »Diese ganzen Tests und Experimente – was haben sie am Ende davon? Was wollen sie?«

Lauren starrte mich einen langen Augenblick an. »Sie wollen wie wir sein ...«

The Sun (England): 25. September[34]

Tolle Zeiten!

Während ihre Freunde in Amerika versuchen, ihre eigene Republik zu gründen, wollte sich eine Gruppe Gloamings in Spanien den Stierlauf in Pamplona nicht nehmen lassen. »Das ist doch Unsinn!«, hören wir unsere Leser sagen. »Die Veranstaltung findet tagsüber statt!« Ah, aber diese frechen Gloamings haben die Stadt dafür bezahlt, einen Nachtlauf zu genehmigen. Und gelaufen sind sie. In den traditionellen weißen Hosen, den weißen Hemden mit roter Schärpe um die Taille und den roten Halstüchern. Für die Gloamings war es der größte Spaß ihres langen Lebens. Dann ging es weiter nach München zum Oktoberfest. Ob sie dort Lederhosen angezogen haben, ist nicht bekannt – schade, das wäre ein toller Anblick gewesen!

34 UK Sonntagsausgabe, Modernes Leben

KAPITEL 23

21. OKTOBER
EINUNDVIERZIG MONATE
NACH DER ENTDECKUNG VON NOBI

Joseph Barrera
Politischer Berater

Ich konnte einfach nicht glauben, dass ich wieder in D.C. war – offensichtlich brauchte ich einen Irrenarzt. Ich hatte mir immer vorgestellt, dass meine Rückkehr in diese Stadt – sollte es je dazu kommen – dem Einzug eines römischen Generals gleichen würde, der von der jubelnden Menge seinen Agnomen entgegennehmen würde. Politiker und Presse würden mich als genialen Berater mit einem langen weißen Bart feiern, den ich streicheln und bei jeder tiefgründigen Bemerkung wie ein Großmeister in politischem Vordenken über die Schulter werfen würde.

Ich hatte hier seit dem Abschluss auf dem College nicht mehr gelebt und auch nie in Betracht gezogen, jemals zurückzukehren, es sei denn als Stabschef des nächsten Präsidenten. Aber finanzielle Notwendigkeit brachte mich zurück ins Fegefeuer. Nachdem ich Claremont ins Gouverneursamt gehievt hatte, war ich so gut wie von jedem anderen Wahlkampf ausgegrenzt worden – weder Republikaner noch Demokraten wollten etwas mit mir zu tun haben. Von mir ging eine toxische Ausstrahlung aus – das Resultat zu vieler hässlicher Gerüchte über diesen Wahlkampf und meine Rolle dabei. Für mich kam das völlig unerwartet. Alles geschah so plötzlich. In Hemingways *Fiesta* gibt es einen Dialog, bei dem Bill Mike fragt: »Wie bist du bankrottgegangen?« Die Antwort lautet: »Auf zweierlei Weise. Zuerst schleichend, dann plötzlich.« Ich konnte mich nicht mehr daran erinnern, wie es geschehen war oder wie schnell oder wie lange es gedauert hatte, aber ehe ich mich versah, war ich pleite und allein, ohne jede Aussichten.

Auf den Capitol Hill kehrte ich als Stabsmitarbeiter eines Senators zurück. Nicht einmal als Stabschef – lediglich als Kommunikationsberater. Ich wollte meinen Namen ändern, aber die Nachricht hatte sich bereits herumgesprochen. Hej, wir alle brauchen einen Gehaltsscheck und eine Krankenversicherung, nicht wahr? Ich wollte ein paar neue Leute kennenlernen, also besuchte ich wieder die Bars und Clubs von Georgetown, Columbia Heights und H Street. Was hatten sich die Dinge doch verändert. Wo waren die normalen Leute geblieben? So viele Hipster-Szenefreaks. Ich hing dort herum und verabredete mich mit den Typen, die in ganz Williamsburg und Silverlake herumkrochen und alle damit beschäftigt waren, sich mit ihren Marotten gegenseitig zu übertrumpfen. Es war ermüdend, und ich passte auch nicht dazu; obwohl das Problem in Wahrheit mit mir beginnt und endet.

Also konnte ich mich nur in meine Arbeit stürzen, die alles andere als aufregend war, es sei denn, man hat Spaß daran, für den Staat Georgia Presseerklärungen für lokale Nachrichtenmedien zu verfassen. Nach diesen langen Tagen am Telefon fragte ich mich, ob manche Leute sich bewusst entscheiden, wann sie ihre Intelligenz demonstrieren – oder ob sie einfach nur dumm sind. Vage Befürchtungen stiegen in mir auf, dass ich möglicherweise ein Versager war und das mein Los werden würde.

Drei Monate nach meiner Rückkehr ging ich nach einer lebhaften Trivia Happy Hour im Angry Donkey an einem kalten Herbstabend nach Hause, als ich hinter mir etwas spürte. Etwas gab mir das Gefühl, nicht allein zu sein. Es war mitten in der Nacht, und ich war völlig allein auf der Straße, wie mir die Blicke über die Schulter alle paar Sekunden verrieten. Beinahe fühlte es sich wie eine posttraumatische Belastungsstörung aus meiner Zeit in New Mexico an, und ich dachte schon daran, das Haus nie wieder bei Dunkelheit zu verlassen. Beim nächsten Blick zurück sah ich eine Gestalt, die sich hinter ein Auto duckte. Vielleicht ja doch. Wenn ich nach Hause rannte …

Ungefähr eine Woche nach diesem Zwischenfall rief eine alte Bekannte an und wollte sich mit mir zum Essen treffen. Ihr Name war Becky Owens; ich hatte sie bei einem ungewöhnlichen Kongresswahlkampf kennengelernt, der viel Publicity erhalten hatte. Die Tochter eines ehemaligen Präsidenten kämpfte um ein Amt, und aus einem normalerweise langweiligen Kongresswahlkampf wurde ein nationales Event mit überfüllten Pressekonferenzen und Busladungen voller Journalisten, die der Kandidatin folgten. Becky hatte für die *Washington Post* und Bloomberg gearbeitet, bevor sie zu Scoop gegangen war – Facebooks neuestem, wenn auch noch etwas zögerlichen Versuch, in den Journalismus einzusteigen.

Wir trafen uns am Dupont Circle in einem neuen hippen Restaurant mit Fusionsküche zu einem späten Abendessen. Die atmosphärische Beleuchtung bestand größtenteils aus Kerzen in Hängeleuchtern. Ein paarmal wäre ich beinahe gestolpert. Ich hatte keine Ahnung, dass es sich um die Fusion von italienischem und asiatischem Essen handelte, bevor ich die Karte aufschlug und zusammenzuckte. Das gleiche Gefühl war in mir hochgekommen, als Taco Bell den Waffle-Taco herausbrachte. Aber hej, die Drinks waren der Hit. Nach dem Essen lehnten wir uns zurück, und Becky kam endlich zur Sache. Sie verfolgte eine Absicht mit dem Essen, das war mir seit ihrem Anruf klar gewesen, aber sie sollte den ersten Zug machen.

»Also?«, fragte ich. Sie wusste, was ich meinte, und grinste über die Frage.

»Dann lass uns zur Sache kommen«, antwortete sie mit durchtriebener Miene. »Ich schreibe ein Buch und möchte, dass du mir hilfst.«

»Tatsächlich?« Mit dieser Antwort hatte ich nicht gerechnet. Das schien so normal zu sein. »Ich helfe, so gut ich kann. Worum geht es denn bei dem Buch?«

Becky beugte sich vor und senkte die Stimme. »Ich schreibe einen umfassenden Bericht über die Wahl von Nick Bindon Claremont.«

Mit einem überraschten Ausdruck auf dem Gesicht lehnte ich mich zurück. Okay, vielleicht doch nicht so normal. »Robin Fields hat letztes Jahr schon ein Buch über die Wahl geschrieben. Was willst du anders machen?«

Becky tippte mit der Gabel auf den Tisch und lächelte. »Dich zitieren mit der tatsächlichen Wahrheit.«

Ich spürte, wie meine Unterlippe zitterte. »Ich habe Robin ein Interview gegeben und ihr meine Sicht dargelegt.« Mein Schulterzucken sollte Normalität signalisieren, aber das nahm ich mir nicht einmal selbst ab.

»Ich weiß, dass du die wahre Geschichte erzählen willst«, sagte Becky mit entschlossenem Blick. »Du hast Robin doch nur Mist geliefert. Erfindungen. Ich will die Wahrheit. Ich will die Gerüchte bestätigen.«

Schweigend starrten wir einander eine Minute oder länger an. Ich rührte in meinem Sidecar herum und leckte die Tropfen ab, bevor sie herunterfielen. »Ich weiß nicht, was ich dir sagen soll«, erwiderte ich. »Die Geschichte ist schon erzählt worden.«

Auf dem Heimweg ein paar Stunden später dachte ich darüber nach, was sie von mir verlangt hatte. Wir waren nicht im Streit auseinandergegangen – mir war klar, dass das nur der Beginn eines Prozesses gewesen war, mit dem sie mich zu zermürben hoffte. Ich hatte Zweifel, ob ich meinen Teil der stillschweigenden Abmachung, die ich mit den Gloamings und insbesondere mit Leslie Claremont getroffen hatte, tatsächlich würde einhalten können. Ich musste vorsichtig sein und jeden Schritt sorgfältig bedenken.

Ich öffnete meine Wohnungstür und spürte, dass sich jemand in der Nähe aufhielt, aber bevor ich zurückweichen konnte, schnappte mich eine Hand am Kragen. Ich schrie auf, doch eine Stimme unterbrach mich.

»Entspannen Sie sich, Joseph«, sagte ein Mann.

»Wer sind Sie?«, fragte ich, während mich die Hand zum Sofa führte und in die Polster stieß. Mein Blick konzentrierte sich auf eine Gestalt, die auf einem der Barhocker in Nähe der Küchentheke saß. Ich roch den süßen Duft von Gloamings, und mein Herz schlug schneller.

»Ich muss mit Ihnen reden, Joseph«, sagte der Mann auf dem Barhocker. Ich kannte die Stimme von irgendwo her. Bevor ich die Festplatte in meinem Gehirn durchsuchen konnte, ging das Licht an, und ich sah ein Gesicht, das mir das Gefühl gab, ein Panikanfall wäre im Anzug. Toshi Machita. Nick Bindon Claremonts ehemaliger Schläger.

Ich schluckte schwer. »Hallo, Toshi. Ich hoffe, Ihnen geht es gut. Wie ich sehe, wurden Sie neu erschaffen. Meinen Glückwunsch.« Ich hätte das nie für möglich gehalten. Toshi war immer mehr wie ein Dienstbote erschienen als wie jemand, der es in der Nahrungskette der Claremont Corporation ganz nach oben schaffen könnte.

»Das stimmt«, erwiderte er. »Aber eigentlich möchte ich mich über Ihre Treffen mit Reportern unterhalten, die über die Wahl in New Mexico Bücher schreiben wollen.«

Ich sprang auf, und eine Hand drückte mich wieder nach unten. »Ich habe ihr kein verdammtes Wort gesagt! Das können Sie mir nicht anlasten. Sie ist zu mir gekommen! Sie müssen sich keine Sorgen machen. Das habe ich Ihren Leuten doch schon vor langer Zeit versprochen!«

»Ich war noch nicht fertig.« Ein harter Unterton lag in Toshis Stimme. »Die eigentlichen Sorgen bereitet mir das Tagebuch, das Sie in einem falsch beschrifteten Ordner in Ihrem Dropbox-Account versteckt haben.«

Mir wurde eiskalt. »Das ist kein … Ich mache das … Ich

leide unter Beklemmungen, und mein Therapeut hat mir empfohlen, ein Tagebuch zu führen, das ich aber niemandem zeigen darf.«

»Ihr Therapeut? Also das ist ja ganz was Neues. Was beichten Sie diesem Therapeuten denn so alles?«

»N-nichts«, stotterte ich laut. »In der Highschool hat mich meine Mutter gezwungen, zu einem Therapeuten zu gehen, damit fing es an. Das nehme ich ihr bis heute übel! Über New Mexico habe ich nichts gesagt.«

Toshi seufzte, Stille trat ein. Ich fing an zu zittern, bevor er wieder das Wort ergriff. »Hören Sie auf zu heulen. Sie sind wie eine Ode an die Entmannung. Sie müssen uns begleiten.«

»Hören Sie!«, brüllte ich. »Ich sage niemandem …«

»Lassen Sie mich ausreden«, unterbrach mich Toshi, während er aufstand und auf mich zukam. »Ich will, dass Sie jemanden kennenlernen. Wir haben Arbeit für Sie. Geld gefällt Ihnen doch, richtig?«

»Klar. Ja. Lassen Sie uns gehen.«

»Sie müssen … Sie müssen Ihre Blicke wirklich bei sich behalten. Und ich kann das nicht deutlich genug betonen: Es wird kein Ton gesprochen, es sei denn, man fordert Sie dazu auf. Und selbst in so einem Fall wenden Sie sich bitte nur an mich.«

Der alte Mann legte die schmalen grauen Hände auf den Tisch. »Sie kann diese Verlock… Ablenkungen nicht gebrauchen. Wenn Sie etwas benötigen, schreiben Sie es auf die Tafel, die ich Ihnen im Korridor gegeben habe. Man wird es lesen, und Ihre Bitte wird erfüllt werden. Sollte eine Frage auftauchen, wird Ihre Kontaktperson sie auf einen Zettel schreiben und Ihnen geben, und Sie werden auf der Tafel antworten, falls es angebracht ist. Können wir uns darauf verständigen?«

Das Mädchen in der Krankenschwestertracht nickte, aber ihre zitternden Hände straften jedes durch dieses Nicken vermittelte Selbstbewusstsein Lügen.

Auf dem Krankenhausbett lag eine Frau, doch die purpurnen

Samtdecken, die sie einhüllten, ließen den Anblick beinahe irreal erscheinen. Kabel führten von ihrem Körper zu drei Computerbildschirmen; Vitalzeichen bewegten sich.

Die Frau schlug die Augen auf, und die Schwester machte einen Satz zurück.

»Keine Angst«, sagte die Frau. »Kommen Sie näher.«

Die Schwester rührte sich nicht.

»Kommen Sie.«

Die Schwester machte einen zögernden Schritt auf das Bett zu. Noch einer, dann lehnte sie am Bettgitter. Die Frau zog die Hand unter der Decke hervor und legte sie auf die Hand der Krankenschwester. »Sie wissen, wer ich bin?«

Die Schwester lächelte zittrig. »Ja.«

»Nun ist Nacht. Können Sie das Fenster öffnen?«

Die Krankenschwester ging zur Wand, gab auf einem Nummernpad einen Code ein, und oben am Fenster blühte ein grünes Licht auf, während sich eine Stahlabdeckung öffnete und Mondlicht in den Raum fiel. Die Frau lächelte. »Es dauert nicht mehr lange, bis ich stark genug bin, um nach draußen zu gehen und die Sterne zu sehen. Eines Tages werden wir ohne Scham in der Nacht leben können. Eines Tages.«

Dunkelheit.

Joseph öffnete mühsam die Augen. In seinem Kopf pochte Schmerz. Sein Herz raste, denn die Umgebung hing verkehrt herum. Er blinzelte erneut, aber es änderte sich nichts. Dann traf ihn die Erkenntnis, dass mit seiner Sicht alles in Ordnung war, er aber kopfüber hing. Er hob den Kopf und sah, dass man seine Beine an einen Fleischerhaken gehängt hatte. Seine Arme waren auf den Rücken gefesselt, und er wand sich, um seine Umgebung im schwachen Kerzenschein erkennen zu können. Er entdeckte eine Gestalt in einer schwarzen Kutte. »Wer ist da?« Wegen des Schmerzes in seinem Kopf war seine Stimme kaum lauter als ein Flüstern. »Was tun Sie da? Lassen Sie mich runter. Mir wird übel.« Er hustete. »Mir fließt das Blut in den

Kopf, und ich spüre meine Beine nicht mehr. Mein Kopf schmerzt. Bitte …«

Der alte Mann trat näher an ihn heran; in der Hand hielt er eine lange Klinge. Joseph hob den Kopf, konnte ihn aber in dieser Position nicht halten, und er sackte wieder nach unten. »Was haben Sie vor? Ich spüre meine Beine nicht. Bitte. Mir geht es nicht gut.«

Der alte Mann ging neben seinem Gesicht in die Hocke, während eine andere Gestalt an seinem Sichtrand lauerte. »Sie wissen, was ich zu tun habe.«

Joseph schwenkte den Kopf hin und her. »Bitte. Was? Ich habe ihm gesagt, dass ich nichts verraten werde! Ich habe mein Wort gehalten!«

»Ich fange mit Ihrer Achillessehne an und arbeite mich dann weiter nach unten.«

Der alte Mann setzte die Klinge an Josephs Achillessehne an und drückte die Spitze sorgfältig in die Haut, dann zog er sie nach unten. Die Haut öffnete sich wie eine Blüte. Blut floss ungehindert nach unten. Er drückte die Finger in unmittelbarer Nähe des Wadenmuskels in das feuchte Fleisch und legte Zeigefinger und Daumen auf die Oberschenkelarterie. Er flüsterte unverständliche Worte, während die Ader zwischen seinen Fingern pulsierte. Joseph verrenkte den Hals und schaute nach oben, wollte aber nicht glauben, was er dort sah. Der Schmerz in seinen Beinen breitete sich nach unten in seinen Körper aus, und er fing an zu zittern. Das Pulsieren zwischen den Fingern des alten Mannes wurde immer schneller. Er zog die blutige Klinge wieder nach oben und schlitzte die Arterie auf, während er zurücktrat.

Blut schoss heraus und strömte an Josephs Körper hinunter. Wieder schaute Joseph nach oben, während ihm das eigene Blut ins Gesicht regnete. Er konnte es schmecken. Schock breitete sich in ihm aus, weil sein gesamtes Blut aus dem Bein schoss, und er zitterte immer stärker. Sein Blick verschleierte sich, und er konnte nur undeutlich die Gestalt einer Frau erkennen, die mit einem Gegenstand in der Hand von der Seite auf ihn zutrat. Sie näherte sich seinem Gesicht. »Sie hätten nie einwilligen dürfen, für den Claremont-Wahlkampf zu arbeiten«, sagte sie im Flüsterton. Sie leckte Blutstropfen von seinem Gesicht. »Ich fühle mich bereits so viel besser. Wir haben es fast geschafft.«

KAPITEL 24

NOVEMBER
ZWEIUNDVIERZIG MONATE
NACH DER ENTDECKUNG VON NOBI

Hugo Zumthor
Leitender Special Agent der Gloaming Crimes Unit, FBI

Ich bekam Cian Clery einfach nicht aus dem Kopf. Wir hatten auf der ganzen Linie gesiegt. Vielleicht abgesehen von dem geraubten Gold und dass ich im Krankenhaus landete. Aber hej, ich war derjenige, der hier die Punkte zählte. Und der Spielstand besagte, dass Cian jetzt nicht mehr ganz so hübsch aussah. Und er erhielt definitiv nicht länger die Bewunderung, von der er nicht genug bekommen konnte. Das FBI wusste, dass seine Jagd nach dem Gold nur ein Aspekt eines wesentlich bedeutsameren Ziels einer damals noch unbekannten Organisation war.

Und dann erhielten wir einen Hinweis. Mit Hinweisen ist das so eine Sache. Nur selten kommt ein Hinweis von jemandem, der kein Interesse an der Angelegenheit hat, also aus purem Altruismus handelt. Meistens hat der Informant – ob nun anonym oder nicht – einen Grund für die Herausgabe der Information. Und dieser Grund bestimmt manchmal das Schicksal der Ermittlungen.

Der Informant setzte uns – die Gloaming Unit – darüber in

Kenntnis, dass die Polizei von Chicago wegen fehlender Blutkonserven in Krankenhäusern ermittelte. Außerdem war einigen Leichen in der Gerichtsmedizin das Blut entfernt worden. Ihnen dürfte klar sein, dass das meine Aufmerksamkeit erregte. Ich setzte mich mit meinem ehemaligen Supervisor in Verbindung, der mich zu Beginn meiner Tätigkeit beaufsichtigt hatte. Sein Name war Ringo Janowicz, und in FBI-Kreisen stellte er eine Art Untergrundlegende dar. Jahrelang hatte er in Chicago asiatische, italienische und russische Mafiaoperationen gesprengt, während er sich mit Undercover-Einsätzen einen Namen gemacht hatte. Es gab nichts, was dieser Kerl nicht getan hätte, um irgendwelche Verbrecher auf frischer Tat bei irgendwelchem illegalen Scheiß zu erwischen.

Ringo war ein großartiger Mentor, von dem man viel lernen konnte, aber in gewisser Weise war er auch ein Arschloch – was bei aller Fairness nicht überraschen sollte. Er qualmte wie ein Schlot. Nicht etwa E-Zigaretten – er rauchte das Original. Camel ohne Filter. Unablässig, den ganzen Tag. Dass Rauchen in der heutigen Gesellschaft nicht mehr so akzeptiert war und schief angesehen wurde, interessierte ihn nicht. Er zündete sich überall eine an und wartete nur darauf, von jemandem gesagt zu bekommen, sie wieder auszumachen. Ich hatte ihn ein paar Mal bei ihm zu Hause besucht, und irgendwie herrschte dort dieser feine Nebel. Tatsächlich bin ich davon überzeugt, dass er permanent dort in der Luft hing.

Er rauchte beim Reden, beim Laufen, beim Telefonieren, auf der Toilette, beim Essen … Ringo behauptete, das Rauchen mit acht Jahren angefangen zu haben. Auf dem Armaturenbrett seines Wagens stand diese riesige Radkappe eines 1950er Ford Fairlane, die er als Aschenbecher benutzte. Das verdammte Ding quoll immer vor Kippen und Asche über. Jedes Mal, wenn wir seinen Wagen benutzten, musste ich meinen Anzug danach in die Reinigung bringen. Das verdammte Ding sah aus, als wäre es in einem Waldbrand gewesen.

Ringo teilte mir mit, mich am Flugplatz abzuholen. Vermutlich in seinem Privatwagen. Da ging der nächste Anzug zum Teufel …

Es gab aber noch etwas anderes an Chicago, das mich die Reise mit gemischten Gefühlen betrachten ließ. Agent Webbs Sohn war nach ihrem Tod dorthin gezogen, um bei seiner Tante zu leben. Zwischenmenschliches war mir immer schon ein Graus gewesen.

Das ist einer der Gründe, weshalb ich niemals hätte heiraten dürfen. Ich weiß, das hört sich schrecklich an, aber kein von seiner Arbeit besessener FBI-Agent sollte einer anderen Person jemals versprechen, für alle Ewigkeit bei ihr zu sein – und immer da zu sein, um sie zu unterstützen. Das ist eine Lüge.

Ich hatte mich auf dem College in Melissa verliebt, wir besuchten dasselbe Politikwissenschaftsseminar. Sie war vermutlich das schüchternste Mädchen, das mir je begegnet ist. Blickkontakt mit ihr war wie ein Lottogewinn. Ich brauchte mehr als zehn Verabredungen, um auch nur einen Kuss von ihr zu bekommen.

Aber vielleicht hat mich das anfangs bei ihr angezogen. Selbst nachdem wir geheiratet hatten, benahm sie sich weiterhin sehr reserviert. Ich schrieb das ihrer streng religiösen Erziehung zu. Selbst nach den Flitterwochen duschte sie immer allein und hinter verschlossener Tür; sie zeigte sich nur selten nackt.

Meine Ehe ging bereits den Bach runter, als Melissa und ich während ein paar Tagen Urlaub zwischen zwei Aufträgen übereinander herfielen. Ich sage »übereinander herfielen«, denn so fühlte es sich an – es war so lange her gewesen, dass wir miteinander intim waren. Und dann wurde Melissa schwanger.

Ich war glücklich und traurig zugleich. Glücklich, etwas zu haben, das aus mir entstanden war, aber traurig, weil ich vermutlich jeden Meilenstein seines oder ihres Lebens verpassen würde – bis es zu spät war. Also ging ich …

Ich hatte mich darüber auf dem Laufenden gehalten, wie es Agent Webbs Sohn ging, mit ein paar Anrufen und indem ich andere Agenten ansprach, die ihr und ihrer Familie nahestanden. Ich konnte mich nicht entscheiden, ob ich ihn sehen wollte oder nicht. Das konnte nur böse Erinnerungen heraufbeschwören. Ich hatte über die perfekten Worte nachgedacht. Wie die meisten anderen Dinge würde ich es vermutlich hinausschieben …

»Sie glauben, es sind die Gloamings«, sagte Ringo und blies Rauch aus seinem schiefen Mund.

»Kennen Sie sonst noch jemanden, der auf Blut steht?«

Wir erreichten die Gerichtsmedizin von Cook County, ein verstörend geschäftiges Monument, das für die Toten errichtet worden war. Die stellvertretende Coroner Abby Jordan holte uns in der Lobby ab und brachte uns in ihr Büro. Ein typisches Regierungsgebäude: ausgefranste Teppiche, seltsame Gerüche und uralte Möbel. Ich fühlte mich sofort zu Hause.

»Tut mir leid, dass wir hier keine Stühle haben«, sagte Abby, während sie auf ihrem Bürosessel Platz nahm und mit dem Stift auf den Tisch pochte, als könnte sie es nicht erwarten, die Sache hinter sich zu bringen. »Die Budgetklemme, Sie wissen schon. Wenn man bedenkt, dass ich dafür Medizin studiert habe. Das war kein Aufstieg für mich. Also … die Polizei untersucht die Angelegenheit doch bereits.« Sie seufzte. »Warum jetzt auch noch das FBI?«

Ringo sah mich an und wartete darauf, dass ich die Führung übernahm, was ein paar interessante Gefühle an die Oberfläche brachte. Es ist immer merkwürdig, wenn der Mentor zum Assistenten wird. Trotzdem brachte ich ihm noch immer große Achtung entgegen. »Das Fehlen von Blut weist darauf hin, dass es Gloamings gewesen sein könnten. Das bringt uns her.«

Dr. Jordan starrte mich einen Augenblick lang reglos an, bevor sie aufstand und uns in den Aufbewahrungsflügel führte, wo Polizei oder Krankenhäuser die neuen Leichen anlieferten. »Wir haben Kameras hier am Empfang, aber nicht im ganzen Gebäude«, sagte sie.

»Womöglich ist es geschehen, bevor sie hier abgeliefert wurden«, gab Ringo zu bedenken.

Dr. Jordan nickte. »Einer unserer Techniker benachrichtigte den Coroner, dass die Leichen in der Kühlhalle ihres Blutes beraubt worden waren. Dann fingen wir an, uns die eintreffenden Leichen anzusehen, und auch sie waren völlig blutleer. Wir sind uns nicht sicher, wie lange sich die Körper schon in diesem Zustand befanden.«

»Oder man hat sie hier bearbeitet«, sagte Ringo.

Dr. Jordan warf ihm einen irgendwie herablassenden Blick zu. »Oder so.«

»Okay«, sagte ich. »Mailen Sie mir die Logistik sämtlicher Leichen, die in den letzten beiden Monaten hier abgeliefert wurden. Wir melden uns bald.«

Als wir in Ringos Auto saßen, zündete er sich sofort wieder eine Zigarette an. »Reden wir mit dem Detective.«

»Ich bin sicher, dass es Gloamings waren«, behauptete Detective MacIntyre, schob den Tisch ein Stück von seiner massigen Gestalt zurück und streckte die Beine aus. »Oder jemand, der mit ihnen zu tun hat.« Er biss in der engen Taqueria im Pilsen-Viertel in seinen Taco. Ich fragte mich, warum wir uns hier treffen sollten, statt auf dem Revier, aber jetzt schien der falsche Augenblick, um das Thema zur Sprache zu bringen. »Da steckt noch mehr dahinter, als Sie glauben.« Er legte den Taco weg.

»Zum Beispiel?«, fragte ich.

Seine Blicke glitten durch den Raum, als würde er jemanden suchen. »Ich will Ihnen etwas zeigen.«

Nach fünf Minuten Debatte, welches Auto wir nehmen sollten, waren wir am Ende in Ringos Qualmmaschine eingesperrt. Es dauerte nicht lange, bis …

»Mein Gott, Mann!«, rief MacIntyre. »Warum zünden wir hier drin nicht einfach ein Feuer an? Das wären weniger Teer und Kohlenmonoxid!«

Ringo fuhr unbeirrt weiter. »Wo soll es hingehen?«

»Nehmen Sie die 290 bis in die Innenstadt«, hustete MacIntyre.

Zehn Minuten später parkten wir in einer Gasse hinter dem Chicago Theatre. »Sie fragen sich sicher, was wir hier wollen«, sagte MacIntyre.

»Das und wie viele Tumore in meiner Lunge wachsen, während wir in diesem Auto warten.« Ich blickte zu dem Detective auf der Rückbank.

Er beugte sich vor. »Kaum jemand weiß davon, aber unter der Innenstadt von Chicago gibt es knapp einhundertfünfzig Kilometer Tunnel. Man hat sie am Ende des neunzehnten Jahrhunderts als Frachttunnel gebaut. Sie werden nicht mehr genutzt. Jedenfalls bis vor Kurzem.«

»Was wollen Sie damit sagen?«, verlangte ich zu wissen.

»Ich glaube, die Gloamings benutzen die Tunnel, um sich diese Leichen zu besorgen und ihnen das Blut abzuzapfen. Neben anderen Dingen.« MacIntyre setzte sich mit einem selbstzufriedenen Lächeln zurück und rieb sich die Hände, als hätte er nur darauf gewartet, das jemandem erzählen zu können, und würde sich nun besser fühlen, nachdem er es getan hatte.

»Was unternimmt die Polizei von Chicago dagegen?«, fragte Ringo.

MacIntyre schloss den Mund und schüttelte kurz den Kopf. »Ich habe es niemandem gesagt.«

»Warum nicht?«, fragte ich.

»Die Polizei ist darin verwickelt«, sagte Ringo mit einem düsteren Lächeln. »Ich spüre es in den Knochen.«

MacIntyre warf ihm einen bösen Blick zu, aber dann grinste er zufrieden. »Er hat recht. Ich glaube, im Revier steckt jemand tief mit drin. Man kann niemandem vertrauen. Da fließt einfach zu viel Geld.«

»Also warum die Tunnel?«, fragte ich. »Gibt es Beweise?«

»Oh, sie sind vorsichtig gewesen«, sagte MacIntyre. »Aber einer der Krankenwagen, die ein paar Tote in die Gerichtsmedizin brachten, wurde bei dem Tunnel dort hinten gesehen.« Er zeigte aus dem Fenster. »Ein Fehler reicht.«

Wir stiegen aus und suchten uns einen Zugang zu einem der

älteren Häuser – ein zehnstöckiger Granitbau, der über hundert Jahre alt zu sein schien. Über dem Eingang hing eine gewaltige Uhr. Die Worte »Marshall Field and Company« standen in die Fassade eingemeißelt. MacIntyre erklärte, dass viele alte Geschäftsgebäude in der Innenstadt von Chicago im Keller Zugänge zum Tunnelnetzwerk hatten. Wir kamen in ein großes Atrium, und MacIntyre sprach kurz mit einem uniformierten Wächter. Der Mann nickte, und MacIntyre bedeutete uns, ihm vorbei an einer Tür aus Teakholz und Metall in der Nähe der Aufzüge zwei kurze Treppen hinunter zu folgen, bis wir zu einem schmalen Absatz kamen, der nur von einer einzigen Glühbirne erhellt wurde, die in einer zerbrochenen Fassung baumelte. Eine weitere Tür blockierte den Weg.

Ich holte meine Taschenlampe hervor, aber da gab es nur ein Schild, das vor unbefugtem Zutritt warnte. Dann setzte mein Herz einen Schlag lang aus. Ringo zog eine LED UV-Schwarzlichtlampe aus der Tasche und richtete sie auf die Wände und die Tür. Weiße Streifen leuchteten auf; womöglich abgewischtes Blut und andere Körperflüssigkeiten. Neben der Türklinke stand in Blut geschrieben: »ANOESIS«.

»Das Wort habe ich schon einmal gesehen«, meinte Ringo.

Überrascht sah ich ihn an. »Wo?«

»Ein Drogenhändler aus dem mittleren Management wurde mit einigen Pfund DXM und Meth in einem Haus erwischt, das ihm gehörte. In der Nähe der Gleise auf der South Side. Der Zug hielt unplanmäßig an oder fuhr langsamer, und dieser Kerl und seine Mannschaft luden große Drogenmengen ein oder aus. Wir haben sie alle festgenommen. Als wir ihn verhörten, schrieb er das auf einen Notizblock.« Ringo sah mich an, als erwartete er, meine Geschichte zu hören.

Aber diese neue Information beschäftigte mich zu sehr, um zu erzählen, wie ich in jenem Gloaming-Safe House in Austin, Texas, auf das mit Blut geschriebene Wort gestoßen war. Vor mehr als zwei Jahren. Ich wollte diesen Tag nicht noch einmal durchleben.

Wir betraten die kühle Luft des Tunnels und gingen ungefähr dreißig Meter zu einer Stelle, an der der Korridor in drei Richtungen abzweigte. Ich entdeckte Reifenspuren und andere Hinweise auf eine Nutzung, darunter Lampen und ein paar Wandstützen.

»Junge, Junge, hier war aber was los«, sagte Ringo.

»Wie ich gesagt habe«, fügte MacIntyre hinzu.

Ich hatte bereits den Rückweg angetreten. »Ringo, ich will mit diesem Gefangenen sprechen. Auf der Stelle.«

Das Bundesgefängnis in Marion ist eine triste Ansammlung von miteinander verbundenen Zementkästen, die sich als Gebäude tarnten. *Zu still für ein Gefängnis,* dachte ich, als wir durch das Gewirr aus eingezäunten Wegen gingen, das sich beklemmender anfühlte als ein drei Meter hohes Heckenlabyrinth. Wie der Beginn eines Albtraums. Wir fanden uns in einem engen Besuchszimmer mit einem kleinen Tisch wieder, in dessen Mitte ein Ring aufragte, an dem man die Ketten der Handschellen befestigte.

Die Handschellen umschlossen die Gelenke von Jeff Hughes, der sich wie ein Gloaming oder zumindest eine akzeptable Kopie auf seinem Stuhl zurücklehnte. Vermutlich war er zu jung für diese Haltung, aber er gab sich alle Mühe, lässig auszusehen.

»Verfluchte Scheiße, wie komme ich hier raus?«, brüllte Hughes und spannte seine Knastmuskeln mit einem Ruck an seiner Kette an.

MacIntyre rollte mit den Augen und warf Ringo einen Blick zu.

»Wir könnten mit dem Bundesstaatsanwalt reden, und Sie bekommen etwas von Ihrer Zeit erlassen«, sagte Ringo.

Hughes schnaubte und schüttelte übertrieben den Kopf. »Da müssen Sie schon was Besseres bieten.«

Ich trank einen Schluck von meinem lauwarmen Kaffee. In dem Styroporbecher schmeckte er beschissen. »Jenna – die Mutter Ihrer Kinder«, sagte ich.

Hughes richtete sich auf seinem Sitz auf. »Was ist mit ihr?«

»Sie kann Sie nicht besuchen, weil sie auf Bewährung ist. Und wenn ich das ermögliche?«

Hughes' aufgesetzte Miene des harten Burschen wurde ein paar Grad weicher; er starrte auf den Tisch. »Okay«, sagte er. »Worum geht es?«

Ich zog einen Zettel aus der Tasche und schob ihn zu ihm hin. Darauf stand: »ANOESIS«.

Hughes wurde kreidebleich. Er sah weg. »Das … das bin nicht ich.«

»Reden Sie«, sagte Ringo.

Hughes seufzte und fuhr sich über den rasierten Kopf. »Sie dürfen niemandem erzählen, dass ich es war.« Er zog sich an seiner Kette zu mir herüber. »Versprechen Sie es!«

»Niemand wird es erfahren«, versicherte ich ihm.

Hughes lehnte sich zurück, nahm tiefe Atemzüge, einen nach dem anderen. »Mein … mein Bruder. Scipio. Er hat sich mit dieser Gruppe eingelassen …«

»Was für eine Gruppe?«, fragte MacIntyre. »Eine Gang?«

»Nein, nein, nein. Irgend so ein Scheißkult.« Hughes senkte den Blick.

Ringo zog überrascht die Brauen hoch. Vielleicht war ich der Einzige, der das hatte kommen sehen.

»Er ist völlig besessen«, fuhr Hughes fort. »Total verrückt nach dem Anführer.«

Ich beugte mich vor. »Wer ist der Anführer?«

Hughes schlug die Hände auf den Tisch. Die Handschellen klirrten. »Keine Ahnung, Mann. Irgendein hübscher Junge. Redet ständig über seine ›Schönheit‹ und so einen Scheiß.«

Mein Herz pochte wie bei einem Aufbauspieler, der den Basketball auf das Spielfeld tippen lässt. Ich musste Calvin James anrufen und ihn sofort auf diese Sache ansetzen. Der Geruch von Cian Clery stieg mir in die Nase, und ich schwor mir, diese Fährte kein zweites Mal zu verlieren.

»Sie glauben, er ist es, nicht wahr?«, fragte Calvin James, während er sich auf dem Beifahrersitz von Ringos Auto die Hände an einem Kaffeebecher wärmte. Auf dem Dach sammelte sich Schnee, und durch den Qualm im Auto konnte ich ihn kaum ausmachen, aber das spielte keine Rolle, weil meine Augen auf den Vordereingang der Washington Lofts gerichtet waren – ein neues Apartmenthaus in der Innenstadt für all die jungen Berufstätigen, die die Stadt erleben wollten. Vor dem Umbau war es ein altes Bankgebäude aus dem Jahr 1928 gewesen.

»Haben die Wohnungen Zugang zum Tunnelsystem?«, fragte Calvin.

»Nein, keinen Zugang. Ich habe die ursprünglichen Baupläne überprüft, und da ist nichts gebaut worden. Aber auf der anderen Straßenseite ist das alte Gebäude der Handelskammer, und das hat einen direkten Zugang.«

»Hat sich MacIntyre noch nicht gemeldet?«, fragte Ringo vom Rücksitz und atmete Rauch aus.

»Nein«, erwiderte ich. Langsam beunruhigte mich das.

»Dieser Typ muss also aus dem Haus raus, wenn er was erledigen will«, sagte Calvin beinahe zu sich selbst.

Wir hockten im Auto und froren uns den Hintern ab, allein gewärmt vom Zigarettenrauch. Bis kurz vor Mitternacht, als ein Mann in einem dunklen Mantel das Wohngebäude verließ. Der Schnee fiel heftiger. »Das ist er«, sagte ich.

Die Gestalt stapfte durch den Schnee über die Straße und begab sich zu einer Seitentür der Handelskammer, die von einer Gasse aus zu erreichen war. Er öffnete die Tür und trat ein.

»Der Scheißkerl hat einen Schlüssel.« Ringo zündete sich mit dem noch glühenden Stummel seiner Zigarette gleich die nächste an.

»Gehen wir«, befahl ich.

Wir traten hinaus in die Kälte und liefen zu der Seitentür. »Ich hätte Schneeschuhe mitbringen sollen«, beschwerte sich Calvin.

»Kalifornier«, lachte Ringo.

Ich erreichte die Tür und blickte zu einer Kamera hoch. »Ich garantiere euch, dass sie unbrauchbar gemacht wurde.«

»Und es gibt auch kein Licht«, fügte Calvin hinzu.

»Die Tür ist verriegelt.« Ich runzelte die Stirn.

Ringo schob mich zur Seite und zog seine Dietriche aus einer Mantelinnentasche. Ein Oldtimer wie er brauchte nur fünf Minuten, und die ganze Zeit klebte eine Fluppe an seinen Lippen. *Klick!*

Ringo drückte die Klinke hinunter. »Nach Ihnen, Gentlemen.«

Ich zog meine modifizierte Glock 22 mit der abgereicherten Uranmunition und übernahm die Spitze, durchquerte den dunklen Korridor und suchte nach den Stufen, die uns in den Keller bringen würden. Ich entdeckte eine Tür mit der Aufschrift »Hausmeister« und warf Ringo einen Blick zu. Er zuckte nur mit den Schultern. Anscheinend hatte ich hier wirklich das Kommando.

Ich öffnete die Tür, während Calvin Waffe und Licht ins Treppenhaus richtete und mit mir die Plätze tauschte. Er trat vor und hob die Hand, um zu signalisieren, dass alles frei war. Einen langsamen Schritt nach dem anderen tasteten wir uns nach unten. Ich tauschte mit Calvin die Position, und wir waren auf dem Weg zum zweiten Treppenabsatz, als mein Licht eine Gestalt traf. Ich sprang vor, und dort kniete jemand vor einer Tasche, die gegen die Stufen gelehnt war. Der Mann wiederholte ununterbrochen dieselben Worte. »*Credo in Deo omnipotente. Credo in Deo omnipotente …*«

»Keine verfluchte Bewegung«, brüllte ich.

Calvin ging um mich herum und packte den Mann bei der Schulter, während ich ihm Deckung gab. Er drückte ihn zu Boden, zog Handschellen und fesselte ihn mit einer Hand ans Geländer. »Wie heißen Sie?« Der Mann schwieg. Ringo zog eine Brieftasche aus der Hose des Gefangenen.

Er starrte den Führerschein an und grinste. »Anscheinend haben wir Scipio gefunden«, sagte er von einer Qualmwolke umgeben.

Ich stellte mich vor Scipio. »Erzählen Sie mir von Anoesis.« In den Augen des Mannes flackerte Furcht auf, was mir nicht entging.

»Ich habe keine Ahnung, wovon Sie reden«, murmelte er, senkte den Kopf und flüsterte dann Worte, die ich nicht verstehen konnte.

Ich zerrte ihn auf die Füße und zog ihm die Jacke aus. Das Hemd folgte. Ich zeigte auf Ringo. »Haben Sie das Schwarzlicht?« Ringo holte es hervor und schaltete es an. Auf Scipios Armen und Oberkörper leuchteten polyederförmige Tätowierungen mit beschrifteten Schnittpunkten.

»Was zum Teufel ist das?«, fragte Calvin.

»Ultraviolett-Tätowierungen«, antwortete ich. »Die sieht man nur unter Schwarzlicht. Und sehen Sie da.« Ich zeigte auf die große Tätowierung, die sich quer über seine Brust zog. »Anoesis.«

»Und Sie wissen nicht, wovon wir reden, was?« Calvin lachte.

»Bitte«, flehte Scipio. »Zwingen Sie mich nicht dazu.«

»Was ist Anoesis?«, fragte ich erneut. »Verraten Sie es uns, oder wir führen Sie der Presse als Informant vor.«

»Nein!«, rief Scipio. »Ich habe es fast geschafft. Ich brauche das.«

Ich schüttelte den Kopf. »Glauben Sie ernsthaft, die werden einen Niemand wie Sie neu erschaffen? Nein. Nein. Nein. Sie sind nur ein Diener. Keine Chance.«

Ringo trat ihm gegen das Schienbein. »Was ist Anoesis? Spucken Sie es schon aus.«

Scipio hustete und hielt sich eine Hand vors Gesicht. »Es ist eine Bewegung. Die Hingabe an das Konzept des Bewusstseins als reines Gefühl, ohne dass Gedanken eindringen. Nicht mehr und nicht weniger. Der Anführer lehrt uns, wie wir Tag und Nacht auf diese Weise fühlen können.«

Calvin schnaubte. »Und was ist das Ziel? Wo führt das hin?«

»Solipsismus-Syndrom«, murmelte Scipio. Es war beinahe ein Flüstern.

»Entschuldigung?«, fragte Calvin.
»Wer ist der Anführer?«, wollte ich wissen.
»Ich weiß es nicht – das schwöre ich. Er steht immer hinter einem Leichentuch.«
Calvin öffnete die Tasche am Boden. »Ich hätte es wissen müssen.« Ich warf einen Blick hinein. Es waren Blutbehälter in der Größe von Weinflaschen.
»Wo bringen Sie die hin?«, fragte ich.
Scipio starrte zu Boden.
»Was geht dort unten vor?«, fuhr ich fort. »Bringen Sie die in die Tunnel?«
»Bitte, Sir …«
»Wir nehmen Sie mit nach unten.« Scipio wand sich in meinem Griff.
»Nein!«, schrie er. »Sie können da nicht runter. Das ist ausdrücklich verboten! Ihnen ist nicht klar, was passieren könnte. Sie können nicht einmal im Ansatz begreifen, was dort geschieht.«
Ringo lehnte sich gegen die Wand, um über unseren nächsten Schritt nachzudenken. Calvin stellte sich neben mich, mit einem Auge auf unseren Gefangenen. »Sie wissen schon, dass wir nicht dort runter können, oder?«, flüsterte er. »Das ist keine sichere Aktion. Wer weiß, wie viele Gloamings dort unten auf ihr Blut warten – und es könnte unser Blut werden.«
Ich dachte über seine Worte nach, obwohl ich so tat, als würde ich sie ignorieren. Selbst mit sorgfältigen Vorbereitungen hatten wir unsere letzte Begegnung mit Cian Clery nur knapp überlebt. Das hier war noch heikler. Andererseits würden wir keine zweite Chance bekommen. Ich sah Calvin an, dann Ringo. Ringo lächelte sein Friedhofslächeln.
»Warum nicht?« Er zuckte mit den Schultern.
Calvin schüttelte den Kopf und zwang sich zu einem Grinsen. »Ich kannte die Antwort bereits. Lassen Sie mich wenigstens nach oben laufen und Meldung machen.«
»Tun wir es«, sagte ich und klatschte in die Hände, während

Calvin die Stufen nach oben stieg, um den Anruf zu machen. Und er war in weniger als fünf Minuten zurück.

»Worauf warten wir?«, sagte er mit einem Funkeln im Blick.

Wir ließen den Gefangenen zurück und gingen die Stufen hinunter bis zu einer Tür. Ringo öffnete sie, und Calvin ging als Erster mit gezogener Waffe rein. Der Tunnel war feucht und dunkel, aber am anderen Ende flackerte ein schwaches Licht. Dort teilte sich der Tunnel in vier weitere Gänge. Wir hielten uns nahe an die Wand und schlichen langsam weiter, bis klar wurde, dass es sich bei dem Licht um ein kontrolliertes Feuer handelte, das in der Nähe der Kreuzung brannte. Es warf zuckende Schatten und enthüllte eine Gruppe aus mindestens zehn Leuten.

Ein Schrei ertönte, und wir warfen uns zu Boden. Ein Schuss dröhnte, eine Kugel bohrte sich neben meinem Bein in die Wand, und ich rappelte mich auf. Calvin, Ringo und ich erwiderten das Feuer und liefen zur anderen Seite der Tunnelwand, die dort in westliche Richtung abbog.

Jemand rief: »Hört auf zu schießen!« Ich wusste nicht, ob er uns oder die anderen meinte. In einem solchen Augenblick erschienen die Worte irgendwie seltsam. Wir tauschten noch ein paar Schüsse aus, und links entdeckte ich die blonden Locken von Cian Clery, der mit einer Gestalt in einem schwarzen Umhang kämpfte.

Weit hinter uns hörte ich die donnernden Schritte unserer Verstärkung, die durch die einzige Tür stürmte. Die Gruppe spritzte förmlich auseinander, von den Wänden der vier anderen Tunnel hallten Schritte wider. Ich sprang auf und rannte auf die beiden kämpfenden Männer zu. Mit einem Sprung erwischte ich Cian und riss ihm die Maske vom Gesicht. Eine große, gezackte Narbe teilte die eine Gesichtshälfte und ließ sie wie eine Lawine nach unten sacken. Er sah aus wie jemand mit einer Gesichtslähmung. Eine Sekunde lang starrte er mich an, bevor er die Hände um meinen Hals legte. Meine Füße verloren den Kontakt zum Boden, und ich spürte, wie mein Hals in die Länge gezogen wurde, während mir die Pistole entglitt. So viel dazu, meine zweite Chance zu nutzen. Ein Feuerwerk wie am Vierten Juli explodierte vor meinen Augen, bevor ein anderer Mann Cian die Faust ins Gesicht schmetterte und ich fallen gelassen wurde.

Vom Boden aus sah ich, wie Cian in einen der Tunnel rannte und verschwand, als hätte es ihn nie gegeben. Eine Gruppe Agenten rang den Gloaming nieder, der mir das Leben gerettet hatte. Mit wackeligen Beinen stand ich auf und hob eine Hand. »Lassen Sie ihn.«

Sie schoben den Mann zu mir, und ich warf einen langen, forschenden Blick in sein Gesicht, das ich noch nie zuvor gesehen hatte. »Wer sind Sie?«

Der Mann hatte den Mund einen Spalt breit geöffnet und sah verwirrt aus, als könnte er weder glauben, dass er mich gerettet hatte, noch, dass er festgenommen worden war. »Mein Name ist Pater John Reilly.«

KAPITEL 25

JULI
ACHTUNDDREISSIG MONATE
NACH DER ENTDECKUNG VON NOBI

Sara Mesley
Der Orden von Bruder Klaus

Viele Menschen betrachten sich nicht gerne nackt im Spiegel. Aber ich zähle auf diese Weise die Monate und Jahre. Die Schussnarbe am linken Bizeps? Mai. Die Messerwunde an der linken Wade? Dezember. Ich bin mein eigenes lebendes Tagebuch – zumindest für den Augenblick. Ironischerweise hatte ich als Krankenschwester im Johns Hopkins diese Dynamik oft erlebt; wenn einer gegen den Krebs ankämpft oder sich von einer aufwendigen Operation erholt, verliert das Spiegelbild an Bedeutung.

Ein Vorstandsmitglied des Ordens beklagte sich in meiner Gegenwart mal über den Nachthimmel und alles, was er mit sich brachte. Ich tue das nicht. Nur her mit der Nacht. Und in dieser mondlosen Nacht war ich in Peking und jagte der Nummer eins auf unserer Gloaming-Liste nach: dem zehnjährigen Einsiedler Herjólfur Vilhjalmsson, der unseren Informationen zufolge die Lavafelder von Island aus unbekannten Gründen verlassen hatte. Ein weißhaariges Kind, das wie die Sonne »leuchtet« – Augenzeugen neigen zu grandiosen Übertreibungen –, sollte eigentlich nicht schwer zu finden sein, aber seine

Anhänger schaffen es offenbar meisterhaft, ihn verborgen zu halten.

Eine Stunde lang lief ich durch die Stadt, um sicherzugehen, dass mir niemand folgte, bis ich eine der älteren *Hutongs* erreichte. In Doujiao, dem »chinesischen Williamsburg«, wie mein Google Maps behauptete, befand sich unser Safe House.

Die meisten Chinesen sind Atheisten und betrachten Gloamings nicht als unmoralisch oder verdorben, allerdings scheint den wenigen chinesischen Gloamings ein gewisses Stigma anzuhaften, und man begegnet ihnen mit Vorsicht. Die meisten Beobachter glaubten daher, dass die Regierung sie entweder ignorieren oder als Partner willkommen heißen würde. Aber viele Angehörige der Elite in Wirtschaft und Regierung sahen in den Gloamings eine Bedrohung ihrer Interessen. Und die Gloamings schienen diese Einschätzung zu erwidern.

Darum war ich mir ziemlich sicher, dass die chinesischen Geheimdienste genauso entschlossen nach Herjólfur Vilhjalmsson suchten wie ich.

Als ich unser Safe House betrat, entdeckte ich eine Gestalt auf einer schmalen Pritsche. Ihre Arme und Beine waren ausgestreckt wie bei einem Betrunkenen. Hier sah es aus wie in einem Studentenverbindungshaus, auf dem Boden und in den Aktenschränken lagen überall Papiere und alte Pappschachteln mit Essensresten herum. Bei näherem Hinsehen erkannte ich das Gesicht der Gestalt. Es war Pater Reilly. Du lieber Gott, sah er scheiße aus. Die Hose war genauso abgerissen wie das Hemd und der wollene Sportmantel. Er erweckte den Eindruck, als wollte er nach einem Jahrzehnt im Gefängnis zu seinem ersten Vorstellungsgespräch. Ich trat ihm gegen das Bein, und er fiel von der Pritsche und schoss sofort in die Höhe. Ich schaltete das Licht ein.

Nachdem ich meine Wollmütze abgenommen hatte, erkannte er mich ziemlich schnell.

»Sara Mesley! Verdammt! Das können Sie nicht machen!«

»Warum nicht?«

»Ich hätte Sie erschießen können.«

Ich lächelte bloß spöttisch. Ich konnte mir nicht vorstellen, dass er seine eigenen Worte glaubte. »Womit?«

Reilly schüttelte den Kopf und ging in die Küche. Er nahm eine Kaffeekanne und füllte sie mit Wasser, bevor er sie auf den Herd stellte. »Was machen Sie überhaupt hier?«

»Übrigens ziehe ich gepressten Kaffee vor. Ich suche nach Herjólfur Vilhjalmsson.«

Mir war bereits klar, dass er wegen der derzeitigen Konflikte in New Mexico und in Übersee in einer seiner depressiven Phasen war. Und weil wir so versessen darauf waren, dieses Gloaming-Kind zu finden. Unsere Unterhaltungen schienen stets mehr Fragen als Antworten zu ergeben.

»Warum verschwendet der Orden so viel Zeit auf dieses Kind?«, fragte er. »Sie werden ihn nie finden. Da finden Sie eher noch Liza Sole. Wir sollten in New Mexico sein.«

»Wo Liza Sole ist, wissen wir. Es geht einfach nur darum, einen Zugang zu finden. Aber das ist nun mal der Job – manche Missionen sind größer, andere kleiner. Ich tue, was nötig ist.« Ich fragte mich, wie lange es wohl dauern würde, bis der Kaffee in einer Tasse war – ich konnte das Koffein wirklich brauchen.

Reilly sah mich streng an. »Und Sie sind nicht einmal religiös. Bernard und seine Leute kann ich verstehen – was sie davon haben. Aber Sie …«

Ich hob den Kopf und starrte ihn an. »Nicht religiös? Die Familie meines Vaters gehörte der Pfingstbewegung aus Maryland an, und sie redet seit Generationen ›in Zungen‹. Ich habe ihn jede Woche besucht, und dann mussten wir unsere Sünden vor der Gemeinde beichten. Das war der Wahnsinn.«

»Ach je«, sagte Pater Reilly.

»Ganz genau!« Ich stieß ihm den Finger gegen die Brust. »Das war genug Religion für mich. Würde ich das heute machen, würden sie mich vermutlich auf dem Scheiterhaufen verbrennen. Selbst mein so überaus frommer Vater weigerte sich, mich zur Beichte zu lassen, nachdem ich der Gemeinde eines

Sonntags berichtete, wie ich einen Jungen auf einer Telefonsex-Hotline – erinnern Sie sich noch an die? – kennengelernt und mich mit ihm zusammengetan hatte, nachdem wir uns bei seinem Dealer etwas Meth geholt hatten. Um dann die ganze Nacht zu ficken. Vermutlich brauche ich nicht extra zu erwähnen, dass meine Beichttage danach vorbei waren.«

Pater Reilly schaute zur Decke. »Warum habe ich nur gefragt?«

»Da haben Sie es. Aber Sie haben recht. Es geht nicht um Religion. Ich stelle mir gern vor, dass ich hier für eine gute Sache arbeite. Ich bin nicht einfach nur blutdürstig – und ja, der Witz war jetzt Absicht. Ich habe meine eigenen Vorstellungen, was richtig und was falsch ist. Und wenn Sie mal darüber nachdenken, sind wir da vermutlich gar nicht so weit auseinander, Pater.«

»Aber das ist jetzt wichtiger, bei allem, was in diesem Institut in New Mexico geschieht. Ich weiß nicht, wo das hinführt.«

»Es führt genau dorthin, wo es jetzt schon ist. Zum Krieg. Ich war in New Mexico. Niemand weiß, was dort vorgeht – die Öffentlichkeit hat keine Ahnung. Sie sind stärker, als wir dachten. Und die Politiker sind nicht dazu bereit, wegen dieser Sache noch mehr ihrer eigenen Leute zu opfern. Also versuchen sie es mit einer ›friedlichen Lösung‹. Aber Gloamings denken nicht auf diese Weise …«

»Auch einige von denen wollen Frieden, Sara«, sagte Reilly. »Ich kann nicht glauben, dass ich das sage.« Er sah gequält aus. »Aber man sollte es zumindest versuchen.«

»Nein. Nein. Nein. Das haben wir versucht. Sehen Sie doch, wo uns das hingebracht hat. Jetzt machen alle Länder Zugeständnisse, und die Gloamings profitieren davon. Die Basken und die Bayern wollen seit Hunderten von Jahren ihre eigene Nation und die Gloamings bekommen sie in weniger als fünf Jahren? Dänemark hat sogar den Vorschlag gemacht, den Gloamings die Färöer-Inseln zu überlassen! Wenn sie ihren Beitrag leisten!«

»Darum ist New Mexico wichtiger.« Reilly sah tatsächlich aus, als würde er gleich in Tränen ausbrechen. Hätte ich da gewusst, wo er enden und was aus ihm werden würde, hätte ich ihm vielleicht mehr Aufmerksamkeit geschenkt. Womöglich hätte ich ihn dann vor sich selbst retten können.

»Ich werde um die Toten weinen, bevor ich ein Land aus Gloamings feiere. Selbst wenn es Frieden bedeutet.«

Und so ging es weiter. In dieser Nacht bekam ich nicht viel Schlaf.

Der nächste Tag brachte mir etwas Handfesteres. Ich war froh, auf den lärmenden Straßen an der Luft sein zu können. Unsere Informanten hatten uns von Herjólfurs Sucht nach dem Schröpfen erzählt, die er vor Kurzem entwickelt hatte, einer seltsamen Alternativmedizin, bei der mit besonderen Gefäßen aus seltenem chinesischem Bambus ein Unterdruck auf der Haut erzeugt wird. Ich wusste einfach, dass er der Gelegenheit zu einer Therapiesitzung nicht würde widerstehen können, falls er sich tatsächlich im Land aufhielt.

Meine Erkundigungen führten mich in einen antiken Teil der Hauptstadt zu einem alten Schröpf-Therapeuten, der diese Kunst gemeistert hatte. Nachdem ich stundenlang die Straßen abgesucht hatte, fand ich mich in einer engen, dunklen Gasse wieder, in der ich ein helles Flackern in der Dunkelheit sah. Weißes Haar flatterte im Wind, der Körper war teilweise von einer Decke und einem Mantel verhüllt. Die Gestalt ging inmitten einer Phalanx aus hochgewachsenen Wächtern.

Da. Ich konnte ihn riechen. Sollte die Nacht nur kommen.

Als Bewegung in die Geschehnisse kam und sie sich in eine bestimmte Richtung entwickelten, steckte ich mittendrin. Ich spürte, wie meine Existenz mit den Zielen des Ordens verbunden war. Die Nachricht verbreitete sich wie ein Lauffeuer: Papst Viktor II. verkündete, dass Kardinal Alexander Naro, der Präfekt der Kongregation für die Glaubenslehre, neu erschaffen worden war.

Gegründet 1542 war die Kongregation für die Glaubenslehre die älteste der römischen Kurie – der administrativen Instanz des Vatikans. Die Aufgabe dieser Behörde bestand darin, die »katholische Glaubenslehre zu verbreiten und die Teile der christlichen Tradition zu verteidigen, die wegen neuer und inakzeptabler Doktrinen gefährdet erscheinen«. Es war schlicht die mächtigste und einflussreichste Behörde im Vatikan und allgemein dafür bekannt, die Politik des Papstes auf so ziemlich allen Gebieten festzulegen. Kardinal Naro war selbst wie eine Naturgewalt: Er war unübersehbar und trat häufig in den verschiedensten Medien auf, darüber hinaus war er außerordentlich weit gereist.

Ich spürte den Zorn meiner Mitguerillas, obwohl ich tief in meinem Inneren nicht nachempfinden konnte, was sie durchmachten. War es Erleichterung, dass nicht der Papst neu erschaffen worden war, oder Verzweiflung, weil es Kardinal Naro war? Sie vermochten es nicht zu sagen. Naros Erklärung hinterließ nur Leere in ihnen: Er wollte die neue Spezies genauso seelsorgerisch betreuen wie die Menschen; er wollte sie in der Kirche willkommen heißen und zeigen, dass wir alle derselben Spezies angehörten; er wollte unter allen Menschen die Offenheit fördern und noch viele Jahre mehr haben, um seine Ziele für die Kirche zu erreichen …

Nach einer Trauerphase kamen Verwirrung und Wut. Dieser Kardinal stand dem Papst viel zu nahe. Sein Einfluss auf die Kirche war unvergleichlich. Genau davor hatte der dritte Brief die Kirche gewarnt, aber sie hörte nicht zu. So begann die Ära, die vatikanische Historiker als *vulgaris aerae* bezeichnen.

Unsere größte Sorge und zugleich die beste Gelegenheit würde das Kardinalskollegium sein. Es bestand aus allen Kardinälen der katholischen Kirche. Seine Aufgabe war es, den Papst zu beraten und, was noch wichtiger war, im Fall seines Todes oder Rücktritts den nächsten Papst zu erwählen. Die Mitglieder des Kollegiums waren die ranghöchsten Führer der Kirche und genossen hohen Respekt bei den Kongregationen. Natürlich hätte ich mir niemals vorgestellt, mich täglich in die Abläufe der Kirche zu vertiefen – wo ich doch mit meinem eigenen Glauben haderte, wie auch immer er aussehen mochte. An manchen Tagen sprach mich ein Vorfall oder etwas von natürlicher Schönheit an, und ich dachte: *Es muss einen Schöpfer geben, der das alles erschaffen hat.* Und an anderen Tagen gab es einen ähnlichen Vorfall, und ich dachte: *Alles war nur eine Farce, lass mich damit auf meine Weise klarkommen.* Um einen weisen Mann zu zitieren: »Na gut. Was auch immer. Egal …«

Jedenfalls mussten wir unbedingt die Stimmung des Kollegiums wegen Naros Neuerschaffung in Erfahrung bringen.

Papst Viktor musste erkannt haben, in welch heikle Position ihn die Verlautbarung innerhalb der Kirche gebracht hatte. Bischof Thomas ging davon aus, dass der Papst vorher nicht gewusst hatte, wie die Kardinäle zur Neuerschaffung standen – dazu hätte es Gespräche mit jedem einzelnen Kardinal bedurft, um seine Meinung zu erfahren. Hätte der Papst das getan, wäre die Information womöglich schon vor der Verlautbarung durchgesickert. Es musste eine eher impulsive Entscheidung gewesen sein, zu der ihn ein Mann genötigt hatte, der sich von den Versprechungen der Gloamings hatte verführen lassen. Die eigentliche Frage war, wie die Gloamings so nahe an Naro herangekommen waren, um ihr Angebot zu machen.

Jahre später identifizierte eine Untersuchung des Reporters Jon Caramanica von der *New York Times* einen der päpstlichen Diener als die Person, die die ersten Versuche unternahm, Kardinal Naro zu einem Treffen mit Abgesandten der Gloamings zu überreden, ohne dass sein Umfeld im Vatikan davon erfuhr. Dazu hatte es viel Glück, Hartnäckigkeit und Koordination bedurft, aber sie waren sehr entschlossen, sich innerhalb der Gesellschaft zu legitimieren.

Bischof Thomas sollte versuchen, jeden einzelnen Kardinal zu kontaktieren – von denen er vielen begegnet war oder sie sogar persönlich kannte –, um ihren Standpunkt zu diesem Thema in Erfahrung zu bringen. Thomas war der Ansicht, dass die

Gloamings den Papst irgendwann umbringen und durch einen der Ihren ersetzen wollten. Damals zählte das Kardinalskolleg 222 Mitglieder, allerdings waren nur 120 befugt, am Konklave teilzunehmen, das einen neuen Papst wählte.

Der Bischof brachte ein weiteres Hindernis für diesen Plan zur Sprache. Ein Papst ist dazu autorisiert, einen *Kardinal in pectore* zu ernennen, also unter Geheimhaltung – Kardinäle, die der Öffentlichkeit nicht bekannt sind. Und auch sonst niemandem. Ein neuer Papst könnte also neue Kardinäle, auch geheime, ernennen, um das Kollegium zu seinen Gunsten zu besetzen. Wir kamen überein, dass es unerlässlich war, mit unseren Bedenken an die Öffentlichkeit zu gehen, um etwas in Bewegung zu setzen und jeden Versuch des neuen Papstes zu verhindern, möglicherweise neue Kardinäle zu ernennen.

Nach ein paar Monaten bildeten sich deutliche Fronten, da eine entschiedene Mehrheit des Kardinalskollegs ihre Missbilligung über Naros Neuerschaffung zum Ausdruck brachte. Tatsächlich waren es vermutlich sogar mehr Kardinäle, als wir erwartet hätten, da viele einen Kommentar verweigerten, was wir heute als Ablehnung betrachten können. Nachrichtensender versuchten, sich mit jedem einzelnen Kardinal in Verbindung zu setzen, um dessen Missbilligung oder Billigung von Naros Neuerschaffung zu dokumentieren. Papst Viktor reagierte erstaunlich zurückhaltend auf den Unmut der Kardinäle. Er vertrat die Ansicht, dass solche unterschiedlichen Meinungen die Kirche nicht schwächten. Das Gebet und der Wille Gottes würden jedermanns Einstellung ändern.

Natürlich glaubte ich das nicht. Ich wusste, dass Naro den Papst dazu benutzte, um sich Zeit zu verschaffen. Die Kardinäle sollten entweder dazu überredet werden, ihn zu unterstützen, oder man wollte sie loswerden und neue ernennen, die ihm bedingungslos folgten. Mehrere unserer Quellen teilten uns mit, dass Kardinal Naro eine kanonische Beurteilung mit dem Titel »Dogmatische Einschätzung der Universalität der Gloaming *Donum Vitae*« vorbereitete. Anscheinend sollte das Dokument die Kirchengemeinde auf die völlige Akzeptanz und Mitarbeit der Spezies der Gloamings vorbereiten. Es gab Gerüchte, der Papst sei außer sich vor Wut, weil gewisse Kardinäle sich gegen ihn und Naro verschworen. Darum war der Orden der Meinung, dass wir unsere Bemühungen verstärken mussten, damit Naro von seiner Position zurücktrat.

Glücklicherweise teilten viele Katholiken unsere Meinung, und die Spenden an den Orden waren mehr als genug, um unsere Organisation zu vergrößern. Bald stellten wir einen Mitarbeiterstab ein, um unsere Aktivitäten zu koordinieren. Dabei gingen wir außerordentlich streng vor, um Spione aus dem Vatikan daran zu hindern, den Orden zu infiltrieren. Aber was noch wichtiger war, wir ließen viele Laien und Priester nach Phoenix kommen, die sich unserer Organisation freiwillig anschließen wollten. Es gab jedoch einige Leute und Gruppen, die zwar unsere Ziele unterstützten, uns aber nicht dafür geeignet hielten, die Irrwege der derzeitigen Vatikanführung zu korrigieren und unsere Kirche frei von Gloamings zu halten.

Mein Verhältnis zum Orden kam mir noch immer distanziert vor. Als hätte ich in eine Familie eingeheiratet, die mir letztlich nicht vertraute. Und als Frau blieb mir der Zugang zu vielen strategischen Planungssitzungen verwehrt.

Vermutlich möchten Sie, dass ich nun anspreche, wie es dazu kam, dass der Orden von Bruder Klaus von den Vereinten Nationen als Terrororganisation eingestuft wurde.

Der Ruf zu den Waffen, um unsere Kirche zu beschützen, war die Verlautbarung des Papstes, fünfundzwanzig neue Kardinäle ernannt zu haben. Das kam einen Monat nach Naros Neuerschaffung. Uns allen war klar, dass das nur eines bedeuten konnte. Beeinflusst von Naro unternahm der Papst die nötigen Schritte, um das Kardinalskollegium zu seinen Gunsten zu positionieren, damit er oder plausiblerweise eher Naro ohne jeden Widerstand für die nächsten paar hundert Jahre zu einem neu erschaffenen Papst gekrönt werden konnte. Für den Orden war das einfach der entscheidende Wendepunkt.

Damals gaben sich die Gloamings noch alle Mühe, jeden davon zu überreden, dass sie nur das Beste für die Welt im Sinn hatten, während sie sich für diverse wohltätige Zwecke engagierten. Viele Menschen verschlossen einfach die Augen vor der Tatsache, dass der größte Teil ihrer Mitglieder zusehends auf das oberste eine Prozent beschränkt waren – die wichtigsten Kriterien schienen Reichtum, Aussehen und Talent zu sein. Aber sie überzeugten die Öffentlichkeit erfolgreich davon, dass sie sich allein für positive Veränderungen interessierten.

Schwer zu glauben, wo doch ihre Gegenwart an jedem beliebigen Ort eine Reihe von Toten hinterließ, denen das Blut fehlte. Natürlich behaupteten sie, von diesen Zwischenfällen nichts zu wissen, taten sie als lokale und isolierte kriminelle Aktivitäten ab, die in keinerlei Zusammenhang mit ihnen standen. Und doch ernährten sie sich auf genau diese Weise. Sie behaupteten, nur Tierblut und Blut aus den Blutbanken zu sich zu nehmen, aber es war wissenschaftlich erwiesen, dass sie frisches Menschenblut brauchten, um am Leben zu bleiben. Sie mussten spüren, wie ein menschliches Herz frisches Blut in ihren Mund pumpte. Wir hatten eine ganze Weile den Verdacht, dass ihr Plan darin bestand, die Bevölkerung zu unterjochen, damit sie für ihre Kolonisierung als Nutzvieh diente. Das war erwiesen. Trotz ihrer Behauptungen hatten die Gloamings nie die Absicht, sich in die Gesellschaft zu integrieren.

Wir begannen mit dem Aufbau einer Geheimabteilung des Ordens, die Möglichkeiten finden sollte, die Gloamings für alle Zeiten auszumerzen. Ursprünglich fing dieses Programm nur als einer von vielen Notfallplänen an. Sozusagen eine letzte Möglichkeit. Der Orden begann alles zu studieren, was über die Physiologie der Gloamings bekannt war. Bei ihrem ungewöhnlichen Regenerationsvermögen und den gesteigerten Körperkräften würde man spezielle Waffen brauchen, um sie zu vernichten.

Die einzige verlässliche Waffe waren bislang Schusswaffen mit siebzigprozentiger Uranmunition. Neun-Millimeter Uranprojektile, um genau zu sein. Bis jetzt hatte noch niemand wissenschaftlich ergründen können, warum ein ins Herz geschossenes Uranprojektil einen Blutsauger in Brand steckte, aber vermutlich hatte es viel mit der Tatsache zu tun, dass Uranprojektile entflammbar und selbstschärfend sind. Beim Aufprall wird die Kugel durch die daraus erfolgende Freigabe der Wärmeenergie entzündet – zumindest steht es so in der Wikipedia –, und bei Gloamings zeigten sie eine erstaunliche Wirkung.

Für unseren Orden wäre das also logischerweise die Waffe der Wahl gewesen. Die Herstellung der Munition war jedoch eine weitere Streitfrage, wegen der ständigen Sabotage der Herstellerfirmen.

Wir entschieden uns, die Munition in einem Untergrundkomplex selbst herzustellen – natürlich im Geheimen. Nur so konnte man den ständigen Nachschub unseres einzigen Schutzes sicherstellen. Ich hielt das immer für eine schlechte Idee – schließlich gibt alles, was unter der Erde stattfindet, den Gloamings einen Vorteil – aber meine Vorschläge wurden abgewiesen. Allerdings dankte man mir – welch Meilenstein in der Geschlechtergleichheit.

Es war weder leicht noch völlig »legal«, das für die Geschosse benötigte abgereicherte Uran zu finden, aber es gab viele osteuropäische katholische Nationen, die unserer Sache positiv gegenüberstanden und nur zu gern bereit waren, unsere Uranbestellungen auszuliefern, obwohl unser Verarbeitungsprozess deutlich kleiner und die Ausbeute darum begrenzt war.

Tatsächlich waren wir ziemlich stolz auf unsere Produktion. Unsere Mönche perfektionierten die Gussformen, mit denen wir die Kugeln herstellten, und das Design war ein streng gehütetes Geheimnis. Dennoch wurde die Methode nicht automatisiert; die Herstellung einer jeden Kugel kostete viel Zeit. In der Fabrik gab es diverse Drehbänke und Mönche, die sie schichtweise vierundzwanzig Stunden am Tag bedienten. Eine andere Abteilung beherbergte die Mönche, die das Metall für die Neun-Millimeter-Kugeln schmolzen. Die Gefahren des Urans waren uns durchaus bewusst, deshalb wurden Gussformen und Metallpressen isoliert, und die Arbeiter trugen die neueste Schutzkleidung gegen Radioaktivität. Sämtliche Produktionsstätten wurden von der stärksten verfügbaren Abschirmung geschützt, die Protonen und Elektronen zerstreute und Gammastrahlen absorbierte. Es war die sicherste Abschirmung, die es gab. Die Ausgänge wiesen Strahlungsmelder auf, um einen plötzlichen Anstieg der Strahlung oder Lecks zu entdecken.

Zuerst hortete der Orden Waffen und Munition nur zu Verteidigungszwecken. Ich will nicht so tun, als hätten wir uns nicht eine Zeit vorgestellt, in der man sie auch für offensive Zwecke einsetzte, aber das war wirklich nicht die ursprüngliche Idee.

Unsere erste Mission begann mit den Informationen, die wir im Vatikan gesammelt hatten. Dazu muss man wissen, dass die Vatikanbürokratie sperrig ist – sich in ihr zurechtzufinden, ist schier unmöglich. Von Anfang an kultivierte der Orden viele Bedienstete des Vatikans als Informanten, nicht nur Priester, sondern auch normale Angestellte. Selbst die Hausmeister stellten eine wichtige Informationsquelle dar.

Die ersten Gerüchte kamen von den Priestern: Zehn Tage zuvor hatte der Papst im Geheimen drei neue Kardinäle ernannt und würde sie in drei Tagen der Welt vorstellen. Davor hatte man den Papst schon seit ungefähr zwei Wochen nicht mehr in der Öffentlichkeit gesehen, was höchst ungewöhnlich war. Seine abendlichen Ansprachen waren grundlos ausgefallen, also war der Orden bereits nervös; dieses seltsame Verhalten und die Stille deuteten darauf hin, dass eine bedeutsame Ankündigung folgen würde, und man bereitete sich darauf vor.

Ich selbst saß vor mehreren Fernseh- und Computerbildschirmen, um die Nachrichten zu verfolgen, während ich Anrufe unserer Informanten im Vatikan entgegennahm und die gewonnenen Informationen in eine Datenbank eingab, damit der Seniorstab die neuesten Berichte an alle weitergeben konnte.

Als wir das Gerücht hörten und es bestätigt wurde, rief der Orden eine Zusammenkunft des Exekutivrates ein. Dieser diskutierte verschiedene Schritte, mit denen man auf die Maßnahme reagieren konnte – die Bandbreite war groß, von der Weigerung, die neuen Kardinäle anzuerkennen, bis zu Protesten im Vatikan und den Heimatnationen der neuen Kardinäle.

Der Abteilungsleiter behauptete, dringende Informationen für uns alle zu haben. Eine unserer Quellen hatte berichtet, dass die drei Kardinäle neu erschaffen werden sollten, wenn sie in drei Tagen mit dem Papst zusammentreffen würden. Das war natürlich der letzte Tropfen, der das Fass zum Überlaufen brachte. Mir war der Plan des Papstes und Naros klar. Da es dem Papst nicht gelungen war, die Unterstützung des Klerus und nicht einmal der Laien zu gewinnen, würde er zu drastischeren Mitteln greifen. Er würde das Kardinalskolleg mit Gloamings besetzen.

Ich konnte mir das Ende eines solchen Szenarios nicht bis zum Schluss ausmalen. In der Praxis würde es die Kirche, wie wir sie kannten, völlig verändern, und das nicht nur aus theologischer Sicht. Ein Gloaming-Papst und seine Anhänger würden die Kirche und die folgenden Generationen für Hunderte von Jahren beherrschen. Ich weiß nicht, wer den Vorschlag als Erster machte – vermutlich war das sogar ich –, aber endgültige Maßnahmen kamen zur Sprache.

Überraschenderweise brauchte der Rat nur ungefähr eine halbe Stunde, um sich darauf zu einigen, die drei Kardinäle zu ermorden, bevor sie formell vorgestellt wurden. Vielleicht hätten wir sämtliche legalen und moralischen Auswirkungen einer solchen Tat bedenken sollen, aber dazu fehlte uns einfach die Zeit. Dem Orden war klar, dass man sämtliche seiner Mitglieder dafür verantwortlich machen würde und sie beträchtlichen Haftstrafen oder sogar der Hinrichtung entgegensahen, falls man unsere Taten aufdeckte.

Die nächste Überraschung bestand darin, in eine Besprechung gerufen zu werden und gesagt zu bekommen, dass ich die Gruppe bei der Mission anführen sollte. Die anderen waren der Ansicht, dass eine als Nonne gekleidete Frau bei einer verstohlenen Mission unauffälliger sein würde, und ich stimmte ihnen zu. Vielleicht war ich entbehrlich, vielleicht wollten sie auch für Geschlechtergleichheit sorgen. Klar … Der Orden hatte nicht das Monopol auf Verlogenheit.

Zu einer Einigung zu kommen, erwies sich als der leichteste Teil. Ich hatte drei Tage, um einen Plan vorzubereiten – und zwar einen, der erfolgreich durchgeführt werden konnte.

Ich setzte mich mit unseren Quellen im Vatikan in Verbindung, um die privaten Reisepläne der Kardinäle in Erfahrung zu bringen – wo sie sich zu jeder Stunde ihres Besuchs aufhalten würden. Und wo sie übernachten würden, was noch wichtiger war. Das erwies sich als relativ einfach. Uns war bekannt, dass es Pläne gab, im Vatikan eine sichere Unterkunft für Gloamings unter der Erde zu bauen, aber bis jetzt waren nur die Pläne bewilligt worden. Der Bau selbst hatte noch nicht begonnen.

Man schickte uns den Grundriss des Hauses, in dem die Kardinäle im Vatikan wohnen würden. Die Einzelheiten über das Personal und die Sicherheitsmaßnahmen waren die einzigen Fragen, die bei dem Plan offenblieben. Diese Details hielt der Vatikan mit höchster Geheimstufe unter Verschluss, und unsere Quellen kamen an sie nicht heran. Darum wussten wir nicht, was uns nach Betreten des Hauses erwarten würde. Die Vorbereitungen mussten das schlimmste Szenario mit einbeziehen. Überwältigende Sicherheitsmaßnahmen.

Der Orden beteiligte Pater Mark Rogers an dem Plan. Pater Mark stellte sich begeistert der Herausforderung und auch den Konsequenzen, falls er Erfolg haben sollte. Er arbeitete noch im Vatikan, war nun aber einem kleinen Krankenhaus zugeteilt. Rogers organisierte sofort eine Überwachung und sorgte für weitere Quellen beim Personal des Gästehauses, in dem die Kardinäle untergebracht werden würden.

Ein Escalade mit getönten Scheiben holte mich an einer Bushaltestelle in der Nähe eines Baumarktes ab. Der Fahrer sprach kein Wort mit mir, während er mich zu einem Privattor des Phoenix Sky Harbor Airport ungefähr dreißig Kilometer entfernt brachte. Die Dinge entwickelten sich schnell. Ich ging an

Bord eines Privatjets, der, wie ich später erfuhr, dem wohlhabenden Aktionär einer Modefirma gehörte, ein Mitglied unserer Legion von Unterstützern. Eine unheimliche Stille schien das Flugzeug zu erfüllen, also ging ich zum Cockpit und öffnete die Tür, um zu sehen, warum es so still war. Der einsame Pilot warf mir nur einen Blick zu und kümmerte sich dann wieder um seine Armaturen. Ein weiterer Profi, der sich lediglich auf seine Aufgabe konzentrierte. Ich konnte mich jetzt entspannen.

Der Koordinator des Plans kannte eine kleine Landebahn auf dem Besitz eines Bauernehepaars, wo ich ohne Störung durch die italienische Polizei landen und meine Ausrüstung ausladen konnte. Es gab noch eine zusätzliche Sicherheitsmaßnahme; der Bauer hatte einen Bruder bei der Mafia, der, falls notwendig, für die Dienste korrupter Mitglieder der Bundespolizei sorgen konnte.

Das Flugzeug landete planmäßig sieben Stunden nach dem Start im Schutz der Dunkelheit. Die Waffen und anderen Ausrüstungsgegenstände befanden sich in großen schwarzen Taschen und wurden von grimmigen Landarbeitern in einen kleinen VW-Bus geladen; auf dem Fahrersitz saß ein alter Mann in einem Overall mit Tweedhut. Stumm fuhr er mich zu den Außenbezirken des Vatikans und hielt vor einem vierstöckigen alten Mietshaus, in dessen Erdgeschoss sich eine Pizzeria befand.

An der Straßenecke entdeckte ich einen Mann mit einem Bier in der Hand, der gerade ein Stück Pizza hinunterschlang und bei dem es sich nur um Pater Mark handeln konnte; sein Anblick überraschte mich doch sehr. Er nickte mir zu und eilte herbei, um mir dabei zu helfen, die beiden Taschen auszuladen. Nachdem ich die Autotür geschlossen hatte, verschwand der Wagen in der Nacht.

»Bei Gott, sie haben wirklich eine Frau geschickt«, sagte Pater Mark mit einem Grinsen.

»Bei Gott, sie haben mir einen Besoffenen geschickt«, erwiderte ich.

Pater Mark nickte erneut. »Dann wollen wir mal reingehen und sehen, ob wir Sie in eine Nonne verwandeln können.«

Er führte mich in das alte Gebäude aus dem neunzehnten Jahrhundert in eine spärlich möblierte, leer stehende Wohnung im zweiten Stock. Es gab ein einfaches Bett, ein Sofa und keinen Tisch. Es roch muffig.

»Wer lebt hier?«, wollte ich wissen.

»Ein Drecksack von Monsignore«, erklärte Pater Mark. »Hier trifft er seine jungen Damen von schlechtem Ruf.« Ihm entging meine angewiderte Reaktion nicht. »Ah, so viel Empörung aufzubringen, fällt mir schwer. Immerhin versucht er nicht, ihnen das Blut auszusaugen.«

»Sehr witzig. Das sollte gutes Karma für meine Mission sein.«

»Seit wann glauben Sie an Karma?«

»Seit heute.«

Pater Mark grinste. »Galgenhumor, meine zukünftige Nonne. Behalten Sie den bei. Wollen wir doch mal sehen, ob Sie noch immer lachen, wenn man Waffen auf uns richtet oder uns das Blut aussaugen will.«

Ich sparte mir eine Erwiderung, aber er hatte da nicht unrecht.

Die nächsten beiden Stunden verbrachten wir damit, mich in Habit, Skapulier und Bundhaube zu stecken. Die Kleidung schränkte meine Bewegungsfreiheit mehr ein als alles, was ich je getragen hatte. Ich wusste nicht, ob ich in dieser lächerlichen Ausstattung schnell genug war, aber es würde gehen müssen.

Dann nahmen wir die Waffen und steckten sie in die Holster unter der Tracht. Sie würden nicht einfach zu ziehen sein, aber wir rechneten vor Beginn der eigentlichen Mission nicht mit Überraschungen.

Bei Sonnenaufgang brachen wir zu Fuß zum Vatikan auf. Ich würde den Morgen im Vatikanmuseum verbringen und mir bis zum späten Nachmittag die Sehenswürdigkeiten anschauen. Zu der Zeit würde Pater Mark Feierabend machen und mich in ein leeres Büro im Informationszentrum bringen. Es war riskant, die Operation in der Nacht durchzuführen, wenn die Gloamings aktiv waren, aber wir brauchten die Kardinäle wach im Gästehaus und nicht schlafend unter der Erde. Außerdem würde es dann weniger Verkehr und Licht geben – und damit eine geringere Wahrscheinlichkeit, bei der Durchführung unseres Plans beobachtet zu werden.

Der Nachtwind fühlte sich kalt auf meinem Gesicht an, als wir zu dem Bürogebäude neben dem Gästehaus gingen. Pater Mark schloss die Tür zu dem Büro im Erdgeschoss auf, von dem er wusste, dass hier niemand war. Er machte kein Licht, und wir setzten uns ans Fenster. Von hier würden wir freie Sicht auf das Gästehaus haben.

Der Plan verlangte von uns, bis spät in die Nacht zu warten, bevor wir in Aktion traten. Ich packte eines der Sandwiches aus, die der Pater in einer Essenstüte mitgebracht hatte, und trank einen Schluck Kaffee. Er war kalt, aber er würde seinen Zweck erfüllen. Pater Mark schob seinen Stuhl in die Ecke und betete. Mir ging der Song »Wouldn't It Be Nice« von den Beach Boys durch den Kopf, und mein Herz schlug schneller. Meine Nerven waren aufs Äußerste gespannt.

Eine Tasse starken italienischen Kaffees nach der anderen zu trinken war natürlich auch nicht gerade hilfreich. Ein Blick auf die Uhr zeigte mir, dass es viertel nach elf war. Es wurde Zeit. Ich hegte einige Zweifel wegen des Plans, aber an diesem Punkt war Sorge nur ein Luxus. Ihn in der Nacht durchzuführen, wo wir ausreichende Beweise dafür hatten, dass die Kardinäle mittlerweile Gloamings waren, bedeutete, dass sie zu dieser Zeit mit Sicherheit wach und auf der Hut waren. Bei einem Angriff am Tag würde jedoch der ganze Vatikanapparat wach und bei der Arbeit sein. Das war ein noch größeres Risiko.

Ich holte ein Fernglas hervor und betrachtete die zweite Etage des Gästehauses. Die Jalousien waren geschlossen und in keinem Fenster Licht zu entdecken. Es hatte sogar den Anschein, als wären sämtliche Fenster mit schwarzer Farbe bedeckt. Ich konnte es nicht genau erkennen.

Pater Mark trat neben mich. »Ich schätze, dort tut sich nichts.«

»Alles ist dicht«, antwortete ich. »Aber das wussten wir ja. Ich glaube, für uns ist die Zeit gekommen.«

Pater Mark nickte mit ernster Miene. »Kein besserer Zeitpunkt.« Er hatte sich umgezogen und trug den Overall eines Hausmeisters, um wie einer der vielen Arbeiter auszusehen, die hier ständig kamen und gingen.

In diesem Augenblick fiel mir nur ein Zitat ein, das wir in Militärgeschichte studiert hatten, aus dem ersten Kapitel von Edward Gibbons *Verfall und Untergang des Römischen Reiches*. »Im zweiten Jahrhundert christlicher Zeitrechnung umfasste das Römische Reich den schönsten Teil der Erde und begriff sich selbst als den kultiviertesten Teil der Menschheit. Die Grenzen dieser ausgedehnten Monarchie wurden durch uraltes Ansehen und disziplinierte Tapferkeit geschützt. Der behutsame, aber mächtige Einfluss von Sitte und Gesetz hatte die Einheit der Provinzen langsam gefestigt. Ihre friedfertigen Einwohner genossen und missbrauchten die Vorteile von Wohlstand, Bequemlichkeit und Luxus. Der äußere Anschein einer freien Verfassung wurde sorgsam bewahrt: Der Römische Senat schien die Regierungsgewalt zu haben und übertrug dem Kaiser alle Befugnisse. Während einer glücklichen Zeitspanne zwischen 98 und 180 nach Christus – mehr als achtzig Jahre lang – lag die öffentliche Verwaltung in Händen der tugendhaften und fähigen Kaiser Nerva, Trajan, Hadrian und der beiden Antoninusse. Dieses und die folgenden zwei Kapitel haben die Absicht, die glücklichen Umstände ihrer Herrschaftszeit zu beschreiben; und anschließend vom Tod von Marcus Antoninus ausgehend die wesentlichen Voraussetzungen für den Zerfall und Untergang des Reiches abzuleiten: eine Umwälzung, die für immer im Gedächtnis der Nationen dieser Erde bleiben wird und deren Einfluss noch heute spürbar ist.«

Sollten wir scheitern, befürchtete ich, dass man solche Worte auch über die katholische Kirche und alle anderen freien Regierungen schreiben würde, die die Moral und Herzensgüte ihrer Bürger schätzten.

Wir verließen das Gebäude durch den Lieferanteneingang. Die Straßenlampen in der Umgebung waren alle ausgeschaltet – dank mir und einer kleinen, altmodischen Luftpistole. In diesem Augenblick war die Dunkelheit willkommen, aber bei Betreten des Schlachtfeldes würde ich sie mehr fürchten.

Langsam näherten wir uns der Tür des Gästehauses. Wir hatten keinen Schlüssel, also öffnete ich die Tür mit einem speziell angefertigten Schraubenzieher. Sie ging ohne großen Lärm auf, und es ertönte auch kein Alarm. Das erschien nachvollziehbar, zog man die ständig wechselnden Bewohner und die zeitweise Nutzung des Gebäudes als Gästeunterkunft in Betracht.

Dort trennten wir uns. Pater Mark begab sich zur Feuertreppe, wo er auf mein Signal hin das Fenster aufbrechen würde, das sich dem Schlafzimmer der Kardinäle am nächsten befand.

Vorsichtig schlich ich auf Zehenspitzen über den Holzfußboden des Korridors, um keinen Lärm zu machen. Die mangelnden Sicherheitsvorkehrungen selbst im Erdgeschoss überraschten mich, aber unseren Quellen zufolge wollten die nominierten Kardinäle bis nach der Neuerschaffungszeremonie möglichst wenig Aufmerksamkeit erregen. Die Pistole in meinem Holster war mit abgereicherter Uranmunition geladen, weil ich mir nicht sicher war, ob sich bei den zukünftigen Kardinälen Gloamings befinden würden – möglicherweise waren ja selbst die anderen Kardinäle mittlerweile Gloamings. Zusätzlich hatte ich einen Schalldämpfer für den Fall, dass ich unbeteiligte Dritte eliminieren musste, bevor ich meine Zielpersonen fand.

Unsere Informationen stimmten darin überein, dass die drei Männer dasselbe Zimmer am Ende des Korridors im zweiten Stock bewohnten. Im ersten Stock ging ich auf die Knie und wartete zehn Minuten lang, während ich in der Dunkelheit beide Seiten des Korridors überprüfte. Es war niemand zu sehen oder zu hören. Ich schaute die Stufen hinauf und sah die Tür, die den Wohntrakt vom Rest des Hauses trennte.

Ein paar Schritte, und ich stand vor der Tür und holte tief Luft. Vermutlich gab es in diesen alten Häusern keine Klimaanlage, genauso wenig wie Sicherheitsvorkehrungen und Bewegungsmelder. Wieder winkte das Glück, das Schloss aus dem achtzehnten Jahrhundert ließ sich mit dem modifizierten Schraubenzieher mühelos knacken. Langsam öffnete ich die Tür und spähte in die Korridore dahinter. Ein Gang war beleuchtet, aber die Helligkeit war gedämpft. In der Nähe des letzten Zimmers saß ein Mann im schwarzen Anzug – das Zimmer, in dem sich vermutlich die Kardinäle aufhielten.

Der Mann las auf einem iPad. Das Glühen des Displays fiel auf sein bärtiges Gesicht. Ich schloss die Tür wieder und nahm erneut einen tiefen Atemzug. Ich fühlte mich etwas ruhiger, schüttelte den Kopf und wünschte mir verzweifelt, den beengenden Stoff der Haube abreißen zu können. Ich klopfte ein paar Mal mit dem Schraubenzieher gegen die Tür, dann drückte ich mich an der Seite mit den Türangeln gegen die Wand. Im Gang dahinter näherten sich Schritte, während ich die Pistole aus dem Halfter zog und an die Brust hielt.

Die Tür öffnete sich, dann erschien ein Männerkopf und starrte auf das Schloss. Der Mann fragte sich sicher, warum es kaputt war und wo die Geräusche hergekommen waren. Meine Hand zitterte, als ich die Pistole hob, auf sein Gericht richtete und abdrückte. In seinen Augen stand Überraschung zu lesen. Diesen Anblick habe ich nie vergessen – seit dem Ersten erinnere ich mich an jeden Einzelnen. Der Schalldämpfer zischte wie eine gerade geöffnete Limodose, das Blut spritzte auf die Wand und in mein Gesicht. Ich trat zurück, während der Mann wie ein Stein auf einem klaren See über die Stufen glitt und gegen das Eisengeländer der ersten Etage schlug.

Ich lehnte mich an die Wand und atmete ein paar Minuten lang tief durch, bevor ich ein Taschentuch hervorholte und mir aus irgendeinem Grund das Blut auf meinem Gesicht abwischte. Aber ich verschmierte es nur, als trüge ich eine schreckliche Maske. So hatte ich mich schon lange nicht mehr gefühlt, und genau wie alle anderen schwor ich, dass es das letzte Mal sein würde. Ich stieß die Tür auf und eilte den Korridor entlang zu der letzten Tür. Das Schloss zu knacken war keine Option, da man das bemerken würde, also klopfte ich einfach zweimal, in der Hoffnung, dass die Leute dahinter annehmen würden, es sei der Wächter. Etwa dreißig Sekunden später öffnete sich die Tür, und ich schoss, bevor mein Verstand registrierte, wer die Hand auf der Klinke hatte. Ich warf mich zu Boden, für den Fall, dass meine Kugeln gerade einen Gloaming durchsiebt hatten – dank ihrer einzigartigen Anatomie und der latenten Strahlung neigten sie dazu, bei einem Treffer eine schädliche Explosionswelle abzugeben. Ich feuerte ein paar Kugeln auf das westliche Fenster – der Plan sah vor, dass Pater Mark davor kauerte und wartete, bis ich es zerschoss, damit er hereinkommen konnte.

Nach einem schnellen Gebet, dass er nicht so dumm war, genau vor der Scheibe zu stehen, richtete ich die Waffe auf die sich rechts von mir öffnende Tür. Zwei Männer traten heraus, der eine hielt Scotch in einer Kristallkaraffe und der andere zwei Gläser, und ich hoffte, dass mir jemand einen eingießen würde, wenn das hier vorbei war. Ich betätigte den Abzug, als Pater Mark mit gezogener Waffe von der Feuertreppe durch das Fenster ins Zimmer sprang.

Von diesem Augenblick an schien es, als würden wir jemandes Traum ausleben. Einer der beiden Männer in der Nähe der Tür wurde von einer Kugel getroffen und ging in Flammen auf, als wäre er entzündet worden. Der Hitzeschwall hüllte mich wie eine Decke ein. Ich rollte mich herum, während Pater Mark auf zwei Männer schoss, die aus dem anderen Schlafzimmer kamen. Sie gingen ohne Explosion zu Boden. Ich erhob mich und richtete die Waffe auf die offene Schlafzimmertür rechts vom Wohnzimmer. Pater Mark betrat das andere Schlafzimmer und rief, es sei leer.

Daraus konnte man nur einen Schluss ziehen. Die Zielpersonen befanden sich im zweiten Schlafzimmer. Ich hörte Geräusche und trat langsam in die Türöffnung. Einer der Kardinäle stand in der Ecke, und als ich die Pistole hob, stieß er einen schrillen Schrei aus, wie ich ihn noch nie zuvor gehört hatte. Ich zögerte und zuckte vor dem Lärm zurück. Er sprang auf mich zu, stieß mich um und rannte los. Hinter ihm war ein weiterer nominierter Kardinal in Rot, der sich ihm anschloss. Pater Mark pumpte ihn mit Kugeln voll, aber er warf sich durch das Fenster.

Wir traten an die zerstörte Scheibe. Die Kardinäle waren nirgendwo in Sicht. Eine laute Sirene näherte sich, unten auf der Straße ertönten Rufe.

»Ich kann nicht glauben, dass wir diesen verfluchten Gloaming verfehlt haben«, sagte ich mehr zu mir selbst, während ich die Pistole ins Holster schob. »Wir müssen hier raus.«

Pater Mark nickte. Wir traten hinaus in den Korridor. Ich blieb stehen und hob warnend den Arm. Stimmen und der Knall zuschlagender Türen drangen nach oben. Pater Mark warf mir einen Blick zu.

»Polizei«, sagte ich. »Zur Feuertreppe.«

Er nickte und ging zurück ins Wohnzimmer – das nicht sicher war, da das zerbrochene Fenster ein einladendes Ziel für die Polizei bildete, sobald sie am Tatort eingetroffen war. Ich schloss die Tür, und wir durchquerten das Wohnzimmer und gingen ins Schlafzimmer. Ich verriegelte erneut die Tür. Wahrscheinlich blieben uns weniger als drei Minuten, bevor die italienischen und vatikanischen Sicherheitskräfte auf allen Etagen die Türen aufbrechen würden. Diese hier eingeschlossen. Wir gingen zu dem Fenster in der Nähe des großen Bettes. Es schien auf die stillere Ostseite des Gebäudes hinauszusehen.

Pater Mark öffnete es, während ich mit gezogener Waffe die Tür bewachte. Ich spürte einen kalten Luftzug. Pater Mark überprüfte die Gegend. Dann nickte er mir zu und trat auf die Feuertreppe, während die Stimmen im Korridor lauter wurden und das unmissverständliche Geräusch aufgetretener Türen ertönte. Jede Sekunde würde man auch diese hier aufbrechen.

Auf der Feuertreppe schloss ich das Fenster hinter mir, in der Hoffnung, den Polizisten würde nicht auffallen, das sie zu einem

Hausmeister und einer verrückten Nonne auf der Straße führte. Vorsichtig suchten wir uns den Weg nach unten, traten lautlos auf jede Stufe. Ich versuchte bereits vorauszudenken. Mittlerweile würden vermutlich sämtliche Ausgänge des Vatikans abgeriegelt sein. Wir sprangen von der Eisenplattform zu Boden und huschten auf die Bäume neben dem Nachbargebäude zu.

Pater Mark öffnete das Vorhängeschloss des Gitterrostes eines Schachts in der Nähe des Lieferanteneingangs. Wir kletterten hinein und stiegen sechs Meter in die Tiefe. Pater Mark schälte sich aus seinem Overall und grinste mich an, als hätte er gerade eine Fahrkarte ins Paradies gewonnen.

»Das sollten wir irgendwann wiederholen, wenn Sie Lust haben«, flüsterte ich. Ich war mir nicht sicher, ob er mich gehört hatte, aber er nickte, zog sich um und stieg dann wieder die Leiter hinauf, um in seiner Priestertracht davonzuspazieren. Ich war sicher, dass er innerhalb der nächsten Stunde vor einem Bier sitzen würde.

Ich hörte, wie sich der Gitterrost schloss und das Vorhängeschloss einschnappte. Pater Mark würde zurück zu seiner Wohnung in Rom gehen und am nächsten Tag pünktlich bei der Arbeit sein, etwas müde aussehen, aber mit sich selbst im Reinen. Ich hatte einen kurzen und erfolglosen Versuch unternommen, ihn davon zu überzeugen, mit mir ins Hauptquartier des Ordens zurückzukehren. Er hatte erwidert, dass sein Leben noch immer hier im Vatikan war und es viele Angestellte gab, die treu zur wahren Kirche standen.

Und er war der Ansicht gewesen, dass niemand jemals seine Beteiligung herausfinden würde, wenn wir diesen Job richtig machten. Was seine Sicherheit betraf, hätte meine Meinung kaum unterschiedlicher sein können, aber er hatte sich entschieden.

Ich lief in den Tunnel hinein und schaltete meine Taschenlampe ein. Nach mehreren Minuten wichen die sorgfältig konstruierten Steintunnel der Vatikanstadt den Erdtunneln Roms. Ich lächelte. Die brandneue Leiter stand genau dort in dem stinkenden Zwielicht, wo sie stehen sollte. Ich schaute nach oben durch das offene Loch und entdeckte denselben Bauern, der mich vom Flugplatz abgeholt hatte. Er winkte mir mit seiner üblichen mürrischen Miene.

An jenem Tag begann die offizielle Vorgehensweise des Ordens. Wir entschieden uns, gegen jeden Versuch einzuschreiten, den Glauben unserer Kirche zu untergraben und zu verändern. Wir wollten die Kirche zurück zu ihrem ursprünglichen Zweck führen. Die Bombe im Windwood Retreat in Mexico City brachte uns endgültig auf die Liste der Terrororganisationen der Vereinten Nationen. Ich bedaure diese Operation nicht. Die Nachtschleicher trafen sich zu einem weiteren illegalen Treffen, um das Kardinalskolleg in ihrem Sinn umzugestalten und dafür zu sorgen, dass sich der Vatikan in eine Zuflucht für Gloamings verwandelte. Also nein, ich bedaure es nicht. Aber hatte ich das Gefühl, etwas erreicht zu haben? War ich stolz auf das Töten? Ich fühlte, was jeder gefühlt hätte, der in diesen Krieg verstrickt war – und ja, es ist ein Krieg. Ich sorgte für Hoffnung. Hoffnung auf eine Welt, in der Wahrheit über Korruption stand, in der Sicherheit vor Schaden kam. Vermutlich baute ich auf der guten Arbeit anderer auf, selbst wenn ich dabei einen Teil meiner Seele aufgab. Und sollte ich tatsächlich meine Seele verlieren, blieb mir hoffentlich noch meine Integrität.

KAPITEL 26

Pater John Reilly
Agent des Ordens von Bruder Klaus

Justizministerium – DIREKTIVE:

Betreff: Verhör von Pater John Reilly

Die betreffende Person wurde in **ZENSIERT** in einem nicht näher bekannten Tunnel unter der Innenstadt von Chicago festgenommen. Der Festgenommene wurde in eine Einrichtung in **ZENSIERT** transferiert. Er wurde sofort von dem zuständigen Field Agent verhört.

Man brachte den Festgenommenen in einen modifizierten Gloaming-Verhörraum, von denen es fünf Stück gibt: in New York City, Dallas, Chicago, Los Angeles und Miami.

Gemäß dem Protokoll für Verhöre der Stufe sechs wird der Festgenommene für ein fortlaufendes Verhör festgehalten, solange der Verteidigungsminister der Vereinigten Staaten bundesweit DEFCON 2 aufrechterhält. Der Leitende Special Agent der Gloaming Crimes Unit, Hugo Zumthor, hat daraufhin sämtliche Field Agents aktiviert und die Leitung des Verhörs übernommen. Für die Einsicht in folgende Mitschrift ist eine Sicherheitsfreigabe der obersten Geheimhaltungsstufe erforderlich.

Mitschrift durch Stenografen.

Zumthor: Nun, anscheinend sind Sie tatsächlich ein katholischer Priester.
Pater Reilly: Das bin ich.
Zumthor: Also wie landet ein Priester bei einer Gruppe Gloamings, die ihren eigenen Kult bildet? Irgendwie klingt das wie der Anfang von einem Witz.
Pater Reilly: Oder die Pointe.

Agent James betritt den Raum.

Zumthor: Jemand aus dem Justizministerium hat mir verraten, dass die CIA und der Heimatschutz innerhalb der nächsten Stunde eintreffen. Sie kommen groß raus, mein Freund.

Agent James verlässt den Raum.

Zumthor: Wir sollten besser zur Sache kommen. Wann sind Sie Ihrem ersten Gloaming begegnet?
Pater Reilly: Sie wissen es nicht?
Zumthor: Was weiß ich nicht?
Pater Reilly: Ich gehöre dem Orden von Bruder Klaus an.

Agent Zumthor steht vom Stuhl auf und setzt sich auf die Tischkante.

Zumthor: Das scheint wie ein Widerspruch in sich, aber na gut, was weiß ich schon? Dann erzählen Sie mir doch, wie Sie neu erschaffen wurden. Fangen wir damit an.

Der Befragte sagt nichts. Erwidert den Blick des Agenten vierundzwanzig Sekunden lang.

Pater Reilly: Okay. Ich fange in der Mitte an. Ich wurde in eines unserer Safe Houses auf Mont-Saint-Michel geschickt.

Zumthor: Wo ist das?

Pater Reilly: Das ist eine kleine Insel an der Küste von Frankreich. Die Insel ist ungefähr zweieinhalb Kilometer von der Küste entfernt. Darauf befindet sich ein Kloster, das einem Schloss ähnelt, wie eine Kulisse von *Game of Thrones*. Dann gibt es noch ein paar Geschäfte und Häuser. Nimmt so gut wie die ganze Insel ein. Das ist eine nette Sehenswürdigkeit für Touristen, falls es Sie interessiert. Die coole Sache daran ist, dass es ein natürliches Bollwerk gibt – bei Ebbe kann man von der Küste zur Insel laufen, aber bei Flut bildet sich ein natürlicher Wassergraben. Dann muss man ein Boot nehmen.

Zumthor: Ich freue mich schon auf den Besuch. Fahren Sie fort.

Pater Reilly: Normalerweise schlafe ich aus offensichtlichen Gründen am Tag – damals hatte ich solche Angst, von einem Gloaming angegriffen zu werden. Ich hatte das Gefühl, nachts auf der Hut sein zu müssen. Aber es war Dezember, und es war so kalt, und ich fühlte mich nicht gut. Ich war auf der Flucht, und der Jetlag hatte mich völlig durcheinandergebracht. Also schlief ich gegen 8:00 Uhr abends auf dieser alten Pritsche an der Steinwand ein.

Um 1:00 Uhr morgens wachte ich auf, weil mir jemand die Hand auf die Brust gelegt hatte.

Zumthor: Wer denn?

Pater Reilly: Liza Sole.

Zumthor: Im Ernst? Ich wette, das war ein Tritt in die Eier. Ich bin überrascht, dass Sie überhaupt vor mir sitzen.

Pater Reilly: Ja. Zuerst glaubte ich zu träumen. Dann verabreichte ich mir selbst bereits die letzte Ölung, während ich mich ärgerte, weil ich so einen Mist gebaut hatte. Mein Herz schlug immer schneller. Ich hatte so viele Albträume über genau diesen Vorfall gehabt.

Zumthor: Was hat sie gemacht?

Pater Reilly: Sie klopfte mir auf die Brust, dann ging sie zu einem Stuhl und setzte sich.

Zumthor: Schwer zu glauben.

Pater Reilly: Niemand war überraschter als ich selbst.

Zumthor: Was geschah dann?

Pater Reilly: Wir unterhielten uns, Agent Zumthor.

Zumthor: Wirklich? Worüber hätten Sie beide sich schon unterhalten können?

Pater Reilly: [seufzt] Über alles Mögliche. Das Leben. Ich hatte so viele Fragen. Ich wollte wissen, wie sie lebt. Wie sah ihr Alltag aus? Jeder Tag war anders für sie. Da sie so lange leben wird, hat sie Zeit, sich alles genau anzuschauen. Sie bemerkt alles, was existiert. Sie fühlt alles. Sie hat mir erzählt, wie sich ihr Konzept von Zeit und Erinnerung für immer verändert hat. Einfache Gegenstände und Handlungen schienen ihr viel bewusster zu werden. Sie hatte das Gefühl, dass die Kommunikation unter den Gloamings schwierig ist, und es gab die wachsende Sorge, dass viele von ihnen unter dem Solipsismus-Syndrom leiden, das sie im Laufe der Zeit immer isolierter werden lässt. Bedrückende Einsamkeit. Die vielen Veränderungen in ihren Körpern und in ihrem Verstand scheinen eine gewisse Bindungsstörung mit sich zu bringen – es zwingt sie dazu, sich auf Kosten persönlicher Beziehungen darauf zu konzentrieren, ihr eigenes Bewusstsein zu kultivieren und zu verstehen.

Was mir vorher unbekannt war, sie sprechen auch auf kontrapunktische Art miteinander. Und nur miteinander.

Zumthor: Was bedeutet das?

Pater Reilly: Sie reden schnell durcheinander, als würden sie vorausahnen, was der andere sagen wird. Das ist so, wie wenn man in einem Lied zwei Melodien gleichzeitig spielt. Wie bei Mozart oder afrikanischer Polyrhythmik. Ein sehr interessanter Prozess.

Zumthor: Ich nehme mal an, den Teil, bei dem es darum geht, unschuldigen Menschen das Blut auszusaugen, hat sie ausgelassen?

Der Befragte sitzt schweigend da. Starrt den Agenten an.

Zumthor: Was hat Liza Sole während ihrer Reisen gemacht? Hat sie davon gesprochen?

Pater Reilly: Sie fuhr per Anhalter in große und kleine Städte. Sie hat sich nie so verhalten, als wäre sie auf der Flucht. Ihre Lebensart war bewusst – vermutlich ganz lässig. In Bars, Bibliotheken oder Cafés verbrachte Nächte, auf der Suche nach Leuten, zu denen sie eine Verbindung spürte. Livemusik, die ihr Blut in Wallung brachte; Musiker sind ihre Schwäche. Das lange Haar, die seltsame Hygiene, die gequälte Persönlichkeit. Die Menschen folgten ihr wie Welpen.

Zumthor: Nicht gerade der aufrechte Lebensstil, den diese Gloamings immer vorgeben. Was taten Sie eigentlich in diesem Kloster?

Pater Reilly: Ich wartete auf Sara Mesley.

Zumthor: Als würde man Benzin ins Feuer kippen. Warum?

Pater Reilly: Ich weiß es nicht. Ich weiß es bis heute nicht. Sie hatte ein Treffen verlangt. Ich vermutete, sie würde Pläne für eine neue Mission mitbringen.

Zumthor: Jede Wette. Okay, was passierte also, nachdem Sie und Liza beste Freunde geworden waren?

Pater Reilly: Sie bat mich, mit ihr zu kommen.

Zumthor: Sie sollten sie begleiten? Wohin?

Pater Reilly: Zu ihrem nächsten Ziel. Offensichtlich musste sie in Bewegung bleiben, da sie die meistgesuchte Person aller Fahndungslisten war – und zwar überall. Die Zeit drängte. Ursprünglich wollte sie nach Courtils, wo es einen Bauernhof mit einem großen Keller gab. Dort wollte sie bleiben, bis sie weitermusste.

Ich weiß nicht, warum ich einwilligte. Ich saß da und starrte sie einfach lange an. Hätte ich Tage, Monate oder gar Jahre gehabt, wer weiß schon, ob ich mich anders entschieden hätte. Das kann ich Ihnen heute noch nicht sagen. Vielleicht war das eine Gelegenheit, über das Dogma meines damaligen Lebens hinauszusehen. Kann der Glaube alles überwinden? War das die wahre Prüfung, auf die ich gewartet hatte?

Zumthor: Also gingen Sie mit?

Pater Reilly: Wäre es doch nur so einfach gewesen. Wir hatten uns so lange unterhalten, dass wir die Zeit völlig vergessen hatten. Also mussten wir uns beeilen, um dem Sonnenaufgang zu entgehen. Liza sah auf die Uhr und stand wortlos auf. Sie starrte mich ausdruckslos an, dann grinste sie plötzlich, und auch ich brachte kein Wort hervor. Mein Verstand war völlig klar. Ich erhob mich ebenfalls, und wir gingen zur Tür. Mir wurde bewusst, dass das hier tatsächlich geschah. Und plötzlich fiel mir ein, dass die Flut kam, und da veränderte sich alles ...

Zumthor: Was ist passiert?

Pater Reilly: Sara Mesley tauchte auf. Wir gingen gerade zu der Steintreppe an der Außenseite des Klosters. Der Mond schien hell, die ganze Insel war wie eine Bühne erleuchtet. Auf halbem Weg nach unten hörte ich aus der Höhe einen Ruf: »Reilly!« Unwillkürlich riss ich den Kopf herum, und da war Sara. Sie starrte mich oben vom Treppenabsatz an.

Ihren Gesichtsausdruck werde ich nie vergessen.

Zumthor: Wut?

Pater Reilly: Ich wünschte, es wäre so einfach gewesen. Verrat. Das war zuerst da. Dann Schmerz. Und schließlich Wut.

Zumthor: Und Sie gingen?

Pater Reilly: Sara schoss los wie eine Rakete. Wir alle wussten, dass man sich vor ihr in Acht nehmen muss. Die Flut kam, und der bei Ebbe passierbare Sandstreifen wurde vom Ozean verschluckt, während wir von der Insel sprangen und losliefen. Keiner von uns hatte erwartet, von einer verrückten Kriegerin gejagt zu werden.

Ich konnte mit Liza nicht mithalten, aber sie blieb an meiner Seite, während das Wasser zuerst meine Knie, dann meine Taille und schließlich meine Brust erreichte. Meine Beine fühlten sich bleischwer an. Das Salzwasser spritzte mir ins Gesicht und brannte in meinem Mund, wenn ich nach Luft schnappte. Im nächsten Augenblick war das Wasser über meinem Kopf, und ich warf mich nach vorn in den Ozean, schnitt mit den Armen in die Wellen, als wollte ich schwimmen.

Nach ungefähr drei Metern fühlten sich meine Arme wie in Zement eingegossen an, und ich war gezwungen, innezuhalten und mich treiben zu lassen, um wieder Luft zu bekommen. Drei Kugeln peitschten neben meinem Kopf ins Wasser, aber ich hatte nicht einmal die Kraft, mich zu bewegen. Da packte mich Liza und schwamm mit mir weiter.

Ich sah nach hinten, und da war Sara, vielleicht fünfzig Meter entfernt. Ihre Arme bewegten sich so schnell, als würde an der Ziellinie eine Goldmedaille auf sie warten. Nass und voller Sand stolperten wir ans Ufer, und selbst Liza musste erst einmal zu Atem kommen, bevor sie weiterkonnte. Wir rannten zu einem Motorrad, das Liza dort abgestellt hatte ...

Zumthor: Natürlich. Ein verfluchtes Motorrad. Wie passend.

Pater Reilly: Ich muss zugeben, es passt ins Bild. Wir sprangen auf und fuhren direkt nach Andorra.

Zumthor: Davon habe ich noch nie gehört.

Pater Reilly: Das ist eigentlich ein unabhängiger Stadtstaat an der Grenze zwischen Frankreich und Spanien. Tief in den Bergen. Eine großartige natürliche Verteidigungsstellung.

Zumthor: Dann ist ja alles klar.

Pater Reilly: Eigentlich nicht. Sara musste ein Auto gestohlen haben, sie blieb uns von Anfang an dicht auf den Fersen. Schließlich kamen wir zu einem Bauernhaus in den Bergen.

Zumthor: Was dann?

Pater Reilly: Wir warteten eine Woche lang, bis ein Frachter anlegte, der uns nach New York brachte.

Zumthor: New York? Warum?

Der Befragte hält inne und schaut auf seine gefesselten Hände.

Pater Reilly: Um dort Cian Clery zu treffen.

Zumthor: Tatsächlich?

Der Befragte nickt.

Zumthor: Warum?

Pater Reilly: Zu dem Zeitpunkt wusste ich es nicht.

Zumthor: Kannte sie ihn?

Pater Reilly: Sie hat ihn neu erschaffen.

Der Agent sagt nichts. Öffnet den Mund und schließt ihn. Der Befragte nickt langsam.

Pater Reilly: Ich weiß. Liza blieb bei vielen Einzelheiten vage, allerdings hat sie erwähnt, dass sie sich auf der Flucht von der Stadt New Orleans stark angezogen fühlte. Sie hat dafür keinen Grund genannt, aber sie musste dorthin, ganz egal, wie schwierig es auch war. Sie traf dort im Spätsommer ein und blieb in einem kreolischen Stadthaus aus dem späten achtzehnten Jahrhundert an der Saint Charles Avenue. Dieses Haus verfügte über einen weitläufig ausgebauten Keller und gehörte einem verwitweten Architekten im Ruhestand, der viel Freiwilligenarbeit leistete. Er war ein eifriger Unterstützer der Gloaming-Rechte und äußerst diskret. Nachdem er seinen Keller weitreichenden Umbauarbeiten unterzogen hatte, kamen bei ihm häufig Gloamings unter, die das Virus in New Orleans empfingen.

Liza verbrachte ihre Nächte damit, Oleander für ihren Tee zu kultivieren. Eines Nachts schnitt sie im hellen Mondlicht Blätter ab, als Cian Clery mit einem Rucksack auf der Schulter und schmutzigen Klamotten am dürren Körper vor ihr auftauchte.

»Du hast die Heuschrecken mitgebracht«, sagte Liza mit einem Lächeln und zeigte ihm die pockennarbigen Blätter, die sie gerade abgeschnitten hatte.

Cian nickte. »Ich mache es mit frischem Honig wieder gut, aus einem Bienenstock in Florida.«

Von diesem Augenblick an blieb er. Während dieser Zeit gab es neue Probleme, die Lizas Situation und ihre Bewegungsfreiheit betrafen. Der Orden war der Meinung, dass sie hinter dem Kauf einiger Grundstücke in Borgo steckte – im vierzehnten *Rione* oder Bezirk von Rom. Was zufällig der Nachbarbezirk des Vatikans ist. Der Kauf verschiedener Gebäude in Borgo wurde zu einer Briefkastenfirma zurückverfolgt, die angeblich Gloamings gehörte. Als wäre sie nicht bereits die Nummer eins auf ihrer Abschussliste gewesen, machte dieser Vorgang sie für den Orden zu einem noch wichtigeren Ziel, obwohl nie bewiesen wurde, dass sie diese Käufe tatsächlich veranlasst hatte.

Cian und Liza verbrachten die nächsten paar Tage zusammen und arbeiteten nachts im Garten. Dabei sprachen sie kein Wort; sie gingen einfach davon aus, dass Cian neu erschaffen werden würde. Welche Naturgewalt vermochte schon zu verhindern, was seit jeher bestimmt war? Ich weiß nur, was er mir von seiner Neuerschaffung erzählt hat, aber um ein Haar hätte er es nicht überlebt. Liza führt nicht viele Neuerschaffungen durch, weil sie als Erste dieser Ära die ... ich weiß nicht ... Mächtigste von uns allen ist. Nur wenige Menschen ertragen eine solche Infusion und die Ausbreitung des Virus in ihren Körpern.

Sie brauchte eine Woche für den Prozess, und es gab einige Phasen, in denen Cian vermutlich für klinisch tot erklärt worden wäre, hätte Liza ihn ins Krankenhaus gebracht. Cians Erinnerung an die Umwandlung ist faszinierend, beinahe unglaublich. Sein Bewusstsein gelangte in einen Raum und wurde dort in eine Eichenröhre gesperrt, unter der sich Körper in Qualen wanden. Eine Reihe komplexer Umrisse drang in ihn ein – vielleicht neu erschaffene DNA –, und er konnte sein Leben und all seine Gedanken in Form einer Kettenlinie in einem Koordinatensystem sehen; ein Kreisradius markierte jede Erinnerung in der Linie, die zur Kurve wurde, als sie seinen aktuellen Punkt im Leben erreichte. Er sah Teile seines Lebens, die nie stattgefunden hatten. Würden sie in der Zukunft geschehen? Aber er erkannte, was wir alle in jenem Moment erkennen, über den ich nichts sagen werde, weil Sie keiner von uns sind. Wir alle sind Anoesis, und ja, alles, was Ihrer Meinung nach dazugehört.

Und dann wachte er auf, mit einem seltsamen Hunger, und er ging …

Die Tür öffnet sich, der Befragte wird abgeführt.

KAPITEL 27

21. AUGUST
NEUNUNDDREISSIG MONATE
NACH DER ENTDECKUNG VON NOBI

Sara Mesley
Der Orden von Bruder Klaus

Aus den basslastigen Lautsprechern des schmuddeligen Taxis, das über die mit Schlaglöchern übersäte Piste nach Listwjanka in der Nähe des Baikalsees in Sibirien holperte, dröhnte Wu-Tangs »Protect Ya Neck«.

Die gnadenlose Strenge des Schnees in dieser Gegend entfachte in mir die Sehnsucht nach einer Tasse heißen Kaffee, während ich auf die weißen Schleier draußen starrte, die mit der Dunkelheit um meine Aufmerksamkeit rangen. Es verstärkte nur noch meine Unsicherheit, was ich am Baikalsee finden würde.

Der Fahrer trat auf die Bremse, und ich wurde nach vorn geschleudert. Das Taxi hielt vor einem offenen Tor, an dem eine Kette mit einem kaputten Vorhängeschloss baumelte. Der Fahrer drehte sich mit verärgerter Miene zu mir um und zeigte mit seinem behandschuhten Finger. »Ich fahre nicht weiter!«, überbrüllte er die Musik in seinem gebrochenen Englisch mit russischem Akzent.

Ich schaute aus der Frontscheibe und machte die Lichter einer Hütte ungefähr dreihundert Meter weiter den Weg hinauf aus. Auf dem Boden lagen dreißig Zentimeter Schnee, es waren zwei Grad, Blizzardwetter … was auch immer. Ich hatte schon schwierigere Dinge getan. Ich warf dem Taxifahrer ein paar amerikanische Dollar zu, schnappte mir meine Taschen und stieg wortlos aus.

Der Weg zur Hütte war eine mörderische Wanderung in der Dunkelheit, die die Gedanken widerspiegelte, die mir durch den Kopf gingen. Meine Arme und Beine brannten, weil meine Muskeln nach Ruhe oder Nahrung verlangten. Wenigstens war der Weg flach – ich versuchte, mich auf das Positive zu konzentrieren. Als ich die Haustür erreichte, war ich nicht in Stimmung für Nettigkeiten. Ich trat gegen die Tür, eine Tasche in jeder Hand.

Die Tür öffnete sich, und ich sah mich dem nun bärtigen Gesicht von Bernard Kieslowski gegenüber. Er hatte noch nie etwas von einer Begrüßung oder einem Lächeln gehalten, er trat einfach zur Seite, ohne mir anzubieten, mir die Taschen abzunehmen, und erkundigte sich auch nicht nach meinem Befinden. Dazu kannte er mich zu gut. Ich warf beide Taschen neben das Sofa, auf dem Pater Reilly saß und einen Kaffee trank.

»Willkommen«, sagte Pater Reilly und hob den Becher.

»Wir drei in einem Raum zusammen«, erwiderte ich. »Da sollte besser irgendwo ein Krieg ausgebrochen sein.«

Bernard zeigte auf Reilly. »Der da will, dass wir ein paar Antiquitäten stehlen.«

Bis jetzt klang es spaßig. »Okay.«

Bernard nickte Pater Reilly zu. »Machen Sie schon. Erklären Sie es ihr.«

Reilly stellte die Tasse auf dem Tisch ab. »Der dritte Brief von Fatima …«

Oh nein. »Das hatten wir doch schon«, sagte ich, fast bereit, das Taxi zurückzuholen und mich wieder etwas Wichtigerem zuzuwenden.

»Hören Sie mich an«, beharrte Reilly mit zerknirschtem Ausdruck. »Auf Malta gibt es eine Antiquitätenhändlerin, die sich auf griechische Artefakte spezialisiert hat.«

»Natürlich Schwarzmarkt«, fügte Bernard hinzu.

»Aber was soll das …«

»Das dritte Geheimnis«, fuhr Reilly fort. »Eine brasilianische Akademikerin, eine Mathematikerin, hat den Brief erneut analysiert und entdeckt, dass er einen Geheimcode enthält. Der Brief selbst ist eine Art Code, der in den Text eingebettet ist. Die Entschlüsselung hing von der Syntax und dem Klang ab. Wir haben ihn falsch verstanden.«

Ich sah Bernard an, und er warf mir einen hilflosen Blick zu. »Angenommen, ich glaube Ihnen«, sagte ich, »was zum Teufel steht denn da?«

»Sie waren schon immer hier, Sara«, sagte Reilly. »Schon vor der Kirche. Vor jeder Kirche.« Er lehnte sich zurück.

Bernard schüttelte den Kopf. »Es geht darum, dass diese Antiquitätenhändlerin Artefakte in ihrem Besitz hat, die das bestätigen werden. Warum, darüber können wir nur spekulieren.«

»Die Gemeinde von Gibilmanna war ein uralter katholischer Orden in Sizilien, der anscheinend im Besitz der Artefakte war, bevor das Kloster von den Mauren geplündert wurde«, beharrte Reilly. Er stand auf und fing an, im Raum auf und abzugehen. »Man hat sie durch die Generationen weitergereicht, und dann fanden sie ihren Weg zu dieser Händlerin.«

Ich seufzte. Er sollte wissen, wie wütend ich war. »Ich gebe Ihnen drei Tage meiner Zeit. Aber zuerst müssen Sie mich aus dieser Eiswüste herausschaffen.«

Wir nahmen einen alten Lada Niva, den uns der Besitzer der Hütte lieh. Der Niva war einer der berühmtesten Geländewagen, die Russland je konstruiert hatte. Dieses Exemplar war ungefähr 1970 gebaut worden und hatte ein merkwürdiges Design. Ich bezweifelte, dass wir es damit in diesem Schnee fünf Meter weit schaffen würde. Stellen Sie sich einen alten Fiat mit großen Reifen vor, der in jedem Wetter und Gelände fährt.

Jedes Schlagloch, der Schnee und die allgegenwärtigen Steine und Äste ließen den Wagen hüpfen wie bei einem Videospiel oder Hindernisparcours. Haben Sie je Mario Kart gespielt? Genau so war es, nur ohne die freundlichen Pilze. Ich saß hinten neben Bernard, denn Reilly konnte als Einziger einen Schaltwagen fahren. Unnötig zu erwähnen, dass schweigsame Mönche keine guten Reisegefährten sind. Aber wir schafften es in vier Tagen nach Moskau. Hatte ich nicht gesagt, ich ginge nach dreien? Das war wohl nichts …

Von Moskau nahmen wir einen Flug nach Palermo auf Sizilien, dort ging es zum Hafen zu einem Schiff nach Malta.

Wir legten mitten in der Nacht an und spazierten in der Stadt herum, bis wir eine Bar fanden, die die ganze Nacht geöffnet hatte. Es war eine alte Taverne, die man in eine Höhle gebaut hatte. Im siebzehnten Jahrhundert war sie als Fort benutzt worden. Der Ort ähnelte einem Weinkeller mit Mosaikboden und Torbögen, dessen Wände mit leeren Schnapsfässern gesäumt waren. Seltsamerweise gab es in einer Ecke eine kleine Bäckerei, die heiße Baumstriezel und *Pastizzi* servierte. Nach ein paar Stunden mit Bier und Kuchen nahmen wir ein Taxi zu einem Wohnhaus ungefähr fünf Kilometer von der Küste entfernt, in der Nähe der Saint Paul's Bay.

Das zweistöckige Gebäude war 1922 aus Stein gebaut worden, mit hervorstehenden Holzbalken und Eisengeländern. Der ganze Block bestand aus einer Reihe identischer Bauten aus Sandstein und Maltafliesen.

Pater Reilly klopfte an der Tür. Beinahe sofort öffnete sie sich einen Spalt, dahinter stand eine junge Frau. Sie trug ein weißes, fließendes Kleid, das von einer blauen Schürze bedeckt wurde; ihr Haar war hochgesteckt. »Kann ich Ihnen helfen?«, fragte sie mit heiserem britischen Akzent.

»Sind Sie De'Ann Saxon?«, fragte ich.

Sie nickte, ohne mich aus den Augen zu lassen.

»Haben Sie Zeit, über ein paar Antiquitäten zu sprechen, für die wir uns interessieren?« Ich versuchte gleichzeitig, sie anzusehen und an ihr vorbei ins Haus zu spähen.

Ihr Gesicht verriet keine Überraschung, als sie zur Seite trat. Wir folgten ihr ins Haus. Bernard blieb draußen; er befolgte unser Protokoll, dass jemand auf der Straße nach ungewöhnlichen Aktivitäten Ausschau halten musste. Er setzte sich gegenüber an einen Kaffeestand und hoffte vermutlich, Schüsse oder dergleichen zu hören.

De'Ann führte uns in ein kleines Arbeitszimmer. Auf dem Steinboden lag ein meergrüner Teppich, es gab eine abgewetzte Ledercouch. De'Ann deutete darauf und setzte sich auf einen Bürostuhl neben einem hölzernen Schreibtisch. Dann drehte sie sich schnell um, beugte sich in Richtung Küche und rief: »Lee, pass auf den Topf auf und rühr weiter!«

Ich wandte den Kopf, um zu sehen, wer in der Küche stand, aber der Winkel der Couch verhinderte es. Es störte mich, nicht feststellen zu können, wie viele Leute sich hier aufhielten und ob sie tatsächlich kochten oder Waffen hielten und nur auf das richtige Signal warteten.

De'Ann wandte sich uns wieder zu. »Entschuldigen Sie. Ich mache Hirsch-Confit. Dafür brauche ich drei Tage, aber anders geht es nun einmal nicht.« Sie zuckte mit den Schultern. »Es vertreibt einem die Zeit, aber es schmeckt auch himmlisch.«

»Das glaube ich Ihnen«, meinte Pater Reilly. »Es muss wunderbar schmecken.« Beinahe gemeinsam richteten sich unsere Blicke auf De'Anns Hände, die mit einer dunklen Substanz bedeckt waren, die beinahe wie ein Teil ihrer Haut aussah und einen Kontrast zur Alabastertönung ihres restlichen Körpers bot.

Sie schien es zu bemerken und hob die Hände, als wollte sie uns ein Bild zeigen. »Sie sehen meine Tomatenhände.«

»Was meinen Sie?«, fragte ich.

»Das kommt vom Tomatenpflücken. Wenn man wirklich viele Tomaten pflückt. Dafür sorgen die grünen Blätter der Pflanze.«

»Davon habe ich noch nie gehört«, sagte Pater Reilly.

»Es geht sehr schwer ab«, fügte De'Ann hinzu. »Ich nehme Benzin und Alkohol.«

»Das muss ich mir merken«, sagte Reilly.

»Nach was für Antiquitäten suchen Sie denn?«, fragte sie dann.

»Griechische«, antwortete ich.

Sie legte den Kopf schräg, um kurz darüber nachzudenken. »Natürlich könnte ich Ihnen ein paar unserer Artefakte zeigen, die Sie interessieren könnten. Wenn Sie mir in den Keller folgen.« De'Ann stand mit einem schmalen Lächeln auf.

Etwas beunruhigte mich. Das Gespräch fühlte sich seltsam an. Dieser kurze Moment hatte gereicht, um uns als ernsthafte Kaufinteressenten einzuschätzen, die bereit waren, Tausende wenn nicht sogar Millionen von Dollar zu zahlen? Es kam mir wie eine Falle vor, aber zu diesem Zeitpunkt hatten wir keine andere Möglichkeit. Unseren Nachforschungen zufolge war das der Ort, an dem wir Antworten finden würden. Wir mussten das jetzt bis zum Ende durchziehen.

»Natürlich«, erwiderte ich und warf Reilly einen Blick zu. Seine Miene verriet mir, dass er meine Bedenken teilte.

De'Ann führte uns eine enge Steintreppe, die von einigen wenigen Glühbirnen erhellt wurde, in den Keller hinunter. Es roch nach feuchtem Stein oder einer Art Höhle. Unten bereitete es mir Sorge, dass das Licht nicht den ganzen Raum erhellte.

»Dieses Gebäude diente einst als Garnison, und der Keller führt zu anderen, die den ganzen Block durchziehen«, sagte De'Ann.

Wir erreichten die Kellermitte, und ich lief in Pater Reilly hinein, der abrupt stehen blieb. »He«, rief ich, als ich an ihm vorbeisah und bemerkte, dass De'Ann eine Waffe in die Höhe hielt. Tatsächlich sogar eine Desert Eagle. Das Ding hatte ungefähr die Größe eines Kopfes und hätte vermutlich ein Loch in Reilly, mich und die Wand hinter uns schießen können.

»Warum sagen Sie mir nicht, was Sie wirklich wollen?«, fragte sie. In ihr Gesicht hatten sich tiefe Zornesfalten eingegraben.

»Nun, wir sind *wirklich* hier, um Ihre Artefakte zu sehen«, sagte Pater Reilly mit erhobenen Händen und einem leichten Schwanken in der Stimme.

De'Anns Finger legte sich fester um den Abzug. »Niemand weiß, dass ich griechische Artefakte habe. Ich bin dafür bekannt, nur mit maurischen und römischen zu handeln. Aber Sie wissen Bescheid. Wie kommt das?«

»Das hat uns eine Quelle verraten«, erwiderte ich. »Wir gehören zum Orden von Bruder Klaus.« Ich spannte die Muskeln an und machte mich bereit. Ich war mir nicht sicher, welche Reaktion diese Erklärung hervorrufen würde, vor allem, da eine Waffe auf uns gerichtet war, aber uns standen nicht viele Möglichkeiten zur Verfügung, und die wenigen, die mir einfielen, waren nicht sehr vielversprechend.

De'Ann senkte die Waffe, und ich holte tief Luft. »Mein Urgroßvater gehörte der Gemeinde von Gibilmanna an. Die Artefakte in meinem Besitz sind von Familienangehörigen aus Sizilien, Deutschland und Polen weitergereicht worden. Alles Gemeindemitglieder. Familien sind verschwunden, bei anderen haben sich die Interessen verändert. Irgendwann ist alles bei mir gelandet.«

Pater Reilly beugte sich vor. In seinem Blick lag ein Funkeln. »Diese Artefakte könnten zu einer neuen Analyse des dritten Geheimnisses von Fatima passen. Es ist wichtig, dass wir sie anschauen.«

»Dann glaube ich, dass Sie sie besonders interessant finden werden«, sagte De'Ann. »Hier entlang.«

Sie führte uns in einen anderen Korridor, der vom Keller abzweigte. Die Decke war niedrig, und gebeugt folgten wir den Lampen an den Wänden. Wir kamen zu einem Raum mit einem großen Safe, der neben einem Computermonitor in der Ecke stand. Bei der uralten Umgebung erschien er seltsam fehl am Platz.

De'Ann legte den Daumen auf den Fingerabdrucksensor, und die Safetür öffnete sich mit einem klimakontrollierten Zischen. Dann schaltete sie eine starke Schreibtischlampe neben einem Holztisch mit Samtbezug ein.

Sie schob eine Lupenleuchte für fünffache Vergrößerung neben den Tisch. Aus dem Safe holte sie eine Marmorstatue von Pan und stellte sie auf die Tischplatte. Sie richtete die Lupe auf das Gesicht der Statue und lud mich ein, einen Blick darauf zu werfen.

Ich beugte mich vor und spähte in das Vergrößerungsglas. Pans Mund wies zwei kleine Reißzähne auf. Ich warf Pater Reilly einen Blick zu, der mich angrinste. »Das beweist nicht viel«, verkündete ich.

Schweigend legte De'Ann ein Foto und ein Stück Marmor auf den Tisch. »Das wurde bei der Ausgrabung des Pergamonaltars in Griechenland aufgenommen. Es erzählt die Lebensgeschichte von Telephus, dem Stadtgründer von Pergamon. 1878 grub ein deutscher Archäologe namens Karl Humann den Ort aus. Er brachte sämtliche Fragmente nach Berlin, um sie dort wieder zusammenzusetzen. Das hatte er mit den griechischen und türkischen Regierungen so vereinbart. Ohne das Wissen seiner Vorgesetzten behielt er aber einige der skandalöseren Artefakte und spendete sie den Malteserrittern, einem militärischen Orden der katholischen Kirche.« Sie zeigte auf das Foto, das das Relief eines Mannes zeigte, der am Hals eines anderen Mannes Blut saugte, sowie eine Frau, die Blut mit einer Schale auffing. Eine weitere Sektion zeigte Männer mit Reißzähnen, die Familien vor Invasoren schützten.

Hinter mir räusperte sich Reilly unbeholfen. De'Ann legte das Marmorstück auf den Tisch und richtete die Lupe darauf. Ein Blick zeigte mir das uralte griechische Wort »*Hema*«.

Ich schaute auf, und De'Ann schenkte mir ein wissendes Lächeln. »Es bedeutet ...«

»Blut«, flüsterte Pater Reilly kaum hörbar.

De'Ann holte noch mehr Fotos hervor. »Das sind Bilder des Mechanismus von Antikythera. Das ist ein uraltes Modell des Sonnensystems und eine komplexe Kunstuhr. Viele halten ihn für den ersten Computer. Schwedische Wissenschaftler haben mithilfe eines Computermodells und Röntgentopografie versucht, die Inschriften unter der Korrosion des Artefaktes zu entziffern. Diese Zeile ganz oben. Dort steht ›A...‹.«

»Anoesis«, sagte Pater Reilly.

KAPITEL 28

29. NOVEMBER
ZWEIUNDVIERZIG MONATE
NACH DER ENTDECKUNG VON NOBI

Lauren Scott
Ärztin und Forschungsleiterin der Atwater Corporation

Der Flug dauerte ewig, und ich hatte zweimal umsteigen müssen, bevor ich vor dem Flugplatz stand. Man hatte mich angewiesen, einen Uber zu nehmen und dann einen Kilometer zu einem stillgelegten Parkhaus in der Innenstadt, das sich in der Nähe von einigen heruntergekommenen Stripläden befand, zu Fuß zu gehen. Nach dem langen Flug stieg ich die Stufen zur ersten Etage hinauf. Die Lampen funktionierten nicht, und die Dunkelheit ließ mich erschaudern.

Das Dröhnen eines Fahrzeugs hallte durch den Bau. Es kam die Rampe hinauf. Das Licht brannte in meinen Augen, und ich hob die Hand, um mein Gesicht abzuschirmen. Der Wagen hielt direkt vor mir an. Ich konnte nicht sehen, wer der Fahrer war, also trat ich zur Seite, während ein großer, durchtrainierter Mann mittleren Alters ausstieg und wortlos die hintere Tür öffnete. Er streckte die Hand aus, und ich gab ihm mein Handy. Ich stieg ein. Als sich die Tür schloss, fragte ich mich, warum ich mich darauf eingelassen hatte.

Mein Stress erhöhte sich, als ich die beschichteten Fenster bemerkte, die jede Sicht versperrten. Der Mann, der neben mir saß, gab während der zweistündigen Fahrt kein Wort von sich. Ich konnte mich nicht entspannen, und ohne mein Handy oder Papiere und Stift konnte ich nicht einmal so tun, als würde ich arbeiten.

Der Wagen hielt an, und der Mann setzte mir eine Haube auf. Jemand ergriff meine Hand und führte mich ungefähr sechs Meter weit, bevor ich ein paar Stufen nach oben steigen musste. Dort drückte man mich in einen Sitz. Die Haube wurde entfernt, und ich fand mich in einem kleinen Privatjet wieder. Natürlich waren auch hier alle Fenster geschwärzt.

Derselbe Mann nahm mir gegenüber Platz und tippte etwas in ein iPad. Das Flugzeug startete, aber ich konnte mich weder entspannen noch schlafen, ganz egal, wie sehr ich mich auch bemühte. Sämtliche Meditationstechniken, die ich hatte lernen müssen, weil Hector darauf bestanden hatte, halfen nicht. Sie machten mich nur noch nervöser. Wir waren ungefähr drei Stunden in der Luft, bevor wir landeten, was in mir nur wieder das Adrenalin hochschießen ließ. Der Mann reichte mir die Haube, und diesmal setzte ich sie selbst auf. Nach einer dreißigminütigen Fahrt durfte ich sie wieder entfernen. Ich stand in einer Garage vor einem großen Aufzug. Es fühlte sich an, als würden wir nach unten statt nach oben fahren, was zu diesem Zeitpunkt seltsam erschien.

Man führte mich in einen Raum, der große Ähnlichkeit mit einem Verhörzimmer bei der Polizei hatte, mit einem Zweiwegespiegel, einem Tisch mit Ösen für Handschellen und ein paar Stühlen. Seltsamerweise wiesen die Wände ein seltsames Design aus unebenen und vertieften Holzflächen auf, das an ein Labyrinth erinnerte. Es herrschte eine unheimliche Stille. Der Mann kehrte zurück und winkte mich in den Raum hinter dem Spiegel.

Gedankenverloren stand ich einen Moment lang da, während sich mein Adrenalin abbaute und mein Körper mit der Erschöpfung kämpfte. Eine Stimme hinter mir riss mich in die Gegenwart zurück. »Wie war der Spießrutenlauf?« Ich wandte den Kopf und entdeckte das stoische Gesicht von Agent Hugo Zumthor.

»Ermüdend«, erwiderte ich.

»Ich bin überrascht, dass Sie bereit waren, zu kommen«, sagte Hugo.

»Man hat mir versprochen, es würde sich für mich lohnen.« Mittlerweile bezweifelte ich, dass das stimmte. »Wenn man bedenkt, wie lang dieser Tag bereits war, sollte da auch besser was dran sein. Warum ist dieser Raum so seltsam eingerichtet?«

Hugos Brauen hoben sich, als wäre er beeindruckt, dass ich das bemerkt hatte. »Das ist ein schalltoter Raum. Er ist so gestaltet, dass er Schallwellen und elektromagnetische Wellen absorbiert. Das hilft uns, die Gloamings unter Kontrolle zu halten.«

»Wirklich?«

Er nickte. »Der Aufenthalt darin ist eine seltsame Erfahrung.« Er sah mich an. »Man hat Ihnen nicht gesagt, warum Sie hier sind?«

Ich schüttelte den Kopf. »Nein. Aber Sie wissen es doch bestimmt.«

»Diese Typen von der CIA erzählen mir so gut wie nichts. Aber ich glaube, es wird Ihnen gefallen.«

Wie aufs Stichwort öffnete sich die Tür des Verhörraums, und vier schwer bewaffnete Wächter in militärischen Körperpanzern führten einen Mann in einer schwarzen Priestersoutane herein. Ich lehnte mich näher an die Scheibe, um besser sehen zu können, während die Wächter die Handschellen am Tisch befestigten. »Ist das …«

»Pater John Reilly«, flüsterte Hugo.

Ich wandte mich ihm wieder zu. »Er ist ein …«

»Ja, ist er.«

Durch die Scheibe musterte ich ihn genau, und nach einem Moment wandte er den Kopf und erwiderte meinen Blick durch den Spiegel. »Haben Sie mit ihm gesprochen?«

»Ja, das habe ich.«

Ein anderer Mann betrat den Raum und stellte sich Pater Reilly als Verhörbeamter vor. Reilly schien nicht überrascht zu sein. Sein Gesicht war reglos. Sie sprachen über eine Reise, die Reilly gemacht hatte, um sich gewisse Artefakte anzusehen, die mit den Gloamings zu tun hatten und Hinweise zu liefern schienen, dass sie bereits viel länger existierten, als wir gedacht hatten. Aber ich konnte nur daran denken, welchen Einfluss das auf meine Forschung haben würde. Um die historische Analyse würde sich ein anderer kümmern müssen. »Worauf läuft das hinaus?«, wollte ich wissen.

»Er will mit Ihnen sprechen.« Sobald Hugo den Satz beendet hatte, wandte Pater Reilly den Kopf und sah mich direkt an.

Ich stand vor dem Tisch mit Pater Reilly. Der Verhörbeamte warf mir einen Blick zu. »Ich bin hier fast fertig, dann können Sie ihm eine Frage stellen.«

Ich nickte, und er fuhr fort.

»Was haben Ihnen diese Artefakte verraten?«

Reilly zuckte mit den Schultern. »Sie haben meine Gedanken in eine bestimmte Richtung gelenkt. De'Ann Saxon nahm mich später noch einmal mit nach unten, um mir das Schweißtuch der Veronika zu zeigen. Damit wurde Jesus der Schweiß von der Stirn gewischt, während er das Kreuz trug. Es zeigt sein Abbild.«

»Tatsächlich? Na und? Nur ein weiteres Artefakt.«

»Dieses Artefakt wurde von einer Gruppe Gloamings beschützt, die als Malteserritter bekannt sind.«

Der Verhörbeamte beugte sich vor, nachdem er einen Zug von seiner Zigarette genommen hatte. »Nicht so verdammt schnell! Dort draußen gibt es eine Gruppe Gloamings, von der wir noch nie gehört haben? Wo ist ihre Operationsbasis?«

»Das hat nichts mit der Gegenwart zu tun.«

»Was soll das heißen?«

Pater Reilly lächelte schmal. »Das war 1153. Sie erschufen das Konzept der Anoesis – ein Bewusstseinszustand, der aus reinem

Gefühl, ohne den geringsten bewussten oder urteilenden Gedanken besteht. Das ist eine philosophische Theorie, die behauptet, dass es jetzt zwar keinen Gott gibt, was aber die Existenz eines Gottes in der Zukunft nicht ausschließt. Sie begriffen sich als eine Art Simulacrum – Kopien, die Dinge darstellten, die kein Original hatten.«

Stille. Selbst ich war interessiert. Und Hugo runzelte die Stirn.

»Also das hat in Ihnen den Wunsch geweckt, neu erschaffen zu werden?«, fragte der Verhörbeamte.

»Ich hielt Cian Clery für den Schlüssel. Für die Fortführung von Anoesis – die ich zurückbringen will. Gloamings als diese reinen Geschöpfe zu begreifen, die unseren Ländern das Heil bringen.« Pater Reilly starrte seine gefesselten Hände an, als würde er sich an einen qualvollen Teil seines Lebens erinnern.

»Aber?«, fragte der Verhörbeamte mit einem verärgerten Blick.

»Aber er war nur ein Terrorist, der alles zerstören wollte, was mit den Menschen zu tun hat. Ich habe mich geirrt und war demjenigen, der Anoesis zurückbringt, keinen Schritt näher.« Er sah mich an, und es durchfuhr mich wie ein Stromstoß. »Ihre Schwester wusste davon.«

Einen Augenblick lang verkrampfte sich mein Herz, aber das Gefühl wurde schnell von dem Zorn ersetzt, der es schon so lange Zeit so gut gefüllt hatte. Meine Miene war grimmig. »Wie können Sie es wagen? Was wissen Sie über Jennifer?«

»Ich bin ihr einmal begegnet, und ich weiß, dass sie von dem Konzept fasziniert war und es erforschen wollte.«

»Wer hat sie umgebracht?«

Er starrte mich mit schräggelegtem Kopf und einem beinahe geistesabwesenden Ausdruck an. »Cian. Sie wollte neu erschaffen werden. Es geschah nicht aus Bösartigkeit. Es hat nur nicht funktioniert. Sie kannte das Risiko.«

»Bullshit!«, brüllte ich.

Er starrte mich düster an. »Sie wissen, dass es stimmt. Sie

hat Sie geliebt und wollte lediglich, dass Sie tun, was moralisch richtig ist.«

Er hatte recht.

»Erzählen Sie mir von Ihrer Neuerschaffung.«

Er schwieg einen Moment, betrachtete mit geschürzten Lippen den Tisch. »Darüber reden wir eigentlich nicht«, erwiderte er.

»Das ist so ähnlich wie die Beichte, richtig?«, fügte Hugo hinzu.

Ein schmales Lächeln glitt über Pater Reillys Lippen. »Das ist witzig. Obwohl, eigentlich nicht.«

»Erzählen Sie mir die Geschichte«, beharrte ich.

Er zuckte mit den Schultern und holte tief Luft. »Ich habe Ihnen Ehrlichkeit versprochen. Und dieses Versprechen werde ich halten. Liza und ich reisten zum Karneval nach Brasilien. Viele Gloamings lieben diese Veranstaltung aus den verschiedensten Gründen. Mir gefiel es zuerst nicht. Mein Schlafrhythmus war völlig durcheinander, weil ich immer die ganze Nacht aufblieb. Aber das Leben ist nicht immer angenehm, also gewöhnte ich mich daran.

Nächtelang mischten wir uns unter die Feiernden, aber mir war unbehaglich zumute, da jeder eine Maske trug, die das Gesicht verdeckte, ganz zu schweigen von dem aufwendigen Kopfschmuck, der ebenfalls sämtliche Züge verbarg. Mich in der maskierten Menge zu bewegen, die mich herumstieß, dazu der durchdringende Lärm aus allen Richtungen, das alles fand ich desorientierend. Als wollte es mir alles stehlen, was mich ausmacht.

In meiner Jugend redete ich dauernd über alles Mögliche: über mich selbst, die Menschen, Liebe, Schmerz … Aber jetzt zog ich es vor, mit meinen Gedanken allein zu sein. Doch eines Nachts gingen Liza und ich nach Rocinha, eine Favela aus gewundenen Gassen und übereinandergestapelten Häusern in der Mitte von Rio de Janeiro.

Ich folgte ihr in ein Haus im oberen Teil des Elendsviertels, das aus Ziegeln, Stahlbeton und nicht zusammenpassendem Holz bestand; auf dem Dach standen zwei Wassertanks. Ein Brasilianer und seine Frau führten uns nach unten in den neu gebauten Keller und dann weiter durch einen mit Holz verkleideten Tunnel, der dreißig Meter in die Tiefe führte und über eine Klimaanlage und Strom verfügte. Er endete in einem großen Wohnzimmer mit einer Bar; davon zweigten ein paar Schlafzimmer ab. Der Boden bestand nur aus Erde, es roch feucht.

Auf dem Boden saßen fünf Gloamings, unterhielten sich und tranken Oleandertee.«

Ich nickte. »Worüber haben Sie gesprochen?«

Pater Reilly sah mich an, aber es war beinahe so, als schaute er durch mich hindurch. »Über das Scheitern. Ob es zu spät ist, noch einmal von vorn anzufangen. Ich wollte mich damit zufriedengeben, diese Gesichter ohne Masken zu sehen, und es dabei belassen. Liza meinte, ihr sei nun egal, warum Dinge geschehen. Da war ein schöner junger Gloaming, der genau wie Morrissey auf dem Cover von *Bona Drag* aussah. Er sagte mir, dass er dieses organische Leben, das aus anorganischer Materie entsteht, noch immer nicht begreifen könne. Ein Philosoph hatte einmal genau das Gleiche gesagt, und es war bei ihm hängen geblieben. Alles, was zuvor geschah, könnte man als unwahrscheinlich betrachten.

Liza bat mich, von meiner Familie zu erzählen, vor allem von meinem Vater. Und da fiel er mir wieder ein. Der Lieblingsbibelspruch meines Vaters.«

»Und der war?«, fragte ich.

Pater Reilly schaute zu mir hoch. »Römer 12,2. ›Passt euch nicht den Maßstäben dieser Welt an, sondern lasst euch von Gott verändern, damit euer ganzes Denken neu ausgerichtet wird. Nur dann könnt ihr beurteilen, was Gottes Wille ist, was gut und vollkommen ist und was ihm gefällt.‹

In diesem Augenblick wusste ich, dass ich verwandelt werden musste.

Ich wollte es nicht laut aussprechen, doch wenn man diese

Theorie weiterdachte und wir uns weiterentwickeln wollten, brauchten wir den Auftritt eines teilweise göttlichen Wesens; es musste die Menschheit einen Schritt über unseren jetzigen Stand hinausführen. Ich glaube, Hegel sprach von dem Mann, der zu Gott werden konnte – der einst war und wieder sein wird. Wo ist die größere Intelligenz, abgesehen von der, die jetzt erschaffen wurde? Ich glaube, ich fühlte Tränen auf den Wangen, und als ich aufschaute, sah ich, dass Liza Sole mich anstarrte. Ich brauchte kein Wort zu sagen, sie wusste bereits, worum ich bat. Und sie war einverstanden, ohne dass wir uns verständigen mussten.«

»Hat sie es da getan?«, fragte Hugo. »Direkt dort?«

Pater Reilly schüttelte den Kopf. »So funktioniert das nicht. Ich lag auf einem Bett, und sie lag neben mir. Es fiel kein Wort. Möglicherweise bin ich eingeschlafen und hatte Vorahnungen. Ich bin mir nicht sicher, aber ich erinnere mich an ihren Mund an meinem Hals, und ich fing an zu träumen …«

Hugo und ich standen einen Moment lang schweigend da und sahen ihn einfach nur an.

»Haben Sie sie je gefunden?«, fragte Hugo schließlich.

»Wen?«, sagte Pater Reilly, als wäre er gerade aus einem Tagtraum erwacht.

»Die Person, nach der Sie gesucht haben, um die Anoesis zurückzubringen«, erwiderte ich. In meinem Kopf wirbelten noch immer die Gedanken an meine Schwester.

Seine Falten glätteten sich, als würde er an etwas Beruhigendes und Angenehmes denken. »Am Ende ja. Jemand, der sämtliche Absichten aufgegeben hatte – *via negativa*, Negative Theologie. Lasst mich beim Sonnenuntergang auferstehen. Ich will hier nicht absichtlich abstrakt sein – es ist nur so, dass es niemand so ganz versteht. Noch nicht.«

»Wer ist diese Person?«, fragte ich.

»Ich.«

KAPITEL 29

NEUJAHRSABEND
FÜNFUNDFÜNFZIG MONATE
NACH DER ENTDECKUNG VON NOBI

Lauren Scott
Ärztin und Forschungsleiterin
bei der Atwater Corporation

In meinem ganzen Leben hatte ich mich noch nie so einsam gefühlt, während diese seltsame, unausgesprochene Schlacht weiterging. Selbst mit Hector an meiner Seite fühlte ich mich einsam. Nach dem ursprünglichen Sieg im Atwater-Labor scheiterte mein Anti-NOBI-Medikament bei vielen seiner Tests. Jede Woche verließ ein weiterer Wissenschaftler Atwater, oder ein Professor an irgendeiner Universität schickte mir eine E-Mail, um mich darüber zu informieren, dass sie das NOBI-Virus nicht länger erforschten. Sie ertrugen den Druck nicht mehr.

Man teilte mir eine Abteilung US-Marshalls als Personenschutz zu – nach der Flut von Todesdrohungen aufgrund eines Artikels in der *New York Times* über meine Forschung war das notwendig geworden. Ich fing an, nachts zu arbeiten und tagsüber zu schlafen. Es war einfacher, als ich gedacht hätte. Ich konnte mich nicht genug entspannen, um nachts schlafen zu können: Ich hatte immer das Gefühl, auf der Hut sein zu müssen. Jedes Geräusch draußen war jemand, der einzubrechen versuchte. Es war ermüdend.

Hector veröffentlichte sein Buch. Es trug den Titel *Das Blut des Ewigen Bundes: Die Jagd auf das NOBI-Virus*. Es war ein richtiger Bestseller, Hector trat in der *Today Show* auf. Allerdings wurde sein Auftritt durch eine Auseinandersetzung zwischen ihm und dem Moderator getrübt, bei der es darum ging, ob meine Forschung, die menschliche Genetik dahingehend zu verändern, dass sie das NOBI-Virus bekämpfen konnte, als ethisch zu betrachten war.

Die Geschehnisse entwickelten sich in eine seltsam friedliche Richtung. In Zusammenarbeit mit der Human Rights Campaign und Amnesty International organisierte der Gloaming-Rat eine »Blutspende für den Frieden«, bei der Menschen als Ausdruck einer Versöhnung mit den Gloamings ihr Blut spendeten, um damit zu demonstrieren, dass bewaffnete Auseinandersetzungen nicht die Lösung aktueller Konflikte sein konnten. Der Rat hoffte, allgemein ein System etablieren zu können, bei dem Gloamings freiwillig gespendetes Menschenblut erwerben konnten. Es waren bereits verschiedene Vertriebszentren in Städten im ganzen Land geplant, die für die Logistik einer legalen Blutbank sorgen sollten. Ein Lebensmittelgeschäft für Gloamings.

Sofort ging der Streit los: Viele Akademiker verglichen den Prozess mit Organhandel und sorgten sich über die Ausbeutung ökonomisch benachteiligter Menschen, bei denen es eher wahrscheinlich war, dass sie ihr Blut verkauften. Aber viele sahen ein, dass die Gloamings Nahrung zum Überleben brauchten. Allerdings ist diese moralische Gleichsetzung von Bedeutung: Selbst in den Anfangstagen der Blutspende für den Frieden zeigte die Forschung bereits, dass häufige Blutspender erhebliche Gesundheitsprobleme hatten. Sollten wir die freiwillige Gesundheitsschädigung billigen, um einem anderen Segment der Bevölkerung zu helfen, das sich freiwillig einem Gesundheitsrisiko ausgesetzt hatte?

Darüber nachzudenken führte nur dazu, dass ich mich noch schlechter fühlte.

Ich fand Hector vor der Küchentheke, wie er mit einem schmalen Lächeln den Kopf zur Seite neigte und mit dem Fuß den Takt einer Melodie klopfte, die nur in seinem Kopf spielte. Wir hatten uns vor langer Zeit versprochen, nicht über die Traumata zu reden, denen ich in den letzten Jahren an der Front ausgesetzt gewesen war. Keine Gespräche über die Gefahren oder wann sie Realität werden würden.

Der nervöse Mann, den ich einst in Nogales kennengelernt hatte, war anders geworden. Er reichte mir morgens eine Tasse mit schwarzem Kaffee und fragte mich ruhig: »Siehst du dir heute Viren an?«

Und ich lächelte. Ohne zu antworten. Es erinnerte mich an das, was mein Vater zu sagen pflegte: »Glaube nur die Hälfte von dem, was du siehst, und nichts von dem, was du hörst.«

Ich fing wieder mit dem Rauchen an, weil ich glaubte, es würde den täglichen Stress lindern. Aber es half nicht; ich wachte mit Übelkeit auf und übergab mich. Das ging eine Woche lang so, bis ich eines Nachmittags müde im Auto vor einer roten Ampel stand. Plötzlich schoss ich kerzengerade hoch. Wie hatte ich nur so dumm sein können? Ich fuhr zur nächsten Apotheke und rannte hinein.

An diesem Tag hörte ich für immer auf zu rauchen.

Ich war schwanger.

Natürlich warteten wir, bis ich schwanger wurde, bevor wir endlich heirateten. Wir fuhren nach Nogales – ich weiß, warum sollten wir das ganze Drama noch einmal Revue passieren lassen? Aber für uns ergab das Sinn. In aller Stille heirateten wir im Rathaus von Nogales. Meine Eltern nahmen über Skype daran teil, und als ich meinen Vater weinen sah, kamen auch mir die Tränen. Wie ich waren auch sie bestimmt überglücklich und dachten an Jennifer.

Die Nähe zu New Mexico erinnerte mich an alles, was wir

durchgemacht hatten – und an alles, was uns noch bevorstand. In ganz Arizona und dem Südwesten war noch immer eine hohe Zahl Militärfahrzeuge unterwegs, also fiel es schwer, auf andere Gedanken zu kommen. Ein Teil von mir wollte das Massengrab noch einmal sehen, aber das war jetzt militärisches Sperrgebiet. Ich nahm an einer Besichtigung des neuen Gerichtsmedizinischen Zentrums von Nogales teil. Tolle Flitterwochen.

Auf dem Rückweg nach Kalifornien entschieden wir uns, die Highways zu meiden, und nahmen die Landstraßen entlang der mexikanischen Grenze. Die staubigen, wenig befahrenen Straßen ließen mich an den langen Familienausflug nach Disneyland denken, als Jennifer und ich noch Kinder waren. Mein Vater hatte mit dieser Route Zeit sparen wollen, und ich hörte so gern die Radiosender an der Grenze, die in die amerikanischen Radiowellen hineinsickerten. Mexiko wurde natürlich nicht von den Vorschriften der FCC eingeschränkt, wenn es um Signalstärken und Radiofrequenzen ging, und säumte die Grenze mit Sendern, die jede nur vorstellbare Sendung ausstrahlten, die illegalerweise auf beiden Seiten der Grenze zu hören waren. Verrückte Prediger aller möglichen Sekten, gestörte Amateurwissenschaftler, die Scheinmedikamente für jedes Leiden feilboten, spanischer Rap, Hillbillys, Irre, Tejano, Conjunto, mexikanische Talkshows. Jennifer und ich sangen lauthals mit, wenn wir die Lieder erkannten, aber oft konnten wir nur zuhören. Das Summen von Melodien und Stimmen und Statik war wie eine halluzinogene Droge.

Aber jetzt fragte ich mich, in was für eine chaotische Zukunft wir hineinfuhren. Die Gloamings hatten versucht, strikte Methoden und Verfahrensweisen durchzusetzen, um Neuerschaffungen zu regulieren, aber eine neue Horde wilder Gloamings hatte ihre eigenen Regeln eingeführt und weigerte sich, die vorgeschlagenen Kriterien einzuhalten. Während immer mehr Gloamings neu erschaffen wurden, suchten sie nach mehr Macht, mehr Land, besseren Gelegenheiten zur Nahrungsaufnahme. Einst hatte ich mittendrin gesteckt. Jetzt war ich Zuschauerin.

Ich bat Hector, am Straßenrand anzuhalten. Ich stieg aus dem Auto, und als mir der warme Wind ins Gesicht wehte, starrte ich auf die riesige Fläche der Wüste, die sich bis zum Horizont erstreckte. Schützend bedeckte ich meinen Bauch. Und als die Sonne zu ihrem Untergang ansetzte, überkam mich diese vertraute, ungute Vorahnung; seit Nogales scheint jede Nacht eine gewisse Beklemmung mit sich zu bringen. Aber an diesem Abend sprach ich ein Gebet für den Morgen und für einen Sonnenstrahl, der uns wie ein Schild aus Licht schützen würde.

EPILOG

DIE ERSTE NACHT

Als ich noch ein Kind war, machten wir einen Familienausflug in den Joshua Tree Park. Dort sonderte ich mich ab. Ich verirrte mich in der Wüste. Meine Eltern fanden mich recht schnell, aber ich konnte nie die atemberaubende Angst und Einsamkeit vergessen, die ich umzingelt von Felsen, Joshua-Bäumen, Kängururatten und Präriehasen verspürt hatte. Jedes Rascheln und jedes Knistern versetzte mich in Panik. An diesem Tag hatte mir mein Vater von Kojoten erzählt, und ich war fest davon überzeugt, dass jedes Geräusch ein Kojote sein musste, der zum Sprung ansetzte.

Aber diese Person bin ich nicht länger. Ich stehe in der Wüste. Ich bin allein und mir nicht sicher, wie ich hergekommen bin. Ich kann nur diesen neuen … Hunger spüren.

Nein, kein Hunger. Durst.

Wie schwer wird es werden, diesen Drang zu kontrollieren? Will ich das überhaupt? Ich weiß nur, dass ich zur Zukunft gehöre. Nicht nur ich allein – da werden noch mehr sein. Und wir müssen bereit sein zu führen, niemals zu folgen.

Mein Name ist Liza Sole, und die Nachtluft um mich herum ist stumm.

ANHANG EINS

UNIVERSITY OF TEXAS SCHOOL OF LAW
THE REVIEW OF LITIGATION

Zusammenfassung des Artikels: »Können Gloamings und das NOBI-Virus innerhalb von ADA koexistieren?«

Ausgabe Herbst/Winter
Der »Americans with Disabilities Act« von 1990 (ADA), das Gesetz für Amerikaner mit Behinderungen, wurde vom Kongress verabschiedet und vom Präsidenten mit seiner Unterschrift in Kraft gesetzt, um für »ein eindeutiges und umfassendes nationales Mandat zur Beseitigung von Diskriminierung zum Schaden von Individuen mit Behinderungen« zu sorgen.[35] Seit Inkrafttreten haben die Gerichte damit gerungen, die Bedeutung des Begriffs »Behinderung« zu interpretieren, manche sprachen sich für eine freiere Interpretation aus, andere zogen eine eng gefasste Betrachtungsweise vor.

Innerhalb des Begriffs »Behinderung«, seinem Kontext und seiner Evolution trat schon bald ein weiterer Faktor in den Vordergrund, der vorgefasste Meinungen und geltendes Recht herausfordern sollte: das NOBI-Virus und die Personen, die es

35 42 U.S.C. § 12101 (b)(1) (1994)

erschuf – die Gloamings. Als sich die Gloaming-Population vermehrte, drängten viele Neuerschaffene auf mehr Rechte, um ihrer einzigartigen Position in diesem Land Rechnung zu tragen. Zahlreiche Gloamings verloren ihre Arbeitsplätze, weil die Arbeitgeber wenig Verwendung für Angestellte hatten, die nicht während der traditionellen Geschäftszeiten – also für gewöhnlich von neun bis fünf – arbeiten und sich nicht im Tageslicht aufhalten konnten.

Als viele Gerichte das Recht der Arbeitgeber schützten, Arbeitsverträge von Gloamings wegen der grundlegenden Änderungen in den Lebensumständen zu beenden, zwang das die Betroffenen dazu, sich andere Beschäftigungen zu suchen. Gloamings versuchten durchzusetzen, dass ihr Zustand entweder vom »Family and Medical Leave Act« (FMLA) oder von ADA geschützt wurde. Der FMLA räumt jedem Angestellten grundsätzlich das Recht ein, sich wegen Arbeitsunfähigkeit durch eine gesundheitliche Beeinträchtigung eine gewisse Zeit freizunehmen. Die abgedeckte Zeitperiode umfasst bis zu zwölf Wochen. Offensichtlich waren Gloamings durch ihren Zustand länger als zwölf Wochen betroffen, aber ihre Anwälte wollten, dass die Gerichte die ihnen zustehende Zeit verlängerten oder den Arbeitgeber zwangen, sich an ihren Zustand anzupassen. Die Bundesgerichte waren nicht bereit, den Schutz von FMLA auf Gloamings und ihren neuen Zustand auszudehnen.

Viele Gerichte stritten über Begriffe wie »geschützte Entität« (damit gemeint sind Arbeitgeber, Arbeitsagenturen, Arbeitsorganisationen oder Arbeitnehmer-Management-Komitees) und »qualifiziertes Individuum mit Behinderungen« (identifiziert als »Individuum mit einer Behinderung, das mit oder ohne angemessene Hilfestellung die essenziellen Anforderungen der Arbeit durchführen kann, die das besagte Individuum wünscht oder ausführt«). 42 U.S.C. § 12112 (a); siehe auch § 12111 (2) und (8).

Bei *Andrew Davis vs. Grant-Johnson Advertising* ging das Berufungsgericht für den neunten Kreis sogar noch einen Schritt weiter, indem es behauptete, dass es für die Feststellung, ob die zusätzliche Ausstattung des Arbeitsplatzes »angemessen« ist, nötig sei, die Kosten im Vergleich mit dem Nutzen zu betrachten. Die Einbeziehung eines Gloamings in ein Arbeitsumfeld dürfe für einen Arbeitgeber keine unzumutbare Härte darstellen. Das Gericht bemerkte, dass die »gesetzliche Bezugnahme auf eine substanzielle Einschränkung besagt … dass ein Arbeitgeber einen Arbeitnehmer in seiner oder ihrer Fähigkeit, die Arbeit durchzuführen, als behindert betrachtet, wenn die Behinderung des Arbeitnehmers grundsätzlich die Anforderungen der betreffenden Arbeit ausschließt.« Ibid. Der Kläger hatte jedoch lediglich geltend gemacht, dass der Beklagte ihn als unfähig betrachtete, die Anforderungen eines genau bestimmten Tätigkeitsbildes zu erfüllen, wobei es sich in diesem Fall um einen Associate Attorney, einen Anwalt im Angestelltenverhältnis handelte. Infolgedessen berief sich das Gericht darauf, dass der Kläger nicht behauptet hatte, in der fundamentalen Lebensqualität der Tätigkeit an sich als substanziell eingeschränkt betrachtet worden zu sein. Man könne von einem Arbeitgeber nicht erwarten, für den Arbeitnehmer einen gloaminggerechten Arbeitsplatz bereitzustellen, so wie nicht jede Veränderung als angemessen betrachtet werden könne. Auf diese Art bestätigte das Berufungsgericht für den neunten Kreis das Urteil des Bezirksgerichts mit ähnlicher Argumentation. 130 F 3d 729 (2018).

Daraufhin klagten die Gloamings nach ADA, um einen Schutz zu erhalten. ADA schützt einen Arbeitnehmer, der eine Krankenzeit für einen Gesundheitszustand in Anspruch nehmen muss, der sich laut Gesetz als Behinderung qualifiziert. Die Gloamings behaupteten, ihr Zustand sei eine Behinderung, wie sie von ADA definiert wird. Darum müssten Arbeitgeber einen gloaminggerechten Arbeitsplatz zur Verfügung stellen, damit sie ihr Beschäftigungsverhältnis behalten könnten. Alle Arbeitgeber behaupteten, die Schaffung angemessener Arbeitsplätze resultiere in einer für sie unzumutbaren Härte, was eine Verteidigung gegen einen ADA-Anspruch ist.

Die Definition von Behinderung im ADA ist beinahe wortwörtlich der Definition des »behinderten Individuums« aus dem »Rehabilitation Act« von 1973, 29 U.S.C. § 706(8)(B) (1988 ed.) sowie der Definition von »Behinderung« im »Fair Housing Amendments Act« von 1988, 42 U.S.C. § 3602 (h)(1) (1988 ed.) entnommen. Da der amerikanische Kongress in diesem Fall einen allgemein etablierten Begriff übernahm, lässt sich daraus schlussfolgern, dass er damit sicherstellen wollte, dass der Begriff in Übereinstimmung mit vorher existierenden rechtlichen Interpretationen ausgelegt wird. Siehe *FDIC vs. Philadelphia Gear Corp.*, 476 U.S. 426, 437–438 (1986); *Commissioner vs. Estate of Noel*, 380 U.S. 678, 681–682 (1965); *ICC vs. Parker*, 326 U.S. 60, 65 (1945). Der Kongress tat jedoch noch mehr, als diese Auslegung nur vorzuschlagen; er eignete sich eine gesetzliche Bestimmung des ADA an, die wie folgt lautet:

»Mit Ausnahme der an anderen Stellen dieses Kapitels dargelegten Fälle, soll nichts in diesem Kapitel derart ausgelegt werden, dass ein geringerer Standard als der unter Titel V des »Rehabilitation Act« von 1973 (29 U.S.C. 790 et seq.) angewandte Standard oder die von Bundesbehörden gemäß dieses Titels herausgegebenen Regelungen angewendet wird.« 42 U.S.C. § 12201 (a).

Die Direktive verlangt von Gerichten, ADA zu interpretieren, um für mindestens so viel Schutz zu sorgen wie durch die Durchführungsverordnungen des »Rehabilitation Act«.

Die EEOC gab einen »Führer mit Interpretationen« heraus, der rät, dass »die Feststellung, ob ein Individuum in einer fundamentalen Lebensaktivität substanziell eingeschränkt ist, im Einzelfall entschieden werden muss, ohne Berücksichtigung mildernder Maßnahmen wie Medikamente oder Hilfestellungen und Prothesen.« 29 CFR pt. 1630, App. $ 1630.2(j)(1998) (beschreibt § 1630.2(j)).

Das Justizministerium hat eine ähnliche Richtlinie veröffentlicht. Siehe 28 CFR pt.35, App. A, §35.104 (»Die Frage, ob eine Person eine Behinderung hat, sollte ohne Berücksichtigung mildernder Maßnahmen wie angemessene Umbauten oder Hilfen und Dienste festgestellt werden«); pt. 36, App. B, § 36.104 (Dortselbst.)

Das HEW (Department of Health, Education, and Welfare) gab 1977 die ersten Durchführungsverordnungen heraus, die den »Rehabilitation Act« interpretierten. Diese Verordnungen sind von besonderer Bedeutung, weil das HEW zu diesem Zeitpunkt die für die Koordinierung der Umsetzung und Durchsetzung von § 504 zuständige Behörde war. *Consolidated Rail Corporation vs. Darrone*, 465 U.S. 624, 634 (1984) (zitiert die Exec. Order No. 11914, 3 CFR 117 (Slg 1976–1980)). Die Durchführungsverordnungen des HEW, die ohne jede Änderung in den aktuellen Verordnungen des HHS (Department of Health and Human Services) übernommen sind, definieren »körperliche oder geistige Behinderungen« wie folgt:

»(A) eine körperliche Erkrankung oder ein Zustand, Entstellungen oder der Verluste von Körperteilen, die eines oder mehr der folgenden Körpersysteme beeinträchtigen: Neurologie; Bewegungsapparat; Sinnesorgane; Atemwege einschließlich der Sprachorgane; Herz-Kreislauf-System; Urogenitaltrakt, Fortpflanzungssysteme, Verdauungssystem; Lymphsystem und Hämatisches System; Haut und Hormonsystem; oder

(B) jede geistige oder psychologische Erkrankung wie eine geistige Behinderung, Organisches Psychosyndrom; emotionale oder geistige Krankheiten und spezielle Lernbehinderungen.« 45 CFR § 84.3(j)(2)(i) (1997)

Bei der Herausgabe dieser Durchführungsverordnungen entschied sich das HEW dagegen, eine Liste der Erkrankungen hinzuzufügen, die körperliche oder geistige Behinderungen hervorbringen, und zwar aus der Sorge heraus, dass jede spezifische Aufzählung nicht allumfassend sein könnte. 42 Fed.Reg. 22685 (1977), nachgedruckt in 45 CFR Tl.84, App. A, p. 334 (1997). Der Begleitkommentar der Durchführungsverordnungen enthält allerdings eine repräsentative Liste von Erkrankungen und Leiden, die körperliche Beeinträchtigungen hervorrufen, einschließlich »Krankheiten und Leiden wie orthopädische und visuelle Behinderungen, Sprach- und Hörbehinderungen, infantile Cerebralparese, Epilepsie, Muskeldystrophie, Multiple Sklerose, Krebs, Herzerkrankungen, Diabetes, mentale Retardierung, affektive Störungen und … Drogensucht und Alkoholismus.« Ibid.

Die Definition von Behinderung erfordert ebenfalls, dass Behinderungen »mit Respekt dem Individuum gegenüber« festgestellt werden. Die Feststellung gründet sich darauf, ob eine Behinderung die »fundamentalen Lebensaktivitäten des besagten Individuums« substanziell beeinträchtigt. § 12102(2). Darum ist die Frage, ob eine Person eine Behinderung laut ADA geltend machen kann, eine individualisierte Erhebung. Siehe *Bragdon vs. Abbott*, 524 U.S. 624, 641–642 (1998) (hier wird der Frage ausgewichen, ob eine HIV-Infektion per se eine Behinderung nach ADA ist); 20 CFR Tl. 1630, App. § 1630.2(j) (»Die Festlegung, ob ein Individuum eine Behinderung hat, basiert nicht notwendigerweise auf dem Namen oder der Diagnose der Behinderung, sondern auf der Auswirkung besagter Behinderung auf das Leben des Individuums«).

1980 übertrug der Präsident die Verantwortung für die Umsetzung und Durchsetzung von § 504 an den Generalstaatsanwalt. Siehe Exec. Order No. 12250, 3 CFR 298 (1981). Die vom Justizministerium herausgegebenen Durchführungsverordnungen, die bis zum heutigen Tag in Kraft sind, übernahmen vom HEW die Definition körperlicher Behinderungen wortwörtlich wie oben zitiert. 28 CFR § 41.31(a)(1)(1997). Zusätzlich wurde die repräsentative Liste der Erkrankungen und Leiden, die ursprünglich dem Kommentar der Durchführungsverordnungen des HEW beigelegt war, in den Text der Durchführungsverordnungen übernommen. Ibid.

Da viele Gloamings am Arbeitsplatz Benachteiligungen erlebten und vor Gericht Wiedergutmachung forderten, entschieden zahlreiche Gerichte, dass der ADA interpretiert werden müsse, um mit den Durchführungsverordnungen konsistent zu sein, die herausgegeben wurden, um den Rehabilitation Act durchzusetzen. Siehe 42 U.S.C. § 12201 (a). Statt ein Generalprinzip zu artikulieren, das bestimmt, was eine grundsätzliche Lebensaktivität ist und was nicht, bieten die Durchführungsverordnungen des Rehabilitation Act stattdessen eine repräsentative Liste und definieren Begriffe, um »Aufgaben, wie sich eigenständig um sich selbst zu kümmern, manuelle Tätigkeiten durchzuführen, zu laufen, zu sehen, zu hören, sprechen, atmen, lernen und zu arbeiten« mit einzuschließen. 45 CFR § 84.3(j)(2)(ii)(1997); 28 CFR § 41.31(b)(2) (1997). Wie die Verwendung des Wortes »wie« bestätigt, soll die Liste erläutern, ist aber keineswegs allumfassend. Allerdings sprechen weder ADA noch die Durchführungsverordnungen an, ob man bei der Beurteilung, ob eine Person unter den Schutz von ADA fällt, in Betracht ziehen muss, ob sich die Person die Behinderung absichtlich zugezogen hat.

Der wichtigste Fall, um die Rechte von Gloamings am Arbeitsplatz zu etablieren, wurde von den Gloamings gewonnen, als der Kläger das Gericht davon überzeugte, dass Telearbeit als gloaminggerechter Arbeitsplatz betrachten werden kann. Die Entscheidung wurde vom Berufungsgericht aufgehoben und vom Obersten Gerichtshof nicht aufgegriffen.

Der Oberste Gerichtshof nahm sich des Themas schließlich bei *Kurt Jennings, Kläger, vs. Allen and Jacobs, LLC* an, angefordert vom Bundesberufungsgericht für den neunten Kreis durch Certiorari. Nach einer ausführlichen Analyse entschied der Oberste Gerichtshof, dass »die Definition von Behinderung sich letztlich nicht durch persönliche Entscheidungen verändert. Entstehen aus der Schädigung signifikante Einschränkungen, ist die Definition erfüllt, selbst wenn die damit einhergehenden Probleme nicht unüberwindbar sind. Zieht sich eine Person aber freiwillig Veränderungen schädlicher körperlicher Natur zu, die unausweichlich sind, dann sollte das Gesetz dieser Person nicht den gleichen Schutz zukommen lassen wie jenen, die die Einschränkungen nicht durch eigenes Verschulden davongetragen haben. Die Aussage des Klägers, dass seine Infektion mit NOBI ausschließlich seine Wahl war, wurde nicht infrage gestellt. App. 22; 271 F. Supp., at 412; 107 F. 5th, at 524.

Im Kontext der Beurteilung eines Richterspruchs müssen wir das als stimmig betrachten. Fed. Rule Civ. Proc. 56 (e). Wir stimmen mit dem Bezirksgericht und dem Berufungsgericht überein, dass es hier keine Fakten gibt, die ein Urteil über die Frage der gesetzlichen Vorsorge verhindern. Die NOBI-Infektion des Klägers ist eine körperliche Beeinträchtigung, die eine fundamentale Lebensaktivität auf substanzielle Weise einschränkt, so wie es ADA definiert; aber seine Beeinträchtigung ist nicht von ADA gedeckt, da er sich die Infektion willentlich und mit absoluter Sicherheit durch seine eigenen Handlungen zugezogen hat.

Der Beschluss des Berufungsgerichts, dass die NOBI-Infektion des Klägers keine Behinderung laut ADA ist, wird bestätigt. Gemäß dem Protokoll wird der Fall mit dieser Bewertung an das Berufungsgericht zurückgegeben.

ANHANG ZWEI

VANITY FAIR

Das Gloaming-Spiel

Ein Auszug aus Der Aufstieg der Gloamings zur Macht *von Edward Ward Jr.*

Nachdem die Gloamings damit gescheitert waren, die Legislative der Bundesstaaten dahingehend zu beeinflussen, Schutzgesetze für sie zu verabschieden, entschieden sie sich, ihre Überredungskünste bei einer Legislative zu versuchen, die für ihre einzigartige Form des Lobbyismus empfänglicher war: dem Kongress der Vereinigten Staaten.

Wie so häufig bei vielen historischen Ereignissen sind die Umstände am Rand des Prozesses so fesselnd wie der eigentliche Vorfall. Viele der Teilnehmer dieses weitreichenden Spektakels schleppten ihren eigenen Ballast mit sich herum.

Wendy, die Tochter des Abgeordneten Drew, wurde im Alter von zweiundzwanzig neu erschaffen, als sie ihren Abschluss am College machte und sich in den berühmt-berüchtigten Gloaming-Künstler Peter Kiyokawa verliebte. Die wilde Affäre endete in ihrer Trennung, der die Versöhnung und eine erneute

Trennung folgten. Es war der Stoff für Klatschkolumnen und Internetgerüchte.

Es dürfte kaum jemanden überraschen, dass die Mehrheit des Repräsentantenhauses den Gesetzentwurf für einen Rohrkrepierer hielt, und seine Aussichten erschienen düster, als der Sprecher des Repräsentantenhauses ihn den parlamentarischen Vorschriften folgend an den Justizausschuss zur Überprüfung weiterreichte. Der Abgeordnete Bill Jones, der Ausschussvorsitzende, war ein zuversichtlicher und sturer Gegner der Gloamings und des Prozesses der Neuerschaffung. Auch wenn sich sein Ton und seine Sprache seit seinen früheren Erklärungen abgemildert hatten, in denen er sich für eine Quarantäne für Gloamings ausgesprochen und alle Versuche, Bundesmittel für die Erforschung der Gloamings und für Impfstoffe gegen NOBI zur Verfügung zu stellen, verteufelt hatte, brachte er dennoch kürzlich seine Sorge darüber zum Ausdruck, dass die Gloamings möglicherweise eine Bedrohung der Inneren Sicherheit darstellten. Selbst einige seiner Kollegen stellten infrage, ob er neutral sein und die Alternativen in Betracht ziehen konnte.

Viele der Lobby-Firmen erschienen unsicher, wie sie vorgehen sollten. Ihre einzige Sorge bestand darin sicherzustellen, dass die potenzielle Gesetzgebung privaten Geschäftsinteressen keine Stolpersteine in den Weg legte, wenn es um gloaminggerechte Arbeitsplätze ging. Darauf hatten sich alle Beteiligten aber bereits geeinigt, also blieb der Rest des Gesetzentwurfs den einzelnen Abgeordneten überlassen. Aus dem Grund hatten die Lobbygruppen der Gloamings das Feld für sich, was das Einschmeicheln mit Wahlkampfspenden oder das Ausüben von Druck betraf. Im ganzen Land gab es Proteste diverser Anti-Gloaming-Gruppen, die aber relativ friedlich verliefen.

Zu diesem Zeitpunkt nahm man in Washington allgemein an, dass der Gesetzesentwurf den Ausschuss niemals verlassen und damit scheitern würde. Aber der Abgeordnete Jones, der nicht als sturer Obstruktionspolitiker betrachtet werden wollte und den Druck anderer Mitglieder von Rang und Namen zu spüren begann, erlaubte dem Ausschuss, am Entwurf zu arbeiten, um ihn einer größeren Mehrheit im Repräsentantenhaus schmackhafter zu machen. Und genau in diesem Augenblick wurde Marcy Noll, die Beraterin des Ausschusses für Heimatschutz, darum gebeten, den Justizausschuss bei der Arbeit an dem Entwurf zu unterstützen. Da dieser Gesetzentwurf im Kongress im Brennpunkt der öffentlichen Aufmerksamkeit stand, ging Jones erfreut darauf ein.

Sie begannen mit den umstrittensten Teilen des Entwurfs. Die Gloamings stellten sich einen Teil ihres Gesetzentwurfs als eine Art »Title IX« für ihre Gemeinschaft vor. Als Erklärung für jene, die noch nie davon gehört haben, »Title IX« ist das Bundesgesetz, das jegliche Diskriminierung aufgrund des Geschlechts in jeder vom Bund finanzierten Bildungseinrichtung verbietet. Im Grunde sorgte es dafür, dass der Frauensport genauso viel Geld wie der Männersport erhielt. Aber der »Title IX« der Gloamings sollte alle Aspekte des Universitätslebens abdecken und sie auch auf dem College mit Nicht-Gloamings gleichsetzen.

Marcy Noll spielte den Entwurf der NCAA und einer Koalition höherer Bildungsverbände zu, und der Widerstand war beträchtlich. Die meisten Universitäten erhoben hauptsächlich Einwände gegen die Kosten, die anfallen würden, um vierundzwanzig Stunden am Tag Seminare abzuhalten, worauf es letztlich hinauslief. Ganz zu schweigen vom vierundzwanzigstündigen Betrieb der Cafeterien sowie der Umrüstung von Wohnheimen oder gleich dem Bau neuer unterirdischer Unterkünfte für Leute, die keinem Sonnenstrahl ausgesetzt werden durften. Darüber hinaus würden die Universitäten dafür Sorge tragen müssen, dass es auf dem Campus für Gloamings verträgliche Nahrungsmittel gab. Irgendwann musste sich ein Kompromiss finden lassen, aber man hielt es schon frühzeitig für eine gute Idee, die klaffende Lücke dadurch zu schließen, dass man den Universitäten einen beträchtlichen Spielraum darin ließ, wie weit sie die Auflagen erfüllen mussten.

Der Ausschuss schlug vor, jede qualifizierte Universität, die in einem regulären Schuljahr mehr als zehn Gloamings aufnahm, dazu zu verpflichten, Nachtkurse anzubieten, die einer fünfjährigen Studienzeit mit Diplomabschluss entsprachen. Das Bildungsinstitut würde in einem Semester an mindestens zwei Nächten in der Woche Nachtkurse anbieten müssen.

Darüber hinaus entschied man sich, Sport und außerschulische Aktivitäten aus dem Entwurf zu entfernen und in diesen Bereichen keine gloaminggerechten Änderungen zu erzwingen.

Der nächste und wichtigste Teil des Entwurfes betraf den grundlegenden Zugang zu Behörden. Das war einer der umstrittensten Aspekte. Die meisten Mitglieder des Repräsentantenhauses wollten nicht für Budgetprobleme verantwortlich gemacht werden, die durch die vierundzwanzigstündigen Öffnungszeiten von Behörden verursacht werden würden. Darum suchte der Stab aktiv nach Kompromissen und Regeln, die für die Verwaltungen der einzelnen Bundesstaaten weniger belastend sein würden.

Die erste Aufgabe bestand darin, die vollen Wahlrechte und den Zugang zu den Wahllokalen für Gloamings während der Stunden, die sie unbeschadet nach draußen gehen konnten, zu gewährleisten. Die meisten Abgeordneten beider Lager hatten mit diesem Aspekt des Entwurfs keine Probleme. Niemand wollte beschuldigt werden, einem Teil der Bevölkerung das Wahlrecht zu verwehren. Diesen Aspekt konnten die Mitglieder des Repräsentantenhauses ihren Wählern leicht verkaufen.

Ein anschließender und bedeutender Teil des Gesetzesentwurfs betraf den Wunsch der Gloamings, bundesstaatlichen und kommunalen Behörden zu untersagen, ihnen den Zugang zu essenziellen öffentlichen Einrichtungen zu versperren. Dabei ging es um Dienste wie die Verlängerung oder Ausstellung eines Führerscheins bis hin zu der Möglichkeit, eine neue Geburtsurkunde zu beantragen. Dafür mussten Behörden aber entweder nachts geöffnet sein oder sämtliche Gebäude gloaminggerecht umgebaut werden. Beides würde mit Sicherheit beträchtliche Kosten nach sich ziehen.

Die Gloaming-Lobbyisten erkannten schnell, dass gloaminggerechte Veränderungen auf dem Privatsektor warten mussten, bis sich die Ansichten der Nation über die Gloamings geändert hatten. Privatunternehmen dafür haftbar zu machen, dass sie keine gloaminggerechten Änderungen vornahmen, würde keine Wählerstimmen einbringen, und die meisten Abgeordneten wussten es besser, als Gesetze vorzuschlagen, die die Wirtschaft beeinflussten. Darum musste man sich hauptsächlich auf Änderungen des Regierungssektors konzentrieren. Zu diesem Zeitpunkt steuerte der Entwurf langsam auf seine komplette und endgültige Form zu. Aber noch immer wartete Arbeit: Die Abstimmungsberechtigten mussten dafür gewonnen werden.

ANHANG DREI

PROPUBLICA
20. DEZEMBER

Bei der Gloaming Investigation Unit des FBI

Auch wenn das FBI nur ungern zugibt, dass es eine Abteilung unterhält, die eine ganz bestimmte Gruppe amerikanischer Bürger unter die Lupe nimmt, hat die Behörde zögernd eine kleine Einheit zusammengestellt, die gewisse Verbrechen mit einer Verbindung zu Gloamings aufklären soll. Unter der Bezeichnung *Division for Undetermined Crime Origins* (DUCO) – Abteilung für Verbrechen unbestimmter Herkunft – hat sie die Leitung bei Ermittlungen in vielen Verbrechen übernommen, bei denen eine Beteiligung von Gloamings vermutet wird.

Agent Hugo Zumthor vom Federal Bureau of Investigation stand bei der Untersuchung solcher Fälle an vorderster Front. Zu Beginn seiner Karriere ermittelte er gegen eine Gloaming-Gruppe, die die Bezeichnung Ehrenwerte Gesellschaft trug und in Menschenhandel mit der Absicht von Blutgewinnung und den illegalen Blutimport für gewisse Gemeinschaften verstrickt war. Zumthor verfolgte diese Verbrecherorganisation von Chicago nach London, wo die Gesellschaft mit in vielen osteuropäischen Staaten gesammelten Blutkonserven handelte. Das Blut wurde dann in der normalen Ladung von Containerschiffen versteckt in die Vereinigten Staaten geschmuggelt. Zumthor deckte den Schmuggel während der Ermittlungen gegen einen Warlord in Benin City, Nigeria, auf, der im Kokainhandel tätig war.

Weitere gemeinsame Bemühungen von DUCO, CIA und ATF enthüllten, dass die kriminellen Gloaming-Clans mit dem Menschenschmuggel aus verschiedenen armen Ländern in Lateinamerika, Osteuropa und Asien zu tun hatten, nachdem der Blutschmuggel per Containerschiff eingeschränkt worden war. Man zog daraus die Schlussfolgerung, dass Gloamings aus dem in Kanistern transportierten zerfallenden Blut nicht die nötigen Nährstoffe gewinnen konnten und sich deshalb entschlossen hatten, direkt zur Quelle zu gehen und sich für ihre Bedürfnisse Menschen zu beschaffen.

Da den kriminellen Gloaming-Clans die Organisationsstruktur ähnlicher krimineller Unternehmungen fehlte, schienen sie in parallelen Gruppen zu arbeiten, die ihre Taten mit Treffen und digitalen Kommunikationsmöglichkeiten wie überholten IM-Netzwerken und weniger regulierten WhatsApp- und Upchat-Plattformen koordinierten. Darüber hinaus bemühten sie sich um einen betont unauffälligen Lebensstil, um in der Öffentlichkeit nicht als Kriminelle wahrgenommen zu werden. »Aber die Gloamings waren von Anfang an ziemlich auffällig«, stellte Agent Zumthor klar. »Ich bin mir nicht sicher, ob das wirklich so effektiv war, da die Clans ihre Aktivitäten auf Geldwäsche, Preismanipulationen am Bau, Diebstahl, Wucher und Waffenschmuggel ausdehnten. Ihre Profite wurden in Hotels, Restaurants und Grundbesitz investiert. Von Anfang an wurde gestohlenes Gold dazu verwendet, um das Finanzkapital von Nick Bindon Claremonts Unabhängigkeitsregime zu vergrößern.« Zumthor sagte abschließend: »Zumindest können wir jetzt den Umriss dessen erkennen, womit wir es zu tun haben.«

Auch wenn das Budget der DUCO-Einheit vergleichsweise klein ist, hat sie bei vielen Gelegenheiten ihren Wert bewiesen, zahlreiche Verdächtige festgenommen und diverse Verbrecherringe zerschlagen, bei denen Gloamings erwiesenermaßen mitwirkten.

DANKSAGUNGEN

Eines steht unumstößlich fest: Ohne meinen Agenten Daniel Lazar von Writers House würden Sie dieses Buch jetzt nicht lesen. Ich könnte ihm eine Million Mal danken, und es wäre noch immer nicht genug für seine Unterstützung und Hilfe bei der Arbeit, die er mir von Anfang an zukommen ließ. Danke dafür, dass Sie an dieses Buch geglaubt haben und jeden Schritt des Weges für mich gekämpft haben. Ich danke auch allen Mitarbeitern bei Writers House für ihre Hilfe, vor allem Maja Nikolic (die unglaubliche Direktorin für Auslandsrechte) und Victoria Doherty-Munro.

Einen GEWALTIGEN (man wollte mir keine 200-Punkt-Schrift genehmigen) Dank an meinen Lektor Joshua Kendall, der diesen Roman zu etwas geformt hat, das meine Vorstellungen weit übertrifft. Ich kann nicht genug über unsere Zusammenarbeit sagen und wie viel ich dabei über die Kunst des Schreibens gelernt habe. Dafür werde ich ewig dankbar sein.

Einen Dank auch an alle bei Little, Brown, Mulholland und Hachette, insbesondere an Gabriella Mongelli für ihre umfassende Hilfe bei der Bearbeitung. Und an die Korrektorin Nell Beram: Ich weiß nicht, wie Sie das machen, aber Ihre Fähigkeiten sind gewaltig. Und einen Dank an Ben Allen für seine Hilfe.

HERZLICHEN DANK auch an Michelle Kroes und Jon Cassir von der Creative Artists Agency. Ich wünschte, ich könnte wirklich verdeutlichen, wie wahnsinnig toll es ist, Filmagenten zu haben. Die beiden sind wunderbare Menschen. Außerdem einen Dank an Anna Jinks und Michelle McPhillips.

Ich bedanke mich bei dem fantastischen Mike Ireland von 20th Century Fox, weil er an dieses Buch geglaubt hat.

Und ich danke allen bei 21 Laps Entertainment, insbesondere Dan Cohen und Shawn Levy, weil sie in diesem Buch etwas Besonderes sahen. Zwei talentierte und tolle Menschen.

Ich danke allen meinen Freunden und der Familie in San Antonio.

Meiner Schwester Veronica Villareal Mittelbronn.

Bentley.

Mom (Ernestine Folk) und Dad (Raymond Villareal).